# 《北京人》研究资料

阳燕 编

曹禺研究资料长编

长江出版社
上海科学技术文献出版社

**图书在版编目（CIP）数据**

《北京人》研究资料 / 阳燕编 .
—武汉：长江出版社，2020.6（2023.1 重印）
（曹禺研究资料长编）
ISBN 978-7-5492-7005-7

Ⅰ . ①北…　Ⅱ . ①阳…　Ⅲ . ①曹禺（1910-1996）—话剧—戏剧文学评论　Ⅳ . ① I207.34

中国版本图书馆 CIP 数据核字（2020）第 110183 号

项目统筹：张　树
责任编辑：朱　舒　王　珺
封面设计：汪　雪　彭　微

《北京人》研究资料
阳燕　编
出版发行：上海科学技术文献出版社
地　　址：上海市长乐路 746 号　200040
出版发行：长江出版社
地　　址：武汉市解放大道 1863 号　430010
经　　销：各地新华书店
印　　刷：武汉市金港彩印有限公司
规　　格：787mm×1092mm　1/16
印　　张：29.25
字　　数：660 千字
版　　次：2020 年 6 月第 1 版　2023 年 1 月第 2 次印刷
书　　号：ISBN 978-7-5492-7005-7
定　　价：180.00 元

# 编委会

# 丛书总序

## 史料与现实的关系

以刘川鄂为带头人的湖北大学中国现当代文学学科不仅注重作家作品、文学社团、文学现象和文学思潮的研究，同时也把大量的精力投入到中国现当代文学历史资料的发掘和整理中，从对湖北作家的相关史料发掘整理和研究出发，逐渐拓展到对文学史上重要作家作品的史料整理和研究。显然，这样的学科发展战略目标，是循序渐进、良性循环的学术策略。正是在这样的学术背景下，由刘川鄂、刘继林两位教授担任主编，湖北大学中国现当代文学学科团队精心编选的《曹禺研究资料长编》（共十一卷），旨在将业已僵化的著名大作家研究导向一种新的研究范式之中，让围绕曹禺的学术研究重新焕发出活气来。

一切学术研究的基础首先就是史料的梳理，离开了史料的依托，研究就如悬在空中的楼阁，看许多现实问题也就囿于平面化。正如编选者在其中的《曹禺综合研究资料》卷“导言”所言：“研究文学史上名有定论的作家本来就有一定难度，加上随着时间的推移，史料和研究视角越来越难发掘，未来的曹禺研究工作会越来越难超出前人的成果，越来越难找出有新意有理据的命题。”显而易见，史料的重新发掘和编选，直指的是学术研究的拓展。编选者在研究资料的选取上，充分注意到一些重要的历史节点。比如将 1949 年作为研究资料编选的历史切分点，并不完全是由于学科的界限，我以为更是一种对学术态度的历史检验，其中的奥妙就在于作为当时的剧评家和研究者采取的是什么样的学术价值观——是凭着自己的学术良知和艺术审美对作家作品进行判断，还是跟着时代的潮流风向标走，这才是艺术评论生与死的考验。

曹禺是中国现当代文学史上的一个具有特别意义的作家，属于那种“井喷”以后就戛然而止的剧作家。“曹禺现象”恰恰是中国现当代作家在文学史变迁中最具代表性的范例，他才是与我们文学思潮史上最贴切，也是最契合文学史解剖的研究对象。如果我们意识不到这样一个“曹禺现象”在文学史上的独特意义，即便是再多的文学史资料的呈现，在许多研究者的视野中，恐怕也是一个盲点。所以，我们只有重新解读曹禺作品，重新梳理各个不同时代的曹禺研究资料，或许才能真正获取解剖“曹禺现象”的密码。只有回到历史的原点和原典之中，站在一个新的历史制高点上，我们才能看清曹禺作品的思想内容和艺术内涵，才能廓清许许多多迷失在历史河流中的“飞鱼”和“蜉蝣”行状。

毋庸置疑，自《雷雨》开始的曹禺戏剧创作，是中国戏剧史上历经八十七年的奇迹，也是中国现当代文学史上“最雷雨”的戏剧发生的时段，它见证的是中国文学在启蒙主义进入一个复杂的现代语境窗口时的深刻内涵，同时也是中国戏剧文学在艺术方法和艺术技巧上借鉴西方戏剧第一次“吃螃蟹”的历程。如何看待这一现象，应该是值得研究者注意的问题。

之所以说《雷雨》在启蒙主义的窗口上，强化了对封建的专制主义的批判，用“最雷雨”的批判现实主义方法抨击了家长制戕害人性的本质，是因为尽管窗外雷电交加，但是，那个“铁屋子”里仍然在演绎着一幕幕人间的悲剧，也只有悲剧才最能引起人们心灵的震撼。从某种意义上来说，它引起的不仅仅是亚里士多德古典悲剧的“同情和怜悯”，从悲剧的本质意义上来说，“最雷雨的”《雷雨》才是见证历史的活剧。这样一出活剧贯穿于中国文学的过去、现在和未来，这才是《雷雨》的意义所在。因此，也只有翻开这八十七年对《雷雨》以及曹禺几个代表作的批评研究、传播接受的历史，我们方才可以看出这套丛书的重大意义所在。

之所以说《雷雨》是中国戏剧汲取西方戏剧艺术方法与技巧精华的真正开端，为中国戏剧走向现代奠定了坚实的基础，并在一定程度上影响了整个文学领域对外开放的格局，让人们知晓中国文学正因为有了世界文学艺术方法和技巧的参照，才成为独特的艺术，只有“拿来”，方才可以攻玉，才能走向新生；亦只有熟悉了自《雷雨》开始的两种艺术观的争论，在史料的长廊中寻觅到艺术的真谛，我们的文学艺术才能得到长足的发展。

我充分理解湖北大学文学院编辑这套研究资料的良苦用心，囿于曹禺研究的停滞不前、文学史研究的基本定型，没有史料的重现，就不足以唤醒人们的价值理念，就不能触发研究者的研究冲动，也就不能让这个领域的研究走向深入。编选者认为四十余年来“海内外、多视角全面推进”的曹禺研究格局成就很大，似乎过于乐观了一点。尽管涌现出的著述颇丰，但多为重复叠加的著述，难免捉襟见肘，鲜有能够警醒世人、真正拓展研究深度和广度的扛鼎之作。而这套即将面世的丛书，将极大催生新见解、新角度的曹禺研究著述的问世。在某种程度上，它应该是曹禺研究的“助产士”。

道路是曲折的，也是十分艰难的，今后也许会更加艰难，但是我们仍然要前行，谁让你是一个只能尊重历史的研究者呢？！

中国现代文学研究会会长<br>南京大学文学院教授　丁帆

2020年10月1日草于南大和园

# 目录

# 导言:在争议中沉淀与丰富的《北京人》研究

阳　燕

《北京人》是继《雷雨》《日出》《原野》之后曹禺的又一部重要戏剧,该剧以一个封建世家的没落崩溃为故事核心,以远古北京人为未来之艺术象征,风格朴素,自然流利。《北京人》创作、出版于中国抗战的危亡时刻,题材与风格上的"不合时宜"令其备受争议,却也在争议中被读解、诠释、深掘、丰富,逐步沉淀为中国现代话剧史上一部不可或缺的经典之作。伴随《北京人》经典化过程的,一方面是该剧不断地演出与传播,另一方面则是大量研究成果的出现,迄今,已有近八十年的时光。《北京人》的研究成千累万、角度多样、观点多元,与中国政治、社会、文化、文学的变迁相映照,折射出丰富的历史内涵。

## 20 世纪 40 年代:时代主调下毁誉参半的评说

1941 年 5 月 22 日,曹禺的新剧《北京人》开始在香港的《大公报》上连载,11 月,重庆的文化生活出版社正式推出单行本。在剧本正式刊行前后,中央青年剧社、上海剧艺社、旅港剧人、国防艺术社、西北文工团等多个演剧团体对《北京人》进行了紧锣密鼓的排练,相继在重庆、上海、香港、桂林、延安等地上演,引发了强烈的观剧热情,更使该剧成为评论界热议的中心。当时的《大公报》《新华日报》《解放日报》《申报》《扫荡报》等主流报刊均有介绍、短评以及综论性评论刊出,使 1942 年"几乎成了《北京人》的评论年"。①

因应 1941 年 10 月《北京人》在重庆的首次公演,思丽、金若卯、黄英、干及柳亚子等作者发表了最早的几篇评论。金若卯对《北京人》进行了细致分析,认为此剧既是"一曲旧社会的挽歌","写出了没落的人们的悲哀",又是"一个新时代的赞歌","写出了光明的人们的成长";"虽然没有直接的反映抗战,却深刻的反映了当前的现实的某一面","为转形期的中国画就了一幅真实又亲切的图画",因而是一部"向现实深处发掘"的"洗炼纯熟"之作。② 金若卯以"挽歌"与"赞歌"这两个关键词概括《北京人》的题材与主旨,可谓合理到位,较契合曹禺创作的主观意图,但如此的挽歌是否合于抗战的现实、赞歌是否真实有力,却见仁见智,引发了此后激烈的争论。黄英的《〈北京人〉读后》虽系几百字的短文,却精准把握到了《北京人》的优长,推崇"所刻画的人物,意境都是'中国的'"这一特点,既看到《北京人》与作者以往作品(《雷雨》《原野》)的内在联系,也指出其受到《海鸥》《野鸭》《毛猿》等

① 孙庆升:《解放前曹禺研究述评》,《北京大学学报》,1982 年第 4 期。
② 金若卯:《挽歌与赞歌——略论曹禺的新作〈北京人〉》,《大公报(重庆)》1941 年 10 月 24 日。

西方戏剧的影响，认为曹禺将各种“影响的根源”“融化而成为自己的”才是“技巧纯熟”之根本。[①]

1941年12月，《北京人》在香港公演，成为香港文化界的一桩盛事。《大公报(香港)》和《华商报》皆为此刊发了专栏与特辑，集束推出了系列文章，[②]对《北京人》进行积极推介与多方评论，既为话剧的顺利公演铺垫了必要的基础，也留下了一批重要的文献。茅盾的《读〈北京人〉》、胡风的《关于〈北京人〉的速写》、易庸的《蜕变中的〈北京人〉》、华嘉的《谈〈北京人〉的人物》是其中最有代表性的几篇文章，涉及《北京人》的主题内涵、人物形象、艺术格调等诸多议题，视野开阔、见解独到、立论中肯、文风生动，为后续的研究提供了重要的参照。

由于时代环境的动荡复杂与思想理念、艺术趣味的参差多样，论者对《北京人》的评价自是褒贬兼有、毁誉参半，对戏剧的时代价值、“北京人”的象征意义、作者的世界观与创作方法等重要论题，更是各持己见。

《北京人》以封建世家的没落崩溃为叙事主线，从题材到主题与作者的处女作《雷雨》皆有相似处，因此，如何理解《北京人》与抗战现实的关系、如何理解曹禺创作的“回头路”及所蕴的时代精神，便成为当时评论界讨论该剧时首要回答的关键性问题。

针对《北京人》出现于民族危亡时刻却“无涉抗战烽烟和社会斗争”的“错位”现象，郑学稼的《评〈北京人〉》是较早发出质疑之声的一文，认为“成名的曹禺先生，却回到他自己的《雷雨》以前”，“注目那些不成为历史问题的琐事”，《北京人》“出现于‘少奶奶的扇子’时，是超越时代的，可惜它产生于恰在我们粉碎整一世纪锁在肩上的铁链的今日”。鉴于对《北京人》立意的否定，郑学稼对该剧的艺术表现也不满意，认为“愫方和瑞贞的出走，究竟出走到哪里去，也有点模糊。原始之力的憧憬，既未画出一个完全无缺的理想：陈旧的势力之解脱，又没有一确定的指向，这是令人在内容上不能满意的”。[③] 持类似观点的还有S. M.、苏雪林、江布、杨晦等。S. M.遗憾于“生活在今天的曹禺却唱着古旧的挽歌，技巧那么优秀的剧作家却拥抱着非现实的枯朽了的东西”，认为“艺术这个东西，在主题上失败了的，在技巧上是无效的”，因而宣判《北京人》的主题是“旧的，非现实的”，其人物塑造也不合于现实，“没有一个可称为新人形象”。[④] 苏雪林也认为《北京人》的反封建主题落后于时代，有“马后炮”之嫌，曹禺“有劲的拳头”指向的是“纸人与幻影”。苏雪林将讨论的重点落在对传统文化的辨析上，认为曹禺对传统文化的思考表现过于简单，她质疑道，“现在曹

---

① 黄英：《〈北京人〉读后》，《申报》1941年11月7日。

② 1941年11月27日《大公报(香港)》刊发了一篇《介绍〈北京人〉》的文章；1941年11月29日《大公报(香港)》推出“《北京人》公演特辑”，发表了茅盾的《读〈北京人〉》、胡风的《关于〈北京人〉的速写》与黄药眠的《祝〈北京人〉的上演》；1941年11月29日《华商报》“舞台与银幕”专栏刊发了黄舞莺的《关于〈北京人〉》、易庸的《蜕变中的〈北京人〉》与钢鸣的《〈北京人〉上演小感》；1941年11月30日《华商报》再次编发“《北京人》公演特辑”，推出华嘉的《谈〈北京人〉的人物》、周伟的《〈北京人〉小谈》与晦晨的《题〈北京人〉》。

③ 郑学稼：《评〈北京人〉》，《中央周刊》1942年第4卷第25期。

④ S. M.：《〈北京人〉一论》，《力报》1942年第22—23期。

禺也把琴棋书画，补药寿材，一切一切，来比拟旧文化，无非是他们观念的总和……这些是文化的全貌，还是文化的支节？是文化的精华，还是文化的渣滓？”①

对《北京人》是否切近现实、是否蕴含时代精神的质疑，或可视为 1940 年代“与抗战无关”理论争论的一个实例。否定者过于强调文艺创作对现实政治的追随与契合，而大多数的论者则持比较公允的评价，对“时代精神”的理解更为宽泛。茅盾将《北京人》与曹禺之前的创作对照，认为“作者又回到了从来一贯的作风”是“可喜的”，虽然戏剧没能明晰展示“养心斋以外的世界是怎样的”，但“曾家一家人的无色彩的贫血的生活，就像一个锤子，将打击观众的心灵，使他们战栗，当然亦将促起他们猛省”。② 茜萍也认为暴露家庭黑暗的《北京人》同样具有社会改造的价值和意义，因为“抗战期间固然应该多写活生生的英勇战绩和抗战人物，但也不妨写些暴露旧社会黑暗面的剧本，去惊醒那些被旧社会的桎梏束缚得喘不过气来的人们，助之走向太阳，走向光明，走向新的生活”。③ 胡风从“历史本质”这个核心理念出发评价《北京人》，认为考量一部作品现实性的依据在于，看它是否“写出了那个时期的历史的真实”，而非是否写了“今天”。胡风前后撰写了《关于〈北京人〉的速写》和《论曹禺底〈北京人〉》两文，④前者系 1941 年“为了介绍《北京人》的演出”而作，后者根据 1942 年 7 月在桂林海燕剧艺社和文化供应社文学组组员联合晚会上的谈话记录扩充而成。胡风认同《北京人》的反封建性，但认为这部戏对现实的历史内容的把握过于单纯，“只是关起大门来开演一个悲剧”，“把复杂的社会姻缘和激烈的时代洪潮都毫不顾惜地关出了门外”，“结果是抹杀了小的社会和大的社会的交涉，旧的社会和新的社会的交涉”，将现实与理想“勉强缚在一起”，造成了艺术构造上的破裂。邵荃麟从“典型环境中的典型性格”的角度持论，也认为《北京人》中的各种矛盾“只是孤立地局限在一个家庭之中”，既没有表现出曾家与“当时整个封建社会的势力以及当时典型的政治与社会斗争的形势之间的关系”，也没有处理好个人命运的偶然性与社会命运的必然性之间的关系，结果“损害到艺术的真实性”。⑤ 李蕤将《北京人》视为一篇“极富于暗示的寓言”，在此视点下，他认为戏剧的“主题原不是表现它（封建阶层）的罪恶，而只是象征它必然崩溃，和那旧躯壳中脱颖而出的新生。”⑥这种跳出具体“时代”限制去解读《北京人》的方式，态度更为平和宽容，所指也更趋向戏剧的艺术品质。

与戏剧的主题关联密切的，是人物的形象刻画与命运展示。大多数论者赞赏曹禺在刻画曾皓、曾文清、曾思懿、江泰等人物形象时达到的高度，但对于没落封建阶级对照者的袁任敢父女及“北京人”的形象，则多持保留意见。茅盾在《读〈北京人〉》一文中较早触及

① 雪林：《评〈北京人〉》，《妇女》1942 年第 2 卷第 2 期。

② 茅盾：《读〈北京人〉》，《大公报(香港)》1941 年 11 月 29 日。

③ 茜萍：《关于〈北京人〉》，《新华日报》1942 年 2 月 6 日。

④ 胡风：《关于〈北京人〉的速写》，《大公报(香港)》，1941 年 11 月 29 日；胡风：《论曹禺底〈北京人〉》，《青年文艺》，1942 年第 1 卷第 1 期。

⑤ 荃麟：《〈北京人〉与〈布雷曹夫〉》，《青年文艺》1942 年第 1 卷第 2 期。

⑥ 李蕤：《我对〈北京人〉的看法》，《大公报(天津)》1942 年 12 月 5 日。

这一问题，他认为《北京人》的优点在于成功刻画了“属于没落的封建阶层”的一群，但“袁氏父女的外形虽然那么鲜明，他们的‘内容’却颇费猜详”，“作为象征的‘北京人’的身上，也似乎有些哑谜颇费猜详”。[①] “北京人”无疑代表了作者对未来的想象与理想，但作者又竭力张扬其身上近于“原人”的素质，使“北京人”的内在意涵变得复杂，如何理解“北京人”的象征意味，便成为研究者们争论的又一个焦点。

在批判《北京人》“复归原始”倾向的文章中，文弓的《评〈北京人〉里的“北京人”》是较有代表性的一篇。文弓认为“北京人这面高悬的明镜并不光亮，它没有给该没落的该毁灭的一个有力的衬托，也未给有希望的有出路的一个有力的保证，它没有照出由毁灭到新生的必行之路”，反而引领了“一条回复到往古原始走的道路”。文弓将“北京人”目为生硬、夸张的“怪物”，破坏了画面的和谐，在艺术上“简直使剧本有了不可救药的疵病，并不能践行剧作家给予他的任务”。[②] 与激烈的否定之声相反，杨丹却将“北京人”视为“有血肉的立体”形象，盛赞其“是作者一个大胆的尝试，是一条沟通了艺术和科学两大领域的运河”，认为作者塑造“北京人”并非讴歌反动的复古运动，而是“预示着一个未来社会形态的概念”。[③] 更多的论者持比较综合的看法，认同“北京人”是一“象征性”的形象，虽不简单斥之“复归原始”，但对这个形象“现实的发挥”与“艺术的完整”等问题上则多有商榷。例如，江布在《读曹禺的〈北京人〉》中所述的，“‘北京人’是作者把他当作一个光明憧憬来描写的对象，但是，显然，这描写并不现实”，“作者只凭着诗意的想象去歌颂和向往，而忘却了现实的感受”。[④] 里野也认为，“北京人”“在剧情的铺排与意识的一点来看，这是一个别具匠意的苦心，对于艺术的制作来说，这是绝好的象征笔法，可是移植在现实社会当中，我觉得对这地球是太陌生了。”[⑤]

研究者对《北京人》的现实性、时代性、象征性等问题上异见纷呈，对《北京人》艺术上的“自然生动”“炉火纯青”则有更多的共识，对故事裁剪、人物塑造、结构安排、技巧表达诸层面均有更细致的解读。

较早对《北京人》进行全面论析的文章系李长之的《论曹禺及其新作〈北京人〉》。这篇评论重点分析了《北京人》“情感浓挚”“近于小说”与“诗的律动”等特色，将曹禺在此剧中表现出的“优异天才”总结为：“对人生所观察之细，所获印象之深，运用国语之熟，剖析心灵之锐，又复有理想，有热情，兼之巧于构思，富于诗意”；同时，作者也辩证指出了《北京人》“小说化而有时至于过当，写理想而有时有损于理想，书味(Bookish)太重而体验不够”的缺点，可谓中肯周到。[⑥] 方序的《〈北京人〉：献给石，纪念我们二十年的友谊》是一篇富有个性的“人物论”，论者对剧中的每一个主要人物形象皆有体贴的认知与分析，对其人生悲

① 茅盾：《读〈北京人〉》，《大公报(香港)》1941 年 11 月 29 日。
② 文弓：《评〈北京人〉里的“北京人”》，《戏剧岗位》1942 年第 3 卷第 5—6 期合刊。
③ 杨丹：《论〈北京人〉》，《骆驼文丛》1946 年第 2 期。
④ 江布：《读曹禺的〈北京人〉》，《解放日报》1942 年 4 月 27 日。
⑤ 里野：《读过〈北京人〉漫谈多余》，《新动向》1942 年第 28 期。
⑥ 李长之：《论曹禺及其新作〈北京人〉》，《大公报(重庆)》1942 年 1 月 26 日—2 月 2 日。

剧抱有深切的同情与感悟，认为《北京人》的价值在于“碰到了我们的心的深处”，因为戏剧的“故事存在我们广阔的人海里，那些人物却活生生地在我们身边”。[①] 夏照滨的《〈北京人〉研究》分前言、故事、结构、技巧、人物、主题六个部分逐层论述，认为《北京人》“虽然仍是一幕大世家的悲剧，情调和气息以及作者所意欲表现的主题都是和以前任何一部戏异趣的”。夏文尤其细致分析了《北京人》的舞台装置、人物对话、音响效果与气氛设置，认为这些层面的精微刻描在烘托“北京气息”，“配合创造一个‘北京情调’‘北京环境’和‘北京人物’上是最有助益的”。[②] 这样的解读也堪称精微细致，有效展示了曹禺此剧的艺术精华。

丹公的《评〈北京人〉》是为南京“学余”学生剧社的演出而作的剧评，阐述了作者对《北京人》的个性化理解。其一是曾思懿的形象，丹公认为“思懿的阴险，泼悍毒辣性格”是外在环境、历史渊源与个人认知合成的结果，“应该由这几千年来不断的堆砌而成的封建制度来负责”；其二认为瑞贞、愫方的出走“有逃避现实之嫌”，只在剧末装上这个半明半昧的尾巴，因此“对于‘走’的正确性是值得考虑的”。[③] 俞漪的《〈北京人〉里两个女性》也是一篇别有新意之作，文章将曾思懿与愫方并论，认为二者地位不同彼此猜忌，但“受男性的轻视与折磨却是相同”。论者直言“思懿是冤屈的”，认为曹禺写其缺点“笔下得过重”，“把一个旧的没落的必然结果归结于一个只是个性较强的女性身上，让她承受了一切，而使应该负罪的反而优游自在的生活。这，无论如何是不公平！”同情其“也是一个人，当别人侵害到她时，她应该有反抗的权利”。[④] 在 1940 年代，俞漪的论述已闪烁出女性主义批评的光彩，新颖别致，也不乏深度。

## 20 世纪 50—70 年代：单一视角的经典化推进

1957 年 4 月，蔡骧执导、中央人民广播电台广播剧团排演的《北京人》面世，为中华人民共和国成立后人们重温曹禺这部名剧提供了重要契机，也迎来了 20 世纪 50—70 年代为数不多的一波评说该剧的浪潮，《人民日报》《文艺报》《戏剧报》等主流报刊都发表了相关评论。广播剧团版的《北京人》删节了剧本原著中的一些对话，演出中“北京人”不出场，这些改编反映了艺术家们对于传统经典的再创造，而评论者的评论也带有比较鲜明的时代印记。

姚莹澄的《〈北京人〉演出漫谈录》[⑤]是一份会谈的详细记录，评论家、导演、演员等与会者各抒己见、坦率交流，对曹禺原著及广播剧团的演出展开了有一定建设意义的讨论。冯亦代认为《北京人》是“技巧达到巅峰的作品”，“是一首诗”；作者“不是只想暴露旧的，也要

① 方序：《〈北京人〉：献给石，纪念我们二十年的友谊》，《现代文艺》1942 年第 4 卷第 6 期。
② 夏照滨：《〈北京人〉研究》，《力行》1942 年第 5 卷第 5 期。
③ 丹公：《评〈北京人〉》，《中国学生》1943 年第 2 卷第 2 期。
④ 俞漪：《〈北京人〉里两个女性》，《妇女》1949 年第 4 卷第 2 期。
⑤ 姚莹澄：《〈北京人〉演出漫谈录》，《文艺报》1957 年第 10 期。

表现新的”,但“表现得可能不太清楚,演出可以帮他突出些”。冯亦代对剧中的主要人物形象皆有同情的理解,认为曾文清是封建文化的牺牲品,“他懂得享受,不只是物质享受”,而曾思懿也“有她的委屈”,“演员应该在她尖酸刻薄的时候,也使观众谅解她”。孙维世也认同思懿形象的丰富性,且认为“瑞贞对曾霆可能有点感情”,强调对愫方的刻画应更立体,如此便能“弥补剧本在处理愫方出走的草率,会使她的出走显得是合理的”。侯金镜从“生活真实”的角度解读《北京人》,认为“生活,在这个戏里是慢慢流出来的,观众进入戏里还可以跟着作者慢慢的想”,“这个戏里没有绝对的坏人,悲剧是时代的悲剧”。凤子的发言主要围绕“演出”,认为广播剧团“继承业余话剧演出的优良传统:真正爱戏,表演很严肃认真,诚恳朴素”,“不温、不油、不拖、不过。主要是不卖弄”。在艺术上,认为“《雷雨》接受外国的影响比较多,《北京人》是中国自己的东西”。

与“漫谈”相比,凤子、冯亦代、方瑄德、戴再民的专文评论更集中深入,同时也展现出了更明显的契合主流意识形态的姿态。冯亦代的《曹禺〈北京人〉的演出》在称扬“作家的技巧、诗意”外,强调“剧作者透过剧情,对于生活所表达的强烈鲜明的爱憎”,诠释作品内涵的信念,“让卑怯者烂在土里、霉在屋里,让大勇者跑出这囚笼似的小花厅走向宽广的生活去。”[①]戴再民认为愫方是剧中“一个真实动人的艺术形象”,体现了“中国妇女的善良的天性”及戏剧作家技艺的“精湛”,但也遗憾于曹禺对愫方“精神世界的火花”表现不够,使愫方的出走缺少一些“依据”和“力量”,从而“不免替愫方的出走感到担忧”。[②] 此外,方瑄德回忆了曹禺创作《北京人》时的背景与细节,其文《看〈北京人〉忆旧感新》具有一定的史料价值;石伶讨论了袁家父女在戏剧上的衬托、象征性作用,从侧面诠释《北京人》的主题意义。华忱之的《一支深沉有力的旧社会的挽歌》系 20 世纪 50 年代篇幅较长的一篇《北京人》专论,论者从主题思想与艺术审美互证的角度进行分析,挖掘作者的题材选择、冲突设置、性格刻画、气氛渲染等技巧中蕴含的思想意义;此外,论文还肯定了中华人民共和国成立后《北京人》“修订”的必要性,认为修订本“芟削了一些不必要的细节描写和过多的人物介绍说明,这样在情节安排上,就更显得简炼集中,不枝不蔓,人物形象也越加鲜明跳脱、奕奕如生了”。[③]

总体上看,20 世纪 50—70 年代的《北京人》研究数量不多,所论基本没有超出 20 世纪 40 年代的框架,甚至更加窄化;虽然对戏剧的艺术技巧与风格并不忽视,但依然将其严格置于思想主题的规范之下,少有别致新颖的言说。

## 20 世纪 80 年代迄今:丰富而深入的论述

进入新时期,曹禺研究再度成为热点,对于《北京人》的研究也不断拓进,量与质皆获

① 冯亦代:《曹禺〈北京人〉的演出》,《人民日报》1957 年 4 月 23 日。

② 戴再民:《替愫方担忧》,《戏剧报》1957 年第 9 期。

③ 华忱之:《一支深沉有力的旧社会的挽歌——重读曹禺的〈北京人〉》,《成都晚报》1962 年 5 月 10 日。

长足发展，成果丰硕。20 世纪 80 年代迄今，评论界以更公允、开放的姿态研讨《北京人》，政治功利的色彩逐步减淡，文化与艺术的价值愈益彰显，新理论、新方法、新视角广泛应用，一个丰富而深入的多维研究格局已然形成且不断延伸。

随着研究者视角的变化及研讨的不断深入，新时期之后的论者不断突破“与抗战无关”与“复归原始”等“定见成说”，试图对《北京人》的主题内涵、价值定位、思想倾向等旧论题给予重新审视。

新时期从事曹禺研究的众多学人中，田本相可谓用力最勤、成果最丰的一位。关于《北京人》，田本相在 1980 年代初期已发表《〈北京人〉的艺术风格》《论愫方的形象》《一部现实主义的喜剧——论〈北京人〉》等多篇论文，在 1981 年出版的《曹禺剧作论》专著中，以《〈北京人〉论》为题做了综合性的论述。① 田本相对《北京人》的研判主要集中在三个方面，其一是将《北京人》定位于现实主义戏剧的范畴，认为“《北京人》是曹禺解放前戏剧创作的高峰”，“标志着曹禺剧作的最高成就”，将该剧视为曹禺“坚实地沿着他的现实主义道路向前发展前进”的必然结果，“思想更加沉实，艺术也更为成熟”；其二强调“喜剧性是《北京人》的主要特征”，认为戏剧丰富多彩的色调皆在喜剧的基调上得到统一；其三是重视《北京人》的民族化风格，认为此剧“在探索话剧的民族化群众化的道路上又前进了一步，使《北京人》形成了浓郁的民族风格特色”。田本相之外，辛宪锡、朱栋霖、钱理群、孙庆升、曹树钧、马俊山等也相继推出了研究曹禺及其戏剧的专著，在资料挖掘、作家研究、作品论析等方面皆有所突破，使“曹禺研究”真正成为一个专门的文学研究领域。在几乎所有的曹禺研究专著中，《北京人》都居“专论”之位，其重要性可见一斑。朱栋霖的《论〈北京人〉》是 20 世纪 80 年代初相关研究的重要文献，认为“曹禺不是仅仅从经济的衰落与家庭内部的倾轧来揭示封建阶级灭亡的命运，而是从更深的意义上开掘主题”，即“着眼于从人类精神问题的角度观察社会与人生，从人们精神道德的堕落寻求社会问题的答案”，从而将《北京人》的主题研究从社会政治转向了精神道德。② 钱理群不避《北京人》与 20 世纪 40 年代抗战背景的深刻联系，认为该剧是中国国统区与沦陷区话剧从广场艺术转向剧场艺术的标志，成就了“曹禺戏剧创作的第二个高峰”；同时，钱理群着力强调《北京人》的深度蕴意，认为此剧是“灵魂探险者”曹禺“对于生命沉静状态的开掘与思索”的结果，是作者“用自己的心灵、生命去创造独特的个人话语”，在思考民族传统文化之优劣、探索人类精神心灵之幽深中完成的一首“生命的诗”。③

对《北京人》的主题思想、价值定位重审时，对人物形象、艺术特点、体裁类型等多个细部问题“论辩”的文章也随之出现，使《北京人》的研究获得更宽广、坚实的基础。辛宪锡的《〈北京人〉探疑》与唐纪如的《〈北京人〉三疑》直接标举“探疑”精神，前者力图从主题、人

① 田本相：《〈北京人〉论》，载《曹禺剧作论》，中国戏剧出版社 1981 年版。

② 朱栋霖：《论〈北京人〉》，《文学评论》1980 年第 3 期。

③ 钱理群：《〈北京人〉：生命的诗》，载《大小舞台之间——曹禺戏剧新论》，浙江文艺出版社 1994 年版。

物、体裁三个层面做出新诠释，后者则就“他们在争抢着寿木”的象征意味、“这也是人类的希望”、“很可能是喜剧”三个问题提出异议。[1] 因为曹禺自述“《北京人》很可能是喜剧，不是悲剧”，[2]关于此剧的体裁问题争论较多，表述各异：有“喜剧性主导”论者（田本相），有“悲喜剧”交融统一论者（周靖波、韩日新等），也有持“正剧”论者（如辛宪锡所谓“一出兼备悲剧与喜剧情调的社会正剧”，唐纪如认为“悲喜剧因素相结合而以悲剧色调为重的正剧”）。段樱的《回答我，“北京人”！》将论析对象聚焦于争议颇多的“北京人”，以古今中西的戏剧史为参照系评述曹禺的创造性表达，揭示“北京人”所具有的“深邃、丰富、广大的象征意义”。[3]

因应时代的变化，新时期中国文坛的主导兴趣由现实政治转向文化与审美，论者对人性、文化、艺术等议题表现出了更浓厚的兴趣，《北京人》研究也大多围绕这些关键词展开。蔡骧的《〈北京人〉导演杂记》或可作为一个观察注脚。蔡骧是 1957 年北京广播剧团版《北京人》的导演，在“杂记”中表达了一个曹禺戏剧热爱者对于《北京人》的个性化读解，他强调该剧“诗与戏交融、浑然一体”的“诗性”特质，将“愫方”这个形象视为戏剧的“诗魂”。[4] 显然，这篇迟了十多年后才发表的“杂记”更切合新时期人们的审美意识。

20 世纪 80 年代迄今，评述《北京人》人物形象的文章大量出现，李树凯《〈北京人〉人物论》，王育兰、罗炯光《空谷幽兰——话剧〈北京人〉中愫方的形象》、韩日新《向旧生活诀别的女性——愫方》，罗炯光《一对“废物”的审美价值——〈北京人〉曾文清、江泰形象并论》，邵庆中《“空壳”与“内核”：曾文清性格悲喜剧浅析》等，皆为专门的“人物论”；而在田本相、朱栋霖、辛宪锡等整体性、系统化讨论《北京人》的文章中，人物分析也是必不可少的组成部分。新时期论者的人物分析更为细致体贴，去除人物的阶级性标签，强调人物灵魂的透视与灵魂深度的挖掘，从人性的角度探究人物性格的丰富性与复杂性。艺术形式是新时期《北京人》研究的另一重点。朱月瑾的《〈北京人〉的戏剧冲突与艺术手法》是新时期较早的一篇专门讨论《北京人》“艺术手法”的文章，阐释了作者运用象征、对照、回溯等技巧组织戏剧冲突，运用无声的动作、抒情的自由、丰富的潜台词表现人物性格，运用声响、色彩等艺术手段渲染气氛、烘托意境，从而使戏剧“矛盾冲突错综复杂、尖锐严重，但表现形式却隐约闪烁，迂回曲折，给人以深沉幽远之感”。[5] 沈敏特《像人的人——从〈北京人〉谈曹禺戏剧艺术的辩证法》一文注意到了文清、江泰、思懿形象的多层面性，认为“从生活全部的丰富性、复杂性出发，是曹禺熟练深刻地掌握戏剧艺术辩证法的关键。”[6]此外，韩云彤的

---

① 辛宪锡：《〈北京人〉探疑》，《天津师院学报》1980 年第 4 期；唐纪如：《〈北京人〉三疑》，《浙江学刊》1995 年第 5 期。

② 张葆莘：《曹禺同志谈剧作》，《文艺报》1957 年第 2 期。

③ 段樱：《回答我，“北京人”！——论曹禺剧作〈北京人〉中的“北京人”》，《南充师范学院学报》1982 年第 4 期。

④ 蔡骧：《〈北京人〉导演杂记》，《人民戏剧》1980 年第 5 期。

⑤ 朱月瑾：《〈北京人〉的戏剧冲突与艺术手法》，《南京大学学报》1979 年第 3 期。

⑥ 沈敏特：《像人的人——从〈北京人〉谈曹禺戏剧艺术的辩证法》，《艺谭》1982 年第 1 期。

《〈北京人〉艺术浅谈》、杨瑞雪的《〈北京人〉的结构艺术》、家坪的《谈〈北京人〉的人物塑造》、王希杰的《〈北京人〉的语言艺术》、赵江滨的《〈北京人〉的诗意与象征集合体的意蕴》、李光祚的《浅论〈北京人〉的变态心理描写》、仲雷的《论〈北京人〉的环境描写》等，皆瞩目于戏剧的艺术技巧及手法，通过结构、语言、象征等专题性的讨论，更清晰深入地展示了《北京人》的艺术魅力。

随着政治视角的逐步退隐，更具包容性的文化视角成为观照《北京人》的一个重要维度。罗成琰的《论曹禺〈北京人〉的文化哲理意蕴》从文化与人的角度进行研讨，认为该剧旨在“借助一个封建大家庭的解体，折射出对传统文化异化人的严峻批判，并通过讴歌原始时代‘北京人’的生命强力，发出了人性复归的热切呼唤”；因为戏剧触及“人究竟应该寻求什么样的生存方式与生存价值”这个“亘古的哲学命题”，从而判定“《北京人》是最富于文化意蕴和文化丰彩”的一部。① 宋剑华的《原始野性的呼唤：〈北京人〉新论》也认为《北京人》“自始至终都充满着一种带有强烈痛感的文化批判意识”，一方面以封建家庭的衰颓展示传统文化的现实困境，一方面从袁家父女、“北京人”、愫方所表征的自由、力感、博爱，重建完美人格。② 李扬的《悖论与整合：〈北京人〉中的反传统与传统》力图辨析《北京人》对于传统的矛盾状态，也属文化探讨的范畴。此文认为，曹禺一方面在作品中高扬反传统的旗帜，另一方面又对体现传统美德的愫方赞美有加；一方面向往着“北京人”那种“敢爱敢恨”的生活方式，另一方面又推崇“为着自己受苦，留给别人一点快乐”的人生哲学，从而陷入悖论之中。悖论由作家灵魂深处的理智与情感的矛盾所决定，结果是，“作家在以寓言的方式宣告了传统的士大夫家族不可避免的衰败命运的同时，也在优美地向过去的‘反传统’事业告别”。③

除人性、艺术、文化几个主要研究要点外，还有一些角度独特、视点新颖的文章也值得关注。焦尚志从比较研究的角度研讨《北京人》，既看到曹禺“在契诃夫剧作艺术的启迪下，戏剧冲突重心内移所造成的审美形态上的新特征”，也强调戏剧的立足点“建筑在对本民族现实生活的深刻把握之上”，认为《北京人》“在话剧借鉴外来艺术经验，实现民族化方面所取得的成就，是特别值得称道的”。④ 曹树钧则将《北京人》与《红楼梦》并置，从人物形象、风格韵调、象征手法等层面进行比较，强调《北京人》对中国古典文学的传承关系。⑤ 张耀杰从作家的心理因素和精神特质切入，将“曾家”解读为“一个以曾文清为现任皇帝、曾皓为太上皇、曾思懿为管家军师、愫方为红粉知己的一男二女、一夫二妻的男权王国”，认为丑化曾思懿、美化愫方及江泰曾文彩阴差阳错的夫妻关系的设置中皆潜藏了作者“根深

① 罗成琰：《论曹禺〈北京人〉的文化哲理意蕴》，《中国文学研究》1987 年第 4 期。

② 宋剑华：《原始野性的呼唤：〈北京人〉新论》，《海南师范学院学报》1991 年第 1 期。

③ 李扬：《悖论与整合：〈北京人〉中的反传统与传统》，《广州大学学报》2007 年第 11 期。

④ 焦尚志：《植根于民族生活的土壤之中——话剧〈北京人〉论析》，载《曹禺戏剧研究集刊》，南开大学出版社 1987 年版。

⑤ 曹树钧：《论〈北京人〉与曹禺〈北京人〉的艺术创造》，《汉语言文学研究》2018 年第 1 期。

蒂固的男权意识”。[1] 此外，李希有《关于〈北京人〉的写作和首次演出的时间》、谢国冰《〈北京人〉两种版本的比较研究》、李晓东《能指与所指的悖谬——从语义学的角度看〈北京人〉的喜剧性》、张伟华《〈北京人〉中违反合作原则的性别差异研究》、王丹莉《情调：〈北京人〉文本叙述与舞台叙述的艺术契合点》均别致新颖、各有特色，论者从版本学、语言学、修辞学、性别主义等理论视角观照《北京人》，将研究拓展到开阔之地，增添了更丰富多元的声音。

上述文字可视为《北京人》研究历程的一次扫描，并择其中精要对相关议题进行了简略评述。就《北京人》研究资料的编选工作，尚有几点补充说明：

(1)《〈北京人〉研究资料汇编》中所选篇目皆采自原刊原文，为尽可能呈现原貌，保留了某些在今天看来可能是“错误”的文法，如不加分别地使用“的”“地”“得”，不区分“象”与“像”的情况等；对于旧刊上因时代久远而致字迹模糊难辨的，以□替代，并加上了“编者注”予以提示；对于原文中的注释的文字内容保持原样，但将其调整成了统一的“当页注”形式，仅对所有文本中出现的明显错误处进行了甄别修订。

(2)按照资料获得的难易程度进行“反向”择取，中华人民共和国成立前的资料尽可能多选，20 世纪 50—70 年代的文章也尽量选全，20 世纪 80 年代之后的研究文章则有所取舍。所选文章按照发表时间的先后进行编排。

(3)因资料与视野所限，选编工作难免有遗珠之憾。有研究显示，思丽的《谈〈北京人〉》发表于《扫荡报》1941 年 10 月 1 日，从时间上看或许是《北京人》研究中的第一篇文章，但编者多方查找未果，殊为遗憾。此外，唯白夏的《谈〈北京人〉中的北京人》(1942)、汇南的《我所见到的〈北京人〉》(1943)、王迁的《漫谈〈北京人〉》(1944)、柳涛的《读〈北京人〉》(1944)，也是知有其文却未能获得第一手资料，故未能选入。

① 张耀杰：《〈北京人〉的男权梦想及其破灭》，《艺术百家》2009 年第 3 期。

# 挽歌与赞颂

## ——略论曹禺的新作《北京人》*

金若卯

做为一个优秀的剧作家被广大的话剧观众所熟知着的而且热爱着的曹禺，继《蜕变》和《正在想》(关于这一独幕剧，几种批评不仅是不一致的，而且没有理解作品，容当另论)之后，在抗战第五年开始之际，完成了三幕剧《北京人》。在这里，他突破了他自己所创造了的并且保持着的剧作水准，即超越了《雷雨》，《日出》(我们该记得当时中外人士的一致的推崇)，《原野》和《蜕变》的造诣；在这里，他给与中国剧作树立了一个新的，前所未曾触及的指标；在这里，更明白的显示了他自己的特点——永远不肯草率从事，不肯浮光掠影，而一再向现实深处发掘的特点。

不可否认的，多年来曹禺的创作的道路是一条进步的道路。《雷雨》是运命的悲剧。那个时候，作者选择了他最熟习的一些材料，运用了他由钻研得来的大量的戏剧的技巧，一经搬上舞台，立即获得了无数观众的好评。在客观上，《雷雨》尽着暴露封建家庭中的黑暗的任务，却有着未经继续发展的宿命论的观念。但，无论如何，总是证明了这一剧作家有着无限前途的一篇习作。也许《雷雨》曾遭受相当苛刻的批评，我们必须知道，对于一个文艺工作者的认识，必须从总的发展过程中去看，我们不能从一部《少年维特的烦恼》去衡量到后来贡献了不朽的《浮士德》的哥德，也不能仅就《下层》(或译《夜店》)来判断高尔基的全部创作活动。《日出》的问世，说明了曹禺已经跨出了家庭的小圈子，接触着广大的社会。在社会现象中，他认识了而且强调的反对了“损不足以奉有余”的人与人的关系，给与我们潘月亭，李石清，黄省三，以及陈白露，翠喜，小东西那样的典型。他有意的(这是与《雷雨》不同的)揭发了黑暗面，同时，也指出了光明的所在(限于当时的客观环境，光明的人物没有出场，而方达生并不是一个积极的进步的典型)。

《原野》充满了原始的气息与原始的情感。通过仇虎，焦氏，焦大星和金子的关系，作者不是在写一个“传奇”，就算是一篇“传奇”吧，显然的，他表现了强烈的爱与强烈的憎，他要人们分辨爱与憎，他要人们强烈的去爱(不是狭义的性爱！)和强烈的去憎！(我以为，这里伏下了《北京人》写作的一点动机。)必须这样，是非善恶美丑才能分明；必须这样，才能

---

* 此文发表时，报刊还在正文前配发了一段编者短言：“曹禺先生所著《北京人》剧本，曾在本报港版文艺栏连载，我读过一个大概。中央青年剧社排练这个剧，并费了几个月的时间。以导演及演员们认真态度来看，这个剧的上演，一定和原剧作是相得益彰的——编者”。

为了真理与正义而斗争，而牺牲！而我们，懦弱的人们恰恰缺少这个，于是，曾经度过一阵子不算短的耻辱的生活……

伟大的抗战没有震撼了剧作家的曹禺吗？固然，开头两年，当许多剧作家热心服务于抗战，加紧编著各种抗战剧本的时候，他是沉默的。假如不以为是有意夸张的话，我想举出史坦尼斯拉夫斯基到一九二一年才演出了伊凡诺夫的《铁甲列车》的事情做比拟（详见卢纳卡亚斯基纪念史氏七十五岁诞辰的文字），他要完全的理解了抗战建国的内容，然后去反应它，并且陈述了他自己的思想；抗战将诞生一个新的中国，新的中国是从旧的中国中蜕变出来的，并且，新的中国需要着新的人。于是，他写了《蜕变》，在《蜕变》里创造了如梁公仰那样，如丁大夫那样，如丁昌那样的典型。

然而，广大的中国人民并不是全如梁公仰，丁大夫或丁昌那样的坚强，刚直，认真，充满了生命力。多少人，他是畏葸的，懦弱的，自私的，营营苟苟的。原始人类的，也是作者所希望的"要爱就爱，要恨就恨，要哭就哭，要喊就喊，不怕死，也不怕生，他们整年尽着自己的性情，自由地活着，没礼教去拘束，没有文明来捆绑，没有虚伪，没有欺诈，没有危险，没有陷害，没有矛盾，也没有苦恼……没有现在这么多人吃人的文明，而他们是非常快活的"。（《北京人》第二幕，袁任敢的台词）生活，在旧的一代中早已消失了，作者将它寄托在新的一代。因此，《北京人》即成为一曲旧社会的挽歌，他写出了没落的人们的悲哀；同时，《北京人》又是一个新时代的赞颂，他写出了光明的人们的成长。

不仅是视野角度的展放与思想深度的透入显出了作者的进步，而且，在技巧上，同样的，他不曾停留过某一点上。假如说《雷雨》中曾运用了大量的戏剧的技巧，那么，到《北京人》中，就更加洗炼了。它是单纯的，同时又是时时刻刻震撼着读者与观众的神经的。结构谨严，他不曾忽略了每一个细节；语言明确，没法子替他改动一句话；而曾皓，曾文清，曾思懿，曾霆，曾瑞贞，愫方，江泰，曾文彩，袁任敢，袁圆，陈奶妈，小柱儿……这些人物，又是那么明晰，活跃的存在剧本里。它是朴素的，但不沉闷；它是平凡的，但不呆板。它有着深远的意义，但是，并没有任何的"说教"。

就剧作水准说，《北京人》与《雷雨》之间已有了颇大的距离，这距离，是由作者自己的不断的进步——思想上的逐渐深刻与技术上的逐渐纯熟——所造成的；同时，也反映着近十年中国剧作的发展。

前面说过，当多少可钦敬的剧作家热心于抗战剧本的写作，以供客观需要的时候，曹禺是沉默的。沉默并不是搁笔。做为一个戏剧工作者——青年戏剧干部培养者的曹禺，未曾稍稍休息；做为剧作家的曹禺，同样的未曾稍稍休息：到今天，他送出了这部《北京人》——而《北京人》里并没有抗战烽烟！这是曹禺的没落吗？这是曹禺逃避现实吗？这是曹禺避重就轻吗？不！我们应该说：不！诚然，如果这四年的光阴让曹禺置身抗战烽烟——即接触了抗战中最艰难，最热烈，最富生死斗争的场面，而且不是走马观花的看看问问，是长期的生活在这里面，我相信，曹禺可能写出另一种题材的作品来。事实上没有这个机会，道听途说，浮光掠影所得，未能彻底认识，匆匆的写作，又违反了他一贯的创作态度。于是，他向另一方面发展了：他依然选择了他所最熟悉的素材，最熟悉的环境与最熟悉的人物，用把得心应手的解剖刀去解剖他们的灵魂——思想，行为与感情。《北京人》里的人物，不是历史上的，也不是属于明日的，恰恰是现在的，恰恰是生活于我们周遭的，说不定就是我们自己。我们不否认抗战的现实曾大大的锻炼了中国人，他们一直不停的在经历着苦恼的蜕变过程。同时，我们也不能否认还有大量的人们（不一定全是即将死去旧人物）未曾改变自己，或者仅仅披上了一件抗战的外套。他们，即使不是自私的，却如曾文清那样，欲爱而不敢明白的爱，欲憎而不敢彻底的憎，让环境消灭了翅膀的力量，想飞，不能飞；飞飞看——终于又落回了原处！这样的人，可能博得我们的同情，却永远不足为我们的赞颂的对象。作者了解，同情他，同时，又鄙薄他，批判了他。安于旧的环境，安于旧的环境所加在身心的痛苦，决定为了一个空幻的慰藉，不惜牺牲自我，如愫方那样又有怎样的前途呢？虽然作者对于她赋给了无尽的同情与无限的热爱，而作者的进步的思想——他对于现实的正确的理解，同时的否定了这种幻梦的可能性。现实是可以改变人意识的，人的意识不能随便更异现实。于是，愫方的“爱”，首先遭到了一个无情的质问：“这么一个好心肠，你为什么不放在大一点的事情上去?”跟着，是那么迅速，她的幻梦完全破灭了，一条歧途摆在面前：生或死。她不是没有自觉的，不是茫昧无知的，她要求生——一种有意义的生，愫方毅然的摔掉旧的一切，甚至连那唯一的一条耗子，走出了旧的环境。在旧的环境中留下的是畏葸的，懦弱的，自私的，营营苟苟的一群人，曾皓这个老头子，曾文清这个“飞不动了”的鸽子，曾思懿这个自私的女性，以及曾家“有的是”的耗子。对于他们，作者明白，除了让一首挽歌葬送了他们之外，是没有其他道路的。

我们不愿意听这一首哀婉的挽歌吗？不。当挽歌普遍的唱起来的时候，旧的中国不复残存了。我们应该让没落的没落，不必加以回顾吗？是的，然而，我们不要忘记了我们现在的环境与我们的任务：事实需要从这挽歌中彻底的去认识继续存在的事物，加速它们的死亡。

曹禺没有忽略了这一点。他不仅是用了北京人这样原始人类来做对比，一边是小耗子，一边是“拳头可以打死一百人”的老虎，更写出了一个浸染了敢生敢死的思想的袁圆，更写出了一个不断奋斗，终于走出旧的环境的瑞贞。这走，在瑞贞以及愫方，完全不同于易卜生所创造的娜拉，更不同于屠格涅夫所创造的丽莎。她们必须打破旧的环境的铁锁。剧里的北京人说了：“我们打头，跟我来!”（他一直的被当做一个哑巴，仅仅的说了这七个字。）瑞贞回答的是：“你在前面走，我们跟着来。”——这还需要饶舌的人代作者加以申释或注疏吗?

这里，我们分明的听见了作者的赞颂，一篇对新时代的赞颂。而这赞颂，不是向一个未来理想的，而是向着当前现实中最进步最光明的事物与人的。他们已经存在了，已经在成长着了。

在这样的意义里，《北京人》虽然没有直接的反映抗战，却深刻的反映了当前的现实的某一面，而完成了一个剧作家的任务。分明的，我们看见了一群人的衰老，没落，痛苦，挣扎和进步，在黑暗里透露了光明，在死亡中萌芽了新生。在每一段曾经锤炼的对白里，都流露着作者对于中国民族热爱——由于热爱而发出的激愤，憎恶，悲痛，同情与无限的希望。它们不仅感动着读者与观众，而且启导着读者与观众。它具有一种潜在的力量，诱迫着读者与观众追随着作者去深深的思索：《北京人》仅就表面来看，它不过是一个曲折的家庭故事，可是，多想想吧，通过这一个曲折的家庭的故事，曹禺正为了转形期的中国画就了一幅真实的又亲切的图画。

十月二十日，渝

原载《大公报（重庆）》1941 年 10 月 24 日

# 《北京人》读后

黄　英

读完《北京人》后，令人对于士大夫阶级的没落，感到无限的痛楚。同时对于新的一代又充满了希望。

曹禺可以算得上是目前中国数一数二的作家了，他所以得到如此高度的评价，不能只归功于剧作的热闹，技巧纯熟。最重要的一点，我以为是他所刻画的人物，意境都是“中国的”。一个作家的成功，应该向这方面走去。

自然，我们在曹禺以往的剧作中不难找出许多影响的根源，特别是《雷雨》《原野》……等。在《北京人》里，我们可以看到《海鸥》、《野鸭》、《毛猿》……等剧的影子，但他已经把它们融化而成为自己的。这种技巧的学习，自然是必要的。

《北京人》不像作者初期的作品，过分玩弄技巧。这已经是到了炉火纯青的地步；自然，生动，将一个北平家庭刻画得淋漓尽致。他不故弄紧张、高潮，以迎合观众，作者已经超越了《雷雨》、《日出》的阶段，这只要看全剧没有一句“独白”便可以知道。这确是“人生的”。

在人物方面，几乎没有一个不体贴入微，大奶奶，曾文清都是最显见的。如果一定要苛求的话，那便是江泰后来的太小丑化。

大概是由于写时的中断，前后的称呼，有时未能统一，而陈奶妈的先聋而后不聋，也怕是未能照料到的缘故。

《北京人》是现实的优秀作品，虽然作者可能用象征的手法。但我们希望作者不走上这一前途。因为明日的“北京人”，我们是不仅听见，而且看见了。在曹禺的作品之中，不可否认的《北京人》可以算得上是最成功的一部。几个阅后的朋友都很同意。作为一个读者的我，除了欣赏和希望看到演出外，别无话说。

原载《申报》1941年11月7日

# 《北京人》简评

干

《北京人》是写一个没落的旧家庭的破败，在这里，剧作者给刻划出了许多典型，全剧的骨干，是放在一个强悍泼辣的主妇身上，构成这剧的则还有立志守成而终于没有守住的老爷，有只知风雅吸食鸦片的标准大少，有寄人篱下的孤女，有倚靠岳家生活的夫妻，有还未成年而被结婚了的少男少女，此外则是人类学者父女，被作为模特儿的化装“北京人”的工匠，和没有出场的暴发户。作者似有一个企图，那就是除写出一个家庭的破败以外，还想以真的“北京人”来衬托出现时代的人类的虚伪与造作。

在演出方面，可说是成功的，大体讲来，演员并没有不适当的支配，特别突出的自然是成为这剧的主角的英茵，她演的是一个悍妇，果真就悍，聪明、刁狡、尖刻，办事有手腕，有魄力，欺人有心机，有卡子，要笑能拖长腔，能软能硬，举止说话都没一些儿作着，这自然是与一个人的戏剧素养有关。其次是演文彩（女儿）的钱樱，看上去就是一个有好心地的旧社会的可怜虫，将丈夫当作天，为了丈夫，可一切忍在肚里，哭起来声音是那么没有波动，是台上人，也是台下人。还有，则是演奶妈的戴耘，她有着那种倚老卖老疼人和忠实的本色，演女婿的徐立则有着一种失意的小官僚格格不入世的作风，演人类学者女儿的云风天真、无邪，并有男孩子的野气。此外，演奶妈儿子的芝桂，演大少的芷君，演孙女的王祺，演老爷的章杰，也都很尽职。

再要说到的便是导演，使我最满意的是充满全剧的北平风，从布景到人物，生活习惯都充满了历代帝王之都的味儿。其次是这剧本虽没有特别的高潮，但情节是曲折的，在处理手法上能使它有条一贯的线索，这的确是不容易的。

总之，这一个剧，正如我们在广告上所见到的一样，很有一些像“家”，也有一些像《雷雨》，看过《家》和《雷雨》而觉满意的人，看这剧想来也是可满意的。

再回过头来说到剧本，那就是作者有一种颇为奇怪的想头，对现实的鄙夷，却以原始的北京人作为一种理想，甚至为着追求光明而出走，也少不了那北京人的帮助。不仅使主题的积极性减到无以再减，使意识弄到模糊，而且是会引人到空想和虚无的境界的。显然，这乃是作者的世界观关系，我希望作者能在这方面努力。

原载《学习》第 5 卷第 4 期，1941 年 11 月 16 日

# 介绍《北京人》*

香港人是有福气的，在过去了的这个艺术季，我们看过了旅港剧人的两次大公演《雾重庆》和《希特勒的杰作》，听过了马思聪和斯义桂的音乐会，还有叶浅予的《重庆画展》……这表现出中国的新戏剧，新音乐，新美术运动都在向海外散播着种子。

寒冬虽然就要来了，可是也不能冻结着这些种子的生长，在圣诞节以前香港的观众还会有几次机会的。就在这星期的周末（二十九日）我们就将看到期待已久的旅港剧人协会第三次公演：曹禺先生最近的杰作，曾在本报《文艺》连载的《北京人》三幕剧。

《北京人》上月尾曾在重庆作全国首次公演，据说成绩非常好，票房收入超过了十万元。一般剧作家都认为这个戏在内容和技巧两方面的评价都在作者的成功作品《日出》《雷雨》以上。

剧情是写北京的一个破落的世家，祖父曾皓已是半身不遂，儿子曾文清是从小养尊处优，只知诗画而不问世事的公子哥儿，媳妇曾思懿则是个精明尖刻的少妇，整日喋喋不休，争风吃醋，为人小气专横，丈夫对她当然只有畏惧。孙儿曾霆是个年幼无知的孩子，才十七岁，娘已给他娶了一房媳妇，媳妇比他大一岁，两口儿当然谈不上什么夫妻感情。此外还有曾家嫁出的女儿文彩和留学归来的女婿江泰，文彩是个只知侍候丈夫的温顺的女人，江泰表面上挂了一块留学生的幌子，实质上正是个暴戾无能的草包。此外，还有曾老太爷的姨侄女愫方，因从小失了父母寄居在姨母家，寄人篱下的生活养成她隐忍驯顺的性格，而天赋美貌聪慧绝顶，可惜错过了与文清的姻缘，如今年华已是三十，一双宿命鸟当是相对默泣，自怨薄命而已。而曾霆的妻子瑞贞，她同样的是这个家庭里的被侮辱者，她在精神物质上受到层层锁枷，但她正年轻，她在最后终于说服了愫方一起飞越了这囚笼。此外有同居的袁先生，是个研究人类学的学者，他的女儿袁圆，是个活泼淘气生活习惯与曾家人完全不同的女孩子。还有袁先生的伙伴"北京人"，形貌古怪，好似人猿，臂力甚大，在这里，他显得是个伟大无比的人。也就是作者象征人类原型的"北京人"。

第一幕曾文清戒过烟后要出去谋事做了，临走时他说永远不愿回到这个家来，但当天火车脱班，仍没有走成。于是这家庭的悲剧一幕幕的展开了：隔壁暴发户杜家没命的讨债，说如果没有钱付债就要老太爷漆过几百道的老太爷视为至宝的楠木棺材作抵。老太爷惊闻之下，加上女婿跟他捣蛋和儿子的没出息，不禁气得昏厥过去了。

* 原刊中未署作者名。

文清从外面一无所获回来了，回家后看到家庭破落的情形，加上思懿假情假意的逼他纳愫方为小，他精神上痛苦不堪，只好吞鸦片烟自杀了。江泰因为偷了一瓶啤酒喝给警察抓去了，作了这个家庭的祭品的愫小姐也提起了勇气跟瑞贞和袁家一起走了。曾霆这孩子本来只知和袁小姐玩，现在她们都走了，他茫茫然不知去路了。而老太爷听到这晚寅时前杜家要把他寿材搬去时，他犹想挽救这个厄运，祈求的说："但愿杜家再能通融一下，也许这一来我们曾家的家运可以转一转了。"但是，儿子已经死了，年青的走了，曾家还有什么可指望的呢？

演员阵线如下：凤子小姐饰愫方，蓝马饰文清，王苹小姐饰曾大奶奶，舒强饰曾老太爷，奚蒙饰袁先生，沙蒙饰北京人，王静安小姐饰袁圆，金乃华饰曾霆，虞静子饰瑞贞，周伟女士饰陈奶妈，戴浩饰江泰，凌绾如饰文彩，陈健饰家奴张顺。这次以代表中国千千万万为我们习见的家庭人物出现，凭他们精邃的演技，一定带给我们极大的快慰的！

附注：北平以西周口店曾发现原始人类头骨，当时人类学家及地质学家命名此种人类为"北京人"。

原载《大公报（香港）》1941 年 11 月 27 日

# 读《北京人》

茅 盾

曹禺先生的新作《北京人》，将在本港上演，剧团还是大家闻名的演过《雾重庆》和《希特勒的杰作》那一个，听说又增加了新近到港的几位修养有素的演员，阵营更觉整齐；剧本是好剧本，剧团中从导演到演员都是长久献身于艺术，学识经验都很丰富，所以演出结果之佳美，可以预卜。

我不会上台演，也从没有编写过剧本，只会看戏；却又喜欢说短论长，隔靴搔痒之处，自不能免。然而剧团的朋友们并不讨厌我，又给我一个说话的机会，戏虽未看，脚本是读过了的，姑且就曹禺先生这部近作，说一点我的感想罢。

读了《北京人》以后，首先，我想起了曹禺先生以前写的四个剧本。如果说《雷雨》是打算表现出资产阶级家庭中的以及"事业"上的矛盾，《日出》是打算描写金融资本家的投机性及其不可避免的失败，那么，《原野》是由都市到了农村，作者所要表现的，似乎是一群同命运的人儿为什么要那样仇杀——这一个问题（我以为倘从好的方面去看《原野》，就只有这样提问题，而且要把这问题看作剧本的主题）。这三个剧本都是写在抗战以前的。《蜕变》是取了抗战现实的题材了，我只看过演出，尚未读过脚本，听说演出的台本因为经过检查，和原作颇有出入，作者自己也不满意，但倘使大体还不失原样，则在此一剧中，曹禺的处理题材的手法，形象思索的过程，特别是提问题的方式，和他以前的三个剧本是大有不同的。这两者，孰优孰拙，不是现在所要讨论，这里只是带便提起而已。

可是在《北京人》，作者又回到了从来一贯的作风，这宁是可喜的。《雷雨》和《日出》的重心都在暴露那些荒淫，贪婪，然而命定要没落的一群的生活，同时，和这对照的，也写到（如在《雷雨》）或暗示（如在《日出》）了光明的前进的一面。这黑暗中的光明，在《雷雨》中还是一个形象，但在《日出》中却只剩了个概念或理想，现在在《北京人》中，这是一个象征了——就是那位人类学家袁先生当作四十万年前的原人"北京人"的现代标本，野人似的大汉，据说是一个"顶好的机器工匠"，然而又是哑巴，又是思想意识情绪都很"原始的"一个人，在剧本中以"北京人"名儿出场的那个"怪人"！

曹皓一家，不用说，是属于没落的封建阶层，曾皓的那个曾经留学外国学化学的女婿也是这样的人物，只有他的孙媳瑞贞是例外。这一群人物，写得非常出色，每个人的思想意识情感，都刻划得非常细腻，非常鲜明，他们是有血有肉的人物，无疑问的，这是作者极大的成功。而和曾家一群人同住的，那个人类学家袁先生和他的女儿袁圆，则是一个鲜明的对照，两方面的生活，思想意识，都像黑与白似的，截然不同，断然是两个世界，这是任何人一眼都看了出来的。但是，也正因为是那样显明的一个对照，也正因为曾家父子夫妻翁婿这一群怎样看世界以及人与人的关系是被表现得清清楚楚的，所以我们不免要问道：作为曾家的鲜明对照的袁家父女，他们对于社会人生，人与人的关系，到底抱了怎样一个看法？换言之，他们的思想意识，在我们这个社会里，相当于哪一类人？自然，袁先生是一个科学家，但科学家也不是能够脱离于他所处的社会的群的关系而成为一个抽象的人物的。从这一点看，袁氏父女的外形虽然那么鲜明，而他们的“内容”却颇费猜详；这一对人物，倘在现实生活中出现时，将是一个“奇迹”，而在剧本中，则是一个哑谜了。

其次，曾皓这一家，当然不是在沙漠上，而且由于他一家之决定的没落，我们可以断言，围绕于他家的社会的一切，正在剧烈变动的过程中；事实上，作者也已经暗示了一二，曾家的邻居有做纱厂的暴发户杜家，瑞贞这一对小夫妻各有他们的和曾家人不同的学校同学，更不用说，还有同院住的袁先生。但是，除了袁先生的“奇迹”似的存在外，杜家和瑞贞他们的同学，在剧本中只有极少极少的带便提起，而且在剧情上，杜家不过是曾家故事发展中一个条件，而瑞贞他们的口里提起的同学(其实倘没有幕前的详细说明，我们几乎感觉不到)则亦不过用作他们的思想何以有点不同的说明罢了。究竟在养心斋以外的世界是怎样的一个世界，有什么变化在进行着？我们还不能得到一个明晰的印象。杜家和瑞贞的同学不能唤起一个丰富复杂的联想。

最后，在那作为象征的“北京人”的身上，也似乎有些哑谜颇费猜详。首先，“北京人”既是象征，它象征了什么？从剧本上，我们可以得到一个印象，和一个假想。印象是什么呢？这是一个在思想意识情绪上近于原人的“人物”，这是从作者的笔下直接感受到的。然而，他又是一个“象征”，向光明的象征，于是我们不得不问，作者的暗示，难道是要从“复归于原始”中找到光明么？据闻作者曾经在给朋友的信中，表示了并不是这个意思。我们细读剧本，也相信他不是。于是来了一个假想：“北京人”是象征了劳动人民大众的。作者用袁先生的嘴巴介绍“北京人”是“顶好的机器工匠”，似乎是一个暗示，而在最后一幕，这个“哑巴”开口，带领瑞贞和愫小姐斩关而出，似乎又是一个暗示。如果我们接受了这一个假想，那么，一方面看来问题似乎简单，而另一方面看来却又转为复杂了。因为现代劳动人民大众的思想意识情绪不是“原人”那样的，而在剧本上这一点却颇为强调，而且因此，这光明的“象征”对于观众亦将是一个哑谜，尤其对于比较落后的观众，则将产生违反了作者本意的感想。

以上三点，是《北京人》中未能圆满解答的问题。但这并不是说，因为有了这一些，《北京人》的优点，它的成功的人物描写，它的对于封建的旧制度和人物的暴露和讽刺，就此失了光彩。在这方面，曹禺先生的光荣的努力和成功，依然是值得钦佩的。曾家一家人的无色彩的贫血的生活，就像一个锤子，将打击观众的心灵，使他们战栗，当然亦将促起他们猛省，用更深刻一点的眼光来看看他们周围的社会和人生。不，决不能估低《北京人》的价值，估低它的社会意义。但是也正因为如此，我以为沉默便是冷淡，而客气又同于敷衍，故在上演前夕，率直地说出了我的感想，不知贤明的作者和贤明的观众读了以后觉得怎样。

二十三日

原载《大公报(香港)》1941年11月29日

# 关于《北京人》的速写

## ——为了介绍《北京人》底演出

胡　风

《北京人》底单行本到了，公演又在迫近，我匆匆地读了一遍。有一点感想。S君劝我写出来，我也想试一试，题目就叫做《〈北京人〉里面的多余的人和托梦的人》，但在公演之前无论如何是做不到的了，现在只好拉杂地写几句。

平面地看，《北京人》是对于封建社会的挽歌和对于一种新的生活的向往。然而，在我们底感受上，作者底挽歌是唱得那么凄伤，那么沉痛，我们可以毫不踌躇地说，有些地方是达到了艺术的（我是在它原来的意义上写下这个形容词的）境界，但当他在挽歌当中终于向往了的那"一种新的生活"，却使我们感到飘忽，渺茫，好像是在痛苦底重压下面累透了的人底，一个仅仅为了安慰那痛苦的梦。所以，作者愈是把他底梦染上浓烈的色彩，我们就愈觉得那梦和现实远离，好像是两种不能粘在一起的东西被勉强地缚在一起了。

如果说，新生活是从旧生活底崩溃里面诞生的，在旧生活底崩溃里面要透出新生活底脉络，如果说，现实主义的成分能引出浪漫主义的成分，浪漫主义的成分本是现实主义的成分底开花，那么，现在的这情形到底是由于什么呢？

这当然也应该从作者底整个发展过程上去看的，但现在我们底追求还只能限定这作品本身上面。那么，除了作者自己决不会是那样的，仅仅为了增加舞台面底变化这作用以外，我想有两种可能的解释。

第一，打动了作者的是封建家庭（以及封建社会）底那一幅悲惨的图画，哀挽的心情使他禁不住要歌唱它底崩溃和灭亡，但作者的愿望不能在挽歌里面得到满足，于是在废墟上面创造了一个梦（他自己当然认为是一条出路），使能够不死的人物向那个梦里逃生。

第二，作者原也看清了围绕着这种家庭的更具体的情势和这当中的可能的发展，但为了他底作品能够在读者和观众面前出现，于是只好用一个不说话的梦来代替了许多要跳出来的，复杂的东西。

我们应该同意哪一个解释呢？

但无论是哪一个解释，都关联到作者创作底方法上去。依前一说，那是作者的创作方法被他的题材拖住了。艺术，不但不能是某一个现象底记录，而且也不能是某一个现象底孤立的发展，应该是从全的社会情势上对于它底现实性和可能性的综合的把握和提高。当然，我们不能怀疑作者忘记了这个创作的基点，他所选的一个人物（瑞贞）就说过有一些朋友，且知道"有这么一个地方"，这是他建筑梦的铁骨，然而，我们虽然也要求梦，但我们更要求由现实到梦的道路。如果仅仅是一个梦，那作者就向我们提出了实例：一方面，他只好送出“象征”式的“北京人”和袁氏父女，另一方面，他不得不摆脱了和这种家庭相纠缠着的一些触手，如像这种家庭应有的和封建社会的牵连着的血缘，和新起的资本主义势力（隔壁的“暴发户”）的更复杂的纠葛，以及和无论怎样解释，这事件都是应该发生在抗战前几年的北平的这个有生力量的时代激流的交涉……也许在作者看来，摆脱了这些触手也能或者更能写出那个人生底悲剧性，但我们却以为，在真实性底意义上的悲剧性，只有在和那些触手的更大的具体斗争里面才能够完全地获得。在这个意义上说，作者创造出来的几个性格凸出的活的人物，似乎是枝叶繁茂的，但实际上却还各各经过了被单纯化了的一面。我们底分析是从作者所把握的对象本身出发的。

依后一说，我们当然同情作者底苦恼和他底奋斗，但也依然不能不回到上面所说的创作方法上的问题去。因为，即令在今天的处境下面，作者对于他所把握的对象也可能做到某一限度的发掘和发展，而且，在艺术的要求本身上说，恐怕那发展也只能到某一限度为止的罢。我们底分析原是先就抛弃了所谓“意识”底膨胀这一个有害的要求的。

但无论是由于哪一个原因，作者在这里给与我们的是在灭亡的路上痛苦着的生灵，我相信，在努力的演出里面，演员和观众会要和作者一同叹息，苦恼，低泣，甚至痛哭。然而，在这叹息，苦恼，低泣，甚至痛苦的孽海里面挣扎着的求生的意志和奋斗，还只是寄托在一个梦里，没有能够在“现实社会”这个原野上面冲出一道水光四射的，滚滚的洪流。

一九四一年秋，香港蚓楼。

原载《大公报（香港）》1941年11月29日

# 祝《北京人》的上演

黄药眠

我没有到过北京，但读过了曹禺先生的《北京人》以后，我却好像亲自到了那个历史的故乡，深深地体会到那里面某些人群里落寞和荒凉的气息！在南方，我们虽然很少看得见像曾家那么古典的封建家庭，但是只要我们闭目一想，中落世家的破落的场面不是到处都是么？这是中国近一世纪以来的悲剧，曾家的没落正表露了这个悲剧的一个侧面。

至于曹禺先生这个剧本是写的很成功的。他把读者和观众慢慢的吸引到他所布置下的作品世界里，使读者和观众们都能够深切地了解到每一个剧中人物的内心。曹禺先生不仅剖露了在这个社会里面人与人之间的矛盾，而且还深刻的解剖出每个人内心的矛盾。作者并没有直着喉咙在高喊打倒封建的家庭，不，他甚至对于那些在封建社会里面辗转呻吟的人物，以至于被封建社会所牺牲的人物，寄予同情，但是当他告诉了我们这些人在这个环境里是如何生活，如何感觉，如何思索，如何受着苦难的时候，我们又会自然而然的得出一个结论，即这个社会制度必须打破而且不能不打破。

曹禺先生最先给我们心理上一个沉重的压迫，然后慢慢的慢慢的给予我们一点黎明的薄光。在这一点上我们是微微地感到一点不足的。

现在这个有高度文学意味的《北京人》又在本港由旅港剧人演出了，过去旅港剧协同人在演出《雾重庆》及《马汉姆教授》时都曾有过辉煌的成就，这一次《北京人》经过了长期的排练，导演和演员的努力，它的成功是可预卜的。

我们预祝这次《北京人》上演的成功，同时也为全港人士能够看到这样好的戏而庆幸。

原载《大公报(香港)》1941 年 11 月 29 日

## 关于《北京人》

黄舞莺

《北京人》是一个描写旧家庭没落的剧本。这个旧家庭是封建社会的一个代表。封建社会的没落是有其必然性的。当资本主义兴起的时候,它就开始了它的可悲命运。在《北京人》这个剧本里,我们看见了众多的生活在封建社会里,传染着旧习惯的许多人物,他们曾经怎样的努力挣扎,而终至于无用地倒下了。这许多人物的描写上,守旧的,偏私的,才子佳人的,作者曹禺先生有着非常的成就。但这些可怜的人物为什么会弄得这样的呢?作者并没有在这方面多加以笔触。

可是,也并非全然没有的,隐在幕后的还有一家暴发户。它虽然躲在幕后,却不能不加以注意的。

除此两种人物之外,人类学者,和他的女儿,和一个"北京人"是另外一型的。这一型它本身有着特殊的意义,并且由于它而影响及了那个封建旧家庭里的若干人员。所谓"特殊的意义"是什么呢?在这里,我们看到了,作者的哲学思想。

这一个作者的哲学思想,有一位姓郑的论客,曾经大加讨伐过的,认为是曹禺艺术创造上的绝大阻害,相反,我们敢于这样说,能够使曹禺将来有更伟大的成就,就是它为我们保证了下来。而曹禺在过去的成就,也就是由于它而来。而使曹禺在过去的作品上不能达到最高水准的,亦在乎此。因为它还没有发展到洗练的阶段。

这是为什么呢?

一个作家所必要的能够看得更远一些。

就是在这个剧本里面,我们仍然感觉到有许多不够成熟的地方。人类学者意味着什么呢?他的女儿意味着什么呢?而"北京人"更意味着什么呢?进步的形象决不是这样抽象性的。如果说第一个代表着科学精神,第二个是生命的活力,那末第三个是什么呢?由他的服装的变换上说他象征着劳动者吧,那末我们得说,一个劳动者的存在的价值,决不是他的原始的形体的相似,而在乎他的创造行动。至于科学精神和生命的活力也者的典型的描写,在我们的想象中也不全然是这样的。

这样无疑是一个"关",在曹禺的身上,他是在努力闯过这个"关"。渡过了这"关",我们可敬佩的剧作者会获得更多的成功的,这是一定的!

一九四一,十一,二八,晚。

原载《华商报》1941 年 11 月 29 日

# 蜕变中的《北京人》

易　庸

## 一、忍不下去了

把曹禺的《北京人》读了一遍，最大的一个感想是：曹禺已经到了"脱颖而出"的时期，曹禺的创作生活向前迈进了一大步。

曹禺是对于社会黑暗，观察得很深刻的一个剧作者，他比一般人感觉得更具体更深透；但是就他过去的作品来说，他对于黑暗的暴露，与其说是"批判"的，倒不如说是"欣赏"的更恰当。他对于社会的黑暗，是以一个旁观的作者地位，来加以描写，譬如他的《雷雨》，譬如他的《日出》。虽然在那些作品中，他也不满于过去与现在，而模糊的望着将来，但是整个的态度与作风，是表示他对于现状有一种惊叹的"欣赏"；他觉得这些黑暗虽然丑恶，却是一种"美"。《日出》与《雷雨》的题材是最丑恶的一面，然而在他的笔下却写成了美的悲剧。

但是《北京人》改变了，他对于黑暗不再视为美，也不愿意再欣赏下去了。因为黑暗太浓重。

> "人总该有忍不下去的时候！"（剧中人愫方）在黑暗的日子中过得太久；
>
> "闷极了，我也要革命！我也反抗，我也打倒，我也要学瑞贞那孩子交些革命党朋友，反抗，打倒，打倒。反抗！"（剧中人江泰）

当然，这并不是说曹禺已经有一个新的理想，要真正实行"打倒，反抗"了，但是《北京人》至少是说明作者曹禺，已经不是在欣赏"黑暗"，而是对黑暗"忍不下去"了。

## 二、采取全面的攻势

曹禺是对于社会黑暗观察得很深刻的作者，但是他过去只捕捉了黑暗的一鳞半爪，一枝一节，没有作过全面的综合。《北京人》是对于整个黑暗社会的暴露与批判。在《北京人》中，对一个角色代表社会人物的一种典型，每一个事件代表社会黑暗的一个动态。我们无一不可以从现实中按图索骥地寻出这些典型的存在，这些动态的根源，谁是"在棺木里打滚的人们"，谁是成天"只会做梦苦恼"怨天恨地的"活死人"，谁是"满脸堆着笑容，心里却暗藏刀剑"的阴狠者，谁是"已经不会飞的鸽子"，谁是"可怜的小耗子"？……这些人物，不但隐藏在社会的每一暗角，而且在整个的中国白昼往来，有些正在当权执政，而有些正在"痛苦"呻吟。

使这一片黑暗愈来愈深重的是这样一群耗子：

“白天说说把寿木送给人家容易，到半夜一想，这守了几十年的东西一会儿就要让人拿去，——你想他怎么会不急！”（剧中人陈奶妈）

把“快乐完全放在一个人的身上”，而“不放在大一点的事上去！”（剧中人瑞贞）而最后是黑暗与土墙（一个破落社会的象征）一齐崩塌。

“告诉过你，要塌，要塌！现在，你看，是不是？”（剧中人江泰）

这一个全面的暴露，正是作者对黑暗的总攻击。曹禺已经对黑暗不作一枝一节的“欣赏”了，现在他对整个黑暗采取了全面的攻势。

## 三、《北京人》的蜕变

也许有人对于把“北京人”这样一个人类祖先，作为人类未来的象征，光明的理想，要感觉不满。

是的，曹禺在《北京人》中，是把这种原人作为未来理想的象征。他说道：

“这是人类的祖先，这也是人类的希望。”（剧中人袁任敢）

而这种人，不过是一些四五十万年前“要杀就杀，要打就打，喝鲜血，吃生肉”的野人而已，这种原人，倘存在到现在的世界，至多也只能做到非洲的黑奴，中南半岛的土人，并没有光明远大的前途；一个理想的人类前途，决不是“喝鲜血，吃生肉”，而是有更高的文明基础，更大的文化力量。

但是用来破坏一个糜烂已久的社会，振奋一个萎缩已甚的人心，却未始没有相当的意义。为了根本否定现在的黑暗，我们需要原始人类“要爱就爱要恨就恨”的犷悍和粗野。在一个新的人类典型中，至少要具有他祖先不妥协、不苟安的血统遗传；北京的原人正是未来的新北京人的一部分，正如全新的社会是旧社会的蜕变与脱胎一样。

曹禺现在是在蜕变与脱胎之中，我们希望他的《北京人》蜕变为更高的人类理想。

原载《华商报》晚刊 1941 年 11 月 29 日

# 《北京人》上演小感

钢　鸣

看完《北京人》这个剧本，心头引起了一种怅然的怀旧之感，我虽然不是出身那没落的士大夫家庭之中，但《北京人》这剧本所描写的士大夫家庭没落的情景，对于我们曾和旧社会有过一些接触的人——特别是我们这一辈敏感的知识分子，都会感觉到它的亲切细致，体贴入微，给人带来那抑郁苍茫之感。因此我觉得是一个感人很深的剧本，也是曹禺的剧作中，写得最细微完整的作品。虽然比起《雷雨》来，缺少那股悲愤的热情；比起《日出》来，缺少那无情的讽刺与深刻的暴露；比起《蜕变》来，缺少那明朗的广阔与丰富的时代特征；然而《北京人》，有着它那特有的抑郁的气氛，和悲凉的情调。是一首士大夫阶层没落的哀歌，充满着凄婉动人的情味。

我觉得作者最成功的，就是他描写那古城的情调，和那黄昏气氛中士大夫家庭没落的情景，给与那些害怕门外的险恶的风浪，而天天躲在那阴暗的“雅室”中品苦茶，看古画，谈古书，度着他那怒海余生的“耗子”一般的生活，靠着祖宗积下来的一点“余荫”(其实他们连耗子都不如，因为耗子在没有吃的时候，它还能阴谋鬼蜮地去偷取，可是像曾文清这种人连偷的勇气都没有)，在没有死之前，就只有以悲悼着自己的没落的命运为自遣的人们，衬托出更悲凉阴晦的背景。这是一个诗与俗互相渗透的艺术剧作。与其说我对这剧本有着喜爱的话，那我是喜爱这表现北平生活的气氛与情调。对于剧作中这些人物，虽然有着令人同情的人——如愫方，文清，曾霆，这些人物，但我都不喜欢他们，他们太懦弱了，他们用自己的悲哀和痛苦来养着自己，支持自己，吃着自己的手脚来养着自己，如愫方所说的：“……活着不就是这个样子吗？我们活着就是这么一大段凄凉又甜蜜的日子啊！叫你想想忍不禁要哭，想想又忍不禁要笑！”这真是那怯懦的知识分子们，“精神胜利”的典型的思想。

若说艺术作品是反映社会的一面镜子，那末在这个剧本里，就可以照出封建残余士大夫阶层的没落命运，也照出了从旧社会中生长起来的中国知识分子，最软弱的一面；这里是值得我们警惕的。虽然作者自己在剧作中，想用那原始的力，和虚无的强烈的爱与憎来和这些怯懦的人们作对比，但这是野性的呼声，不是鸡鸣的报晓。这里面所写的还是黎明前的昏夜，没有透出一抹时代的曙光，那一道古朴的门第的大门还关得很紧……不过现在时代是已经黎明了，今天中国知识分子的道路是明朗的，只要从那古朴的门第走出来，世界是清新的。这剧里面的小媳妇瑞贞，却真的走出来了，虽然还没指明去路的方向，但是在路上她会遇到伙伴，会看到路标。我们看这个剧时，应有这样的决意，正如契诃夫的《樱桃园》里那个憧憬光明的少女安娜离开她那没落的贵族家庭所说的:“再见了,家,再见了,旧生活!”

这次旅港剧人上演这个剧本,无疑的,将在演剧的演技水准上有更高的成就,因为这个剧里的每个人物的角色,都能给每个演员以充分的发挥他们的演技机会。这个更丰富更深入生活的戏剧,这个剧的演出,它会给中国现实主义的演剧艺术,走向更真实洗练的道路上去,我敢预祝这次演出是成功的!

原载《华商报》1941 年 11 月 29 日

# 谈《北京人》的人物

华　嘉

“北京人”，原是人类学家与考古学家所最新发现的原始人的一种。在曹禺先生的《北京人》里，他假借人类学家袁博士的话，说出了：“‘北京人’——这是人类的祖先，这也是人类的希望。那时候的人要爱就爱，要恨就恨，要哭就哭，要喊就喊，不怕死，也不怕生，他们整年尽着自己的性情，没有礼教来拘束，没有文明来捆绑，没有虚伪，没有欺诈，没有阴险，没有陷害，没有矛盾，也没有苦恼，吃生肉，喝鲜血，太阳晒着，风吹着，雨淋着，没有现在这么多人吃人的文明，而他们是非常快活的。”这一番话是一个楔子，从这一番话引出了剧本《北京人》的一些人物。

作为《北京人》的全部主干人物，是曾公馆的三代：第一代是老太爷曾皓，第二代是儿子曾文清，媳妇曾思懿，女儿曾文彩，女婿江泰，还有一位亲戚愫方小姐，第三代是孙子曾霆，和孙媳妇曾瑞贞。本来，曾家还有第四代的，那就是瑞贞肚子里的孩子，可是作者要为这破落户断根，所以这冤孽的第四代是没有出来便夭折了；不过，破落户的根还是残存着的，那就是大奶奶思懿肚子里的宝贝，还是封建残余的影子，但亦止于第三代而已。从第四代起这个破落户的家庭是要改换一个面目了，而且这改换还是彻头彻尾的改换。只就这一点，曹禺先生是用意深长的。

其次，贯穿曾家三代子孙的有一个很大的共通点，其实也是一个很大的弱点，一句话，这是封建性的劣根性。当然，你要把这解释作遗传也可以，然而这所谓“遗传”，主要的还是所谓家庭礼教的陶熏，和为“人吃人的文明”所束缚，也就是说，还不能解释作纯粹先天的。因为，即使在这样的一个封建家庭里，也出了一个孙媳妇曾瑞贞，她莫名其妙地被人为了要替这家庭生儿育女而强迫着和一个性情完全不相投的小丈夫结合在一起，忍受了两年，终于喊出了：“人总觉有忍不下去的时候——我要走！”并且以行动实践了她的呐喊，在“黎明以前那段最黑暗的时候”，走出了！她是家庭的叛逆者，是旧礼教的叛逆，是“人吃人的文明”的叛逆，但她却正是“最黑暗的时候”里的一点“光亮”，因为她使人看见了“人类的希望”。被逼着和一个不认识的女性结婚，而他自己还是一个孩子呢！袁圆说的对：“你呀，就是那么一个小耗子！小耗子！”可是，到了最后，这小耗子也懂得了，当他听到他的母亲还要养孩子的时候，忍不住“绝望地”、“狠而重地”向他母亲说：“唉，生吧！”

另外一个叛逆是愫方小姐，一个“把自己的快乐完全放一个人身上的”，有善良性格的完人。她为了她所痛苦地所爱着的“一个废人”，愿意代替他在家里忍受，陪伴着整天“在棺木里打滚”的曾老太爷，和爱那非常憎恨她的家庭当权者曾大奶奶。她是一个完人，也有一付苦心肠，她曾劝瑞贞“在外面还是尽量帮助人吧！把好的送给人家，坏的留给自己，什么可怜的人我们都要帮助，我们不是单靠吃来活着的啊！”可是，她不知道她自己却是这个世界最可怜的人，因为她还有一个梦，她亲眼看着这个家庭的大儿子，也是她十多年来痛苦地爱着的人儿，是终于脱离这个家庭，“他走了，他要成为一个人，死也不再回来了”。为了这，她才愿意把一切苦难担当起来。然而，事实是残酷的，她爱的人儿终于还是“飞不起来”，失望中，这个完人也不得不要离开这一潭污水。在最后，也是在“黎明以前那段最黑暗的时候”，含着泪告别了这个“土墙已坍了”的破落户，走向黎明之路。

当觉醒的人们要离开这个家庭的时候，家庭当权者的大奶奶已把大门上了锁，在她的下意识当然以为关了门便可保有这个破落户和她自己的权力，然而，“北京人”，这“人类的希望”却以沉重的声音回答她：“我——们——打——开！”因此，“北京人”，这个新的希望与新的影子，在整个剧本里是表现着一种力，这是可以摧毁旧世界的力！

作为维持这个破落户的尊严的象征是曾老太爷，一个成天地想着把自己的棺木漆了一次再漆一次的老朽。他要维持他的尊严，然而他为了害怕他将会失去他的倚靠，他牺牲了一个女人（愫方）的幸福；同时，他更害怕他的儿媳妇，因为她才是今天支持这个破落户的当政者。他的存在只像一个幽灵的存在，也不过是废物而已。

至于曾文清和江泰，恰巧是一对混蛋。文清自己说得好：“哎，他（江泰）也不过是说说罢了。他也是跟我一样。我不说话，一辈子没有做什么。他吵得凶，一辈子也没有做什么。”这一句话说穿了两只破落户的“耗子”，都是混蛋而已。不过，江泰还有一个时候使人非常相信他，因为他说出了他可以向一个发了财的朋友借钱来支持这个家庭，这甜蜜的梦确乎使这一群破落户里的“废物”浸入了空虚的梦想中。然而事情是这样揭露了：这位自命不凡的英雄，结果是偷了一瓶酒，在拘留所里蹲了大半个晚上，然后又给押了出来。

这虽然只不过是一个梦想，可是就在这个家庭里，却还有个人“倒是怕江泰回来，万一借着了钱，把一笔生意打空了”。这个人就是家庭当政者大奶奶曾思懿。她是一个“自命知书达礼，精明干练，整天满脸堆着笑容，心里却藏着刀剑”的当权者。是她把持了这个破落户，表面上她是处处为这破落户操心，可是事实上却是要从这破落户榨取她个人的利益。开始时她非常注意曾皓的存款，后来发觉那个银行存折只是一个空折时，她便勾结了隔壁那个暴发户，第一是把曾老太爷的棺材抬了抵债，第二是想把房子也卖掉了，自己好从中捞一笔，这些事情都暴露在戏剧进入最高潮的时刻。这个破落户的家庭里面原来养了一群“耗子”，这些“耗子”都在各处自由地进行着腐蚀的工作。作为当政者的大奶奶，原来更是“耗子”中的“耗子”，这倒是一个使人不寒而栗的暴露，而也亏了这一次暴露，“耗子”都现出原形来了，这个破落户也就全部坍毁了。

在这一群破落户的废物里，曾文彩是一个可怜的被牺牲者，她不仅是一个病美人，而且她的灵魂也实在失掉了健康，她崇拜着她的堕落的丈夫，且甘愿作丈夫的奴隶。她是可怜的，但更值得可怜的还是才不过十七岁的曾霆。在两年前他便糊里糊涂的。

曹禺先生也许要在家庭里插入一些不调和的人物，所以有了人类学家袁任敢博士，和他的女儿袁圆小姐，他们是过着正如袁博士所宣言的“北京人”般的生活，但这种回到大自然的生活也许不是明日的“北京人”的生活吧？可是，瑞贞和愫方确是和他们同时离开这个家庭的。

和曹禺先生的其他几个剧本一样，暴露的一面是非常技巧地达到了，只是“明日的”事曹禺先生却很像要留给读者自己作答而表示缄默。如果缄默只是为了保留一个深长意味的含蓄，而不是“无”的话，那我们是无异议的。可是，从《雷雨》到《北京人》，曹禺先生在这一点是始终缄默的，虽然比较地，《北京人》已经比以前诸作品向前踏进一步。

原载《华商报》1941 年 11 月 30 日

# 《北京人》小谈

周 伟

在《北京人》里面，我们可以看到活着一群耗子似的人物，他们靠着祖上的遗产，几十年来度着舒适的日子。如无力治生，只知关门纳福，吃补品，漆寿木，维持封建道德的曾皓。从小就熏染着士大夫习气的曾文清，长年悠然的生活在吟诗，作赋，品茗，书画里，他懒散，无魄，懒于思想，懒于行动，虽然偶尔因受逐渐逼来的一切家庭苦，曾经也使他一度想离开这幽灵似的门庭，滚到广大的人海里去，但他终于怕风浪而不敢远走高飞。他已经是一只失去了飞的勇气的鸽子，他仍然徘徊在阴森的巢窝，让不良的嗜好(吸鸦片烟)摧毁了自己。此外还有怯懦但又温存，甘心受丈夫欺凌的曾文彩，这些人物在《北京人》里面，都是正面的代表了士大夫阶层没落的典型。

然而也有觉醒的一面，曾家的孙媳妇曾瑞贞，她就代表着光明而又有希望的人物，她年轻，她坚强，她再压抑不住自己所受的苦痛，她厌恶，憎恨，愤懑，她深深的了解到自己在这家庭中的不幸，她抱着绝大的反抗与热望，终于跳出了士大夫的门第的枷锁！走向她所要的道路！

《北京人》的题材也像《雷雨》，同样的给观众一种亲切贴近的感觉，但《雷雨》是一个偶然巧合的命运悲剧，在暴露了那旧家庭罪恶之后，用死来结束那悲剧中的人物，这给人的印象实在太悲惨了！令人觉得它缺少一些活力。但《北京人》呢，我觉得它像是暴风雨的沉郁天气，天色虽然是阴沉暗淡的，这些人也是在没落的命运里面叹息着，然而我们感觉到有一种活力潜伏在里面，如“北京人”，袁任敢，袁圆，以至小柱儿，陈奶妈等，都充满着朴素的活力，使我们看见一方面是死气沉沉的幽魂，另一方面却是充满生气勃勃的生命。这两种人物同住在一个屋子里，强有力的对照着，瑞贞与愫方就是挣扎在这两种生活中的人物，结果她们终于走到广阔的大地上去，不再是《雷雨》那悲惨的结局，而是一个希望的新生，所以我觉得它比《雷雨》更有社会意义。

现在《北京人》上演了，我很高兴能参加这次的演出，像这种大家庭生活中的现象，许多人是亲眼看见过的，或者许多人是亲身经历过的。这是多么动人的一个大家庭没落的悲惨的事，我爱《北京人》，我也敬爱作者。

十一月廿八日

原载《华商报》1941年11月30日

# 题《北京人》

晦　晨

望千年尘沙笼罩古城，
古城脚下蠕动千年的灵魂，
曾皓气咻咻舍不得棺材，
曾文清赖恢恢提不起腿劲。

两个女妞妞，
爬望着城头，
尘沙一满眼，
看也看不见。

城西北卷起了一阵冷风，
尘沙落地了尘沙又旋空，
城头上站着一位巨人，
手上是铁锤，挺着赤色的心胸。

女孩子见了他，
女孩子害怕；
女孩子望着他，
女孩子想他。

无奈那巨人眼儿睁睁，
像是土里面新爬出来的粗人；
他埋在北方黄土下多年了，
他埋在长江和珠江的地底层。

他有多少寂寞，
有多少泪流，
泪流在土里，

血拌在黄泥。

现在，他站起来像是一个奇迹，
奇迹中还有更大的奇迹：
漫天尘沙像死尸一样坠下，
土里人伸出头开口言语。

女孩子不再怕，
女孩子跟着他，
他们开步走，
手儿拉着手。

原载《华商报》1941 年 11 月 30 日

# 《北京人》礼赞

柳亚子

旧社会，已崩溃；
新世界，要起来！
只有你，伟大的北京人呀；
承继着祖宗的光荣，
还展开着时代的未来！

破碎的大家庭，
已面对着不可避免的摧残！
老耄的白发翁，
还依恋着古旧的棺材！
长舌的哲妇，
自杀的懦夫，
都表现着旧社会的不才！
只有你，伟大的北京人呀！
一分力，一分光，
正胚胎着时代的未来！

多情的小姐，
洗净她过去的悲哀！
被压迫的小媳妇儿，
冲破了礼教的范围！
跟着你，伟大的北京人呀！
指点着光明的前路，
好走向时代的未来！

原载《新华日报》1941年12月3日

# 《北京人》在指示些什么

英　鸣

去年圣诞节，我曾带着眼泪，看完了《雷雨》那悲剧。今年，在圣诞节底前夜，我所看到的《北京人》，已不只是悲剧，而简直是一幕家庭的惨剧了。

《北京人》由于作者曹禺先生底深刻的描写，紧张的布局，已把全剧所有暴露的现实，获得了造极的表现，剧情的咄咄迫人，以及各演员的超人演技，使每一个观众都给震动起来。在这情境里，留在观众脑海中的，已不是单纯的同情，且莫不急于迸出疑问："现实既然如此，那么，被压迫的妇女们该怎么样呢？"

在《北京人》中，女性是占住了重心的地位，而作者又在重复这重心上寄以深远的希望与暗示。剧中人物愫方与瑞贞，都是象征着进步新生，代表着人类未来幸福的憧憬。正因为如此，二个女性发展是富有社会意义的，因此，《北京人》在指示什么？大概可分三点说。

## 一、旧的时代是永不回复地死去的

如果说《雷雨》是暴露封建式大家庭的罪恶，那《北京人》就是指出这种罪恶的家庭底必然末路——崩溃。

曾皓的家庭是像一所纸糊的房子，又像一个害着"第三时期"肺病的人，尽管他底"门面""规矩""礼数"装得多么吓人，尽管曾皓的庄严，思懿的奸猾凶悍多么不可侵犯，但到头来，纸糊的房子到底是经不起一阵轻风，便要撕裂了！

这种迅速的崩溃，绝不是偶然的。并不是因为曾老头子手头没钱，就给杜家的暴发户夺去了他的一切这样的简单，原因是在封建制度之下，养成了一窝依赖、贪安、荒淫和堕落的糊涂虫，像文清的颓靡不振，江泰的癫疯懒惰……这一群废物，他们整日在蛀食旧时代制度的残羹精髓，所以加速了末日的到临。

"曾家"就是深深地在反映着千疮百孔的旧社会的，毁灭与破碎的痛苦，而绝没有半点生命的希望和光明。

因此《北京人》对我们第一点启示是指出旧的时代，已命定地无救地死去了。我们知道，一个社会是有着它底生存，发展及死亡的过程的。当社会正在发煌的时候，人们底任务是把这社会推向前面；但当它濒于崩溃时，人们底工作就是怎样去毁灭它。在《北京人》中，显示着旧的时代已经腐烂到极点了，留在我们面前的，不是迟疑不决，而是努力向前。

## 二、"不能忍受的生活，应该不顾一切毁灭"！

后来的女性，都是犯着依赖、苟且、因循、懦怯不前的大弊病。她们有着"自怨命运"的惊人忍耐，而普遍地失去了奋斗反抗的精神。当然，这是不能责怪她们自身的。因为历来旧社会都没有给女性创造一个自由发展的机会底缘故。但正因为如此，女性总是成为历史上悲剧的主角，尤其是在封建制度里，这种可悲的现象是发展到极度了。《北京人》中的愫方与瑞贞，最初不也是具有了这种性格吗？愫方就是一个典型。

看过《北京人》的人，谁也知道愫方在曾家的处境是怎样的悲苦，她过着整日看人家眼色的生活，内心里受着感情上的无限压制。冷嘲、热讽、嫉妒与折磨，像千万支火箭伺在她底身边；本来，这样的生活，"是可忍也，孰不可忍"。但愫方竟忍受了，为了一个废人文清，甚至当瑞贞轰她出走时，她竟然说出："我觉得我，我在此地的事还没有了结。""他走了，他的父亲，我可以替他侍候；他的孩子，我可以替他照料；他爱的字画我管，他爱的鸽子我喂，连他所不喜欢的人，我都觉得该体贴，该喜欢，该爱。为了……"为了什么呢？为了一个废人文清。由此可见，女性是普遍的保有忍耐，而这些忍耐却不是创造反抗的坚持，而是因循，懦怯等缺点的表示。虽然，后来愫方终于出走了，终于挣脱了那些牢笼。但是，正像瑞贞所说："多少事情是要拿出许多痛苦，才能得到一个明白呀。"

从这个教训，我们认识到在这新旧交替的时代，是充满了战斗与革命。我们的忍耐是要有代价的，有目的的。到了再不可忍耐的时候，我们必须反抗，"不能忍受的生活，应该不顾一切的去毁灭"！

如果说，新社会的诞生是存在于旧社会的胚胎里，而且是建立在它底废墟之上。则它的实质是怎样的呢？

《北京人》对于这点，已肯定地暗示着。虽然这只带着象征性的像梦一般的暗示，使人很不容易了解。但对于愫方与瑞贞的出走，当然的，大家都会深深地相信，她们不会再到象牙之塔去创造美满人生，而是投向更艰巨更困难的环境中去寻求去创造出真正的解放来。

一个新时代的产生是须要一群开拓者的，这群人须要有勇气与魄力，有着斩钉截铁的力量，有着光明侠义心肠。人类的真正希望在乎有力量与正直心肠的人群，而这种人群，断不是从花天酒地，纸醉金迷的环境中产生出来的。《北京人》给我们的是一个鲜明而可怕的环境，我们应如何去加紧努力，战胜一切压制我们的恶势力，使妇女解放的前途放射出光明来呢？

原载《大公报（香港）》1941 年 12 月 8 日

# 《北京人》(新书介绍)

孤　鹏

当《雷雨》的作者以曹禺的笔名初次出现时，即刻惊动了中国的剧坛。在过去从没有比这命题严肃而又同时能把握住舞台技巧，能获得更多读者与观众的了。之后，《日出》《原野》《蜕变》《正在想》陆续在刊物上连载，并印册单行，每一剧本都吸引了广遍的注意，虽然都没有更大的成就。去年，《北京人》又在香港版的《大公报》上刊完，经过作者的修改，印成书的式样，并在重庆首次上演，更是轰动一时。

《北京人》这部三幕四景的戏和《雷雨》一样，是选择旧家庭作题材的剧本，在曹禺的几个剧本中，也推这和《雷雨》为出色，风格较高。二者出版的时间相差有五六年，可是后出的《北京人》，并没离开《雷雨》多么远。为什么旧家庭老是被人目为腐败和恶罪的表征呢?诚然，它有那千百年的悠久传统，有它存在的要素，但一等到发展至乎某一极点，其弱点自然也要表露出来。在此时，潮流所趋，咒诅的声音自然压倒了它的赞叹。

虽如此说，《北京人》究竟比《雷雨》有了进步，某位批评家说："如果，它出现于《少奶奶的扇子》时，是超越时代的；可惜它产生于恰在我们粉碎整一世纪锁在肩上的铁链的今日"，显然，这是欠正确的。《北京人》究竟不只是讨论家庭的问题。作者所攻击的不是家庭制度本身，而是攻击那与旧家庭俱存的压迫，衰弱，腐败。他提出了他的理想境界。他所神往的是四十万年以前的北京人：

> 这是人类的祖先，这也是人类的希望，那时候的人要爱就爱，要恨就恨，要笑就笑，要喊就喊，不怕死，也不怕生，他们整年尽着自己的性情，自由地活着，没有礼教去拘束，没有文明来捆绑，没有虚伪，没有欺诈，没有阴险，没有陷害，没有矛盾，也没有苦恼。吃生肉，喝鲜血，太阳晒着，风吹着，雨淋着，没有现在这么多人吃人的文明，而他们是非常快活的。(页一六六——一六七)

这种对原始的憧憬，并不是作者所独有的，而是当人类进入文明时期往往会发生的幻想，但在今日重新提出，仍然不失其力量的。至于是否应该如此提倡，怎样提倡，此处无需讨论。再则，不少的文艺批评家，要从作品中探究作家的宇宙观等等，论辩愈来愈玄妙，可惜的是当他们作种种解释时，往往失于过分主观，读者看不懂，作者也感到又是一回事。为此缘故，此处也不想大胆立论，或大胆征引各家的意见。

《北京人》的技巧，是承袭了过去的作品的，却更为精练了，无论就言语，动作，背景，哪方面作判断，都可得如此的结论。作者创造了一种特殊的风格，他的作品使人一望即知不是别人的。他是太爱惜他的作品了。唯恐演出不能对原著忠实，或充分传达原著的精神。

由于近代的舞台艺术已经成为一种综合艺术，造成它的不只是导演和演员，而且包括了舞台装置，灯光，音响等项要素。为此，他对每一演员的出场，应该怎样表现他的性格以及各种要素如何配合，限定的十分清楚，每一器物的位置大小，色彩，每一时间的音乐节奏，他都是规定得一毫不放松的。即是这种缜密的规定，使每一幕景的说明，近乎一大幅工笔画，每一人物出场的介绍（在本剧中张顺是例外）近乎一篇短的人物评传，尤其是注重心理的分析。在舞台工作上所需要的说明，固应有尽有，不能在舞台上表现的，他也同样触到，让读者和观众去体味。总之它已小说化了。论一个剧本的风格和价值，本不能单纯根据这几点，但是这种的作法，也是不可不注意的。

这并不是说，一部结构如此缜密的剧本，便不会有破绽，在第一幕有一个一度提到没有下落的林妈（页四五）。霆儿读的是《龙文鞭影》呢？《昭明文选》呢（页四八）？抑或《古文观止》呢（页一三二）？这三部书显然是非同一程度的人要读的；霆儿知道他母亲思懿还要生产时的惊愕（页三四一），是全剧中的一败笔。在《雷雨》中，周冲看到自己的母亲，最理想的人物，还在为丑恶的情爱痉挛地叫喊时，给人一幅加重的悲惨的印象，但本剧中霆儿对思懿所生的惊愕，不但是无需，而且成为赘疣。剧作者笔底下的疏忽，一样是不能免，像文清简称作“文”，而第二幕的前几页简称作“清”（页一五六——一六一）是这样，还有不少可说，但伤于苛细了。

剧作者的另一特点，同样是重要而不能不谈的。严格点说，没有一个作家能遗世而独立，但大概而论，有的作家只愿让少数的人去接近他，赞赏他，纵令没有一个人能予以了解也在所不惜；另外，更多数的作家却唯恐他的剧作不能接近时俗，而一意迎合时俗。至少，作者两者都不是，却又都是。他是有高的理想的，他又爱他的同侪，他不会忘记他是为此时此地的读者观众而写作的，他只有折衷地把两者间的距离拉近一点，让彼此走近一点。这样态度决定了他的作风，让人物重复，台词重复，让读者无论怎样走，到处遇到一种压迫，一种刺激，一种单纯的感官印象。像《雷雨》中的雷，雨和电线，本剧中不断提示的“耗子”“鸽子”“棺材”，和“北京人”，象征的意味也是很浓厚的。

但是“鸽子”“耗子”和“棺材”，虽然写得夸张一点，还不怎样坏，唯有刻意写的“北京人”，其失败却抵偿不过在他方面所获得的成功。剧作者在《日出》序内，曾慨叹因技巧与事实的限制，使欲在《雷雨》和《日出》中出以象征者，未能具体，在此剧中可说是给以有意的补偿。然而大家都给眼前那三幕四景的故事吸引住了，剧作家所寄意的原始思想，却少有人注意，——他所刻意雕绘的“北京人”的模型，被认为是一个怪物，它不但破坏了画面的和谐，简直使剧本有了不可救药的疵病，并不能践行剧作家给予他的任务。固然，莎士比亚可以让幽灵上场，却更显得自然，近如萧伯纳，在《人与超人》第三幕剧中让 Don Juan，Ana 和石像对话，虽则怪诞，却充满着力，能把剧作家的意念更为表达明白。一本充满着象征意味的剧本像 Tchekhov 或 Maeterlinck 所写的，也绝不曾有这样生硬的处所。读者一定愿意剧作家去掉“北京人”那怪物的穿插，使人更为完整，然而，那是对于剧作家的不情的要求。

一位批评家很苛刻的指摘了剧作者人物创造的缺乏“多样性”，这一点很难教人首肯。

拿一个还在创造途中的现代作者和历史上大师如莎士比亚或巴尔扎克相比，未免责人过重。何况他所见到剧作者已发表的只限于《雷雨》，《日出》和《北京人》三种呢？自然，他同时也忽视了莎士比亚或巴尔扎克笔底下的人物并不是全般相异，也有复现的这回事。

剧作者主要的缺点是这样：他的确很严肃地在写作，但他由于读书太多故，每每不能自主的袭取了前人的题材，受到前人的影响，正好像一位功力已深的书家还在临摹法帖一样，不能自成一体。就他的已发表的剧作而论，《雷雨》和《日出》的故事不算新鲜，《原野》的形似 Emperor Jones 是无可讳言的事，《蜕变》不是成功之作，独幕剧《正在想》作者声明了它和 The Red Velet Coat 的渊源。《北京人》呢，不少人拿《红楼梦》来比验，思懿形似王熙凤，陈奶妈形似刘姥姥，愫方小姐和林黛玉同样是来自江南（页六六）。不过，论风神它也太像《樱桃园》的临本了，曾皓不肯放手的棺材，正是 Ranevsky 夫人不忍割手的樱桃园，陈奶妈的感慨（页一八，页二四六）也正是 Feers 太息主人府邸往日荣华的那段道白（第三幕），岂徒形似而已。所不同者，Tchekhov 已到了炉火纯青，天衣无缝的地步，而作者究竟不免夸张过火，作品没有那种静穆之美。

假如作者只是止于这一阶段，自然不免叫人失望。然而“来日方长”，我们正不妨静观他的进展罢。

原载《图书月刊》1942 年第 2 卷第 3 期

# 评《北京人》

郑学稼

曾以《雷雨》与《日出》驰名我国文坛的曹禺先生，最近又公刊他的《北京人》。这三幕剧的剧情是这样的：

在北平的旧世家中，有一位“自小便在士大夫家庭熏陶出来的女人，自命知书达礼，精明干练，整天满脸堆着笑容，心里却藏着刀。虚伪，自私，多话，从来不知自省……她不仁孝，还夸口是稀见的儿妇；贪财若命，却好说她是第一等慷慨；暗放冷箭简直成了癖性，而偏爱赞美自己的口德；几乎是虐待眼前的子媳，但总在人前叹息自己待人过于厚道”。像这样“自认为是聪明人，能干人，利害人，有抱负的人”，可惜却“错嫁在一个衰微的”曾家。她就是本剧的女主角曾大奶奶思懿。

她的丈夫的个性，却和她相反。“一望而知淳厚，聪颖，眉宇间蕴藏着灵气。”他在这书香门第中，惯过了“下棋，赋诗，作画”的三十六载生活。生活把他养成了“懒于动作，懒于思想，懒于用心，懒于举步，懒于起床，懒于见人，懒于做任何严重费力的事情”。他就是曾家大少爷文清。

文清和一般北平士大夫的子弟一样，早年结婚后，有了“难言之痛”。他陷于“一线真正的幸福”都不可能的环境中，最后便“索性自暴自弃”，吸鸦片烟以摧毁自己。可是他心里却潜伏着一个人儿，她就是他的表妹愫方。

给人第一个印象是“哀静”的愫小姐，自父母死后，寄居在曾家。“她的心灵是深深地埋着丰富的宝藏的。”她会诗画，但这驱不走笼罩她眼前的沉滞。她和文清一样，也在内心的深处理解对方。但她和他不同处，是“她并不懦弱”。虽然有了这一个性，而她却在这衰落的世家中，过了长久的生活，她已三十以上的人了。

尽管表嫂在监视她，而她却是姨父曾皓不可缺少的人。这位“吝啬，自私，非常怕死”的老人，“非常注意浮面上的繁文缛礼”，“往往故意夸张他在家里当家长的威严，但心中颇怕他的长媳。”因此，“他愿装痴扮聋。”他只有两个嗜好：漆寿木和吃补药。他在写字读佛，不见无欲的生活中，无形地浪费愫方的青春。他痛恨他的儿子，却注目于孙儿曾霆。

十七岁便“做了两年多的丈夫”的他，在生活上和他的父亲一样被世家的教育几乎毁灭了他的个性。比他大一岁的妻瑞贞，虽然不能由她丈夫身上得到幸福，但“好强的心性，反抗的根苗”，却不怕她的婆婆。她在这吃人似的世家中，只有一个知友——愫姨。但她却有许多进步的友人在拯救她。至于她的丈夫呢，则于不知不觉中追逐着租居他的家里的研究人类学者袁任敢的女儿，十六岁的袁圆。

在这旧世家内的人物，除了前述的外，还有曾皓的女儿文彩和女婿江泰。文彩是“温厚娴静”的女人，她“崇拜她的丈夫，总是百依百顺的听她丈夫的吩咐，甘心受着她丈夫最近几年的轻蔑和欺凌”。而欺侮她的姑老爷，却是“专攻化学的老留学生”。他自“非常不名誉地下了任”后，“寄居在丈人家里。成天牢骚满腹，喝了两杯酒就在丈人家里使气。人愈穷，气愈盛。”他虽有一个长处——“说老实话”，但他的生活总是堕落的。

曹禺先生用上述主要人物，构成了他的三幕剧。开始他指示我们：没落的旧世家，内中潜伏了已经爆发的矛盾——长媳希望老太爷死亡，而管掌产业；长子为着无法完成内心的“恋”，和受妻与没落世家之经济的压迫，不能不出外发展；长孙暗地里与长孙媳离婚，而后者则请医生除去她腹里的小生命。接着他又告诉我们：握着曾家债权的开纱厂暴发户，不仅要他的“不是个蓝顶子正三品都进不来”的邸宅，而且还要他漆过无数次的棺材。当这些矛盾展开时，文清离开家庭，思懿擅卖棺材，而老人则自私地希望愫方的不嫁，至于这哀静的老处女呢？她既委屈地感受表嫂的欺侮——要把她嫁给袁任敢，又抱着这一存心——“他走了，他的父亲我可以替他侍候，他的孩子我可以替他照料，他爱的字画我管，他爱的鸽子我喂。连他所不喜欢的人，我都觉得该体贴，该喜欢，该爱。”她又以为他永久不会回来，除非哑巴会说话，天会塌。可是，瑞贞却走另一条路。她勇敢地离开曾家，跟袁任敢从事研究人类学的工作。

当骗去他爱人所有积蓄的文清突然回来时，曾宅开始了大激变，发觉丈夫爱他表妹的思懿，用嫁给表兄的方式迫走愫方；骗了妻的钱又偷商店白兰地的江泰，不特不能为他丈人保留棺材，而且尚在拘留所过夜；老太爷任他心爱的棺材被人抬走。又在瑞贞与愫方出走时，文清便吞鸦片烟自杀。

未读过剧本的人会问，以上述情节构成三幕剧的剧本，何以名为《北京人》呢？他是袁任敢的汽车夫，头骨等似我们祖先“北京人”。他为曾家赶去讨债者，他又为瑞贞愫方打开锁着的门户，他又以“跟我来”，对愫方指出有会说话的哑巴，而“应该走了”。他在全剧中，有许多次引起观众的注意和暗示。

现在容笔者评论他对《北京人》的观感：

曹禺先生在《北京人》中，对于各个人物的性格，有详细的说明，可是在剧情里，并未曾把所有的性格毫无遗留地发挥出来。除了思懿以外，如曾皓，如文清，如愫方，都有这一缺点。若使说，这一缺点，不会有大影响，但至少有这应补救的一个地方——对于愫方，除了后来因哑巴会说话的指示，说：“我也应该走了”，这句话外，并没有别的暗示，表白“她并不懦弱”。她不能在大众面前表示她对自己终身大事的主张，她不能反抗思懿对她的排布，她怎么会有出走的决心？对于文清，依说明的性格，怎会有自杀的决心？只有大勇的人会自杀，这一位以鸦片摧毁自己的懒人，怎会有这样的勇气？

然而这还不算重要。一个作家对于他的创作，多少是和客观相和谐。《北京人》却非如此。他用许多暗示，为观众指明，这没落的世家中的人物，需要北京人来解放；而这解放者却不是现实的，而是我们数十万年以前的化石！若使说，这个暗示不算重要，但也有一点无法掩盖作者的短视的主观。当“五四”时代，郭沫若氏的“卓文君”，已自觉地反抗程郑，现在的愫方却依靠北京人！换句话说，当“五四”时代，挪拉已走出家庭，后来从未重返囚牢，怎么曹禺先生的脑里还有“愫小姐”呢？这不等于说：《雷雨》与《日出》的曹禺先生，退到“五四”以前——不，返退到“北京人”吗？我们只见成名的作家常走在社会的前面，现在却有一个例外！成名的曹禺先生，却回到他自己的《雷雨》以前。这究竟由于何种动机，使他走到后面去？这的确成为一个应当探讨的问题。

《北京人》的社会，自然跟《日出》不同，但却和《雷雨》有一相似之点，即都暗示有一个阶段的人物要没落。所不同的，《雷雨》是鲁大海愤然而去，反映周朴园家的惨状，而《北京人》是瑞贞与愫方的出走来反映曾家的衰败。但是我们却能记着它俩产生的时代。前者在民国二十五年，后者在民国三十年。五年的时间不算长，可是我国的历史舞台却已大更变。到五十年代的中国人，不仅忘记有愤然而去的鲁大海，甚至于还遗忘有那领导罢工的工人；至于愫小姐，那怎会引起人们的兴趣呢？更使人不解的，当我们用血和肉，在全世界的人们面前，记录我们的神奇的生活的今日，曹禺先生，已知道“日出”的社会的曹禺先生，却注目那些不成为历史问题的琐事！

为着这一原因，我们有理由用法国文豪雨果批判老米拉波的话，批评《北京人》：它是“在时代之前，又在时代之后”。如果，它出现于“少奶奶的扇子”时，是超越时代的，可惜它产生于恰在我们粉碎整一世纪锁在肩上的铁链的今日！

原载《中央周刊》第4卷第25期，1942年1月22日

# 论曹禺及其新作《北京人》

李长之

## 一

不记得是不是托马斯·曼(Thomas Mann)说过的一句话了,大意是:人对于体质上的伟大,是与距离成反比的,距离越小,越看得伟大;精神上的伟大则不然,越有大的距离,却越看得伟大。

因此,我们便太容易崇拜外国作家,又太容易看重已经死去的文人了。反之,我们对于眼前所有的,却会轻易地忽略了的。

不错,曹禺依然还是一个青年,但他已是像写过《穷人》之后的朵思退益夫斯基(二十四岁)那样的青年一样,不能不让我们毫不疑虑地说,这将是中国近代文学史上最煊赫的群中之一员。他是绝对有优异的天才的!

首先,他对于一切生活或体验,有着特别深切的感应力。例如他写及北平卖酸梅汤的光景:

> 远远在墙外卖凉货的小贩,敲着冰盏——那是一对小酒杯似的黄晶晶的铜器,垒在掌中,可互击作响——丁呤有声,清圆而浏亮,那声节是"叮嚓,叮嚓,叮叮嚓,嚓嚓叮嚓",接着清脆的北平口音,似乎非常愉快地喊卖着"又解渴,又带凉,又加玫瑰,又加糖,不信你就闹碗尝一尝!(到了此地索性提高嗓门有调有板的唱起来)酸梅的汤儿来(读若雷)哎,另一个味的呀!"冰盏又继续簸弄着"叮嚓嚓,叮嚓嚓,嚓嚓叮叮嚓!"
>
> ——《北京人》页二三至二四

这在全剧中本是多么小的一个穿插,可是也写得这样精致,清晰,而不模糊!作者的脑海,真是像一个如水见底的清水池一般,凡是倒映于其中的,便都那么毫发不遗!

凡作者在写布景的时候,就尤其表现这种造型艺术的手腕。这可于讲到曾家的小花厅时见之:他会注意到那有些损旧的红木方桌,铺着紫线毯,开饭时是一个饭桌,不开饭时则摆着一大盘冰糖葫芦,有山楂红的,紫葡萄的,生荸荠的,胡桃仁的,山药豆的,黑枣的,梨片的,大红橘子瓣的(页十一)。他的记忆(不,是想像),何等丰富!又何等明确!

我想作者是情感特别浓挚的人,所以凡是生活中的点点滴滴,他常不能置怀。不惟清脆的酸梅汤叫卖声,他不能置怀,就是那挑担的剃头师傅所打着的"唤头"之如同巨蜂鸣唱一般嗡嗡的声响,他也有些不能置怀。

他善于用这些事作为背景。或则是在深巷远处，传来“硬面饽饽”的叫卖声，但却被那忽急忽缓的风，荡漾得时而清楚，时而模糊（页三〇七）；或则是在昏暗的暮色里，由远远城墙上断续送来归营的号手吹着的号音，凄凉而寂寞（页二九八）。这不只是一种技巧而已了，却更透露着作者对于人世有一种深挚的爱。

《日出》里的夯歌，和《北京人》里的硬面饽饽的叫卖，虽则一是表现着对于未来的光明的憧憬与寄托，一是代表着不识不知者的一群之生活上的凄苦的挣扎，但拿来作为目前没落的景象之对照，用意却是一般无二的。这些不识不知者是可爱的，正如那些唱夯歌的人是可爱的。

正面的动作着的剧中人，虽然也许受着作者的鞭策（不管是轻微的，或沉重的），一律为作者所爱着是无可疑的。但这背景里的另一个世界，却更值得人低徊，向往；事实上，作者也的确在那里不断寄其低徊与向往的。没有爱，不会有创作！

作者之喜欢造型艺术的描摹，使他的剧本近于小说，这是他的特色；作者之善于用背景，使他的剧本带了诗的律动，这是他的优长。

## 二

他的剧本，实在有些小说化。假若只说是基于供演员的揣摩或参考之需，是不够的。仿佛有种耽于造型的形象的追忆和描摩的本能在迫使他，让他在无意间表现了小说家似的本领。

不惟在戏剧的进行中，有些小说化：

> 曾思懿：别着急，你的清少爷（指右门）在屋里还没起来，他就要出来给他奶妈拜节呀。
>
> 陈奶妈：（笑喝喝）大奶奶，你别说笑话了，就说是奶妈，也奴是奴，主是主，哪有叫快四十，都有儿媳妇的老爷给我——
>
> 思：（喜欢这样做作）那末奶妈让我先给您拜吧！
>
> 陈：（慌忙立起拉住）得，得，别折死我了，您大奶奶都是做婆婆的人，嗳，哪——（二人略略争让一会，大奶奶自然不想真拜，于是——）
>
> 思：（一笑结束）嗳，真是的。
>
> 页二一、二二

就是关于人物的介绍和心灵的透视，也是小说化的：

> 曾思懿（大奶奶的名字），是一个自小便在士大夫家庭熏陶出来的女人。……她身材不高，兔眼睛微微有点斜，宽前额，高鼻梁，厚厚的嘴唇，牙齿向前暴突，两条乌黑的细眉像刀斩一般地涂得又齐又狠。……她不到四十岁的模样，身体已经发胖，脸上仿佛有些浮肿。……（页一四）
>
> 小柱儿，年约十四五，穿一身乡下孩子过年过节才从箱子里取出来的那套新衣裳。布袜子，布鞋，扎腿，毛蓝土布的长衫，短袖肥领，下摆盖不住膝盖。长衫洗得褪了颜色，领后正中有一块小补丁。衣服早缩了水——有一个地方突然凸

成一个包——紧紧箍住身上，缩得他圆粗粗地茁壮可爱。进门来，一对圆溜溜的黑眼珠不安地四下乱望，大胸脯挺得高高的，在衣裳下面腾腾跳动着，活像刚从林中跃出来的一只小鹿。光葫芦头上，滚圆的脸红得有些发紫，塌塌鼻子，小翘嘴，一脸慈厚的傻相。眉宇中，偶尔流露一点顽皮神色。

——页二五、二六

这都是关于人物的介绍方面的。至于他写到曾皓：

他的自私当是不自觉的。譬如他对愫方总以为自己在护养着一个无告的孤女。事实上愫方哀怜他，沉默地庇护他，多少忧烦的事隐瞒着他，为他遮蔽大大小小无数次的风雨。当他有时觉出他的心有些摇动时，他便猝然张惶得不能自主，几乎是下意识地故意慌乱而过分的显露出老人失倚的种种衰弱和痛苦，期想更深地感动她的情感，成为他永远的奴隶。

——页一一二

像这样深刻的心理上的剖析，也纯然是小说家的大手笔。

只要守住某种界限，这写法不惟帮助了演员的揣摩，亦且增加了戏剧本身的繁复和深度。我所谓某种界限者，就是就戏剧论所需要的界限。假若其中部分不能搬演上舞台，或在搬演上舞台之际是一定有着某种出入时，那么，何如放了胆，索性写小说？固然有人说，剧本不只为演，而且为阅读，可是既名为剧本，便应该具有非剧本所不能表现的特色。简捷了当地说，这种小说化的说明(纵然是可称誉的说明)，应务使其少，尽可能把那些意思运人对谈和动作里去岂不好？否则便怕有一个危险，这就是作者对于对话和动作会不自觉地写得偷工减料了的。

即如作者写曾家的屋子里往日那般欢会和气概，说主人高兴时就在花前饮酒赏菊，邀几位知己的戚友，吃着热气腾腾的羊肉火锅，或猜拳，或赋诗，酒酣耳热，顾盼自豪(页二四○)；但马上说这种盛景现在已找不出半点痕迹。既找不出半点痕迹，演员如何能演出，观众如何能看出呢？假若必须每个观客都得读过剧本，在观剧时又须把剧本记得，才能补充起眼前的全剧时，岂不演出的剧永远不会完全了么？观众的负担岂不永远太重了么？况且戏剧的文艺特点在现时性，故有“现时艺术”(Gegen warts kunst)之称(见《勒曼诗学》页一七四)，其中是难于表现过去或未来的，它所表现的时间是点，并不是线！

我们很应该赞赏作者之造型的能力，及心灵的透视的能力，犹如他那善于用诗意的韵律的背景之可赞赏然。不过，我们同时觉得，诗意的背景固然无碍，小说化的说明却可以稍稍收敛一些。——假若作者索性把这种才能用之于小说，那是再好也没有的。我信不会不如他戏剧之成功！

## 三

《北京人》这本剧的主旨是在写衰微的旧家和原始的憧憬。

旧家是北平的曾皓一家，他是老太爷，他有长子文清，长媳思懿，女儿文彩，女婿江泰。愫方是他的侄女，曾霆和瑞贞是他的孙子和孙媳。这个旧家是怎么一个样子呢？作者有这样的说明:"是个可怕的桎梏。他们的生活一向是郁结不舒,如同古井里的水。他们只沉默的接受这难以挽回的不幸,在无聊的岁月中全是黑暗和龃龉,想得到一线真正的幸福而不可能。一年年忍哀耐痛的打发着这渺茫无限的寂寞日子,以至于最后曾文清索性自暴自弃,怯弱的沉溺在一种不良的嗜好里来摧毁自己"。(页三七)

江泰是一个潦倒的老留学生,天天吵得凶,可是一辈子没做什么,正如曾文清,虽不说话,同样是一辈子没做什么。曾皓则是一个老昏聩,只知道自己的棺材,文清的夫人思懿乃是一个泼辣货,只知道弄钱。全剧的贯串,就是文清和愫方的恋爱,曾皓要守他的棺材而终于为人抬去,由于愫方和瑞贞是最谈得来的(虽然隔着两个时代),最后她们两人自这旧家里出走,文清则吞烟自杀。这便是衰落的一方面。

另方面是住在曾家的房客,袁任敢教授,这是一个人类学者,以研究地质学上的北京人为事。他有一个女儿袁圆,天真而有野趣。他有一个工人,魁梧高大,就扮了一个北京原人,时时以巨影呈现给观众。曾家的愫方和瑞贞,便是跟着他们走了的。

北京原人是一个理想:要杀就杀,要打就打,喝鲜血,吃生肉,不像四十万年后的北京人这么文明(页一四一)。就是这个扮的北京人,也是深褐色的皮肤下,筋肉一粒一粒凸出有如棕色的枣栗。他的巨大的手掌似乎轻扭一扭便可扭断了任何敌人的脖颈。他整个是力量,野得可怕的力量,充沛丰满的生命和人类日后无穷的希望都似在这个人身内藏蓄着(页一四〇)。剧中袁教授曾用那沉重的声音这样说明:

> 这是人类的祖先,这也是人类的希望。那时候的人要爱就爱,要恨就恨,要哭就哭,要喊就喊,不怕死,也不怕生。他们整年尽着自己的性情,自由地活着,没有礼教来拘束,没有文明来捆绑,没有虚伪,没有阴险,没有陷害,没有矛盾,也没有苦恼;吃生肉,喝鲜血,太阳晒着,风吹着,雨淋着,没有现在这么多人吃人的文明,而他们是非常快活的!
>
> ——页一六六

对于这种理想,我们本无可非议,而且只有赞扬。在举世执着于现实之中,难得有一种理想的憧憬;而在一般的社会太文明以至纤弱了腐化了人们的神经之余,更难得提倡一些原始的力量!可是,既是理想,我们就要求其完全。可惜剧中的"北京人"那么健壮却仍不免作一种类似镖客的行径,他把许多要棺材的工人打得东倒西歪(页一四九),这种威风有什么可取?我们要原始的力量,但不要暴力;我们要原始的力量,却不要奴才的力量。

或者说为的是使观众印象深些,但是难道不怕让观众的印象因而错了吗?

又或者说这仍是为适合于那原来扮作"北京人"的工人的身份,但是既经赋以理想的意味,又何必把这理想的画图着上一滴灰水?

愫方和瑞贞的出走,究竟出走到哪里去,也有点模糊。原始之力的憧憬,既未画出一个完全无缺的理想;陈旧的势力之解脱,又没有一确定的指向,这是令人在内容上不能满意的。

再则也像曹禺其他剧本一样,我感觉书本的意味太重,人生的体验还是太少或者浅。而且常有已往的书的影子。例如这剧本太像《红楼梦》的场面,曾思懿完全像凤姐,他之要文清娶愫方，更像凤姐之赚尤二姐；而陈奶妈则是刘姥姥，而且跟着一个柱儿，这也就是板儿的化身了。这些地方，究竟应该避些。

## 四

除了剧本之小说化而有时至于过当，写理想而有时有损于理想，书味(Bookish)太重而体验不够之外，似乎还有这些小毛病：

剧中写曾思懿，本是最成功的一个人物，但有时失之过分。例如在他已经把她写得很够了以后，却又写她看见瑞贞买了许多檀香，明知道是愫方吩咐的，但仍当着愫方的面呵责，却又马上改嘴说：“哎，真是的，你看我这人，可不是心直口快，有口无心，莽如张飞，心里一点事都存不住(似乎是抱歉)。哎，我要早知道是愫妹吩咐的——”(页七六)太极力描写了，反而失却真实性。

口头禅本是可以引人发笑的，但如江泰之用“譬如我”，在一个时候也觉得稍多，而流入恶趣。究竟这种巧有点嫌落套！

愫方本来说说玩笑，说只有到天能塌，哑巴会说话时，才离开家(页二九八)，但后来就逢巧那哑巴的“北京人”说了话了，于是她也果然觉得应该走了，这太巧！不必要的巧！

曾霆看到他母亲思懿也吃安胎药时而觉得惊讶(页二八四)，这显然是要写思懿的不贞，因为思懿和文清根本情感不好；但这里似乎缺少这事的线索，笔墨又未免太经济了。

最后，江泰既是一个老留学生，他似乎应该说点英文，并夸耀些他过去的光荣，但这些全付阙如，遂令人觉得写得不足。

## 五

然而话虽如此，作者对人生所观察之细，其所获印象之深，运用国语之熟，剖析心灵之锐，又复有理想，有热情(像袁教授是一个人类学者，不会笑话我们人类的弱点一样)，兼之巧于构思，富于诗意，就本剧说，缺点即使是有的，但就作者本人说，都仍然表现了作者之优异的天才，证明仍是出之像《日出》那样杰作之同一手笔的。

三十一年一月九日夜

连载于《大公报(重庆)》1942年1月26日、1月28日、1月30日、2月2日

# 关于《北京人》

茜　萍

## 一

《北京人》又再次的上演了。它象上次的演出一样，哄动着重庆爱好戏剧的观众。因为它是曹禺先生的杰作，且又得张骏祥先生为之导演，珠联璧合，自更获得了良好的成绩。

也许有人会“批评”曹禺先生在抗战期间不应写这类与抗战无关的剧本吧？那只有让这些先生收起他们的抗战八股式的批评吧！

抗战为着什么？为着打走敌人，为着建立一个独立、自由、幸福的新社会。但是为着建立新的社会，就不能不对于旧的黑暗的社会做深切的研究，明显的认识，尖锐的暴露，坚决的攻击，这才能说到正确的切实的改造。把旧社会送到曾老太爷漆了几十年的楠木棺材里去，这样，我们也才能获得抗战胜利底真实果实。

何况旧社会底生活、习惯、意识形态及其种种多是阻碍抗战进步的重大因素呢。所以我们说，抗战期间固然应该多写活生生的英勇战迹和抗战人物，但也不妨写些暴露旧社会黑暗面的剧本，去惊醒那些被旧社会底桎梏束缚得喘不过气来的人们，助之走向太阳，走向光明，走向新的生活。

曹禺先生是旧社会的反抗者和暴露者。他在他的著作里，大胆和无情地揭开了旧社会底疮疤，在“大家门第”和“世代书香”的华丽外衣下遮盖着的疮疤。他以生动的艺术手腕把旧社会底罪恶和丑态搬到舞台上，让那些慨叹着“世道甩尾人心不古”的大人先生赏鉴一下他们维护的“礼教”和“文明”底恶果。看呵，你们所造成的耗子群的旧家庭，耗子群的旧社会，耗子似的只替有用的人类糟蹋粮食的人生！丑，丑，虽然是打着古香的腔调，披着“礼仪”的外衣，但却遮不住这真实的“丑”！

曹禺先生的新作《北京人》有价值，其主因就在这里。

## 二

大家庭旧制度，这种从封建社会一直残留下来的腐朽制度，在今天亦还汹涌着它的逆流，阻挡着新社会发展的车轮。

生活在大家庭的门第里的人们，会亲身体验到一种阴惨惨死沉沉的气氛包围着你，戕害着你的性灵，麻痹着你的思想，捆绑着你的能力，束缚着你的身心，象坠入一个无底的深渊一样。

表面上是“五世同堂”，“父慈子孝”，“兄友弟恭”，谁说不应欣羡这“完美的”大家庭，但实际上，却是勾心斗角，奸诈虚伪，父子形同路人，兄弟竟若仇寇，包藏着无穷尽的丑史——这就是大家庭的写照。把它放大了来看，社会上不也是充满着同性质的丑史劣迹吗？那不过是更多，更大，更残酷罢了。

“齐家，治国，平天下”的理论统治了我们数千年的古国，然而这大家庭——这已经腐朽了的制度——能够“齐”吗？《北京人》这一剧本给了我们一个明确的解答。

我们且浏览一下曾经“盛极一时”的大家门第——曾府吧：

曾皓，曾府的家长，但也象征着大家庭制度底本身，仗着祖上积下来的德行——说真了是仗祖上剥削下来的财富——“每日逐花问柳”，“养雀听歌”，过着流水似的太平年月。他吝啬，自私，对于愫方，分明是以一个性的变态的老人为着自己的安适，来奴役这个可怜的少女，偏以为他是慈悲心肠，在扶养着一个无告的孤女。他无有治身的本领，却非常注意浮面上的繁文缛节，以为这是士大夫门第必不可少的“家教”。曾思懿在吃酒节与她丈夫送行的时候，教她的儿子儿媳，背诵词，这是多么深刻地说明了，旧社会大家庭所剩下的只是繁缛的礼仪底形式，已没有半点活生生的内容了。他“非常怕死，整天专吃补药，相信一切益寿延年的偏方”，他只需要时漆寿木，吃补药。是的，他以及他所代表的制度，实在是无可救药的了，不管是用一切益寿延年的偏方，或是唐朝古方的金石虎狼之药，它的在社会上的残留和挣扎，只是徒耗人类物力和精力，徒增人类底痛苦和不幸，而它的前途总是棺材。即使是漆过百十道的楠木的吧，但也还免不了是一口棺材，葬埋了他以及他所代表的腐朽的制度。他在“咒骂着子女们底不孝无能，叹息着家庭不昌”，在第四幕的结尾中，他在哀痛着“……要这群象耗子似的儿孙干甚么哟”，然而他永远不会明白，他这群耗子似的儿孙就是他以及他所代表着的腐朽制度造成的废料，破窑里是烧不出好瓷器的。他希望春天，棺材上多漆上二道油漆，还完杜家的旧债，看见重孙，重振家声。然而春天绝不会是他的了。

曾思懿，曾府底实际上的当权者，是应该当做大家庭，以及旧社会制度底典型的统治者来看的。只要这种制度、这种社会还存在的话，你是无时无地不碰到曾思懿这种人的。“整天满脸堆笑，心里藏刀，虚伪，自私，多话，从来不知自省”，“嘴头上总嚷着‘谦忍为怀’，而内心无时不在打算占别人的便宜”，“贪财若命，却好说她是第一等慷慨，暗放冷箭简直成了癖性，而偏爱赞美自己的口德。”虐待自己的子媳，仇视自己周围一切的人，甚至要狠狠摧残这墙边的一棵弱草。多么阴险，多么狡诈，多么残酷，多么奸狠，活活画出旧制度统治者嘴脸来。她，为着稳坐这小社会底江山施尽一切心计，用尽各种权谋，结果弄得众叛亲离，家破人亡，终究逃不过这旧制度必然没落的命运。这还不够给人们猛醒吗？

曹禺先生把这两个旧制度支持者的人物、性格，一举一动，生动地刻写了出来，惟妙惟肖地搬到舞台上去。对话是那么流利，安排是那么巧妙，寓意是那么深刻，单单这一主题已足够是一个杰出的写实作品。

也许曹禺先生笔下留情吧，使观众对于曾皓曾思懿这两个人物不像看《闺怨》中的爱德华老人或是《大雷雨》中的提郭意和卡帮诺瓦那么讨厌，那么生恨，甚至还会对曾皓这种没落的人型发生可怜之感。不，这正是抓住了中国民族性之特点的缘故，尽管同是没落的封建时代的产物，中国的这种人型，不像那是英国或俄国的人型，而是遮掩在“读书知礼”、“书香之家”的外壳下的，所以有些“文雅”。

## 三

什么样的制度必然造出什么样的人型，曾文清、江泰就是这个没落的旧制度揉捏成的。

曾文清，这位大家庭制度牺牲者，看来并不是不聪明，不是不能造成一个有为的材料，然而他受了士大夫文化底洗礼，变成了精神的瘫痪者，士大夫家庭的桎梏，使他的生活如同古井里的水，永没有什么波动。下棋，赋诗，作画，喂鸽，养鸟，这些也曾是令一般平民欣羡的高雅，然而与现实的活的人生没有半点关系，正如江泰对于他这位内兄所批评的，“……让这个人成天在这样一个家庭里朽掉，象老坟里的棺材，慢慢地朽，慢慢地烂，成天就知道叹气做梦，忍耐，苦烦，懒，懒得动也不动，爱不敢爱，恨不敢恨，哭不敢哭，喊不敢喊，这不是堕落，人类底堕落?”

曾文清虽也曾下过一次决心，离开这座家庭底牢狱，想去振作一番，找寻真正的人生。然而，在牢笼里关久了的鸟儿，终于是飞不出的了。不习惯于社会上的风浪，从未学到治生的本领，结果亦只有飞不动，又回来了。即对之还存有一线希望的愫方亦只有下了最后的决心，突破这种家庭樊笼，走向温暖的太阳了。

江泰仁兄呢? 在他的身上我们看到了多少在外国吃牛排，喝啤酒，看电影，玩女人，过着糜烂生活的公子哥儿留学生底影子，“学成”归国后，整天做着升官发财的梦，终日出入于饭馆戏园之间。他的最大的建设便是在古香古色的曾府客厅里摆几只舒适的沙发，使封建的设施披上一点近代化的洋味，这位专攻化学的老留学生甚至于连制肥皂的技术都没有学会，从封建的废墟上原是难以蜕化出近代的资本主义啊! 因此，虽然说得多，吵得凶，一辈子也还是没有做什么，结果只有“整天地希望，希望，而永远没有希望了”!

至于柔弱无能的曾文彩，永远不明白的曾霆，无一不是旧制度产生出来的废料，无一不是大家庭的奴隶，我们不必再多解释了。

旧制度的本身再也产生不出支持它的人物的了。

## 四

要喘气，要生活，就只有反抗，只有摧毁这旧制度的牢笼，这就是愫方和瑞贞所走的路子。大家庭的生活蚕食着任何人的生命力，就是有着耐性的愫方在最后一次打破了她的希望之后，亦终于出走了。这儿，富有活力的青年的曾瑞贞帮助了她不少。第二幕第一场里瑞贞与愫方的对话，道出了中国妇女底酸辛的哀诉，道出了热情的鼓励，道出了脱离迷津的勇气。瑞贞说：

> ……哦，我的愫姨，这么一个苦心肠，你为什么不放在大一点的事情上去? 你为什么处处忘不掉他? 把你的心偏偏放在这么一个废人身上，这么一个无用

的废——

是的，向远处看，向大处想，把心血和精力放在大一点的事情上去——这是瑞贞劝愫方走的路，也是我国妇女突破旧家庭牢笼的路子啊！

但是，只是有了路子还不够，还是需要他人加以援手的。这儿就出现了“充沛着丰满的生命和人类日后无穷的希望”的扮作“北京人”的机器工匠。这个机器工匠与《雷雨》中的鲁大海似乎一类典型，同是曹禺先生所期望所感到的新的力量，新的人型，尽管在这剧本中，对于这位扮作“北京人”机器工匠未能强调地写，未能真实地发挥，但是曹禺先生已意识到了改造旧社会和诞生新社会的力量了。

## 五

《北京人》这个剧本给了旧家庭制度以重重的一击，干脆把它的以“礼义”，“书香”等等装饰着的外衣撕了下来，指给歌颂旧制度的人们看。这的确是一本动人的深刻的杰作！

然而这个值得称赞的剧本，也还有一点可以商榷的地方。

拿北京人这个五十万年以前的人类始祖来说，原与曾府底发展和没落没有任何关联，但曹禺先生却费了一点心思来写他，来安排他，并且在他身上发出了对于原始人类的憧憬，寄托了对于未来的希望，且看他关于北京人怎么说：

> 这是人类的祖先，这也是人类的希望。那时候的人要爱就爱，要恨就恨，要哭就哭，要喊就喊，不怕死，也不怕生。他们整年尽着自己的性情，自由地活着，没有礼教来拘束，没有文明来捆绑，没有虚伪，没有欺诈，没有阴险，没有陷害，没有矛盾，也没有苦恼；吃生肉，喝鲜血，太阳晒着，风吹着，雨淋着，没有现在这么多人吃人的文明，而他们是非常快活的。

这一段美妙的赞歌是多少反映了曹禺先生模糊的理想。这儿当然不是讨论人类学的地方，我们只是想提出一点来谈谈。

五十万年前石器时代的北京人，只是刚刚脱离猿猴，进入了人类底境遇，那时人类为着生活，主要是与自然界，与洪水猛兽作斗争。那时，因为人类生产力之难以想象的低微，生活环境之难以想象的恶劣，使人类只能集体生活，茹毛饮血，不可能有私有财产，因之就不可能有礼教和文明，不可能有压迫和剥削，也不可能有现代社会所具有的一切上层建筑和一切罪恶。在这一点上，后来的学者时时加以虚幻的渲染，或者给以美妙的歌颂，也曾因此引起一些人的幻想。但是，一想起北京人时代最原始的野蛮生活，死亡率之高，与洪水猛兽的挣扎的困难，没有言语，没有文化，人类与猿类的分别几乎还不大清楚，无论如何我们是不能欣羡的。何况，由于社会生产力之提高，人类知识之发展，我们是再也不会回到那种原始社会的时代里去了。

是的，曹禺先生恨透了礼教的拘束和文明的捆绑，而他是有着充分的权利和理由的。但是如果我们更进一步地去观察时，那我们应该说，不是文明本身带来了这些罪恶和奢侈，而是垄断了文明之物质基础的那些人们和那种制度所造成的的。一切都是人为的罪恶，而不是文明本身的过错。我们歌颂文明，但我们反对那种垄断了文明而且凭藉文明为恶的人们和制度。

举例来说吧。我们的友邦苏联，在那儿文明不是正在突飞猛进地向前发展吗？史坦尼斯拉夫斯基戏剧艺术以及小托尔斯泰和肖洛霍夫底文艺作品不是在苏联的境况下，才能有更高更完善的成就吗？在那儿不是没有虚伪，没有欺诈，没有矛盾，也没有苦恼吗？但那儿有文明，有更高的文明。

再举例来说。我们现在全国人民团结抗战，所期求的不是建立独立、自由、幸福的新中国吗？在这儿，也不应再有曾皓曾思懿式的人物，不应再有耗子似的儿孙，而我们将要创造更高的文明，更好的文化。

所以，我们不是憧憬于过去的原始社会，虽然原始人类与生俱来的一些美德如纯洁、热情、合群、互助、创造等等，是应该加以倡导，而且还应该加以发扬的，但绝不应诅咒近代的文明，而应打破那种垄断错用文明，并且还侮辱了人类美德的旧制度，把文明从那些耗子似的人们手中解放出来，使它为全体人类所享用，使人类的美德真正光辉而发扬起来。

总之，公平地说，《北京人》这一剧本虽然有上述的值得商榷的地方，虽没有明确指出消灭旧制度的具体出路，却已暗示了改造旧社会的新生力量的所在，故它遂成为抗战中一个杰出的剧本，不仅丰富了戏剧艺术的园地，且丰富了语言文学的实质。

1942 年 2 月 3 日

原载《新华日报》(重庆)1942 年 2 月 6 日

# 《北京人》(书评)

星 原

我记得，在三年前的一次讲演会上曹禺先生曾说过这样几句话："文艺写作并不是投机取巧的事情，首先就应当积蓄写作的材料，我随时都带着一个小小的记录本，走到任何地方，见到任何人，只要有我认为需要的话，就立刻记上去。"曹禺先生的这种认真和艰苦的努力，在他的剧作里已经得到了证实。

《雷雨》、《日出》、《原野》、《蜕变》……每一部剧作都是作者几年心血的结晶，作者为了收集各种真实的材料，不知受了多少苦，冒了多少危险，也正因为作者这样严肃的工作态度，他的每一部剧本，都迸出了人性的火花，成千成万的读者和观众，都为之激动了。面对着丑恶与善良的斗争，在人们的眼里冒出了仇恨或希望的火花，有时也流下了悲痛与欢欣的眼泪。

近来《北京人》的演出，也同样感动了广大的观众，作者的这种对旧世纪的挽歌，能够不引起人们的回忆吗？多少在旧礼教束缚下的人们为自己的身世而悲痛了，然而，作者并不愿意人们痛哭流涕，于是给人们带来了人类的祖先，人类的希望——"北京人"，作者就用他打破旧的礼教和现在人吃人的文明。

究竟"北京人"是怎样的呢？照剧作者的解释：

——这是人类的祖先，这是人类的希望，那个时候的人要爱就爱，要恨就恨，要哭就哭，要喊就喊，不怕死，也不怕生，他们整年尽着自己的性情，自由地活着，没有礼教来束缚，没有文明来捆绑，没有虚伪，没有欺诈，没有阴险，没有陷害，没有矛盾，也没有苦恼，吃生肉，喝鲜血，太阳晒着，风吹着，雨淋着，没有现在这么多人吃人的文明，而他们是非常快活的！(一六六页)

不错，依作者的理想，那时候的人是快活的。没有任何束缚的自由地活着，因为它们根本不懂得什么叫做苦恼，什么叫做欺诈，然而这种理想可成为事实吗？现在的人类能不能回复到多少年以前的生活呢？

人类的进化是不能这样单纯的，曾经过去有吃人的礼教，现在又有吃人的文明，但这些是人类进化史上不可避免的事情，即使我们生活在布满罪恶的社会里，也不能悲观失望。如果睁开眼睛看看这个现实世界的话，也能见到救人的文明，愉快的生活，自由平等的理想。

至于，封建贵族的曾家怎样毁灭，曾家的人们怎样痛苦，这也不能单是纱厂起家杜家的压迫来解释的，新兴的资产阶级可以促使封建贵族的没落，而资产阶级与封建贵族也不一定会发生直接的冲突，常常封建贵族会变化为资产阶级，他们之间有着矛盾，也有着妥协，假如肯定贵族和资产阶级有不可调和的对立，那就是公式主义的看法，事实上绝不是这样简单的，特别在中国社会里，封建贵族早已和资产阶级同鼻出气了。

再说，作者以杜家给曾家的压迫来表示对新兴资产阶级的不满，但是曾家是怎样起家的，作者并没有表示。难道曾家的祖宗敬德公的财产是由天上掉下来的吗？所有这些问题，作者的解释是大大不够的，社会中的矛盾和经济上的双层剥削，有待作者更真确的说明。

在曾家垂死的氛围里，作者给予了新鲜活力，研究人类学的学者袁任敢和他的女儿袁圆，都以猿猴自居，父亲叫女儿为小猴，女儿叫父亲为老猴，不特此也，还往身上泼水，披以兽皮，在曾家闹得天翻地覆。这显示给我们的是什么呢？是以愉快的原始生活和死寂的封建家庭对比吗？其实这样地做只能在悲剧中加点喜剧的成分，对于悲剧的本身是没有什么积极作用的。

"北京人"是作者最重视的角色，"北京人"由一个修理卡车的巨人化装，"他约莫有七尺身高，熊腰虎背，大半裸身，披着半个兽皮，浑身上下毛茸茸的，两眼炯炯发光，嵌在深陷的眼眶内，塌鼻子，大嘴，下巴伸出去有如人猿，头发也似人猿一样，低低压在黑而浓的粗肩上，深褐色的皮肤，筋肉一粒粒凸出有如棕色枣栗，褐色的巨大手掌似乎轻轻一扭便可扭断了任何敌人的头颈，他整个是力量，野得可怕的力量，充沛丰满的生命和人类日后无穷的希望都似在这个人身内藏蓄着"（一四〇页），这样一个巨型灵兽着实是够伟大的，无怪人们在他的面前如耗子，这是作者给现在人类的大讽刺，看看我们的祖先，我们是多么渺小啊！

我们再来看看"北京人"的斗争吧！在第一幕的末尾，一群小商人向曾家讨漆棺材的账，曾家无可奈何，于是"北京人"森然怒视着这群像"凶横的野狗似的乱吠"的东西，将他们打出门去，这是第一次斗争。第二次在第三幕第二景，"北京人"森然望着思懿，"又仿佛嘲讽而轻蔑地在嘴上露出一个笑容"（三三〇页），如同一个巨霾似的通过了大客厅，用铜钳子打破了铁锁，引导瑞贞走出曾家的大门，像这样的斗争似乎还不够鲜明吧？为了不满意现实的环境而出走，究竟到哪里去呢？

瑞贞和愫方跟着"北京人"出走，也是有问题的，根据作者的意思，瑞贞应当是个有革命勇气的青年，但她给我们的印象却太模糊了，她进中学只有两年，十六岁的时候，便胡里胡涂地被送进了婆家，既是"她好读书，书籍使她认识现在的世界，也帮助她获得几个热心为她介绍书籍以及帮助她认识其他方面的诚恳朋友"（七二页），然而这是促使她进步的条件吗？不要忘记她是生活在旧礼教的曾家，而且又是十八岁的孩子，无论如何，在她这种环境之下是很难进步的，假如作者说她是个有革命性的青年，就应当再给她一些可能的条件。最后她跟着"北京人"逃走也是一个方案，究竟逃到何处去？做什么事情？作者毫无应答。

其次，谈到愫方，也是一个没有交代清楚的人物，愫方是文清的表妹，"伶仃孤独，多年寄居在亲戚家中的生活养成她一种惊人的耐性……她温厚而慷慨，时常忘掉自己的幸福和健康,抚爱着和她同样不幸的人们”(六七页)。在全体人物中,要算她最能使人同情了,她可以说是封建制度里最善良的女人,是善良得能牺牲自己的青春而帮助人家的,像这样一个温厚而有耐性的女人,虽然她也知道,“人总有忍不下去的时候”(二八七页),有没有离开家庭的勇气呢?即使受了瑞贞的影响,她能认清她的前途吗?会不会像曾文清似的受不住外面的风浪又跑回家呢?她的转变多少令人莫名其妙的!

能够描写一个人心里的矛盾而得到终局的还是曾文清。曾文清原是个公子哥儿,从小娇养惯了的不能做任何事,生活在没落的家庭中又受不住寂寞的气氛,于是他完全沉溺在一种不良的嗜好里,有时听到鸽子飞起来的哨声,也会入了神似的说:“今天的鸽子飞得真高啊!”(二五页)他看着鸽子,也就想飞了,在他听得老太爷昏迷后,遂下了决心,飞出去了,然而他怕外面的风浪,不到一个月又回到家里,经过现实的打击,自己也承认“自己不会飞了”,没有什么出路了,至于他为什么不死在外面而死在家里,这只要看他和思懿与愫方的关系就可以明白,作家的处理是很合理的。

就整个剧情说,作者表现的手法是巧妙的,譬如在开始就给我们一个棺材的印象,直到最后棺材被杜家的人抬走,中间曾皓也常常说到棺材,“慢慢漆吧,再漆个四五层也就勉强可以睡了”(一一四页)“我的前途就,就是棺材”(一八七页),这是什么意思呢?显然,作者是以棺材来加强我们对于封建贵族的印象,虽然是楠木的棺材,漆了十五年,但不可避免地,只有毁灭呵!

情绪高潮点,应当在第三幕的末尾,作者写曾文清的自杀是一件大事,需要读者或观众此时情绪紧张,可是结尾时的纠葛有点繁杂,以至于不能压迫读者或观众的情绪,反不如在第二幕结尾时那样刺激人,曾皓气得对儿子叩头,谁能不感动呢?

固然本剧有着一些缺点,但这并不损害它的艺术价值,无疑地,作者在技巧上有着很好的条件,譬如剧情的穿插,人物的上下场,都处理的非常微妙而自然,特别对个别人物的描写,很能使读者或观众在人物的对话中了解一个人的个性,例如:

思:(狡黠地笑出声来)叫他们跟老太爷要去呀!你告诉他们,棺材并不是大奶奶睡的,他们要等不及,请他们把棺材抬走,黑森森的棺材摆在家里,我还嫌晦气呢!(一五页,思懿对男仆张顺的话)

思:(对文,得意地)你看,可不是!(对愫)我就听老爷子屋里“喀儿,喀儿了”直咳嗽,我就跟文清说“可怜老爷子大概又在气喘呢!”(满脸疲惫的神气)我一听就翻来覆去睡不着,我直推着文清说:“你听,大半夜了,愫妹妹还下厨拿水,给爹灌汤婆手吧,真是的——”(七七页)

由以上两段话,思懿的阴险和精干完全表示出来了。

总之,这个剧本很值得看一看,作者在艺术上的成功处,我们应当向他学习,作者的艰苦的努力,也是不能抹杀的!

三十一,二,七,

原载《力报·半月文艺》第7卷第2期,1942年2月26日

# 《北京人》:献给石,纪念我们二十年的友谊

方　序

"这是人类的祖先,这也是人类的希望。那时候的人要爱就爱,要恨就恨,要哭就哭,要喊就喊,不怕死,也不怕生。他们整年尽着自己的性情,自由地活着,没有礼教来拘束,没有文明来捆绑,没有虚伪,没有欺诈,没有阴险,没有陷害,没有矛盾,也没有苦恼;吃生肉,喝鲜血,太阳晒着,风吹着,雨淋着,没有现在这么多人吃人的文明,而他们是非常快活的。"

这不过是那个人类学家研究出来从地层里掘现着若干万年前生存在世界上的我们的祖先"北京人"的性格和生活,但是算一算时日吧,也无怪真正活在世上的北京人看到那个"北京人"的影子要大吃一惊了。那么我们也不必嗟叹当今的北京人的生活和性格怎么会变成这个样子:过去的辉煌的日子早已不存在了,只留下那么一个空壳——保存那个最后的堡垒小花厅,纵然连大客厅和西厢房都租给人了,草木荒芜了,栋梁褪色了,粉墙斑剥了……而那个"吝啬,自私,非常怕死的老头子"曾皓,虽然享用祖上的遗产过了几十年舒服的日子,如今遭受到困苦和坎坷,也只有"咒骂子女们的不孝无能,叹息着家庭不昌,毁谤着那邻居的粗暴无礼,……"可是他一面想进补延年,一面不忘那弄了十五年,上了二百多道漆的寿木,那不过是想把他死后的那付无用的骨殖,收存得好些,慢一点和泥土同化。

对于他,人生还有什么可恋的呢?自己的不幸,也引来别人的痛苦,他不是不知道,他自己也说:"我牛马也做了几十年了,现在弄到个人人都盼我死。"他也明白他的儿女对他的看法:"我的肚子里装的不是做父母的心肠,都装的是洋钱元宝呵!"他那一群"不明事理,不肯上进,不知孝顺,连守成都做不到的儿女",那一群"能说会道的废物",累得他一个花甲开外的人,不得不摇摇晃晃跪到地上,要磕一个响头,为了要他那个不成材的儿子放下那根枪(烟枪);他也不得不当面忍受他那个"不懂人情世故,成天做梦想发财"的女婿江泰的辱骂,他再也忍不下去的时候,就昏过去,原来是中了风。可是他还没有那个福分就此躲在那具惨淡经营了这么多年的棺材里,他又活过来了,要他亲眼看着那具棺材抬到那个暴发户的杜家,那个杜家,连别人的棺材也要买的!他死也不肯放,他还惦记着那个抬法不对,怕碰了墙伤了漆,然后才大声地哭着:"活着要儿孙干什么哟,要这群像耗子似的儿孙干什么哟!"

那个无用的儿子文清却明白自己,也懂得那个叫做江泰的姑老爷。他说,"我不说话,一辈子没做什么,他吵得凶,一辈子也没做什么。"这正是两个相反又相合的人物,江泰留过洋,做过官,也会摔家具,"捲"听差,骂妻子。人穷气盛,占小便宜吃大亏,他的本行"化

学”只帮他做了一场失败的肥皂工业，他一心还想着“总有一天我能够发明一种像万金油似的药，……”可是他安静下来的时候又喜欢拿一本麻衣神相端一面镜子，看自己哪一年，这个运缘转得过来？虽然他心直口快，也不过是黄昏中绕树的乌鸦，他也不是不知道自己，他被那个人类学者感动了的时候就滔滔不绝地说着：“——我爱钱，我想钱，我一直想发一笔大财，我要把我的钱，送给朋友用，散给穷人花。我要像杜甫诗说的，盖起无数的高楼大厦，叫天下的穷朋友白吃白喝白住，研究科学，研究美术，研究文学，研究他们每个人喜欢的东西。为中国，为人类谋幸福。”事实上他可是“处处倒霉，碰钉子，事业一碰到我手里，就莫明其妙地弄得一塌糊涂，我们整天在天上计划，而整天在地下妥协。我们只会叹气，做梦，苦恼，活着只是给有用的人糟蹋粮食，我们是活死人，死活人，活人死……”他也知道会喝茶，会吃馆子不如会种茶烧菜有用，他也知道他自己“成天住在丈人家里鬼混，好说话，好牢骚，好批评，又好骂人，简直管不住自己，专说人家不爱听的话。”可是当他喝醉了，他就又折磨那个可怜的文彩，他“要喝就得买，要吃就得做，——谁欺负我，我就找谁！”他向着那个已经人事不知的老头子还大骂一通，这还不算，他还凶猛地摇着那个昏厥过去的老人的肩膀，原来他要杀人，他大声叫着：“我要杀了他，再杀自己呵！”

他可并没有真的杀人或自杀，当他闷极了的时候，他也要喊革命：“我也反抗，我也打倒……都滚他妈的蛋，把一切都给他一个推翻——”可是他把最后的一块钱也孝敬了看相的江湖术士。当着一天，老太爷的棺木硬要被人抬走了，他说了些没有轻重的话，最后像是被什么感动了似的，想去找他那个做警察局长的朋友帮点钱财上的忙，——其实不是帮他，间接的还是帮他那个老丈人。他去了一天又回来了，没有得到那个警察局长的帮助，却在一个警察派出所蹲了一夜，还由一个警察送到家里来，原来他顺手拿了铺子里一瓶白兰地酒。最后他只会叫着：“没有人肯听我的话，没有人理我的哟，没有人理我的哟！”

那个不说话的文清为什么会那样懒呢？“懒于动作，懒于思想，懒于用心，懒于说话，懒于举步，懒于起床，懒于见人，懒于做任何严重费力的事情，重重对生活的厌倦和失望甚至使他懒于宣泄心中的苦痛。懒到他不想感觉自己还有感觉，懒到能使一个有眼的人看得穿：‘这只是一个生命的空壳’，虽然他很温文有礼的，时亦神采焕发，清奇飘逸。”这使我仿佛看到了活在十九世纪俄国作家冈察洛夫笔下的奥薄洛莫夫，——不过在某一点上他们还是不同的，文清遇到了那枝空谷的幽兰，自然有所憬悟，只是深深地镂刻在心中，在静默中相通，“他们在相对无言的沉默中互相获得了哀惜和慰藉”。他不是一只奋翅高飞的大鹏，他只是一只养在家里的鸽子，一只“孤独”的鸽子，他老早忘记羽翼原来是用以飞翔的，蓝天的海原来是任它自由自在遨游的。他没有力量打开人造的枷锁，只是有意无意借古讽今地背诵着放翁的《钗头凤》。古人的事，如果是对的，也不必反复悲吟；若明知是错误的，为什么不自己用双手劈开一条生死路？他也明白，凡事勉强不得的，他决不是情感丧失尽了的人，当他气愤起来，他也会骂着那个泼悍的妇人：“你是人是鬼，你这样背后欺负人家！”正因为他一向是容忍的，连大气也不喘的，这一声就更有力量，仿佛使我这样一个不相干的读者，也听到那一声吼。可是过后呢，他依然忍受不了那个女人精神上的折磨，半愤慨半动情地说：“——我不是外人，我跟你相处了二十年，你何苦这样。”二十年的相处，一颗心还不能换一颗心(也许根本他们就不想换来着)，那点夫妻之情，也真可嗟叹了。他早就该远走高飞的，他不是没有那么想过，可是他不想一个人飞，“为什么，为什么我们要东一个西一个苦苦地这么活着？为什么我们不能长两个翅膀，一块儿飞出去呢？”他说他不甘心，连我也觉得不甘心的，终于他一忍心，飞了，在外边打了一个旋，又回来了，落在他从前栖息的地方。可是那枝幽兰终于是走了的，却和他走的不是一条路；他自己呢，把用来麻醉自己求得幻境的满足的鸦片，大麻醉一下，得到了那个人生的大解脱。

如果想到人生到了不过是那么一个大解脱的话，那个思懿也不必活得那么能干厉害了。她为什么要笑里藏刀，看财如命，自私多话呢？为什么要看到墙边一根弱草也要狠狠地踩绝了根苗呢？难道她不能想得开些，宇宙原是大家的，为什么只知道尽量从世界攫取，而不能供献点什么呢？人生的天地原来是广大的，她自己却把它弄得那么狭小，又不能安分守己，以致她自己翻筋斗玩手段都显得十分局促了。

她全身都是威风，她时时惦记那位曾老太爷，不过惦记他快点死，她不怕把他的手弄出了血，为的是免得他死在家里不吉利，房子没有人买。对于“她的男人，她的夫，她的一辈子的靠山”呢，她总也忘不了给他精神上或是肉体上的磨难，她说得好，她顾面子，还是为他好；可是她不给他一刻宁静，她逼得他只要有一个地缝也要钻进去，逼得他像一个不懂说话的哑巴；转过来她又吓唬她，她要出家当尼姑，她要上吊。明明她把文清挤得在家也不是，出门也不是(在家里她没有一天给他顺气受，她还会说：“我可没逼你做事，你别叫人说又是我出的主意，叫你出去。回头外头有什么不舒服，叫亲戚们骂我逼丈夫出门受苦，自己享福，又是大奶奶不贤慧”；不在家，她会有声有调地哭“你跑了，扔下这一大家子，叫我一个人撑，我怎么办得了呵”)。她还口口声声地要说：“我不是母夜叉，你别做得叫人以为我多么厉害，仿佛我天天欺负丈夫，我可背不起这个名誉！”她如果不是一个母夜叉，她该是一个什么呢？她恨不得拿起一把菜刀，把愫方的两只巧手砍下来给她安上，为的那双手针线好，字画好。这是一句笑话，加上她那恶毒的眼光，无怪那个被说着的人惊恐地叫了一声，把那双苍白的手腕赶忙缩进去了。她自说“粗枝大叶，有嘴无心”，那可有点不恰当，她从不忘记在适当的时候表示出来她的毒狠，要别的人知所警惕。在人前她还故意显得那么无用，连那个不济事的文清也给她气受，一家人都给她气受，她还当真似地说着：“你看，愫妹妹，你看他多么厉害，临走临走，都要恶凶凶地对我发一顿脾气。不知道的，都看我这样子像有点厉害，在家里不知道怎样恶呢！知道的，都明白我是个受气包。我天天受他(文清)的气，受老爷子的气，受我姑奶奶姑老爷的气，连儿子媳妇的气我都受啊！真是，这一家子就是愫妹，你心地厚道，待我好，待我——”难说她这是在做白日梦，把话反反正正地说？虽然人事无常，她可是一直把愫方看成一个眼中钉。她千方百计地打发她去嫁那个人类学者，她当面背地都把不三不四的话安在那两个苦恋者的身上。她会大声地说丈夫讨小老婆她一百个赞成，她还说如果她是一个男人她就讨七个八个，男人嘛，不争个酒色财气争什么！可是她会当面把那至上的纯洁的真情拉到污泥里去，她代人璧还了那封信，一听到那个无用的男人的哽咽，她就干脆了当地说一句：“哭什么，你爹死了。”而那个被逼的人，也只能无用地说着：“你不要这么逼我，我是活不久的。”她还会那么恶毒地想出来“两头大”的办法，为的是他能有表妹陪着；她自己呢，坐月子的时候也有个人伺候。那绝不是一条使他们相聚的路，却把他们激上永不相见的路了。

真是，既同是生存在这世界上的人，又何苦自己加上偌许多的苦难呢？她又不是不知道：“人活着没有一点意思，早晚棺材一盖两瞪眼，什么都是假的！”那她还死力争的是什么？难道一定要把自己的得意建筑在别人的失意上么？为什么不能博得他人的敬爱，只争得别人的畏惧呢？怎么不好把那外露锋芒收敛一些起来，同衷共济地收拾那个大家庭？一定要压倒别人，甚至连自己亲爱的丈夫也在其中，如果天下人都是侏儒，自己是巨人，不也显得百般寂寞么？而且说到情感的事情，那也不是一朝一夕的成功或失败。所争的是什么哟，一旦人走了，永远不回来了，那还抓得住什么！泼辣有什么用，凶狠有什么用，那时候即使恸哭也只有那无情的天地似听不听地在头顶和脚下板着铁青的脸了。

亏得愫方是那么一个幽娴的好女子，她真是一枝空谷中的幽兰，我仿佛看见过她了，看见过她的画幅，她的娟秀的字迹，那苍白的哀静的脸，那高雅的笔致。这不是从书上得来的，却像是从我那陈年记忆中掘发出来的。

可是她为什么苦苦地把自己的青春和热情都消耗在无望的情爱上？为什么他们不能多走一步，难说真地就那么等到日子的尽头，以为“活着不是为着自己受苦，留给旁人一点快乐，还有什么更大的道理呢？”是的，活着是受苦的，可是情感的苦痛是不值得的，别人要我们做勇敢的傻子，不能做情感的傻子，情感的磨炼正是一个烘炉，他日斩荆披棘还要用那烘炉里炼出来的风钢，谁也不能终生躺在那炽热的烘炉里，把青春和活力都平白地消蚀殆尽。

可是她为什么要过那可怜的日子，要说“你不明白没有家的女人是怎样过的，那心里头老是非常的寂寞的”。真的就为了这点原因，她就劝那个可怜的小妻子瑞贞守住那个大家，和那个无辜的小丈夫曾霆过着貌合神离的日子么？难道她也相信一个将来的小生命就会把破裂的情感再生么？或是她真心怜悯那个可怜的瑞贞，因为她们同是“无父无母，看人家眼色过日子的人”，才给她一个空虚的慰安？使那颗小小的心得着短暂的归宿。可是人生的路程原来是极长的，那两个无辜的孩子总算能很幸福地自己打开那不自然的枷锁，把夫妻变成朋友——极关心的朋友，然后各自准备走自己的路，几年来的不相关，如今却生了真挚的友情，相互道歉以往的日子，心酸和哀痛，依恋和泪流，到了才明白“多少事情，是要拿出许多痛苦，才能买一个明白呀”。

可是愫方呢，她明于助人，昧于助己，她一心情愿守在这里，为的是可以替他伺候他的父亲，照料他的孩子，管理他的字画，喂他的鸽子，连他不喜欢的人她都爱，因为都是他所亲近过的，这么纤细的情感，也无怪那个瑞贞要责备她这么一个苦心肠，为什么不放在大一点的事情上去？为了不看到他在家里苦得难过，所以她也情愿他出去，把苦放在两个人的肩上，她还那么坚信苦也许是真的，但是并不孤独的。

是的，他们是并不孤独的。深挚的情感召唤着深挚的情感，无言的沉默帮助她把一切的苦难都吞下去了，她再不说什么，只是嗯嗯地应着，把毕生的幸福放在一个人的身上，虽然是有点危险，也觉得真快乐的。她是含泪地说着，“活着就是这么一大段又凄凉又甜蜜的日子呵，叫你想想忍不住要哭，想想又忍不住要笑呵！”可是过了不久，她又哀伤地惋惜着：“快乐真是不常的呀，连一个快乐的梦都这样短！”

梦自然是短促的，真的人生却非常悠长，她实在应该跨出去了，就跨出那个门限去吧，把脚踏在实甸甸的土地上，看春天的田野是怎么样氤氲着生长的气息，看菜花怎样把灰褐的地面化成一片金黄的海，勤劳的蜜蜂怎样在花丛不息地工作。世界等待着她来充实，她也等待着无所不包的真实的世界来使自己坚强起来。

这是一本书，一出戏，那个叫做曹禺的人写的，在桂林和重庆书店中都可以买得到。可是那个故事却存在我们广阔的人海里，那些人物却活生生地在我们身边，不信你看，这边那边，不是有那样忘记了生，只想着死的老头子，那样懒惰无用的中年人，那样泼辣恶毒的妇人，还有那可怜无告的老小姐么？这些人生下来就努力制造自己的悲剧，如今这悲剧是不断地在舞台上扮演，我们是观众，我们也是那吃力不讨好的演员。我们的两双手是用以称快地鼓掌呢，（因为碰到了我们的心的深处）还是用来抹去晶莹在眼角的泪珠？我还忘记了：盲者的铜锣，黄昏的号角，夜半的更柝，还有那响彻了寒巷的硬面饽的吆喝，一直不断地在不可见的那一面响着，难道世界真的是这般凄凉么？不，不，我这样喊，你们也要同样地喊，大家都坚信一个新的早晨毕竟要到来的。

三十一年三月十八日

原载《现代文艺》1942年第4卷第6期

# 《北京人》读后

董每戡

记得是一个下午，汪季子兄交我一册《北京人》，那晚上就躺在床上读（因为我每晚必读书，总是躺着读），倦怠了又强睁眼，终方能在夜深读完那么一厚册。这可以说是曹禺的丰富的语言、动人的情节吸住我的心，使我不能不提起精神一气读完《北京人》。

在《原野》中，我发觉了曹禺的路走得太快，在《北京人》也一样，外国作家如易卜生、托尔斯泰等剧作家，都是到晚年始走向象征主义或神秘主义的倾向，曹禺才到中年，便开始微露这倾向，可说过于早熟。

《北京人》也许可说脱胎于《红楼梦》，但不是“满纸荒唐言，一把辛酸泪”，它是写实的作品，虽然夹杂着象征的物事。抗战以来有很多戏写两代人的意识和观念不同，这一部《北京人》却写三代。第一代明知自身无用，且无力挽救家庭（甚至国家）的衰败，只希望第二代能担负起复兴之责。可是某些第二代人实则也不行，这希望只有落在第三代身上。可是《北京人》还只能写得稍露曙光，微显转机，光明自在后头——将来。作者不敢过分乐观，而也不悲观，这一点我觉得很对，凡事不必夸大，准没有错。

北京就是一副漆了很多次的棺材，老头儿最心爱的东西，可是因家庭经济的衰落，儿孙的不争气，未能把家庭由衰败挽救起来，终致于使老头儿心爱的棺材都保不住，眼睁睁地被富强的邻人抢去了。那末这老头儿连他的儿孙们是真正的北京人吗？不配，真正的北京人能打开门，推倒墙，从黑暗的夜里带着觉悟的渴望着光明的青年男女走向光明的大道，这样的人才配是真北京人，才是人类学者的朋友。

漆了多少道的棺材，只有老头儿迷恋着它，年青人对它只略有所感，为的是上辈人所心爱的东西。可是被硬抢强夺的耻辱在老头儿忘不了，在年青人们则更忘不了。他们的走，不是图个眼前干净，就此忘了这一幕被强夺的惨剧和邻人给予他们后代的耻辱。他们的走，正是在设法洗清这耻辱，把邻人装进棺材埋入地下。

因此，我以为作者虽在此打个稍神秘的比喻，却还是在正视现实，在技巧上也由不调和中求得了调和。

原载《东南日报》1942 年 3 月 11 日

# 读曹禺的《北京人》

江　布

## 一

剧中的“北京人”是一个修理卡车的巨人。

据作者的描写：

他约莫有七尺多高，熊腰虎背……浑身上下毛茸茸的，两眼炯炯发光，嵌在深陷的眼眶内，塌鼻子、大嘴，下巴伸出去有如人猿……深褐色的皮肤下，筋肉一粒一粒凸出有如棕色的枣栗。他的巨大的手掌似乎轻轻一把便可折断了任何别人的脖颈。他整个是力量，野得可怕的力量，充沛丰满的生命和人类日后无穷的希望都似在这个人身内藏蓄着。

角色“人类学”研究者袁任敢说道：

“这是人类的祖先，这也是人类的希望，那时候的人要爱就爱，要恨就恨：要哭就哭，要喊就喊，不怕死，也不怕生。他们整年尽着自己的性情，自由地活着，没有礼教来拘束，没有文明来捆绑，没有虚伪，没有欺诈，没有阴险，没有矛盾，也没有苦恼；吃生肉，喝鲜血，太阳晒着，风吹着，雨淋着，没有现在这么多人吃人的文明，而他们是非常快活的！”

袁任敢叫他的女儿为“小猴”，女儿称她父亲为“老猴”；女儿袁圆身披兽皮装扮着原始的人猿游玩，把陈妈的孙儿（小柱儿）亦脱得干干净净地装扮一只小猴……当陈妈问她“袁小姐怎么叫他脱衣裳”，袁圆很自然地反问道：“一个人为什么要穿衣服呢？”剧作者曹禺先生在这里歌颂着原始公社的生活，并且似乎带着一种不可抑止的憧憬，对“自由的，没有矛盾，也没有苦恼”的原始生活神往着。且看：

袁圆：后来他就问我“你大了愿意嫁给那一个”（昂首指着这巨影），是这个样子的“北京人”，还是曾家的孙少爷？

曾霆：嫁给这个北京人，还是——

袁圆：就是他，还是你？

曾霆：你——说——呢？

袁圆：我说，你不要生气，我说我要嫁给他，嫁给这个大猩猩！

曾霆：为什么？

袁圆:(崇拜)他大,他是条老虎,他一拳能打死一百个人。

剧作者对于原始生活的想象和向往是超乎现实的。历史告诉我们:原始公社时代,是人与自然斗争得最艰苦的生活,他们经常顾虑到肚子的饥饿和身体的温暖;他们常常死于饥饿,病疫和狩猎;此外洪水,野兽……不愉快的事正不知多少。事实上,他们并不能"自由地""整年尽着自己性情地"活着的;就拿"吃生肉,喝鲜血,风吹着,雨淋着",这种生活设想,这又何尝会非常快活呢?这里,作者只凭着诗意的想象去歌颂和向往,而忘却了现实的感受。并且就其所歌颂的原始社会本身论,说"没有矛盾"是不妥的:在原始公社制度之下,还没有穷富之别,亦还没有剥削和阶级,但并不是就没有矛盾;我们不知道当时的人与人之间是否亦曾为着争一温饱而打过架,但是除了人与猛兽和自然的斗争以外,一个集团与另一个集团之间的矛盾是存在着;从社会形式发展底规律说明:如果没有了矛盾,社会即将无从得以进化的。

剧本《北京人》中的"北京人"是作者把他当作一个光明憧憬来描写的对象;但是,显然,这描写并不现实。我们知道,真实是有两个:一个是临死的,腐烂的,发臭的,另外一个是新生的,健全的,在腐的"真实"之中生长出来,而否定旧的"真实"的。在这里,对于一个旧家庭之没落,这种发臭的真实之描绘,人物是栩栩如生,这是曹禺先生一贯的成功点;但作者却未能认识到,否定这种旧的"真实"之后,新生出来的该是什么?于是这种只想向外飞奔的怀抱,便寄寓于诗的和野性的狂想了。这种所谓光明的憧憬,大概便是角色袁任敢所说的"这是人类的祖先,这也是人类的希望"。原始公社生活吧?把时代转到原始公社时代去,是历史所不能允许,我想大概也不是作者所寄望的——他在叙说瑞贞和愫方随袁家父女及"北京人"出走之夜,曾这样说过:"……追惜过去,憧憬未来,这又是属于明日的'北京人'的事",但这种未来的和明日的"北京人"底思想究竟是什么,毕竟还是模糊。

若从对话中所带出的瑞贞之交几个革命朋友这一点,来忖度她们的出走是去革命,仍会令人感到牵强;在这里,跟着袁家父女及"北京人"出走的她们两人,"革命"不像是她们的目的,倒觉得是作者为他们所布置的出走的理由。

《北京人》描写着一个古老的所谓有礼教的书香之家底没落,在邻居开厂的暴发户底威胁下,更显得风雨飘零了,那些憧憬的阴影回忆着当年的盛况,但这些已如流水般地逝去,江泰幻想能有办法来支撑这个局面,幻想亦终于成为幻想,这样的看法,完全是实在的。作者蕴蓄在这剧作中的思想底实质,或许便是想写出这样一个破落户的不得不归于死灭;而现在插入"北京人"这样一个野性人物(这人物本身便缺乏着"人"性),是会破坏原有的思想和削弱艺术完整的。袁氏父女和"北京人"这类人物的产生,大概是作者一意想使古旧的中国冲奔出去,同时又因为对于从旧社会中生长出来的力量不熟悉的缘故,结果,这些形象就不免有空构的感觉了。这亦不能不系之于作者底视野的问题。不知道这个剧本是写于"一二·九"之前,还是之后。我曾这样查过:袁任敢和"北京人"这样的形象,如能易之以抗战前北平进步的大学教授和学运中的革命青年的话,在思想上,或许会更完整和真实些的。

## 二

从一开场索讨漆寿木账这件事，便带引出曾家老太爷的那口棺材，这口棺材是全剧的线索，葛藤立刻伸展出去："这边姑老爷又闹了一早上啦，说他那屋过道土墙亦塌了，问还收拾不收拾？"由此介绍出寄居在丈人家里的穷女婿江泰；从一幅新裱的画，又引申出"才子佳人"的文清和愫方的关系。大嫂为人之险恶阴刁和存在于这一破落家庭之间的种种矛盾由此便展露了。

作者对于他的人物和题材之熟悉，以及表现手法上的工巧，从他的第一部作品《雷雨》开始，已在近年来的中国剧坛上留下了一个不可磨灭的印象；《北京人》自亦没有例外。处理一个古旧的中国家庭之不得不属于死灭这样一个题旨，以一口棺材作为全剧的线索，是可以显见作者的匠心处。黑森森的棺材和阴沉沉的破落户是不可分离的，他们怕死，可是他们已给自己准备好了棺材，棺材是他们的前途，这全然是旧中国的"真实"。这里，曾老太爷是僵尸般的人物，儿子文清是一块行尸走肉，都颇能照出遗老遗少的风致；尤值得提出的，是对于江泰，这一个人物的选择及其形象之创造，给全剧制造了不少生动的斗争因素，和破落家庭中的破落户气氛。

江泰，这位老留学生的刻划，比《日出》中的张乔治成功得多了。在《北京人》里，他是写得最好的一个角色，一个有血有肉有灵魂的人像。作者给他安排下的"上场风"里，便透露了他的一副"人愈穷，气愈盛"的样子，他往往憧憬着过去，亦常常想发一笔横财，他有很大的抱负，缺乏切实的本领，他没有钱，可是他贪安逸……，他是一个多梦的人，相信麻衣神相，研究自己的鼻子，这样的人物完全为我们所熟悉。这里，他的举止和脾气完全是性格化了的；对于他的幻梦一定归于破灭这一点上，更足见对这一人物揣摩之深刻。作者掌握了这位穷女婿底性格及愫方这角色，便组织起了破落家庭中的纠纷和矛盾；另一方面，文清和思懿这一对夫妇的安排，和思懿之刻毒狡猾，都写得十分入神。

曹禺先生善于处理戏，抓取戏剧的因素，布置气氛；但亦往往因为弄得"太象戏"而损害着戏剧的现实，而成为缺憾的。

第一幕中"北京人"的出现，就显得很突然，有故作惊人之笔的感觉。论剧情，曾家所请的亦只是袁任敢，"北京人"在这样的场合出现，本是牵强，现在的写法，更觉得有些喧宾夺主。作者为了要安排这位"巨人"的上场风，故意把袁任敢先登了场，直待主人问时，才说是"我以为他先来了"，这里是有破绽的；而且，袁圆由通大客厅的门跳出来，仿佛通报贵宾似地大喊"北京人到"这回事，除了能给予观众以一时的刺激外，是不很合适的，在 Rodolf Besier 的剧本《闺怨》中，诗人勃郎宁之上场，妹妹站在房门口给伊莎伯斯通报"Mr Robert Browning is coming"时，我们曾从银幕上看到，豪放的诗人的英姿，从他敞开的斗篷及其动作上，是完全透露给观众的。那因为他是诗人，是主角，这种风度完全为观众所期望，所以很自然亦很合适。这里出现的却是一位“猩猩似的野东西”，身份和情景都不同，诚如作者所说，台上的人大家都莫名其妙地站起探望，我想，台下的观众势必亦会觉得惊惶的。

“北京人”这个角色，虽说是一个修理卡车的“巨人”，但由于作者所需要的寓意，却写得太不像一个现实的“人”了，所以这一场戏（从“北京人”的出场至打发走讨债者为止）要处理得现实些亦将成为不可能。

夜的和萧瑟的气氛之布置，在这里用得非常多：更锣声，树叶在地上的卷动声，秋夜漫长的叫卖声，算命瞎子寂寞的铜钲声，遥远城墙上号手孤独的角声，水车的孜扭声……。招致了剧的阴郁的效果，但是像第二幕中映在窗格纸上的巨人影子，有意令人恐怖，这种手法是有些神怪感觉的。一般都会观众或许因欲求刺激而欢喜，但对于剧的本身，这是妨碍艺术价值的成份。之后，袁圆跟小柱儿坐在巨影底下，以及和曾霆的一段话，目的是写袁圆这位剧中的光明人物，但是她的语言和这个人物一样，不现实的。“嗯，我喜欢你，当然喜欢！你就是他！（指着那鸽子）你听话，你是这鸽子，你，我的‘小可怜’”，“十七岁你就要当父亲了，十七岁的小父亲，——你想，小耗子再生下小小耗子多好玩呵！你说多——”。这些是作者自己表白，并非一个天真的孩子所“要”说的话，所以，袁圆的天真活泼是缺乏真实感的。

从结构上说，第二幕有着过多的 Sequence（连续发生的事情），我们如果把这幕戏切成一片片地来研究，至少可以切成七片，有七个 Sequences：

（1）江泰酒后与袁任敢的一番牢骚。

（2）愫方与文清的晤谈，愫方把写好的信给文清。

（3）曾老太爷向愫方的怨诉。

（4）曾霆与瑞贞的晤谈。

（5）袁圆与小柱儿及曾霆的一段话。

（6）思懿与文清将信当面回给愫方。

（7）曾皓发现文清又抽大烟，江泰发酒疯，骂丈人，曾皓痰厥。

这幕戏开始于夜晚的十一点钟，是紧接着第一幕的时间，把这么多材料堆积在一起，一场一场地转换，显得太像戏了，同时亦有些不紧凑的感觉，作者想在这里交代清楚各色人物，好在下一幕（最后一幕）中打结，但却有些头绪纷繁了。

从第二幕中瑞贞所说：“我那女朋友告诉我，有这么一个地方，那里——”这根伏线之后，瑞贞是准备出走了，并且打算逼着愫方亦离开这座阴暗的坟墓。作者的立意分明是好的，可是就瑞贞说，走向光明去的过程写得不能说足够，或者可以说是对于她的感情，理解得还不深；而愫方，却偶然得不可解释的。从瑞贞的“那末从今以后你决心为他看守这个家？”这问句开始，一口气紧迫着愫方十个问题，愫方固执地答复了她十个“嗯”字，她表示愿意守着一直到死，她认为要到“天真的能塌，哑巴都急得说了话”的那一天才会离开。——显然她是不肯走的。但结果却以哑巴开了口这样偶然的事情，去促成愫方的出走，虽然作者曾以思懿要愫方做文清的如夫人，愫方颜色非常惨白地登场这件事，作了一点交代，但究竟不能当作一反她固执的性格的理由，实质上像愫方这样一个弱女，她不会顽强地生，亦不可能勇敢地死的，现在的出走，形成了一条生硬的光明尾巴。

## 三

从《雷雨》到《北京人》，作者的思路应该说是走向进步的，虽然存在于作品中的光明是如何有限，以及作者的情绪又如何不明显。《雷雨》时代对封建家庭只致以消极抗议，《北京人》指出着这样一个所谓有礼教的旧家庭，已届临到了他的风烛残年，不得不归于破灭，并且提出了从这阴暗的坟墓中走出去这样的问题。作者底心灵和热情，可以得而望知。但是这里缺乏着一段路程，认识的路程，只有对于事物有准备的“认识”，才能到达“改造”，否则便会流于空想；亦只有这样，作品的艺术价值才能获得更高的评价。

原载《解放日报》1942 年 4 月 27 日

# 评《北京人》*

"海内存知己,天涯若比邻。"

——王勃

先来抄一段古书:

"我应该告罪的是我还年青,我有着一般年青人按捺不住的习性。问题临在头上,恨不得立刻搜索出一个答案;苦思不得的时候便冥眩不安,流着汗,急燥地捶击着自己,如同肚内错投了一服致命的药剂。这些年在这光怪陆离的社会里流荡着,我看见多少梦魇一般可怖的人事,这些印象我至死也不会忘却;它们化成多少严重的问题,死命地突击着我,这些问题灼热我的情绪,增强我的不平之感。有如一个热病患者,我整日觉得身旁有一个催命的鬼低低在耳旁催促我,折磨我,使我得不到片刻的宁贴。我羡慕那些有一双透明的慧眼的人,静静地沉思体会这包罗万象的人生,参悟出来个中的道理;我也爱那朴野的耕田大汉,睁大一对孩子似的无邪的眼,健旺得如一条牛,不深虑地过着纯朴真挚的日子。两种可钦羡的人我都学不成,而自己又不甘于模棱地活下去,于是便如凝如醉地陷在煎灼的火炕里。这便苦闷日深一日,挣扎中,一间屋子锁住了我,偶有所得,就狂喜一阵以为已经搜寻出一条大道,而过了一刻,静下心,察觉偌大一个问题不能这样避重就轻地凭空解决得了,又不知不觉纠缠在失望的铁网中,解不开,丢不下的。

……

这样我挨过许多煎熬的夜晚,于是我读《老子》,读佛,读《圣经》,我读过多少那被认为洪水猛兽的社会科学的书籍,我流着眼泪,赞美着这些伟大的孤独的心灵。他们怀着悲哀驼负人间的辛酸,为这些不肖的子孙开辟大路。我却更恨人群中一些冥顽不灵的自名为"人"的这一类动物,他们偏若充耳无闻,不肯听旷野里那伟大的凄厉的唤声,他们闭着眼,情愿作地穴里的鼹鼠,避开阳光,鸵鸟似地把头插在愚蠢里。我忍耐不下了,我渴望着一线阳光,我想太阳我多半不及见了,我也愿望我这一生里能看到平地轰起一声巨雷,把这群蟠踞在地面上的魑魅魍魉击个糜烂,哪怕人陆便因而沉为海。我还是年青,不尽的令人发指的回忆围攻着我,我想不出一条智慧的路,顾虑得万分周全。冲到我的口上,是我在书房里摇头晃脑背通本书经的时代,最使一个小孩子魄动心惊的一句切齿的誓言:"时日曷丧,予及汝皆亡!"(见商书·汤誓)萦绕于心的,也是一种暴风雨来临之感,我恶毒地诅

* 原刊中未署作者名。

咒四周的不公平，除了去掉这群腐烂的人们，我看不出眼前有多少光明。诚如旧约那热情的耶利米所呼号的："我观看地，地在空虚混沌；我观看天，天也无光。"我感觉大地震来临前那种"烦躁不安"，我眼看着要地崩山惊，"肥田变荒地，城邑要被拆毁"。在这种心情下，"我已经听见角声和打仗的喊声"。我要写一点东西，宣泄这一腔愤懑，我要喊"你们的末日到了"，对这帮荒淫无耻，丢弃了太阳的人们！"

这是曹禺君的《日出》发表以后，《大公报》"文艺栏"出版了集体批评专页，而引起的作者的题写《怎样写〈日出〉》的答文。作者以如上述的心情，写出了他的三部曲——《雷雨》，《日出》和《原野》。在《雷雨》里他写出了有产者家庭的腐败，荒淫，无耻，这里面又织补着支配社会的伦理的关系，若干年代传统的道德观念。在《雷雨》里，他写着作恶的人受罪，行善的人有福了；倘不是"技巧上"的限制，他将如"旧戏"一样，写出"一个手执铁钉，一手带巨锤，青面红发的雷公，象征雷雨中渺茫不可知的神秘……"。在《日出》里，作者的视野展开了，他写出了"方达生"，写出了"陈白露"，"一男一女，一个傻气，一个聪明，都是所谓的'有心人'。他们痛心疾首地厌恶那腐恶的环境，都想有所反抗。然而陈白露气馁了，她一个久经风尘的女人，断然地跟着黑夜走了。方达生那么一个永在'心里头'活着的书呆子，怀着一肚子的不合时宜，整日地思索斟酌，长吁短叹，末尾听见大众严肃的工作的声音，忽而欢呼起来，空泛地嚷着要作些事情，以为得了救星，……他要作点事业，要改造世界，独力把太阳唤出来……"；这样的书呆子，能有力唤出太阳吗？作者也并没有如此的相信，甚至连故事里的白露也明白这些，"……倒是白露看得穿，她知道太阳会升起来，黑暗也会留在后面，然而她清楚，'太阳不是我们的'，长叹一声便睡了。这个'我们'有白露，算上方达生，包含了《日出》里所有的在场人物。这是一个腐烂的阶层的崩溃……"。在这个崩溃的过程里，作者还随笔使"不幸的黄省三，小东西，翠喜一类的人也作了无辜的牺牲——将深沉的'睡'下去，随着黑夜消逝，这是不可避免的必然的推演"。

在《原野》里，作者的视野便扩大起来，他所描写的人物不再是"腐烂的阶层"，地点也不再是大饭店的一室，也不再是华丽的住宅，而是"沉郁的大地"："生命藏在里面，泥土散着香，禾根在土里暗暗滋长，巨树在黄昏里伸出乱发似的枝丫，秋蝉在上面有声无力地振动翅翼，巨树有庞大的躯干爬满年老而龟裂的木纹。矗立在莽莽苍苍的原野中……"（《原野》序幕页九）；而"在黑林子里……林内一片水塘……水塘后面仍是暗黑的林丛，水面很宽阔，望得见天上的星云反射浮光上……"（《原野》第三幕页二八八）；剧中的人物也由都市的市民阶级一变而为"大地的儿女"了。不过由于现实反映在作者的故事的，仍旧不是一首美丽的诗，因为在那里也有黑暗，也有冲突，也有斗争，或者这一切混乱也并不稍差于城市里所有的。作者的剧作里常常注意到伦理的关系，不过仇虎并不是个"坏人"，花金子也不是"坏人"，虽然一个杀了人，一个背叛了自己的丈夫。作者下意识地诅咒了"阎王"，那时农村里勾结官府，串通土匪，放高利贷，发光棍财，鱼肉乡民的土豪劣绅的典型的代表。作者让仇虎报了仇，让花金子在不自由的婚姻中串演了一出动人的戏，作者使"阎王"的后代绝灭在自己的家族手里，让没有生存力量的怯弱者便在"窝囊废"的名义下灭亡，在这些情节中，他把仇虎和花金子造成为反抗封建黑暗势力的英雄，在生命的搏斗和挣扎里，虽然我们的英雄失了一着，然而到底是虎子胜利了，他在紧密的枪声中看着金子带着另一个生命平安地逃走，那另一个生命是希望，“记住，金子！孩子生下来，告诉他，他爸爸并没有叫这帮狗们逮住，告诉弟兄们仇虎不肯（举起铁镣）戴着这个东西，他情愿这么——（忽用匕首向心口一扎！）死的”“（……他忽然把铁镣举到眼前，狞笑，而快意地——）哼！（一转身，用力把铁镣掷到远远的铁轨上……）”。

在社会意识上来说，《日出》比《雷雨》进了一步，因为它不再是暧昧和怀疑，而是大胆的暴露了；《原野》则比《日出》更进了一步，它不只暴露，且提出了要求，这种进步的程度似与作者的创作过程成正比，在创作实践中逐渐把握住现实，这是使曹禺成功的第一个原因。

由这样的创作历程发展下来的《北京人》，当然是只有分析了作者整个的创作过程，才能完全了解作者所寄放在这个三幕剧里的心情。自然，我们可以把《北京人》看作仍是三部曲的继续，因为这样正好便找到了作者所要写在这个戏里的东西，由《雷雨》到《原野》，是由一个大家庭（这是现阶段我们这个国度里极特别而又极时髦的题材）为中心逐渐地展开到广大的社会中去，这一回是绕了一个圈子，又回到大家庭的故事中来了。随着中国社会的变质，代表封建形式的大家庭，便在这变化的过程里破裂，动摇与没落。同时也在变化的过程里，演出一些喜怒悲欢，哀乐憎怅的故事，老年没落的悲哀，青年生长的挣扎，保守者的反动，改革者的抗争，当然，也还有一切小市民性格的犹豫与彷徨。这些人物，作者都收在了《北京人》这个戏里。曾皓——在北京落户的旧世家的老太爷，年青的时候，是“翩翩贵胄，恶气轩昂，每日逐花问柳，养雀听歌，过着公子哥儿的太平年月”（页十一）。这样“……一直在家里享用祖上的遗产，过了几十年的舒适日子……”，以后，“老境坎坷，……才逐渐感到困苦，子女们尤其使他失望，家中的房产，也所剩无几，自己又无什么治生的本领，所以心中百般懊恼。他非常注意浮面上的繁文缛礼，以为这是士大夫门第的必不可少的家教，往往故意夸张他在家里当家长的威严”（页一〇四）。可是家道的中衰也使他自己感到没落，“他吝啬，自私，非常怕死，整天进吃补药，相信一切益寿延年的偏方”（页一〇四）。就是这样一个在大家庭毁灭中仍要摆着架子的主人翁。曾文清是他的长子，按照作者的说法，“这只是一个生命的空壳”，“一个士大夫家庭的子弟，染受了过度的腐烂的北平士大夫文化的结果，他一半成了精神上的瘫痪”（页三四），这是堕落者的后代，他想挣扎，然而他只会下棋，赋诗，作画，他失去了挣扎的力量。他看着他的下一代，已经重蹈了他的覆辙的他的儿子（曾霆），只是把同情寄在那孩子的身上而已。他的媳妇曾思懿，我们可以想象到《红楼梦》里的王熙凤，“一个自小便在士大夫家庭熏陶出来的女人，自命知书达礼，精明干练，整天满脸堆着笑容，心里却藏着刀剑，虚伪，自私，多话，从来不知道自省。平素以为自己既慷慨又大方，周围的人都是谋害她的狼鼠，嘴头上总嚷着‘谦忍为怀’，而心中无时不在打算占人的便宜，处处较量着‘不能栽了跟头’……言辞间尽性矫揉造作，显露她那种谦和，孝顺，仁爱……种种一个贤良妇人应有的美德……”（页十四—十五）。总而言之，一个阴险，狠毒，却“又胆小如鼠，怕贼，怕穷，怕死，怕一切的恶人和小小的灾难的”（页十五），保持着一切家庭自私的女人。她不满意她的儿媳妇（那个十八岁的孩子的名字是瑞贞)，因为“她不肯涂红抹粉，也不愿穿鲜艳的衣裳，虽然历次她的婆婆这样吩咐她”，她不会“学习那谄媚阿谀的妾妇之道来换取婆婆的欢心”，也极不愿意“勉强作着曾家孙媳妇应守的繁缛的礼节”；“她心里知道长久生活在这样环境中是不可能的”，“但她无端遭到婆婆狺狺然辱骂时，她只是冷冷地对看着，她并不惧怕，仿佛是故意地对她漠然。她决不在她所厌恶的人面前哭泣，示出自己的怯弱，虽然她心里是忧苦的。在孤寂的空房中，她念起日后这漫漫的岁月，有时痛不欲生，几要自杀，既而又愤怒地想走，这幽灵似的门庭必须步出，一个女人该谋寻自己的生路”。“……她的小丈夫和她谈不上话来”，她“想不明白为什么嫁与这个小人……为着这个不可解决的疑难，她时常出门，她日夜愁思要想出一个解决的方法”。她的丈夫曾霆，“生得文弱清秀，一若他的父亲”，可是“这十七岁的孩子，已经作了两年多的丈夫了”，“和他的妻就一直是形同路人，十天半月说不上一句话”，这个旧家庭的牺牲者“进了学校七个月便使他略微有些异样，同伴们野马似的生活，使他多少恢复他应有的活泼，家人才发现这个文静的小大人原来也有些痴呆的孩子气”。

除了这几个家族的成员外，还有家族以外的人。曾文彩——曾皓的女儿，和她的丈夫江泰寄居在这个大家庭里，“姑老爷江泰是个专攻‘化学’的老留学生，到了北京，就纵情欢乐，尽享受北京舒适的生活，几乎和北京土生的公子哥儿的神气，毫无二致。……回国后，颇想大大发展一下，他不知为什么抛弃本行，洋洋自得地作了官，作了几次官都不十分得意，在最后一任里，他拉下很大的亏空，并且据说有侵吞公款的嫌疑，非常不名誉地下了任。他没剩多少钱，就和太太寄居在丈人家里，成天牢骚满腹，喝了两杯酒就在丈人家里使气。人愈穷，气愈盛，拍桌子骂人，摔碟子摔碗是常有的事”。(页八三)“他的夫人曾文彩有三十四岁，十年前是一位有名娇滴滴的蜡美人，温厚娴静，婚后数年颇得她丈夫的宠爱。后来一直卧病容颜顿改，人也憔悴瘦弱，脸色比一般曾家人还要苍白，几乎一点也看不出昔日的风韵。她非常懦弱，任何事她都拿不定主意，在旧书房里读了几年书，她简直是崇拜她的丈夫，总是百依百顺地听她丈夫的吩咐，甘心受着她丈夫最近数年的轻蔑和欺凌。”(页八五)还有一个是愫方，“愫方这名字是不足以表现……这位苍白女子的性格的。她也有三十岁上下的模样，出身在江南的名门世家，父亲也是个名士风流，身后非常萧条；后来寡母弃世，自己的姨母派人接来，从此就遵守母亲的遗嘱，长住在北平曾家，再没有回过江南。曾老太太在世时，婉顺的愫方小姐是她的爱宠；这个刚强的老妇人死后，愫方又成了她姊父曾老太爷的拐杖。他走到哪里，她必须随到哪里。在老太爷日渐衰颓的暮年里，愫方是他眼前必不可少的慰藉。而愫方的将来，则渺茫如天际的白云，在倏忽的岁月中，很少有人为她恳切地想一想。……见过她的人第一个印象便是她的‘哀静’。苍白的脸上宛若一片明静的秋水，里面莹然可见清深藻丽的河床。她的心灵是深深埋着丰富的宝藏的。在心地坦白人的眼前那丰富的宝藏也坦白无余地流露出来，从不加一点修饰，她时常忧郁地望着天，时遂驱不走眼底的沉滞。像整日笼罩在一片迷离的秋雾里，谁也猜不出她心底压抑着多少苦痛的愿望与哀思。她是异常的缄默。(页六二—六三)……她人瘦小，圆脸，大眼睛，蓦看怯怯的，十分动人矜惜。她已过三十，依然保持昔日的闺秀的幽丽，

说话声音，温婉动听，但多半在无言的微笑中静听旁人的话语。”（页六四）

作者有意地暴露出在毁灭过程中的一个大家庭里的各种典型分子，如上述所介绍的憧憬仍旧维系这个没落的大家庭的主人翁，有不顾一切把持家庭自私自利的女人，有在盲目的婚姻下被牺牲的青年，也有不事生产的专吃祖上余荫的寄生虫，这许多人物在曹禺的笔下都没有被他饶恕，而且他也没有饶恕在黑暗中的苟安者，他明白的指出，“染受了过度的腐烂的北平士大夫文化的结果”的“士大夫家庭的子弟”，就是想真正生活，也失去了挣扎的力量，“屡次决意跳出这狭窄的门槛，离开北京到更广大的人海里与世浮沉，然而从未飞过的老鸟简直失去勇气再学习飞翔，他怕，他思虑，他莫名其妙地在家里踟蹰。他多年厌恶这个家庭的，如今要分别了，却又意外无力地沉默起来，仿佛突然中了瘫痪。时间的蛀虫，已逐渐损耗了他的心灵，他隐隐感觉到暗痛，却又寻不出在什么地方。”（页三六）他自己抱怨他自己：“我为什么回来呀！我为什么回来呀！明明晓得绝不该回来的，我为什么又回来呀！”（页三〇一—三〇二）作者借了愫方的嘴回答他说：“因为他已经不会飞了”（页三〇一）！他不满意于他的婚姻，“早年婚后的生活是寂寞，麻痹的，偶然在寂寞的空谷中遇见一枝幽兰，心里不期然而有憬悟。同声同气的灵魂常在静默中相通的”（页三五）。然而，他又不敢大胆地去爱他所爱的人，“他们了解寂寞正如同宿鸟知晓归去：他们在相对无言的沉默中互相获得了哀惜和慰藉，却又生怕泄露出一丝消息，不忍互通款曲”。“士大夫家庭原是个可怕的梏枷”，他便在这梏枷中结束了他的生命，作者让他吃大烟死了。作者让愫方走出这个“梏枷”，一块走的还有曾瑞贞，作者给了她们力量，使这后一代的比前一代进步，大胆，有了勇气，而暗示出“家”的“变质”。

其实作者的一贯作风，就是使用“衬托”这样的手法，三部曲是这样，《北京人》也是这样。他把曾皓和曾文清作为没落的代表者，把曾瑞贞和愫方的出走作为这个大家庭的新生的指示。为了这种指示需要有一个标的，作者在这戏里还写出了几个人，一个是曾经哺养过曾文清的陈奶妈和她的小孙儿小柱儿，另一个是研究“人类学”的学者袁任敢和他的独女袁圆。此外他还放进了一个“北京人”，——在袁任敢学术查勘队里一个修理卡车的巨人。

在暴露大家庭的没落这一点上，作者是很成功的了。他不只把曾皓的狼狈，曾文清的无力都活生生地搬上舞台，就是这家庭中颇自以为了不得的分子，大少奶奶曾思懿和留学生江泰，也都给了以无情的讽刺。作者用他成熟的技术和难得的天才，在这些人物中配备若干巧妙的穿插，爱与憎，恩与仇，感情与理智，悲哀与欣喜，作者的手段是早有了定评的，他可以凭他的手术演成一出很热闹的戏，而且在人性表露上，也是很值得使人惊叹不止的，我们很难得看见愫方这么美丽和江泰这么好的人，他们在本质上都是异常善良的分子，然而却又一个那样的无力，一个那样的无耻，这些都是在大家庭（或者说是士大夫阶级）中才能产生出来的性格，作者能够切实地把握住他们的灵魂，这是一桩可以称赞的成功。不过倘从大处着眼，那代表着进步的一群，只是那么一走就了事了吗？而且走向哪里去呢？怎样地走去？那些地方是些怎样的处所呢？这些东西作者没有写出来，所给与观众的印象，不是仍旧和易卜生的娜拉的出走一样吗！自然，在《北京人》里，作者也抓进了一个"北京人"来作这去向的暗示，拿这"北京人"作为理想中模特儿，"他约莫有七尺多高，熊腰虎背，大半身，披着半个兽皮，浑身上下毛茸茸的。两眼炯炯发光，嵌在深陷的眼眶内，……他的巨大的手掌轻轻一扭便可握断了任何敌人的脖颈，他整个是力量，野得可怕的力量，充沛丰满的生命和人类日后无穷的希望，都似在这身内藏蓄着。"（页一三一——一三二）作者借袁任敢的嘴说，"这是人类的祖先，这也是人类的希望。那时候的人要爱就爱，要恨就恨，要哭就哭，要喊就喊，不怕死，也不怕生，他们整年尽着自己的性情，自由地活着，没有礼教来拘束，没有文明来捆绑，没有虚伪，没有欺诈，没有阴险，没有陷害，没有矛盾，也没有苦恼，吃生肉，喝鲜血，太阳晒着，风吹着，雨淋着，没有现在这么多人吃人的文明，而他们是非常快活的。"（页一五五——一五六）这是袁任敢的思想，也就是作者的思想。作者不满意"那……成天在这样一个家庭里朽掉，像老坟里的棺材慢慢地朽，慢慢地烂，成天就知道叹气，做梦，忍耐，苦恼，懒，懒，懒得动也不动；爱不敢爱，恨不敢恨，哭不敢哭，喊不敢喊，这是堕落，人类的堕落"（页一五八）而企望的人们由"堕落"中返回原始，让堕落的人们看看他们从前的祖先，在生活的态度上，也许这样是对的，然而"人类的堕落"另有其社会的原因，这一点作者没有能够明确地把握到，不能不说是一个大缺点，因之陈奶妈和小柱儿的出场，也就显得没有力量，或者作者的用意是把农村另一种生活提出来和这堕落的生活作一个对比的暗示，然而由于展开的暧昧，也只成了《红楼梦》刘姥姥似的打诨，没有什么更大的启示了。

作者在许多小段落上都非常成功，有人批评他的优点是：

（1）多动作，空气浓厚。

（2）词句漂亮，流利，且富有诗意。

（3）作者所表现的思想，都从事件的发展中，自然地流露表现出来，绝对不带主观的色彩，这是他的现实主义的成功。

（4）用较经济的手法，而且对自己的人物都很熟悉，因此显得格外的生动和真实了。

（5）作者对于人物的描写还有一种巧妙的手法，他赋予每个人物以各自不同的独特风貌。

例如像以上的这些长处，在《北京人》里是都具备着的，比如说写思懿的阴险，写愫方的哀静，都能够深刻地抓住读者。在女人性格的刻画上，也都有难得的成就，举个例说，第二幕第一景由瑞贞和愫方的对话里写出的对于爱的理解，那种纯东方的精神，就表现得很得当。"我知道，人总该有忍不下去的时候。"（页二六九）然而她却还有一个"爱"，一个连敌人都包括在内的"爱"。作者使小柱儿，袁圆，曾霆在一块排的这一出戏也好，这是三个完全不同的人。还有，假如站在一个观众的地位，我觉我最喜欢江泰，虽然他是那样没有"出息"。他不是个小丑，他是那个大家庭没落过程中另一个期待着的希望的讽刺。

有一些地方是失败了的，最使人失望的要算"北京人"的几个场面，在第一幕最后，"北京人""像英雄似的""再一拳""再一拳"，打走了讨债的人，"我们是小买卖人，……我们家也有父母，死了情愿拿芦席一卷"，他们的讨债是正当的，可是却被"人类的祖先""打跑了"，这是"人类的希望"吗？第三幕最后"北京人"的说话，也实在勉强得很，一在舞台上演起来，怕这人类的祖先只成了《七侠五义》里的侠客。

早就有人批评曹禺君的缺点，一是偶然性的“运用”，因而有了二，宿命论的倾向（或者说是带有虚无主义的气息）。在《北京人》里，这样的弱点就更显著，“北京人”的出场，大有托古改制的意味，这不是一个具有进步意识的作家所应采用的手法，在我们赞叹作者对于堕落的北京人之讽刺的成功之余，不能不期待作者另外画出一个真的进步的北京人，或者这类的典型，在今日的社会里，是不会没有的罢。

当然，我们不希望这进步的北京人又是个研究人类学的学者，因为那给观众的暗示还低弱，即便承认他是一种进步方向的代表。我们不能不要求作者，他应当给他的观众更有力更现实的表现，这暴露现实应该是突击现实，如果依《北京人》这样发展下去，便大有逃避的危险。如果三部曲是黑暗的暴露，《北京人》便是光明的踪影，不幸的是这光明却是空幻，怎样由空幻走到真实上去呢？我们期待作者的努力！

原载《中国公论》第7卷第2期，1942年5月

# 评《北京人》*

雪　林

曹禺的《北京人》是去年年底出版的，为了本地购书不易，一时毫无缘拜读，因而所有关于本剧本的批评，一篇也没注意。近来本城某剧团公演此剧，城中某报也有不少的讨论此剧的文章，人类的天性总容易为四周的氛围气所激动或感染，于是我百端设法，竟借到了一册剧本，将它于一晚读完，才知道这个轰动一时的名剧，是这么一回事。

先就技巧说，本剧诚然有曹禺一贯的作风，热烈、紧张、深刻、细腻，处处震荡观众的心弦，抓紧观众的注意力。但结构还是同曹禺旧作《雷雨》、《日出》一般太嫌复杂，而且情节也太紧张了。复杂并不算缺点，但过于复杂，也容易使观众生混乱的印象。紧张原是戏剧的生命，但过于紧张，使观众喘不过气来，不是来看戏，简直是来受罪了。有人说《雷雨》的剧情，分成两三个剧本，还觉绰然有余，《北京人》虽然比较单纯了些，而那剧中人错综交杂的恋爱关系——例如文清之于愫方，曾霆之于袁圆——也够叫人看得眼花缭乱了。而且全剧的摔物、骂詈、诅咒、逼债、打架、晕倒、出走，一场一场赶着来，不容人脑筋有片刻的休息，难说戏剧定要这样写才算是戏剧吗?

不但技术没有什么进步，内容也没有什么进步。《雷雨》表面是暴露大家庭的罪恶，实际是象征旧制度的没落的。《北京人》也是这样。这个旧制度确实指的是什么呢? 有人说是指宗法社会。宗法社会之成立与农村经济背景有拆不开的关系。但自西洋资本主义侵入中土之后，它的基础早就动摇，五四运动起来后，它更整个儿被那一股气势汹汹不可抵御的时代潮流卷去了，冲得七零八落了。现在即说中国还有像曾皓那样的家庭，也不过春末残花，秋深余热，不久就要过去的。值得曹禺先生写这么一部大剧本来抨击吗? 假如《雷雨》和《北京人》出现于戊戌维新运动之前，那是极有价值的，出现于五四运动之际，也还有点意思，出现于目前，那就是俗话所说马后炮了。伟大的作品是时代的先驱，时代的号角，总站在时代的前面。而且它的攻击的对象是有血有肉的敌人，绝不是纸剪的人形，虚幻的影子。曹禺的拳头是很有劲的，可惜他只爱捣纸人与幻影。

有人说《北京人》的曾氏家庭是象征中国旧文化。这倒很像，而且我越读越像。他描写曾家那个小客厅，空气是那么幽静，一切陈设品如七弦琴，金缸，线装书，玉如意，都是古香古色的，也都是古老陈旧，置身其间，不久便会把人的生活力腐蚀完了的。这正是中华

* 文本还以稍简的形式，以《论〈北京人〉与中国旧文化》为题，发表于《文艺》1948 年第 6 卷第 3 期，署名苏雪林。

古国的特独的气氛，曹禺把它具体化得恰到好处。文清是旧文化孕育出来的人，也可以说是旧文化的化身，他淳厚、聪颖、骨相清飘俊逸，眉宇间蕴藏一股灵气，然而他行动懒散沉滞，脸色苍白，嘴唇无色，眼眸时常露出失望的神情，悲哀而沉郁。他的生活无非是下棋、品茗、赋诗、作画、饵鸽子。他是生命的空气，精神上的瘫痪。他父亲曾皓也是旧文化的化身，而且也是旧文化的维护者。他最注意浮面上的繁文缛节，故意夸张他在家里家长的威严。他吝啬，自私，非常怕死，整天吃补药，相信一切延年益寿的偏方。因家运日衰，贫穷逼迫，书香门庭的架子渐渐要倒下去。使他仿佛有一肚子的委屈要控诉，他整天咒骂着子女的不孝和无能，叹息着家庭的不昌，诽谤着邻居的粗野无礼。他的自私是出于不自觉的，像他为了自己暮年的舒适，竟不惜牺牲青年的韶华和幸福把内侄女愫方紧紧扣在自己身边。他的嗜好除每天吃补药以外，便是添寿材。至于思懿呢，并不像她公公曾皓那么诚心诚意维护旧文化，不过是借旧文化为护身符来行其私的伪学者假道学家罢了，像过去的赵恒惕、江亢虎，一个是杀人不眨眼的军阀，一个是初则替溥仪谋复辟，继则投降伪组织的学阀，可是还口口声声主张尊孔读经，存文保教，与曾大少奶奶不正是一个典型人物吗？愫方象征中国旧式女子，"哀静"二字倒下得好，这二字把旧式女性一切德性都概括了。曾霆和瑞贞是旧文化和旧礼教压迫下的青年，瑞贞比较自觉心强，所以能学娜拉的出走。寿材似乎指旧文化的精神无非是仁义礼智孝悌忠信那一套，也无非是无极太极人心道心那一套，曾皓把一生精神、时间、金钱，都耗费在添寿材上面，一心好让自己睡了入土，不意因欠下对门开纱厂杜家的钱，无力偿还，竟被他们抬走了，以致老头儿痛不欲生，几以身殉。暗示数千年来中国知识阶级费毕生精力，著了几十屋子的书，来表彰开发的东西，一和西洋资本主义碰头，便保存不住。虽一般保守派顽固党死命卫护，依然于事无济。出卖寿材的经手人是思懿，也大可注意，中国文化的加紧衰败与灭亡，那些口周孔而行盗跖的人是要负责的。陈奶妈带来的鸽子，象征着旧文化活动的能力——曹禺之不惜破坏全剧结构的严整，硬插进一段刘姥姥入大观园的文章，便是要介绍这只鸽子——当文清不惯外边风浪，又回到他那古老家庭，被愫方借鸽子讥讽他不能再飞的时候，便掩面大恸，终于吞烟自杀，作者的寓意是容易叫人看出来的。

"北京人"指的究竟是什么？却颇不易确定，或者是指民族的活力、青年的活力，或者竟如一般"前进分子"认为中国必须跟着他走而后才有出路的某种主义。若说属于后者，则我要正正经经告诉曹禺先生，中国是跟着北京人走过一回的。我们跟他进入四十万年前的民德尔冰期的森林里，在那里除了石斧互砍，石弩互弹，喝人血，吃人肉，没有别的什么。我们究竟是受过四五千年文化熏陶的中国人，过不惯那样野蛮恐怖的生活，只好撇下北京人，另寻我们应该走的道路。曹禺先生还叫我们再上一次当吗？虽说文人大都没有头脑，但我想我们的曹禺先生不至于这么糊涂，那么姑且承认前说吧，但这也不是曹禺独创的见解，五四以前，陈独秀先生便在《新青年》上，标榜青年的"兽性主义"，后来沈从文等又竭力鼓吹苗猺的生活，现在曹禺又叫我们回到四五十万年前的人猿，真所谓齐一变，至于鲁，鲁一变，至于道了。真的，这个人猿也着实有他的可爱的，他要爱就爱，要恨就很，要哭就哭，要喊就喊，不怕死，也不怕生，他整个是力量，野得可怕的力量，他身体里有充沛丰满的生命，他肩膀上搁着人类日后无穷的希望。但是，力量是需要发挥的，是要以献身——不怕死——的勇气和决心来发挥的。现在我们崇高的理想正受着莫大的威胁，我们献身的时候已经到来，让我们到枪林弹雨，尸山血海之中，同敌人较量较量，不为这个国家，便为那个国家，不为这个文化，便为那个文化。让我们把理想变成行动，把希望化作现实。抗战前我曾听见高唱入云的“保卫马德里”的歌声，但并没有人真到马德里去，现在连歌声也沉寂了。为什么离开现实距离尚远时，我们会激起那样热狂，而现实逼来时，我们却变得这么冷静？为什么我们要把认为值得牺牲的目标，老是移步换形的变，难道要等到地球与火星开仗时，我们才肯挺身而起？这样，则曹禺教我们学北京人，我们倒学了曾文清了，岂不辜负了作者说教的一番苦心吗？

我们现在不妨再回头谈谈全剧中心思想的反旧文化的问题，若以上我所推测的话不错，则当此提倡固有道德，建设中国本位文化，甚嚣尘上之时，这个剧本之出现，是有它的时代意义的，自从鸦片甲午两次战争以后，中国人便已开始怀疑自己的文化，五四以来，诅咒旧文化之声，更洋洋乎其盈耳。周作人一提到中国国粹，便会联想到辫子、缠足、太监、鸦片。鲁迅把烧丹、炼汞、打拳、扶乩，家传良药，秘制单方和河图、洛图、圣经、贤传拉扯到一起，嘱咐青年说假如上述这些阻碍了他们生存与发展时，就该毫不留情将其打倒。茅盾在《子夜》里把中国旧文化象征为吴荪甫的老太爷，当那位老太爷由他清净宁谧的乡村来到那喧闹混杂，完全代表着资本文明的上海，不过几天便因受不住刺激而死去，因之茅盾便宣布五千年的中国文明已经风化了。现在曹禺也把琴棋书画，补药寿材，一切一切，来比拟旧文化，无非是他们观念的总和，不算什么新的意见。不过，我倒要请教曹禺先生，这些是文化的全貌，还是文化的支节？是文化的精华，还是文化的渣滓？我们的圣贤曾否教训过我们吃补药，漆寿材，裱字画，喂鸽子，甚至于抽大烟，抑这不过是不良习惯的累积和悠闲生活的酵化？世上哪一种悠久的文化没有沉淀的质素呢？曹禺不主张人类应该演化则已，否则北京人进化而为文明人时，保得住没有这些情形呢？当一个文化到了停滞腐败的时期，只有想法来振作廓清，注入新的活力，一味还淳返朴，还到四十万年前的原人，然后再从头进化，这是经济办法呢？况且我觉得文化问题是很重大很严正的问题，不是通天人之变，究古今之际的学者，似乎没有资格来讨论。我们文人直觉虽敏捷有余，思辨力究嫌不足，我想我们还是老老实实来谈点我们所能谈的东西，文化问题且让那些学问比较高深，见解比较透彻的学者去研讨吧。不知曹禺先生以鄙言为如何？又不知一般读者以鄙言为如何？

原载《妇女》1942 年第 2 卷第 2 期

# 论曹禺底《北京人》

胡　风

首先要声明，今天并不是来讲演的，主席的客气话不敢当。前几天，听说诸位要我谈谈《北京人》这剧本，我说，如果是谈话会的形式，我可以出席的，但请不要由我来唱独脚戏。我底意思是，希望大家都把自己底意见说出来，这就可以听到并且交换各种各样的意见，我也可以把我底感想提给诸位做参考。

要研究一个作品，顶好得先看一看作者底整个创作发展方向，这样就更可以明白这个作品底来根去迹，表现在这个作品里面的作者底创作态度底特点……但可惜我不能够做到这一点，曹禺先生底以前的几个剧本，有的看过，有的只看过一小半，有的也看过演出，但记忆已经有些模糊了，不能据以立论的。好在在座的洗群兄和荃麟兄都很有研究，诸位也一定很有研究，可以补充我底不足。

《北京人》，因为在香港演出之前要写一点介绍的文章——我们这类人是常常要被拉去做义务宣传员的，匆匆读过了一遍，后来看过一次演出，这次在桂林又看过一次演出，听说桂林在这以前原也演出过一次的，可惜我没有看到，不能参考一下不同的导演和不同的演员对于它的理解和把握方法。现在就只是根据记忆所及先提出几个要点，但也不过零乱地想到哪里说到哪里。

首先，作者在剧本前面引了王勃底两句诗："海内存知己，天涯若比邻"，是为了什么？这两句诗和剧本内容有什么照应？作者借这两句诗所吐露的心境是什么？我想先听一听诸位对这一点的意见。

（哑场片刻，无人发言）

当然，这只是写在剧本正文前面，演出的时候，既不会由银幕映出，也不会写在一块牌子上面用一个人背着在舞台上走一趟，但在导演，演员，特别是导演，可以从这里取得对于剧本底中心内容的理解，也就是说，导演可以在导演方法上把作者在这两句诗里所寄托的心境透射出来的。

那么，就我所想到的先提出几点来罢。

首先，作者要创作这个作品的时候，他底心理状态是怎样的？他底情绪是怎样的？——我们知道，作家创作一个作品，一定是对于现实生活有所感动，他底认识能力和现实生活发生化学作用的时候，才能够执笔。当然，也有不少不从这个基本态度上出发的作家，但一个诚实的作家，一个伟大的作家，没有不是这样的；一个好的或伟大作品底完成，没有不是依据这个根本态度的。通常说作家要写他所熟悉的，他所理解的题材，那原因就是我们一方面积极地要求把握现实生活的作者底主观力量，一方面也积极地要求被作者所把握的现实生活底客观性的缘故。现在拿《北京人》说，作者创作时的心情是怎样的呢？我看，他所注目，所了解，所感动的是封建大家庭底那种腐败，崩溃，痛苦万状，走投无路而拼命挣扎，面子上堂皇但里面却包藏着种种罪恶的那一幅图画。这并不是作者为了要写它才临时去看来的，而是在他底实际生活里面，或竟是在他底少年时期或青年时期早已熟习了的东西，这种家庭里面的那些人物，那么无能，那么自私，那么昏聩，那么彼此倾轧，早已在作者底心里起过波动，或者现在回忆起来在心里起了波动的。无论作者现在是由于一种什么刺激而生出了创作的念头，或者是由于一种思想上的启示，或者是由于对于那里面的某一个或某几个人物底命运的关心，但这都是因为有了对于这一社会生活领域的熟悉和感动做底子的：没有这，创作底欲望就无从发生，这是我们可以肯定的一点。

但我们对于作者底心情的理解，还应该推进一步，就是，他怎样把握这个内容，他在这里面寄付了什么希望，对于封建社会的无能，昏聩，自私的人物，作者不惜让他们痛哭，让他们灭亡，但同时，他还看见那里面有善良的人物，受委屈的人物，不管他们是怎样一种性质的善良，但作者不忍让他们同样地灭亡，不能不给他们设一条逃生的路。这是作者的心情底又一面，也是我们可以肯定的。

不用说，在作者自己的主观上，也许这一条路是非常明确地伸展在他底人物们底前面的，但对于读者或观众，实际上并不能感到那到底是引向怎样一个世界。作者只说有那么一个地方，只是提出了袁任敢父女去考古的路上要走那附近经过的。在这里，我们不难理解到作者急急地要放他底人物们去逃命，因而无暇考虑到这条路是不是适合于他底人物的心情罢。

那么，作者所引在前面的两句诗，那寓意恐怕就是这样：那些善良的人物（当然指的是愫方和瑞贞）虽然受尽了旧社会底欺骗和折磨，几乎要无声地死亡，但在天涯海内，还有她们底知己，她们底同志，待她们一旦有了觉悟，有了决心，那虽然远在天涯，但一定可以走到，近到好像是住在自己底邻家一样了。

未必作者不是这样地寄托了他底心情的么？

其次，我想谈一谈《北京人》里面的人物。在香港的时候，朋友劝我写一篇批评之类，我当时曾拟定了一个题目，叫做《〈北京人〉里面的多余的人和托梦的人》。所谓“多余的人”，是俄国文学史上的一个名词。在《北京人》里面，像曾皓、曾思懿、曾文彩、江泰等，都是多余的人，都是对于社会不但无用而且有害的废物。从整个作品说来，这种人物占多数，而且是写得最好的，因为，照我们底理解，他们原是作者最熟悉的人物，他们以及他们底社会原是作者底创作欲求所由发生的基础。第二类是“托梦的人”，袁博士父女，北京人，就是的。这类人物底出现，只是为了给灭亡下去的社会托一个梦，给那里面能够逃生的人物指示一条生路。因而他们本身底性格非常单纯，甚至可以说没有性格；叫做“托梦的人”，就是说他们现实性很少甚至没有，好像是在梦里出现的灵魂一样。在这两类人物以外，还有另外一类人物，从多余的人所寄生的死亡下去的社会走向托梦的人所指示的生路的人物，瑞贞，愫方就是的。但这两个人物底性格也很模糊，关于瑞贞底觉醒过程，作者并没有能够表现出有机的变化，只是说明她有一些朋友，看了一些书而已。至于愫方，就更谈不到什么觉醒过程，作者所依靠的只是加在她底身上的，由于过度的失望而来的压迫作用。

在这里出现了一个问题，似乎在香港在国内都有人谈过的。所谓要杀就杀，要打就打，吃生肉，喝生血……的北京人，是原始的野蛮的半动物，作者用他来象征新的人，那是歪曲历史，甚至有提倡回到原始时代的“复古”倾向的嫌疑。但我觉得这看法是太单纯了一点。在作者，北京人底存在只不过是为了和被封建社会所腐化了的那些人物们相对照，人类底祖先(北京人底祖先)原来是那么单纯，勇敢，强有力……但堕落到了现在(封建社会)，他底“不肖的子孙”却是这样地怯懦，阴险，自私，软弱……如此而已。就是袁博士父女，一方面固然是为了补充作者寄附在北京人上面的意义。他们的那一种单纯到近于空洞的概念的性格，作者所以为的在资本主义社会产生的，北京人式的现代的性格，只有在为了和曾家那些腐化了的人物形成一个鲜明的对照这一意义上才能够得到解释。所以，作者一方面用一个机器工人做北京人底模特儿，而且声明叫人家“不要闹糊涂了”，一方面使袁圆开玩笑地把那个单纯的小农民小柱儿扮成一个小北京人，在作者自己，大概以为是实有深意的罢。当然，对于原始的力，作者抱有不肯加以批判的憧憬，这是无可讳言的，《原野》里面的仇虎就是一个例子，但如果断定作者在思想形态上抱有回到原始时代的定见，那就未免过于皮相了。引起了这种误解也有它底原因：原始的北京人那又是现实的觉醒人物底引路者。这原来也是用不着解释的，因为这引路者其实只不过是原始的北京人底模特儿。但这个模特儿，哑巴的机器工人却又突然开口了，这和北京人底神秘性一结合，作者和观众之间就不能不发生了误解。虽然在这里作者有在命意上的说不出的原因和在舞台效果上的大胆的企图，但依然不能够解消观众底误解的。

再其次，谈谈对于这个剧本底主题的意见。有一种批评，说作者所写的东西不是现实的，因为他所写的封建社会不是今天抗战期间的封建社会。那么，照这种见解，一切写历史题材的作品，例如A·托尔斯泰底《彼得大帝》，鲁迅底历史小说，是不是现实的呢？所谓现实的，那意思是，它反映了历史的真实，并不是等于“现在的”意思。因为，在严格的时间意义上说，只要是构成性的艺术作品，到它和读者相见的时候，那题材都是属于“今天”以前的东西。艺术不是新闻报导，它所反映的是历史的真理，那应该是从过去一直照亮着将来的。要求和我们底生活更近的历史课题在艺术上能得到反映，这只能是积极地向创作界一般提出的愿望，决不能作为对于某一个作家底具体作品的否定根据。就《北京人》说，它原是写的抗战前几年间(只有这个时期里面，瑞贞愫方才能有出走的根据)的北平的封建家庭以及封建社会，我们发言的出发点是，它是不是写出了那个时期的历史的真实，而不是责问它为什么写了那一个时期而不写今天。

还有一种批评，说封建家庭底腐败和崩溃，是许多作家写过了的，作者不该选取了那样陈旧的主题。这也是过于单纯的理解，因为它把主题底具体的特殊性解释成一般性了。依照批评家底研究，屠格涅夫底主题都是从普式庚取来的，可以说，屠格涅夫底主题是普式庚底主题底发展，但这并不妨害屠格涅夫底作品所应有的意义。我们要问的是，作者是不是写出了这个主题底特殊的性质，是不是写出了那个时期的具体的历史的真理。

所以，我们看《北京人》，不能不从这样的观点脱出，而一旦脱出了这样的观点，就也不难建立我们底考察的根据了：那就是，作者所写的那个封建家庭（封建社会），看来错综复杂但其实是过于孤立了一点，因而那些人物看来须眉毕肖但其实是单纯化了一点。那样一个大家庭，和整个封建势力并没有彼此扭结的血缘关系，只是关起大门来开演一个悲剧，而对于暴发户的资本主义，并没有在活的社会交涉里面表现出它底抵抗或迎合，只是单纯地负了一笔债和讨债底威逼，而且这也不过仅仅尽了促成这个悲剧上的一点观念上的作用，至于当时应有的民族斗争和社会斗争的政治浪潮，在这里没有起一点影响，而新的人生理想，新底力量的存在，也仅仅只在人物底对话里面说明式地暗示几句而已。主题内容底孤立的把握就发生了人物性格底单纯，好像他们根本不会走出曾家大门以外，虽然有的是从外面的世界走来，但我们觉得那个世界只不过是后台的化装室，虽然有的也到外面的世界去过，但我们觉得他不过是到布景后面去坐了一会而已。

从作者在剧本里面所触到了的内容，我们就可以指出几个例子。例如陈奶妈。在作者底企图上面，她底登场是为了加强曾家底没落底悲剧的力量，所以他采取的是爱护曾家，忠实于曾家，为曾家悲哀的老家人式的“奶妈”的性格，而完全削去了她还是从穷困的农村和劳苦的农家回来的农民的性格了。即令这种性格现在还是可能有的，但作者为什么单单选取了，而且，扩大了这一点呢？有人说，《北京人》是从两园——大观园和樱桃园——来的，但如果把陈奶妈和刘姥姥相比，那刘姥姥的狡猾，贪利，谄媚……是要比陈奶妈底性格更复杂而且更为具体的。

例如江泰。这个姑老爷，是留学生，而且做过官，有许多阔朋友，决不会和外面的世界没有交涉的，但作者用一纸通缉令把他也困住在曾家大门里面了。到后来，也许是为了增加剧情底曲折，也许是觉得这种性格应该跳一次裸体舞，也许是觉得叫这样的人物见死不救未免说不过去，作者终于让他向外面的世界走去了，这就几乎把曾家四面的高墙打开了一个缺口，但他马上又把他灌得烂醉拖了回来，“语无伦次，不知所云”，他出去了还是等于没有出去，曾家四面的高墙就依然保住了完整。

例如曾文清。虽然作者使他染上了玩鸽子，爱字画，抽鸦片一类可以足不出户的嗜好，但他一开始就决定了要让这位少爷出走一次，而事实也终于逼着他出走了。但他也“飞不动”的，经过了一番“风浪”，只好依然颓丧地走回了这个家门。他到什么地方去了的？做了些什么？经验了些什么？受了些怎样的挫折？这些外面的世界底消息，作者只叫他用一句话交代过去了：“你不晓得外面的风浪是多么大呵！”这样，不但曾家这个小世界不会被外面的风浪所扰乱，这个人物底思想，情绪，也不会生出什么使作者麻烦的变化，依然接着他出走以前的线继续做他底戏。他出去了也依然是等于没有出去的……

人物性格底单纯，也就是人与人的关系底单纯，那结果是抹杀了小的社会和大的社会的交涉，旧的社会和新的社会的交涉。所以，他不得不避免接触到瑞贞和愫方底性格变化或觉醒过程；所以，也不得不采用了北京人和袁氏父女这种象征式的或概念的人物来完成他创作主题上的要求。

有一种意见，说如果把北京人这条线抽掉不用，那这个作品就可以取得艺术上的完整性的。但我看，这种理论实际上等于提倡艺术上的和尚主义，作者底创作的心，不仅是为了哀悼旧社会底死亡，而且更是为了歌颂健康的乐天的世界底存在，更是为了把死亡下去的旧社会里的善良的冤屈的人物指引到那个世界里去。为了"艺术"上的"完整性"而不惜主张阉割掉作者创作心"境"里面的追往光明的苗，要求作者只是做一个追送亡灵的和尚，那对作者本人说，是强人所难，对文艺运动底历史的使命说，甚至是一桩罪过。是的，我说是"罪过"，这只要看一看目前的创作界，那些把大粪底臭气都当作"现实"，而津津有味地写了出来的"现实主义"在怎样地横行无忌，就不难于理解的罢。

那么，这几个表现在主题上的破绽，到底是由于什么呢？

是由于作者对于社会的认识力量不够么？是由于作者有话说不出来的苦衷么？我们宁愿相信是由于后者而不是由于前者，这不仅因为我们对于作者底人生体验有着能够肯定的原因，也不仅因为我们有着同情作者的愿望，而且是更因为着分析一篇作品的时候，不能也不应忽略了作者底创作企图和社会环境的相互牵制这一个方法论上的要点。

但无论是由于后者或由于前者，作者在主观上是还有他底艺术学上的企图的。那就是，他要创造的是一个最后的结穴——有的死，有的走，有的留在无告的命运里的家庭悲剧；他把全部力量倾注在引向这个悲剧的两三条线上，他以为这些线底发展愈单纯愈好，愈单纯愈能够不遭遇抵抗地在观众底心里引发悲剧的效果，"节外生枝"（况且他还有不能把节外的枝引进主题里面来的苦处）将会破坏主题底统一，将会扰乱他所要组织的悲剧旋律底主调的。作者在创作结构上的企图，未必不是这样的么？

从这里，我们可以说，在以对于人生的认识方法做基础的创作方法上，作者是碰着了一个很大的难关。在我们看，艺术上的悲剧性（艺术的真实性）不外是现实人生底悲剧性（历史的真实性）底反映，它是人与人的关系的社会学上的问题，而不是用某些人工布置的条件引起某种心理反应的心理学上的问题。就《北京人》说，一方面看不到这个封建家庭和大的封建势力的联系以及和强大势力的结合的更恶性的面貌，另一方面也看不到它在"暴发户"势力和当时应有的时代洪潮底夹攻下面的更艰苦的挣扎，更悲惨的溃败，而这却正是本质的历史的内容，它底社会学上的强大的悲剧性一定能够产生艺术学上的强大的悲剧性的。但作者却限死了他底人物们底精神活动领域在曾家大门以内，把复杂的社会姻缘和激烈的时代洪潮都毫不顾惜地关出了门外，那结果，一方面是人物性格底单纯和人物心理斗争底历史内容底薄弱，一方面是艺术构造上的破裂，不能不把没有内在关联的两种东西人工地缚在一起了。社会学上的内容底不足就不能够得到艺术学上的力量底强大的，我以为，这是我们应该从《北京人》取得的主要的教训，希望能够成为诸位底参考，也希望能够成为作者底参考。

最后，我想提一提作者底对于艺术创作的理解和他底艺术才能。在他，正和现实主义的艺术理论相合，创作上的主题，只能有机地表现在人物底心理斗争或性格变化上面；在他底笔下，人物底动作、言语，都是为了息息相关的彼此底心理动向。就《北京人》说，虽然在严格的艺术要求上还不免有一些浪费的地方和为了交代情节的拼凑的地方，但他决不使他底人物丧失了自己,决不使他底人物成为概念底留声机。即令那完全是从概念造出来的人物罢,好像他也能够把那概念变成某一程度的活的心理状态,用具体的语言和适当的动作使观众得到一个好像那是具有真实性的人物的假象。这是艺术家底最宝贵的才能,值得我们认真地学习,恐怕也值得某些剧作家认真地学习的。一些公式主义的作家和批评家非难他没有给观众一个思想上的“结论”,这种非难只好算是不幸的误会,他们如果有工夫,倒不如研究作者所提示的结论是不是合于现实的历史行程。因为,他底作品里面并不是没有思想内容,只不过不是写在灰色的概念语言里面,而是表现为具体的形象和活的心理斗争罢了。

所以,我们说作者底主题孤立化了,作者底人物单纯化了,这是和谁比较呢?不,没有拿他和谁比较的意思,只不过是说,他底主题没有取得现实历史所提供的那么深那么广的内容,他底人物没有取得现实人物所含有的那么具体那么多彩的性格,如此而已。这是要请公式主义的剧作家们千万不要误会或者高兴的。

作为开始,我提出了这几点感想,现在想听听诸位底意见,尤其希望能够听到不同的或者相反的意见。

问题一:愫方这个人物,自杀的可能比出走的可能更大些,让她自杀也许更有力量,为什么作者不这样写呢?

是的,她底出走是很勉强的,但要使她自杀,作者一定不肯。这有两方面的原因。在作者底心境上,他非常同情这个人物,他想要肯定这个人物,肯定她为爱牺牲的精神,为人服务的精神,或者在作者看来这是封建道德里面的最好的成份,可以转变成为理想牺牲,为广大人民服务的精神的,所以非让她出走,给她一个光明的前途不可。另一方面,在作者底结构企图上,他想说明连愫方这样的人物也非出走不可,而且竟能够走向新的道路,可见得那个家庭怎样地不适宜于活人居住,那些人物怎样地不可救药。这是作者底愿望,但可惜没有得到有机的完成,我们从这里一方面看到了作者底心境底最可爱的一面,一方面也就看到了他在艺术构成上的严重的裂痕。例如,在瑞贞辞别和曾文清回来之前的她那一段自白,作者是寄附了切切的情怀的,但那一发展到她和瑞贞的关于婴儿衣服的天真的沉醉的对话,作者所以为的天真沉醉的对话的时候,她(以及瑞贞)就完全变成了作者底木偶。在作者,这是为了表现她底纯洁的心情和加强曾文清居然回来了的情绪效果,但只要想一想,这正是曾家被逼得鬼哭神嚎,而瑞贞怀着决心马上逃走并且打掉胎儿的惊惶不定的时候,就不难明白这一段对话完全脱离了甚至破坏了全体的情调,只是人工地安排出来了的罢。

问题二:为什么让瑞贞出走而不让曾霆出走?照说,曾霆住在学校,容易受时代思潮影响,出走的可能性应该更大些。

是的,瑞贞底出走也是没有经过应有的心理过程的,但作者却非使她出走不可。第一,如果不让她出走,那愫方底出走就完全成为不可能的了。其次,对曾思懿说,瑞贞是曾家最受压迫的对象,对曾皓及作为全体的曾家说,瑞贞是被最爱惜,被寄托了新的希望的对象,她一出走,就使压迫者底压迫落了空,使希望者的希望也落了空;而后一意义却更重，由这，曾家底命运就显得更惨淡，更灰暗了。紧接在曾皓带着梦幻的热情向曾霆和瑞贞倾吐出死灰复燃的希望之后，就是他们"小夫妇俩"关于离婚和分别的伤感的对话场面，作者底用意是不难想见的。

至于曾霆，作者并没有给他一个自己的性格，他底存在主要地是为了瑞贞底存在而存在的。作者没有想到他应该出走的问题罢。

问题三：曾霆是出走了的，他知道曾思懿也怀孕了的时候，说"生罢！生罢！"，就跑出门去，不是出走了么？从前没有走，是因为他一走就断了曾家的后，现在知道母亲怀了孕，有人接香火，所以决然出走了。

我看不是这样的，他没有出走。他说"生罢！生罢！"，只是怨恨他母亲又要生出"可怜虫"来，和他一样地受苦罢了。至于说他因为母亲怀了孕，将有人代他接曾家底香火，所以才决心出走，那这样的出走就毫无意义，他虽然走了出去，他底灵魂还是留在家里做"可怜虫"的。

问题四：作者把曾思懿写成很恶毒，把曾皓写得那么可怜和受欺，是不是把思懿代表反动的统治势力，把曾皓代表优良的民族传统呢？

我看没有这个意思。其实，曾皓何尝善良，何尝可怜？他是一个世故很深的自私自利的人。这在他对于愫方的态度上就表现得很明显，江泰对于他的批评并不完全是醉话。我们不免要同情他，一方面是因为我们还在莫名其妙地把重建家声看做一种美德(思懿又何尝不是为重建家声而奋斗的?)，一方面因为在我们底意识里面还留有"孝父母"这种好道德底残余的缘故。单就对于棺材说罢，我们不是不知不觉地以为他要睡漆了几百道的棺材是应该的，不知不觉地以为卖掉房子而去住棺材是应该的么？一个社会底固执的支持者底没落，那挣扎的惨状是会使人同情的，但这同情还是因为在我们里面还留有和他相通的东西。

问题五：我们给《北京人》什么评价？它能有怎样的地位？

所谓评价，并不是分为若干等，例如十等，它底地位可以列入第几等的意思，而是指明它底社会的意义。那么，恰恰和一些批评家所说的相反，它不但不是"复古"的，而且是反封建的作品，有力的反封建的作品。只不过他把现实的历史内容把握得单纯了一点，因而在艺术上也就没有能够获得应有的更巨大的力量，他的创造才能受到了限制罢了。

一帆　记

附记：这是在海燕剧艺社社员和文化供应社文学组组员联合晚会上的谈话，由我修正的一帆君底记录。但当时我首先提出的只是几个要点，具体的内容是展开在根据我底谈话的质问和讨论里面的，那些质问和讨论很新颖而有趣，可惜记录者没有记，现在我也大半忘记了，只就约略记得的几条写下来附在后面，一并以供参考。

胡风

一九四二年七月十日

记于桂林之听诗斋。

原载《解放日报》1942年8月12日

# 《北京人》研究

夏照滨

## 一、前言

在中国新兴话剧的创作里，曹禺的戏是代表了一种特定的气派和作风的。从《雷雨》到《原野》，我们可以发现作者是如何不甘于停滞在一个定型里：题材由狭隘的家庭故事到社会的剪影，再到古老农村的暴露，手法是由纯粹艺术雕琢的善构剧进步到用人物的创造发展整个的故事。几乎在每一本剧作里我们都可以发掘一些新颖的特点。

抗战的烽火燃起后，我们对于作者有着更大的期待，因为作者似乎有着过久的沉默，还没能运用他一贯凝重深刻细致的笔触来反映处理这血肉斑斓的现实，编织一部史诗式的剧作。于是我们不久看到《蜕变》了。这本戏虽然是对于动荡时代中某一角落的一些不健康的小疮疤的讽刺和暴露，却透露着作者爱祖国，爱进步，爱自由胜利的火热的情绪，在抗战的血淋淋的过程中是很尽了一些推动鞭策的作用的。

《北京人》出版在《蜕变》之后，其实并不是一部抗战剧作，而且在作者创作发展的历程上，它是承续着《雷雨》，《日出》，《原野》这三部曲的又一部心血的结晶。在《北京人》中，《雷雨》的过于巧奇的微疵得到补正了。虽然仍是一幕大世家的悲剧，情调和气息以及作者所意欲表现的主题都是和以前任何一部戏异趣的。在这里面，我们可以嗅到浓重的人性脆弱的堕落的悲哀：这是一幅斑剥的血泪洗染的画面。

## 二、故事

故事是这样的：

在北京，有着那么一个大世家，祖先是世代书香，曾经有着异常兴旺的景况，但是几代后，这个大家庭终于朝向灰败的路上走去了。

曾老太爷已经六十多岁，承受了祖宗的余荫，四五十个年头都是在享受中消磨的，养成了自私，吝鄙的性格。儿子曾文清在倚懒中舒服惯了，像条耗子似地羞见阳光。和妻子思懿是父母之命媒妁之言的不调协的结合，寂寞而麻痹的婚姻留在这个大少爷的心上的是无许的伤害。冷落里，他把整个的心灵朝向父母双亡，一向寄居在这个家庭里的表妹愫方。他们是：

> “同声同气的灵魂，常在静默中相通。他们了解寂寞正如同宿鸟知晓归去。他们在相对无言中互相获得了哀惜和慰藉，却又怕泄露出一丝消息，不忍互通款

曲……”——页三十七

文清怯懦得不敢向那位又刁滑又阴刻的夫人发一声怨言和不满，他活得没有灵魂没有气魄。没奈何只有忘却一切，用鸦片来麻醉自己，在那袅袅的烟雾中寄放一颗无处依托的心。

文清，终于不得不离开这即将倾圮的家到外面寻求一些工作。因为家对他已经成为一种太残酷的记忆：隔壁暴发户的杜家已经为了讨账再逼取曾老太爷垂死时对于一切失望之余的惟一憧憬——漆了数十道的寿木，妻子是有着那么一副妒嫉泼辣的嘴脸，此外家里还住着一位为了自己耽误了青春像一棵行将凋落的幽兰样的表妹。还有那位专攻化学的老留学生江泰，回国后本来想在官场大大发展，而在几任不得意的官位后，无声地陪着太太寄居在丈人家里，不得意时还是满腹牢骚，喝两杯酒就指桌骂人，摔碟子摔碗。他在这种破灭的氛围中住不下去了。

第三代中有着文清的儿子曾霆，在十五岁时就和瑞贞结婚了，他们的结合是怎样的，这里可以窥探出一些消息：

> “在沸天震地的锣鼓鞭炮中，这一对小人儿——他十五，她十六——如一对临刑的肥羔羊，昏惑而惊惧地被人笑嘻嘻地推到焰光熊熊的龙凤喜烛之前，一拜再拜……从此就在一间冰冷的新房里同住……”——页四十八

在进了学校之后，曾霆的眼前展开了一片新天地，他的性格变得有些浮躁。他开始爱风，爱日光——

> “尤其因为最近家里来了这么一个人类学者的女儿，她居然引动他陪着做各种顽皮的嬉戏，莫明其妙地他暗追随着这个明快爽利有若男孩的女孩子身后，像在黑夜里跟从一束熊熊的火焰。”——页四十九

在这三代的矛盾阴暗气息缭绕着的曾家，有着一位人类学者和他的女儿。这位人类学者：

> “有一付幽默而聪明的眼睛，眼里时常闪出一种嘲讽的目光。偶而也泄露着学者们常有的那种凝神入化的神思。嘴角带着微笑，仿佛他不只是研究人类的祖先，同时也嘲笑人类何以这般堕落……”——页一三六

这两个人物是这个低压腐烂曾家的唯一光亮。他们爽快明朗，没有顾忌，没有掩饰，大胆地做些在卫道者眼下看起来是一些非礼的动作。被称为小猴儿的女儿袁圆是作者投入这黑沉沉的圈子里的一束熊熊火炬，她利用她聪慧明快的性格诱导着这群没有脊椎的动物。在这样的一群人中，最坚强的自然是瑞贞，其次是愫方。曾霆虽然也表现了一种进步的倾向，但是他的骨子里流传着祖先遗传了的毒质，所以袁圆终于把他放弃，而把愫方和瑞贞导引出这个没有希望的狭小天地。

文清在百无聊赖中离开温暖的家，企图在暴风雨中飞翔，但他只会养鸽子，画画，抽鸦片，虽然有独立求生的热忱，却缺乏那种本领，这样一个多月后，终于承受不住外面的打击，像一只翅膀受了伤的小鸟似的回到家里来。这时家的光景更惨淡了：杜家又来讨账，催逼棺木，姑老爷江泰这时突然节外生枝地要出去活动，偿还这笔债务。然而他只惹得全

家人有一阵不可耐的焦灼的期待，他在外面痛苦的喝酒，被警察拘留在派出所一夜然后被送回来。这是曾家一付最后的续命汤，命运是不可避免的，这个世家终于崩溃：愫方受了瑞贞的说服，她不再把青春继续枯萎在一个没有希望的人身上，伴着瑞贞，她勇敢地追随“北京人”去了，在这个最后的希望破灭后，文清只得用鸦片来结束自己残破的生命。

“外面鸡又叫，天开始亮了，隔巷有骡车慢慢地滚过去。远远传来两声尖锐的火车汽笛声”。——页三四八

在这浓重的黑暗和黎明的交界处，无限期待和希望，《北京人》的故事终止了。

## 三、结构

从结构来察观全剧，《北京人》是和以前的几部剧作同样地保持着艺术上的完整性的。故事的起行其初好像是山谷缝隙中迸发出来的涓涓细流，出了山口，这道泉水流过无数的草岸，山坡，小涧；最后汹涌澎湃，汇成最洪壮伟大的交响。也就在这次阵响后，作者用一付金色的水闸划然截去这道江流的去路。在那飞溅出来的水珠里还逗挑观赏者的心情。整个故事的剪裁又紧凑又生动又富于情趣。在编剧的处理上作者的态度是无可再谨严的。

第一幕作者是以最平静的心情抒写的。一开始，他安排了一个肃杀的秋天用凋落和枯寂来烘托一个世家的颓败，然后用了几乎八页的舞台指导(State Directions)来刻划这本戏的发生场所，在作者纤细笔触的运用下，曾家闲适的气派和日常的生活情调活现在我们的眼底：

“条案前立一张红木方桌，有些旧损，上面铺着线毯，开饭时便抬出来做饭桌。现在放着一大盘冰糖葫芦，有山楂红的，紫葡萄的，生荸荠的，胡桃仁的，山药豆的，黑枣的，梨片的，大红橘子瓣的，那鲜艳的颜色使人看着几乎忍不住流下涎来。”——页十四

同时作者更用一些音响来写地方色彩：

“外面长胡同里仿佛有一个人很吃力地缓缓推着北平独有的单轮小车，在磷磷不平的狭道上一直是单调地‘孜妞妞，孜妞妞’地呻嘶着——中间偶尔夹杂了挑担子剃头师傅打着‘唤头’如同巨蜂鸣唱一般嗡嗡的亮响，间或又有磨刀剪的人吹起烂旧的喇叭‘唔吼哈哈’地吼叫冲破了单调的沉闷。”——页十二

作者对于烘托一个“北京气息”，这些细微的安排是最聪明的。

对话开始，在张顺的口中说出：

“您瞅怎么办好，大奶奶。”——页十四

我们就可以明显地看出这里面紧藏着一个严重的问题。然后他们对话里介绍出寿木，这是贯穿全剧的一根线索。在场人物的嘴里开始画出其他人物的轮廓和他们彼此的关系和矛盾，随着作者给每个人物一个露面上场的机会。每到一个较为紧张的局面，作者聪明地安排一个新人物上场。绣花针戳肥皂泡似的又恢复到平静。一直到北京人上场才到了一个高潮点，然而幕很快地落了下来，留在观众读者心底的是一些神秘一些期待。就

这样我们看到了这个矛盾面的每一个伏笔，暴风雨就要来到了。

这一幕，值得特别注意的是作者介绍人物上场的手法，一般地说所有的人物都是由在场人的对话中先期暗示介绍给观众的，但文清在上场时是先用声音和观众接触的：

陈：（不由得随着喊）清少爷。

曾文清在屋内的声音：陈奶奶。

思：文清，你衣服换好了没有？

文清在屋内应声：我正在换呢！——页三十

这样文清在上场前已把他的性格约略地显示给人家。到他真正上场时必可获得观众的充分注意，这样的手法是很能收得戏剧效果的。

曾霆的上场比较突然，一方面因为他在全剧里不占一个十分重要的地位，一方面也是为了避开雷同。介绍袁圆也是先用声音。至于愫方则在文清思懿的斗嘴场面里，一提再提。到了江泰登上舞台，前此的矛盾更加深了。

曾皓的出现，正是绣花针刺破紧张气泡的作用。正在文清和思懿吵得不可开交，思懿企图上吊的时候，曾皓的登场解了这个围。

第一幕每个人物彼此间的纠结冲突只是粗粗露出一些端倪头绪，到了第二幕，这种冲突加紧了。这种矛盾都一幕幕正面展开了，而作者的中心主题也在这幕有着强调的描刻。江泰似乎是一个痛快淋漓的人，有了他这个大家庭的腐烂面才能得到尽情的暴露和彻底的揭开。在这幕里，江泰的讲话机会不只一次，他代替了作者对于脆弱和堕落作着无情的鞭责。文清和愫方在这里有着较多的只有两人在场可以倾诉心情的戏，他们之间凄哀的残存关系显示得极其深刻，曾皓有一个正面数说子孙不肖的机会，曾霆和瑞贞也有一个场面，告诉读者观众他们两人间的不自然的关系和他们思想看法参差的距离。作者思想化身的袁圆这里有着更大胆无所顾忌的纵情动作，她以母猴的态度出现，她曾吻小柱儿和曾霆的面颊。同时在她的嘴里画出曾霆虽然想挣扎求进步而又受了祖先遗毒的尴尬面孔。这一切都依附在这个主题的上面：

“这是人类的祖先，这也是人类的希望。那时候人要爱就爱，要恨就恨，要哭就哭，要喊就喊，不怕死，也不怕生，他们整年尽着自己的性情，自由地活着。没有礼教来束缚，没有欺诈，没有阴险，没有陷害，没有矛盾，也没有苦恼，吃生肉，喝鲜血，太阳晒着，风吹着，雨淋着，没有现在这么多人吃人的文明，而他们是非常快活的。”——页一六六

这一幕紧张的起点开始在江泰在屋内打骂摔家具的动作，曾皓上场更把这种气氛增加一分，直到江泰如痴如狂的逼迫使曾皓昏厥，这个严重的关头下，作者又把“北京人”拉上场，为了表现“北京人”充沛着无穷的力量，作者特别使他把这垂死的老人举起放入汽车。这里又濒临到一个新的顶点，而木梆声，呻吟声，硬面饽饽声终而把这急迫的调子冲淡。文清终于出走了，在这处凄凉的更锣中幕缓徐地落下。这是狂风暴雨即将来临前的片刻安静，过此，只有日益紧，日益急。一直到了最高昂的地方。

第三幕的第一景中，作者偏又安排一些新的闲适，并且用江泰的一些滑稽的小动作和

台词来增加观众的焦灼心情：

“闷极了我也要革命，我也反抗，我也打倒……反抗，打倒，打倒，反抗……都滚他妈的蛋，革他妈的命，把一切都给他一个推翻，而，而我这里就只剩下一块钱；不，连一块钱都没有……”——页二五二

“（忽然悲伤，如丧考妣的样子长叹一声）要是我能发明一种‘万金油’似的药多好呵！多好呵！”——页二五三

这种“喜剧的打诨”（Comicrelief）的穿插是很能收到“跌宕”（Suspeuse）的效果的。但是这种方法不能用得太多。因为舞台已经充满了朝向最高潮的安排，观众再不能等待。

这时文清终于回来了。这里悲剧的种子种下了。因为他太懦弱，他找不着出路，只有用死来找他的归宿。他的死作者让他完成在舞台以内，这和《雷雨》中的周萍的死是采取同一的手法，而和陈白露仇虎的死在舞台上是代表着两个不同的技巧的。在这里我们可以发觉，作者很喜欢用“自杀”，自己的毁灭来结束一段腐烂的过程，然后做出另外的一些安排来暗示他的理想和希望。只有《雷雨》，周萍自杀后，悲剧的调子里始终没有一些轻快的尾音。《日出》里的夯声，《原野》里的金子都是隐伏着希望新生的种子的。同样的，文清死后，他的“知己”愫方逃出了家庭的狭的笼战斗在更广大的天地中，由这里可以看出作者的着眼点和他的哲学观都是一种向上的，进步的，积极的，只是作者的态度还不够坚强，他的理想只是隐隐约约的。方达生走后怎样？金子走后怎样？瑞贞愫方走后又怎样呢？作者没有一个明确的答案。在这点上，作者似乎是深受了易卜生的“只开脉案，不开药方”的手法的影响的。

## 四、技巧

对于舞台装置，人物个性，外貌，服饰，关系，作者在他的几部剧作里是一贯地喜欢用复杂的彩色笔触来雕琢的。

在作为一本“读”的剧本，这些描刻凑成一个完整的故事，而在作为一本“上演”的剧作，这些描写帮助演员把握作者理想人物的真正性格面影，也帮助导演按照作者一定的计划处理这部戏。因此我们可以说这些刻划是和全剧起着一种微妙的有机关系的。

在对话的写作上，新兴话剧作者中是没有一个能够超越作者的技术以上的。对话是一本剧作的灵魂，故事的发展凭借它，人物的创造凭借它，总之把人物驱遣到舞台上，只有用他们的话语告诉观众作者的理想。因此成功的对话须要既生动且漂亮，密切地配合每个人物的身份，读起来还得琅琅上口。在这些要求上，作者都完全做到神化的境地，全剧中找不出一句多余的字眼和硬涩的句子，所有的话都洗练得像一颗颗宝石。而在《北京人》中为其他的三部曲没有的一个新的特点就是在对话中掺入北京土语的成功。这在配合创造一个“北京情调”“北京环境”和“北京人物”上是最有助益的。下面是一些实例：

张：（笑脸，解释）不是，大奶奶你瞅呵！

陈：（对张顺）就是你爷爷老张才一年到头单这大小官的门包钱就够买地，娶媳妇，生儿子，添孙子，（笑指着）冒出你这小兔崽子。——页十八

陈:谁认得你这一群琉璃球嘎杂子!——页十八

只几笔活画出一个北京老太婆的神情,这样的例子还很多:

摘(读若栽),擘兰(读若辣)——页二九

学磨——页三十

闹了归其——页五五

坑人家一辈子——页六四

为什么不赶紧看(读阴平)着他——页七五

出溜——页二七

像这一类的字眼加到对话中处处替观众设置出一个北京的背景。

其次,在效果的运用上作者有着最高级的成就。表现一个中秋节天高气爽的气氛,他这样写:

"屋内,主人蓄养的白鸽成群地在云霄里盘旋,时而随着秋风吹下一片泠泠的鸽哨声,异常嘹亮悦耳。"——页七

在烘托一个安闲的雍容大度的北京气息,作者是这样着笔的:

"远处在墙外卖凉货的小贩,敲着'冰盏'——丁冷有声,清圆而冽亮,那声音是'叮嚓,叮叮嚓,嚓嚓叮叮嚓',接着清脆的北平口音,似乎非常愉快地喊卖着:'又解渴,又带凉,又加玫瑰又加糖,不信你就闹一碗尝一尝'(到了此地索性提高嗓门有调有板地唱起来),酸梅的汤儿来,哎,另一个味儿的呀,'冰盏'又继续地簸弄着:'叮嚓嚓,叮嚓嚓,嚓嚓叮叮嚓。'"——页二四

这些音响效果是最能创造舞台气氛的,只是这里作者似乎多少有点疏忽,就是阴历的中秋节已相当于阳历九月底,是不是还有卖冰镇酸梅汤的很值得推敲,虽然这一点也无碍于全剧艺术上的成功。

在第一幕文清思懿愫方同时在场的时候,作者要显示一种不自然,虚伪,无情的感觉。他借用了泠泠的鸽哨声,磷磷石道上独轮小车单调的轮轴声,远处算命瞎子悠缓的铜铎声,一两句远市街上的"酸梅的汤儿"(页八〇)。用算命瞎子的铜铎做效果,在本剧本中有三次:一次是上面提到的地方,一次在第二幕的开始(页一五五),还有一次在一九〇页。这个安排是很有暗示和象征的作用的。听到这种声音,看到这个悲剧,不由得会想起人类的命运,究竟是走向进步呢还是退到堕落呢?这是一个不可解的谜。

第二幕展开已经是午夜十一点钟,这时候舞台的情调是这样的:

"屋内纱灯罩里的电灯暗暗的投下一个不大的光圈,四壁的字画古玩都隐隐地随着翳入黑暗里。墙上的墨竹也显得模糊,有窗帷的地方都密密拉严,从旧纱灯的一个宽缝露出一道灯光正射在那道大客厅的门上……靠左墙长条案上放着几支蜡台,有一支插着半截残烬的洋蜡烛,屋正中添了一个矮几子,几上搁了一个小小的红泥炉,非常洁净,炉上座了一把小洋铁火炉,炉火融融在小炉口里闪烁着,水在壶里呻吟,像里面羁困着一个小人儿在哀哭……"——页一五六

这里一再有更锣声和木梆声,木然地响在远处,画出寂寥空漠。这时作者使曾霆诵读

《秋声赋》，文清则吟唔着《钗头凤》，这一些沉沉的重压几乎会使观众喘息不得。

作者对于北京小贩叫卖声实在是有最精细的忆念与眷恋的。除了前此所用的卖酸梅汤，剃头的叫喊以外，他更用“硬面饽饽”的叫卖声，来写第二幕的一个深邃隐秘午夜。

音响效果在本剧中对于剧情的发展真是起着相当有机的联系作用的，第三幕，展开的时候，时间已经隔了一个月，季节已经到了暮秋了。这里作者又用一种北国夕阳中时常可以听到的军号声衬一种荒漠，凄哀，一些也抓不住的迟暮之感：

> “在苍茫的尘雾里传来城墙上还未归营的号手吹着的号音。这来自遥远孤独的角声，打在人的心坎上，说不出来的熨帖而又凄凉，像一个多情的幽灵独自追念那不可唤回的渺若烟云的已往，又是惋惜，又是哀伤，那样充满了怨望和依恋……”——页二三九

故事发展到这里，曾家这个空架子即将倒下来了，这个音响的配合是极贴切的。

## 五、人物

出现在《北京人》里的十四五个人物可以粗略地划分成两个阵营：一面是代表着虚伪，狡诈，懦弱的堕落人性的“今”北京人；另一面则是“要哭就哭，要喊就喊”，代表了作者理想的“古”北京人性格的化身。属于前者的是第一代的曾皓，第二代的曾文清，曾思懿，曾文彩，江泰，愫方，第三代的曾霆，曾瑞贞；另外一方面则是人类学者袁任敢和他的女儿袁圆以及作为一个“人的道具”而存在的“北京人”。这两个阵营的联系是以后者的“寄居”来完成的。这种新势力的侵入这个本身具备如作许腐烂恶毒的破落的世家里，自然会加速这种空架子的崩溃。

曾家的人物中每个人都是具备一种性格上的矛盾和缺陷的：

曾皓——吝鄙，自私，怕死，埋怨一切，有一肚怨曲要控诉，咒骂子女不孝，叹息家庭不昌，毁谤邻居粗野无礼。

曾文清——身体孱弱，语言清虚，行动飘然，活得无能力无灵魂，只是一个“生命的空壳”，染受了过度的腐烂的北平士大夫文化的结果，一半成了精神上的瘫痪，自暴自弃，他怕，他思虑，他莫明其妙地在家里踟蹰。

曾思懿——自命知书达礼，精明干练，整天满脸堆着笑容，心里却藏着刀，虚伪，自私，多话，从来不知道自省。绝不仁孝，还夸口是稀见的儿媳，贪财若命，却好说一等慷慨。

曾文彩——非常懦弱，百依百顺听丈夫吩咐，甘心受丈夫几年来的轻蔑和欺凌。

江泰——想占小便宜，满腹牢骚，爱夸显过去若何阔得豪放。

到了第三代，曾霆虽然一度被袁圆拨开他的眼睛，然而祖先遗留给他“懦弱”的毒素仍然使他不能够把身体直直地站立起来。

这一群人物中，作者只同情两个人。一个是愫方，她是：“温柔而慷慨，时常忘却自己的幸福和健康，抚爱着和她同样不幸的人们，她并不懦弱，她的固执在她的无尽的耐性中时常倔强地表露出来。”所以虽然她在曾家处处受到排挤，而她对于文清的爱却代表着作者的“恋爱观”，她说：

“看见人家快乐，你不也快乐吗？”

“苦，苦也许；但是并不孤独的。”——页二九三

“我们活着就是这么一个大段又凄凉又甜蜜的日子呵！叫你想想忍不住哭，想想又忍不住笑呵！”——页二九九

她对于爱情的态度只是消极地“把快乐建筑在别人身上”的一个纯洁理想的境地。只要“海内存知己”，她就觉得“天涯若比邻了”（见扉页作者引诗）。不过她没有毁伤自己，终于逃出牢笼。另外一个人自然是瑞贞，她的性格是很明确的，踏错了一步不能再错，她坚强地追随袁圆走出破落的门槛。

江泰的存在完全是为了一方面更透彻的揭开这个大家庭的所有阴私，一方面也为了强调全剧的主题。陈奶妈的作用为了从旁描述这个家庭上几代的盛景，藉以反衬目前情况的凋落。小柱儿作者把他写成一个来自农村，天真未凿，没有受过“吃人的文明”浸染的混朴性格，他也代表了作者理想的一部分。

“要哭就哭，要笑就笑，要打就打，要骂就骂”的赤裸裸的人性是完全建筑在袁圆的身上的。她是人类学者投入这个黑暗圈中的一把光亮的火炬，有了她才能搅乱这种虚伪的礼教圈子，拯救出瑞贞和愫方。

“北京人”除了一些声音的表达外，作者没有给他说话的机会，所以他只是一尊道具，一具理想化身的偶像。他：

“整个是力量，野得可怕的力量；充沛丰满的生命和人类日后无穷的希望都似在这个人身内蕴藏着。”——页一四

这样一个森然可怖的东西出现在舞台上是不是会收得预期的效果？这要靠着演出时的技巧和手法，一不小心恐怕会得到反作用的。

## 六、主题

“我们过的是什么日子？成天垂头丧气，要不就胡发牢骚，整天是愁死，愁生，愁自己的事业没有发展，愁精神上没有出路，愁活着没有饭吃，愁死了没有棺材睡……

“我这位内兄……他有情感上的苦闷，他希望有一个满意的家庭，有一个真正了解他的女人同他共处一生，可是在二十年前他就发现了一个了解他的女人，但是因为胆小，而不敢找她，找到了她又不敢要她。他就让这个女人由小孩而少女，由少女而老女，像一朵花似地把她枯死，闷死……”——页一六九

“让这么个人，成天在这样一个家庭里朽棹，像老坟里的棺材，慢慢地朽，慢慢地烂，成天就知道叹气做梦，忍耐，苦恼，懒，懒得动也不动，爱不敢爱，恨不敢恨，哭不敢哭，喊不敢喊，这不是堕落？人类的堕落……”

“我们只会叹气，做梦，苦恼，活着只是给有用的人糟蹋粮食，我们是活死人，死活人，活人死……像我们这样的人才是（指那北京人的巨影）他的不肖子孙。”——页一七

这里作者尽情地通过江泰的口攻击这种堕落的人性，而他的主题在描刻袁圆的性格中可以显示：

“她的心理则如夏午的雨云，阴晴万变，正哭得伤心，转眼就开怀大笑，笑得高兴，忽然面颊上又挂起可笑的泪珠……一切都来得自然简单，率真爽朗……绝无一丝不快的造作之感。”——页五四

作者所歌颂就是这种：

“要杀就杀，要打就打，喝鲜血，吃生肉”（页一四一）的不像现在北京人这样的文明。

这种对于人性束缚反抗的主题，是深受了易卜生一些剧作的影响的。《傀儡家庭》中的“娜拉”，《海上夫人》中的温格尔夫人都是受了束缚而反抗的典型。同时作者利用鸽子来衬托文清的懦弱性格和易卜生在《野鸭》中所用野鸭的象征手法很有点异曲同工之妙。

在对于这种虚伪文明的反抗态度上，作者的成就是很正确伟大的。不过在破坏之余，如何建设理想的人性呢？在这里，作者提供的千百年前“原始北京人”的赤裸裸的性格作为张本，作者想象中的他们是：“自由地活着，没有礼教来拘束，没有文明来捆绑。”（页一六六）自然，作者的希望也不是要我们把现在的历史倒演千百年上去，恢复原始“北京人”的生活状态，但仍然，他的态度上是显得有点空虚，消极，因为他的方案只是建筑在想象上的，人类的进步和人性的改良应当生根在现实基石上。除了这点值得更进一步的研讨外，这本戏无论在哪一方面都是抗战以来这几个年头里的一部深刻严肃珍贵的产品！

1942 四月　洛都

原载《力行》1942 年第 5 卷第 5 期

# 曹禺《北京人》读后记

范　青

曹禺先生的作品，无异在中国的文坛上放一异彩，很欣喜的，获得了他的近作《北京人》，其实也说不得是近作，但在苏州，还是最近才看到的事。

亦许自己是青年，所以特别关切剧中青年人的刻画，特别赞赏关于青年人的前程的指示。

相同于《雷雨》，《日出》，《原野》，犹如吞蚀了久远的珍味，觉得在《北京人》中有着比市上贩卖的“补脑丸”等等的千倍以上的滋养料，在枯旱久矣的心田，渗进无上的甘露。

觉得格外亲切的，则就是他对于第三代的解析。

《北京人》中出现的青年人，共只曾霆、曾瑞贞、袁圆、小柱儿四个，但每个都典型一种现实的青年。

四人中基本分别，只是前进与没落二种方向。前进者是袁圆、瑞贞和小柱儿，没落者则是曾霆。这里所谓没落，绝不要看得太严重，只是指的曾霆发展的方向。

向着光明的三者，最可爱的当然要算袁圆了。正是作者的介绍：她满脸顽皮相，整天在家里翻天覆地，没有一丝儿安闲；她一切都来的自然简单率真爽朗。袁圆是一个致力“人类学”的学者十分钟爱的独女，她年青——只十六岁，在父亲的奇异的慈爱的抚育下，养成了以上的性格。环境对她没有拘束，没有压抑，因此充分发展了她的天真活泼，无忧无虑，浑身含蓄了愉悦，放着光彩，同她接近的人便可抛却黑暗愁云，恢复了四五十万年以前“北京人”的性格，要爱就爱，要恨就恨，要哭就哭，要喊就喊，没有死只有生。《北京人》中只有袁圆是个无瑕的人儿，这在现实社会中固然是难得，但这种无拘无束的乐天的性格，不禁使人向往。

比较袁圆更切实拘出现实人生的，便是瑞贞。她是曾家的孙儿媳，曾霆的妻，十八岁的少女，但已是结婚了两年，怀着孩子的母亲了。她在这封建的旧礼教十足的家庭中，无时不在极度压抑中生活。婆婆的嘴脸她痛苦的承受，从丈夫又得不到半丝爱情，但少女的好强的心性，再加上进过中学的知识，使她对现实萌生着反抗的心，她勉强做着曾家孙媳妇应守的繁缛的礼，但她心中知道这幽灵似的门庭必须步出，一个女人应该谋寻自己的生路。从朋友和书籍中她获得了斗争的勇气，终于在这大家庭悲惨的崩裂中，她倔强的毅然的跳出了这樊笼，在曾家的殒灭的末叶，放出热烈可兴奋的一线光芒。相同于瑞贞的女性，在社会上是不少的，作者深厚的意义，是不是妇女应走的路？

与瑞贞环境大致相同，但却陷入深深的悒郁的陷阱的则是曾霆。这是曾家的孩儿，十七岁的孩子，但已做了二年的丈夫。照作者的说法，曾家的婴儿们仿佛生下来就该长满了胡须，迈着四方步的。曾霆就在这种礼教下生长，爹祖的抱重孙的巴望，把尚在嬉皮笑脸跳跃的孩子，就像羔羊临刑般成了婚，而和妻度着形同路人的痛苦的日子。祖父的指定背读《昭明文选》的干枯的功课，再一层一层的捆住了他。他抑郁不伸，他失去阳光的生活着。袁圆的和曾家同居，曾难得的掀起了他的青年的热情与朝气，但在长辈的监视下，已有“家室之累”的观点下，才萌生的情芽又摧残了。曾霆只好悲哀的沉默的失去自己主宰般的活下去。青年人的心理总有是绝望的，曾霆也不是不会反抗的，他不及瑞贞，但他终究想过奋斗，他就无犹豫地答应了瑞贞的离婚的要求。他并不像第二代般到末了是自杀是疯狂是残害，他现在无奈的处在牢笼中，可能更转入消极悲哀，但也可能在时代的剧变中，坚决的走上瑞贞走的路程。

青年的第四个，则是尚在少年的小柱儿，这朴实的纯洁的真率的孩儿，也流露着“北京人”的血液和气质。

已濒死亡边沿的祖父——第一代对着第二代有着希望，曾皓当看到对儿婿已是无望时，感慨的对霆和瑞贞说：“我瞧你们这一对小夫妻总算相得的，将来看你们两个撑起这个门户吧。”

知道自己已是丧败的做父母的——第二代对第三代也有着希望，思懿（曾霆母）几次对霆说：“妈是命苦，你爹摔开我们跑了，你妈成天受气，都是为了你们哪！”

但第三代对自己更有着希望：瑞贞曾说：“这么一个苦心肠，你为什么不放在大一点的事情上去？”“把一个自己的快乐完全放在一个人身上是危险的，也是不应该的。”人类学家袁任敢（袁圆父），在幕后说出了作者的希望，都也正是代表着第三代的希望：“这是人类的祖先（指‘北京人’），也是人类的希望，那时候的人要爱就爱，要哭就哭，要喊就喊，不怕死，不怕生，他们整年尽着自己的性情，自由地活着，没有礼教来约束，没有文明来捆绑，没有虚伪，没有欺诈，没有阴险，没有陷害，没有矛盾，也没有苦恼，吃生肉，喝鲜血，太阳晒着，风吹着，雨淋着，没有现在这么多人吃人的文明，而他们是非常快活的。”

“非常快活的。”这是多么有力量的话儿。

第三代是人类希望的标帜。朋友，你觉得自己是袁圆，是曾霆，是瑞贞，还是小柱儿？

原载《新学生》1942 年第 5 期

# 评《北京人》*

司徒珂

## 一

一个文艺作家的成功，绝不是偶然的幸运，他不但能观察人生，认识生活，更要透视了人类的本性，了解人的本性和现实生活的矛盾关系，看出人类本性如何因社会制度的不良而变态，因之而指出现阶段社会制度的缺陷，指出人间生活的理想，这样表现在作品中，才能引起读者在灵魂上，思想上的共鸣。

人类的本性原来是善良的，在原始人的生活里，根本就没有人为的种种文明来束缚，他们要爱就爱，要恨就恨，没有虚伪，没有欺诈，没有矛盾，没有苦恼，生活的一切都出乎自然。但是后来的制度的转变，使人们懂得了自私，有了自私就产生了虚伪和欺骗，人类的斗争也就因此激烈起来，人类的苦恼，也就因此而繁重起来，自然的，良善的本性被埋没，人间也就没有平静的日子。

在古老的中国，人们接受了数千年来的传统教训，社会早已沉溺于麻痹的深渊，为了维系那些不必要的礼教的形式，而自己又没有去发现人类本性的所在，大家都忍受着痛苦，互相来欺骗，互相来抨击，他们认为这就是生活，这是真的生活，难道真的生活也就是这个样子吗？他们没有想，他们已经麻痹，连想一想的能力也都丧失了。

偶尔有些青年，反省一下自己的生活，总觉得和自己的本性并不相合，自己是总要生活的，要生活只有两条路，一个是投降于旧的秩序，把自己的本性索性忘掉；一个是不甘心屈服，想要建设一种新的生活秩序，这秩序中，能够使人类的本性自然的发挥，不要阴险，不要欺骗，大家能说出自己想说的话，做出自己想做的事，这样，人类才有快乐，世界才有和平。

二十世纪就是这样的思潮勃兴的时代，尤其在这世纪末的颓废气氛里，有些不甘心颓废下去的人，便要和旧秩序来斗争，为建设新秩序而奋斗的人们认为这是革命；为旧秩序而守寡的人们却说这是叛逆。

一个文学作者的使命，便是把握着这时代的要求，不但自己应该清醒，更要把自己刻在脑底的生活的幻觉(Illusion)给予大众，使大众有新觉悟，觉悟自己的生活是怎样的违反

---

* 此文系作者为野草草原文艺社演出的话剧《北京人》的评论。原刊题目下标有“曹禺著，野草草原文艺社演出，地点：南京中日文化协会”的字样。

着人类的本性，自己既不甘心作旧秩序的俘虏，便产生了革命的意识，人类的真正的和平才确定了基础。

经过革命的历程，才有和平。

这是当今文学作者的使命。

新文学运动在中国的勃兴本来已经具有如此的要求，而新文学运动之所以还没有达到成功的阶段，乃是因为作者本身只有革命的热情，而对于人性的领悟还缺失工夫，所以我们要求阐发人类本性的作品，这样作品可以作为读者的一面镜子，在镜子里，他们可以认识自己。人类本性的阐发必须和现实生活对照起来，才能有刺激的力量，今日的人民，他们以为现实生活就应该是这样，自己的作法并没有错，这样把黑当做了白，社会便永远沉沦下去，再也见不到光明。文学作者如能把人类本性阐发出来，同时把现实生活的错误指示出来，进一步的如能再把人性与现实生活间的矛盾识破，则读者才能在作品中，认识自己的本性，反省目前生活的可卑。能引起读者作这样的反省，作者才尽了他的责任。

曹禺先生把握了文学作品的使命，他不只是用心来观察人生，同时他是有探求人类本性的精神，在他的几部作品中都强烈的表现着。

在《雷雨》里他描写蘩漪的苦恼，四凤的纯洁的心灵，周冲的赤诚，这都是真正的人性，但是谁教周朴园抛弃了侍萍？是谁分割了周冲和四凤的爱？是谁给鲁大海他们的压迫？如果我们认为这都是周朴园的罪过，把罪过集中在周朴园一人身上，那正是错误了。周朴园也并不是没有纯洁的人性，但是现实生活给他太多引诱，使他的本性埋没，他才作了罪恶的俘虏，当然发现自己的本性的时候，一切都已经晚了。

在《日出》中他更进步的来探讨都市中的买办阶级，小职员阶级，交际花阶级，卖淫妇阶级的生活，阐发他们的人类的本性。潘经理并不是个坏蛋，他不过是在罪恶的黑手下被牺牲的可怜虫。陈白露常常发现自己的人性，她不甘心自己就这样生活下去，但她抛弃不了那种享受的生活，她没有勇气，所以当太阳升起来的时候，她已经灭亡了。李石清是次于潘经理的被牺牲的角色，他宁可当了大衣，却还要教妻子去陪那群阔太太打麻将，他爱他的孩子，但是他也更要生活，要生活便不能不装出一副皮相来应付着他的周遭。那小书记黄省三倒是一个肯苦干的青年，他为了活着，只有给人家作牛马，但作牛马仍然逃不掉被人宰割。这些人都是具有良善的人的本性，但为了生活，却都在直接地，或间接地受着"金八"的摆弄，"金八"并未出场，他并不是某一个人，他是代表社会上的黑暗势力，而黑暗势力是在不合理的旧秩序中滋生出来的，要使"日出"便不能把"黑暗"抛在后面就算了事，唤醒后面的那些人，唤不醒他们，便不能从他们手里，把自己应有的夺回来。

《日出》虽然在结尾有一个光明的启示，但这启示还是一片渺茫，所以说《日出》还不过是消极的揭露，而不是积极的鼓励。

在《原野》里，作者的意志更坚强了，他紧紧地把握着人性的高潮，他阐发了斗争的、革命的意识。花金子是一个赤裸裸的人类的灵魂，她要爱情，她要自由，她要力量，但是她被逼迫地安排在充满罪恶的焦家，丈夫是个没有志气，不懂得爱情，不知道进取的软蛋包，婆母是一个自私自利，阴险狠毒的老太婆，她不甘心就这样忍耐下去，她不甘心断送自己的终身，所以当仇虎归来之夕，愿同他离开这个家，走到远远的地方去，那里遍地是黄金，要吃有吃，要穿有穿……那个理想的国度，也正是人类本性赤裸裸表现着的地方。

## 二

《北京人》这个剧本，有人说这是曹禺文思穷尽时把许多零散情节堆砌起来的，但不知这样的批评是有何根据。《北京人》和曹禺的其他作品一样，并不是提出一个了不起的大问题的伟大作品，但它的特点和其他的几个剧本一样，能把人间的本性深刻的剖析出来。

《北京人》中有两种典型的人物，一种是"真正的北京人"——"他整个是力量，野的可怕的力量，充沛盈满的生命和人类日后无穷的希望，都似在这个人身内藏蓄着"，"四十万年前的北京人倒是这样。要杀就杀，要打就打，喝鲜血，吃生肉，不像现在的北京人这么文明"，"这是人类的祖先，这也是人类的希望，那时候的人要爱就爱，要恨就恨，要哭就哭，要喊就喊，不怕死，也不怕生，他们整天尽着自己的性情，自由的活着并没有礼教来拘束，没有文明来捆绑，没有虚伪，没有欺诈，吃生肉，喝鲜血，太阳晒着，风吹着，雨淋着，没有现在这么多人吃人的文明，而他们是非常快活的"。另一方面，那是现在的所谓北京人，他们"成天在天上计划，又成天在地下妥协，我们只会叹气，做梦，苦恼，我们是活死人，死活人，活人死"，"好说话，好牢骚，好批评，好骂人"（江泰），"他吝啬，他自私，非常怕死，他躲在屋内，写字读佛，不只无欲，他容忍，然而容忍久了也使他气愤"（曾皓），"他生长在北平的书香门第。下棋，赋诗，作画，很自然的在他的生活里，他的生活占了很多的时间，活得那般无能力，无魂魄，懒于动作，懒于思想，懒于用心，懒于说话，懒于举步，懒于起床，懒于见人，懒于作任何严重费力的事情。重重对生活的压迫和失望，甚至他懒于宣泄心中的痛苦。懒到他不想感觉自己还有感觉，这只是生命的一个躯壳"（曾文清），"一个自小在士大夫家庭熏陶出来的女人，自命知书达礼，精明能干，整天满脸堆着笑容，心里却藏着刀剑，虚伪，自私，多话，从来不知道自省。平素以为自己既慷慨又大方，周围的人都是痛苦的狼狈，头脑上总记着谦忍为怀，而心中却有着算计人的便宜，有人说她阴狠，又有人说她不然，还要阴狠的，是恨她笑里藏刀，胸怀很狭窄，更加不然的是她胆小如鼠，怕贼，怕穷，怕死，怕一切的恶人和小的灾难"（曾思懿）。

我们从以上的两种典型人物的性格上，很明显的发现了他们的不同，为什么人类祖先是那样纯正，而今日的子孙们又这样不肖呢？这才是《北京人》的一个中心问题，这问题如能引起观众的注意，才能促使他们的反省，产生出一个革新的力量来。

这本来是社会制度的缺陷下产生出的现象，他们都在受着教育，但那教育只是不良的社会制度下因循，传统的教育，而不是改进那不良制度的教育，所以他们与其受了教育，倒还不如那没有受过"世代书香"的教育的人坦白，诚实，有见识，有前途。作者在剧情中已经表现出两者的不同，但是可惜他仿佛是有些怯弱，有所闪避，他并不曾正面的明快的指出这是社会制度陈腐而产生的结果，这个错并不在他们每个人的本身，他们腐化是受陈腐社会制度下毒素教育的影响，也就是他们在陈腐的社会制度下很自然的就生长成那个样了。作者并没有明显地指出这点，他只在描写剧中人性格的文字中说出他们是"士大夫家庭熏陶出来的，自命知书达礼的”，“这是士大夫家庭的子弟，染受了过度的腐烂的北平士大夫文化的结果”，“她生活在江南名门世家，父亲也是个名士”，而在对白中却没有明显的阐述。

这样的写法，作者是着重在“创造典型”的工作上，他用了极细腻的形容来介绍每个剧中人的性格，说明他们是怎样生长着的。这个固然给演出者相当的便利，但是，同时也给了演出者更大的责任，这责任是要他们不只要表现出他们的典型性格，同时更能表现出他们所以生长到这样的原因。前者容易从事，后者则非常困难，因为一般观众——中等教育程度以下的观众是不懂得思索这些的。再有一些观众，虽然受过高等教育，但他们有成见，太自负，或是像曾文清那样懒于思索，不肯思索，不曾思索。于是《北京人》的中心意识如非由思想超越技术优越的演员尽量的表达的话，平庸的演出，也就显得剧本的平庸，甚至叫自诩为“戏剧家”的先生们批评这是曹禺文思穷尽时把许多零散的情节堆砌起来的。那么曹禺命也未免太冤枉了。

## 三

南京不是个文化城，这里多的宦达、商贾，他们所喜欢的是享受，娱乐，而不是“艺术”，对于艺术这里很少识货的主顾，所以一切艺术运动在这里就很难生长，只有让外江戏，文明戏，风流歌舞来给老爷，老板们消遣。

除非你有牺牲的精神，奋斗的杀力和勇气，是不能推动南京的剧运的。这次野草和草原文艺社为严肃文学筹集基金，而演出《北京人》，勇气和杀力已经值得同情与钦敬了。

笔者向来写影评剧评有一个一贯的态度，就是只要演出者态度严肃，工作认真，就应该给他们鼓励和原谅。按这次《北京人》的演出，整个成绩并不美满，零乱，散漫，导演失职，灯光效果的失散，这是使我们失望的；但他们演员的态度是严肃的认真的，尤其有几位演员既有天才，又知努力，于是有几个场面由于演员的努力完成了许多局部的成功。这又使我们欣悦的。

整个《北京人》的演出是失败的。成功的只是几个局部。失败的最主要原因是导演失职，演员们各自凭着天才和经验来做戏，如非两个角色的能力相等，在较大的场面下就显得杂乱无章了。例如宴客的场面，曾皓教训子孙们的场面，前者是杂乱，后者是有如独角戏。小动作的处理固然基于演员的经验能力，但导演至少要负纠正和辅助之责的，像思懿的失败就是缺乏导演的指导。至于舞台气氛的操持，剧情的波动，典型个性的强化，高潮的处理，这在导演人是责无旁贷的，但这一切职责在《北京人》的演出上导演人都没有克尽。

整个的缺乏联系，中心意识就难于表现，而所以只有聊望于几个演员的个别成就於形得分局部成功了。

第一个提出的优秀演员是饰江泰的洪浩，他忠实的把台词背的纯熟，由熟生巧，音调洪畅，清脆而有力，他喜于用手势，动作自然而有分寸，他的成功并不在他能把北平的食品店都背得娴熟，而是对曾皓发疯，最后随着警察来时狂态演得逼真而有力。这是个有天才，有希望，肯研究，知进取的演员，连演数场（他每次的演出都比较有显然的进步）值得钦佩，应该勉励。

饰瑞贞的雅秋，饰愫方的秦丽是棋逢对手的角色，在第三幕的对白场面下，她们能抓住观众的情感，发挥着天才，这一段并不是剧本本身最主要的一段，但她们却把它处理得成为全剧本的高潮，这是她们的成功，在全剧来说，也正是导演者的失败——他把握不住剧情的高潮，只有任演员自己去处理了。

饰曾皓的方曙，声音，表情极肖妙，可惜在他教训子女们的那一场面，只有个人的发展，其他的演员不能配合起来，就有如一支孤军在独自冲锋。

袁圆是个可爱的角色，荻荻的演出很能适合剧中人的性格。天真，活泼，无邪的气质都能表现出来。

“北京人”的出场，是全剧的灵魂的闪耀，但导演人并不曾注意到对他的处理。

失败的思懿，演员秋云的台词太生疏，表情缺乏变化，而这个角色却正需要口齿伶俐，性情狡猾，态度多变的，她不能聪明的使用眼睛，于是也就不能充分表现出剧中人的性格。思懿在这个剧里是一个轴心，我们不但在她身上看出典型的今日人类的狡猾，阴险，同时由她的出场，她的用心而看到剧情的连击，但可惜秋云未能适合如此要求。

总之，《北京人》的演出，整个的来看是零乱的，失败的，而局部的演出确有几处精彩。全剧的失败责任是属于导演的，局部成功的功绩属于演员的。

年青的一群，还应该再锻炼，再奋斗。

原载《新动向》1942 年 9 月

# 《北京人》一论

S. M.

## 主题

主要的问题是主题。《北京人》底主题是什么?

《北京人》底主题是旧的:是那样的一个封建家庭,那样的一个封建家庭,在外的压迫和内的压力底夹击里,剧作家曹禺使它凄惨的崩溃了。问题并不在那样的一个封建家庭底崩溃,那是必然的,历史给了人类的道路,人类忍受地走了过来——或者痛快地跨了过去。但是剧作家却向今天提出来那样的一个封建家庭底崩溃,把五十年代的生活倒拖到五四时代的过去,这是我们所诧愕的,问题是在这里。因此我们说《北京人》底主题是旧的。所谓旧的,是和这个活生生的时代有着一定距离的。因此这主题也就是非现实的了。

这个活生生的时代,是民族解放战争的时代,是法西斯主义极度膨胀的时代,是铁和火,血肉和自由,罪恶和花,光明和黑暗纠结不清,争执不已的时代!

永远的主题论者,艺术自己主义者,是要抗议的吧。从星之运动(其实是由于地球底自转)底摄影看,北极星并不是那作为圆心的一点,而是无数同心圆中的最内的一圆;这说明了今天的北极星位置已经滑出了真正的北极,和永恒论的矛盾,而织女星在若干年后将取而代之的。永远的主题么,那是并不存在的。何况,所谓封建,又恰好是历史的主题呢。

总是有人提出来这样的说法:沉沦底门第血液,它还没有完全死亡。这比胡论聪明得多,比强辩雄辩得多。但是问题是:虽然我们底国家还是生活在半封建的阴影里,但是今天的封建和昨天的已经大不相同了。它们本质上虽然有着相通之点,但是它是以怎样的新的姿态向我们出现的呢?它是以怎样的新的面貌在这里活动的呢?在今天,在半封建的残骸里,我们看见了反民主的暗流,看见了囤积居奇,看见了旧军队组织底军阀气质底遗留等等,已经不再限于一个家庭,已经不是一个家长和一群“耗子”,甚至不是一只两只的“鸽子”。

但是生活在今天的曹禺却唱着古旧的挽歌,技巧那么优秀的剧作家却拥抱着非现实的枯朽了的东西。

于是有人指给我,你看一看这个《北京人》吧!

好的。

第一,我要说:这个《北京人》——不幸仍旧是旧的,非现实的。

那样的一个封建家庭底崩溃,那前面,那结论,自然是一条新的道路了,自然是一个现实的方向了。但是那“人类底希望”，却是“人类底祖先”，那明天，却是昨天。因此，那个“要爱就爱，要恨就恨”的世界，是一个原始社会，那个“吃生肉，喝鲜血”的人，是一个原始人，不但是旧的，而且是死的了。那个象征着什么了的“北京人”，是从远古的地层掘出的破碎的头盖骨，涂抹了剧作家给它的空想而任意的颜色的角色，当他浑身斑毛地走上舞台来，观众就诧愕得一片哗然了，不但是非现实的，而且竟是神话的了。我们底脚步，不是要向历史倒退，而是要向现实突进，我们底手，不是要玩弄浪漫主义，而是要把握现实世界。我们不是要的背后的世界，是要的前面的世界，比原始社会，封建社会，资本社会什么都要好的世界；我们不要做现代的“文明人”，也不要化石的“北京人”，要做有权利而且也有力量生活的集体底好人。

问题，不是回去，是前进，不是循环，是创造。所以最轻的责难是曹禺底象征，在这里是不明朗的，不真实的。

所以说那主题是旧的，非现实的，浪漫主义的，乌托邦的。

虽然我们说，曾公馆和“北京人”之间，不过是旧与旧之间而已，但是在曹禺，那“北京人”却是作为新的东西的，是对应着曾公馆而作为新的东西的，是作为人——人类底出路的。这样就弄得严重了。

有人说不必请“北京人”上台，开口说话，吃菜之类吧。但是假使没有了他，这剧本，不但艺术底新鲜光彩完全损失了，主要的主题底象征意味连根拔起了，甚至连剧名也成为没有棚架的葡萄藤了。这又恰好说明了在主题上怎样失败的，在技巧上也是怎样不可救药的。

第二，我还得指出来一点：新兴资产阶级和封建世家之争，不会是一口棺材之争的。棺材，那是封建世界底最好的象征。新兴资产阶级应该要的是房屋吧。但是杜家最后却要了棺材去。那是说，我们的资产阶级多多少少还保留着封建的残余在生活中吧？不是的，这不过又是一个剧作家为了在技巧上把戏剧性弄得浓厚起来，结果有意无意让现实在手中轻轻地歪曲了。或者，一切逃不出棺材去，一切沉浸在封建意识里——《北京人》底主题这样又是旧的了。

## 一个人一个世界

而在人物绘写上，在一定的历史条件下，是成功了的；他们底生活，底性格，是技巧地绘写了的，戏剧绘写了的。

一个人一个世界。

这并不是只说，一个人，有着他底自己的，独立的，那样的一个世界；也不只是每一个人都是以小小的自己作为整个的世界的；要再进一步，每一个人，他们之间的世界对立着，从这对立发展，每一个世界都无限制地膨胀着自己——一方面侵入别的世界去，一方面防止着别的世界底侵入，一方面并吞所有的世界把一切排列在自己底宇宙体系之中，一方面向所有的世界作战，打算从虎须之中挖夺下被咬去的肉使它再生，再生而且复兴，而且成为绝对的统治的人格……

曾皓是这样的人物：他要那个家是他底，他要那个棺材是他底，他要那个"春天"是他底，他要，被"为你啊！为你啊！"的语句诅咒不已的愫方是他底。但是什么都不是他底了，他成为暴戾地绝望的角色了，棺材最后被杜家抬走了，抓住不放的手给曾思懿咬了，囚笼中的"鸽子"飞了，"春天"是另一群人底了。——他挣扎，他诅咒，他从大病中支撑起来格格发响的老了的骨头，但是一切已经完了，他只有成为暴戾地绝望的角色了。

曾思懿是这样的人物：她恭敬老太爷，但是在她底恭敬里作为这个家唯一的主人物是并不好当的，因此作为这个家底象征的棺材是完全被冷淡的，她毒恨和排拒表妹愫方温婉地插入他们底夫妇生活之中，但是到需要人给她捶腿的时候，她就反过来利用丈夫和愫方底那个关系底凝固和明朗来束缚一个无风的杨柳的女人。那也是贬抑她了，她要权力，她要权术，她要她自己底家，那个并不属于曾皓而是她自己做主人的她自己底丈夫，霆儿和一切的家。但是她所有的控制的力量对于历史的脚步是多少无用啊，她还是不免失败了，无论她怎样踢开棺材，无论她怎样咬了曾皓，无论她怎样年富力强，总之她只有成为泼辣地绝望的角色了。

江泰是这样的人物：他是几乎疯狂的，他也要占有一切，但是一切都不给他，更直接的不给他；他也要成为王，但是结果他却成为"耗子"之一，他自己所说的"废物"之一。于是他只有破毁一切，连自己也弄得粉碎的，他粉碎一切，但是同时一切也粉碎他。于是大呼小叫，大惊小怪，疯狂，酩酊，沉沦。疯狂，疯狂，他只有成为疯狂地绝望的人物。

曾文清是这样的人物：他竭力缩小自己，竭力缩小那个忧郁的世界，像一个河边石上的给动荡的波纹激荡了的螺蛳，竭力向内退缩到小小的石灰质的壳子中去，在那里，它底生活将自以为平静的吧；但是它底活肉的吸盘却牢牢地黏贴在它底外部的那和波纹互相震激的河边石上，那是他底生活底支点。——矛盾之处，正是悲哀之处。一方面他要退缩到自己底小世界里去而"孤独"起来，一方面他又让生活的根须伸展在那个七情六欲的家里，让希望尽情地驰放到广漠的家底大门之外去；一方面他靠着鸦片烟灯底灯焰把自己烧制成焦臭的光明和热狂，一方面他又带了中毒的骨架向世界巡礼而要求生的肉吃和鲜的血喝；一方面他仅仅是他自己，一方面他又对一切不满，家不是他所要的家，所以他出走，世界不是他所要的世界，所以他回来。他底要求自然是消极的，但是却是在消极之下强烈地闪耀着的；一方面他是一个好人，一方面他是一条无益的虫，他一点不给世界，他只是要世界，他一点也不建筑世界，他只要享受世界。因此他底世界，那个石灰质的壳子底内外，不得不是更惨淡的绝望了，他就必然地成为阴郁地绝望的人物了。

甚至像愫方，也是扩张着自己底世界的呢。她是寄生生物，是在没有自己底生活的生活里侵蚀着人家底生活的，无论她是怎样善良的，温婉的，忍耐的和委屈的，有着这一点就足够了。假使说曾文清底是紧裹在消极的表皮中的，那在她就更是没有摩擦的了；但是实际上她是更强的，更坚执的，她用忍耐甚至退让坚执着，逃到那恋爱和空想去。有她在，她应该知道，曾文清底生活是更绝望地分裂着的；曾思懿底情感会更猛烈地反映这个而加强这个的。但是与她恋爱的人和她自己那都是无益的，而且是绝望的。但是她却偏是十分吃苦地夹在里面，偏偏是在这个里面的黄连片中找蜜吃，一句话，偏是寄生着——说是软体动物又不是，说是脊椎动物又不是，始终以自己底生活干涉别人底生活，以自己底梦侵蚀别人底世界。虽然最后“天塌啦”，这个“天塌啦”不一定就是新的道路，而正是对于自己底世界底破碎的幻灭的痛苦的呼声。她只有成为空虚地绝望的人物。

一个人一个世界。

那是因为一个人一种生活的缘故。但是他们之间和她们之间，在根底上无疑是同一血缘的，这是必然的命运，这是历史的悲剧。在新的日子被创造出来以前，人和人虽然也是——似乎是社会地营集着生活的，但是却是唯我主义的，正像大戈壁一样，一万里一片的黄沙，而一粒沙子却自己地孤立着，彼此痛痒完全隔绝，没有温暖，不生水草。

## 新人

在曹禺底剧本里，都布置了一些所谓新人的：《雷雨》中的鲁大海，《日出》中侧面的翠喜和只有声音的打夯工人，《原野》中底仇虎和金子。但是在《北京人》中呢？《北京人》中，除掉各种绝望，一同绝望的人物，并没有新人。

愫方不是的，她和那样的一个封建家庭和平而处过，她底性格甚至人格都是旧的日子的——从年龄说，是新的渣滓的吧。她忍耐地，妥协地生活着；假使这妥协不使她损失太大，她仍旧将委屈地妥协下去的。损失了什么呢？她底忍耐。生活理想。或者要说，她是终于出走了的。但是曾文清也是曾经出走过的。或者要说，她是为了曾文清底回来而出走的。但是曾文清底回来并不是偶然的，即使不回来，他也已经是一个活着地死下去的人了。而且，使她懂得曾文清底出走是正号的，也就应该懂得她底寄生生活是负号的了，也就应该早已出走了，不等到“天塌啦”的日子了。或者要说，她是跟着“北京人”走的。好了，这里又回到前面提出的问题来了：到旧的原始社会去么，甚至到原始社会以前去？到新的那个乌托邦去么？

曾瑞贞不是的。但是她是可能成为那样的人的一个。愫方底出走几乎是突然的，在某一意味上说还是偶然的；但是她底走却是有孕育期间的，有背后的东西，她底那些女同学。所以说她不是的，因为她是几乎那样单纯得没有自己的，她只是飞了起来而已；是质的变，但是并不是——至少还不是决定的变，虽然在这剧本中那是仅有的。

但是到了她向愫方说教的时候，她突然从青虫到蝴蝶，这不通过蛹的过程的飞升，一方面辉煌了她，一方面却又生硬了她——在现实上是不可能的，在艺术上是破裂的。

袁任敢不是的。在剧本中就没有给他艺术的重要的地位，只给了他意义的重要的地位是不够的，新人，是必须特别强调的。

“北京人”——不是的。除掉前面曾经说了的，他会为了那样的一封建家庭，那样的一群腐朽人物向一些渺小的索债的小市民们举起来他底巨人底拳头，这自然是奇迹的英雄的事业了，但是这又是怎样的一种世俗的直觉的东西啊。历史的步子是不可能这样歪曲的，而停止在今天和昨天的情感上的是太低级的啊。而且这又颇可奇怪地，占据那个巨人底全部活动底三分之一，而且它是要给人以他底第一印象的东西。

这里只允满了“废物”，“粑子”，自私自利的人物而已。无论强者或是弱者，无论似强而实弱者，无论虽弱而又有一种特殊的强在内者，完全同样的。

或者又要说：这是攻击封建。自然是对的。但是新的没有，旧的又有没有呢？我们已经回答了：这样的旧的也是没有的，早就结束了的。

所以，既是打倒那个已经打倒了的东西，多余的，而且是闲逸的，不必要的，而且是放松了活生生的现实所给与今天的课题。——这对于一个天才的剧作家，不能不说是一大损失。我们所要做的，不是对于已经死亡的旧的封建的戮尸，而是对于现在还活着——正活着的新的封建的决战；对于那个反民主的暗流，对于那个囤积居奇，对于那个残余的军队组织底军阀气质和官僚主义。搏击这些。从搏击这些我们能够发现新人，创造新人，才能够，一定能够，这一种新人绝不是可以从躲躲闪闪的乌托邦中发现出来的，绝不是能够在非现实的浪漫主义里创造成功。

## 四个剧本之间

曹禺底四个剧本，我或者看过上演，或者读过作品，都是思索过了的。在这四个剧本之间，第一，我觉得有一种相同的东西；而且那东西正是那种封建和向那种封建反击的东西。据说曹禺是从那种家庭走到写作来的，是经历了丰富而深刻的那种生活的。还不知道确否。那是重要的——即使是那样，同时也就是能够补充说明这样一件事了：在他底生活的回忆中那是活着的，那样的东西，在人底时代的情调里却是已经死了的，这一矛盾，决定了剧本和现实之间的脱节，使剧作家和观众之间有了距离。

《雷雨》，是朴素的家庭，封建的。但是那个封建的，已经给曹禺底一拳粉碎了，足够了；而且对于那个时代说它也是恰好的。

《日出》，似乎是社会的而非家庭的了，是资本主义的而非封建的了；但是那个幕后的王，那个使银行家们畏惧疟疾一样战栗起来的，而且也是使小东西们非在日出之前死去不可的，那个铁拳的统治，那个绝对优势的金八，却是一个大流氓；一个从封建脱胎而来的畸形的流氓资产阶级。

《原野》，那是焦阎王底家庭，一个特殊的也是封建的家庭底传奇式的毁灭。这不可能是偶然的吧。

这相同的东西在《北京人》中的出现，不但是主题底反复而已，而且那是已经不需要了的人工地流行了。

从这里，我们看出来了一个剧作家底发展是怎样的。

关于新人，在前三个剧本中有，即使是有着一定距离的有。但是在《北京人》却没有；距离么——距离大得很。因为，不是在前头的那种距离，而是向原始时代——原始时代以前倒卷过去的距离，在前面的距离是可以跟近的，倒卷过去的距离只有和历史的脚步愈去愈远。或者说它是一种小资产阶级底浪漫主义的，非现实的，乌托邦的，不可究诘，不可捉摸的，不是这个，就是那个了。

关于戏剧性的问题，对于第一个剧本，就有人提出另一种说法，“偶偶然”，声音是很刺痛的。但是无论怎样“偶偶然”吧，它还是人间的血肉，它不只是从戏剧的结构和效果过滤了来的东西。但是到了《北京人》里，曹禺，却使戏剧的人物到神话的人物了！——这是颇为可惊的。不是巨人，而是怪物。进步了的，不要这样的启示，拒绝把怪物当做巨人。落后着的，不懂这样的启示，结果只是把剧作家底理想的巨人看做了小市民趣味的怪物。为什么要这个象征？结果，除掉在艺术中——尤其是在技巧中打圈子，就没有什么东西剩下来了。

关于艺术底发展，关于技巧，《北京人》有很多处，也有不小的失败处。

成功之处是：结构，讽喻，对话，对曾思懿在利害难决的瞬间泼辣得十分意味深长地给曾皓的一咬，和曾皓当杜家抬走棺材的时候，仍然是用破碎而焦灼的嗓子自己叫喊着"川漆是碰不得的"这句话的场面。

还有，江泰型的人物底出现，插入了那一贯地沉闷的风格；虽然江泰仍旧是属于沉闷的，作为对于沉闷的反动的，作为叫嚷的沉闷的，但是总改变了的。

失败之处是：除掉曾瑞贞底突然地成长，第一是倾向低级趣味的——乡下孩子，毛人登场，哑子开口。第二是沾染侦探小说的，曾瑞贞既然决定出走了，但是并不无所畏难的平静而莫名其妙地躲闪，尤其是说服和约定了愫方以后，那种跳进跳出是一点也不严肃的。

这些，很使我想到曾经看了一眼的《正在想》。

无论如何，剧作所达到了的艺术的——尤其是技巧的水准，对于其余的人底成就，无疑是相当地高的。

但是不幸的是，主要的，艺术这个东西，在主题上失败了的，在技巧上是无效的。

所以，看曹禺，对于一个剧作家底发展我们倒愿意看另一个剧本——《蜕变》吧。虽然在那里，主题底问题还是不同地有的，艺术上也比较缺乏拥抱的热情；而且那种英雄主义和乐观主义，是多少做作的。

手头没有剧本，因此一个问题更展开或者深入是困难的。

一九四一，二，一二，重庆。

原载《力报·半月文艺》，1942 年第 22-23 期

# 读过《北京人》漫谈多余

里　野

克莱顿·黑米尔顿(Clayton Hamiton)曾经说过:如果你要求新思想,前进的思想,前进的意识,你可以去找理想家哲学家去,至于戏剧究竟是需要观众的,所以,一个戏剧作家是不能写观众所不能理解的东西。他说一个剧所以为评者认为新,认为好,其原因是这剧里所写的东西,正是和这地球一样陈旧了的东西。在这心情下,我读过《雷雨》,读过《日出》,读过《原野》,除了作者赢取了他应得的赞叹外,我仍怀有着另一个偏见:我觉得把《雷雨》解释成一般的情爱悲剧,倒不如解释成为兴味剧(Melodrama),《雷雨》是一出兴味剧,不是一出悲剧(Tragedy)。作者好像也有意无意的觉到这一点,所以,作者在《我如何写雷雨》中,说到在《雷雨》中他是如何过分的爱蘩漪,爱周冲,爱鲁大海,爱一切"放纵原始的或野蛮的情绪"的人。但是,这些人在我直觉的看来,毕竟是太戏剧化了。年轻人爱空想,不过,请想想看,能有一个年轻人像周冲样的生活在空想中吗?他委实是太可爱了,可爱的到了令我不能置信的地方,周冲或能在这社会里存在,出现,但是这社会,这时间,赋予他出现的机会是太少了,我不信,我不信有这么一个人,如周冲,如蘩漪,如大海。所以,对于《雷雨》来说,除去作者摄住我精神的领略之外,我多少还觉得这是社会以外的人型在那里扮演一幕剧。我不是在指摘,也不是挑剔,作者的笔就不会更深湛的转转弯子,把这动人魂魄的剧写在社会生长着的人的脊背上去吗?但是作者是聪明的,他看到这征兆,两三年来的作品是依循着现实的轨线而写出的,《蜕变》就是这样写就的,如今,作者更严谨,更慎密的写出一本《北京人》。《北京人》剧本的取材,人物的描画都是一个勇敢而又艰辛的企图,对于这样忠实于自己的工作态度,我们得付出无数的钦赞和敬仰。在这样一个缺少严肃的时代,这企望不仅表示作者风格的更迁,而更表征着无数作者在静默底下为时代争放的光辉,警戒那些缺乏自我真实的工作者,在这风雨飘摇的时间中,我们应当把持的一份到底是什么?

我不敢说《雷雨》包含了两个故事,但是《雷雨》却的确包含了两个故事:一个完全现代型的周萍发觉对继母爱情的错误,才把感情放到一个天真的四凤身上去;再有一个是鲁妈在年轻的时候受过少主的爱抚,而把一生交付在凄苦中,如今,看见自己女儿危险的脚步,才想到挽住这可哀怜的孩子,但是,毕竟是太迟了,两个年轻的荒唐孩子,在伦理上已纠结成为一团,人事的雷雨遂展开了。如今,《北京人》也正包含着两个故事,不,我说错了,《北京人》包含着无数由自我爱憎而揉在一起的症结。一页页纸面掀过去,我看到的不仅是黑字白纸,我看得更远,密密的字行间,我看到是我们国家中最古老,最现实,最中国味道的无数感情：这里有思懿对文清以妻子名分而担负的爱，有文彩对江泰的不了解的爱，有曾霆对袁圆的没有实在分量的爱，有陈奶妈对文清忠实而愚昧的爱，最后尚有愫方和文清间默默茁起，默默接受迫害，默默爆发了的爱情。我想到这是作者的聪明，他选取了这样一个城市，这样几个人物，想想看，还有比《北京人》更能表现这国家的吗？还有比《北京人》更能表现国家内的人物吗？

作者是热爱着这中国气味最浓厚的古都的，但是容我大胆说句话：作者还不是将北京人恨得要死，在这相同的两个极端之下，作者写出《北京人》。我是说，作者热爱大中国，可是作者也更憎恶我们这没有出息的一群，严肃的作者把他那点轻微的希望建立在后一辈中，他在《北京人》里制作了一个"北京人"（或者更明快的说，一个未来的中国人），借着一位研究人类学的学者（我可以不可以说，借一位领导人类的人？）的介绍，我们知道作者对这国家人民的切念：

> "……四十万年前的北京人倒是这样。要杀就杀，要打就打，喝鲜血，吃生肉，不像现在北京人这么文明。"
>
> ——《北京人》页一三二

这是作者为自己理想的素描，尚有一种体态性格的描画，在北京人出场时由作者说道：

> "他整个是力量，野的可怕的力量，充沛丰满的生命和人类日后无穷的希望，都似在这个人身内藏蓄着。"
>
> ——《北京人》页一三二

这是作者想象中的人，作者提出他极端厌恶现代，厌恶隐匿于礼貌繁文背后的卑恶文明。有意或无意的，作者又说到原始，说到果敢和决断，说到所谓"放纵的原始的或野蛮的情绪"的人，才是他理想中的人类，这和《雷雨》是不是正有着同一倾趋？抬起头来，望见庸庸众生，我对着北京人的出生就不得不悲观了。一个人，一个活人，能够在这时间空间里存在，唯一的理由是：不背叛真实，和时代和谐！请注意我并没有拖住时代的想望。但是，对于北京人来说，我不相信他能够领导人类，而进行中的人类更不会返回原始，虽然这倾向或许偶然会存在的。在剧情的铺排与意识的一点来看，这是一个别具匠意的苦心，对于艺术的制作来说，这是绝好的象征笔法，可是移植在现实社会当中，我觉得对这地球是太陌生了。他像一支没有根的花草，颜色纵然美丽绝伦，但是，炙热的太阳射来，他会不会凋谢？别说下去了！连自己都觉得有点过于大胆了。——我是个刀笔吏，让我再补上一句：即令这个人是我们同胞未来的缩型，是这国家行进的方向，但是作者可注意到观众？作者是不是也顾及一群单凭直觉的观众（除了这一点凭依之外，观众更能依据些什么？），这种细腻的笔法对于观众来说，多少是有些暗晦了，暗晦到观众不能理解，不能消化，只是看到舞台上出现一个人猿，然后像小孩子一样的张开嘴，笑了，这时对作者是不是一个严重的伤心？

就在这心情下，我觉得袁任敢的出场完全像了一支线，一支勉强帮助作者把对人类的想象捧到读者面前的线，除了剧尾的到蒙古去，袁任敢在前半部书里占着一个什么地位呵？如果把他解释成领导这愚昧人类前进的导师，他就应该是这么一个人物吗？在大处来着墨：他勇敢，他坚毅，他肯负责任，他更用功，他实实在在是一个大好人，但是一点夸张的学者的孤僻性格该是扶植人类前进的人应具有的吗？如果不把他解释成领导人类前进的导师，它的存在是不是多余了？再让我说一句：袁任敢出场太勉强了。勉强到令我这固执人不敢相信。

再一个人物——陈奶妈，我多心到她出面的多余，她是以什么理由而出场的呢？是不是作者觉到像北京人样的人物，这时间这空间，付与他茁生的机会太少了，才带来另一个小北京人？在这种解释之下，陈奶妈的出场成了必要，但是，她消失的又太快了，这是不是作者的疏忽？在第二幕末尾她就不辞而别了，我说不辞而别显然有点杜撰，但是，在她口口声声喊着回家的时候，中间隔了一月，一月并不太短，对于她这样一个老奶妈，实在太缺少停留下来的理由了，这样，第三幕对她出场表示点讶异，不正是很自然的吗？

说了这么些放胆的话，实在尽够了，我们应当再向涂着阳光的方向看看，几年前作者以沉重的步伐跨入我们剧坛，警亮的台词，清晰的个性，别具用心的刻画与穿插，作者就用这些赢得我们的尊敬。如今，这部《北京人》在这方面又成功了，作者把人物描画得逼真如在我眼前走动，我看见刻毒尖酸的思懿，我看见垂危无力的曾皓，我更看见“出不了门，做不了事，只会在家里抽两口烟，喝会子茶，玩玩鸽子，画画画，恍惚一辈子”的文清。我接到作者热情的火把，我是又喜欣又苦疼的读完这厚厚一册《北京人》，我方从悠悠的长梦中醒来一样，放下心去吧！这末一代的“耗子”就要死绝了，我们不会再这样“孤独”下去。

原载《新动向》1942 年第 28 期

# 评《北京人》里的“北京人”

文　弓

曹禺先生的《北京人》问世，论者多把它与《雷雨》和《日出》并指为曹禺先生的三部有价值的代表作品。的确，如果就纯粹艺术的观点而论，在《北京人》里的几个人物，如曾皓，思懿，文清诸人的性格的刻划上，作者的手法是相当的令人佩服的。然而我们要衡量一部剧作的价值，是否只以剧中某几个人物的相当成功而不问其整个剧之精神所在即满足呢？

《北京人》的主题，是一个主题的两面。我们从《北京人》里所见到的，一面是旧封建士大夫的家庭的没落与毁灭，是彻底而无法挽回的没落与毁灭了；一面是在这种家庭的没落与毁灭中，有一部分人得着新生，得着挽救，寻着了出路，这正如曹禺先生所指出的，把握到了他们的“希望”。好多人常常批评曹禺先生一向只爱说旧的，不大喜欢谈新的，而在《北京人》里，曹禺先生的主要的兴趣（也是“希望”罢）在对新的予以亲近，因此，我们与其说他对没落与毁灭的加以讥讽暴露，毋宁说他是努力在渴慕新生，指示新生的出路。剧本里，北京人似乎成了一面高悬的明镜，作为该没落的该毁灭的与有希望的有出路的一个照鉴，有了他，给该没落的该毁灭的一个有力的衬托，也因为有了他，给有希望的有出路的一个有力的保证，曹禺先生的企图，想要藉北京人这面明镜的光亮，来照见由毁灭到新生的出路之必然途径，这个北京人，他是整个剧的理想，是整个剧的光辉，他是整个剧的精神和灵魂。

正因为这点，我们才对这个北京人给以特别的注意。

据看过《北京人》演出的人说，他们不惑疑曾氏那种士大夫家庭的没落过程，但他们有着惑疑瑞贞与愫方由腐化消沉中而向进步转变的过程。尤其令人不解的，是这个有着引导作用的人物——北京人的前后性格与行动的一致上。作者不但不曾经过北京人的指示而使观众眺见光明或希望，反给观众在意愿上添加一层模糊与玄妙的阴影。

我们总说北京人在全剧中出现在舞台上共三次。第一次是曾家请袁任敢吃饭的一个场面，这在第一幕；第二次是曾皓被气中风抬进庭院的一个场面，这在第二幕；第三幕是瑞贞与愫方出走的一个场面，这在第三幕的第二景。让我们来细细分析北京人在几次出现中所体现的：

第一次看见的北京人，“他整个是力量，野得可怕的力量。”虽然作者说，他原是一个顶好的机器工匠扮的，但他的“脾气有点暴躁，说打人就打人”，叫人“不理他好”。而从他对人的招呼与饮酒的动作上看来，他明明是个痴不痴憨不憨的人物（姑以人物称之罢）。这个哑巴，在驱赶与扫走那一群向曾家要账的人时，显出他是一个有正义感的人。这是我们第一次领略北京人的性型。

第二次看到的北京人，与一次所见时没有两样，抬曾皓那老头子去医院，跟抬一段干柴样的用他的蛮力，从这里看来，好像只会憨头憨脑的听人家指挥，作一些笨得可笑的事而已。

及至第三次看见北京人的时候，北京人竟变成一个能言能动——主动的动的人了。这是北京人给观众印象最深的时候，也是全剧发展到顶点的时候。作者的意念，企图在这里给全剧的灵魂点上眼睛，让观众全部把握住北京人的性型，也是让观众全部把握到整个剧的意义。

我们且慢就北京人存在的社会的意义来评断他是否存在，应否存在，我们先就前面所分析出的北京人三次出现在观众眼前所表现的性型来研究。

很明显的，在第一次第二次所见的北京人，性型上若干面是有其共通性真实性，但在第三次所见的北京人，从其行动上反映他们性型与前两次所见实不同，甚至矛盾。因为我们第一次与第二次看见的那个哑巴的北京人仅是个没丝毫认识的人，虽然作者想证明他是一个极富于正义感的精灵，可是难以证明的行动，却只表现于打一群要债的人和抬一个中风的曾皓。我们从他的行动上所证明的内在的正义感，是没有理智的根据的，这种正义的发生，差不多全是由于自然的行动。既然他只是一个仅具有自然的原始性的正义感的巨物，作者为什么要把他抬上宝座加以赞美，并将最后起引导作用的责任放在他的头上呢？当然，如没有第三幕中北京人的奇迹似的行为来支持北京人，北京人会没有光辉没有价值，也将使这个剧会没有光辉没有价值。然而也恰恰因为作者以那种奇迹似的行动来支持北京人，来点染全剧完成全剧，反使北京人的性型前后发生深刻的矛盾，使观众难于把握北京人的性型，使北京人成了神话里的精灵。因此，由于这个神话里的精灵的引导，使观众对于这个剧的出路发生惑疑，引起担心。

我们不反对在作品里添加奇迹的因素，这不但未曾减损艺术的价值，相反的，因为艺术的作用在启人作隽永的深思，某种奇迹，只要不流于过分夸大，以至由可能性到现实性的必然之路都被神秘的雾隔断，更能增高艺术的价值并加强其作用。可是，假使把奇迹夸大成神灵里的奇迹，如“飞将军从天而降”在一个具备现实意义的作品里是不应当有的。北京人的行动，从第一次到最末次呈现在观众的面前的，却似乎神话似的奇迹。这未免夸大。而作者偏偏又添加一节哑巴说话的事进去，企图以主观的理想来填好那由可能性到现实性根本隔断的道路。也许作者是想藉哑巴说话来暗示一个希望：他从不说话的现在说话了。不幸他忘记了他们由不说到说话，当经过一个战斗的行程。北京人所表现的神话似的行动，是否曾具体的指出，那个战斗行程的发展道路呢？显然这在全剧中找不到一丝痕迹的。

至于像剧里那种型的北京人是否存在应否存在的问题，这是应当以社会的眼光来解决。袁任敢这个人物，作者对他抱有一番极大的希望。好像他是拯救没落与毁灭中的新生者，也是有关于瑞贞等启蒙的关系的人，北京人的一切，从他口里才得到说明，北京人的手，是执行他的意见，即使说北京人在剧中所闪耀的光亮（如果我们承认有光亮的话），其

光源是得自袁任敢的，他说北京人是“要杀就杀，要打就打”，“他们整年尽自己的性情，自由地活着……没有矛盾，也没有苦恼……而他们是非常快活的”。稍研究过原始人类生活历史的人都知道，人类的祖先也是过的集体生活，他们也没有自由得要杀就杀，要打就打，他们也有他们的矛盾和苦恼，并不如袁任敢所说他们是非常快活的。这只是袁任敢对于人类学研究的不到家！因为从袁任敢所表现的“老猴”般的浮躁与轻狂的行动上看来，作者把一个极大的希望寄托在他的身上，原欠妥当，他对于人类学研究的不深刻，以及他对于北京人作如此的分析，主观的不切实际的分析，原也是意中的事。



目前这一个沉寂的局面，冲破沉寂，是每个不满现状的人共同的抱负，北京人便好像是突破沉寂后应走道路的指标。不过，可惜得很，北京人所指示的道路，虽然作者加强的说“是人类的希望”，然而是一条回复到往古原始去的道路，他不是指示人类向前才走，而只是向后面走，不是指示人们向未来走去，而只是向过去走。“没有文明来捆绑”，北京人连文明也不分皂白地一概鄙弃，无怪乎江泰高叫：“闷极了，我也要革命！我也反抗，我也打倒……反抗，打倒，打倒，打倒，反抗！都滚他妈的蛋，革他妈的命；把一切都给他一个推翻……”江泰这一半疯癫的泄气的话，却无意中戳破此中的底细。这不单是江泰个人所想干的把戏，北京人想走到哪里去，与江泰所想干的方向也没有多大差别罢。假使说，作者的意思是在以一个多少带着神经病者的口来嘲笑进步与革命，那么显然与北京人的立场矛盾，因此使人更加不明白北京人要走的路了。

曹禺先生的一向作风，都是对旧的加以厌恶，对腐化的将毁灭的加以暴露，这是值得我们佩服的；遗憾的是他常常叫人从不满的环境中“走”出来，走！走！好像一“走”万事大吉！同时叫人向此路不通的路上走。北京人这一次是走了，莫名其妙的走了。不知向哪里走了。他虽然粗豪而有力地喊出“我——们——打——开——跟——我——来”，而事实上瑞贞和愫方也不知跟他向哪里走去。北京人倒是来也不明去也不明的神话似的精灵，但瑞贞和愫方呢？明明是两个活人，也许她们自己已经找到了出路。而她们也追求到了所谓“希望”，但总使我们放心不下。

北京人这面高悬的明镜并不光亮，它没有给该没落的该毁灭的一个有力的衬托，也未给有希望的有出路的一个有力的保证，它没有照出由毁灭到新生的必行之路。

原载《戏剧岗位》1942 年第 3 卷第 5 期

# 我对《北京人》的看法

李 蕤

许多朋友，常常喜欢把曹禺先生的几部名剧放在一起比较，讨论。大家的意见非常不齐。有些人的看法，认为《雷雨》《日出》好过《原野》和《北京人》。理由是前两部作品里的人物，特别写得有血有肉，而且和现实生活非常接近。作者对于剧里的每一个人物，爱与憎的界限十分明显，故事有开展，曲纡，错综，惊心动魄。而《原野》和《北京人》里面的角色，都好像不是现实社会中的人，故事的展开似乎也嫌单纯平淡。

有一部分人的意见，则认为这四部剧，一个比一个进步，理由是在《雷雨》中，所表现出的只是那“天地之间的残忍”的力，周冲，四凤，蘩漪，统统都在类似“命运”这个隐秘的力下成为牺牲品，全剧是满天阴霾，根本没有明天。《日出》的主人公陈白露虽然看见有明天，有太阳，但却没力量追取光明，在日出前吞下了安眠药片。《原野》的全剧，便是染着生之野力在黑暗恐怖里冲突战斗挣扎，而《北京人》已经让新一代打开了黑暗的闸门，奔向了光明的世界。

一部伟大的艺术巨制，由于读者的着眼点不同，个人所取的角度不同，本是会各有偏爱的。正像瞎子摸象一样，我不敢粗心大胆的来给他们评列等第，我只觉得他们是不同。不但题材的选取，主题的把握不同，而且表现的手法也是两样。

《雷雨》所表现的，是披着已破的礼教外衣而内面包含着矛盾的家庭，《日出》所托出的，是在文明覆盖下罪恶丑陋的都市里层。我们是从封建社会里经过来的，那些残留的人物，生活方式，还环绕在我们的周围，而《日出》所写的，更是我们目前居住着的世界，剧中的角色正是现在还满街走的人物。所以那些人物，对我们都非常熟悉，加上曹禺先生那枝刻出他们骨骼，赋上他们灵魂的笔，所以便更有血有肉，凸出纸面。

如果拿图画来作比，《雷雨》《日出》是写实画，则《原野》和《北京人》便类似象征画。《原野》里的仇虎，和那瞎着一只眼的老婆子，从现实社会中都找不到这种人。但我们不能因此便说作品不真实。因为作者的用意是把那老婆子涂成恐怖的化身，笔的主锋不在刻画人物，铺展故事，而在渲染衬托那个生之力和死灭奋斗的氛围。

《北京人》这一剧，与其说是暴露封建家庭的崩溃没落，还不如说是一篇极富于暗示的寓言为更好。《雷雨》《日出》都是侧重于暴露的，如同在显微镜下一般的。它清清楚楚烛照出了外衣下面的丑恶的一切。《北京人》并没有意全力暴露封建阶级的罪恶。记得安娥在《关于〈北京人〉》中曾说：作者只看到了封建阶层被压迫没落的一方面，而不会注意到封建阶层本身的罪恶；只看到棺材被邻家暴发户抬去的悲哀，却没注意到棺材盖上奔流着农民的鲜血。这指责我觉得有些落空。因为主题原不是表现它(封建阶层)的罪恶;而只是象征它必然崩溃,和那旧躯壳中脱颖而出的新生。

我觉得曾家的院落,作者有意把它扩大到中国的全领域。是的,那个曾经"盛极一时"的大家门第,过去金雕玉砌,冠盖盈门,现在却梁柱失色,金粉剥落,有的屋顶露了水,有的土墙快要倒坍,这不正是过去"地大物博"后来弄得"疮痍满目"的中国吗?我们试一翻开历史,看到那些光荣的记录,便立刻会联想到如曾家的府第一样,现在只剩些虚悬的匾额,已朽的梁柱了。

曾文清,这个道地的现代北京人,瘦骨稜稜,表面清俊飘逸,但却沉滞懒散,对生活厌倦失望,毫无生活之力的"生命的空壳",正是中国不肖子孙的正牌代表。他的精神的瘫痪症,正代表着中国知识分子的通病。江泰,这种整日只想发财,每日在天上计划,在地下妥协,身为化学博士但却连肥皂也不会制的人,正代表一般剽窃虚名,大言不惭的"乏"知识分子。曾思懿这种虚伪,自私,多话,从来不知自省,满脸笑容,心里藏刀的女人,正代表着噬人自肥,投机取巧,处处计算着损人利己的败类。这一批人,正如江泰所说的,都是中国的老儿女,不肖的子孙。这一群不肖的子孙,没有活力,没有创造,有的在坐待着败亡,有的还在计算着将倒坍的宅第的产业。姓杜的邻居,那新兴的暴发户,我觉得他象征新兴的资本主义,甚或说暗指日本帝国主义。然而,这暴发的恶邻,强抢去的为什么不是房屋田产而是油漆过几十道的棺材呢?我觉得这也不是偶然的。作者已经指出这暴发户最后的归宿还是棺材。

瑞贞和愫方代表着在牢笼中关闭着的新中国儿女,他们终于掀去了身上古老的壳子,翻飞到自由的世界去了。不过,愫方太软弱,思想意义永没越出过曾家的门槛,不够作新一代的代表。瑞贞仿佛也应该写得更强毅一些,在她未出走前便烘托为和曾家礼教针锋相对的个性,使最后走出时造成一个顶点。

北京人,它象征着可怕的野力,"充沛的生命和人类日后无穷的希望"的化身。他是要爱就爱,要恨就恨,要打就打,喝鲜血,吃生肉的原始人的真正继承者,他和腐烂的士大夫文明丝毫无缘。中国要有救,必须剥除那繁文缛礼的假文明,注入这新的血液。有人批评《北京人》,说作者是希望人类退回到原始时代,这是不公平的。我们只稍注意到他是一个机器工匠假扮的,便可以明白作者的意思并非伤感的追怀已往,而是把希望寄托到未来的社会。

袁任敢刻画得很好,"北京人"不会说话,他是原始北京人和现在北京人中间的一个桥梁,也可以说他自己便是"北京人"的影子。通过他,曾家府第这黑暗的牢笼里,新一代的人才看到了一丝曙光。袁圆所代表的,自然是一个天真无邪完全赤子之心的孩童,作者写得她不仅不受礼教的丝毫影响,而且也不了解什么是世故人情。我觉得袁圆不应该一天到晚只是笑闹,对于曾家的人物生活习惯,她是应该本能的有憎恨有愤怒的。这一个在全剧中占着光明化身的角色,写得太娇养了一点,所以反衬得后面出走的场面软弱无力。

那些八月节讨棺材钱而被北京人打得落花流水的甲乙丙丁,我们也只能把他们作为压迫中国的四邻来运用思想,决定爱憎。否则,以现实剧来看,我们会反而同情那些讨棺材钱的人，而反对北京人的举动的(参看第一幕闭幕场面)。人家也有父有母，死了不过拿芦席一卷，却给他漆棺材，讨钱是应该的。

基于以上种种，我觉得《北京人》这一剧绝不仅是暴露封建家庭的没落，还是预言着古老中国的必然蜕变，曾家象征着古老的中国，曾文清，曾思懿，江泰，代表着老中国的儿女，“北京人”代表着祖先遗留下的生命的泉源，瑞贞，愫方代表着新中国的儿女，而杜家暴发户和讨棺材钱的甲乙丙丁，则是象征环绕着老中国的恶邻。

原始的北京人，四十万年前人类的祖先，是喝鲜血，吃生肉，不怕死也不怕生，没有礼教束缚，没有文明捆绑，任风吹雨打的“自然人”。而现在的北京人，却是下棋，品茗，画画，玩鸟，心懒，骨懒，灵魂发霉的瘫痪症患者；而且这文明还在被人推崇，要把所有的人蛀食成为“生命的空壳”。这是人类的退化，要中国有救，须首先把“北京人”的灵魂复苏，大家走出已经腐烂了无数人的北京士大夫文明所围着的死城。

四十万年前的北京人，曾文清所代表的北京人，机器工匠结为一体的北京人，这是人类的三个时期。接起来是一条巨大虹形桥。他从人类的洪荒时期，通过现在，一直通到人类遥远的未来。这样画幅太大，上面浮动的人，事，物，当然不容易安排，同时也不容易每一个给他们下明确的注脚。我以上的话，也不过是“以管窥豹，仅见一斑”而已。

原载《大公报(天津)》1942年12月5日

# 《北京人》中二三人物的去向

挺　亚

曹禺先生的《北京人》得到教育部学术奖金以后，许多严峻的批评都接着产生了。其实我们要明了一个作品，要认识一个作家，必须从他的发展过程去看。自《雷雨》到《北京人》曹禺无疑地是进步的。《雷雨》里作者萌芽了反抗封建的根，但是命运色彩太浓重。《日出》表示作者接近广大社会的人群。《原野》里作者表现他的强烈的爱和憎，他的善恶是非感。在《蜕变》里作者写出了新中国人物的生长。但是全中国的人民不都像《蜕变》里的一样，所以作者依然选择了他所最熟悉的题材，最熟悉的人物，写成了《北京人》。《北京人》虽然还是家庭的悲剧，但它已经摆脱了命运。作者指出了封建家庭不可避免的毁灭，又在毁灭中间，指出一条新的道路，让一些具有善良灵魂的人物从腐败的家庭里走出来。我们不能够过分责备作者，说他在这一方面写得不够。事实上作者自己知道得很清楚，但是他更知道不能那么写，因为那么写了就会失败。他自己发展的路程限制了他，不让他走得太快。我们能够从《草原故事》的浪漫色彩，来决定高尔基吗？但是没有《草原故事》时代的高尔基，恐怕也不会有后期的高尔基吧。有人说："曹禺受西洋戏剧个人主义的影响太深，把个人的命运看得太重。"或许这就是他的缺点。但是要让他自然地摆脱这种影响，非经过时间的历练不可。自《雷雨》到《北京人》他已经给我们一个证明。那么，自《北京人》以后，他的发展又有谁可以限定？《北京人》的内容没有包含更大的社会意义，就是因为作者对于广大的人群认识还不够，并不是他忽略了广大的人群。这种谨慎严肃不肯滥造的精神，使我们相信在不久的将来，曹禺先生一定会送出一部更伟大更有意义的作品来。

无疑地，作者想在《北京人》里写出两种人的命运。一种是曾皓曾文清这些没落者的命运，一种是瑞贞愫方这些新生者的命运，从而指出新和旧的社会的命运。可是作者没把他的人物和社会上更大的人群联系起来，所以他所能做到的，不过暗示而已。当我们看到曾家的悲惨命运的时候，我们不禁为它感叹甚至悲泣，因为这些人跟我们的关系太密切了。他们好像都是我们自己的亲人，他们的悲剧也好像是我们自己的悲剧。可是对于那些新生者，他们的挣扎，他们的前途，的确，作者写得很模糊。这作者所寄托希望的一代，瑞贞和愫方到底走到哪里去呢？

细心的读者一定不会忘记有这么几段：

> 瑞：我要走了，我已经等了两年了。
>
> 愫：你上哪里去？

瑞：我那女朋友告诉我，有这么一个地方，那里——

瑞：你看完了我给你的书了么？

愫：看了。

瑞：说的对不对？

愫：对的。

瑞：那你为什么不跟我们一道走呢？

圆：我父亲问你同你的朋友们行李收拾好了没有？

瑞：收拾好了。

圆：他说只能送你们一半路，还问——

可见她们的出走，是由“书”“朋友”和“这么一个地方”决定的。但是什么书？什么朋友？什么地方？读者们自己想想吧。

再看看作者给她们的描写：

“……同时在这夜晚，曾家也有的人，暗地在房里忙着收拾自己的行李，流着眼泪又怀着喜悦，抱着哀痛的心肠或光明的希望，追惜着过去，憧憬着未来，这又是属于明日的‘北京人’的事和在棺材里打滚的人们（指曾家和杜家）不相干的。”

当北京人以工人的姿态出现于舞台的时候：

北：“我——们——打——开”，“跟——我——来。”

瑞：你在前面走，我们跟着来。

在这里，我们可以看到作者用心的苦。在这简短有力的几句话里，他告诉了我们这新时代的动向了。

作者搬出一个四五十万年前原始共产社会人类的北京人，一面和现在的人类作一个对照，一面来象征着人类的将来和希望。

从袁博士的嘴，他说出了那时候的人“要爱就爱，要恨就恨，要哭就哭，要喊就喊，不怕死，也不怕生。他们整年尽着自己的性情，自由地活着。没有礼教来拘束，没有文明来捆绑，没有虚伪，没有欺诈，没有阴险，没有陷害，没有矛盾，也没有苦恼……没有现在这么多人吃人的文明……”。他又从江泰的嘴说出现在的人“……成天就知道叹气，做梦，忍耐，苦恼，懒，懒，懒得动也不动，爱不敢爱，恨不敢恨，哭不敢哭，喊不敢喊……”。一边是“一拳头能打死一百人”的老虎，一边是胆小懦弱的小耗子，怪不得袁博士因研究人类的历史，嘲笑着人类何以变得这般堕落了。

人类曾经有过一个“北京人”的时代，将来一定还有一个新的“北京人”的时代。这新的“北京人”的时代和旧的“北京人”的时代并不相同；不过它可以吸收旧时代的某些精神而作了向前发展的基础。作者决不是很简单地叫我们恢复原始生活，因为我们将来的生活，决不能够像原始时代的那样野蛮和简单。几十万年来人类文化的精华，科学的进步，我们不愿意，也不能够抛弃掉。当有一天，新的时代已经到来，人类也继承了原始生活的精神，那个时候，几十万年来，历史的结晶不但不会因此而毁灭，而且会更灿烂更光辉的发扬起来。作者在这里寄托了他对人类的热爱和希望。

在戏里，作者倒让读者糊涂起来了。他把北京人写得那么模糊，仿佛他只是巨大和野蛮而已。本来是主要的人物，现在倒变成穿插，而他的举动也不过是加强一点戏剧的效果。他在舞台上出现三次。第一次代曾家打讨债的人，似乎有点胡闹。第二次抱曾皓到医院去，也根本不需要他。只有第三次，他穿着工衣；本来是个哑巴的现在也开了口，好像正是需要他来讲话的时候一样；还打开铁门，带领愫方和瑞贞出去。这里作者的蓄意虽然很深，但是我们看来，一切只觉得是个奇迹罢了吧。

其次，袁家人的生活，也是如此。曾家人给我们的印象是活生生的有血有肉的人物；而袁家人不但在我们的经验上找不到，而且从作者所给他们的描写上，也只觉得新鲜，胡闹最多也不过可爱罢了。然而作者本来不是在写袁家的生活，他不过把袁家来和曾家作一个更有力的比较和对照，使我们更能感受到封建家庭里人性的堕落。所以袁博士，袁圆和北京人都不过是曾家故事发展的陪衬，象征着瑞贞愫方憧憬的生活，而这生活的内容，作者现在还不想，也还不能够把它写下来。

除外，作者还利用棺材来譬喻死亡，塌墙来譬喻整个阶层的崩溃，杜家的暴发户暗示新兴资产阶级，小柱儿的扮装"小北京人"暗示新农民阶级……从这许多富于戏剧性的表现上，我们应该更能够明了作者的意思吧。

所以，《北京人》不仅仅是一曲旧时代的挽歌，它也是一篇新时代的赞颂。——而这新时代的人物，已经在慢慢地成长了。

原载《文学评论》1943 年第 1 卷第 1 期

看不清的，因为他想着自己，怜悯自己，“自私”已使他对其余模糊不清。

我演曾皓时，虽已夸张出“自私”的心理，但是演得突出，叫观众同情的成分，也是不可忽略的。例如第二幕中老人手指抖动再向儿子跪下的一场，第三幕第一场叙述敬德公创业维艰，并对思懿说：“……大家住在一起也没有几天了。……叫他们把那寿木抬走，先，先留下我们这所房子吧！”这段剧词是用凄惨的音调念出，而使观众同情。第三幕第二场愫方出走之前，我更利用低沉颤抖的音调支持身体而又无力的动作，来换取观众的怜悯。

因为时间匆促，只能将我演曾皓一角的感想约略写一点，实在不称其为东西，我该告罪的是我还年青，需要不断的学习，和观众的不断的指教。

原载《杂志》1943年第12卷第11期

# 论《北京人》

杨　丹

## 一

用沉郁的“雷雨”的轰响，用辉煌的“日出”时的光和热，用迷惑人的“原野”里的野性的力，思想家曹禺和诗人曹禺，在我们心灵里描绘了无数幅悲壮的构图，而呈现在舞台上的，便是我们熟悉而深知的面孔和人性，他们甚至代替了我们在生活，在挣扎，在哭泣，在死亡。这是作者用超越的天才和辛酸的经历所开拓的天地，在那里，我们疲倦的生命得到同情和安慰，我们底灵魂因此向远方飞扬。

可是，人底努力为何总被自然的暴虐所屈服？命运难道会永远统辖着人类底意志和行为？理想也只能像雨后横挂在西天的彩虹，作者却终不能给我们搭一座从现实的地上直通到天空去的梯子。

于是希望便仿佛蒲公英的果实，驾着轻便的降落伞，却没有把握保证一定会落到肥沃的土壤上去。

随同着“雷雨”，周冲带着天真的梦夭折了，鲁大海不知下落。“日出”时，陈白露凄惨的死，将工人劳动的歌声衬托得分外迷惘。作者也企图叫愤怒的仇虎扯断命运的铁镣，却不料最后弹尽力竭，还是自杀在他所热爱的“原野”上，但聪明的作者在这里就埋伏了一根否定命运的导线，他叫金子从森林里逃脱。

金子腹内的胎儿，是一颗复仇的种子。仇虎远方的弟兄，是一群绝对摧毁不了的势力；我们固然怀疑那黄金铺地的地方，是个没有依据的杜撰，但未来的信念却支持着我们焦虑的心，不至于因周遭的失望而颓丧，甚至悲观。

从这里，作者便更向复杂的社会跨进一步，寻找人的去向，诊断出现实的症结，写出了极应我们注意的《北京人》。

## 二

应该惊讶的是，《北京人》的作者曹禺在三百四十九页的一本剧里，能够用他无比灵活的技巧和深隐的沉思，压缩并提炼了人类四百余万年的历史。

艺术在客观上是事实忠实的反映，但必须通过作者主观的思想，然后作品才能有它伟大的启示；无论文学，绘画，音乐，如果失去了内涵的意义，便仿佛蜡塑的玫瑰，或离开灵魂的尸骸，在形式上不管怎样完整无缺，但我们需要的是真实的生命。

因此，莎士比亚在他雄浑的诗篇里表明他对生活的态度；托尔斯太伯爵便用冗长的说教，阐明他底哲学；高尔基和巴尔扎克在污秽的生活里，写出倔强的英雄；而卡泰耶夫和萧洛霍夫则可以任情歌颂幸福的制度；但作为一个中国剧作家的曹禺，因舞台的限制和中国检查官特有的威权，不能，也不容许他创造大胆的叛徒，代他发言，或代他揭示真理。

明白了一个作家的时代和环境，然后才能理解他底作品形式和内容，博学的批评家普列哈诺夫忽视了这个因素，以致否认了普式庚革命的战斗和功绩。中国的批评家们要求曹禺更写得真实，是可喜的；但要他放弃了战略变愚蠢些，却是个不容辩驳的错误。

曹禺在《雷雨》出版以后，他底勇敢和直率便受到很大的侮辱和损害，因此他只能在《原野》里让仇虎的体型和性格充沛着劳动人民特有的力和美，在《日出》里作者用明亮的阳光和工人的歌声谱成一首和谐灿烂的乐章，希望读者或观众在那里得到新生的共鸣；但因为中国文化的落伍，所收的效果却只是愉快或恐怖的陶醉，并没有满足作者所期望的收获。

在处理《北京人》这个庞大的题材时，作者慷慨地割弃掉他底朦胧暗示的手法，给我们面前制造了一个有血肉的立体的北京人，这是作者一个大胆的尝试，是一条沟通了艺术和科学两大领域的运河。

很明显的，由学者袁任敢的说明，北京人是人类原始的祖先，作者用他对比着苦闷而黑暗的现实：

> 里面袁任敢沉重的声音，这是人类的祖先，这也是人类的希望。那时候的人要爱就爱，要恨就恨，要哭就哭，要喊就喊，不怕死，也不怕生。……
>
> ——二幕·一六六页

可是如果我们非难作者，说他讴歌反动的复古运动，要求人类回到野蛮无知的古代，那是不公的，因为当北京人卸了装，用工人的姿态出现时，作者便给我们预示着一个未来社会形态的概念：

> 门后屹然立着小山一般的北京人，他现在穿着一件染满机器上油泥的帆布工服，铁黑的脸，钢轴似的胳膊，宽大的手里握着一钢钳子……
>
> ——三幕·二景

由染满机器上油泥的工服，由手里握着的钢钳子，我们便知作者多么地强调着劳动底价值和意义，并且多么渴望物质文明高度的发展。《北京人》里的北京人，不是虚无的对人类蒙昧时代的憧憬，而是代表着人类由初民社会通达到大同世界的全部历程的美丽的两极。

远古北京人不羁的生活引起我们内心憎恨的痉挛，使我仇视封锁了我们自由的暴力。明日的北京人才是我们底理想，那理想，领导我们前进。

所以瑞贞跟随着北京人走出了同坟墓一样的曾家的门：

> 北京人　（徐徐举起拳头，出人意外，一字一字，粗重而有力地）我——们——打——开！
>
> 瑞　（吃一惊）你，你——

北京人 （坦直可亲地笑着）跟——我——来！

哑巴在这里忽然说话，似乎是不能令人置信的传奇，但学者袁任敢初次给我们介绍这个优良的工人时，那时他是化装好了的北京人，充当着将被临摹的模特儿，袁任敢说他不会说话，应当是有意的。

而从曾家走出时的北京人却恢复了现代人底真面目，是一个修理卡车的工人，说话当然是他底一种本能。但作者如果再早些给读者或观众间接介绍，说他是沉默得像《被垦的处女地》里农民代米德似的人物，那样便不至于妨害了戏剧整个情绪发展的庄严和统一。

从披兽皮到穿工服，从无声的沉默到有力的发言，从野得可怕到蔼然可亲，在舞台上这是个迅速的跃进，而其时间观念的本使，却包括着从远古到未来，从无知到科学，从个人到集体的人类严肃的历史。

从人类自由的过去到人类光明的未来，其间有一段最黑暗悲惨的时代，人类在其间痛苦地跋涉着，失望地呼号着，有的用慈悲的心肠互助，有的用忌嫉的眼睛仇视，时代的风暴冲洗着，激荡着，新的健康的一代坚强地站立起来，旧的懦弱的一代便被无情的浪潮淹毙。《北京人》里的曾家，从中秋节到秋末的深夜，虽仅为时一月，却扮演了这个时代中最形象的一段故事，苟延残喘的曾皓和服毒自尽的文清是现实忍痛献给历史的祭品，瑞贞和愫方则是两个敢于向生活挑战的斗士。

我们不须追溯或推敲这故事发生的年代，从曾家小花厅考究的陈设与布置，作者便给我们眼前展开了一片封建制度末期的场面，"暗淡失色的梁柱上的金粉"以及"天花板上脱落的藻饰"，便勾画出贵族之家没落期的轮廓。而瑞贞和愫方跟随袁家走向的未来，正是那修理卡车的工人所生活的世界，也正是人民所渴望的崭新的世纪。

## 三

"海内存知己，天涯若比邻。"

为何作者用王勃这两句诗作他底题解？

假若我们解剖并思考《北京人》在空间的阔度上的含义，我们便不难发现这是一幅古中国的缩影，包杂了中国广袤的面积和现状下所有的阶层。

黑格尔曾用大家专制度解释中国满清以前的社会组织，而曹禺则将中国现实社会的复杂问题，嵌镌在家庭形式的朽木上，让我们浏览，并提供出解决的方法和途径。

我们听见了曾家底人底垂死的呻吟，我们闻到了曾家底人底糜烂的气息，这是士大夫文化将被攻陷的最后一个堡垒。

自私老迈以获道者自居的曾皓，被古典文化吞噬了活力的曾文清，贪财的思懿，弱小的曾霆，落魄官僚江泰，被人夺去了自由的愫方，前进的知识分子瑞贞，来自田间的陈奶妈和她底孙儿，不但每一个人都带着各阶级典型的特色，而他们间相互的关系还微妙地向我们默示整个制度内部的冲突的根源，说明历史法则怎样促使他们没落崩溃。

我们从曾家看不见有光有热的漂亮的白昼，似乎他们都拖着丧魂失魄的影子，像一群在黄昏中走动的幽灵，一直走向死亡的深谷。这不是命运在作祟，而是人类社会新陈代谢的定律。

所以最后连曾皓最疼爱的棺木也被横暴的杜家抬走了，曾皓整天欣赏着，摩擦着这棺木，那也是他精神底寄托和主宰；如果我们研究棺木制成的年代和油漆，并沿曹禺出版《北京人》的时间向上推算，便会知道它象征着什么无用的机构。抢抬了棺木的杜家是开纱厂的暴发户，也可以说是工商业发达的资本主义制度。

曾家结束了他们挣扎复活的企图，但瑞贞却孕育着更小的一代。随着袁家和北京人，走向新生的群众和远方，那里没有繁文缛节的虚伪，岁月也不容许人们虚度。

倘若说曾家人底生活是大风雨前的黑云，那么，袁家父女底心情便是像湖水一样澄清的蓝天，他们底生活涂满了色彩，弹奏着响亮的声音，是两个不戴假面具的生气勃勃的活人。

但是，我们觉得这好像是作者用智识的原料，倾入自己幻想的模子，而铸成的虚构，同我们底生活有太远的距离，不能充分代表中国一部分进步的力量。作为纯美的憧憬则可，作为人类生活的楷模，则嫌其过度单纯，并且也抵触了社会发展的原则。

像袁圆那样“正哭得伤心，转眼又开怀大笑，笑得高兴时面颊上又挂起了笑的泪珠”的小姐，实在天真得近乎无知，廿世纪是科学的集体的世纪，没有工作的智识和能力，不但不会战斗，并且也很难生活。

而袁任敢也只作了观众或读者认识北京人的媒介，却没有给我们表白未来社会的趋势，没有给我们指示向生活战斗的战略和战术，并且个性也显得简单模糊，没有明确的凸起的浮雕。

## 四

在写《日出》时，曹禺就感到“人心未必今不如古，堕落到若何田地，症结还归到整个制度的窳败”。于是作者以往所坚持的天人对立的观念，在写《北京人》时便起了一个巨大的转捩，在舞台后面操纵整个角色命运的，已不是那个庞大无比的自然，而是人类自己组成的社会。从人与自然的争执，转变到人与人的争执，这是作者一个最明显而且最有价值的进步。

一直到完成了《北京人》，曹禺才摆脱掉悲剧的公式，第三幕第二景收场的时候，正是全剧中矛盾冲突的最高潮，但作者就在这里作了结束，这正和嚣俄挣开古典主义的桎梏，奥尼尔抛弃三一律的成规，有同样革命的意义。作者并没有在剧本里确定曾皓，思懿，江泰，曾霆等人的生死，但我们仿佛已经预知到他们底下落，正同我们看见一匹无力的苍蝇黏在蛛网上一样。

愫方从曾家的出走，不但是作者对宿命论彻底的推翻，而在文学思想史上，也吻合着新写实主义的精神。

如果是托尔斯太或妥斯退赤夫斯基处理愫方底命运，他们一定会让她死在曾皓的身边，因为善良，卑微，自我牺牲原是人道主义的本色，而愫方本来就是个有像宗教般虔诚和宽容的女子，她爱人，但不要求报答，这是基督底爱。

像哥多林前书里所说的:“爱是恒久忍耐,又有恩慈,爱是不嫉妒……”

但这种爱是天国底花朵,在人间便会凋落,而愫方热爱自己底生命,必须在人间活着,因此她不能为文清那点空灵的爱而死在曾家。她不像那用眼泪装饰生命的索尼亚,也没有作为进“窄门”而戴着紫水晶十字架逝去的阿丽莎,而奋勇地当了为大众的幸福去苦斗的巾帼战士。

在这里,善良的人性才由弱变强,由自私变博爱,由绝缘的个人走向发大的群体,正像一株从山洞将头探出来的小树,阳光和风雨的营养,不久便会让贫血的叶子变得绿油油的。

多少情感的观众或读者为剧中不幸人物的际遇,而感到哀伤,可是假若让整个剧情通过我们理智的分析和思考,我们便会立刻发现:用小市民的情感为悼念那群死魂灵而流泪,是个可耻的错误。

那些悲哀的人,是新时代熔炉里淘汰了的渣滓,是旧时代蜕化下的空壳,为迎接新生的时代,便必须庆祝他们的死亡,就像我们在黑夜溃败的时候,向黎明鼓掌欢呼。

当然,生活并不曾为我们安排快乐和安适,相反地,人类在今天心灵里都满溢着不安和忧郁,但历史正像分娩的母亲,经过临盆的痛苦,才能享受母性的喜悦。

## 五

《北京人》是人类的喜剧,是诗一般质朴的二十世纪的预言。

一九四五,五,一,重抄。

原载《骆驼文丛》1946 年第 2 期

# 略论《北京人》:人性的堕落

S. T. K.

我不责备你们,责也无用。都是一群废物,一群能说会道的废物。

——曾皓(见 248)

这是人类的祖先,这也是人类的希望。那时候的人要爱就爱,要恨就恨,要哭就哭,要喊就喊,不怕死,也不怕生,他们整年尽着自己的性情,自由活泼地活着,没有礼教来拘束,没有文明来捆绑,没有虚伪,没有欺诈,没有阴险,没有陷害,没有矛盾,也没有苦恼……没有现在这么多人吃人的文明,而他们是非常快活的。

——袁任敢(见 155—156)

在《北京人》上,曹禺先生通过一个旧封建家庭没落的悲剧故事,去否定了一种旧的生活方式,同时也向我们暗示一种新的,属于未来的向上的生活样式。正如旧约所记载的一般,人类的祖先本来是生活在快活的伊甸园里,但是,自从亚当和夏娃吃了恶果之后,人类便失去了他们的伊甸,堕落在一种自私自利,一种充满矛盾,欺诈,仇恨和虚伪的罪恶生活中。而且,在这种罪恶的生活里,一串串的悲剧在不断地演出,人们被安排在一个不能逃脱的宿命中,既不知反抗,也不知道逃避,只是无可奈何地挣扎着,呻吟着——即使是呻吟,他们的声音也是非常微弱。这是一群值得同情的悲剧人物,一群时代的牺牲品。

现在,我们先来看曹禺先生所否定的生活样式,以及代表这种生活样式而纠缠于悲剧命运的人物。虽然作者有意将曾府的人物当作否定的对象,但是,作者无论如何不曾挥动鞭子去鞭策这些生活得惨淡无关的悲剧人物,即使视他们如废物,也不想责备他们,而且反而给他们各人放下一个美好而纯良的心灵和若干可爱的品格:文清的良善敦厚,愫方的娴静贞洁,文彩的婉顺,曾霆的单纯,以至于陈奶妈的忠耿,都是值得人们同情的,即使是热中名利的江泰,他那点率直的性格,也还完全没有给庸俗的生活所歪曲。这一群良善的废物,如果生活在另一种环境中,也许他们可以逃开这样的悲剧命运,但是,他们不幸而生长在这个"世代书香"的曾府里,他们便只能为了自己良善的心魂而去担当那份应有的悲剧遭遇。

出身于一个古旧的封建家庭,传统的教养无法不使他们一个个都成为废物——温存文雅知诗识礼,但是欠缺的,便是一种实际的生活能力,和一种执着顽强的意志,他们的生命是苍白的,活得像软体动物一样,他们只是摆在养心斋里的小盆栽,只是笼里驯服的家鸽,他们经不起风雨和波浪的试炼。如果,当曾府还处在隆盛的时代,那问题还不严重,因为他们虽然生活得空虚，无聊，甚至于是阴郁，但是无论如何总还可以拖完这无意义的生命。但是现在时势不同了，曾府的临近出现了新的暴发户——以开纱厂发了财的杜姓人家，他们虽然不是世代书香，他们甚至是“一点书都没有读过”，只知“仗势欺人，什么东西都以为可以拿钱买”。可是，曾府也无法不向杜家借债度日，处在这个行将破产的家庭，即使是精明能干的子孙，也不见得能够支持，何况曾府的男丁都是一群连守成都不能的废物。

就说曾文清罢，虽然是“三十六七快抱孙子的人”，但是他“从来没有出过门，连自己吃的穿的都不会料理”，他晓得的只是吟风弄月，写诗作画，养家鸽，放风筝。他生活在微小的趣味里，而丧失了生活的正当意义，像一只胆小的耗子，他不敢恨，也不敢爱，他娶了一个阴险刻毒的妇人——思懿，他不敢反抗，也不敢憎恨；他有着一个了解他的表妹——愫方，但是他不敢爱她。在礼教的拘束下，他生活得那样懦弱和痛苦，但是他又那样的苟且偷生，甚至不惜用鸦片来麻醉自己。虽然，在最后他还想作一次挣扎，他出走了，但是外面的风浪大，他是经不起的，他终于退了回来，他反问着自己：“明明晓得绝不该回来的，我为什么又回来呀！”他为什么又回来呢？因为长期的寄生生活，使“他已经不会飞了”。飞不动，回来看见又是这么一个破碎的家园，除了自杀，他又有什么出路呢？

比起文清来，愫方是更易得到我们的同情。一个孤苦无依的老姑娘，寄人篱下的生活原就够悲苦了，何况她对着是自私的曾皓和险恶的思懿，在这种阴暗的生活中，她终于遇到了文清，他们互相了解，引为知己，仿佛在惨淡的生活中，他们望见了一道微光。虽然，他们无力去反抗安排定了的命运，但是，他们还能为了这悲苦的爱情而容忍一切。特别是愫方，她这样坚贞地为了“一个梦，一个理想，一个人”而“看守他的家，他的字画，他的鸽子”；当然，将一希望放在一个人身上原是危险的，所以当文清飞不动回来时，愫方便不得不在失望之余离开了曾家，去追寻另一个“梦”。

文清的悲剧死亡，曾家的没落命运，在各人的心中引起了各种不同的反应。在思懿心中，她眼看着当前不可抢救的危机，她便只能利用她的精明能干去作顽强的挣扎，企图在整个家庭破产之下，她仍能保若干私产。至于老头子曾皓呢，他对眼前的现象感到惶惑，他无法理解，也不敢理解，他依然固执地保着家长应有的尊严，他责备着子孙的不肖和无能，但是，这有什么用处呢？杜家的债不能偿还，他老人家最后也只能在悲苦中让杜家将他的寿板抬走，他是完全绝望了。

不过，这个悲剧对年轻的一代人却是完全引起不同的反应。悲剧教育了他们，现在他们知道了旧的生活样式应该收了起来，应该到“那地方”去追求一种新的生活。曾霆的命运和他的父亲大致相同，虽然只有十七岁，但是已经做了二年的丈夫，他和他的妻子瑞贞，活像一对遭人虐待的牲畜一样，他们并没有爱情，但是，他们却被指为夫妇。但是曾霆到底是代表年青的一代，他和文清不同，他们当感到无法再共同生活下去时，他们便会写下这样的字据：“离婚人谢瑞贞曾霆，我们幼年结婚，意见不合，实难继续同居，今后二人自愿脱离夫妻。”

当然，生活在黑暗中的人自然会追求光明的信念，但是，要是没有一种新的希望，新的事物在向人招手时，即使是更大的绝望，人们也会毫无办法地苟且下去。所以，当瑞贞和曾霆怀疑起他们的生活样式时，便非有一种促使他们觉悟的助力不可。如剧本所暗示的，瑞贞的出走是由于朋友们的影响，他们指示她走向“那地方”去。但是，所谓“那地方”到底是怎样一个样子的呢？曹禺为了令我们更于容易想象出“那地方”的生活样式，他颇费苦心地在曾府搬入了一家和他们生活样式相反的人物，袁任敢和袁圆。这种对比，固然可以用来批判曾家那群庸懦无能的废物，但是主要的还是用来启发读者去想象“那地方”的情状。不过，有一点我们得注意的，作者绝不是叫我们将历史退回到原始，学“北京人”那样“天真”的生活。历史并不是循环的，而是螺旋式的上升。“那地方”不但是使堕落的人性重新得到了光彩，而且比起“北京人”的时代，是有着本质的不同。敏感的读者当然会理解这一点。也许正为了这一点，曹禺才在卷首写下“海内存知己，天涯若比邻”的诗句。

原载《华英学生》1948年第2期

# 《北京人》系列人物论*

潘 凝

## 曾皓、曾家和杜家

曾皓这个人，按他的生活经历社会地位说，他曾是一个大号的富贵公子，他的父亲敬德公的内书房是非有三品的官阶不能进入，总是一些小军机，大学士，各部尚书之类的庙堂势要，曾皓的豪华地位，于此可以想见。可是由他目前的性格形状看来，却丝毫也看不出他曾是这样一位豪华公子的痕迹。他既不属于雄才大略，志在高远，经纶歆试，延揽贤豪的一派，也不属于风度翩翩，倜傥不羁，歌舞征逐，诗酒嬉娱的一派，更不属于依恃恩荫，作威作福，纳贡敛贿，鱼肉弱小的一派，甚至根本不属于这一等级的公子之任何一个比较普遍的类型。因为，假如他曾属于这些派头的任何一派的话，他的暮年的性格形状决不会像他这样，小气，自私，猥葸，鄙陋，没有一丝毫远大的想像，嗜于求得一个弱小者的怜悯，且有些心理的变态，心上搁不住一点折磨，唯图以暂不公布银行存折的实内容来掩饰穷困，来勉强维系在家庭面前的尊严。按照这些性状说出，曾皓是一个没有见过大场面的人，活像一个刻苦成家的乡愿老读书人，雪窗萤火熬了三四十年，才得到了监举廪拔之类的功名，叠次省门，等候州监佐二的差委，但一直没有获到正印实缺，只偶尔得到过临时的扎委派遣，好歹积下了一点钱，弄了一处房子，而不久便进入了长期的赋闲时期，以致老来萎顿不堪。在人物考案上，这是有点奇怪的。

更奇怪的，是他那视如命根子的寿木。像写在剧本中的那样，这付楠木棺材已经他亲自监督着漆了二十几年，可是他看来才不过六十五岁，他开始漆那棺材的时候不过四十五岁，这在一个像他那样的豪华公子，是很难想像的。他正在壮年，如果不是深重的神经病患者，决不会好端端的就先预备他自己的棺巢墓穴；而且其时敬德公也只不过六十五岁七十岁，这在一个庙堂大老说正是当今年龄，即使已经死掉，也必定死了不久，（其时似应已进入民国，这也是史序上的差参。）家运家财都还没有没落，也没有先就预为准备棺木的必要，除非是深重的神经病患者。

实际上，曾家的家庭情况写得完全不合现实情形。因为自从敬德公去世到“戏剧”发

---

* 主标题系编者所加，小标题省略了原文中“《北京人》的人物之 X”字样。潘凝在《新新新闻晚报》上发表了关于《北京人》人物形象的六篇短评，其中《小柱儿和袁圆——〈北京人〉的人物》一篇因字迹过于模糊无法辨识未能辑录。

生之时，不是“几十年”，而是至多也不过二十年（按照他死时六十岁上下计算），并且曾家的人口是这样稀少，既没有分家，也没有显著的败家荡产的子弟，更只有一杆鸦片烟花（文清那一杆一直没有公开的——应该知道，像敬德公那样的大官所留下的家产，一般的即使有一百杆烟枪也抽不穷的）。如果没有飞灾横祸，查抄没收的巨大变故，和什么政治上经济上的一败涂地的巨大雄图，是决不会穷到现在这个样子的。可是剧文里边并没有暗示出这个破败的缘由。这完全不合实际情形，试举在史序上比曾敬德大约早三四十年的湖南曾家，安徽李家，和曾家相先后的南通张家为例，就一直到现在还是富家，或远乎没有穷到像曾皓这样。至于曾家的家庭组织情形，丝毫也不像曾敬德公那样的大官的遗族，自不消说。

这种人物性状，家产情形的考案之错误，决不仅仅是艺术形象和事实细节的考案之错误，它们是有思想来源的。而扼要的说，这种来源是有两侧面：

1. 基于已经到了封建贵族地主没落穷途而新兴资本家抬头得势的时候这样一个空洞概念，便一面尽量夸张封建遗族之日暮途穷的窘状，并以曾家为象征，一面夸张新兴资本家的暴发兴隆及其对封建遗族的压迫，并以杜家为象征。这是这个剧本的基本思绪之一。可是说到封建遗族地主之历史的存在形态之变化，变穷是一回事，没落又另是一回事，并非完全是一个问题。更重要者，对于他们的无论变穷或没落之估计，都是错误的。在历史的一般实情上，他们决没有变穷或没落得这样早，这样快，直到现在为止，他们还保有着巨大的财富，其比重决不低于资本，他们还保有巨大的势力，其阵容决不弱于资本。事情是很显然的，在直到现在为止的地主和资本家的社会的政治的关系上，不是资本家向地主采取攻势，而是地主向资本家采取攻势，不是资本家打垮了或几乎打垮了地主，而是地主们一直严重的控制着资本家的正常发展进程；充其量只是，地主们在更换着他的服装。——这一估计的错误，乃是曾杜两家的关系只能在象征上表现出来，而不能取得现实形态的最大原因。

2. 基于在没落途中，封建地主遗族人员的性格和生命力都腐朽，孱弱，猥琐无能得可怜，没有前途，犹如一群耗子，这样一个概念，便需要极力写出他们的可怜相来，需要极力夸张他们的穷苦，这也是这个剧本的基本思绪之一。可是，生活变得穷苦是一回事，性格和生命力的腐朽，孱弱，猥琐无能力又另是一回事。反之他们的性格和生命力之所以如此腐朽，孱弱，猥琐无能正是在他们那不合理的富贵生活中养成的，也就是说即使他们仍然生活得富贵阔绰，也一样有着如此这般的性格和生命形态。他们的性格和生命力形态之特点，只在于他们的生活方式生活基础之不合理性，而不在于他们的生活或者比较的兴隆富贵或者比较的没落穷戚，后者充其量只使他们的性格和生命力在同一的本质上呈现出稍有不同的形态。为了写出他们的性格之腐朽，孱弱，猥琐无能，决没有一定要把他们的生活写得那么穷戚以致违反一般的历史真实的必要。——这是曾皓和他的子孙们的性格，在环境条件下觉得不尽可信的最大原因。

然而更重要的是，曾皓和他的子孙，都写得这么可怜兮兮，大可悲悯，笔墨中带着浓厚的同情与怜惜。如果说杜家是资本家的象征，而曾家是没落地主的象征的话，那么作者所同情的是曾家，曾皓及其子孙，而非杜家和杜家用的那些人，我们看到杜家是当作一个可怖的恶魔来描写的。无疑的，曾家的人们所受到的艺术待遇，是怜惜与同情，而非憎恶，揭露和打击。这当然是文化人多大半厌恶“商贾”这一乡愿习惯的表现，但也是作者在基本上对于封建贵族地主的遗族人员持着最大的同情怜惜之念的流露。写他们穷戚是替他们呼号旧有的生活特权，写他们的无能，是替他们着急。这样就回过头来，曲曲折折促成了那些历史的和现实实情的估计之错误。

## 曾霆和瑞贞

曾霆虽然有一点像他的父亲曾文清，软弱，恪守礼教规条。但是除此以外，却一点也不像是曾皓的孙少爷和敬德公的重孙少爷。他没有作威作福的纨绔习气，和自私自利的喝血者的恶癖。只在他偶得与小柱儿和袁圆为友时，才会昙花一现的露出了憨嬉娇痴不知生活为何物的孙少爷们的本来面目（决不是野性的显现）。可是一瞬间他又变得故泰如常了。按曾霆的一般的性格，稳重老成，能够确切地考虑生活，委蛇□□□□□□□□[1]，他的行事更像一个下等劳苦人家的孩子。然而这是和环境不调和的，按照他的家庭环境说来，他的性格只可能有两种形态，如果不是浪荡，猥琐，鄙陋，尖酸，就是乖张，阴沉，胆小，沉溺于无聊的幻想之中□□□□□□□□□□□□□□□□□。

无疑的在曾霆的性格表现里边，充满着不合理的矛盾，更不可想像的是他对瑞贞的出走，以及他们夫妻之间的实际关系所取的态度。他那么开明的甚至革命的思考着他和瑞贞的夫妻关系及她的出走，宽大，镇静，无动于衷，既不融洽，则自愿退居为朋友，既愿出走，则自愿纵之去且助成之，丝毫也不为既成关系所宥，丝毫也不为礼教观念所钝，真是一个超人间的奇迹。因为这在中国目前，是几乎连那最有开明思想的进步知识分子也办不到的，可是曾霆却没有生活上的锻炼也没有思想上的准备。这除了要在秏子里边找出崭新的伟大人格来的主观要求，和力图造出一个担负某种概念的象征来以外，只不过是一个空虚的影子而已。

瑞贞自然也只是一个空虚的影子，这在本质上和曾霆一模样，她的性格设定上的更大的缺陷是，她的早期的生活环境更加无法考察，她的性格之比较有情可原的地方是，她的思想的来源曾经被提到。而她以一个异姓人嫁入曾家，既不得欢于婆婆，又和丈夫没有所谓爱情，有些可能一般的厌恶曾家的生活，而渐达出走的决意。然而她的出走，并没多少合理的根据，她的一贯的性格和处事作风决不容许她达到采取出走的措施，她的婆婆对她实在并非虐待，仅只不过婆媳之间的恒见的不睦，她的丈夫既没有虐待她，她也没有和她的丈夫闹到不可共处的地步，仅只是没有所谓的爱情，甚至还有着淡淡如水的友谊。她的出走没有任何理由。而一般说来，这普遍生活中媳妇之观念，是从来不探取她所采取的那种方式的。她们如果不是拖泥带水的忍受下去，便是捲逃私奔和赌气大归。在这里，除了

① 编者注：原刊中模糊难辨的字迹用□代替。

要在秏子群中找出伟大人格来的企图，和力图造成一个担负某种观念的傀儡以外，也没有别的。

因此，在事实上就完全失掉了进一步研究她的出走的方向和归宿这个滥调化了的公式问题的必要。值得考察的是如下的两点：第一，归根结底说来，瑞贞的出走是因为爱情没有得到满足，这好像说，在这种家庭中，爱情的不满足常会推动他们的成员走向新生的道路，但在一般的史实上并非如此，爱情的不满足之于他们或她们通常仅只使得男的娶太太嫖娼，使得女的奸通和私逃而已，而爱情之本身也通常并不会有使人们滑向新生之路的性能。第二，瑞贞的出走造成了这样一种印象，即没落的封建家族之崩溃，是以在火燎中生出新生的凤凰，在胎盘中产出新的人物来达到它的归结的。可是在一般的史实上，只有极少量接受新文化、维新生活传统的封建家族才偶成如此，然而曾家并非这样的家族。按照通常情形，它只会使它的成员变成流氓，匪徒，帮闲，刀笔吏，乞丐及其他各类的人渣。

一般说，秏子只能产下秏子。

## 曾文清和江泰

在艺术形象上，敬德公的孙少爷曾文清，凄艳得如像一朵在降了霜后的凛冬初开在坟墓废墟中的孤独的小花。

善良，宽厚，淡泊，富有才情；文秀，清虚，雅洁，饶有趣致。琴棋诗画是他的心的伴侣，一杯清茶，一口鸦片，是他的感官上的享受；听天由命，没有任何欲求，安分守己，没有一丝毫骄奢淫逸的纨绔劣习与作威作福的恶霸劣性。他不想迫害、摧残、干扰任何别人，他连一个蚂蚁也不肯践踏，乃至对于下层阶级的人也一视同仁，没有一点孙少爷架子。他孤独的，寂寞的，凄楚的生活着，踽踪于数步见方的小小的空间之中，好像一头秋末晚孵而没有老母鸡来领头的小鸡雏；他的肉体和精神都是脆弱的衰残的，病废的，禁不住一片雪花，一个雨点，一丝西风，乃至一线少许炎热的阳光，他永在奄奄待毙的忍受着一切，不能再作任何方式的飞腾。他的生命中的唯一残余的火星，只剩了那在心里积了二十年一直没有得到满足的对于愫方小姐的爱情。

所有这一切，看来都是很可爱很招人怜惜的，但不管怎样，终不免是一块值不得同情的死肉腐尸。因为他的这一切无论对他自己或对别人，都没有任何价值。

他的妹夫江泰，想当然也是一位少爷或孙少爷，但和曾文清的为人大异其趣，他好像是一条还有若干精力，但已经生了遍身病疮的洋狗。

他是一个浑人型的无知大少。他还想升官，还想发财，还想享受世俗的显赫，还日夜悬思着飞腾的方策，然而到头来失败落空，什么事也弄不成；他的情趣是粗鲁的，低级的，但他似乎还有一颗善良的心，有时他还会仗义执言，说出他所望见的正义和真实，有时他还憎厌他自己的行径，并痛切的忏悔着。然而他捉不定他自己的立场，摸不着一贯的作法，他酗酒，他的性情的表现反覆无常，时而和平清明得像雨过天晴，时而汹涌激荡得像粪坑中的蛆虫，时而笑，时而歌，时而被自己的幻想弄得乐观起来，好像马上就有办法，并继之以吹牛，更用吹牛陶醉自己，时而被自己的悲哀弄得他栖息沮丧，随即自暴自弃，一任感

官的颓唐，并用颓唐来麻醉自己。他好像是一个疯人，一个醉人在他栖息的□□挣扎着，但他也已经被缚得死定了，他被他的草包和无能束缚着，再也没有希望了。

所有这些，看来也颇有值得爱怜的地方，但是实在也不值得同情的，正如曾文清一样，如果说曾文清是一块已经死定了的，冷僵了的，冻结了的死肉腐尸的话，那么，江泰也不过是一块刚刚砍掉了脑壳还在反射他的痉挛着的，却早已腐烂得冒出毒气瓦斯来的尸身。

要想从这里边寻出什么善良与善美的“人性”来，实在等于要想从粪堆里捡出明珠。对于他们，我们应该更无容赦的化验出他们的“死机”。

当作正在死亡着的少爷人格之一类型，曾文清不止于是这样的一个人，在实际上，不管他自觉与否，他是用着一种比较文秀的乃至近似艺术审美的方式来喝血的，纵使他的翅膀还能够飞翔，也终于不免只是一只在人民的被虎狼吃剩了的血肉上飞翔着的，孱弱的老鸽；反之如果我们能够逼近的观察日常生活的话，我们还会看见，他不仅已经不能接受任何新的生活方式和思想，甚至是敌视它们，在这一点上，他对曾霆，瑞贞，陈奶妈，袁圆诸人所发现的那么开□□□□□□□□□□□他的可怜兮兮的文弱相和善良相。在客观上只是他的勉强维系其喝血生活的无赖手段。如果我们在他身上不看到这一方面，实际上是受了无原则的“人性”陋念与巧妙的伪装幻像之欺蒙。

同样，当作正在死亡着的少爷人格之一类型，江泰也不只是那样的一个人。他的恶棍风，青皮风，无赖风的落魄少爷相，是一目了然的。他之所以自暴自弃的颓唐迷乱，都只因为他已经失掉了他的喝血的特权和座位，他那一切疯狂想象之实质，无非就是恢复他昔日的喝血的特权和座位，由此可以想见，假使他真的还有“能力”飞腾起来的话，他将依照一贯的方式当作一个喝血者骄奢淫逸作威作福，凭着恶势力去横行霸道，鱼肉良善的人民。他所用以达到他的狂想的手段，或他所用以再度“飞翔”起来的方略，也可以看得出来的：依靠本有的封建关系，钻营奔竞，拍马吹牛，招摇撞骗，阴谋诡计，讹赖，等等就是。他那些表面上的“人性”，“正义感”，客观上只不过是一种作派，一种口头禅，一种习惯了的应付人事并抬高自己的姿态罢了。如其在他身上看不到这一方面，就不计算到了他的真实。

无疑的，这是两头耗子。

## 思懿和曾文彩

思懿的形象给人们这样一种印象，她是祸水，她是恶魔，曾家的破落和陷入如此惨痛的悲剧和穷窘困厄，即使不应由她担负全责，也应该由她负一大部分责任。因为她虽然并未骄奢淫逸放浪家规败坏门风，可是她那么险诈、阴狠、毒辣、挑拨是非、不能容人、欺凌弱小、奴役□□、把揽家务、觊觎财产，故意牵连老爷子，断送他视为命根子的寿木，以及诸如此类，等等。

这真宛如一篇女人祸水论，但是除了她的性格形象之自身确实够得上一个人物而外，对于她的实际的生活环境显然是不合适的，因为这普通只是一个小家碧玉或出了头的媳妇升起来的少奶奶，绝不是像她的出身那样的大家闺秀一般的常情。封建地主家庭的没落，但就其日渐于穷戚窘困而言，也决不是由那里边的女性整垮的，一般的，应该负较大的责任的，是它的男性成员，这在事实上有着无尽的例证。曾思懿的形象，只不过是日趋没落的地主，在怨天尤人的心境中，把罪过推到女性身上去的一贯论调之形象化而已。更有趣的是这样一种对照，在曾家，除了瑞贞一人而外，所有一切曾姓男系人员，曾皓、曾文清、曾文彩，曾霆，乃至曾姓的表亲愫方，都是大质上的好人，都被同情的描写着；独那外姓嫁了来的，做媳妇兼做婆婆的思懿一人，是彻头彻尾的坏人，是被毫无同情之意的描写着的人物。这是很值得吟味的一件事，这除了在艺术考案（关于人物，关于情节，关于结构）的主观上，也许有其事实上的需要以外，不能不是那种在婚姻关系上处于男系家族中的人，所惯有的敌视媳妇的陋念之流露。这个陋念是如此顽强，以致稍有不慎就不自觉的沾染上它。

思懿的在操持家务上的颇有实事求是的作风，是被上述的两种陋念相伴生所惯有的不事生产的恶习排斥着。但是这种作风，实在是思懿的基本特点，而这个特点的发展和性能是有两个可能：其一，如其蛮横无理唯利是图的恶化下去，她将变成一个现代的王熙凤，和中国的郝思嘉，如其正常合适不过分盘剥别人，她可能是一个良善的主妇，没落家族的中流砥柱，使得曾家过一种平安温饱生活，虽然这既不算是历史的功绩，也不足以挽救封建家族之历史的没落命运。但这在她那环境中却是一种正常的道路，特别是前一种可能，由于这个可能，她将使得曾家由一个典型的封建的家族，变成一个资本化、商贾化的封建家族，如同中国史实上大多数封建家族所常走着的主要道路那样。

反之像曾文彩，才是随着封建家族的没落一同走入坟墓的典型人型之一。她诚然是一个不知作恶为何事的好人，但她同样也是一个愚蠢的、无能的、无知的、软弱的、不明任何事理的娃娃，她是在封建地主所喝着的那一摊血中，泡出来的典型脓肉之一，她有一副好像很憨善很人道的心肠，但是她只是一个躯壳，通头到尾没有一点生机，没有一丝毫向任何方向发展以便变更其处境现况的可能，她是已经死了的，已经在封建家族史的人格新陈代谢史中排泄出去了的残渣。如果同情她，那就无异于眼泪鼻涕的凭吊着一块死尸。

倘若在创造人物的时候，想对他们或她们赋予以历史的和人格史的意义，即抽象的，陈旧的善恶观念，绝非必要的和有效的准绳。首先必要的是，符合他和她的典型的生活环境和典型的历史发展方向，其次就得在准确估计了发展方向的新与旧，有前途与无前途之后，再细密估计它们是否有任何发展的可能。与其同情那纯粹的死尸，倒不如同情那还有发展可能的。

## 老处女愫方

老处女愫方的值得同情的地方，在于她是一个孤儿，一个丧失者，一株寄生在别人的房檐底下的小草，她的生活经历与处境，在外像上近乎一个贫苦的孤儿；虽然这一切只存在于她的个人的、人事的、亲娅的关系上边，而不存在于她所属的社会的经济关系上边的。

她从小就养在她的姨丈曾皓恩怀下边，一直生长到三十岁，她吃曾家的、喝曾家的，住曾家的、穿曾家的，终至于变成曾家的附员，在曾家人的手和眼的下边，过她的生活。结果她就养成了这样一副招人怜爱与同情的性格：温柔，体贴，细致，宽大，谅恕，含辛茹苦，有泪咽下肚里，逆来顺受，恪守一切封建家族中的仪节、礼法、教条，退让，内省，不敢多言多动，不肯奢求，不得罪人，善于伺候别人，为别人服务，窥伺别人的脸色，甘于为了别人牺牲自己，让自己走下地狱，为了伺候她的姨父，安慰他的晚年，她甚至牺牲了全部的青春和婚姻的权利（这当然也有别的原因），并在这样的牺牲途中忍着欺凌而毫无怨言。

一个圣贞女也不过是如此。但是如果认为，这便是出于崩溃没落着的封建地主家庭之灰烬里面新生出来的凤凰，或者还以为这便是足以创造出新的人格的若干质素，却都是绝大的错误。因为她的性格的可怜可爱，只在于它们属于现如今乡愿们的性格理想之一，只是它们尚还不可直接的伤害到别人（这也值得考虑）。她那些美德是没有任何实际价值的。正如瑞贞借了听来的理论所作的批评，为什么仅为一二个人服务仅为一个人牺牲，而不为大多数人服务为大多数人牺牲？问题还不在此，重要的问题是在于，她所为之服务牺牲的人，乃是“变残废了的，变了装去喝血寄生的妖魔小丑”。应该知道，她的牺牲和服务之积极的目的或性能，不外是如下两点：出于她的牺牲和服务，或者使得那些妖魔小丑得以保持现状，持续其生活和存在，那时候，他们就会仍然小量的喝着血，拖泥带水的一直发散它那腐化作用和臭气；或者，使得那些妖魔小丑在她的哺养抚爱之下恢复了“元气”重新壮大凶猛起来，那时候，他们便会一仍其旧的或变本加厉的用种种变了的或不变的方式去为非作歹，鱼肉良善的人民。这是二必居其一的，虽然未必就一定能够实现，但假若实现出来的话，却只会是一罪过。因此，她的牺牲和服务之本身，便是一种反动，一种罪过，就此而论，她的性格不值得任何同情。

在其人格的要点上，愫方是一名伺候妖魔小丑的奴隶，是一个奴才。而如果就她自身的忍让而论，她不有点冤枉的话，那也活该。认真考察起来，她之所以甘愿那样去牺牲，那样忍受着苦痛为人服务，未必就是出于仁慈或其他什么“为他”的胸怀；使得她噢住苦果不肯放口的，主要的只是她那一点幽禁着，一点没有满足，没有实现的爱情。充分人间味的追究起来，她之所以到了最不能忍受的境地还不肯离开曾家，在客观上，只不过是为了等着万一思懿得个急病死了，她好顶替那个位置，或是虽然不能名正言顺，只要能守着看一看，只要能在文清和思懿之间混绊下去，也就聊胜无而已。如果不是这样，她大概早已走了，或如果不是礼教与脸面有关，她大概也会接受思懿的嘲弄性提议，就了文清的□□。由此可以知道，她之所以那样甘于牺牲服务，只是为了这样一点私心的爱情，只是基于一种心理的变态。而这种爱情之本身，既不新类，也没有社会价值，以及文清之没有丝毫值得如此这般的恋之以爱的地方，就更不需要论究了。

总之，由于她的奴才性格，她也已经不能进行任何斗争和任何挣扎，只能作为一块死肉搁在几砧上等着屠刀的劓割。试如，就她有着曾家这样一家曾经“盛极一时”的亲戚而论，她也一定另外拥有一些足以扶助她的戚友；就她自己还有一些存款而论，她也还可以在一个过渡期间自己支撑生活；就她既不病残，也无嗜好，而且通文墨书画而论，她并非不可能找到自食其力的机会。这一切都给了她离开曾家的可能和条件，可是，她不知道也不肯加以利用进行她的为人格独立为跳出苦海进行她的挣扎和斗争，甚至当文清和瑞贞约她出走时，她都加以拒绝，虽然她早已显然的厌恶了曾家的生活。这当然也是由于她溺在那隐恋中无法自拔，但也由此足以证明，她已经完全失掉了斗争挣扎的能力和前途。她经受了孤苦生活的教育和磨炼，到底还归属于地主小姐的一型。这真是黄鼠狼子降老鼠，一代不如一代。比起她的性格祖先林黛玉来，她又堕落了许多。

她比林黛玉更□的一点性格，是最值得厌恶的：她在牺牲的痛苦折磨中，变态的得到了幸福和精神上的享乐，如像杜斯托也夫斯基所歌颂的那样，认为折磨中的痛苦之享乐，便是“人性”之最崇高最圣洁的境界，这无异就是说：人们应该忍受禽兽们的摧残。这种教义的荒唐是很明白的，快乐的不是苦痛之自身，而只是为着人民利益的痛苦牺牲所能得到的人民的幸福。

无疑的，愫方小姐乃是封建家族的崩溃废墟粪堆上开出的一朵最恶臭的花。

原文分别题为《小柱儿和袁圆——〈北京人〉的人物》《曾皓、曾家和杜家：〈北京人〉中的人物之二》《曾霆和瑞贞：〈北京人〉中的人物之三》《曾文清和江泰：〈北京人〉中的人物之四》《思懿和曾文彩：〈北京人〉中的人物之五》《老处女愫方：〈北京人〉中的人物之六》，载《新新新闻晚报》1948 年 5 月 24 日、5 月 25 日、5 月 26 日、5 月 27 日、5 月 29 日、5 月 30 日

# 《北京人》里两个女性

俞　漪

这儿，我们说的是在北京城内。正当封建社会处在四面楚歌垂死前挣扎的时代，在一座当初曾经是金碧辉煌而现在却逐渐剥蚀腐朽的大宅第里，有两个女性：思懿和愫方。

我们可以想象得出两个，在那个家庭里的地位容或不同，或甚至彼此有猜忌，但受男性的轻视与折磨却是相同。因此，她们不能也不该负担更多的责任。

但在曹禺先生的原作《北京人》里，作者却让思懿负担了那个封建旧家庭，随同他们底母亲——封建旧社会——日渐逼近崩溃死亡的悬崖的罪过，把一个旧的没落的必然结果归结于一个只是个性较强的女性身上，让她承受了一切，而使应该负罪的反而优游自在地生活。这，无论如何是不公平的。

在另一方面，对于愫方那个孤苦零仃的女孩子，老太爷用尽方法想把这个年过三十的姨侄女留在身边，永远伴着自己，服侍自己，直到老死。大少爷希望这位能诗能画的表妹永远做自己“红袖添香夜读书”的伴侣。我们的作者蘸着他自己的眼泪和感情，把她写得那么温柔，又那么可怜。这公馆大大小小，她全关心，甚至一直猜忌她折磨她的思懿，她也服侍体贴，任劳任怨。而对她自己她又那么懦怯，没有希望，也没有强烈的爱憎。这一个人物，曹禺先生给她的出路是：出走，跟瑞贞一起出走。——可是，这出走是叫人怀疑的，我们不能不问一声：像愫方，她会到哪儿去，她能向哪儿去？这不能不是一个疑问。

这次清华业余剧团在阑心演出《北京人》，导演者洗群把这两点全给大胆地修正了。

“我以为，”导演者这样说，“思懿是冤屈的。作为那样的废物底妻子的思懿，我以为不应该是作者笔下的思懿，我深深感到作者写思懿底缺点的，笔下得过重；让她成为观众心目中的众矢之的，担负这个家，担负文清之所以如此的罪恶责任，不仅不公平，更重要的是因此减轻了甚或洗脱了曾皓和文清底责任罪恶。”

是的，对于曾文清这样一个整天只知道抽鸦片，养鸽子，喝茶，勾搭女人，做梦，不事生产的丈夫，她为什么不该憎恨，鄙夷？对于江泰那种不务正业，能说会道，时常发脾气骂人的姑老爷，她为什么不该痛恨，蔑视？对于要她撑持这样一个大家，又不肯痛痛快快拿出钱来，还要整天拿她当小偷，土匪，强盗一样防范、毁谤的公公，又为什么不该厌恶，反抗？她也是一个人，当别人侵害到她时，她应该有反抗的权利。

自然，思懿也有缺点，也有罪恶。譬如说，她对瑞贞，对愫方，就是明显的一例。思懿自己是旧社会的弱者，是旧社会的奴隶，而她对比自己更弱小的奴隶，却用了她所身受的同样的残害的手段。可是，如果我们再追问一句：是什么东西使她这样的呢？她是不是该负担这全部责任呢?

剧作者曹禺没有解答这个问题。而导演者的意见是:

“在旧社会里,男人底罪戾比女人重,老人底罪戾比年青人重。”

于是在舞台上,我们可以看得出导演者的苦心。例如愫方回给文清的信,在原作里是由思懿当着文清的面退还给愫方的,而在舞台上则是文清自己亲手退还给她,也让他分去一些观众心目中的“众矢之的”。

至于愫方,是封建社会里典型的弱者,典型的奴隶,是一个毫无反抗挣扎能力,也没有这种念头的名副其实的奴隶。她是被牺牲着的,她底青春,心灵,健康,以至于生命,被曾家这座腥毒朽腐了的坟墓里的大大小小耗子,无分昼夜地啃啮着,她毫无反抗地承受着,而且决心贡献出自己底全部,一直到死。对于这样一个人物,是不会也不可能有像原作里那样的轻巧的“一走了之”的生路的。这个社会,即使已经逼近死亡的边缘,也还是不肯放松这样一个弱者,而且也有足够的力量拖住她殉葬的,何况三十年来,愫方跟她底环境以外的世界毫无接触,她对外面的一切全然无知,她一点不晓得天有多高,地有多厚。她能往哪儿去呢?她能那样毫不留恋地跟着瑞贞和袁家父女到一个茫然的地方去么?

于是在修改以后的戏的结束处,我们看见愫方和瑞贞亲切地握了手,送她出门以后,凄然地留下了。这让我们难过,但是事实上她确是会留下的。就这样,一个全然无辜的弱者底青春,心灵,以至于生命全部被吞噬,她会陪伴着那个已开始走向墓门的曾皓一直到死。这个悲剧,也最无情地揭露了那个社会和那个家庭以及那些人们底最黑暗,最残酷,最血腥,和最令人憎恨的血淋淋的真面貌。

希望,是在瑞贞和她底伙伴这新的一代们身上的。思懿,会从苦难中慢慢地清醒,慢慢地抬起头来,而愫方,将该是这旧社会的最后一个牺牲者了吧?

原载《妇女》1949 年第 4 卷第 2 期

# 曹禺《北京人》的演出

冯亦代

曹禺先生写的剧本中，我最喜欢《北京人》。不仅由于剧本中的诗的语言和诗的情调，而且由于剧作者的写作技巧在这个剧本里已经到达圆熟的峰巅；但主要吸引我的，却是剧作者透过剧情，对于生活所表达的强烈鲜明的爱憎。在曾家那间曾经煊赫一时、如今已显灰颓的小花厅里，生活被幽囚着。一代人追忆昔日繁华，眼前只能等候死日的来临；另一代人痛心于少年时的错着，无可奈何地缅想那逝去的岁月和残破的梦境；再一代人则不甘心于死气沉沉的禁锢生活，抱着冲向新天地去的企望。可是生活的羁绊，却使这些可怜虫群集在这间小花厅里。难道生活只限于这黯淡的四壁之中？难道人们就不想迈出一步去呼吸一下清新空气，亲历一下人间幸福？不过冲出这一生活的重重障碍却需要无畏的勇气，要明白这一点，却也不是件易事，正如曾霆所说的："这明白是多难哪"。剧作者真替他们感到气愤，他借人类学者袁任敢的话，对于这孱弱的一代人，痛加谴责。袁任敢告诉大家"北京人"曾经如何生活，他说："这是人类的祖先，这也是人类的希望。那时候的人要爱就爱，要恨就恨，要哭就哭，要喊就喊，不怕死，也不怕生……"对比之下，像小耗子样生活着的人真该愧对祖先！但是剧作者却没有就此失望。让卑怯者烂在土里、霉在屋里，让大勇者跑出这囚笼似的小花厅走向宽广的生活去。他对生活的信心也感染了我们，因此对曾皓、思懿、江泰、文彩之辈我们无所顾惜，而对文清、愫方、瑞贞、曾霆却寄以无限的同情。

这次演出，剧作者对于原作曾加修整。"北京人"的不出场，使故事免于过重的传奇气氛，显示了生活的真实，而一些对话的删节（特别是第一幕的收尾），也使剧情格外紧凑简洁。

从演出里，我们看到了导演对于原作的潜心体会之处。在舞台上，他抓住了气氛的要求，加以适度的渲染。一面是陈腐衰亡所列下的严阵——垂死的挣扎，在无望中寻求希望；一面则是新的一代和新的生活对这座封建堡垒的进攻。他强调了老一代旧生活的执着的固守，也就显出了新的力量更为勇猛，更为犷野。袁圆的出场和她与曾霆的天真嬉戏；思懿对文清的多处进迫；文清与愫方的荡气回肠的情感；愫方说嫁；曾皓中风；江泰的奇峰突起的出外借钱；文清的悄然归来；愫方的梦的破灭，以及最后出走的几场戏，都处理得十分妥帖。自然，原作的精彩描绘，有助于导演的安排，但导演能够就剧情的进展，加以发挥，可以看见他是下了苦功的。不过，缺陷在于他在处理人物的对比、性格的冲突和全剧的节奏上。以愫方说嫁一场戏为例，思懿希望愫方能够早日出嫁，可以在眼前少一个感情上的竞争者，曾皓希望愫方留下来点缀他的凄凉老境，江泰看不过这场自私的把戏，正义地撕下了他们的假面具。然而文清呢？导演疏忽了他对愫方的感情矛盾在这场戏中的宣泄，也疏忽了文彩在同情文清、愫方二人关系中应有的反应，这样就减少了冲突上达顶点的力量，也削弱了愫方最后说“我，我没有意思”那句话的悲怆。又如导演为了造成舞台上的气氛，尽量把人物感情压到最低处，却有时忘掉了，加意渲染人物感情的爆发，特别在文清身上，没有很好地安排他对思懿和愫方在不同场面不同接触时的不同感情，因此戏的节奏似乎永远没有音乐上的变调，显得都是幽沉沉的了。

演员中，我们有了个可喜的发现，那就是演愫方的李晓蓝。剧作者笔下的愫方，可说是生活的诗的顶点，美德的结晶。在舞台上她说话不多，却也说话最多。她的话表现在灵活的眼神中，表现在委婉的行动中，甚至表现在她哭泣时的双肩抽动中。如今，不同的时代里很难找到愫方这一型的人物，因此在舞台上出现了一如剧作者笔下所塑造的角色时，我们不得不对这位演员，说出我们的钦慕。我最喜欢她演的愫方和瑞贞叙述自己美梦的那场戏。从她不愿说又不得不说，说了又止不住自己心头的悸动，从无可奈何到真正的喜悦，在她前面就是那条滚滚不息的感情的河流，而突然“天塌了”！就在这一瞬间，她从幻灭的梦里出来，她是另一个愫方了。李晓蓝有力地掌握了这一点，使看戏的人跟她进入梦中，跟她幻灭，跟她新生。据说她曾经长期被积压在一个大剧院里，真令人惋惜。如果四五年来她能有更多的舞台实践，她的才能是该有更多发挥的。梅村的思懿，演出了老一代妇女的狭隘、贪鄙、狠毒。但是她有软弱的一面，那就是她对于生活的恐惧，性格上的乖张，正是她苦恼的说明；忽视了这一点，就只见她的严酷，而不见她的可怜了。演文清的王显，心烦意乱和逆来顺受足够了，却还缺少表白他对生活的依恋，和他那种洒脱倜傥的心情。纪维时演的江泰恰如其分。王昌明的曾皓，则内心的表达还嫌不够。

这出戏是中央人民广播电台广播剧团的初次公演，但从他们演出的认真严肃态度说来，我们是可以寄予更多的期望的。

原载《人民日报》1957 年 4 月 23 日

## 看广播剧团演出的《北京人》

梁　明

我喜欢曹禺的戏，尤其喜欢他的《北京人》。

《北京人》里的曾家，是许许多多还是封建王朝留下来的“高门大户”的缩影。这些家庭过去门庭显赫，今天也还退守小花厅，勉强撑持着那一点点可怜的面子。但是现在，大门口已经堵着要账的人，院子里已经住上非官非宦“毫无家教”的袁氏父女。老太爷的银行存折已经不值半文。连老太爷漆了一百多道的棺材，也无法保全。这些“世家”是完结了，隔壁暴发户用一片爆竹声抬走了的棺材就是见证。

这样的家庭不能不完结。长子文清是一只长期关在笼子里的鸟。他实际上已经懒得作人，甚至懒得挣扎，逼不得已时，却发现早已丧失了飞翔的能力。江泰好吃懒做，大言不惭，可是实际已经堕落到要顺手偷点东西。思懿这位大奶奶，贪鄙，泼辣，狠毒，有手腕，以为是在保卫着自己的生活，实际却是在加快这个家庭里矛盾的爆发，更快的刨掉自己的立足之地。曾家的深宅大院，可以是拴住上一代人的囚笼，但却禁止不了瑞贞这样年青的人，出去找同学，找出路；从朋友，从书上找到了另外一个世界。

这个家庭里的气氛，是叫人不能忍受的，观众是很容易看到思懿是怎么对待丈夫，对待媳妇；是怎样的伤害愫方；是怎样在曾皓得病时一下暴露了自己的真面目。（当然她自己也是可怜虫，她所以如此，无非是要稳固地保持大奶奶的地位，保证自己以后的生活，但这也只是一个不值得羡慕的地位，和依然没前途的生活而已。）观众会鄙视江泰，也会嫌弃文清的“窝囊”。但是，更叫人讨厌的是那位老太爷。他一心一意经营收藏自己一副朽骨的棺材，却全不管别人死活。——他硬是要把愫方的青春，为他一个人的安适活生生地断送。曾皓深夜和愫方的一席话，那样一刀一个窟窿地刺向人的心肝，只有自私自利到极点，心地冷酷到极点的人，才能做得出。人，已经被旧制度、旧家庭变成了什么样子？这样的人，有哪一点够得上说是“北京人”的子孙？

在这个幽深大院里，袁圆像是从另一个世界来的闪电，那蓬勃的生命鲜艳得刺人。然而瑞贞的出走，却更实在，更能告诉人，在重压下面，青年一代一定要找出路。作者的信心，不仅在瑞贞，他也给曾霆以未被泯灭尽的童心，写了他对这个家庭的憎恶（甚至憎恶和害怕这个家庭里再有新的生命诞生），也写了他诚心帮助瑞贞跳出牢笼。我们可以看到，他虽然还不明白，但他是终究会明白的。愫方在牺牲自己的高贵的情操里找幸福。我们同情她，但那是使人战栗的同情（为了个不值得的人，为了他的家——可不是愫方的家，为了个毫无幸福的爱，却要付出一辈子的生命）。但人们可以相信，她那舍己为人，能够默然承担一切的好品格，不会因为“天塌了”而改变。她虽然也没出过门，但她不是文清。能够忍受牺牲的人是风浪打不倒的。对她的出走，我们要看到作者对于一切善良的人的希望，和对于生活无限的信心。

《北京人》是作者给旧社会唱的挽歌，是对旧制度的控诉，也是对任何一点新生的萌芽的赞美。旧社会下面的人，青年能够明白，能够找到自己的路有多么难？可是他们总是要明白，要找到路的。

广播剧团的演出，出人意料的成功。才开一朵花，已经表现出这个年青的团体，一定有璀璨的未来。我觉得最可宝贵的，第一条是从导演手法到演员的表演，都朴素、实在、懂得戏但又没有拼命“做戏”，有一定的表演技巧但又不是只靠“技巧”。第二条是从整个戏里都看得出每个人自始至终都兢兢业业的努力。使观众感到真实，受到激动。这两个因素是很有关系的。李晓蓝演的愫方，应该说，是这一时期话剧舞台上可喜的收获之一。深夜和瑞贞吐露衷情的那一场戏，演员创造的光辉使愫方生命中爆发出的光辉闪闪夺目。使人不够满足的，只是第一、二幕中，李晓蓝同志有时过于注意愫方心情和性格的压抑一面，以至沉静得使人感觉不到她还蕴藏着那么丰富动人的感情。其他演员的成绩也使人高兴，演员演出了江泰这个人的气质，是难能可贵的；只是有些地方失之于“浮”。文清那无可奈何、心烦意乱的处境是演出来了；但却缺少那书香子弟更为潇洒的风度，和有时竟能忘掉眼前事，去玩赏鸽子，作画的洒脱。但我比较不喜欢的，正是舞台上的曾皓，在这个戏里，他是重要的角色，戏的思想内容，有许多是可以而且应该由他的身上得到说明的，可惜演员理解和表演得比较“表面化”了。导演对整个戏的处理很好，但全剧节奏嫌太平，有些本来激动人心的场面（如曾皓发现文清抽鸦片），本来充满浓厚的抒情诗意的场面（如文清夜坐品茶，念诗），都没有突出，没有给人更深的感动。这个戏后台的效果很重要，很多，但有些地方效果有些抢戏，并且过于清楚地破坏了戏里深宅大院的环境。

一个好戏，要有好的演出。广播剧团的演出，还令人感到二者的相称。我们希望，而且相信，它会愈演愈好。

原载《中国青年报》1957 年 5 月 5 日

# 替愫方担忧

戴再民

“替古人担忧”，是指看戏落泪的人而说的，并且还带点讥笑之意。我爱看戏也好落泪。往日遇上这种情况，只好假装着揉眼睛，为的是怕别人讥笑。我干了戏剧这一行以后，看戏的机会更多了，也就更多地为剧中人的悲剧命运流了一些眼泪。然而，我也渐渐地发觉：同一个戏的演出，有的使我落泪，有的却使我无动于衷。我才认识到这不是“替古人担忧”，而是演员的表演艺术的成功与失败的问题。

这次，看了中央人民广播电台广播剧团首次演出的《北京人》，它又赢得我的不少的眼泪，尤其是愫方（李晓蓝饰）和瑞贞长段对话那场戏（曾文清回家之前），当愫方说到“他走了，他的父亲我可以替他侍候，他的孩子我可以替他照料，他爱的字画我管，他爱的鸽子我喂。连他所不喜欢的人我都觉得该体贴，该喜欢，该爱，为着——”的时候，使我感动得哭出声来。当然，不能说是单纯地由于这一段话激动了我的感情，应该说是演员在整个戏的演出中塑造了一个真实动人的艺术形象，而这段戏这段话更是体现了中国妇女的善良的天性，在演员身上闪耀着美丽的光彩，流露了畅适的感情，是儿女的爱、妻子的爱、母亲的爱，多么纯洁的爱的感情呵！

李晓蓝同志所创造的愫方的形象，在语言艺术上，是下了苦功的。她的语言的音调、节奏和感情，可以聆听到，是在一定程度上完成了人物性格的刻划的。她在陈奶妈面前诉说“这样活着，是干什么呀”，表达了对目前生活感到渺茫；她对瑞贞是那么挚诚地希望他们夫妻二人能获得幸福生活；在曾皓面前是由衷地愿意牺牲自己来侍候老人安度晚年，对文清又是那样多情和体贴；而自己也偶尔感到寂寞和当时人世间的冷酷；当文清出走以后，愫方振作起来，把他的出走当作一个理想而快乐地活着；可是残酷的现实生活破灭了她的美梦，她终于失望而哀伤地说出：“快乐总是不常的呀，连一个快乐的梦都这样短！”因为曾文清已经颓丧地回来了。这一切，我们所听到的演员的语言感情，是适应于规定情景中的人物性格的思想感情。我们看到一个聪慧、娴雅和多情的人，又是一个在晦暗、凄凉和寂寞生活中的弱者。

剧本作者精湛地刻划了愫方这一典型性格，使人信服，他用了很多篇幅以“舞台指示”或“单音字”来描绘愫方的精神世界。这些地方正是演员的艺术创造能够自由发挥，但也是艺术创造最困难的地方。严格的要求我们演员的话，李晓蓝同志在这些地方所刻划的愫方的精神世界的深度是不够的。尤其是瑞贞追问她的今后生活，她用单音字“嗯”来回答，一个接一个的十个“嗯”字，是多么错综复杂的心理状态，演员还没有达到应有的或准确的创作境地。如果能进一步深入体会这些地方的思想感情，就会使愫方的艺术形象更加深刻动人，也会为她后来的出走产生辅佐的力量。

剧本作者在后来的版本里把愫方处理成出走了。作者这样改动的思想感情是可以体会的：不忍心让这样一个纯洁、善良的愫方老死在这陈腐衰亡的寄居之地，让她冲向新的生活，能够真正快乐地活着；也不忍心让观众流洒过多的眼泪，带着哀痛的心情离开剧场。但是，从全剧中愫方的性格发展来看，愫方的出走，却缺少一些依据。那末，演员应该用自己的表演艺术来弥补这些弱点。李晓蓝同志还没有发挥自己的才华来弥补愫方的不足之处，使她的出走达到可信的地步。当然，我决不是要演员概念化地去创造一种“依据”或“力量”，而是希望演员从愫方对生活的向往和对瑞贞的情谊中去探索。火焰埋藏在地层里，有时候它就有爆发的机会。这也正是我所希望看到的愫方的精神世界的火花。

原载《戏剧报》1957 年第 9 期

# 《北京人》演出漫谈录

姚莹澄

时间：1957 年 5 月 15 日上午九时。

地点：北京，全国文联大楼三楼。

发言者：凤子、冯亦代、孙维世、侯金镜、钟惦棐、蔡骧（广播剧团排演《北京人》的执行导演）、纪维时（江泰的扮演者）、梅村（思懿的扮演者）。

钟惦棐：召开很大的演出座谈会，好像总是要自觉或不自觉地要说些废话。今天……

凤　子：让我先说。《戏剧报》上那篇文章，还没有要把我要说的话全说出来。我很喜欢这个戏的演出。我觉得，文艺界看戏有挑岔儿的现象……

钟惦棐：我就不大爱看招待场，招待场的反应总是很冷淡的。这回是随便挑一天去看的，嗬！观众反应真多。看到文清回家躺在椅子上，我旁边就有人嘀咕："回来干什么！回来干什么！"

凤　子：广播剧团继承了业余话剧演出的优良传统：真正爱戏，表演很严肃认真，诚恳朴素。这戏演得可能有不够的地方，但是不温、不油、不拖、不过。主要是不卖弄。他们的成绩突破了能力的限制，听说全剧团才三十几位，有些演员还是第一次上台？

蔡　骧：演文清的演员是第一次演戏，演瑞贞的演员也是第一次……

凤　子：导演对祖孙三代的冲突，是否揭露的不够，或者说挖的不够深刻。祖父自私到不让老姑娘出嫁，还梦想四世同堂。媳妇要留房子，他要留棺材。演曾皓的演员，外形很合适，但一说话，一动作就不像曾皓了。他发现儿子抽鸦片，向儿子叩头，这该是富有悲剧性的地方，演员也把台词都说了，但是不怎么感动人。这人物处理的不够，也相对削弱了观众对瑞贞所代表的新一代的同情。演文清的演员，外形也适合，很潇洒，有没落世家子弟的味道。但演员表演愁、烦、苦的地方多，而体现他愁什么，烦什么，苦什么的心理就不够。他的点香、煮茶的动作，导演设计得很好，但导演的意图没有很好体现。文清的这些动作，是出于无奈排解愁闷的，看现在的演出，感到有点为点香而点香、为煮茶而煮茶了。思懿这角色很容易演活，梅村同志演得很好，不过火。文彩尽管不够，但看着还很舒服。演员们走的路子是对的。晓蓝今天怎么没来？

纪维时：她病了，昨天就没上戏。

凤　子：晓蓝在人艺是被积压的青年演员之一，没演过多少戏，她一排戏就要晕，不但发抖，声音也瘪了。身体不好是一个原因，另外和艺术创作上的合作情况恐怕也有关系。她这次演愫方，曾经和我谈过，表示没有信心，现在成绩却很好，大概是创作思想解放的结果。(向蔡骧)你们大概培养了她的自信。

蔡　骧:她一直不敢演这个角色,排练到中途还提出来:"我演不好愫方,让我演瑞贞吧!"大家鼓励了她。

冯亦代:凤子讲到了话剧的业余传统,我对此也有感触。我总觉得现在的剧院排场太大,像衙门。广播剧团也许正因为人少,大家什么都在一起搞,不必层层汇报、请示,才有凤子说的那些好处。我觉得拍戏时间短好。粗糙不怕,越演会越好的。排半年,疲劳轰炸才难受。这个戏,照我看整个戏的节奏还掌握的不算很好。袁圆、瑞贞这些属于"一线光明"的人物,露脸时间太少,来去太匆促,结果只见老一代迟缓的行动,调子低沉。曹禺这个戏,不是只想暴露旧的,也要表现新的。表现的可能不清楚,演出可以帮他突出些。这就有个节奏比重的问题。对于愫方的出嫁,全家人各有不同的心思,这里曾皓、思懿、江泰处理得好,但文清、文彩、奶妈的心情怎样呢?文清可能有内疚,甚至也觉得她应该出嫁,觉得袁任敢不错,但又实在喜欢她还是留在家里。曹禺说文清也有他的生活趣味。我们那里有位女同志认为文清不值得同情,那是今天的看法。他是封建文化的结晶品,他懂得享受,不只是物质享受……

侯金镜:(笑)江泰只晓得吃。

冯亦代:文清也有一个希望,就是烦杂的事情不要来找他,让他念诗、看画、享受理想的爱情。这一类东西可能演员接触得很少,因此对人物感情最细微的地方,不能体会,甚至不能理解。(向蔡骧)演员还年轻吧,以前干什么的?

蔡　骧:(点头)年轻。本来在部队搞舞蹈的。

冯亦代:那真难为他了。文清是这样的人——看见愫方就忘了一切,对愫方的爱情,是他的精神的全部寄托。曾皓在前面可能像凤子想的那样,但在向儿子下跪以后,就像秋蝉似的,没力量了。"没办法,等吧。"他只好靠自己骗自己打发日子。如果我的想法对的话,曾皓便应该是另一种调子。演曾皓的演员,有"舞台腔",很妨碍角色。关于思懿,导演应该使观众对她有所同情。她有她的委屈,她要维持这么一个家庭,丈夫又是这样的靠不住,儿子又不懂事,她不抓钱抓什么?演员应在她尖酸刻薄的时候,也使观众谅解她。江泰演得很好,他对小客厅的生活不满,但又没办法,只好把希望寄托在鼻子上,可是鼻子也靠不住。演员没把他演成一个小丑,真叫人感到了他的悲哀。在抬棺材卖房子那场戏里,江泰可能有种种想法,比如"弄几个钱去喝酒"等等,但绝不会突然爆发要出去借钱,应该不让观众预感到他借钱必败的结果。这和对话、动作的速度有关。瑞贞这个人物,从开幕到出走是一步步有发展的,但在演出中看不出来。大家庭里的小辈,在大人面前毕恭毕敬,大人一转身,就"大放"了,演出中缺少这种感情。瑞贞和曾霆间有距离,但彼此也有同情,现在他俩的小悲剧没演好。

凤　子:袁圆、袁任敢的演员很称职,"客厅外面的阳光"戏虽然不多,但演得很好。袁任敢的演员外形也合适极了。

侯金镜:叫人看了像要"爆炸"似的。

凤　子:多少年演这戏,还没找到这样一个合适的演员。

孙维世:(对蔡骧)袁圆的演员多大?你们从哪儿找到的?

蔡　骧:(笑)她今年二十二岁,本来在部队搞舞蹈的。

孙维世:好。看这戏后很兴奋,觉得这个团体很可爱。演出最可贵的是没有匠气。剧院机关化反映在演出上,是匠气,刻板化,不在乎,(哼着歌,对凤子点头、打手势,做出演员随随便便出场的样子,转向蔡骧)你们的演出没有这些东西,使人觉得是全心全意的。这就把人吸引住了。你们为话剧队伍增加了新的力量。话剧语言一向不大被人注意,你们的语言的水平却很高,很有特色,听起来很舒服,希望继续发扬这个特点。我想问一下,戏的矛盾导演是怎么处理的?

蔡　骧:我们很怕曾皓和思懿的矛盾掩盖了一切,我们是希望突出三代人中间的矛盾——新与旧的矛盾。

孙维世:很好。思懿的演员不要光表演她的狠毒泼辣。其实思懿很好。你看,丈夫回来,她就跟了进去,她那么爱丈夫,恨也是从爱产生的。她的处境是真为难,送老太爷进医院,从她来看也很合理,她是真为这个家着想啊。她真要气急了才狠毒,但不光是狠毒。这样,这人物的色彩就丰富了。瑞贞对曾霆也可能有点感情,女人总归是女人,我想曾霆只要稍微懂点人情,开一点"窍",对她好一点,瑞贞也许就愿意为他牺牲,待下去的。同样年龄的男女,女的总比男的懂事得多,瑞贞比曾霆大两岁,现在肚子里又怀了一个小生命,有了母亲的感情,想的就更多了。她对曾霆可能(表演瑞贞满怀感情地,想向曾霆倾诉什么),但是(点脑袋,表演瑞贞的无限失望),他不开"窍"!这样演,人物也许更有深度些。

侯金镜:在曹禺的剧作里我最喜欢这个戏,比《雷雨》《日出》更喜欢。生活,在这个戏里是慢慢流出来的,观众进入戏里还可以跟着作者慢慢地想。读剧本的时候,我曾担心,曹禺对这种家庭的同情是否太多些,看演出证明不是这样。这个戏里没有绝对的坏人,悲剧是时代的悲剧。原来剧本给我印象很深的是"耗子",很多地方提到"耗子"咬东西,啃墙角,我觉得耗子的象征可以突出剧本的精神,帮助观众思考。演出删掉了一些。

蔡　骧:我们的剧本就是这样,演出没有删。

侯金镜:那是作者自己后来改掉了。对于演出,我听到一个同志的评价是:"朴实无华,太无华"。据我理解,"太无华"是指挖得不够深。愫方和瑞贞的最后一场戏,曹禺主要是体现"哑巴也被迫得说话了",这一点演出还强调得不够。对文清和愫方等,处理过于低迴悱恻。

蔡　骧:我们在处理上感到困难的是,我们原希望观众更多地憎恨曾皓而同情一点思懿,可是事实恰恰相反。我们怕表现作者对年轻一代的同情不够,又怕脱离那个时代,我们曾经摇摆不定。现在有些人就怀疑愫方不一定走得了,我们的处理是——她实在待不下去了。

孙维世:女人,对所爱的人可以牺牲一切。愫方爱文清,文清在外边的时候,她有所向往(做深情怀念而精神有所寄托的样子),愿意牺牲自己,为他安排家里的一切。但是(皱眉),文清回来了,愫方(仰首,表现深沉的失望),向往破灭了,生活没着落了。这样,可能弥补剧本在处理愫方出走上的草率,会使她的出走显得是合理的。

侯金镜：愫方是不是会想到死？

凤 子：不，愫方可能“出世”，但是她不会自杀。她对瑞贞肚子里的孩子都那么珍爱。她是在那时代爱生活的一个人，喜欢画画、做诗。最后一场，她对文清的感情有所变化。本来是爱，现在太使自己失望了，她借鸽子对文清说的双关话“飞不动就回来吧”体现的是同情。爱和同情是不一样的。假如作者让愫方死掉，观众的神经会受不了。曹禺从《雷雨》到《北京人》，在创作上跨进了一大步。《雷雨》接受外国的影响比较多，《北京人》是中国自己的东西。

冯亦代：对，我就喜欢他这出戏，我认为这是他的技巧达到巅峰的作品。像首诗，不，就是一首诗。

蔡 骧：思懿这个人物，坏的地方最显眼、出戏最快，值得同情的地方不容易出来。

孙维世：演员（对梅村）不要去想她坏，多想想她的为难，要从心里觉得她委屈、她非这样不可。在那场戏，就是杜家要抬棺材她表示要卖房子，她哇啦哇啦哭了。（表演思懿拍着膝盖一哭一顿）“文清呀，你丢下我一个人好苦啊”，要真从心里哭出来。她是真的难受，不是装假给别人看。

梅 村：这一点老演不好。因为从我感觉，那种哇啦哇啦的人一哭就是假的，是做样子给别人看的。

原载《文艺报》1957年第10期

# 看《北京人》忆旧感新

方瑄德

大概是在一九四〇年的深秋，在四川江安靠近古旧城墙边上的一幢屋子里，曹禺同志写了《北京人》。那时候我还只是一个十九岁的青年，正在作他的学生。曹禺同志也不过三十岁。他正热爱着契诃夫，感到时代的苦闷，也憧憬着时代的未来。但他的思想已经不仅仅是停滞在憧憬里，而且看到了和懂得了在北方为着幸福生活斗争的人们。所以他也热爱我们那一群青年人。我们整天生活在一起，他把《北京人》剧本，写好一段读一段给我们听。我记得江安的夜晚没有电灯，桌上点着一盏煤油灯，铺满了稿纸，窗外是梧桐秋雨，曹禺同志以最真挚的心情叙说着愫方的善良，他回忆着充满生命力的古代人类向自然的斗争，对当时的现实斗争充满了希望。我们这一群无拘束的青年坐在地上，椅背上，整个心灵被他艺术的魅力所征服，沉浸在与那剧本的情境相同的秋雨绵绵的深夜里。

这个剧本，我以为深刻的流露了作家心灵的美。他写出了善良的人们在一片无涯的痛苦中，以抚慰别人为自己的快乐。

愫方就是这样过着又凄凉又甜蜜的日子，我不能忘记曹禺同志那深情的眼神，那时他还带着病，但他那焕发的神采已经把剧中情景和他自己组成对光明渴望的诗章。

一九四一年的夏天，在重庆由张骏祥同志导演了这个戏。那是一个令人难忘的演出，张瑞芳的愫方，江村的文清，耿震的江泰，沈扬的曾皓，赵蕴如的思懿，吕恩的瑞贞。我记得文清出走后，愫方以为他再不会回来，一定寻找到了他自己的生活，愫方以静默的心灵爱抚他留下的字画、鸽子和曾亲近过他的人。她正与瑞贞为着即将降生的小生命而欢愉，远方的军号催动孤凄的眼泪，纯洁的女性的情感升华到了顶点，这时候文清突然回来了，他站在门口，一顶破伞，两张破画，狼狈不堪的情景使瑞贞看到惊吓不已，愫方不敢回顾，文清拖着那千斤脚步，埋头潜入内室，愫方自己建立的海市蜃楼最后破灭了，在泣噎无语中幕落。这时候台上台下静极了，轻微的叹息都听不见。后来我参加演出，扮演曾霆，我不能忘怀那古斋读"秋声赋"，窗外风雨夜，与瑞贞既互相慰藉而又不能了解的破碎的心情，深夜卖硬面饽饽的叫卖声，算命瞎子回家时一两下铃声，种种情调，现在想起来我不知道是真的经过了那一段生活，还是真的演过了这一场戏。

十五年过去了。

现在，北京人艺又上演了这个戏。舒绣文演愫方，刁光覃演江泰，叶子演思懿，董行佶演曾皓，蓝天野演文清，可惜我不能再演曾霆了，而是由年轻的杜澄夫来演他。

这次演出使我感觉到舞台艺术的进步。我以为这是十分完整的一次演出。导演以明确的思想来处理剧中的生活和人物，从导演的手法和演员的表演中可以看得出来：愫方这人物不仅仅徘徊在自己的冥想和善良之中，而成为一个很朴实的人。而且她寄人篱下，以自己的劳动来求得温饱，她是一个老姑娘又是一个外姓人，种种旧社会的观念压在她的身上，十分鲜明。

愫方自己的爱情在任何污辱之下都不会屈服，她是一个能面对现实的人，所以她终于能够出走。

曾皓在庄严的仁厚长者之风的幌子之下隐藏着无比的自私，他一手抓紧了珍贵的棺木，另一手抱紧了即将逝去的少女的青春陪伴自己的残年，以女性的仁慈为可欺。

第二幕深夜，人们都不能入眠，每一个人都带着自己的烛火，仅仅照见自己眼前半步道路，偷偷摸摸的在寻找什么，碰上了就撕打哀嚎——不宁静的夜呀！

第三幕，江泰与思懿为争钱大吵，曾皓以全部力量制止，在狂乱中顿息，愫方进场，深蓝的衣裳显得心地和善，她在静默中，在矛盾尖锐的空隙中，以自己微弱的明灯，照着自己的道路退下。然后舞台上仍然掀起一片肮脏的咒语。

导演是以最复杂的手法表现了单纯的对比——善良与丑恶——每人自己的烛光就是她自己的心灵，在夜的帷幕低徊不已。

虽然在现在的舞台上，仍然是风雨之夜，可是确有些人在等待着天明，虽然在台上仍然震荡着远处的旧城墙上的军号，而这声音已是在催动凄凉黑夜的早逝。

最后一幕结尾，在老太爷昏迷弥留之际，文清无声的自杀了。文彩惊慌而不敢喊叫。空虚的古宅沉浸在黑暗中。窗外是黎明，淡淡的红霞照着披着露水的翠绿修竹。祝福那些已经离去的人们，奔驰的火车，抛弃了这里的自私、没落、腐朽、肮脏。没有留恋，没有一点留恋，因为这些都该死亡了，而善良的人随着天的明亮会生活得幸福！

我曾留恋重庆的演出，那确实是表现了对生活的痛苦和对幸福的渴望的缠绵愁怀。

但是我更热爱今天的演出，这是揭露复杂的生活和以更多的诅咒旧制度的死亡来维护善良人们的生长，新时代的幸福感和对旧时代的唾弃，导演和观众的呼吸在今天是吻合的。

原载《戏剧报》1957 年第 13 期

# 衬托·象征

## ——小谈话剧《北京人》中袁家父女的作用

石 伶

看过话剧《北京人》的观众一定会记得剧中的人类学专家袁任敢和他的女儿。这两个人很有意思，父亲叫他女儿“小猴”，女儿叫父亲“老猴”。我的朋友看完戏后向我提出了这样一个问题：“老猴”和“小猴”——也就是袁家父女在全剧中有何意义呢？我回答道：比如说吧，有些绘画常在构图上以“虚”衬托出“实”；在色调上以“暗”衬托出“明”，以便达到更完美的揭示主题的目的。

《北京人》这出戏里，剧作家曹禺淋漓尽致地写了累代的“书香门第”——“父慈子孝”的封建曾家，和幽囚在这个曾家里的文清、曾霆、愫方、瑞贞这些可怜虫，他们要爱不敢爱、要恨不敢恨、要哭不敢哭、要喊不敢喊。“忠孝”、“守成”、“三从四德”的封建伦理紧紧捆着、窒息着他们。但同时，剧作家也写了与曾家并列的袁家和袁家父女，他们要说就说，要做就做，要喊就喊，无所顾忌。很明显，袁家父女的身上，闪耀着为曾家所没有的新的“东西”，这“东西”蓬勃、新鲜得刺人。再跟袁家的对比之下，这个封建的曾家才更显得罪恶；在跟袁家父女的对比之下，文清、曾霆、愫方、瑞贞这些可怜虫才显得更可怜。可见，袁家、袁家父女在对于揭露、鞭笞这个封建的曾家上和前面提到的“虚”、“暗”是异曲同工，同样是起着衬托作用的。

但是，袁家父女还不只是起衬托作用。我以为，剧作家的现实主义不仅只是在于最无情地揭露、鞭笞这个封建的曾家，指出其必然崩溃的趋势；而且还有更高的理想升华：希望去建立与曾家完全不同的新的“家”，和在这新的“家”里新的生活。这在袁家、袁家父女的身上，是一定程度的体现和寄托着剧作家的这种理想升华和希望的。而这一切，对于三十年代，反封建反礼教，但又处在朦胧中犹豫、徘徊的人来说，是有极大意义的。所以说，袁家，袁家父女除有上述的衬托作用外，还有这种象征的含义。但是绝不能说，剧作家的理想升华：希望去建立的那种新的“家”就是袁家的样子；希望新的生活就像袁氏父女的生活，而是要比他们美好得多。也正是因为这样，剧作家笔下的袁家父女最后也走了，这“走”，可以表示出真正新的“家”，新的生活一定会有。在哪儿？就需要自己去寻找，需要自己去创建。

原载《北京晚报》1962年3月10日

突。不过由于瑞贞曾经受过新式学校的教育，又接触过一些思想比较进步的朋友，在她的心灵里早已播下反抗的种子。通过了现实的教育，使她逐步认识到："这幽灵似的门庭必须步出，一个女人该谋寻自己的生路"。这就是她后来所以能够冲破这封建的古牢，毅然出走的思想基础。作者在作品中，正是以其精细入微之笔，把一些人物性格和人物之间的关系，通过了鲜明的对比和映衬，紧紧地扣合在多种多样的，错综复杂的矛盾冲突中——封建家庭内部的和外部的，青年一代和老年一代的，人物之间的内在的和外在的——加以刻划和表现。这样，戏剧冲突和人物性格就自然而然地构成了一个对立矛盾的统一体，随着人物性格越来越尖锐，戏剧纠葛的开展也就越来越激化，人物性格冲突在波澜起伏的纠葛冲突中逐步从发展变化而渐趋完成，同时，也就反转来推动了情节纠葛的开展。这些都极其鲜明地显示了作者善于从生活中选择题材和组织戏剧矛盾，塑造典型的舞台形象的艺术才能。

三

还应该特别指出，作者在艺术表现方面另外一个突出的特点是，善于烘托环境，渲染气氛。甚至每一个细节，每一件道具都是经过作者的匠心安排，寓有深邃的用意；都是和全剧的环境气氛，以及情节结构的开展，有着丝丝入扣，密不可分而又谐调一致的关系，有力地凸现了人物性格的特征以及他们内心世界错综复杂的发展变化。例如曾思懿一出场，在"胁下系着一串亮闪闪的钥匙，手里拿着账单"，这就极其形象地表现出一个总揽家务的大少奶奶的身份、地位和气派；如曾文清所始终珍惜挟持的那幅愫方画的墨竹，也极其含蓄地展示了他们之间深厚的爱情；特别是通过了陈奶妈送给文清的那只孤独的鸽子，不仅有力地渲染了环境，恰切地表达出一个旧家子弟的癖好，而且更重要的还在于：通过了这一只被关进牢笼里的小生物的形象，隐喻着文清和愫方在爱情上的不幸以及他们之间的关系，对照地映衬出文清后来欲飞不得，铩羽而归的人物形象。同时，作者还不止一次地借用"闹耗子"这一个语涉双关的细节描写，意味深长地影射着没落的封建大家庭的子弟从内部挖掘封建阶级的墙脚，败坏他们自己的"根基"。尤其令人心折的是，作者对于烘托环境气氛，运用舞台效果所表现的高度的艺术本领。在全剧的每一幕中，随着剧情的不断发展，人物心理动作的不断演化，作者通过了对于封建大家庭内部的一些陈设布置，通过了一些交织着的独轮水车的响声，算命瞎子的悠缓的铜钲声，深夜里长街上传来的叫卖声，以及那断断续续的更锣声和号角声，夹杂着淅沥的雨声和飒飒的风声，替我们活生生地勾勒出一幅凄风苦雨，夕阳残照里的封建大家庭衰败苍凉的图景，烘托出在这特定的环境气氛下人物的行动和思想感情的发展变化，从而增强了舞台效果，表现出深沉动人的艺术感染的力量。

此外，作者在每一幕中对于环境和人物介绍的一些说明提示，也都凝炼优美，情景交融，洋溢着一种现实主义抒情诗的特色。像第三幕第一景中对解放前北京初冬景象的一些描绘，不仅准确地表达了时代、季节和地方特有的色彩，渲染了环境气氛，而且从文学语言的角度上看，这些简直是一篇清幽淡远、富有诗情画意的散文。和作者后来在改编的剧本《家》里面的一些说明提示，正是异曲同工，后先媲美。这些艺术特点，都在曹禺的作品中构成了一个比较谐和统一的效果，显示出作者独特的艺术风格。

不过，作者在《北京人》里，虽然对旧社会唱出了深沉有力的葬歌，对未来新的理想也显示出朦胧的向往，但由于作者当时在阶级上和思想上的某些局限，使他还不能看清楚封建家庭崩溃的真正原因，以及在党的领导下工农革命的主要力量，以致不得不把这恍惚悠邈的原始社会的时代和现实社会相对照，用以宣泄作者的愤懑。并且在初版本的《北京人》里，还把一个机器工匠扮作这"猩猩似的野东西"——"北京人"的活模型，并让它的黑影不止一次地在剧中出现；又在袁圆和曾霆的一次对谈中，让袁圆向曾霆表示她长大后要嫁给这巨灵似的"北京人"等等。这些细节安排，不仅在剧情发展上显得画蛇添足，而且也在一定程度上削弱了舞台效果。解放后修订本已加删削，实属必要。并且在修订本中还附带地芟削了一些不必要的细节描写和过多的人物介绍说明，这样在情节安排上，就更显得简炼集中，不枝不蔓，人物形象也越加鲜明跳脱、奕奕如生了。

附注：本文系根据曹禺剧本分析它的人物性格，最近在北京重排此剧时，曹禺又对剧中人物性格作了某些新的修改。

原载《成都晚报》1962 年 5 月 10 日

# 《北京人》的戏剧冲突与艺术手法

朱月瑾

《北京人》是曹禺同志继《雷雨》、《日出》后又一个优秀的剧作，在发表和上演后，受到读者与观众的热烈欢迎。作者自己也很喜欢《北京人》，曾把它作了某些修改，与《雷雨》、《日出》选编在一起，汇成一部戏剧集子：《曹禺剧作选》。因此，《北京人》与《雷雨》、《日出》一样，早就在读者与观众中广泛流传，并产生积极影响。“四人帮”粉碎以后，人民文学出版社再版了这部戏剧集子，《雷雨》、《日出》、《北京人》又得以重新与广大群众见面。我再次研读《北京人》时，仍为《北京人》高超的艺术魅力所吸引、所深深打动。

《北京人》写于一九四〇年（发表于一九四一年），它以辛亥革命后到第一次国内革命战争这段时期为历史背景，生动地反映了封建士大夫家庭崩溃的过程，形象地揭示了封建士大夫家庭的生活内幕，真实地描绘了社会发展的必然规律，无情地宣判了封建主义与资本主义必将衰亡的历史命运，因此，《北京人》可说是一首对于封建士大夫家庭的葬歌。作者对封建士大夫家庭中的代表，如曾皓、曾思懿这类人物是极其憎恶的，毫不惋惜他们的毁灭。但对愫方与瑞贞他们却是同情、怜悯的。在再版《后记》中，作者曾激情地说：“我总希望她们能逃出快要压上盖子的棺材”。他在最后为愫方与瑞贞开拓了一条新生活的道路，对光明的未来表现了无限的憧憬与向往。

《北京人》共有三幕二场戏。矛盾冲突富有戏剧性，虽错综复杂、尖锐严重，处于无法调和、一触即发之势，但表现形式却隐约闪烁，迂回曲折，引人入胜，发人深思，给人以深沉幽远之感。

在错综复杂的矛盾冲突中，曾皓与曾思懿的矛盾冲突在全剧中是主要的，而且贯穿始终。他们之间争权夺利，斗争焦点不外乎是为了钱。但是由于他们都是封建世家的后裔，因此矛盾冲突也就隐晦曲折。在第一幕，曾思懿受到曾皓的蒙骗，对曾皓还抱有幻想。她对曾皓的存折梦寐以求，只是还没有撕破脸皮地直接去向曾皓逼取。曾皓的存折上明明已一无所有了，可是表面上还维持着封建家长的尊严，以自命清高、读书第一的虚假面貌来蒙骗自己的儿媳与女婿。在他们面前，曾皓从来不说自己有钱，也不说自己没有钱。曾思懿为了试探曾皓存折上的虚实，就不得不与曾皓展开了一场虽尖锐严重，但又隐晦曲折的斗争。幕一拉开，第一个上场的就是曾思懿，紧跟在她后面的仆人张顺正在向她数说着债权者上门讨节账的项目，而曾思懿这个曾家的实际当权者，对此却采取了置之不管的态度，她“（嘴唇一呶）你叫他们在门房里等着去吧”，等到张顺回答说“这账现在要付”时，她竟"(狡黠地笑出声来)你叫他们跟老太爷要去呀,你告诉他们棺材并不是大奶奶睡的,他们要等不得,请他们把棺材抬走,黑森森的棺材摆在家里,我还嫌晦气呢"。当张顺还在不识相的唠唠叨叨时,她就不耐烦地回答:"回头说,回头说,等会见了老太爷再说吧。"等到见了曾皓,她就以叙谈家常的方式诉说了外面的许多债务,并请曾皓作主。曾思懿表面上似乎十分谦和、孝顺、仁爱、服从,但在骨子里却是为了胁迫曾皓交出存折。谁知竟勾起了曾皓满腹牢骚,曾思懿的企求当然也就不能实现。曾思懿于是就向曾皓步步紧逼,暗暗地策划了一群债权人趁中秋节请客吃饭的当口骂上门来,使曾皓下不了台。在第二幕曾皓中了痰厥,曾思懿不顾众人反对,强令立即把曾皓送进医院,即使曾皓紧抓着门扇不放,不肯离开这个家,她也硬自掰开了曾皓的手,以至把曾皓的手都掰出血来了。曾思懿这样做表面上是为了抢救曾皓的命,她向大家说:"抬,抬,救人要紧!"但目的还是为了钱。原来这时的曾思懿已经知道曾皓的存折上是一无所有的了,她把空头存折往曾文清面前一扔,恶狠狠地说:"房子要卖,你愿意人死在家里?"这就清楚地说明了,她其实是害怕曾皓死在家里,将来房子会卖不出去。在第三幕,杜家以债务威逼,指着要曾皓的寿材抵账,这就等于要了曾皓的命。曾思懿也尽力想把押给杜家的房子留下来,等她一个人日后好卖大价钱,因此也答应先把棺材卖出去。但是,当棺材被杜家抬走时,她却"故意显得十分为难,装出十分哀恸的样子"。曾皓大哭大闹,曾思懿自然也不免有些难过,无可奈何地用仿佛在哄骗小孩子的口吻说:"爹,有了钱,我们再买付好的。"但是,与其说这是曾思懿对曾皓的怜悯与劝慰,倒不如说,这是她在触景生情的情况下,一种顾影自怜的思想感情的自然流露。由此可见,曾皓与曾思懿之间的矛盾冲突自始至终是尖锐的、严重的,这是封建士大夫家庭内部在面临着崩溃之前的一场你死我活的斗争。他们的关系既然只是金钱关系,因此,在实际的利害冲突上,自然也就决不让步。他们在表现形式上如此隐约闪烁,正是典型地反映了封建士大夫阶级的代表人物所特有的内心世界与精神状态。曾皓是那样的虚伪、自私、顽固、腐朽。曾思懿是那样的尖刻、阴毒、贪婪、凶狠。在曾皓与曾思懿的矛盾冲突中,曾思懿实际上是采取了主动的"进攻战",但在曾皓面前却又遮遮掩掩、躲躲藏藏。由于作者把握了封建士大夫阶级之间实质性的矛盾冲突,因此对人物性格的刻划就显得真切而又生动,细腻而又鲜明。曾皓与曾思懿对立的性格,代表了封建士大夫阶级中两种不同的类型。在矛盾冲突的进程中,他们的性格得到了充分的体现与发展。如果说,曾皓的腐朽性是反映了他对封建家庭的崩溃在作垂死的挣扎,那么,曾思懿虽然精明干练,也同样挽救不了封建士大夫家庭覆灭的下场。曾皓与曾思懿作为封建家庭的统治者与维护者,他们两人又同样是一切罪过的制造者,促使矛盾冲突尖锐化、复杂化的总根源。

曾思懿与曾文清、愫方之间的矛盾冲突也是十分尖锐严重、错综复杂,但又迂回曲折。曾思懿嫉妒曾文清与愫方的关系,尖酸地说:"一个画画,一个题字,真是才子佳人,天生的一对。"当曾文清的画给耗子咬坏,愫方预备给修补时,曾思懿装着羡慕"愫妹妹这双巧手",不自然地笑着说:"我呀……真是恨不得拿起一把菜刀,(微笑的眼光里突然闪出可怕的恶毒)把你这两只巧手(狠重)斫下来给我接上。”吓得愫方赶忙地抽回双手。但她却又故意大笑说:“我可是个粗枝大叶,有嘴无心的人。(拿起愫方的手,轻轻抚弄着)愫妹妹,你可别介意啊。我心直口快,学不出一点文绉绉的秀气样子,我常跟文清说,(斜睨着文清)我要是个男人,我就不要像我这样的老婆,(更亲昵地)愫妹妹,你说是不是?”说得愫方进退维谷,无以答对。在他们的三角关系中,曾思懿也是采取了主动的“进攻战”,锋芒毕露。她的所言所行无不都促使了他们的矛盾冲突更加尖锐化。起先,曾思懿只是对曾文清、愫方进行破坏中伤,阴谋策划把愫方嫁给人类学者袁任敢,她对曾文清说:“我就恨一个老姑娘死拖活赖住在我们家里。”当曾文清对此表示异议时,曾思懿就立即嘲讽地反唇相讥:“她嫁谁有你的什么? 你关的什么心?(恶毒地)你老人家是想当陪房丫头一块嫁过去,好成天给人家端砚台拿纸啊,还是给人家铺床叠被到了晚上当姨老爷啊?”当着大家,当着愫方的面,她又装得十分关怀体贴似的说:“愫妹妹,你放心,大家提这件事也是为着你想。你就在曾家住一辈子谁也不能说半句闲话。”但是,为了拔去眼中钉,她又阴毒地拖下这样一句话:“嫁不出去的女儿不也是一样得养么?”曾思懿要把愫方嫁给袁任敢的阴谋虽然没有能够得逞,矛盾冲突却有了进一步发展。曾文清写了纸条,托陈奶妈给愫方,见到愫方后,又当面规劝愫方:要不答应这头亲事,免得日后一个人孤独地在曾家受苦,要不跟着自己一起远走高飞。愫方千言万语无从说起,也只能用书信的方式来答复曾文清。谁知这封信竟落到了曾思懿的手里,于是就引起了一场不小的风波。曾思懿撒野地要曾文清当着自己的面把信退还给愫方,并轻蔑地说:“不会偷油的耗子,就少在猫前做馋相。”她又把愫方叫到面前刻薄地说:“这是愫妹妹给文清的信吧,文清说当不起,请你收回。”但在最后,她竟异想天开地要让愫方当曾文清的小老婆,来对愫方的人格作进一步的羞辱。如果愫方答应了,那么,她就更可以肆无忌惮地虐待愫方,名正言顺地变愫方为自己的奴隶。因为,在封建社会中,婢妾原本就没有什么区分。如果愫方不答应,曾思懿这一举动,无疑是想把愫方赶出曾家。曾思懿的那种对丈夫故纵实擒对愫方步步紧迫的言行,充满着火药味,逼得曾文清不得不自杀,愫方不得不出走。他们之间的矛盾冲突是那样的尖锐严重,真可以说有你无我,有我无你,但是表现形式却又是如此的迂回曲折,隐约闪烁。这里,曾思懿的性格得到了另一方面的体现,如果说,曾思懿与曾皓之间的矛盾冲突,表现了她贪婪、凶狠、泼辣、阴毒的一面,那么,在她与曾文清、愫方的三角关系中,却又暴露了她诡诈、尖刻、嫉妒、淫威的一面。这是一个王熙凤式的封建新家庭中的妇女统治者的形象,她的所言所行只能加速这个封建旧家庭的瓦解与崩溃。

《北京人》在创作上的成功之处,还表现在作者善于从生活出发,围绕着对于风俗习惯与风土人情的生动描绘,交替地运用了象征、对照与回溯等艺术手法,来揭示矛盾冲突,组织剧戏情节,刻划人物性格,表现主题思想。

作者从曾家过中秋节这一天写起,寓意很深。秋天是万物开始凋敝的季节,象征了中国封建士大夫家庭零落,行将衰败的景象。中秋是中国民族传统的团圆节。这一天,月亮最圆最亮。中国的风俗习惯就是在这一天一家人团聚在一起，共庆佳节。亲友之间也往往在这一天互相往返，贺送节礼。所有这些，在《北京人》中都得到了生动的，形象的描绘，如：陈奶妈在中秋节带着孙子小柱儿远道而来，向曾思懿叩头祝拜，并送来了许多土产；杜家用鞭炮来庆贺中秋；曾家老小也在这一天举行各种庄严隆重的仪式：祭祖供佛、节拜长辈、请客吃饭。作者对于这些传统的风俗习惯与风土人情的生动描绘，使作品富有浓厚的生活气息。从陈奶妈的回溯中，我们又知道了，曾家的大门原来“不是蓝顶子，正三品都进不来”，“一年到头单这大小官的门包钱，就够买地、娶媳妇、添孙子！”现在对照之下，曾家不但不能再像昔日家运旺盛时期的宾客盈门，相反门口却挤满了讨节账的债务者，这就更显示了曾家穷愁潦倒、没落衰败的景象。矛盾冲突也就逐步地揭示了出来：曾家所要维持的那种所谓四世同堂、父慈子孝、兄弟友爱、诗礼传家的书香门第，实际上已是一个寥寥落落、颠颠倒倒的破落户。曾家在中秋过的名谓团圆节，可是外部受到债务的威逼，内部却又尔诈我虞，分崩离析，矛盾重重，处于屋漏墙倾之势。自命清高、读书第一的曾家，表面上不谈钱暗底下却正在为钱而明争暗斗，勾心斗角，最后也到底因为没有钱而衰落下来。

生日与寿材，在旧社会一般人的心目中是很被重视的。生日这一天往往要做寿请客，祈求长命百岁，说话做事也都有所忌讳，做事既要顺顺当当，说话也要图个吉利。寿材是一些所谓有钱有福、德高望重的老人常在生前就预备好了的，目的是想冲喜压邪、善始善终。这一切在《北京人》中也都有所体现。在陈奶妈的回溯中，我们可以想见当年祖老太爷敬德公做寿时的排场与气派。但是对比一下曾皓的生日，既凄凉又冷落，不仅远远地不能与当年祖老太爷敬德公的寿辰相比拟，而且代替当年盛况的却是一群杜家派来抬棺材的杠夫。寿材要被立即抬走，这就好像要了曾皓的命。江泰同情曾皓，对曾皓善意的劝慰了几句，原也在情理之中，可是他却不识相地说漏了嘴，忘却了这一天是曾皓的寿诞之日，竟说了一大堆死呀活的不吉利话，因此惹得曾皓大为恼火。作品形象地反映了封建士大夫家庭的风俗习惯与风土人情，生活气息也是十分浓厚的。而读者和观众就在这些回溯、对照与象征的艺术手法中，透过作者对于这些风俗习惯与风土人情的生动描绘，看到了曾家的贫困破产，确已到了日暮途穷的地步。在曾皓生日的这一天，寿材终于被抬走了，曾文清被迫自杀，江泰作了小偷，愫方与瑞贞也勇敢地跨出了曾家大门，真是一幅封建士大夫家庭的“树倒猢狲散”的悲惨景象。暴发户杜家最后战胜了曾家，他们抬走了曾皓的寿材，这正形象地象征了资本主义王国不过是建立在封建主义的废墟上而已。作者通过杜老太爷的死亡，预言资本主义是没有发展前途的，最后必然是用棺材来埋葬自己。

作品中穿插了另一条线索，这就是人类学者袁任敢与他的女儿袁圆的生活。曾袁两家的生活与思想恰好是个鲜明的对照。曾家是那样的死气沉沉，充满着腐朽霉烂的气息，呈现出一派衰败，崩溃的景象。而袁家却又生气勃勃，清新活泼，富有朝气活力，显示了新生活的光明与可爱。北京人是象征人类的祖先，作者通过对于北京人的歌颂与崇敬，反映了我国民族优秀的传统，也因此使作品更增添了民族色彩。袁任敢在对北京人的回溯中讥笑了当时人类的弱点与所谓的礼教文明，实际上又是作者以此作为对比，在对封建社会进行彻底的批判。

《北京人》在剧终时显示了明朗色彩。作者通过这种光明与黑暗，善良与丑恶的鲜明对照，表现了对未来新生活的向往。

作者运用象征、对照、回溯等多种艺术手法，不仅能集中地组织戏剧冲突，而且也能鲜明地表现人物性格与主题思想。作者通过陈奶妈清晰的回溯，在生动的对照中，象征性地但又真实可信地反映了曾家的崩溃过程。因此，在曾家兴亡的历史时期，陈奶妈不仅不是游离的，而且起了镜子作用。陈奶妈常以一个见证人的姿态出现，在整个剧本中，她是一个不可缺少的人物。在曾家的矛盾冲突中，我们可以看到陈奶妈性格的主要特点：勤劳、善良、诚朴，敦厚，但是也有一些封建、保守、迷信、落后。陈奶妈对曾家的矛盾冲突所采取的态度及其一言一行，也丰富了作品的主题思想。

此外，棺材、耗子、鸽子等，也都恰到好处地象征了曾家形形式式的人物。

曾皓与棺材几乎成了不可分割的统一体。曾皓那口棺材，在十五年内被精心漆了一百多道广漆，光漆就有两三寸厚，因为棺材的钱付不出来，就成了曾皓与曾思懿之间爆发矛盾冲突的导火线。这里，作者用棺材来象征，这就把曾皓在晚年时失倚凄苦的困境，空虚无聊的思想感情与精神状态，刻划得淋漓尽致、细腻入微，因此也就更有力地突出了封建士大夫阶级的顽固、昏暗的一面。作者成功地塑造了曾皓这个喜剧性人物，作为垂死的阶级代表，曾皓在他的旧家庭迅速崩溃的一刹那，竟显得那样地可笑，那样地虚幻而又不真实。然而，作者正是通过这些鲜明生动的喜剧场面与这个喜剧性人物，深刻地揭示了封建士大夫家庭的腐朽、没落及其不可避免的悲剧命运，为封建制度的灭亡唱出了葬歌。

江泰，曾家的姑老爷，所谓专攻化学的留学生，实际上是个废物，北京人的不肖子孙，被象征为只会啃粮食的耗子。他羡慕资本主义的生活方式，不满意自己在曾家的处境。但是，他与封建社会却又有着千丝万缕的联系。他做过官，借过钱给曾皓，助长了曾皓的封建剥削，从他对北平的馆子、戏院与游乐场所这么津津乐道，就可以想见，他是离不开这个封建社会的。他做官被裁，做生意亏本，但仍做着许多发财的梦，穷极无聊时还把身边最后一块钱拿去算命看相，相信自己要交鼻运，这正暴露了他还有封建性的一面。他在最后堕落成为小偷，被警察局关了一夜后又被押送回来，更衬托了这个封建士大夫家庭的腐朽与没落，也更增添了曾皓在垂死挣扎时的凄苦与悲痛。由此可见，他实际上是个半封建半殖民地的产物与寄生虫。

鸽子原是一对，是陈奶妈带来送给曾文清的礼物，在半路上飞走了一只，剩下的一只因此就叫“孤独”。作者有时用它来象征曾文清与愫方的寂寞、清苦、受束缚、不自由的处境与心情，有时用它来象征愫方与曾文清之间的爱情。曾文清离家出走后，愫方尽心地代他喂养着鸽子，正如曾文清所说：“喂也是看在那爱鸽子的人！”鸽子有时也被用来象征曾文清懦弱无能的性格。曾文清落魄归家，愫方呆呆地望着曾文清，久久地说不出话来，她的幻想终于破灭了,最后只好借用鸽子来比喻说:“飞不动,就回来吧!”所有这些都说明了,鸽子作为象征,在剧本中已经成为整个戏剧情节的有机组成部分。

作者运用古诗词朗诵来映衬人物的内心世界与心理状态,可说已达到了炉火纯青的地步。深夜,曾霆恹恹地低诵《秋声赋》,曾文清哀伤地吟咏《钗头凤》。曾霆低诵《秋声赋》,一方面是承接第一幕,表现曾宅窒息无聊的生活环境以及封建礼教对人的意志的束缚与压制。曾皓想抱重孙,实现四世同堂,就迫令刚进中学的大孙子曾霆过早地结了婚,然而曾霆并不爱他的妻子瑞贞,就像曾文清并不爱曾思懿一样。他爱上了天真活泼的袁圆。袁圆固然不了解他,这个封建大家庭又何尝允许他有这种自由?曾霆因为与袁圆一味地戏谑,因此过八月节也要受到曾皓的严惩:跪在地上受训;限令当夜就能背诵《秋声赋》。封建礼教与封建婚姻正是这样残酷地摧残一棵棵嫩弱的幼苗,无情地扼杀他们纯真的心灵,使他们的天性得不到正常的健康的发展。曾霆恹恹地低诵《秋声赋》,在另一方面也是侧面映衬了曾文清性格形成的根源。曾文清的性格正是在这种所谓书香门第、诗礼传家的环境中熏陶与教养出来的。曾文清似乎还不笨,“他绝顶聪明”,但这只是一个“生命的空壳”。他的一生只会下棋、吟诗、画画、品茶、抽大烟,成天过的是一种“腐朽的、寄生的”生活。曾文清哀伤地吟咏《钗头凤》,深沉地表现了他那种孤寂、悔恨,但又无可诉诸人前的思想感情。他在寂寞的空谷中遇见了一枝幽兰,然而却只能眼看那枝幽兰行将凋落。尤其当他看到十七岁的儿子曾霆也要重蹈自己的覆辙时,内心深处更感到了无比的痛苦。这是一个封建制度的牺牲者,封建旧家庭夺去了他的一切:才能、青春、生命。这里,作者运用了古诗词朗诵,不仅形象地表现了在封建旧家庭中成长起来的人们所特有的精神面貌与心理状态,使人物性格更鲜明、更生动、更富有艺术感染力,同时也使作品更增添了独特的民族风格。

运用无声的动作、抒情的自由、丰富的“潜台词”等艺术手法来表现人物性格,也是《北京人》突出的艺术成就。作者在塑造愫方的性格时,主要是运用了这一艺术手法。愫方有着与林黛玉同样身世与遭遇,深为读者同情。她虽出身于名门世家,但因父母双亡,只好孤苦零丁地寄人篱下。在曾家她是个无告的孤女,有苦说不出,也无处可以倾诉自己苦衷,在悠忽的岁月中,很少有人为她恳切地想一想,因此养成了沉静、缄默的性格。对于长期以来的羞辱与虐待,愫方具有惊人的耐性。她能忍气吞声、逆来顺受,但是又很固执,也很倔强。愫方这些性格特征,大都是通过无声的动作表现出来的。当曾思懿策划把愫方嫁给袁任敢,硬逼着愫方表示态度时,愫方回答她的也只是一句简短的话:“(摇头)我,我没有意见。”当曾思懿撒野地非要曾文清把信退给愫方时,愫方先只是“痛苦地望着文清僵立不动”,后来就“颤抖地伸出手把曾文清手中的信接下”,“默默地由书斋小门走出”。曾文清离开家门后,当瑞贞问她为什么要守着曾文清这样一个废物时,她由无声的动作突然迸发成抒情的自白,深情地袒露了她对曾文清那种深切而又真挚的爱情。这些抒情的自白,显示了愫方纯洁、善良、温柔、具有自我牺牲精神的性格特征。愫方的性格虽然有她的弱点，太狭隘、太傻气，但是她像寂寞空谷中的一枝幽兰，在她身上散发出来的主要的是沁人的清香，与曾家那种发臭霉烂的恶浊空气相比较，是个明显的对照。愫方长期压抑的幻想式的思想感情，一经瑞贞追问就迸发成抒情的自白，这是符合愫方性格的逻辑发展的。作者给愫方安插了这一段抒情的自白，就为愫方以后的出走埋下了伏线。我们不难想见，当愫方看到曾文清疲惫地归来时所产生的那种波澜起伏的思想感情，该有多么的激烈！愫方虽然只是“啊”了两声，但是，她的哀伤与失望，隐痛与惊讶就尽在不言中了。这里，作者在愫方的言谈举止后面隐藏着丰富的“潜台词”，而含蓄的意思却比她用语言表达更深沉得多。曾文清的归来，犹如“天塌了”一样，使她的幻想完全破灭，感情上的波涛随着“啊”的一声而一落千丈，最后堕入深渊，从此变成了一沟绝望的死水，清风再也吹不起半点涟漪。经过这种思想感情上的起伏，愫方终于像“哑巴都急得说了话”似的开了口：“这是监牢”！而曾思懿的恶毒而又卑鄙的阴谋，却又如倾盆大雨似的浇熄了她心灵中最后的一点火花。因此，她的出走当然是势在必行的了。

在《北京人》中，声响、色彩等艺术手法起到了渲染气氛与烘托意境的作用，使在演出时更能取得预期的戏剧效果。一拉开幕，观众就可以听到“外面胡同里传来那时北平独有的单轮小车，在嶙嶙不平的路上单调的‘孜妞妞’、‘孜妞妞’的声音。间或又有磨刀剪的人吹起烂旧的喇叭‘唔哇哈哈’地吼叫，冲破了沉闷”。观众有时还可以听到街上凄凉地喊着的漫长的叫卖声与远处在冷落的胡同里那算命的瞎子敲着寂寞悠缓的铜钲声。这一切都是那时的北平所特有的，富有时代特征与地方色彩。北平作为一座历来是封建皇朝的都城，它具备了中国封建时代的种种特征：封建、迷信、落后、保守、贫困、闭塞。作者运用这些声响，典型地揭示了曾家所处的时代与社会。接着，以这古老的北平城为背景，作者又给我们展示了一幅色彩鲜明的生动画面：曾家这个曾经盛极一时的大家门第，这时已呈现出衰败的景象，大客厅和西厢房不得已租给了一位人类学者与他的女儿袁圆。只是在那挂有“养心斋”横匾的小花厅却还保持着当年的盛势与气派，一点也不寒伧。沿墙是一列书箱，里面放满线装书籍。窗前有楠木书案、紫檀凳子，案上放着笔墨画砚，磁器古董，都极其古雅而又精致。主人公有时在这里作画吟诗，有时在这里卜神课，无聊时打瞌睡，或者养养金鱼，浇浇盆花，这是一幅封建士大夫家庭的写生画，作者通过这幅色彩鲜明的生动画面，把中国封建士大夫家庭表面上一贯是恬静而又肃穆的生活环境作了形象的介绍。此外，在深夜时，正当曾霆恹恹地低诵《秋声赋》，曾文清哀伤地吟咏《钗头凤》时，观众还可以同时听到房内外的其他各种声响，看到纱灯、光圈、字画、窗帷、纸幕、人影等其他各种色彩。这里，声响与色彩等艺术手法的运用，也能显示人物所处的生活环境，更真切地反映人物的心理状态与思想感情。

虽然《北京人》缺乏当时抗战的时代气息，但是如果说《雷雨》的戏剧情节，连作者也嫌它“太象戏”的话，那么，《北京人》已经克服了这一缺点，它向生活更迈进了一步。作者从不以主观臆测来代替客观现实，而是按照生活的本来面貌来组织戏剧情节，因此，《北京人》的戏剧冲突夸大而不失于真实，朴素而不失于生动，细腻而不失于简洁。作者在处理各种错综复杂的戏剧冲突时，交替地运用了许多中国传统的艺术手法，使作品产生了独特的民族风格，使演出时能吸引广大观众进入完整的艺术境界。

曹禺同志是我国现代杰出的现实主义剧作家，他严格地遵循了现实主义的创作原则。在再版《后记》中，曹禺同志曾说："写《北京人》时，我的诅咒比较明确些了。那些封建主义，资本主义是早晚要进棺材的！他们在争抢着寿木。而这个人世，需要更新的血液和生命。"认真地读一读《北京人》，确能帮助我们认识旧社会，珍爱新生活，愿为更美好的光明未来而奋斗终生。《北京人》的主题是深刻的、积极的，具有民主主义思想与个性解放的要求，表现了作者进步的思想倾向与爱憎分明的态度。《北京人》发扬了契诃夫沉郁朴素的风格，在艺术上也更洗炼圆熟了。具体地剖析《北京人》的艺术特色，有助于我们研究剧作家曹禺同志早期的世界观与创作方法。在新民主主义革命进程中，《北京人》以其深刻的反封建主题，占据了革命的文艺的一席地位，在现代文学史上闪烁出不可磨灭的光辉。研究《北京人》，对于继承五四以来革命文艺的优秀传统，陶冶我们的艺术情操，更好地发挥社会主义文艺的作用，也都具有重要意义。因此正如茅盾同志所说，我们"绝不能估低《北京人》的价值，估低它的社会意义"(《读北京人》,《戏剧岗位》1942 年 3 卷 5 期)。

原载《南京大学学报》1979 年第 3 期

# 《北京人》人物论

## ——曾皓、曾思懿、愫方

李树凯

《北京人》描写的是一个没落的封建官僚家庭的崩溃。曾家是个“曾经盛极一时的大家门第”，在家运鼎盛时代，宾客盈门，那时的主人是翩翩贵胄，意气轩昂；而今这个古老的世家，已家道衰微，四面楚歌。那个家庭里形形色色的人们之间的矛盾斗争，各自不同的生活归宿，表现了中国旧家庭的分崩离析，反映了中国旧制度内部脱胎变化的一段历史过程。

### 一、曾皓

曾皓是曾家立业祖先敬德公的儿子。他年青时也偶尔出门做官补缺，但终究是凭着祖业，闭门纳福。如今他已届暮年，气短力拙，事不从心。他自私、怕穷、怕死，怕没有留下足够的产业而看子女们的难看脸色。穷对他成了莫大的威胁。作为家长，他怕管家的长媳曾思懿。表面上她奉承他、尊敬他，背地里他的威严早已丧失殆尽。子女们也使他失望，他骂他们“不孝无能”。这一切都使他抑郁、多疑，不得不忍让。

他在精神上总是恪守着诗礼之家的道德规范，士大夫门第的家教，繁文缛礼是不可少的，阶级的尊严，家庭的威权和秩序不能没有，而且每每夸耀这些，尽力显出大家子气。

但毕竟不是当年了，为了不使自己成为子女的累赘，只好躲起来读经念佛，养神补气，寻访延年益寿的偏方；漆寿木、吃补药，是他绝不肯让步的，而且常常以此自得自喜：

> 陈：……我一算可不是有十五年了？（对皓）这副棺材漆了十五年！（惊羡地）哎，这可漆了有多少道漆呀？
>
> 皓：（快慰）已经一百多道了。（被他们扶掖向长几那边走）
>
> 陈：（赞叹）怪不得那漆看着（手一比）有两三寸厚呢！
>
> ……
>
> 皓：……等吧，等到明年春天再漆上两道川漆再设法把杜家这笔债还清楚，我这孽就算做完了。（不觉叹一口气，望着瑞贞）那么运气好，明年里头我再能看见重孙——

鲁迅说，中国封建阶级的统治者们，所追求的最高理想，不外乎是，一，“兽性方面的欲望的满足——威福，子女，玉帛”；二，“欲望没有衰，身体却疲敝了；而且觉得暗中有一个黑影——死——到了身边了。于是无法，只好求神仙”；三，“求了一通神仙，终于没有见，忽然有些疑惑了。于是要造坟，来保存死尸，想用自己的尸体，永远占据着一块地面”。[①] 尽管曾家充满了饥荒、矛盾和斗争，但每人都在寻求精神上的安慰。漆寿木、添丁增口、四世同堂、家道中兴，是曾皓所祈求的愿望，也是他精神上的最大满足与安慰。曾老太爷还在做他“最高理想”的梦哩！

虽然那理想的时代早已过去，但“理想”之梦不能没有。然而现实对他的“理想”又是一个多大的讽刺呵！暴发户杜家像勾魂摄魄的魔鬼一样，处处捉弄他，把他的“理想”之梦撞个粉碎。曾家被杜家搅得家宅不安。中秋节里，曾思懿提起连住房也将卖给杜家时，引起了曾皓的无比愤怒，感到了希望、理想的渺然，而子女又不能顶门立户，使他痛心！

> 现在家里景况不好，没有一个人能赚钱，（望文清愤愤地）大儿子第一个就不中用！隔壁那个暴发户杜家天天逼我们的债，他们硬要买我们的房子，难道我就听他们再给一两万块钱，乖乖把房子送给他们么？（越说越气）这种开纱厂的暴发户，仗势欺人，什么东西都以为可以拿钱买！他连我这漆了十五年的寿木都托人拿钱来买，（气得发抖）这种人真是一点书都没有读过。难道我自己要睡的棺材都要卖给他？（望彩）文彩，你说？（对文清）文清，你这个做长子的人也讲讲？……

曾皓在痛骂子女之余，暴发户杜家成了他诅咒的对象。什么不读书的人家，哪有一点世俗人情、信义！哪里懂得圣贤之道！但对曾皓来说，除了发一通讥讽、诅骂之外，还能有什么办法呢？在他慨叹、诅骂之间，突然从隔壁院里传来震耳的鞭炮声，杜家过节的鞭炮声，像勾魂符一样，使曾皓震惊，连忙掩住耳朵，喊道：“关上门！关上门！”在《北京人》里，杜家的逼债声、鞭炮声、抬棺材的吆喝声，始终像幽灵似的伴随着曾皓。第三幕是在杜家寅时抬棺材的最后通牒式的威逼下演出的。其中的第二场，曾皓在杜家抬棺材的闹声中，发出了绝望的叫喊：“不成！那碰不得呀！（对陈奶妈）叫他别，别碰着那土墙，那寿材盖子是四川漆！不能碰！碰不得！”

曾杜两家，一个破落户，一个暴发户。杜家没有出场，然而却是曾家走向破灭、崩溃的催促者。从作品的侧面描写可以看出，杜家也是一个从旧世家蜕变出来的资产阶级家庭。杜家的老太爷奄奄一息，在等待着曾皓那口漆了一百多道的棺材。作家把曾杜两家对立起来，是有生活依据的。资产阶级的成长对封建阶级是个沉重的打击，促使着封建阶级退出历史舞台。在封建阶级的代表者曾皓看来，资产阶级的杜家是亵渎了、蔑视了一切“神圣”的观念和道德，他们冷酷无情地公开掠夺，狡猾、欺诈。在这方面作家的观察、认识和表现是深刻的，反映了生活的真实内容。有的评论者说：“新兴的暴发户，是可以使抱残守缺的旧家庭崩溃的。然而，却不能笼统地就强调这种作用，这是不了解社会发展法则的缘故，因为作者随时强调这个杜家要抬棺材的事，使观众颇可以造成一种错误的观感：假使

---

① 鲁迅：《热风·五十九“圣武”》。

杜家不这样逼得紧，曾家就不会这样闹得天翻地覆了吗？又模糊了这个旧家庭的崩溃的所以然。”[①]“社会发展法则”“旧家庭的崩溃的所以然”是什么？不就是以阶级斗争为其内容么？曾杜两家的矛盾和斗争，正是阶级的矛盾和斗争。作家把逼债、抬棺等作为戏剧的情节，并不妨碍剧本揭示社会发展的准则。

在这方面有不足的话，倒是对曾皓的性格刻画、灵魂的揭示没有更深入一层。曾家一次又一次地被杜家打败了，更快地失去了它的阶级地位与威权。曾皓无可奈何，只能在痛骂子女无能之外，尽力鄙弃暴发户杜家不读书、不懂圣贤之道、没情没义等等。这正如《共产党宣言》在批判封建的社会主义者时指出的：他们反对资产阶级，总“半是挽歌，半是谤文；半是过去的回音，半是未来的恫吓；它有时也能用辛辣、俏皮而尖刻的评论刺中资产阶级的心，但是它由于完全不能理解现代历史的进程而总是令人感到可笑”。当然，曾皓不是个封建社会主义者，但他对暴发户杜家的憎恶、卑视与诅骂，也半是挽歌，半是过去的回音。像曾皓这种人，总是用他那个阶级的“崇高”的、“神圣”的东西作为武器去批判杜家。但那是不起任何作用的。曾皓的那种“完全不能理解现代历史的进程而总是令人感到可笑”的嚎叫和企图挽回旧制度、旧阶级命运的痴狂举动，描写得还不够充分，对他的批判还嫌不够辛辣，不够有力。

剧本揭示了曾皓们眼中的“模范的社会的最后残余怎样在庸俗的铜臭的暴发户的威迫之下逐渐灭亡下去，或者被这种暴发户弄得堕落起来”。[②] 作家在剥露曾皓的虚伪、自私、隐秘的贪欲，以及所谓诗意的脉脉温情等方面，是相当深刻的。第一幕里为愫方“说嫁”的一段情节，颇耐人寻味：

皓：愫方，你自己觉得怎么样？不要想到我，你应该替你自己想，我这个当姨父的，恐怕也照料不了你几天了，不过照我看，袁先生这个人哪——

思：（连忙）是呀，愫妹妹，你要多想想，不要屡次辜负姨父的好意，以后真是耽误了自己——

……

皓：（带着那种“稍安”“勿躁”的神色）不，不，你让她自己考虑。（转对愫焦急地）愫方，你要知道，我就有你这么一个姨侄女，我一直把你当我的亲女儿看一样，不肯嫁的女儿，我不是也一样养么？——

……

皓：愫方，你说说呀，小姐。你也说说你的意思呀。

愫：（摇头）我，我没有意思。（愫由通大客厅的门下）

皓：唉，这种事怎么能没有意思呢？

① 杨晦：《文艺与社会》，第 148—149 页。

② 马克思、恩格斯：《论艺术》第一卷，第 10 页。

这场各人怀着不同机谋、隐衷的“说嫁”，深刻而细致地表现了曾皓死拖活拉地要把愫方抓住不放的心思！他口口声声说不要想到他，要愫方想想自己，显得那样宽厚、慈爱，而内骨子里却是要愫方陪着他一同进棺材。他哪里是在为愫方着想、为她找一条生路！这个快要进棺材的人，涎着老脸，显出年老失恃的心情，死抓住对方不放。他的每句话，对愫方都是恫吓、威压，是精神上的折磨、损伤，使她永远打消生的愿望，屈服于他，做他的奴隶。第二幕里，曾皓晚上出巡时与愫方的对话，他的那种不可告人的心思，表现得更加淋漓尽致。这就是封建家庭的温情，家长的温和、宽厚、慈爱！这就是曾皓的思想感情的全部内容。

剧本最后作了这样的结束，当杜家抬棺材的时候，曾皓发着绝望的叫喊，跌坐在沙发上，只听訇然一声，土墙被抬棺材的人撞倒了。剧本一开始就从江泰的口里点出：土墙要倒了，修一修吧。但怎么修呢？这撑持着旧制度、旧阶级、旧家庭的墙是倒塌的时候了。这正是曾皓及其阶级、家庭的悲剧的象征。接着愫方、瑞贞出走，文清自杀……曾皓和他所属的阶级最后的日子到来了。

《北京人》让人们看到了那些旧阶级、旧人物的腐恶的灵魂，痴狂的举动，使人们更加憎恶他们，并下决心把他们送进棺材里去。

## 二、曾思懿

曾思懿是《北京人》里刻画得最成功的一个人物。

曾思懿是封建阶级大家庭里，有才干、有权术、有谋略、有旺盛活动能力的人。看了《北京人》的人，怕都会有这样的感觉：曾思懿是《北京人》里的王熙凤。当旧制度、旧阶级分崩离析的时候，其内部的矛盾斗争是异常尖锐而激烈的。这时候，它的内部便会产生像王熙凤、曾思懿之类的人。他们作为旧制度的维护者、支持者，处处要表现出他们的威权与慑服的力量；然而他们又是那个制度、阶级、家庭的直接破坏者，因而在他们的生活中处处预伏着阴谋、贪权夺利、尔虞我诈，直到与本阶级一同灭亡为止。

曾思懿是旧家庭里不可少的人物。《北京人》若少了曾思懿就会大大减色，也会失去它的艺术吸引力。毫无疑问，作家对曾思懿的刻画与塑造，是费了巨大的功力的。稍一不慎，就会把她简单化，成为一个恶德、恶行的象征；相反，又会把她塑造成一个有能力、有德行又值得同情的人。这样都会损害这个人物的形象和性格特征。

曾思懿上有公公、丈夫，下有儿子、媳妇和奴仆。对曾皓，她表面奉承，要争个“忠孝两全”，但背地里却咒他，嫌他死之不快；对丈夫不能说她没有一点温情，但更多的是镇服他，摆弄他，有时是羞辱他；对儿子、媳妇是克、骂，但也笼络，处处做出慈母的关怀与疼爱来，但又要显出她的家法，让他们怕她；对其他人，弱者她欺，像草一样踩死，硬的她咒，旁讽侧讥。总之，那个社会、家庭与生活，使她具有着残酷的天性，有着一套拨弄人的本领。在她的思想性格中，当然不会有劳动妇女的种种美德，然而也没有大家闺秀的什么“知书达礼”,“温良敦厚”。

不少评论家指出,作者对曾思懿有所偏憎,一味写了她的恶德、恶行,并认为她也有她的难处,对她也该同情。[①] 仔细分析一下,像曾思懿、曾文清与愫方之间的矛盾纠葛,不正是旧制度、旧家庭里常有的不合理现象么?同情应该放在哪一方面呢?我以为还是应从她的家庭地位、言行、思想性格分析着手,不能因为她是曾文清的结发妻子而占了好大的理,从而认为她的一切就是合理的,应该给予同情的。

剧本一开始,写她逼着丈夫出门谋事。为什么在合家团聚的中秋节的大清早,硬逼着丈夫出门呢?是要丈夫出门谋事,养家糊口么?不是。她很清楚,曾家虽已破败,但折折卖卖,还足够她那一代人享受。是为子孙着想么?她那势利贪财的心,不会想得那么远。问题是她在曾家二十年,曾文清并不爱她,是寄居在曾家的姨表妹愫方占据着曾文清的心。她知道她没有彻底征服丈夫,使他从精神上屈服。这是她最苦恼、最无法、最嫉恨的一件事。因而她早在运筹谋略:先逼走丈夫,然后全力对付愫方。

剧中不少情节描写曾思懿、曾文清和愫方之间的微妙关系,刻画了曾思懿的性格特征。她总是把自己的尖刻、狠毒、恶意的攻讦,表现得很诡秘;表面上总是那样谦和、大方,不像是容不得人的人。但她没有一刻不在旁讽侧讥,事事指鸡骂狗,时时挖苦文清和愫方,在人面前她张扬着为愫方“说嫁”,连在袁圆面前都要造成声势:“你想要新妈不?”企图弄得满城风雨,给愫方以压力,谋划着把愫方推出去。当着文清和愫方的面,她言不由衷,亲昵中流露出恶意:“你们两位一向是一唱一和的,临走了,也该留点纪念”。再听听她说些什么:

> 思:(眼一翻)真是怪可惜。(自叹)我呀,我一直就想着也就有愫妹妹这双巧手,针线好,字画好。说句笑话(不自然地笑起来)有时想着想着,我真恨不得拿起一把菜刀,(微笑的眼光里突然闪现出可怕的恶毒)把你这双巧手(狠重)斫下来给我安上。
>
> 愫:(惊恐)啊!(不觉缩进去那双苍白的手腕)
>
> 文:你这叫什么笑话?
>
> 思:(得意大笑)我可是个粗枝大叶,有嘴无心的人。(拿起愫小姐的手,轻轻抚弄着)愫妹妹,你可别介意啊,我心直口快,学不来一点文绉绉的秀气样子……

在短短的几句对话里,曾思懿的心里起了多大变化,内心与表面又多么不一致!她一点不掩饰自己。至于她平日的存心害人,冷言冷语,随时脱口而出,惟嫌挖人不苦,刺人不痛。当愫方给文清的信被她发觉后,便逼着文清当着她的面还给愫方。她恣意地嘲弄、促狭、威吓和羞辱,做得毫无顾忌,像对待两个玩偶一样。曾思懿这样做,绝不只是为了一时痛快,得到一种报复性的满足就完事,而是要从精神上摧毁对方。

① 姚莹澄:《〈北京人〉演出漫谈》,《文艺报》1957年第10期。

当她知道袁任敢有未婚妻之后，为愫方说嫁的计谋便失败了。文清出走两天又回来了。她的一切如意打算都失败后，便进而想出了更歹毒的办法：既然丈夫回来了，愫方又推不出去，索兴“娶”过来。听听她对曾文彩说的话：

我可急性子，连新房我都替文清看定了，一会袁家人上火车一走，空下屋子，我就叫裱糊匠赶紧糊。大家凑个热闹，帮我个忙，到不了两三天，妹妹也就可以吃喜酒啦……以后啊，(索性说个畅快)哎，说句不好听的话吧，以后在家里就是个“两头大”，(粗鄙地大笑起来)我们谁也不委曲谁！

从她那又泼又赖的话里，和那粗鄙的大笑里，透露出了她的存心不良。她迫不及待地要把愫方“娶”过来，犹如王熙凤接尤二姐进大观园，其心思用意不能不说诡诈恶毒。

曾思懿作为一个封建旧家庭的子媳，为什么会有如此大的本领、胆量和毫无顾忌的行为？回答只能是：那个旧制度、旧家庭，给了她以实力的地位和为所欲为的权威。曾家上下老小也只有她有点支撑、控制那个家的本领和发号施令的威严。其他人，老朽的老朽，小的小，无能的无能，吃闲饭的吃闲饭，于是她便很自然地掌握了权柄。但那个制度、阶级和家庭，毕竟破败了，她那势利的本性，使她竭力运用自己的力量和在为维护那个家庭的名义下，进行内部的角斗。她时时在为自己扒钱，想尽办法要把曾皓的存折弄到手。在她面前，曾皓表面上虽是个家长，并常常“故意夸张他在家里当家长的威严，但心中颇怕他的长媳”；曾思懿自信胜丈夫一头，又不像在公公面前还有个“孝”字碍着，因而更大胆放肆；对于吃闲饭的愫方、小姑和姑爷，她采取的是软者欺，硬者碰，决不饶人；至于在儿子、儿媳面前，尽量使用她的阶级、家庭的权威，控制他们，也利用他们。

但是，曾思懿所维护的旧制度和旧家庭，毕竟分崩离析了。她也落个一场空。就连在儿子、儿媳面前，她的权威也遭到蔑视。总之，曾思懿只能落个悲剧的收场。

曾家里形形色色的人们之间，充满了矛盾斗争，个个心怀鬼胎，尔虞我诈，一触即发。那个封建阶级旧家庭里的一切恶浊东西，在他们一件件、一桩桩的勾心斗角中，都暴露了出来。在这里，“统治着的社会本身中的破坏因素的作用”①，对旧阶级、旧制度和旧家庭的迅速走向崩溃，是不小的促进力量。旧阶级、旧制度和旧家庭中的“破坏因素”之间的相互吞噬，对新的阶级、新的力量是有利的。恩格斯说：“其实，对我们有利的历史讽刺就在于：这种封建的和资产阶级的群众的各色各样的分子对我们是有利的，因为他们互相使自己丢脸，互相责骂不休，互相把自己咬伤……最后互相削弱和身败名裂，为我们准备好基地，一个个陆续地证明自己毫无用处。”②这里说的“对我们是有利的”，“为我们准备好基地”，正好可以用来说明《北京人》的积极的现实意义。通过曾皓、曾思懿以及江泰等人，使我们看到了那个腐朽的阶级、制度和家庭内部的矛盾斗争，以及它是怎样一步一步地向着分崩

① 《马克思恩格斯选集》第一卷，第282页。

② 马克思、恩格斯：《论艺术》第一卷，第92—93页。

离析的道路上走去。

## 三、愫方

《北京人》里给人印象最深的是愫方。她博得了读者和观众最多量的同情。作家在描写和刻画愫方的形象与思想性格时，倾注了大量的热情。曹禺对愫方的同情与赞美是很显然的，而绝少批判。

愫方虽出身名门世家，但因父母早逝，从南方到北京，多年寄居在曾家，因而也就失去了生活的依靠。她初到曾家，有过较适意的生活，得到过一些温暖。曾老太太去世后，她也失去了爱宠。曾皓只不过把她当作一根拐杖，暮年生活的点缀和安慰。至于愫方的生活与将来如何，从没有人过问过。她的未来“渺茫如天际的白云”。她的生活和命运，如失了舵的船，没有定着。在曾家她日渐失去了自己的地位，虽身为小姐，却整天受着奴仆一样的使役，过着寄人篱下的痛苦生活。这个心地坦白的人，从来没有想到过存心害人，对每个人都怀着美好的愿望。然而，她却生活在处处都预伏着阴谋，在在都是芒刺的环境里。

在曾家的生活，使愫方变得犹如深井里的水一样沉静，不起一点波澜。她总是把受到的羞辱与痛苦，压在心灵的深处，从不喷发出来。她为什么要这样？因为有一个希望在支持着她，一个理想在鼓舞着她：她爱曾文清，愿分担他的痛苦，并希望他能摆脱痛苦，很好地生活。这就是她的理想、巨大的精神支柱和安慰。也正由于这一点，形成了她与曾思懿的矛盾，给她招来了一系列不幸与痛苦。剧本从开始到愫方出走，曾思懿对她的种种恶毒攻讦，种种阴谋暗算，构成了剧本的重要矛盾冲突。

愫方出场，恰碰上曾思懿与曾文清商量为她“说嫁”的事。这是曾思懿的预谋。文清对曾思懿的积极为愫方“说嫁”，难得顶了几句。但文清哪里是思懿的对手！被她骂了个狗血喷头。正在这时，愫方走了出来，依然神态恬静，微笑着，听曾思懿那莫名其妙、没头没尾的话。曾思懿对愫方表面恭维，但在恭维、亲切中却包藏着又尖又冷的挖苦和刻毒的戏弄：“这一家子就是愫妹妹你，心地厚道，待我好”，“你们两位一向是一唱一和的，临走了，也该留点纪念”，等等。愫方越听越不对头，终于是更凶狠歹毒的话刺进了她的心里。愫方经常处在极难堪的地位，但又无法对答。听听下面的对话：

思：(挢起舌头)通宵不睡觉怎么成！(疼惜的样子)哎，你怎么不叫我来替你呀。真是的，快回屋睡一会。(推着愫)你身子又单薄，哪经得住熬夜。(一肚子的关怀的心肠)哎，这是怎么说的。走，我的好妹妹，睡一会，回头真病了，我真要急死了。

愫：(哀婉地)不用，我睡不着。

思：文清，你看看真是再没有比愫妹再孝心的人了。我就爱愫妹妹这样的脾气，(对着愫方夸赞)不说话，待人好，心地厚道，总是和和气气，不言不语的，(忽转对文)文清,我要是男的,我就娶愫妹这样的人,一辈子都是福气。

为愫方"说嫁",可以说是《北京人》的"贯穿行动"。曾思懿的整个行动都是为了实现这一点:把愫方推出曾家。愫方在这场"说嫁"中,听到了多少冷言冷语,受了多少委屈,胸中压满了痛苦与羞愤。平日曾思懿防贼似的防着愫方,她难得和文清说几句话,只有通过诗画书信流露一点感情。曾思懿发现愫方给文清的信后,便有意要当面羞辱她,要文清当着自己面把信交给愫方,使她下不了台。这时候,愫方听任摆布,不声不响,僵立着,嘴角抽动着,伸出颤抖的手接过信。直到最后一场,曾思懿使出了包藏阴谋的"迎娶",愫方明知是不堪忍受的:"我真想大哭一场"。然而,她却忍让,甘受羞辱。她的惊人耐性,有时不可理解,她的忍让,简直不可饶恕。读者和观众在这时,恨不能为她大喊一声,但她却不出一点怨言,没有一点反抗。

愫方之所以一忍再忍,是为了她心目中的希望。为了这希望,她愿牺牲自己,承受一切痛苦。曾文清是个丧失了劳动能力与意志的"废人",而愫方认为自己非常了解他,从而哀怜他,为了他不顾自己的一切。愫方把自己的一生和希望寄托在这样一个人身上,正是她生活悲剧的重要根源。

愫方对文清的爱,她自己也知道是不能实现的。因而她希望他离开苦海似的家,做个有自恃能力的人。她坚信他是有志气的,只要离开那个家,就能得到幸福,哪怕他永远不回来,不见他,也就是她的最大安慰。文清出走时说:"决心不回来了"。愫方听到了感到充满了自信与幸福——"不回来是对的"。她想着自己要留在苦海里,去承受他留在家里的一切痛苦,而且把这看做是自己的责任与快乐。第三幕第一场中她与瑞贞的一段很长对话,是她这种感情的最深沉的流露,是她思想感情的高潮,也是她甘心忍辱生活下去的思想剖白。

愫方是在整天的沉思中,在丰富的幻想中讨生活的。她总是给自己设想一个美好的境界,在那里寻求理想的一切,但现实生活,总在捉弄她,那空洞的幻想一接触实际,便被撞个粉碎。这表现了愫方作为一个弱者,她那美好、单纯的灵魂,是博得读者和观众同情的主要原因。然而,愫方的思想感情与性格,有时又给人一种不可名状的嫌恶之感,因为一个受了玷辱还要忍让的人,一个生活在牢里还要从中求得自己的幸福、欢乐和安慰的人,是令人讨嫌的。听听她和瑞贞的对话吧:

瑞:(急切)你说呀,我的愫姨,你说过你要跟我好好谈一次的。

愫:我,我说,……他走了,他的父亲我可以替他伺候,他的孩子,我可以替他照料,他爱的字画我管,他爱的鸽子我喂。连他所不喜欢的人我都觉得该体贴,该喜欢、该爱,为着……

瑞:(插进逼问,但语气并未停止)为着?

愫:(颤动地)为着他所不爱的也都还是亲近过他的!……

瑞:(倒吸一口气)所以你连霆的母亲,我那婆婆,你都拼出你的性命来照料、保护。

愫：（苦笑）你爹走了，她不也怪可怜的吗？

瑞：（逼出一句话来）你真的相信爹就不会回来么？

愫：（微笑）天会塌么？

瑞：你真准备一生不离开曾家的门，这个牢！就为着这么一个梦，一个理想，一个人——

……

愫：……可瑞贞，我现在突然觉得真快乐呀！（抚摸自己的胸）这心好暖哪！真好像春天来了一样。（兴奋地）活着不就是这个调子么？我们活着就是这么一大段又凄凉又甜蜜的日子啊！（感动地流下泪）叫你想想忍不住要哭，想想又忍不住要笑啊！

……

瑞贞，多少年我没说过这么多话了，今天我的心好像忽然打开了，又叫太阳照暖和了似的。瑞贞，你真好！不是你，我不会这么快活；不是你，我不会谈起了他，谈得这么多，又谈得这么好！（忽然更兴奋地）瑞贞，只要你觉得外边快活，你就出去吧，出去吧！我在这儿也是一样快活的。别哭了，瑞贞，你说这是牢吗？这不是呀，这不是呀，——

……

更使人感到气愤的是，她又总在宣扬自己的生活哲学，让别人也像她一样地生活下去，相信什么终究会得到补偿的，会得到幸福的，等等。她哀怜别人，希望别人好，苦口婆心地要把瑞贞与曾霆撮合在一起。但这是什么样的哀怜哟！

愫：（安慰）人家说有了小孩就好了，有了小孩夫妻的感情就会好了的。

瑞：（沉重地摇着头）不，愫姨，我不相信，我们不会好的。（肯定）即使曾霆又对我好，我在这样的家庭也活不下去的。……

愫：（感动地）不要这么说话。你还小，生了孩子大家就高兴了。

……

（哀婉地）你现在快做母亲了，要成大人了，为什么想不要孩子呢？有了孩子，他就会慢慢待你好的……

很显然，这是自我欺骗，是“自愿奴隶”的思想。这种思想包含着浓厚的封建道德的因素。忍让、屈服和善良愿望，不会给愫方那样的人带来任何好处；相反，它在维护着旧阶级的统治，增强着旧制度、旧人物的权威，而自己则终究是被戕害者。

曹禺对愫方的思想感情的过多同情与宣扬，或者说欣赏多于批判，不能不说是作家思想中的弱点的表现。在《雷雨》中这种思想就已经表现出来。侍萍与愫方在思想感情的许多方面是相像的。她们都有异常的道德观念和惊人的忍耐力量，因而使她们不能够痛快淋漓地去控诉、去反抗,去揭穿旧势力的罪恶与虚伪面目;她们总是处处时时保持情感的平和,而不能使自己的胸中怒火喷发出来,令人沉重而压抑。剧中的这种过分纤细、柔弱的情感,削弱了作品的战斗性。侍萍与愫方的这种思想感情,绝不是作家思想的偶然流露,而是作家创作思想、美学观点的表现。在《雷雨·序》中,作家谈到该剧的"序幕"与"尾声"时,表明了自己的看法。他认为戏剧的效用,就在于使读者或观众,得到一种"哀静的心情""水似的悲哀""诗样的情怀",等等,使他们的"情绪入于宽阔的沉思的海"里。正因为这样,作家被愫方身上的那种道德力量和情感所融化,失去了批判的力量。

不少评论者对愫方的评论,也是感情的作用大于冷静的分析。有同志说:愫方的"外形显得楚楚可怜,却怀着一颗金子样的心"①。我们不妨把愫方与翠喜作个比较。翠喜作为一个被侮辱被损害者,在她那颗"金子似的心"里,有的是对被压迫者的阶级同情,而对侮辱人、压迫人的人怀着强烈的阶级的仇恨与反抗。愫方呢,她同样过着被压迫、被羞辱的生活,而当瑞贞劝她挣脱束缚与羞辱时,她却劝瑞贞忍下去;她对那个时时都会吞噬她的家和家里形形色色的人们,都怀着"爱"。这能说是值得同情的么?冯亦代同志更把愫方的思想与感情推上了至高无上的地位,说她"是生活的诗的顶点,美德的结晶"。② 这种赞美也是言过其实的。

最后谈谈愫方的出走。

愫方的出走,缺乏生活的依据和思想基础。前边提到,愫方对文清的离家和未来抱了莫大的希望,坚信他能够重新做人,会得到幸福和快乐。然而,就在愫方向瑞贞倾诉她的思想,说自己的心里得到了安慰,感到了温暖时,文清悄悄地回来了。天真的塌了。这对愫方是个霹雳一样的打击,精神上的支柱折断了,空想被击成碎影。她这才省悟过来,了解了文清是个弱者,一个没志气的人。文清回来是必然的。愫方还能怎样责备他呢?她只好说:"飞不动,就回来吧!"自此,支持着愫方忍辱生活下去的一切力量都消失了,她再不值得为他去牺牲。愫方对文清由爱变成为淡然的同情。另外,决定愫方出走的另一重要原因,是曾思懿使出她最后的阴谋——迎娶。她把这告诉愫方,并把自己的首饰拿出来,作为文清给愫方的聘礼。她以为愫方会被愚弄,目的就可以达到了。这对愫方来说,是个很大的侮辱。她一再忍让的结果,是被侮辱,而且不知道以后还会有什么样的更可怕的侮辱。在走投无路时,愫方才告诉瑞贞:"我也应该走了。"

这么看来,愫方的出走,是合乎她的思想的发展的,有着一定的思想基础。这样安排也可以说是作家对愫方的一种批判,对她那梦似的幻想的一个否定,当然也可以看做是愫方的反抗的表现。但这种批判、否定和结局,总显得有些拖泥带水,愫方临走时一再流露出她对曾皓的温情脉脉的留恋,愫方走两步,又"回头望望(曾皓)那衰弱的老人的可怜的

① 刘念渠:《转形期演剧纪程》,第 83 页。

② 冯亦代:《〈北京人〉的演出》,《人民日报》1957 年 4 月 23 日。

样子，忍不住又回来把自己要带走的毯子轻轻地给他盖上”，“边退边说，泪止不住的流下来”等等。按说读者和观众都希望愫方快些离开那个险恶的家庭，“假若作者让愫方死去，观众的神经会受不了的”。[①] 但愫方出走前没有一个坚决的与旧的决绝的思想变化，反而有着与旧的割不断的游丝。作家之所以让愫方出走，在很大程度上是出于对愫方的同情，不忍让她留在那个周围都是芒刺一般的家庭里，对她作了“放生”的安排。另外，外界的生活即瑞贞说的“有这么一个地方”，也显得模糊不清，不足以使她产生出走的决心。作家在修改本中改为“光明的地方”，而且在袁任敢与瑞贞的对话中，一再暗示要奔向“光明的地方”有很多麻烦，“也可能进集中营”等等。近来的评论者更直接地认为“光明的地方”是指延安，说明作家给青年指出了一条光明的道路。这样修改，正说明了作家自己意识到愫方的出走，缺乏生活依据和思想基础。再说，那种异常的道德观念，纤细的、优柔的感情，都像沉重的锁链一样束缚着她，走得动么？怕她也会像曾文清一样，要再转回来的。

原载《甘肃师大学报》1980年第1期

① 姚莹澄：《〈北京人〉演出漫谈录》，《文艺报》1957年第10期。

# 《北京人》艺术浅谈

韩云彤

曹禺是中国现代文学史上成就卓著的剧作家，他的戏剧作品不仅为中国人民所熟悉和喜爱，而且在国外也享有盛誉。

一九三三年，年仅二十三岁的曹禺完成了他的第一部剧作《雷雨》，显示了作者戏剧创作的才华，赢得了文艺界和观众的广泛赞誉。但是，年轻的曹禺并没有在《雷雨》的成就面前止步，而是在一个较高的创作起点上开始了他的文学生涯。写于一九三五年的第二个剧本《日出》就是作者"试探一次新路"的剧作。尔后，在《原野》（一九三六年）和《蜕变》（一九四〇年）中也都这样或那样地记录了作者前进的足迹。一九四一年写成的三幕话剧《北京人》，更是作者在积累了五个剧本的创作经验和进行了八年的艺术探索之后完成的佳作。无论从思想上或艺术上来看，《北京人》应当是作者创作道路上的一个高峰。

《北京人》通过对一个封建士大夫家庭的揭露和描写，表现了封建阶级的腐朽和崩溃，同时也透示出资本主义的厄运，正如作者自己所说："写《北京人》时，我的诅咒比较明确些了。那种封建主义、资产阶级是早晚要进棺材的！他们在争抢着寿木。而这个人世，需要更新的血液和生命。"[①]为了"让人们感到腐朽的恶势力必然将死去，而且非被埋葬不可"，作者在刻划形象，提炼情节，安排结构，运用语言等方面都作了巨大的努力，《北京人》表现了曹禺的圆熟的写作技巧，显示了他那独特的艺术风格。

## 一

舞台艺术形象是否典型、鲜明、生动，是衡量戏剧作品艺术成就的一个重要内容。早在一九三七年，周扬同志就指出过："《雷雨》的最成功的一面是人物。"[②]《雷雨》之后的许多剧作，都证明了曹禺是一位善于描绘舞台形象的能手，《北京人》的艺术成就，首先是在它的舞台艺术形象的塑造上表现出来的。

在《北京人》中，有名有姓的人物共有十三个，他（或她）们中的多数分属于曾家公馆的三代。这三代人被禁锢在小花厅里，他们矛盾着、撞击着，表现了新与旧的斗争，演出了一出时代的悲剧。

曾皓是属于第一代人，他是这个封建家庭的家长，是腐朽的恶势力的代表。曾家过去

① 曹禺：《〈曹禺选集〉后记》（一九七七年十二月）

② 周扬：《论〈雷雨〉和〈日出〉——并对黄芝冈先生的批评的批评》，《光明》第2卷第8期。

是煊赫一时的封建官僚地主家庭，当年，这门口“不是蓝顶子，正三品都进不来”。曾皓正是在这样的家里“享用祖上的遗产，过了几十年的舒适日子”。现在曾家已经没落，曾皓是老境坎坷，逐渐感到困苦。就是在这个时候，剧本更突出地表现了他的自私和阴暗心理，他的空虚和怕死的思想。

曾皓对生活的主要要求，完全集中在吃补药来延年益寿和漆他的棺材上。一付楠木棺材是他的前途所在，是他的命根子。这棺材漆了十五年，漆了一百多道漆，他还说：“慢慢漆吧！再漆上四五年也就勉强可以睡了。”整天想着的是后事，但他却怕死，而且也怕眼前的处境。他一直不愿说自己有钱，现在又不敢说自己没有钱，因为曾皓知道，哭穷固然可以应付嚣张横肆的女婿，但真要穷得露了骨，儿媳会做出一种可怕的颜色给他看的。他总是幻想着曾家“四世同堂”，但他却白白地消磨掉愫方的青春，现在还拖住这位孤苦无告的妇女，不让她出嫁。面对家道衰败，曾皓于无可奈何之中，有时埋怨一切，咒骂子女们不孝无能，叹息家运不昌，毁谤邻居们粗野无礼；有时他又自欺欺人地安慰自己和别人：或托福于“命运”好转，或寄希望于“明年开春”。

剧本在曾皓鲜明、强烈的舞台动作中，概括了较丰富的社会生活内容，寄寓着较深刻的思想政治意义。曾皓的艺术形象被打上清晰的阶级和时代的印记。

如果说曾皓是腐朽、垂死的一代，那么曾家的第二代主要是垮掉了的一代。曾文清和江泰则是第二代中两个不同的形象，是封建士大夫家庭生产出来的不同型号的废物。正如曾文清自己说的：江泰“跟我一样，我不说话，一辈子没有做什么；他吵得凶，一辈子也没有做什么”。

江泰是曾皓的女婿，一个专攻化学的老留学生。他留过洋，也做过官。后来，据说因有侵吞公款的嫌疑，“叫人四下里通缉的，躲在丈人家”。他说：“我爱钱，我想钱，我一直想发一笔大财……”可是，这只是一种梦想，“我的运气不好，处处倒霉，碰钉子，事业一到我手里就莫名其妙地弄得一塌糊涂”。人穷气盛，他好说话，好发牢骚，好批评，又好骂人，喝醉酒，拍桌子骂人，摔碟子摔碗是常有的事。在曾家小花厅里，江泰是比较直率的一个，常常说几句老实话。但他的直率和牢骚更加引起亲戚的讨厌。结果，他只是寄食丈人家，成为矛盾百出的曾家生活的一部分，整天过着从说空话，发牢骚到醉生梦死，从醉生梦死到说空话、发牢骚的生活。在百无聊赖之中，他可以对着麻衣相书来仔细研究自己的鼻子，从而再做一番发财的梦想；在牢骚发够之后，他也可以歇斯底里大发作：“闷极了，我也要革命！我也反抗，我也打倒，我也要学瑞贞那孩子交些革命党朋友，反抗，打倒，打倒，反抗！都滚他妈的蛋，革他妈的命！把一切都给他个推翻！”但是，鼻子并没有给他引进财神，革命的空话只是说说而已，江泰依然故我，过着醉生梦死的无聊生活。

和江泰相反，曾文清性格的突出之点是沉滞、懒怠，他懒于动作，懒于思想，懒于说话，懒于举步、起床、见人，懒于做任何严重费力的事情，懒到使人看得出：“这只是一个生命的空壳”。如果说曾文清也有自己的思想和本领，那就是封建世家培养起来的“享受”。他会下棋、会赋诗、作画，喜欢玩鸽子，而且特别会“喝茶”，据说：“他的舌头不但尝得出这茶叶的性情、年龄、出身、做法，他还分得出这杯茶用的是山水、江水、井水、雪水还是自来水，烧的是炭火、煤火或者柴火。”他爱愫方，爱得十分真挚；但这只能是理想上的爱情。因为他胆小、无能，不敢去找她，找到了她也不敢要她，他只配演一场爱情的悲剧。妻子曾思懿的折磨，数不尽的思想苦闷，促使曾文清要离家外出，以改变现在的处境；但他又缺少这样做的决心和勇气。后来他在一急之下离开家，但又很快地悄悄地回来了。愫方曾悲愤地下了这样的结论：他已经不会飞了！想飞出去，却飞不动。

曾文清和江泰一样，是时代悲剧造就的形象，是没落的封建家庭的产物，他们的存在本身，就是对腐朽的恶势力的强有力揭露。

曾思懿和愫方是第二代人中另一对不同的形象。由于两人的出身、社会地位和生活道路的不同，再加上思想、气质上的差异，所以表现了迥然不同的性格特点。思懿是曾家的管家“大奶奶”，她既精明能干，又刻薄狠毒。在伪善的笑脸后面是自私、嘴尖、猜忌多疑，在每件事情上，总表现出锋芒毕露，咄咄逼人。而愫方呢？恰恰与此相反，她是寄食曾家的孤女，长期以来，养成一种惊人的耐性，表现得异常缄默。她有纯洁、真挚的爱情，有一颗善良、美好而又透明的心；但是在这个冰冷严酷的家庭里，这些却被压抑着，真是“爱不敢爱，恨不敢恨，哭不敢哭，喊不敢喊”。

如果说曾思懿的悲剧在于她生不逢时，而又过于自信好强，结果把自己置于亲属乃至丈夫的对立地位，那么，愫方的悲剧则在于她“把希望和幸福寄托在一个没有用的人身上，她爱了一个实际上是毁了她的人，她同情了一个实际上是害了她的人”。[①]

第三代是有些光亮的形象。曾霆和瑞贞是一对只有十七八岁的年青夫妻，他们的婚姻是双方的祖父在他们还于襁褓之中就缔定了的。婚后的生活并不幸福，在一间冰冷的新房里，二人同住了两年多，形同路人，十天半月说不上一句话。曾霆和瑞贞没有爱情，却有友谊，他们相互同情着，不甘心这狭小天地里的死样的生活，更不愿在封建世家的繁文缛礼中循规蹈矩，亦步亦趋。所以，他们就以各自不同的思想和方式来冲破这黑暗的天地，向着各自理想的境界走去，尤其是瑞贞。曾霆和瑞贞的悲剧是爱情的小悲剧，更是社会生活的大悲剧。

这三代人的形象和其他形象，多数都写得血肉丰满，栩栩如生。这些鲜明生动的艺术形象，不是靠他(她)们的履历表和鉴定书来完成的，而是用那被禁锢在小花厅的种种生活来表现的。像愫方说嫁，曾皓中风等普普通通的生活情节，却对刻划形象起那么重要的作用，这不能不说是作者塑造形象的高超艺术技巧。

《北京人》在艺术形象塑造上的可贵之处，不仅在于它刻划了不同人物的不同性格，而且还在于它能够写出人物性格的发展过程，如愫方、瑞贞、文清等就是这样。

愫方是一个十分坚强而内心光明的女子，在她对曾文清的爱情上，在她关怀曾霆和瑞贞的时候，在她忍受曾思懿虚伪的恭维和恶意攻击的过程中，她的性格表现得更鲜明、更充分。曾文清离家出走，使她的思想感情发生了一次明显的变化。她对文清的感情更真

① 颜振奋：《曹禺创作生活片断》，《剧本》1957年7月号。

挚，她对她所爱的人的家照顾得更周到；一个平时沉默寡言的愫方，在她向瑞贞谈起文清的出走时说了那么多的话，而且句句情真意切，荡气回肠。愫方毕竟和瑞贞不同，她是属于第二代，她老是把自己的幸福、理想、爱情囚禁在快要压上盖子的棺材里——曾家公馆里，文清的出走更促进了她这样去做。然而，就在她为那不幸的爱情而准备牺牲一切的时候，曾文清又悄悄地回来了。这是对她的最沉重的打击，也只有在这个时候，愫方的性格才起真正的变化，她对文清失去了信心，在心头上熄灭了爱情的火花，她真正承认曾家公馆"这是监牢"。所以，愫方毅然地接受了瑞贞的劝告，冲出曾家，投身到一种新的斗争生活中去！

同样，曾文清一步步走上毁灭自己的道路，瑞贞决然解除与曾霆的婚约，投身到革命洪流中去，剧本都准确地写出了这思想行动的发展变化过程。因为写出了人物性格的发展变化，所以人物形象显得更丰满、更真实、更富有艺术感染力量。

在《北京人》中，主要人物形象写得很生动，次要人物也写得颇有性格特征，陈奶妈、袁圆就是很好的例子。四十年前，陈奶妈就已经是曾家的佣人，在曾家全盛时代，"她是死去的老太太得力的女仆"。现在她的到来，对于幽囚在小花厅里的第一代和第二代来说，是缅怀昔日的荣华、追忆逝去的梦境的一个重要媒介。她来自农村，保持着劳动人民的朴实、直爽、厚道的特点，但几十年的封建世家影响，她又有对主子奉承，对下人唠叨多事，甚至倚老卖老的缺点。她出场不多，台词也很少，但就在仅有的一些动作语言中，她的独有的思想面貌和性格特征已被清晰地勾勒出来了。

曹禺同志曾经告诫过读者，当你读剧本的时候，不仅应该注意那些主要人物的描写，还应该仔细研究那些出场不多，只说几句台词的人物，学习有才能的作家们如何通过精炼的语言来表现这些小角色。曹禺是从契诃夫的戏剧作品中得到这个重要的启示的，今天我们从《北京人》的一些小角色的描写中，不是可以得到同样的一些启示么！

## 二

艺术结构是戏剧作品艺术性的一个重要内容，剧作者要使自己的作品抓住观众，要把特定的社会生活浓缩到有限的舞台演出的空间和时间里去表现，就非在艺术结构上下工夫不可。曹禺说"我写戏很用心"，[①]的确是这样。解放前作者共创作了七个半剧本，而每一个戏他都是写得很认真。不少剧本要写三五个月，乃至半年以上，还没有算上那更长时间的酝酿构思的过程。曹禺同志不是多产作家，而是一位"难产"的剧作家。这"难产"指的是作者严肃认真、一丝不苟的写作态度。老舍就十分推崇曹禺的写作办法，说他"不慌不忙地写，极其细致的加工，写出一本是一本，质量不至太差"。[②]

从《雷雨》到《北京人》，曹禺一直很重视自己的戏剧创作的结构艺术，在设置矛盾冲突，铺陈戏剧情节，注意剧本脉络的贯通等方面，的确是很用心的，在这方面，《北京人》的

① 曹禺：《我对今后创作的初步认识》，《文艺报》第3卷第1期。
② 老舍：《出口成章》，作家出版社1964年版，第127页。

成就是十分明显的。

首先是在艺术结构的形式上,《北京人》表现了作者截取社会生活,组织戏剧冲突,穿插戏剧情节的艺术才能和特色。

生活是丰富多彩的,表现社会生活的戏剧其结构形式也应是多种多样的。有的戏剧可以按照情节发生发展的顺序,从头至尾源源本本地去表现生活,像我国传统戏曲所做的那样;有的戏剧可以只截取矛盾最后爆发并转化的一段予以集中地表现,而这矛盾发生发展的来龙去脉则在情节展开的过程中予以交代,《雷雨》《原野》就是这样;也有的戏剧可以在统一的主题思想的串联下,把不同的性格冲突、不同的人生形态和不同的生活场面不断地予以展现,像《日出》那样。

《北京人》的结构形式属于第二类,剧本主要表现了一个封建主义家庭的腐朽、没落。但它并没有去写曾家崩溃的过程,而是选取了它最后崩溃时的"戏剧性危机",即封建主义的曾家同资产阶级的杜家,"他们在争抢着寿木"。从第一幕起就写到曾家破落,拉开舞台大幕,呈现在观众眼前的虽是曾经盛极一时的曾家公馆小花厅和大客厅,但那朱颜已经褪尽,何况气象十分轩豁的"大客厅和西厢房都不得已租给一位研究人类学的学者"。舞台上的第一个戏剧情节是曾家门前债台高筑,时逢中秋佳节,而曾公馆却债主盈门。其中有裁缝铺的,果子局的,裱画店的等等,当然最主要是油漆棺材的和杜家的五万块钱这两笔账。"漆棺材的时候,老太爷挑那个,选这个,非漆上三五十道不可,现在福建漆也漆上了,寿材也抬进来了",但是油漆钱却没法还。"隔壁杜家又派一个账房来要那五万块钱",而且点明要用这钱来买曾家老太爷漆了十五年的一付寿木棺材。在曾家破落、穷相毕露中安下了争抢棺材的情节线;在交代有关棺材这一情节的过程中,穿插了其他戏剧情节。戏到第三幕,争抢棺材已经成为舞台上的中心情节,杜家老太爷快要断气,所以他们非要曾家的寿木抵债不可,并限定了时间——即曾家老太爷生日的半夜寅时以前。曾家几经挣扎,终于无望,只好眼巴巴地让杜家把棺材抬走,随着寿木被人抢走,曾经煊赫一时的封建世家最后是墙倒屋空,家败人亡。

"争抢寿木"是写曾家同杜家的矛盾,在《北京人》中主要描写的则是曾家内部的矛盾斗争。所以,棺材事件在第一、第二两幕中并没有构成舞台的中心情节,只是推进戏剧发展的一条情节线,到了第三幕才构成中心情节,并把外部矛盾与内部矛盾更紧紧地拧在一起,形成了强烈的戏剧冲突。

和这样的艺术结构形式相适应,《北京人》在场景和时间跨度上也做到高度地集中、概括。从场景来说,全剧共有四场戏,实际上只有一堂景,那就是曾家小花厅。作者为什么选择这样的地点作为开展情节、表现冲突的场景呢?因为小花厅易于表现曾家的盛衰,使两种景象形成鲜明的对照;而且这是曾家子孙聚谈的所在,商量事情的地方,又是联结大客厅和大奶奶等人住房的通道,便于人物和情节的集中;另外,这是破落的曾家留下来的最后藏身之处。这样的地点,只是为戏剧中人物、事件的集中概括提供了有利条件,但真正做到把巨大丰富的情节内容集中概括到一个场景中来表现,那却要作者具有高超的组织布局的能力。从时间来说,《北京人》的时间跨度虽有一个月之久,但实际上只是两个不连续的十二小时，第一、二幕是中秋节的正午到夜晚十一点钟；第三幕的两场戏是一月后的傍晚到翌日五点钟左右。在不到二十四小时（非连续性的）的跨度之内，把一个封建大家庭崩溃时的那么多人物，那么多事件，那么多矛盾斗争都予以淋漓尽致的表现，这同样需要高度的集中、概括的能力。

曹禺以自己的创作证明，他不大喜欢按部就班地表现矛盾冲突发展的全部过程，而习惯于集中地去反映最后的“戏剧性危机”，《雷雨》和《北京人》都是最好的例证。象《雷雨》，它没有写三十年前发生的事，也没有腾出舞台的时间和空间来反映三十年来的矛盾发展的过程，而是集中地描写了三十年后发生在周公馆的一天中的情节，也就是三十年来积聚起来的矛盾冲突在总爆发时所演化的戏剧情节。如果把《雷雨》和《北京人》的结构形式比较一下，我们也不难发现，前者或多或少的存在着斧凿的痕迹，用作者自己的话说：“太象戏”了；而后者却纯朴自然多了，它显示了曹禺的戏剧结构艺术的更加成熟。

其次，在《北京人》中，作者巧妙地运用虚写与实写相结合的方法来结构故事，丰富戏剧情节，充实剧本内容。

和其他文学样式相比较，戏剧创作受到的限制较大，要求也较高，情节的整一性就是其中的一点。亚里斯多德说：“按照我们的定义，悲剧是对于一个完整而具有一定长度的行动的摹仿（一件事物可能完整而缺乏长度）。所谓‘完整’，指事之有头，有身，有尾。”[①]还说：“情节既然是行动的摹仿，它所摹仿的就只限于一个完整的行动，里面的事件要有紧密的组织，任何部分一经挪动或删削，就会使整体松动脱节。”[②]我国清代戏剧家李渔也说：“头绪繁多，传奇之大病也。”他特别赞赏那些“一线到底，并无旁见侧出之情”的剧作。[③] 强调戏剧情节内容的单纯和集中只是问题的一个方面，戏剧作品要全面深刻地反映生活，它还有另一面，那就是在舞台演出条件的许可之下，努力扩大戏剧作品的生活容量。单纯和丰满、集中和展开、深度和广度的矛盾统一，这就是戏剧创作的辩证法。实写与虚写的结合，明场戏与暗场戏的结合，正是解决这对矛盾的重要方法。

在《日出》中，有两种社会力量始终没有出场，一种是以金八为代表的封建把头和金融资本的黑暗势力，另一种是以打夯工人为象征的光明的社会力量，对这两种社会力量完全采取了暗场处理的方法，随着情节的发展，它们和舞台上实写的人物情节互为因果，相辅相成，构成了一个完整统一而又丰富的戏剧情节。

在《北京人》中作者进一步发展了这种以实带虚，以虚托实，虚实并举的方法，《北京人》写的是封建主义和资产阶级在争抢着寿木，但那“开纱厂的暴发户”杜家，没有一个人物登场，观众能直接看到的几乎全是曾家。就是在第一、二两幕，写到杜家的地方也不多，只是虚写的几笔，例如说杜家派账房来讨债啦，他们“天天逼我们的债，他们硬要买我们的房子”啦，甚至“连我这漆了十五年的寿木都托人要拿钱来买”，等等。在这里主要采取以

① 亚里斯多德：《诗学》，人民文学出版社1962年版，第25页。

② 亚里斯多德：《诗学》，人民文学出版社1962年版，第28页。

③ 李渔：《闲情偶寄》，《中国古典戏曲论著集成》第7集。

实带虚，以虚托实的写法，这时的杜家只不过是在曾家破落时投射在那小花厅里的几道阴影。戏到第三幕情况就不同了，虽说是虚写，但却使观众感觉到这并不“虚”，而是很实在；杜家的人仿佛就站在天幕的后面，呼之即出。可以这样说，杜家的阴影已完全遮住了曾家小花厅的亮光，杜家的人已闯进曾家，在阴暗的曾公馆里，他们吵闹着，争抢着，一家在台上，一家在台下，共同演出一场时代的悲剧。虚写与实写到这时已经难解难分，更紧密地结合在一起了。

《北京人》之所以采取虚实并举的组织情节的方法，主要是作者在写《北京人》时，他对旧社会恶势力的诅咒更明确了，他痛恨封建主义，也痛恨资产阶级，他相信他们都要进棺材的。从戏剧创作的特点出发，他对两个家庭采取了从不同的角度去表现的处理方法。对封建阶级家庭采取正面实写的方法，对资产阶级家庭则采取侧面虚写的方法，作者深深懂得，在一出戏里，同时写出两个家庭的矛盾斗争是困难的，必须有主有从，有虚有实，主从得当，虚实结合。只有这样，才能使情节集中而又展开，线索清晰而又复杂多变，内容规整而又充实。

运用虚实相结合的方法，在戏剧作品中是常见的；但是把二者结合得如此紧密，而且虚写部分处理得如此巧妙、生动，这却是曹禺同志所特有的。从《日出》到《北京人》已一再证明，作者善于运用“暗场”来表现生活，善于引导观众去欣赏那种“台外戏”。

另外，《北京人》表现了作者在创作时十分讲究艺术结构的连贯、照应、匀称。

戏剧是文艺作品，它既要追求思想的深刻和内容的真实，又要讲究形式的美学意义和技巧的上达，一部戏剧作品之所以能够充分发挥它的思想教育作用和艺术感染力量，是与他那十分讲究结构布局分不开的。李笠翁就说过：“每编一折，必须前顾数折，后顾数折。顾前者，欲其照应；顾后者，便于埋伏。照应、埋伏，不止照应一人，埋伏一事，凡是此剧中有名之人，关涉之事，与前此、后此所说之话，节节俱要想到。”①《北京人》在这方面的成就也是突出的。

例如第一幕，戏是怎样开始的呢？仆人张顺向管家的大奶奶请示债主们都在门房等着讨账，怎么办？破落的曾家已无钱还债，曾思懿虽精明能干，但也无可奈何。她只能软硬兼施打发掉仆人，让张顺去对付债主们。张顺下场了，戏剧情节转向揭露曾家内部矛盾的方向发展。这一幕戏最后又结束在债主夺门而入、直接向曾老太爷和大奶奶讨账的情节之中。这一幕，在讨债声中开幕，又在债主蜂拥而来中闭幕。这样处理决不是内容的简单重复，而是表现了情节的发展过程。这过程为曾家内部的矛盾斗争的发生发展提供了条件，这过程也直接显示了戏剧的主题。这样首尾呼应，前后贯通，使剧本结构得更紧密，更严整，也更匀称。

第二幕也是这样，这一幕的起讫是经过一番认真地推敲而精心安排的。幕一拉开，就交代曾文清原准备离家出走，因误了车而没有走。曾文清是这个封建世家培养起来的一

① 李渔：《闲情偶寄》，《中国古典戏曲论著集成》第7集。

个废人。他无法在家中呆下去，因为家中的种种矛盾使他痛苦；但是，真正要他离开家庭去谋生也同样是痛苦的，随着多种矛盾的发展甚至激化，尤其是受到爱情问题的冲击和妻子的折磨，在一气之下，他决然地离开了家。这一幕的最后一组舞台动作是"文清进屋立刻走出。他拿着一件旧外衣和一个破帽子，臂里挟一轴画，长叹一声，缓缓地由一个通大客厅的门走出，顺手把门掩上"。开幕和闭幕前呼后应，情节规整对称，血脉贯通，一气呵成，显示出一种动人的艺术魅力，这对刻划人物形象、揭露封建士大夫家庭的罪恶起着明显的作用。

## 三

逼真的生活描绘，浓郁的诗的气氛是《北京人》所表现出来的重要艺术风格。

《雷雨》是一部"抨击着中国的家庭和社会"的优秀剧作，它不是以生动、逼真的生活的描绘为特征的，而是以曲折奇特的戏剧冲突和巧妙得出人意料之外的故事情节取胜的。后来，作者自己说："写完《雷雨》，渐渐生出一种对于《雷雨》的厌倦，我很讨厌它的结构，我觉得有些太象戏了。技巧上，我用的过份。"①从《日出》的写作开始，曹禺决心改变这种"太象戏"的情况。在这方面，他获益于契诃夫的剧作。他说："契诃夫给我打开了一扇大门。我发现，原来在戏剧的世界中，还有另外一个天地。"②这就是契诃夫开拓的艺术天地。这里"没有一点张牙舞爪的穿插，走进走出，是活人，有灵魂的活人。不是一段惊心动魄的场面，结构很平淡，剧情人物也没有什么起伏生展，却那样抓牢了我的魂魄"。③ 如果说在《日出》的创作中，作者进行了一次新的艺术风格的试探，那么在《北京人》中，一种新的艺术特色已经十分突出。在这出戏中，没有特别强烈的戏剧冲突，没有过多的惊人的故事，也没有多少巧合的情节和出人意料的结构安排；有的是血肉丰满的形象、逼真的社会生活描绘和浓郁的诗的情调和气氛。

像第三幕第一景关于愫方和瑞贞谈心的场面就是一个很好的例子。在一个深秋的黄昏，一对相依为命的妇女，坐在冷漠寂静的小花厅里，远处时断时续地传来凄凉的号声，她们促膝而谈。现在，瑞贞要走了，平时沉默寡言的愫方，禁不住向她第一次敞开内心世界，倾吐出蕴积得很深的真情。她说文清出走的第二天又偷偷回来看她；她说文清这次出走再也不会回来；她说要照顾好她心爱的人的家；她说她为什么不能离开这个黑暗的家庭……她诉说了心里的许多秘密。听过这段如诉如泣的内心自白，观众因愫方把心放到一个无用的废物身上而为她难过，观众也为她那甜滋滋的回忆和酸楚的深情而激动。这真是一段富有诗情画意的生活，它被描绘得那样逼真，细腻，生动感人。侯金镜同志在评论《北京人》时说过："生活，在这个戏里是慢慢流出来的，观众进入戏里还可以跟着作者慢

① 曹禺：《怎样写〈日出〉》，《月报》第1卷第4期。
② 张葆莘：《曹禺同志谈剧作》，《文艺报》1957年第2期。
③ 曹禺：《怎样写〈日出〉》，《月报》第1卷第4期。

慢地想。”[①]是这样，从陈奶妈风尘仆仆来曾家拜节开始，尔后是袁圆与曾霆的嬉戏，思懿对文清多次进逼，文清与愫方荡气回肠的爱情生活，江泰对曾家入木三分的批评，乃至愫方说嫁，曾皓中风，江泰外出借钱；直到文清悄然归来，瑞贞和愫方决然出走，那一桩桩的逼真的生活情节，慢慢地在曾家小花厅里流着，流着。有时也会掀起较大的波澜（如江泰奇峰突起式的外出借钱），但更多的时候，却是荡起涟漪和浪花。为了更真实地表现生活，作者有时可以从一两幅画中引发开来，有时却是从鸽子上借题发挥，有时是在述说婴儿的衣服和帽子，有时却又评论着公子哥儿们的喝茶和吃饭。凡此种种，都被描绘得生动具体、真实可信而又和谐贴切。作者正是在对这些生活细节的描写中，展示了人物的精神面貌，刻划了不同的性格特征，演化出各式各样的矛盾纠葛，显示着一个个寓意深邃的生活哲理。

《北京人》所表现的浓郁的诗的气氛，是由多方面的因素所决定的。首先因为剧本展现了一幅幅意境深远的生活画面；其次因为作者善于展示人物的内心世界，显示出一种鲜明的抒情色彩；另外也是与那些富有哲理性的细节穿插和气氛渲染分不开的。像鸽子、风筝、诗画的穿插；像号声、鸽哨声、爆竹声以及北京所特有的各式各样的叫卖声等等音响的渲染。这些都加重了剧本的诗意，产生一种真实、亲切、和谐、动人的艺术效果。

浓重的喜剧色彩是《北京人》的另一个重要的艺术特色。

在《雷雨》中，曹禺的讽刺喜剧的艺术才能没有明显地表现出来。到了《日出》，作者的这种才能就得到突出的显示。而《北京人》呢，可以说是作者的喜剧艺术才能得到淋漓尽致的发挥，并显示出一种独特的艺术风格的一部剧作。

作者说：“《北京人》很可能是喜剧，不是悲剧，里面有些人物也是喜剧的，应当叫观众老笑。在生活里，老子死了，是悲剧，但如果处理成为舞台上的喜剧的话，舞台上在哭老子，观众也是会笑的。”[②]《北京人》描写的是一个封建阶级家庭的最后崩溃，开纱厂的杜家老太爷也断了气，曾家和杜家争抢着棺材，这本来是一出悲剧，一出时代的悲剧，但它却充满浓重的喜剧色彩。悲剧的情节内容，喜剧的气氛笔调，二者有机地统一在舞台形象之中，这就是《北京人》所表现的一个艺术特色。

在第一幕，曾思懿借一幅被耗子咬破的画，大加发挥说：“奇怪，一张画叫几个小耗子咬了，也值得这么着急！家里这所房子，产业，成年叫外来一群大耗子啃得都空了心了，你倒像没事人似的。”她说的“大耗子”，主要是指江泰等人。但就在她借题发挥的时候，左边屋里传出江泰骂人摔东西的声音：

左屋内的声音　滚！滚！滚！真是混账王八蛋，一群狗杂种。

曾思懿　（对文清）你听。

左屋内的声音　（仿佛打开窗户，对后院的天井乱喊）张顺！张顺！林妈！林妈！

① 姚莹澄：《〈北京人〉演出漫谈录》，《文艺报》1957年第10期

② 姚莹澄：《〈北京人〉演出漫谈录》，《文艺报》1957年第10期

## 三、人物—主题

一九三九年，在剧校听曹禺师上“编剧”课。他给我们读剧本，古今中外都有，读读讲讲，插入许多分析。谈到“主题”时，他说，有些戏，人物即主题。

这话给我的印象极深。我从中悟到的含义是：有些戏的“主题”，无法抽象为简单的概念。

排《北京人》时，这句话的含义扩大了。我感到，必须把握住人物，充分地揭示出形象本身是如何在生活中存在的，才能透彻地表达作品的主题思想。袁任敢、袁圆、瑞贞、愫方，这几个活人的品质显然不是几个简单的概念所能表达得了的！观众不仅可以从他们身上感知时代的力量，得出“反封建束缚，争取自由的斗争必然胜利”的结论，还可以从她(他)们的品质中吸取营养。

江泰、文清、文彩，不仅可以使观众感知封建罪恶的后果——制造出大批“废物”，还可以使观众思索出路在哪里。

曾皓是封建制度的化身。这个形象有助于说明封建制度的腐朽和残忍。从人到物，从生命到灵魂，都在它掌握之下。它还有一付伪善的面孔和一套“家规家法”，用以维持其统治。至于思懿，则是封建社会的既得利益者。她是那个制度的产物：自私、贪婪。观众看了他们，便知道腐朽的封建制度必然崩溃。生动的形象比抽象的概念更有说服力。如果我们不致力于在舞台上塑造有血有肉的人物形象，或者表现得不准确，那会怎么样呢？

## 四、“真坏”与“可怜”

一九五七年春，《北京人》初上舞台，观众对思懿和曾皓的评论是：思懿“真坏”，曾皓“可怜”。这评论颇使人苦恼，演员问我：“我们分析主题，说曾皓是罪魁祸首，观众却说他‘可怜’，这怎么办？”我很不安。这场戏确实没排好，以致曾皓弄“假”成“真”，引起观众同情。

后来，我们花很大功夫分析“潜台词”，研究如何表达曾皓伪装下的“坏”。对第二幕的“重点戏”，做了如下改动：

1. 加强愫方被“奴役”的形象——愫方被迫给曾皓捶腿时，在强调她疲倦的同时增加一个头晕几至昏倒的动作。

2. 强调曾皓的多疑、做假。增加一系列对愫方表示怀疑，装病，窥测愫方反应的动作。

3. 加强愫方受迫害的形象。愫方精神受到压制时产生恐惧，步步后退到沙发后边哭泣，大哭时更退至舞台深部。

4. 强调曾皓迫害愫方的手段：他不顾愫方的哀求，面对观众，一句重似一句地把他准备好了的话说尽，直到“达到目的”了，才转用“温和”的语气。

经过这样处理，观众的印象变了。作者本来对这场戏不满意，后来看戏时却说：“真坏，这老东西真坏！”剧场中也时常听见“真坏”的评论。

这例子说明，导演阐述主题的方法只有一个，就是通过形象。人物应该成为导演注意的中心。

## 五、找“潜台词”

上一段所说，实际上是如何把曾皓的“潜台词”和愫方的“潜台词”化为一系列可见的动作，表达给观众。如今回过头来想：为什么这次表达出来了，过去表达不出来？有两方面的原因：一方面，过去虽然找到了“潜台词”，却没有找到突出“潜台词”的手段。另一方面，有些“潜台词”找的不够准确，以致只能做一般化表演。例如，曾皓要愫方给他捶腿，过去我们说他的腿疼，有几分装的，也有几分真的，他经常如此。这次，根据“议婚”这个特殊情况，我们认为曾皓今天“装腿疼”，有明确的目的性，他想说的是“你要嫁人，姨父就活不成啦”。他一边装一边注意愫方的反应，发现愫方动作缓慢，便用自己给自己捶腿的方式，强迫愫方给他捶腿。愫方白天累了一天，昨天又一夜没睡，十分疲劳。她有心事，不想捶腿，因此动作迟慢。曾皓却疑心她不想伺候他了：她想嫁人！于是他急于打消愫方嫁人的念头，一反常态，残酷地恐吓她……

当我们找准了这些“潜台词”时，便产生一系列目的性明确的动作。可以说，“潜台词”和“动作”互为因果。“潜台词”产生动作，“动作”又刺激“潜台词”。用导演的眼光看，找“潜台词”是关键。像《北京人》这样一出戏，找“潜台词”更是关键。找不准“潜台词”，戏就“死”了。

## 六、“点石成金”的魔杖

《北京人》第三幕，在愫方向瑞贞倾诉心曲以前，我们增加了一段戏：“愫方掸画”。目的是让观众对愫方此刻的精神状态有个认识——音乐声中，愫方发现袁圆送还的鸽子，想起了文清：文清离家已经一个多月，她答允替他守着这个家。鸽子勾起她的心事，墙上的墨竹和文清的题字又使她念及往事。于是，她拿起掸子，在怀念的心情中掸掉画上的灰尘……这段戏演出效果极好。观众从愫方的动作和神态中了解了她的思想感情和处境。

接着瑞贞上场，开始《北京人》中最感人的“倾诉”场面。这场戏是“高潮”，是“转折点”。瑞贞拉愫姨和她一起出去，愫姨却不肯离开这个家。在步步深入的谈话中，作者细心地写出了这两个辈份不同，思想方法不同的妇女的精神状态。多么美的灵魂！多么纯洁的思想！多么勇敢的人啊！这场戏以极为抒情的调子感动着观众，孕育着矛盾，直到文清“鬼魂”般出现，“天塌了”，情节才急转直下。

为这场戏，我们过去曾付出极大劳动，但“潜台词”仍未挖尽。这次重排，在瑞贞上场的一刹那，找到了更准确的“潜台词”。

瑞贞上场时，看见愫姨掸画的神情，刹那间，她明白了愫姨的心情和思想，停了一下，才同情地喊：“愫姨！”愫方从“梦”中惊醒，折回身，十分惜别地向瑞贞说：“你来了！”（惜别！她怕瑞贞走。）

瑞贞察觉到愫姨的悲哀，问：“你看见我搁在你屋里那封长信了吗？”（她想知道这封信的效果，观察她。）

愫方点头:“嗯。”(她不能离开这个家。瑞贞虽然说的对,她却不能跟她一起去。)

瑞贞说:“你不怪我?”(我不肯留下来,也许伤了你的心?)

“不!”(我知道你应该走!)

瑞贞一边思考如何劝她离开这个牢,一边放下箱子。

愫方凄然地跟着她:“真的要走了吗?”(你走了,留下我一个人。)

瑞贞说:“嗯。”(抬头观察愫方。)

“别走吧!”(并不是劝止,只是舍不得。)

“愫姨,你还劝我忍下去?”(待在这个吞噬了我们的青春、生命和一切的家里!)

想到自己将孤零零忍受折磨,愫方的心乱了,她困难地说:“我知道,人总该有忍不下去的时候!”她的眼泪和悲痛一起涌上来,声音直抖。

“那么,你呢?”瑞贞察觉出愫姨的感情波动,追问着。

“不谈吧,瑞贞。”愫方的眼泪夺眶而出了,她连忙避开瑞贞……

请注意,写在这里的并不是字面上的分析,而是排演场上的真实情况。这段戏极好地说明了“潜台词”的魔力。

“潜台词”,很可能就是神话里“点石成金”的魔杖。我这样想。

## 七、四十五秒

《北京人》最后一幕,当墙倒屋塌,死的死了,走的走了,台上已空无一人时,有四十五秒钟“没有演员”的戏。此时舞台全暗,音乐声中,窗外曙色初露,雄鸡报晓,火车长鸣,一线朝阳映照在窗棂上,天亮了。这个“特写”具有象征性。首场演出时,我曾担心观众坐不住,后来放心了。《北京人》演了大约二百五十场,观众都安静地看完这个“特写”,很少有人离场。

为什么要把幕落在这个“特写”以后?因为,这是作者写戏时留下的“潜台词”,我们必须把幕落在出走的人身上,为出走的人祝福。这四十五秒钟只占全剧演出时间的二百分之一,但它很重要。

也许,这是《北京人》中最重要的一句“潜台词”。

原载《人民戏剧》1980年第5期

# 论《北京人》

朱栋霖

## “他们在争抢寿木”

一九四〇年，曹禺创作了三幕剧《北京人》[1]。继《雷雨》之后，他又一次展开了对中国旧家庭的抨击。应该把这个剧本看作是《雷雨》主题的继续和发展。

揭示封建家庭必然崩溃的命运，这是《北京人》问世以来研究者们对剧本主题的几乎一致的理解。他们指出《北京人》写出了封建家庭经济上的坐吃山空、家人亲戚间的矛盾倾轧，并以封建阶级的曾家和“暴发户”杜家“他们在争抢着寿木”[2]，象征封建主义和资本主义早晚都要灭亡。[3]

但是，象征、暗示虽然能点明主题，并且能与戏剧冲突所富有的思想内容相一致，却不能取代戏剧冲突的地位与作用。剧本的主题主要通过剧中人物性格之间的矛盾冲突展示，从情节和场面中自然流露。曾家经济衰落的线索在内容上也无法包括剧中的许多重要冲突，诸如愫方、曾文清、曾思懿间的感情纠葛，曾皓与曾文清的父子矛盾，曾霆与瑞贞的夫妻冲突等。上述冲突也不能仅从家人间钩心斗角的表面意义上去理解。显然，曹禺不是仅仅从经济的衰落与家庭内部的倾轧来揭示封建阶级灭亡的命运，而是从更深的意义上开掘主题。

揭示封建家庭必然崩溃的命运，是古今中外许多文艺作品的共同主题。在这个总主题下的每一部作品都有自己特定的主题，并通过它达到表现总主题的目的。社会生活的丰富复杂，作家观察社会、理解生活的角度不同，创作个性的互异，使表现同类题材、同一主题的作品各具特点。同是反映封建阶级的灭亡，曹雪芹的《红楼梦》与巴金的《激流三部曲》在主题上就各有特点，从而给作品打上鲜明的时代烙印。典型的意义不仅仅保留于一般地说明封建家庭的普遍命运，而是通过“这一个”家庭的兴衰际遇展示出特定时代、特定社会环境中封建家庭崩溃的深刻的社会根源和历史命运，从而赋予作品以鲜明的时代色彩和深刻的社会内涵。

曹禺在《雷雨》中着力揭露剥削阶级精神道德的堕落，在《日出》中刻划资产阶级女性

---

① 据文化生活出版社一九四一年十二月初版。

② 《曹禺选集·后记》。

③ 这段内容参见王瑶《中国新文学史稿》下册第一五六页及近年来诸家中国现代文学史著作。

陈白露的精神悲剧。他着眼于从人类精神问题的角度观察社会与人生，从人们精神道德的堕落寻求社会问题的答案。这一创作思想影响到艺术表现，他的笔总是深入人物的灵魂深处，探幽烛微地剖析人物的心理变化，以内心世界的深刻开掘见长。在《北京人》中，曹禺以曾家的经济衰落作为串连全剧矛盾冲突的线索和戏剧冲突发生的具体背景，在此情势下，展开家庭中善良与丑恶、新生与腐朽、光明与黑暗的冲突；并透过这些冲突，深入封建家庭这一躯体的灵魂与骨髓，着力反映出封建阶级思想统治的破产与精神的幻灭。就《北京人》所反映的抗战前的社会背景看，辛亥革命推翻了封建帝制，封建阶级失去了自己最理想的政治制度，民主革命的潮流不断冲击着封建主义统治，但是半封建半殖民地中国社会仍然保留着封建阶级赖以生存的土壤和气候。他们或则投向军阀，倒向资产阶级，或则偏居乡村一隅保留封建剥削，或则迅速破产，失去原有的经济来源和剥削对象。但是不管什么情况，他们仍能维持一套陈腐的封建主义精神统治，即使像周朴园那样资产阶级化的家庭里也弥漫着浓厚的封建气息。因为封建精神统治是封建阶级维护统治地位最有力的法宝，蔓延了二千余年的封建统治又在中国社会上造成了适合它生存的基础。这就形成了腐朽、没落中的封建阶级"百足之虫，死而不僵"的状况。曹禺深入剖析封建家庭的精神生活领域，着眼于从封建阶级精神统治的破产这一角度，反映他们由外到内的彻底腐烂，从而揭示出封建家庭必然崩溃的命运。这就比一般从经济上揭露更为入木三分，给封建阶级的灭亡下了有力的判决。

《北京人》的主题思想在剧中曾皓、曾文清、愫方、瑞贞等形象身上得到综合体现。剖析剧中的艺术形象，有助于准确深入地理解、把握剧本《北京人》的主题。

## "我的前途就，就是棺材"

曹禺在剧中通过一个具体的家庭来反映社会。家庭，是社会组织的一个细胞。社会的变化、发展影响到家庭的变迁，家庭的兴衰际遇体现出社会生活、阶级斗争的动向与趋势，而封建主义统治更直接表现为家庭宗法统治。曾家起家立业的祖先是前清声势显赫的官僚，诗礼传家是曾家的传统，北京的旧世家是中国封建士大夫家庭的一种代表。曹禺选取曾家这个没落士大夫家庭来反映主题，是有典型性的。

曾皓，则是这种家庭的象征，家庭中权势与精神统治的代表。但是，就像吃人参延长不了曾皓的寿命，曾皓的权势与精神统治也挽救不了封建家庭的没落。剧中老一代北京人曾皓的形象反映了封建阶级的灭亡及其精神统治支柱的崩溃。

没落中的封建家庭最基本的准则是守成。但是不劳而获的寄生虫生活使当年拥有丰厚财力与颐指气使权势的曾家迅速衰落下来，以至于债台高筑，靠典卖老太爷的寿木来抵挡外界经济上的逼迫。经济与权势的颓败激化了家庭中固有的矛盾：翁媳勾心斗角，夫妻性情不和，姑嫂互相倾轧，儿子要离家出走，第三代人对家庭不满。戏剧开幕时，曾家小花厅就处在这种内外夹攻、风雨飘摇中。作为家庭的统治者，曾皓用以维持这种摇摇欲坠地位的手段则是封建的诗礼信条。

封建诗教提倡“温柔敦厚”、“怨诽而不乱”，礼教主张“恭俭庄敬”①，它们是维护封建统治的根本信条，“父慈子孝”则是封建家庭的主要精神支柱。正如曾思懿所说：“我们家里什么都不讲究，就讲究这点臭规矩。”“曾家的家教”成了这个失去生存能力、内里虚空的家族的精神寄托和借以矜视世上一切的资本。诗礼，装点着早已腐朽的士大夫门庭，维持着家庭中人与人间冷冰冰的关系；诗礼，也是他们用以教导子弟，治家守成，继承家世的唯一法宝。

和曾家实际地位的跌落一样，曾家赖以生存的精神支柱也正在倾塌。我们在第一幕曾文清辞行、曾家儿孙两代一次次跪拜磕头场面中看到这种虚文缛礼虽然勉强地给冰冷的家庭关系罩上一层薄薄的面纱，也已成为曾思懿要权弄奸的手段。这时门外传来讨账人的骂声：“别丢人！”“这摆的什么阔气。没有钱，还不和我们一样。”屋外的讨账和屋内的跪拜根本不相干，曹禺巧妙地把前者穿插进来，形成对曾家“这点臭规矩”的直接嘲讽。讨账的声浪不断冲击着摇摇欲坠的曾家小花厅。经济和权势的颓败，像阵阵风雨袭击着诗礼统治的破烂帷幕。曾皓再也不能维持这种中世纪式的生活了。他首次出场时，曹禺在舞台提示中指出：这位一向以诗礼为不可更改的信条的老人，“有时几乎不相信诗书礼仪对他的子女究竟施了多大的教化和影响。”第二幕，曹禺进一步通过曾皓深夜与愫方的谈话，刻划这位首当其冲的家长对这种精神危机的预感。他知道家里“现在个个都盼我早死”，“大儿媳妇第一个不是东西，她就知道想法弄我的钱”“我肚里装的不是做父母的心肠，都装的是洋钱元宝啊”。诗礼的面纱已经无法遮掩家庭关系中的丑恶、冷酷，难以维持曾皓的统治地位。他狠心地推测着愫方孤单凄苦的将来来折磨愫方，也流露出自己内心虚弱、忧惧的信息。

曾皓无力制止危机的迫近，只能装聋扮痴，以求得一个虚幻的安逸境界。然而事态的发展不以他的意志为转移。他半夜被响声惊动，懵懵懂懂来到客厅，他的长子曾文清拖着烟枪突然出现在他面前，一个惊心动魄的事件终于发生，剧情陡然转入戏剧前半场的高潮：

> 曾皓惊愕的说不出一句话，摇摇晃晃向文清身边走来，文清吓得后退，逼到八仙桌旁，曾皓突然对文清跪下。
>
> 曾皓（痛心地）我给你跪下，你是父亲，我是儿子。我请你再不要抽，我给你磕响头，求你不——（一壁要磕下去。）

突如其来的事变，像一根导火线，引爆了酝酿已久的危机，曾皓以“下跪”这最劣的行为来谴责、乞求亲生儿子，读者和观众从这里看到的是曾皓幻想境界的破灭。

作为曾家长子的曾文清，被寄托重振门庭的重望。可是他非但无能谋生，还吸起鸦片烟自暴自弃起来。曾皓原先以为他已戒了烟出外谋事去了。突然的发现使曾皓目瞪口呆，看到自己亲手培养的儿子竟是这样一个无用的废人，“这样子怎么能见人做事”。这一

---

① 《礼记·经解篇》。

跪中，曾皓对曾文清的重托全部落空，对家庭前途的希望幻灭了。

跪拜，是封建社会君臣、父子、上下、尊卑间无可逾越的大礼。它显示着曾皓的家长威严，维持着“父慈子孝”、长幼尊卑的秩序。从第一幕曾文清向曾皓一跪三叩首，到第三幕曾皓向曾文清跪下，前后呼应、对照，形成突变。当曾皓顾不得什么“父慈子孝”，不惜让儿子担当逆伦之罪，向曾文清跪下，并以软弱无力的语气哀求曾文清，这酝酿已久的精神危机爆发了。这一跪，正是曾皓这座封建统治偶像内心空虚的表现，支撑这个家庭摇摇欲坠统治的精神支柱开始崩塌了。

曾皓在封建家庭统治支柱的倾塌与精神绝望中昏死过去——比起经济上的最后衰落、肉体的死亡，曾皓精神上的幻灭来的更早。虽然他后来被救了，但诗礼对家中任何人都失去了约束力量，家庭内部的种种矛盾、倾轧愈演愈烈。曾思懿用曾皓的寿木在做一笔交易，她无顾忌地当面顶撞曾皓，江泰、曾文彩、曾思懿当着曾皓的面大吵大闹，年轻一代正在谋求自己的出路。“别吵了！”这是曾皓制止家人争吵的吼声，但紧接着是：“我就要死了！”这声音是绝望无力的。封建阶级自身的空虚，已经在实际上和精神上都失去了对人们的控制。封建精神统治的崩溃，使垂死的封建阶级丧失了自身存在的基础，它的丧钟敲响了。

曹禺描写了封建阶级经济上、精神上的破产，毫不留情地宣判了这个阶级的死刑。曾皓指望着曾霆、瑞贞这一对小夫妻将来“撑起这个门户”，但紧接着是曾霆、瑞贞私下离婚，瑞贞出走，使曾皓的最后一线希望落空；他指望曾文清“回来找着好事”，然而曾文清回来后却自杀了；他死命抱住棺材，梦想死后在另一世界寻觅失去的天堂，但棺材被抬走了。曹禺给这个家庭在走向死亡路上的挣扎以种种无情的打击，层层否定了曾皓的梦想，描写了他们无可挽救地走向灭亡。“我的前途就，就是棺材”，他让曾皓“一个人站在那儿，直对着棺材流眼泪”，为自己阶级、家庭的灭亡唱挽歌。剧本最后，曾文彩对曾皓说：“爹，天就要亮了，我扶着您睡去吧。”光明的白天即将到来，曾皓不配看到阳光。曹禺让他留在黑暗里，永远“睡去”，将曾皓所代表的阶级送进了坟墓。封建家庭的崩溃，对于曾皓们来说无疑是悲剧性的。但是封建阶级的灭亡是历史发展的必然，站在革命的、进步的思想立场上的作家，正确描写了这种阶级斗争的趋势，反映出历史发展的规律。正如马克思所指出的：“历史不断前进，经过许多阶段，才把陈旧的生活方式送进坟墓。世界历史形式的最后一个阶段就是喜剧。”①喜剧是对悲剧的讽喻。曹禺以辛辣嘲讽的态度、决绝的立场处理曾皓们的这一“悲剧”，揭示封建阶级的灭亡，而不带任何感伤、留恋、惋惜、哀悼的情调。

曹禺创作《北京人》曾受契诃夫剧作《樱桃园》的一定影响。《樱桃园》在表现这一问题时则有所不同。契诃夫以樱桃园的形象代表俄罗斯旧贵族生活，表示要“清算过去”，埋葬旧生活，又以樱桃园象征旧生活那种幽美动人的诗意，流露出为美好的被毁灭而感伤的情调；他讽刺“不成器”的俄罗斯旧贵族戛耶夫和朗涅夫斯卡亚的无聊生活，但又为他们的软

① 《〈黑格尔法哲学批判〉导言》，《马克思恩格斯选集》第一卷第五页。

弱无力感到可怜，对他们的“孩子气”表现出善意的原谅，最后还写了新生活的追求者安涅召唤朗涅夫斯卡亚一起到明天美妙的花园里去。《北京人》与《樱桃园》主题类似，但曹禺在揭示封建阶级灭亡时，体现出更为进步的立场。

## “它已经不会飞了”

《北京人》塑造了封建阶级子弟曾文清的形象，着力揭示出封建精神统治的腐朽性及其对人的毒害、吞噬。

曾文清能诗擅画，聪颖清俊。在他和天真无邪的袁圆的交往中，对曾霆和瑞贞精神痛苦的体谅中，流露出他善良、温厚、淳朴的一面。这“分明是一个温爱可亲的性格”。可是他刚走完人生道路的一半，就吞食鸦片，结束了短暂的一生。他的灰色的生命没有发出一丝炫人的火花，就黯然窒息了。

曾文清以自己的悲剧参加了封建阶级的葬礼。这个封建阶级的殉葬品的结局不会产生多少激励人心的力量。要研究的是曾文清为什么会遭到这样的悲剧？他的悲剧说明了什么？

曾文清的精神生活中，曾经有件事激荡起他感情的波澜，那就是他遇上了一枝空谷中的幽兰——愫方，这个娴静温和、与他同声同气的女子。对待爱情生活的态度，能够鲜明地反映出一个人的思想性格和人生态度。曾文清既然希望有一个真正了解他的女人共处一生，可是面对一个最了解他的人，要爱不敢爱，只是停留在相对无言的沉默中获得哀惜与慰藉，哀痛地接受这不幸的安排。他既然与曾思懿在性格感情上难以苟合，可是面对曾思懿日常生活中对他的咄咄逼迫，连爆发一下的勇气都没有，只是无奈何地容忍，容忍。这就是曾文清性格的另一面，于是怯懦成了他的别名，苦恼伴随着他的灵魂。

不能简单地把这原因归结为曾思懿的凶狠。就像俄罗斯文学中“多余的人”的典型奥勃洛摩夫一样，“奥勃洛摩夫并不是一个在天性上已经完全失去自由活动能力的人。他的懒惰，他的冷漠，正是教育和周围环境的产物。”①如果遇上适当的环境，曾文清性格中聪颖、正直的一面得到健全的发展，他也许可以成为一个对社会有用的人。曾文清的不幸在于他从小生活的那个环境——弥漫着陈腐的封建思想毒气和腐朽的士大夫生活情调的家庭。统治了中国几千年的封建信条仍然是曾家治家的法宝和教子的准则。“一向是曾家的婴儿仿佛生下来就该长满了胡须，迈着四方步的。”他们迈着几千年来古人走过的步子走路，“非礼勿视，非礼勿听，非礼勿言，非礼勿动”，乃至一切思维活动都被圈在一个陈旧狭小的圈子里。封建思想信条是一具无形的桎梏，把他逼出一种畸形的心理状态，忍，无限量的忍，变得萎靡、彷徨、犹疑、懒散，遇事不敢相信自己，不敢去定是非，失去了一个正常人应有的思维与感觉。由此造成的苦恼和对周围生活的厌倦，引导他沉溺于悠闲、懒散、空洞的生活中，去打发这似乎特别悠长的无聊光阴。北平士大夫家庭引为美谈的诗酒

---

① 《什么是奥勃洛摩夫性格》，《杜勃罗留波夫选集》第一卷。

风流，填塞了他从少年、青年到中年的整个岁月。生活的销蚀剂是腐蚀灵魂的毒药，把曾文清性格中理应得到健全发展的人的因素、人的意气，消耗、吞噬了。曹禺这样写它的结果："重重对生活的厌倦和失望甚至使他懒于宣泄心中的痛苦。懒到他不想感觉自己还有感觉，懒到能使一个有眼的人看的穿'这只是一个生命的空壳'。"真是"哀莫大于心死"，一个人到了连人类与一般动物最根本的区别——思维都不想感觉到，这是多么触目惊心！陈腐的封建精神统治铸成了曾文清空虚的灵魂，他只能默默地接受自己人生道路上的第一重悲剧：一个"爱不敢爱，恨不敢恨，哭不敢哭，喊不敢喊"的苦恼、无聊的人生。

这时，在曾文清的灰色生活中似乎燃起了一星希望的火花，他要离开家庭到外面去谋生了。特别从临走前他向愫方告别的一席话中，我们发现了那一点令人欣喜的、有生气的萌芽：他诉说多年的痛苦、内心的不甘，表示"这个家，我不想再回来了"。挣脱死气沉沉的家庭牢笼的羁绊，到广大的人海中经一番风浪，正是曾文清恢复生气、摆脱悲剧命运的第一步。一个风雨之夜，他"臂里挟着一轴画，长叹一声，缓缓地"走出家门。可是一个多月后的某一凄凉的黄昏，他又"臂里挟着那轴画，神色惨沮疲惫，低着头踽踽踱进来"。第一步没有跨成，希望成了绝望。

正如曾皓预料的："他没有志气，早晚他还是会"回来的。在这点上，曾皓比愫方更了解这个封建家庭培养的子弟。首先，曾文清离家的行动多少带有一种人生奋斗的性质。对生活的正确态度和积极的人生目标，是这一行动成功的根本因素。多年来封建思想信条的捆绑、窒息，早已使他失去了人生的目标和理想的追求。他的出走是极度苦恼中的一种挣扎，更多的还是受了愫方的激励。试看他临走前一拖再拖，"剪不断，理还乱"的是对家庭的留恋和对诗、画、鸽子等旧生活和旧事物的依恋，最后是在父亲昏厥、自己惹下大祸的情况下才"长叹一声"怏怏而去。出走时就种下了必定返回的因子。失去了人生目标，就经不起生活风浪的颠荡。其次，封建文化教养和寄生生活没有也不会授予他独立生活的能力，悠闲的士大夫生活把他陶冶成无用的废人，他从未脱离过品茗、赋诗、赏花、听雨……未见过人海中的惊涛骇浪。这是一只久困笼中的鸟，一把精致的生活剪子剪去了它的健翮，翮下的羽翼早已退化净尽，它已经无力翱翔苍穹、搏击风云了。再次，曾文清后来对愫方说："你不知道""在外面的风浪"。这"外面的风浪"就是半封建半殖民地的严酷的社会现实。这现实容不得曾文清这样软弱、无能的人，他的阶级教养又决定了他不可能在社会中改变自己的思想性格，而曾文清所承受的陈腐僵死的封建信条也抵不住这社会风浪的冲击，一下就败退了。总之，曾文清生活的环境没有提供给他那有生气而又嫩弱的幼芽以生长的土壤，他挣脱牢笼的希望火花只能倏忽一闪就熄灭在深深的黑暗里。这就造成了他的第二重悲剧：出走不成，带着更深的绝望重又投进昏暗的笼里。

但是，从绝望到自杀还有一段距离。他可以浑浑噩噩地在这难以忍受的环境中苟活下去。或者他因为不能接受曾思懿胁迫愫方做妾这令人难堪的安排而自杀，剧中固然有此情节，但那是把批判的矛头单纯指向曾思懿，缩小了悲剧的意义。也许他因为失去了愫方的爱而悲痛欲绝，愫方确曾交还他钥匙，并表示不再为他看管字画，但那仅是殉情，是另一种悲剧。当然爱情悲剧也是社会悲剧，但显然，曹禺在处理曾文清、愫方的关系时，跳出了爱情悲剧的窠臼。应该从情节冲突的发展中,探索曾文清自杀的缘由。

第三幕第二景开场,曾文清闭着眼埋着头或者失望地出神。对生活的绝望引起他内心交织着“活下去还是不活”的激烈斗争。他虽然已经到了悬崖绝壁,但还没有纵身一跳的决断。等到愫方前来告别,这种时机到来了。解放后的修订本将两人此时此地的感情变化提示得更为清晰明确:

愫方不觉望着笼里的鸽子。

曾文清 (没有说,凄凉地)这,这只鸽子还在家里。

愫　方 (冷静地)因为它已经不会飞了!

曾文清 (一愣)我——(忽然明白,掩面抽咽。)

愫　方 文清。

文清依然在哀泣。

愫　方 (皱着眉)不要这样,为什么要哭呢?

曾文清 (大恸、扑在沙发上)我为什么回来呀!我为什么回来呀!明明晓得绝不该回来的,我为什么又回来呀!

愫　方 飞不动,就回来吧!

这短暂的对话在舞台演出时只有一两分钟,但曾文清的心灵却走过了一段长长的历程,卷起了一阵猛烈的风暴。对自己三十多年人生的真相,曾文清过去并不自觉。他感到愁、烦,但愁什么、烦什么,连自己也说不清,更不会看到自己已经成了一个“生命的空壳”。出于愫方之口的冷峻的一语:“因为它已经不会飞了!”像一道强烈的闪电,照亮了造成他“不会飞”性格的三十多年的生活道路,他看到自己竟是这样一个人,带来了对自己人生的幻灭,对陶冶他的封建信条的绝望。他一切彻悟,也一切幻灭。“因为它已经不会飞了”,未来的岁月也可预测,因而他大恸:“明明晓得绝不该回来的,我为什么又回来呀!”梦醒了,也许正可以走上生路:看到了自己的无能,也许正是脱胎换骨的先导。但要看人物性格中有无改变这种状况的精神力量。曾文清的悲剧在于:封建阶级腐朽的思想文化把他推上绝壁,而一旦看清自己的险恶处境时,却不可能赋予他任何自救的能力。曾文清又没有接触过现实中的新世界,可以从中吸取真正的力量。冰冷的现实击破了他的梦。梦醒了,但太迟了。梦醒了无路可走的痛苦酿成了他的第三重悲剧:对自己人生的幻灭、对长期来信奉的封建思想文化信仰的破灭,对封建家庭生活的厌弃和绝望,使他跳下了绝壁。

曾文清充当了腐朽的封建思想文化的殉葬品,这个结局有深刻的阶级、社会根源和他个人不可推卸的责任。但也不像某些评论所说的,他只能是一个无价值的喜剧性人物。作为社会的人,都有着复杂多样的思想性格,即使像曾文清一类属于没落阶级阵营的人物,也并非只有腐朽没落的阶级属性,而不具备作为人的某些品性。成功的艺术形象都是活生生的,具体的个人,而不是某个阶级概念的简单化身。如果我们撇开僵硬的教条和简单化的阶级分析方法,从作品实际出发,就不难发现,曾文清固然属于看不到光明而留在黑暗中的一群,但也有善良、淳厚的人的本性,挣扎求生的人的希望,厌弃黑暗、丑恶的人的因素。不管这些人的品性、希望、因素所占分量多少,毕竟是曾文清作为一个人的“有价值”的地方。曹禺正是从这里出发，怀着“哀其不幸，怒其不争”的心情，奏出了一支旧生活的悲歌。他以曾文清的悲剧三部曲，展示出腐朽的封建思想文化吞噬人的灵魂、扼杀人的理想希望、剥夺人的最后自救求生能力的全部过程，从而控诉了封建思想文化的罪恶。如果说“悲剧将人生的有价值的东西毁灭给人看”①，那么曾文清可以算得一个悲剧性的形象。曹禺对这个人物的悲剧性处理所产生的控诉力量，比有些同志所设想的喜剧性处理，更深刻有力。曾文清怀着对封建阶级思想信仰及其人生的绝望离开了曾家小花厅。这个由封建思想文化精心刻镂起来的人物对人生的幻灭，证明了铸就他灵魂的那个阶级及其思想文化体系是何等腐朽、丑恶、空虚，它也只能随着自己所铸就的人的死亡而崩溃。曾文清的形象正是从这一意义上表现了主题。

## “人总该有忍不下去的时候”

曾文清闷死在牢笼里，愫方却冲出了这个牢笼。曹禺通过愫方的形象，进一步开掘剧本主题。

愫方给人的印象是沉默，“象整日笼罩在一片迷离的秋雾里，谁也猜不出她心底压抑着多少苦痛的愿望与哀思”。让我们拨开层层包裹的烟雾，发现她内心的底蕴。

愫方出身于江南名士家庭，封建士大夫的思想文化教养在她身上留下了烙印。作为旧时代的女子，她承担着过多的旧思想、旧传统、旧道德的因袭重担。她长期寄居在曾家，弥漫于这家庭的封建精神统治的低气压沉重地压在她心头。何况她寄人篱下，经济的无助和终身的无靠使她明白自己只能是“看人家眼色过日子的人”，被剥夺了对生活的发言权，更不能倾诉心底的痛苦与愿望。封建家庭内部说不尽的矛盾、烦恼向她袭来，她呻吟于曾皓对她的精神折磨，辗转于思懿的冷嘲热讽和恶意摆布。她爱曾文清，但是“她爱了一个实际上是毁了她的人，同情了一个实际上是害了她的人，她以前的悲剧就在这里”②。曾文清的怯懦是直接原因，封建家庭的重压是根本原因。于是她只能紧闭嘴唇，抵挡无尽的折磨与痛苦。愫方沉默、忧郁的性格与过去悲剧性的境遇，正是封建家庭中腐朽丑恶势力与精神统治在善良人心灵上投注的阴影。

但是，愫方终于出走了。封建精神统治与丑恶势力没能阻遏住这颗善良的心的跳动。原来，愫方瘦弱的胸膛里活动着一个优美丰富的光明世界。“我们活着就是这么一大段又凄凉又甜蜜的日子啊！”愫方这一人生格言浸润着她立身行事的准则和丰富的人生哲理。曹禺在第三幕第一景中，通过愫方与瑞贞一席倾谈，层层拉开了愫方的心幕。

愫方善良的心充满对生活，对人的爱。她关心周围一切人，分担曾文清的痛苦，安慰寂寞中的瑞贞，甚至照顾起对自己凶狠的曾思懿，她临走频频回首，不是对旧生活的留恋，而是出于对人的同情，知道自己走了，这个迟暮的老人将怎样生活。她省下钱来做了许多小孩衣服，为的是迎接一个新生命的诞生。“什么可怜的人我们都要帮助，我们不是单靠

① 鲁迅：《坟·再论雷峰塔的倒掉》。

② 《曹禺创作生活片断》，《剧本》1957 年 7 月号。

吃米才活着的啊！”这是一个富有人情美的灵魂。在愫方身上，物质的追求已经让位于精神的享受，一根巨大的精神支柱撑起了她羸弱的身躯，去承受周围黑暗的重压。“我们活着就是这么一大段又凄凉又甜蜜的日子啊！”她总是希望向生活、向人们贡献些什么，从这种牺牲中咀嚼幸福。对生活、对人的爱，给予这位没有家、心里老是非常寂寞的女人以温暖，也是她后来能觉醒、出走的基本因素，这和对生活厌倦、绝望的曾文清不同。

曾文清走后，她拼出性命为曾文清看守这冰冷的家而无怨无艾。这种惊人的牺牲精神固然基于对曾文清个人的爱，但它还包含着另一面意义：愫方积极的人生态度和生活追求。因为她坚信曾文清的一句话：“他说他要成一个人，死也不再回来。”就是说，她相信曾文清已经在外面找到了他所应该有的生活——一个真正的人的生活，永远挣脱出了黑暗的牢笼：而这不正是囚禁在黑牢里的愫方所日夜向往的吗？正如杜勃罗留波夫分析“黑暗的王国”中善良人对光明的追求那样：“只要这个人还活着，对于生活的追求，就不可能在他心里消灭，这也就是说，它会用任何一种形式在种种外部行动中表现自己。这种追求越是被压抑的厉害，那么它的表现也越是奇形怪状。”①作为旧时代的女子，愫方难以轻易走出家庭，但是她不能获得的对光明的企求，在自己所爱的人身上实现了，那么即使自己为此而茹苦含辛，凄凉饮泣，也如同生活在那真正的人的世界中一样甜蜜幸福。“我们活着就是这么一大段又凄凉又甜蜜的日子啊！”愫方的人生哲学体现出她寄托理想与生活追求的独特形式。从愫方沉默与热烈、忧郁与追求的性格交织中，我们发现，在封建家庭包括封建精神统治磐石般的重压下，光明与理想正在潜滋暗长，以曲折独特的形式挣扎、斗争，探求生路。愫方以爱的支柱，在天涯的寂寞痛苦中撑起一座理想世界的大厦。但是她把自己的希望寄托在一个爱人身上，这希望就犹如虚幻的梦，注定要破灭的。

瑞贞的思想影响使愫方知道外面有一片新天地，但是愫方真要跨出家庭的大门，比瑞贞更难。“多少事情是要拿出许多痛苦才能买个明白呀！”如果不是曾文清从外面突然归来，愫方也许永远不会走出这个牢笼。

这是愫方最担心和害怕的事。她望着神色惨沮疲惫的曾文清，万分惊讶而痛苦地喊了一声：“啊！”一个突如其来的“发现”，在愫方心头炸响了一个闷雷，把她从幻梦中震醒：

过去，她满以为曾文清已经在外面“成了一个人”，获得了真正的人的生活；现在，曾文清回来了，这个家庭培养的子弟“已经不会飞了”，她对曾文清的看法全部推翻，希望变为失望。

过去，她把自己对生活的追求与向往寄托在曾文清身上，以曾文清在外面成了人的生活为自己最大的欣慰与幸福；现在，理想成了泡影，幻梦破灭了。

过去，她以凄凉为甜蜜，在黑暗与丑恶重压下默默忍受一切，以为“慢慢等吧，日子总有尽头的”；现在，现实敲醒了她的梦，黑暗的家庭不允许人们存有一丝良好的愿望，这个家庭实在待不下去了！

① 《黑暗的王国》，《杜勃罗留波夫选集》第一卷。

曾文清的悲剧轰毁了愫方用善良的心构筑起的爱的支柱，理想世界的大厦从空中跌落到地面，她转而只能重新考虑对待现实的态度。从发现到陡转，愫方开始迈起坚实的步伐寻求地上的光明。最后一幕中，愫方怀着一种异常平静的心情向曾文清告别："因为它已经不会飞了！""飞不动，就回来吧！"这里有同情、怜悯、谅解，但同情、怜悯不是爱。"人总该有忍不下去的时候"，愫方告别过去，面向未来，和新一代人瑞贞一起出去。当然，愫方只是以自己对生活的理解走出家庭，她向旧生活的告别是交织着欢笑与眼泪，她的思想与她跟随瑞贞所奔赴的新世界还有距离：但并不像某些"替愫方担忧"者所认为的"从性格发展来看，愫方的出走，却缺少一些依据"①。

车尔尼雪夫斯基说："艺术的主要作用是再现生活中引人兴趣的一切事物；说明生活、对生活现象下判断，这也常常被摆到首要地位。"②艺术家通过对生活的真实反映，展示生活复杂而深刻的本质，引导人们更深刻地认识生活本身。《北京人》塑造了一系列有血有肉的艺术形象，使我们看到，随着封建家庭经济与权势的跌落，维系封建家庭关系的精神绳索正在断裂，每个成员的思想发生着急遽的变化，整个家庭的精神领域呈现出分崩离析的状态。封建家长曾皓的精神支柱倾塌了；封建思想文化培养的子弟对人生绝望了；愫方那样旧时代最柔顺、最驯服的女性，她和瑞贞都是长期在封建家庭、封建精神统治最下层痛苦辗转、受压最深的人，也终于"忍不下去"，经过苦难的历程，冲出黑暗与丑恶的重重包围，唾弃了旧生活与旧的精神统治，追求新生活与光明；而另一个还留在家里的年轻人曾霆对这种生活也开始失望了。如果说破落中的家庭里，人们仍抱着共同的思想信仰，精诚一致，这家庭还有复兴的希望，那么只有封建家庭精神统治的崩溃，才从根本上宣告了封建阶级的灭亡是无可挽救的。

曹禺以黎明前的第一声鸡啼配合上述愫方向曾文清告别的抒情场面，点出愫方可贵的觉醒。这时黑暗将逝，曙色熹微，"远远传来两声尖锐的火车汽笛声"。尖锐、深长的汽笛声，划破了黑夜的死寂，引我们联想到愫方、瑞贞正奔赴的新的、广阔的天地。曹禺将自己对光明的热烈追求，对新世界必定到来的坚定信念倾注在戏剧形象上，通过愫方、瑞贞的转变和出走，揭示出光明与理想终于忍受不住黑暗的摧折，寻求新的世界去了。这个喜剧性的、"愉快的历史结局"，显示出"人类能够愉快地和自己的过去诀别"③，给《北京人》的主题抹上了一层令人鼓舞的、辉煌的曙色。

## "这是人类的祖先，这也是人类的希望"

《北京人》中有一个带有象征意义的、原始猿人"北京人"的模特儿。曹禺以"北京人"为剧本命名，囊括现实生活、史前社会、理想世界三种北京人，寄寓着剧本主题的双重含义。

① 戴再民：《替愫方担忧》，《戏剧报》1957年9月号。
② 《艺术与现实的美学关系》；《车尔尼雪夫斯基选集》上册。
③ 《〈黑格尔法哲学批判〉导言》，《马克思恩格斯选集》第一卷第五页。

这个“北京人”刚出现时，曹禺借剧中人提醒：“您不要闹糊涂了！”这个“北京人”在剧中多次出现，带有神秘、怪诞色彩，确实把有些评论者“闹糊涂了”，以至有人断定“这是一种‘返归自然’的思想的存在”[1]，是一种倒退的社会历史观。如何看待曹禺这一思想，是历来《北京人》研究中有争议的问题。

在曹禺多年的创作实践中碰到一个问题，他说：《雷雨》中他漏掉了一个最重要的角色，即“象征雷雨中渺茫不可知的神秘”，即“被称为《雷雨》里的一名好汉”；《日出》中那与舞台上腐朽垂死生活相对立，“象征着光明的人们”，“也硬闭在背后，当做陪衬”[2]。除了作者自身的思想局限，前者是技巧不允许，后者由于政治环境的限制。如何克服技巧与政治环境的限制，在舞台上安置一个与直接展现的戏剧形象相对立、正面代表作者理想的艺术形象，成了曹禺多年来创作中努力探索的课题。《北京人》以原始猿人“北京人”模特儿的出现来解决艺术构思中这一难题。

同时，这也反映了曹禺在现实社会中的一种探索。一九二九年北京周口店原始猿人“北京人”的发现，为人们提供了史前人类的模型，留下了一些可供悬想的、原始人在大自然中生存、斗争、发展的生活图景。古人类学研究的目的之一，就是通过对人类童年及其成长发展的研究，帮助人们了解现代民族的特点、历史变化和发展趋势，掌握人类社会的发展规律。这一发现，对于当时在黑暗中摸索社会前进道路的人们来说，是有刺激性的。曹禺从充满了生命力的原始人与大自然的斗争联想到现实社会的黑暗、沉滞，受到触发、启示，产生了对原始的力的憧憬。《雷雨》中蘩漪充满极端的爱与极端的恨，有一股原始的野性。《原野》中仇虎，出现在弥漫着“原始的恐怖”的森林里时，和这环境“显得异常调和”，就像“他的祖先——那原始的猿人”[3]一样，蕴藏着强劲的生命力。创作《北京人》时，曹禺对现实社会的批判，对新的社会的朦胧的憧憬，正好在原始人的生活与精神中得到印证。他通过赁居曾家的古人类学者袁任敢引进一个以修理卡车工人为模特儿的“北京人”，在第二幕由袁任敢正面介绍原始猿人“北京人”的生活，阐述出它所象征的社会理想；借江泰之口给予“发挥”，以人类的祖先“北京人”对照、批判它的“不肖子孙”——现实中的北京人，褒贬分明，寓意深远，揭示出剧本的题旨和曹禺这一憧憬的思想实质：

> 这是人类的祖先，这也是人类的希望。那时候的人要爱就爱，要恨就恨，要哭就哭，要喊就喊，不怕死，也不怕生，他们整年尽着自己的性情，自由地活着，没有礼教来拘束，没有文明来捆绑，没有虚伪，没有欺诈，没有阴险，没有陷害，没有矛盾，也没有苦恼，吃生肉，喝鲜血，太阳晒着，风吹着，雨淋着，没有现在这么多人吃人的文明，而他们是非常快活的。

曹禺憧憬原始的力：“他（指‘北京人’——引者）整个是力量，野得可怕的力量，充沛丰满的生命和人类日后无穷的希望，都似在这个人身上藏蓄着”；以“北京人”的勇敢有力反

---

① 刘绶松：《中国新文学史初稿》下册第一六九页。

② 曹禺：《日出》。

③ 曹禺：《原野》第三幕。

衬出囚禁在封建精神统治下的北京人的空虚、怯懦、腐朽、堕落，而改造这积重难返的社会正需要这种强大的力量。他向往没有礼教、文明统治的社会，向往原始人的无拘无束、任情率性；愤慨于封建礼教、文明对人们的束缚，以至于人们“爱不敢爱，恨不敢恨，哭不敢哭，喊不敢喊”。他赞美原始人的纯真、单纯；斥责现实中剥削阶级的自私、伪善、阴险、卑劣、倾轧、陷害等。

可见，产生这种憧憬的原因是曹禺对丑恶、黑暗现实的愤恨与否定。如果说仇虎身上蛮野的力，是一种对现实极度愤恨的迸发，“北京人”身上原始的力，则表现出对封建礼教文明即封建精神统治的抨击。其次，剧中“北京人”已不再是曾经存在过的周口店猿人，而是经过曹禺自己理解、改造的形象，寄寓着曹禺的思想。曹禺曾受到春秋时老子思想的一定影响，对原始生活的憧憬和赞美不能说与这没有关系，但曹禺并非像老子一样主张倒退到“小国寡民”的乌托邦中去，回复到几十万年前原始人喝人血、吃人肉的野蛮时代。再次，剧中“北京人”身上所体现的几个精神特征，流露出曹禺的向往与追求，他的朦胧的社会理想。这种思想毕竟体现出反对封建主义，特别是反对封建精神统治，追求个性解放的要求，属于革命民主主义思想范畴。应该指出，剧本中，“北京人”所象征的社会理想，与瑞贞、愫方所奔赴的地方在性质上应该是一致的。第二幕中瑞贞说：“有这么一个地方，那里——”她没有讲完的话，由“北京人”的形象给以补充说明。第四幕，当瑞贞、愫方苦于大门上锁无法走出时，“北京人”以粗重有力的声音说：“我——们——打——开！”“跟——我——来！”曹禺以修理卡车工人为“北京人”模特儿，说：“他像一个伟大的巨灵导引着人们前进。”意味深长地表示：正是“北京人”所象征的社会理想唤醒了处于黑暗包围中的人们，给予他们冲决罗网的力量，引导他们走向光明。他还寓意深远地引用王勃诗“海内存知己，天涯若比邻”为剧本题词，一个重要意思就是激励在黑暗中受尽折磨的善良人们一定能找到这一片新的、光明的天地。

由于中国共产党领导的革命斗争的影响，曹禺“朦胧地知道革命在什么地方”[①]。他当时还没有掌握马克思主义，缺少对革命的深入了解，因而他的朦胧的社会理想与他所知道的革命所在地还有距离。他借用原始人生活作为自己对新的社会憧憬与追求的体现。这一做法毕竟不是历史唯物主义的态度。作者思想上的朦胧，使剧本追求光明这一内容缺乏强有力的现实力量。

同时，家庭作为社会组织的一个细胞，既能从中窥测到社会发展的动向，又必然与整个社会生活、各阶层发生广泛的联系。事实上，封建家庭的崩溃，新一代的觉醒，主要是社会潮流冲击的结果。从《北京人》中那一角生活本身来看，刻划是深刻的，因为这种生活变迁的背后理应已包括了当时社会环境的影响与制约。但是，剧本没有点出或有力地暗示出这种广泛，深刻的社会联系。作品反映生活广度的不够，多少影响了主题的深度。

《北京人》显示了曹禺思想与艺术的进展成为他又一部代表作。从《雷雨》到《北京

① 《曹禺选集·后记》。

人》，曹禺都是从中国旧家庭的窗口来揭露剥削阶级的衰朽和没落的。《雷雨》着眼于暴露剥削阶级精神道德的罪恶，《北京人》进而揭示封建阶级的灭亡及精神统治的崩溃；《雷雨》在抨击周朴园的罪恶时，最后让他向侍萍表示了悔恨心理，流露出作者对周朴园的曲宥，《北京人》谴责封建阶级丑恶时毫不留情，坚决把他们埋入坟墓；《雷雨》中善良的人侍萍、四凤、周冲和受压迫者蘩漪等，都逃不脱悲剧命运的控制，剧中充满悲剧的压抑气氛，《北京人》中愫方、瑞贞等善良人和年轻一代终于冲破黑暗、投向光明，结束了自己的悲剧时代，剧中增添了令人鼓舞的力量。这些都是曹禺从生活和斗争中不断汲取力量，思想认识逐步提高的结果。《北京人》对封建主义的抨击及其没落命运的深刻揭示，在当时乃至今天都具有普遍的社会意义。

一九七九年七月初稿

十月修改

原载《文学评论》1980 年第 3 期

# 《北京人》探疑

辛宪锡

在曹禺的戏剧创作道路上，《北京人》是一个重要作品。但其重要性，并不如许多评论家所说，它是曹禺全部剧作的高峰；而表现在它是一个重要的转折点，即剧作家在走过《原野》、《蜕变》那一段弯路以后（这两个戏表现了一种忽视社会矛盾的非现实主义倾向），从此又踏上现实主义的康庄大道，而且赶上了《雷雨》、《日出》的思想艺术水平。这样，它与《雷雨》、《日出》一起，成了曹禺解放前的三个代表作。应该说，这三个戏很难分高下，而是各有长短。

这里，仅就《北京人》研究中几个重要的分歧问题，如它的主题的深刻性、人物的典型性，以及它的体裁特点，发表一点粗浅的看法。

## 一

《北京人》作于一九四〇年。不少人认为，它与《雷雨》表现了一个相同的主题。其实，这两个戏的主题还是有区别的，主要是对社会生活的理解与表现的角度不同。

《雷雨》写了一个周公馆，着重揭露周朴园精神道德的堕落，由此引起一群被迫害者的觉醒与反抗。剧中三条线索——侍萍的命运悲剧，蘩漪、四凤的爱情悲剧，以及以鲁大海为代表的工人罢工斗争，紧紧交织在一起，无不与周朴园形成尖锐的对立，激烈的冲突。人们在血与泪的教训中，在不屈的斗争中，终于认清这个“强盗”、“伪君子”的真面目，使他得到一个众叛亲离、家败人亡的结局。由于笔触深入到周朴园的灵魂深处，淋漓尽致地揭露了他的精神道德的堕落，因而他的家道虽处于资产阶级的上升期，他也决不会有好的前途，周公馆及其所代表的阶级，只能走向灭亡。这是《雷雨》主题的深刻性。《北京人》却是另一种情形。封建世家曾公馆既不同于官僚资产阶级的周公馆，曾皓也不同于周朴园。这位老太爷，并没有周朴园那么多罪恶。那末，剧作家又怎样来揭示曾公馆必然崩溃的命运呢？他也找到了三条线索。

一是曾公馆的经济破产。这个曾经“盛极一时的大家门第”，到曾皓手里，已无力守成，终于彻底破落。戏一开始，就是一群要账的人堵住了曾家的大门，弄得统管家务的大奶奶曾思懿十分尴尬。接着，仆人说姑老爷那屋的过道土墙要塌了，问“还收拾不收拾”，曾思懿说收拾不起，“老太爷还打算着卖房子呢”。曾思懿逼愫方出嫁，固然为了降住丈夫文清，以巩固自己在这个大家庭中的地位；但也不能说没有经济上的因素：“家里没有钱，连大客厅都租给外人，再也养不住闲亲戚。”曾皓这样对愫方哀叹：“我早就没有钱。我的钱早为你姨母出殡，修坟，修补房子，为着每年漆我的寿木早用光了。”他那口棺材，上了一百多道漆，惜之如命；但由于无钱还账，他已保不住自己的棺材。直到杜家前来抬棺材，他还在绝望中挣扎：“等等！叫他们再等等！……说钱就来，人就来，人就拿钱来！”这些真实、细致、深刻的描写，展示了一幅多么典型的封建世家经济破落的图景。

二是随经济衰败而来的封建阶级精神统治的破产。的确，曾老太爷是这个封建大家庭中精神统治的一尊偶像。但他靠什么来维持这种统治呢？要账的人一针见血地戳穿了他的本质：“老太爷没有钱还不跟我们一样！”是的，如今他的钱袋空了，他手里那本“思懿天天想偷看的银行存折”所剩无几，这就如抽掉了宝座底下的基石，偶像也不得不倒塌下来。什么封建礼教，什么诗义信条，什么父慈子孝，曾家“这点臭规矩”，统统失去了效用。曾老太爷也明白自己与儿女的关系：“他们看着我脸上都贴的是钞票。我的肚子里装的不是做父母的心肠，都装的是洋钱元宝呵！”一旦失去了“洋钱元宝”，他在家里还有什么地位？他只能悲叹：“我牛马也做了几十年了，现在倒个个人都盼我早死。”我们从他死不让愫方出嫁，在那“我也活不了几年了，我就是再麻烦你，也拖不了你几年了”的哀怨声中，从他一反封建礼教的大礼，下跪求儿子不再抽大烟的可悲行径中，从女婿江泰当面骂他“怎么还不死”的咒语中，从他中风以后，儿媳妇曾思懿喝令“抬走”的果敢行动中，都可以看到曾家这尊精神统治的偶像，已完全变成一具僵尸。

三是对人生出路的探索。《北京人》不仅揭出了把曾公馆蛀蚀一空的一群“耗子”，而且以巨大的热情描绘了新一代冲破牢笼、追求新生的痛苦历程。通过愫方与瑞贞的逐渐觉醒及其最后出走，剧作家试图回答这样的人生课题：人活着究竟为了什么，真正的人生究竟在哪里？虽然作者没有提出明确的答案，但人物不甘沉沦、追求新生的精神是令人鼓舞的。

《北京人》把这三条线索交织在一起，构成贯穿全剧的戏剧冲突，丰富、深化了戏剧的主题。它与《雷雨》的主题相比较，只有表现角度不同，而无高下、深浅之别。因为这两个戏，反映的是两个剥削阶级大家庭不同时期的历史命运。曾公馆带着封建地主阶级没落时期的典型特征，周公馆则虽在资产阶级的上升时期，剧作家就已写出它的代表人物必然灭亡的命运，这似乎更加难能可贵。

当然，《北京人》也有比《雷雨》《日出》高明的地方。在写《雷雨》《日出》时，作者固然憎恨周朴园、潘月亭这类剥削阶级的代表人物，但“往往不知不觉又为他们做一些曲宥，轻轻描淡了他们的责咎”，因而对他们行将灭亡的命运流露出某种怜悯与同情。到写《北京人》时，他对封建地主阶级的批判就更加有力，更加彻底。曾皓不仅不能与他的邻居、那个新兴资产阶级的暴发户杜家匹敌，就连对家里的儿女，也完全失去了统治能力。这位老太爷，确已到风烛残年、寿终正寝的时候。作者这样处理他的结局：让他“一个人站在那儿，直对着那棺材流眼泪”；棺材被抬走后，又让他痛哭：“我的亡妻呀！你死得好，死得早，没有死的，连，连自己的棺木都——”为自己家庭的灭亡唱挽歌；最后，“天就要亮了”，他却要“睡去”，由文彩扶着，一步步往暗处走去。这就无情地把这位封建老朽送进了“坟墓”。这种决绝态度，正如剧作家所说：“写《北京人》时，我的诅咒比较明确些了。那种封建主义、资产阶级是早晚要进棺材的！他们在争抢着寿木。而这个人世，需要更新的血液和生命。”①

从作者的主观认识来说，《北京人》对封建家庭的批判与否定是深刻的。但也不能否认，作者当时的思想仍有局限，也如他自己所说，“我朦胧地知道革命在什么地方了，但严格地说，那时我仍还不懂得革命。”②他还没有树立起辩证唯物主义与历史唯物主义的世界观。所以，他可以出色地描绘封建家庭的崩溃，表现出一种探索新生活的极大勇气，却回答不了愫方、瑞贞出走以后究竟何去何从。他甚至以原始猿人的“自由生活”来表达自己的希望，但在现代阶级社会里，当然是不可能实现的。这就不如《雷雨》《日出》。《雷雨》中的鲁大海。已投身于工人阶级的斗争行列，向着周朴园这类“魔鬼”开战了。《日出》中的方达生，在认清了社会的种种罪恶以后，最后决心“与金八他们拼一拼”，也大踏步地向工人们走去。虽然作者那时也还“不懂得革命”，但这些艺术形象的客观意义，超过了作者的主观思想；他们所展示的光明前景，要比《北京人》更加明晰，更加令人鼓舞。

可见，《北京人》与《雷雨》《日出》作为曹禺解放前的三个代表作，思想意义是不相上下的。它们都在各自的题材范围内，带着各自的典型意义与思想局限，真实地反映了当时的社会现实。

## 二

《北京人》在艺术上也有一些新的特点。但也有不如《雷雨》《日出》的地方。同样可以说，三个戏各有长短。

《北京人》的人物刻划，很杰出。塑造得最成功的一个形象，当推曾思懿。但对这个形象，历来看法不一。有的评论家认为，这个形象缺乏现实生活的依据，是从《红楼梦》中的王熙凤脱胎而来。有的同志更是曲解她的典型性格，觉得她就是王熙凤。

其实，她不是王熙凤。曾思懿就是曾思懿。她是现代封建没落家庭中一个很不得力的管家婆。她的处境非常为难，上有老，下有小，管家又无实权，存折在老太爷手里攥着，丈夫与她形同陌路，儿子儿媳妇没有孝道，姑奶奶姑老爷又得罪不得……在曾公馆那个特殊的环境里，她养成了一种特殊的性格：精明干练，又无可奈何，虚伪多疑，又委曲求全。在这个大家庭里，她既是一位强者，又是一位弱者。厉害不过是她的外表，她的内心相当孱弱。她既有威风，又有苦恼。这种种矛盾统一在她身上，就成了“这一个”曾思懿。

对曾思懿矛盾性格中精明厉害的一面，比较容易理解。这里，倒要看看她性格中孱弱无能的一面。请看这位大奶奶怎样处理债务：

此刻的曾公馆，让人堵着门要账，早已威风扫地。她拿不出钱来，简直一筹莫展。她又不敢面对债主，只好对着仆人出气：“油漆店给了你多少好处，你这么帮着这些要账的混账东西说话。”仆人当然好对付，可是门外一群要账者的消骂声越来越高。曾皓老态龙钟，

① 《曹禺选集》后记，1977 年版。

② 《曹禺选集》后记，1977 年版。

听不清楚，问："这是什么？"曾思懿忙说："隔壁人家吵嘴吧。"这是精明机警，更是自欺欺人。她不愿惊动老太爷，还想讨好老太爷，又掩饰不住自己的惊恐惶惑，所以说了这句谎话。后来，诮骂变成了咒骂，曾皓问："这究竟怎么啦？"她支支吾吾说："别是隔壁的——"她心里更加惊慌，再不敢面对现实，把谎话说完。幸亏这时来了愫方，解了她的窘境。她好容易挨过了八月节，可是隔壁杜家逼债，日甚一日，急得她扑在沙发上哭起来："文清，你跑到哪儿去了？文清，你跑了，扔下这一大家子，叫我一个人撑，我怎么办得了啊？你在家，我还有个商量，不在家，碰见这种难人的事，我一个妇道还有什么主意哟！"她的确无能为力，毫无办法，只得看着杜家把棺材抬去抵债。这下可要了曾老太爷的命，他望着那正在抬走的棺木，指着，叫着："不成！那碰不得呀！（对陈奶妈）叫他们别碰着那土墙！那寿木盖子是四川漆！不能碰！碰不得！"曾思懿在一边劝道："别管啦，爹，碰坏了也是人家的。"这尖刻的话语，毕竟掩饰不住她那种"树倒猢狲散"的茫然、没落心理。这位管家奶奶，终于无力挽大厦之既倒。

曾思懿的又尖刻泼辣、又软弱无能的色厉内荏性格，还突出地表现在她对待家里人的态度上。

她早已看出丈夫文清与表妹愫方的暧昧关系，在策划愫方出嫁的时候，曾那样尖酸刻薄地斥责丈夫："她嫁谁有你的什么？你关的什么心？（恶毒地）你老人家是想当陪房丫头一块嫁过去，好成天给人家端砚台拿纸啊，还是给人家铺床叠被到了晚上当姨老爷啊？"她曾声色俱厉地逼文清，退回愫方给他的"情书"。甚至在文清外出回来以后，她使出了阴险恶毒的一招：主动迎娶愫方。可是，她这一番心计，得到一个什么结果呢？丈夫愤怒地骂她："你这种人是什么心肠喔！"他本已厌倦生活，从此一蹶不振，终于下了自杀的决心。愫方则气得脸色惨白，沉重地对瑞贞说："我是应该走了。"她本已对"飞不动"的文清失去希望，受此打击，便下了出走的决心。看来，倒是精明厉害的曾思懿弄巧成拙，完全不理解丈夫，不理解愫方，打错了如意算盘。

对嬉笑怒骂、肆无忌惮的姑老爷江泰，曾思懿则是敢怒不敢言。她只能在背地里逞威风，如对丈夫说："'有饭大家吃'，（对文清）给这种狼虎吃了，他会感激你么？什么了不起的人？赚钱舞弊，叫人四下里通缉的，躲在丈人家，就得甩姑老爷的臭架子啦？"可是，当江泰真在那里指名道姓骂她，她正想挺身而出，但听到江泰说"我要一枪打死她"，又悄悄退回去了。

这种种情景，都表现出曾思懿性格中孱弱的一面以及她的艰难处境。她表面上处处锋芒毕露，实际上处处在看人的眼色行事。在这个大家庭里，她要平衡各方面的关系，必须处处小心，事事谨慎，才能巩固自己的地位。她曾对愫方说过这样一段话："不知道的，都看我这样子象是有点厉害，在家里不知道怎么恶呢！知道的，都明白，我是个受气包：我天天受他（指文清）的气，受老爷子的气，受我们姑奶奶姑老爷的气，（可怜的委屈样）连儿子媳妇的气我都受啊！"这套自我表白的话，正是她的矛盾性格的真实写照。此番心境，恐怕不易为人所理解。

曾思懿就是这样一个具有独特个性的现代封建没落家庭中的妇女典型。可是，这样一个成功的艺术典型，也并没有超过蘩漪、陈白露在人们心目中的地位。人们更多地熟识蘩漪、陈白露，却对曾思懿感到有点儿陌生。

这是什么原因呢？主要是蘩漪、陈白露的思想性格，有一个曲折纵深的发展过程，形成了一部鲜明的性格发展史；而曾思懿的思想性格，相对说来，比较定型，变化发展不那么明显。她自始至终是那样精明泼辣，又无可奈何，她的遭遇没有多少波澜，她的命运没有多少变化。如果说，蘩漪与陈白露从戏剧开始到最后落幕，在观众面前已判若两人，那么曾思懿却还是那个样子。“你叫他们在门房里等着去吧。”这是她出场时，当着人们堵门要账，向仆人说的第一句话。中间经过曾、杜两家一场争夺，曾家内部一番勾心斗角的争斗，到戏结束时，曾老太爷的棺材被抬走，她说出最后一句台词：“别管啦，爹，碰坏了也是人家的。”如果比较她前后这两句台词，来看她所处的地位，她的处事方式，她的心境，甚至她说话时的神态与口气，究竟有多少差别？这样，她又怎能与蘩漪、陈白露相比，给人留下同等深刻的印象。另外，蘩漪与陈白露，始终处在戏剧矛盾的贯串线索中，曾思懿却有点不利，在曾公馆经济破落、精神统治破产与新一代冲破牢笼这三条线索组成的戏剧冲突中，矛头主要冲曾老太爷而去。这就使曾思懿常常避开冲突的聚光焦点，她的形象自然不会像蘩漪、陈白露那样耀眼。

## 三

关于《北京人》的体裁特点，多少年来其说不一。

作者曾经表示，《北京人》不是悲剧，而应当是喜剧。由此影响到一些评论家，认为这个戏是喜剧。但也有一些人认为，这是个悲剧。最近《北京人》在纽约上演，美国大剧作家阿瑟·米勒也说，这是一个“感人肺腑和引人入胜的悲剧”[①]。还有人认为：“《北京人》写的是旧中国一个历史时代的悲剧，《北京人》这个戏却是暴露旧中国的喜剧。”[②]最近还有同志提出：“《北京人》的基调是喜剧的，但决不是只有一种色调，一种气氛。……在《北京人》的喜剧基调上，总是或隐或现地伴随着沉重的和凄凉的悲剧气氛。”[③]我认为这样来看问题，是较为全面的。

我觉得，探讨这个戏属何种类，除对喜剧、悲剧等概念需有一个统一的认识以外，关键的问题是从什么角度来看待它的戏剧冲突的实质。

是的，剧作家确曾想把《北京人》写成一个喜剧，以寻求一种有别于《雷雨》《日出》的新的体裁与格调。这反映了作者可贵的艺术探索与艺术创新精神。但是，愿望不等于现实，剧作呈现在观众面前的，并不是喜剧，而是一出社会正剧。

按照人们一致的认识，这个戏主要描写封建大家庭的崩溃。它的戏剧冲突，由两方面的矛盾构成，一是曾家与杜家的矛盾，一是曾家内部的矛盾。这种矛盾体现在曾公馆的代

① 余志恒袁谨：《话剧〈北京人〉在纽约上演记》，《人民日报》1980 年 3 月 29 日。

② 凤子：《寄晓兰》，《戏剧报》1957 年第 9 期。

③ 田本相：《〈北京人〉的艺术风格》，《南开学报》1980 年第 3 期。

表人物曾皓身上，反映出封建世家的没落，正是历史发展的必然规律。这位老太爷，没能守住祖辈留下的家业，他在家人面前这样哀叹：“这房子是从你们的太爷爷敬德公传下来的，我们累代是书香门第，父慈子孝，没有叫人说过一句闲话。现在我们家里出了我这种不孝的子孙——”，“败坏了曾家的门庭，教出一群不明事理，不肯上进，不知孝顺，连守成都做不到的儿女——”，“这是我对不起我的祖宗，我没有面目再见我们的祖先敬德公！”他早已为自己准备着后事，可是由于家道衰落，他连自己的棺材也没守住。的确，老朽的封建地主阶级敌不过新兴的资产阶级，他无法挽救自己日暮途穷的历史命运。这就既不是“将人生的有价值的东西毁灭给人看”，又不是“将那无价值的撕破给人看”①，从而构成了一出严峻的社会正剧的基调。

此外，我们还看到，在曾家一群人的明争暗斗中，愫方与文清的爱情，曾霆与瑞贞的结合，确实都是悲剧。愫方与文清，一个是空谷中的幽兰，一个充满奥勃洛莫夫的惰性，中间又横着一个曾思懿，他们怎么会走到一起去？折磨他们的，只能是爱情的痛苦，希望的破灭。曾霆与瑞贞，当他们还在奶妈的怀抱里，就被双方祖父按“门当户对”的封建婚姻观念缔了姻缘。他们从未尝过爱情的甘露，也从来不认为是夫妻。曾霆这样对瑞贞说：“我们是朋友。你跟我也说过我们是朋友，因为我们结婚不是自由的。你的女朋友说的对，我不是你的奴隶，你也不是我的奴隶。我们顶多是朋友，各人有各人的自由，各走各的路。”他们的结合，纯属封建礼教制度下的牺牲品，已是如此可悲；更可悲的还在于，他们又不能找到“各人的自由”，走上各自的生路。曾霆爱袁圆而不得，瑞贞出走而前途渺茫。愫方、曾霆他们的命运，正是那个社会造成的悲剧。它使这个戏染上了浓重的悲剧色彩。如果像有的同志那样强调愫方在剧中的地位，认为她是《北京人》这首“诗”的“诗魂”②，那么这个戏就应是悲剧。问题在于，愫方在《北京人》的戏剧冲突中，并不处于中心地位，所以她只能给戏剧带来一定的悲剧色彩，而不可能改变整个戏剧的正剧基调。

我们也不否认，《北京人》具有一定的喜剧因素。亚里斯多德说：“喜剧，前面已经讲过，是一种对于坏人的再现，但并不是再现他们的一切恶德，而是再现他们的可笑。可笑是丑恶的一种……这是一种丑恶的、畸形的，但不使人痛苦的东西。”③喜剧的一个重要特征是笑。曹禺固然想以笑声葬送那个腐朽没落、注定要灭亡的剥削阶级，但由于缺乏主要人物之间的喜剧性冲突与喜剧艺术手段，该剧演出时，剧场里并未爆发出一阵接一阵的笑声。这个戏只能说是带着一些幽默可笑的喜剧气氛，而不是完整意义上的喜剧。

《北京人》的题材，与契诃夫的《樱桃园》相类似，一些评论家也常常拿它与《樱桃园》相比。众所周知，契诃夫曾强调，《樱桃园》是一出喜剧，“有些地方甚至是闹剧”。但它与《北京人》相比，还是有明显区别的。契诃夫以通俗喜剧嘲笑讽喻的手法，揭示了贵族阶级的无能、渺小和毁灭，对俄罗斯祖国充满了强烈的爱。“整个俄罗斯是我们的花园”，剧中人

① 鲁迅：《再论雷峰塔的倒掉》。

② 《〈北京人〉导演杂记》，《人民戏剧》1980 年第 5 期。

③ 亚里斯多德：《诗学》。

特罗菲莫夫说的这句话，也就是契诃夫对祖国未来的信念。而且按照契诃夫的戏剧观，他的喜剧还具有一种欢快、轻松的抒情情调。他说《樱桃园》“最后一幕戏必然是欢乐的，而且整个剧本就是欢乐的、轻松的”。《北京人》显然不属于这类“通俗喜剧”。它整个剧本的抒情调子，是一种沉郁、徐缓的悲剧情调。

可见，《北京人》这个戏，正剧、悲剧、喜剧的因素都有。这不足为奇，生活中也常常有悲剧、喜剧交替出现的现象。问题就在从什么角度来看待。如果从整个戏剧冲突所表现的曾皓的没落来看，《北京人》诸戏剧因素中则以正剧因素为主。它可以说是一出兼备悲剧与喜剧情调的社会正剧。

不少批评家说，《北京人》是曹禺的戏剧艺术风格成熟的标志。我觉得，事实并非如此。剧作家还在探索途中。他想写一个喜剧，结果写出了这样一个带着多种戏剧因素的戏。在这一点上，似乎还不如《雷雨》《日出》。他那时写悲剧就是悲剧，手中的笔是那样运用自如。

总之，我们要把《北京人》放在曹禺整个戏剧创作道路的一个适当的位置上，给予实事求是、恰如其分的评价。既要充分肯定其所长，也不必回避其所短，更不能把短处反而视为长处。剧作家的艺术风格，是在艺术实践的不断探索过程中形成的。如果说，明丽、深沉、富于诗意，是曹禺戏剧艺术风格的总的特点，那末，《雷雨》富于冲突的尖锐性，《日出》展开宽广的生活画卷，《北京人》更有诗一般的抒情味，这就是三个戏各自的差别与特色。它们都不愧为我国现代戏剧史上杰出的现实主义戏剧。

原载《天津师院学报》1980 年第 4 期

# 《北京人》浅析

李绍成

《北京人》是著名剧作家曹禺解放前的代表性作品之一。与《雷雨》、《日出》相比,《北京人》在思想方面和艺术方面都有新的开拓,也反映了曹禺解放前在戏剧创作上所取得的高度艺术成就。

《北京人》所要表现的是一个充满罪恶的旧式封建大家庭的衰败。它的衰败,根本原因在社会方面。《北京人》所反映的那个时代,中国已彻底沦为半殖民地半封建社会,旧式的封建大家庭完全丧失了存在的社会基础,在历史潮流的冲击下,没落的封建地主阶级的一部分逐步蜕变而成为官僚资产阶级,或者像《雷雨》中周朴园那样带有浓厚封建色彩的民族资产阶级。《北京人》所描写的那种旧式封建大家庭,既然它本身不能向资本主义蜕化,那它就必然为国内外资本主义势力所吞噬。维系封建大家庭的经济基础一旦失去,"树倒猢狲散",也就成为必然的趋势。当面临衰败崩溃之际,这个封建大家庭内部成员之间的矛盾斗争就更为深刻复杂,大家庭的腐朽和罪恶也表现得特别突出。这就是促使封建大家庭走向衰败的外在因素和内在因素,也就是《北京人》的戏剧冲突的依据。

剧作家是怎样把握住这些基本因素进行艺术结构,从而深刻有力地表现作品的主题的呢?剧本是从曾家即将衰败写起的。当帷幕拉开以后,剧作家通过应付债主这个戏剧动作,一开始就揭示出戏剧冲突的一个重大方面,即这个封建大家庭与社会的冲突,亦即曾家与众债主,特别是开纱厂的"暴发户"杜家的冲突。如上所述,这个矛盾是促使这个封建大家庭衰败的根本原因。大家庭内部深刻复杂的矛盾正是由这个根本矛盾引起的。剧本很少正面描写这个根本矛盾,这一矛盾主要是放在幕后展开的。剧作家把"暴发户"杜家就安排在曾家的隔壁,在第一幕和第三幕又一直把债主关在小花厅的门外,这就非常巧妙地把曾家与社会的冲突推到了幕后,从而有可能着力揭示封建大家庭内部的矛盾。

剧本对于大家庭内部矛盾的展开,开始是比较舒缓的。通过剧中人的对话和动作,逐步交代了前情和人物关系,让剧中人按照生活的逻辑一个一个自然合理地登场以后,剧情才掀起了波澜,《北京人》的戏剧冲突不像《雷雨》那样尖锐,戏剧动作也不那么强烈,但《北京人》用以展开剧情和揭示人物性格的戏剧冲突依然是波澜起伏、深刻复杂的。

全剧大致可划分为三个戏剧波澜。第一个戏剧波澜在第一幕。曾文清登场以后,戏剧冲突开始迅速展开。文清一上场,思懿和文清的矛盾就被揭示出来,引起思懿和文清的矛盾的原因是多方面的,而文清和愫方经常接近引起思懿的嫉妒是最主要的一个因素。剧本从墨竹画上很自然地暗示出思懿和愫方的矛盾——这是贯穿全剧的一对重要矛盾,这个矛盾一揭示出来，剧作家就紧紧把握住它，充分地展开下去。我们看到，思懿几乎用一切可能的机会向愫方射出了无数支冷箭。愫方没有跳起来同那阴险狠毒的“母夜叉”对骂，寄人篱下的孤独生话已经“养成她一种惊人的耐性”。但是她的心灵并没有麻木，思懿口中吐出的那些刺耳的话语越来越强烈地激起了她的愤懑。愫方对着陈奶妈那场大哭，是她一腔怒气的总爆发。文清赠诗而被思懿发觉，使得矛盾迅速激化。曾皓上场以后，第一个戏剧波澜就达到了高潮：思懿公开宣布了把愫方嫁出去的阴谋，愫方以沉默表示了最大的反抗。

在第一个戏剧波澜里，剧中人全部登场了，人物关系都作了清楚的交代，全剧的戏剧冲突由“开端”上升到“发展”阶段，那“曾经盛极一时的大家门第”的破败景象已历历在目。到这里，剧本的主题得到了初步的表现。

戏剧掀起的第二个波澜，是戏剧冲突进一步向前发展，全剧的矛盾冲突在这个戏剧波澜里更加深化了。

思懿和愫方的矛盾在这个戏剧波澜里继续发展下去。这一矛盾先是从侧面展开的。我们看到，大公馆里的主要成员，除思懿之外几乎都对愫方的命运表示了关切和同情：陈奶妈以为袁先生跟愫小姐的亲事可望成功；江泰早就识破了大奶奶的计谋，对于“象一朵花似的”愫方被活活地“枯死、闷死”表示了不平；文清希望愫方跟他一道到南方去，或者就嫁给袁先生，他的设想说明了他既不了解自己的能力，又不完全了解愫方的心情；就连那个极端自私的曾老太爷也对愫方的前途动了一点儿恻隐之心。不过，思懿和愫方之间的矛盾冲突的重大发展还是通过正面斗争来表现的。剧作家用思懿逼着文清把信退给愫方这个强烈的戏剧动作，把戏剧冲突推上了新的高度。

在第二个戏剧波澜中，瑞贞同这个黑暗家庭的矛盾得到了充分的展开。瑞贞同家庭的冲突突出地表现在她和思懿母子的矛盾上。剧作家用一场较长的戏，集中表现了瑞贞和曾霆之间冷漠的感情。瑞贞终于明白了曾霆心中没有她一点儿影子，她不能再等下去了，她决心去找自己的生路。

在这个戏剧波澜中，其他的矛盾也都有深入的发展，各方面的矛盾到这里已错综复杂地交织在一起，促使这个大家庭迅速走向崩溃。思懿是把这个大家庭内部各种矛盾汇合起来的中心人物，她和全家人的矛盾越来越尖锐，这预示着全剧的高潮行将到来了。

戏剧冲突在第三幕掀起了最后一个波澜。是从杜家逼债开始的。在这里，剧作家特意把外部矛盾与内部矛盾交织在一起，在内外矛盾夹攻下，预示着末日来临，全剧进入高潮。

在全剧的高潮出现之前，这个大家庭内部的矛盾也都先后激化，经过一场深刻复杂的斗争，到这里，所有人对这个封建大家庭的希望都幻灭了。瑞贞对这个封建牢笼已经没有丝毫留恋，她已经用许多痛苦买出一个“明白”，明天一早她将跟袁先生一起到一个新世界去。愫方在文清出走之后，觉得她“在此地的事还没有了”，起初还不想跟瑞贞一道走。这个即将崩溃的大家庭还有什么值得愫方留恋呢？原来，她相信文清出去会变成“一个人”，“死也不再回来”，“就为着这么一个梦，一个幻想，一个人”，她预备全部牺牲自己。但是，严酷的现实很快就打破了她的幻想，就当那用巨大的牺牲换来的“快乐”慰藉着她心头的时候，文清神色惨沮疲惫不堪地回来了。至此，剧作家很出色地完成了愫方性格的重大转变。文清从外面灰溜溜地回来，说明了他不会变成“一个人”了。而回到家里，唯一了解他的愫方也对他失去了最后的希望。正如愫方自己所说：“他已经不会飞了！”这样，文清在剧终的自杀已是不可避免的了。曾皓是即将崩溃的封建大家庭的化身。眼看着自己就死无葬身之材了，他还死不甘心，相信江泰的鬼话，把“死马当着活马医”，还梦想“家运从此就转一转”，这是垂死的挣扎，可怜的回光返照。江泰还没有回来，他那漆了一百多道的寿材就被杜家强行抬走了。

第三幕第二景是全剧的最后几场戏。剧作家在这几场戏中把所有已经激化的矛盾集中起来推向了最高潮。第三幕第二景一开场就写思懿的新阴谋——她决定把愫方娶过来，面对着思懿的新阴谋，已经失去了一切希望的愫方在瑞贞面前承认了这个大家庭是一座“监牢”，她再没有什么可留恋的了，她决心跟瑞贞一道走。到这里，全剧的高潮就出现了。

高潮出现以后，戏剧马上进入“解决”和“结局”。《北京人》的结尾调子虽不那么高昂，但同《日出》一样，是很富有诗意的。那热闹的锣鼓唢呐传不出一点儿喜气，它是这个封建大家庭最后崩溃的挽歌。就在这挽歌声中，差不多已经疯狂的江泰被警察押送回来。文清在人们忙乱之中吞鸦片自杀了。老太爷也只有一口气，在坐等死神了。曾家最后衰亡了。人们要问，杜家是否能永远暴发下去呢？我们看到，杜家从曾家抢夺过去的只不过是一具象征死亡的棺材。但是社会决不会停滞不前，作家在剧终暗示人们，黑暗不会永远笼罩人间，时代的巨轮在滚滚向前，新时代的列车已经开动。

当然，剧作家所预示的理想是比较渺茫的，人们对于瑞贞和愫方的前途总还感到茫然。这方面的缺陷应当从剧作家当时的世界观的局限中得到解释。

原载《江苏戏曲》1980年第6期

# 《北京人》论*

田本相

继《蜕变》之后，曹禺于一九四〇年深秋创作了《北京人》。一九四一年十二月由文化生活出版社刊行了单行本。

在曹禺的剧作中，恐怕再也没有比《北京人》受到误解的批评更多了。这些误解的批评意见涉及对作家创作思想、艺术风格、基调的准确理解和评价。有些意见在抗战期间就有影响，而全国解放后还在若干文学史著作中流传着。应当说，对《北京人》的研究远不及《雷雨》、《日出》那么广泛而深入，似乎它像蒙上一层灰尘的艺术明珠，需要拂去那些历史残留的灰尘，才能恢复其璀璨的光辉。

当作家满腔热忱反映抗战的现实，写出了《蜕变》，忽而又调转笔锋去描写抗战前一个封建士大夫的家庭时，就使得一些评论家感到迷惑不解了。于是便有人说，《北京人》是作家"于失望之余，悲哀心情的表现"，是作家唱出的一曲低回婉转的挽歌。"他知道中国的封建社会非崩溃不可，但是他却爱恋那种势必随着封建社会死亡的道德与感情，他低回婉转地不忍割舍，好像对于行将没落的夕阳一样。在《北京人》他唱出了他的挽歌，是又幽静、悲哀的呀！然而他却无法留住那行将死灭的道德与情感，跟'无计留春住'，是同样无可奈何的事情"。这些，无疑是把《北京人》当做曹禺为痛惜本阶级的灭亡而写出的悲哀文字了。有人还认为，作家写的是一部缠绵悱恻的悲剧，"当作者从现实生活中感到不那么乐观的时候，他的写作便转换了方向。他送给了我们《北京人》的悲剧"。皮相的观察自然导致误解的批评；而不做过细的艺术分析，也不可能深入地领略剧情的深刻含义。

值得我们重视的是，《北京人》首次在重庆公演之后，它不但受到观众的好评，而且得到《新华日报》的热情肯定。《新华日报》最早刊登了柳亚子先生的《〈北京人〉礼赞》，这是一篇用诗歌写的剧评。他对《北京人》的主题作了富于诗意的概括和发挥。

旧社会，已崩溃；新世界，要起来！只有你，伟大的北京人呀，继承着祖国的光荣，还展开着时代的未来。

破碎的大家庭，已面对着不可避免的摧残！老耄的白发翁，还依恋着古旧的

---

* 此文选自田本相的专著《曹禺剧作论》，相关内容曾以论文形式刊发多种期刊，如《〈北京人〉的艺术风格》(《南开学报》1980 年第 3 期)、《论愫方的形象》(《齐鲁学刊》1980 年第 4 期)、《〈北京人〉是一出喜剧》(《北京艺术》1981 年第 9 期)等。

棺材！长舌的哲妇，自杀的懦夫，都表现着旧社会的不才！只有伟大的北京人呀！一分力，一分光，正胚胎着时代的未来！

多情的小姐，洗净她过去的悲哀！被压迫小媳妇儿，冲破了礼教的范围！跟着你，伟大的北京人呀！指点着光明的前路，好走向时代的未来！①

继之，又发表了茜萍的《关于〈北京人〉》，这篇文章比较深入地论述了《北京人》的创作意义。它似乎是针对那种“在抗战期间不应写这类与抗战无关的剧本”的“抗战八股式的批评”而发的，因此，也可以说它是一篇为《北京人》辩诬的文字。他说：“抗战为着什么？是为着打走敌人，为着建立一个独立、自由、幸福的新社会。但是为着建立新社会，就不能不对于旧的社会作深切的研究，明确的认识，尖锐的暴露，坚决的攻击，这才能说到正确的切实的改造，把旧社会送到曾老太爷漆了几十年的楠木棺材里去，这样，我们也才能获得抗战胜利的真实果实。”他还指出，像《北京人》这样的剧作，也能扫除“阻碍抗战进步”的“旧社会的生活、习惯、意识形态”等传统的东西；也可以“惊醒那些被旧社会的桎梏束缚得喘不过气来的人们，助之走向太阳，走向光明，走向新的生活”。② 这些批评体现着党的文艺方针和政策，也体现着党对曹禺创作的关怀、支持和爱护。当时茅盾也撰文指出：“绝不能低估《北京人》的价值，低估它的社会意义。”③但是，这些中肯的意见未能为后来文学史家所重视，而把一些误解的批评意见作为依据了。

在我们看来，《北京人》是曹禺解放前戏剧创作的高峰，无论它的思想还是艺术都标志着曹禺剧作的最高成就。他的创作经过斗争风雨的磨炼，思想更加沉实，艺术也更为成熟了。他不但把他的剧作风格锤炼得更加隽永、含蓄，而且在探索话剧的民族化群众化的道路上又前进了一步，使《北京人》形成了浓郁的民族风格特色。而这些，正是我们准备着重探讨的课题。

## 一、是悲剧还是喜剧

曹禺写作《北京人》究竟抱着怎样的心情，它是否是“失望之余”的作品？另外，《北京人》究竟是一部悲剧还是喜剧？这些是值得弄清的问题。它关系到曹禺现实主义创作道路的深入探讨和理解。当有人把《北京人》看作是作家“悲哀心情的表现”，或者把它作为一部悲剧来评价时，他们就象鲁迅批评的那样，犯了“就诗论诗”的毛病。既不能“顾及全篇”、“顾及作者的全人”，又不能“顾及他所处的社会状态”。而在艺术上，更不能体味作家的美学追求和艺术匠心。

一个作家的创作道路具有自身的特点，但是，它又不能不受时代的制约和限制。作家对时代现实的态度和感受不能不反映到创作上来。曹禺的创作道路是不平坦的。作为一

① 柳亚子：《〈北京人〉礼赞》，《新华日报》1941 年 12 月 3 日。
② 茜萍：《关于〈北京人〉》，《新华日报》1942 年 2 月 6 日。
③ 茅盾：《读〈北京人〉》，《解放日报》1942 年 4 月 27 日。

个正直的进步的作家，他在整个民族的大动荡的斗争漩涡中，在探索真理探求艺术的道路上勇敢地前进。如我们已经揭示出来的，由《雷雨》《日出》的创作表现出作家敢于直面现实的创作精神，带来他现实主义创作蓬勃发展的势头。经过了《原野》的探索，当他还未来得及深入总结时，就迎来了全民抗战的形势。在祖国面临生死存亡的考验关头，他把他的全部热情奉献给这伟大的抗战事业，《黑字二十八》《蜕变》都是他爱国热血沸涌的产儿。可以说，他是以空前未有的政治热情从事创作的，他把对胜利的渴望、民族的"蜕变"化为炙人的理想温热。尽管他目睹国统区的黑暗腐败，仍以他真挚的乐观写出了他"蜕变"的渴望。按理说，他似乎应当以更加充沛的抗战热忱去反映抗战时期的斗争生活；但是，他没有这样做，却写出了《北京人》。乍看起来，几乎使人难以相信这是在抗战时期写出的作品，也几乎嗅不出抗战炮火的硝烟味。现象往往是迷惑人的，谁要是潜心地观察和深入地思索，就会发现在《北京人》的"哀静"的表层下仍然激荡着曹禺那种热情激流，蕴蓄着作家动人的理想温热。在他对抗战前现实生活的描绘中，深刻烙印着他对抗战现实的严肃的思索，他想得更深更远些了。他并没有"转换方向"，而是更坚实地沿着他的现实主义道路向前发展前进了。他送给人们的不是一部悲剧，而是一部具有浓烈抒情色彩的喜剧。

曹禺说，"《北京人》可能是喜剧，不是悲剧。里面有些人物也是喜剧的，应该让观众老笑。在生活里，老子死了，是悲剧，但如果处理成为舞台上的喜剧的话，台上在哭老子，观众也是会笑的"。[①] 我们认为，这是打开《北京人》思想和艺术底蕴的一把钥匙，作家自己揭示了这部作品喜剧的本质。

当一个作家要写出一部现实主义的喜剧时，它意味着作家对现实的喜剧感受是格外锐敏而深刻了。在吃人的社会中，当作家充满对吃人现实的悲剧理解，自然，也能写出伟大的悲剧；而作家终于发现了吃人现实的喜剧性，在某种意义上说，也往往说明着作家高昂的斗志和睿智的见地。曹禺终于写出一部喜剧，归根结底是喜剧现实的产儿。

抗战的现实是变得越来越具有讽刺意味了。

从《蜕变》到《北京人》，虽然其间只隔了一年，但这一年间形势却发生了巨大变化，它经历了一个从抗战初期的高潮陡然跌落到低潮的阶段。曾几何时，它就使得人们由希望变成失望，由热情而变得沮丧，而摆在全国人民面前的现实是一幅极度令人愤慨的讽刺图画：一方面是共产党八路军在最艰苦的条件下浴血奋战，抗击着日本侵略军的绝大部分；一方面则是蒋介石暗地里背弃抗日、民主的诺言，消极抗日，积极制造反共摩擦，暗中策划着投降活动。但是，蒋介石却又打着"抗战"的招牌，假统一之名，行独裁之实，推行其"一个领袖，一个主义，一个党"的专制主义，"反共、限共、溶共"的把戏愈演愈烈。在整个国统区，特务横行，屠杀共产党人，囚禁爱国人士。贪官污吏形同虎狼，乘国难大发其财，人民怨愤已达极点。这些冷酷的现实，不但充分暴露了国民党的反动本质，而且暴露了黑暗的

① 张葆莘：《曹禺同志谈剧作》，《文艺报》1957 年第 2 期。

社会制度已经发展到腐朽垂死的阶段。这种极度讽刺的现实,不能不引起作家的沉思。

伴随着政治上的反动而来的,则是对进步文化事业也极尽摧残迫害之能事。阳翰笙曾指出这一时期国民党对进步戏剧事业的压迫情况,他说:“国民党反动政府的特务机关和三民主义青年团,却对我们随时随地在行动上予以妨害,在工作上进行破坏,从而解散剧团,逮捕监禁,枪杀活埋,无所不用其极。”①曹禺早已身受国民党文化专制主义之害。《蜕变》演出时连蒋介石都出面干涉了。当时,国民党一位宣传大员找到曹禺说:“委员长看过这个戏了,有几个地方没有看懂,请你解释一下。”一个作家写了一个抗战的剧本,竟使得蒋介石亲自发难,可见文网周纳,逼得人连抗战戏也不能写了。这种迫害干涉,并没有使曹禺放下他战斗的笔。他把创作的视野转向抗战前的现实,这既是被迫无奈的选择,但又是一个具有深知卓见的恰当的决定。他自然不会再有热情去写他的“蜕变”愿望,因为事实已粉碎了他“过分的乐观”;但是他也没有对祖国的前途产生失望。他的心情不是变得悲哀了;而是从事实的教训中,更清楚地看到了希望在什么地方。于是,他选择了他熟悉的生活来写,而把他对现实的喜剧感受熔铸于一个大家庭的生活描绘之中。他把矛头对准那像棺材一样腐朽的社会制度,挖开眼前反动腐朽统治的根基;同时,把真正的希望——对革命的希望真切地展示出来。他的一位学生回忆了作家创作《北京人》时的心情:

> 大概是在一九四〇年的深秋,在四川江安靠近古旧城墙边上的一幢房子里,曹禺同志写作了《北京人》,那时候我还只是一个十九岁的青年,正在作他的学生。曹禺同志也不过三十岁。他正热爱着契诃夫,感到时代的苦闷,也憧憬着时代的未来。但他的思想已经不仅仅是停滞在憧憬里,而且看到了和懂得了北方为着幸福生活斗争的人们。所以他也热爱我们那一群青年人。我们整天生活在一起,他把《北京人》剧本,写好一段读一段给我们听。我记得江安的夜晚没有电灯,桌上点着一盏煤油灯,铺满了稿纸,窗外是梧桐秋雨,曹禺同志以最真挚的心情叙说着愫方的善良,他回忆着充满生命力的古代人类向自然的斗争,对当时的现实斗争充满了希望。②

《北京人》是一部对现实斗争充满着希望的作品。尽管曹禺说,他写《北京人》时,“还根本不懂得革命”,但是“我朦胧地知道革命在什么地方了”③。这点是具有决定意义的。当他把他所描写的生活同革命联系起来,无论是观察现实和描写希望就带来新的因素和新的特色。而我们把《北京人》的喜剧特质,是作为他现实主义发展的新特点加以看待的。

确实,《北京人》是很容易被人误认为悲剧的。它的抒情气氛是太浓郁了,这种深沉的

① 阳翰笙:《国统区进步的戏剧电影运动》,《中华全国文学艺术工作者代表大会纪念文集》第256页。

② 方绾德:《看〈北京人〉忆旧感新》,《戏剧报》1995年第13期。

③ 曹禺:《曹禺选集·后记》,人民文学出版社1978年版。

诗意抒情往往遮掩着它的喜剧性;它确实也有着悲剧的成分,有时,其中弹出的那种凄凉的调子和类似悲剧的场面,也容易给人以错觉。别林斯基说:“喜剧性、幽默、讽刺、不是大家都能懂得的,一切激起笑声的东西,大多数人通常总认为比激起高扬的喜悦的东西低。直接而肯定地说出的概念,总比其中包含着和字面相反的意义的概念,容易被人了解些。喜剧性是文明之花,是发展了的社会性的果实。要懂得喜剧性,就必须站在教养的高级阶段上。”①

一般来说,人们对现实的悲剧感受比较容易些,而喜剧性却潜藏在现实深处;而《北京人》正是把隐蔽于悲剧现象后面的喜剧性发掘出来;那么,作家就把他的现实主义的戏剧艺术推向一个更加深化的新境界。

很久以来,人们习惯把曹禺作为一个善于创作悲剧的作家来研究,而往往忽视了他对喜剧的兴趣和追求。可以说,《北京人》也是作家长期以来探索喜剧艺术的必然结果。

还在《日出》写作时,就表现了作家杰出的喜剧才能和强烈的喜剧兴奋。当时,他就沉醉于契诃夫的戏剧艺术之中,深深地为《三姊妹》的艺术感动着。正如高尔基所说,契诃夫的戏剧“创造了一种完全独创的剧本类型——抒情喜剧”。曹禺崇拜着契诃夫,并要“低首下气地做一个低劣的学徒”,他所追求的正是契诃夫独创的这种抒情戏剧的风格。正如我们指出的,在《日出》中渗透着契诃夫戏剧的影响,特别是在悲剧和喜剧的交织渗透上,颇得契诃夫抒情喜剧的启示;但是,他没有彻底贯彻下来,最后还是完成了一部悲剧。而从此契诃夫的戏剧艺术,如作家所承认的,“抓牢了我的魂魄”,成为他十分向往的美学境界。《蜕变》中,我们同样看到了作家的喜剧激情,他运用讽刺的手法活画出那些腐朽分子的嘴脸。夏衍甚至说,《蜕变》的第一、二幕“有点象《钦差大臣》”,“在布局上,可以说有点象吧”。② 但是,因为他毕竟要写出“‘蜕’旧‘变’新的新气象”,也不能把这种讽刺的激情贯穿全剧。

需要提及的是,作家还改编过一个独幕剧《正在想》。这个戏有人把他当作曹禺的创作了,其实作家在篇末注明了:“根据 Niggli 的 The Red Velvet Goad 大意重写”。它虽然是一个改编的剧本,却表现了作家日益增长的喜剧激情。有人说:“曹禺有将近五年不曾写作了,他很想改变自己与现实的关系,可能《正在想》所反映的正是作者此时自嘲的心境吧。”这个说法是不切合实际的。这个戏仍然是针对现实而发的。它写一个变戏法的马家班,生意萧条,观众冷落,为了追求时髦便改演话剧,于是就闹出许多笑话。对于欺压人民作霸一方的保甲长作了辛辣的讽刺,对于那些流荡在生活底层的卖艺人,于善意的笑声里刻划出他们的辛酸和不幸。它以喜剧形式展示了国民党统治下的世态一角,内中透露出作家的激愤和感慨。

① 别林斯基:《别林斯基选集》第 2 卷第 125 页。

② 夏衍:《观〈蜕变〉》,转引自山东师范学院中文系现代文学教研室编《现代文学参考资料》。

当我们回顾了作家的喜剧追求，就会对作家写出《北京人》这样的抒情喜剧不再感到是偶然的了，它是作家不断积累起来的对现实的喜剧感受的产物。

说来也是巧合，契诃夫的抒情喜剧也曾遭到过误解，契诃夫有时十分懊恼。高尔基曾说，倘若把契诃夫的戏剧当做悲剧来处理，“那就使它变得沉闷，就把它们毁掉了”。对于《北京人》，我们也可以借用高尔基这句话，谁要是把它当做悲剧，同样也把它毁掉了。

## 二、“一群废物”

喜剧性是《北京人》的主要特征。马克思说，人类总是“含着微笑同自己的过去诀别”的，而这正是《北京人》的喜剧基调。

尽管悲剧和喜剧都反映社会生活中的矛盾，都要塑造典型性格；但是，二者既有联系又有区别。悲剧所反映的是“历史必然的要求与这个要求不可实现之间”的矛盾，那些悲剧的性格在为崇高的目标而斗争时，总是遇到历史条件的限制而不能达到目的，最后不能不以失败而告终。

喜剧所反映的则是那些客观上已经提供了解决途径的矛盾，而那些喜剧性格却为着一个背逆历史潮流的目的而斗争，他们甚至把希望寄托在虚幻的和实际不存在的事物上，因之，他们的斗争总是荒谬的，可笑的，也是不能达到目的的。我们不能说喜剧的境界一定比悲剧的境界要高，但是，就曹禺的创作发展来看，他写出了《北京人》这样的喜剧作品，却反映了他的思想的进展，他的现实主义更加深化了。

《北京人》现实主义的喜剧性，突出地表现在它的戏剧环境的描写上。

一台戏就是一个小小的世界。在这个戏剧的世界中，为作家精心安排的人物和冲突以及事件的发展和结局，总是体现着作家对戏外世界的认识。《北京人》展现的戏剧环境是一个典型的喜剧环境。在这个典型的环境中，显示着作家已经深刻地把握了整个旧制度必然崩溃的性质，而且十分令人信服地揭示出：它不但意味着新的生活和制度应当取代它，而且这新的世界正冲破黎明前的黑暗诞生出来。有人说：《北京人》“所写的那个封建家庭（封建社会）看来错综复杂，但其实过于孤立了一点”，“那样一个大家庭，和整个封建势力并没有彼此来往的血缘关系，只是关起门来开演一场悲剧”。这些意见，恰恰没有看到曾家这个如同棺材般封闭的世界，表现出整个封建制度的腐朽的垂死的喜剧性，它在伟大的历史进程面前，走向它的喜剧的阶段。

曾家，这是一个世袭着祖宗敬德公光荣的封建士大夫家庭。曾家的小花厅记录着这个家庭的历史，如今还多少保留着堂皇的外表。但是，内里却蛀空了。曾经是气象轩豁的门第，盛极一时的诗书礼仪的世家；而如今却是家道衰微，四面楚歌。大幕启开，作家便展开了它的喜剧的情势：裁缝铺的、裱画铺的、果子局的、油漆棺材的，都一起逼到门上来要债。对此，连曾家的老仆人陈奶妈都深为感慨了：“你看可有堵着门要账的吗？”“要是老太太在，这么没规没矩！送个名片就把他们押起来。别说这几个大钱，就是整千整万的银子，连我这穷老婆子都经过手，真，他们敢堵着门口不让我进来。”[①]过去，曾家岂只没有讨账的，“不是个蓝顶子，正三品都进不来”，而现在要账的却敢于打上门来，这岂不是一个极大的讽刺。不但如此，连大客厅都租给了人类学家，房子也抵押给隔壁杜家了。历史就是这样地无情，又是这样地讽刺。当前这种颓败崩溃的现实就成为对它辉煌历史的辛辣的嘲讽。这个黑暗王国的统治者们，再也不能抓住历史的缰绳了，他们已经不能再扮演任何严肃的角色，也不能有信心地进行斗争，而在面临的大崩溃的末运中，只是加剧着勾心斗角和互相倾轧。有的则竭尽了自己老耄的余威，装腔作势，固守着最后的堡垒；有的则施展各种计谋手段，梦幻着登上黑暗王国的宝座，坐稳了大奶奶的地位，到头来，都无法阻挡历史的潮流，演出了一幕幕丑剧。而黑暗王国的子民们，有的痛心疾首，牢骚满腹，煞有介事，做不完他发财的美梦；有的过着空洞悠忽的日子，痛苦叹息，虽生犹死。这些不肖的子孙，再不能担当振兴家业的角色，眼看着破亡而决无行动。呻吟在王国底层的人们，有的早已失去希望再也不能忍耐；有的还坚韧地忍耐着希望着。而一旦新的生活阳光投射进来，就使不能忍耐的人果断地朝着新的生活奔去；而尚能坚韧忍耐怀着希望的人，终于再也不能忍耐，连一个快乐的梦都做不成，也终于跨出这高门大宅的门槛，勇敢地走上新的生活道路。从这个小小的家庭震荡崩溃的图景中，作家深刻地揭示出生活发展的趋势：生活就是这样地发展着变化着，腐朽的走向衰亡，新生的走向胜利，一切都朝着自身的反面走去。他描绘的是如此真实而令人信服，作家笔下的生活具有一种绵密的生活发展的逻辑力量。

当一个作家把他的戏剧环境描写成一个不可逃脱和不可逾越的环境时，也许只能提供一个悲剧的世界。假如他认为整个社会如同一座地狱一样，制造出大大小小的悲剧，那么，他不可能写出一个喜剧的环境。《北京人》和《雷雨》的环境都具有黑暗王国的特征；但是，《北京人》的不同之处，在于它是一个崩溃的王国，而且是一个可以冲破的王国。作家发现了这个王国原来是一个喜剧的世界，在这方面显示着他“自己的哲学”的变化。在《雷雨》中，由周朴园统治着的家庭是一个令人窒息的环境，如作家所说，它“正像一口残酷的井，落在里面，怎样呼号也难逃脱这黑暗的坑”。[②] 作家好像面对着茫然不可知的力量，从背后操纵着世界，他感到黑暗力量的强大，使人难以摆脱悲剧的命运。他恨不得轰毁这个罪恶的家庭和社会，但是，他还看不到冲破这黑暗王国的出路。在《日出》中，作家渴望着阳光，他嘲讽了那些鬼似的人们，觉得那个社会是要崩溃的。但是，那个为大大小小金八统治的世界仍然像一具无形的铁网，也使人难以逃脱它的包围。他对现实的悲剧感受是太深刻了，陈白露、黄省三、小东西都只能落得一个悲惨的结局。他的喜剧感受还没有达到揭示出一个喜剧世界的地步。《北京人》则不然了，透过作家所描写的戏剧环境，使人看

① 凡引《北京人》中文字，均出自文化生活出版社 1949 年版。

② 曹禺：《雷雨·序》，文化生活出版社 1947 年版。

到作家笔下的世界，再不是一个能够恣意制造悲剧的“残酷的井”，也不是一个使人难以逃脱的“黑暗的坑”。如果说周朴园还觉得他有力量，他还为他的“最圆满、最有秩序”的家庭秩序而斗争，那么，曾皓、曾思懿这些王国的统治者已经感到虚弱，他们在大崩溃来临前夕，徘徊低首，不忍遽去，但也不过只能为着一个不可实现的虚幻目的来一次挣扎而已。历史已经把他们变成了喜剧的对象。而作家更进一步展示了：像瑞贞、愫方决不再是掌握不了自己命运的人物，尽管充满着艰难和痛苦，却终于冲出了重围。在这个意义上，就不能笼统地说《北京人》没有给人们“明确指出活着的人的生路”了。较之《雷雨》《日出》来说，作家是更真切地把握到生活中的主潮。因此，当作家发现了这个不合理世界的喜剧性时，他就不是捶胸顿足地去发泄“被抑压的愤懑”，而是怀着信心，含着微笑同古老的生活方式诀别了。

《北京人》现实主义的喜剧性，还突出地表现在它塑造出一系列典型的喜剧性格上。这些活生生的人物性格显示着作家对生活认识的深度。

曾皓，作为这个封建世家的家长，在严峻的现实冲击下，只能在名义上维持着他的地位。乍看上去，这位老境坎坷的长者，似乎充满着忧虑和烦恼，有说不完的委屈。祖传的家业破败了，而大儿媳思懿却步步进逼着，直接威胁着他名存实亡的家长地位。儿子文清是那么无能，永远改不了抽大烟的恶习。江泰无休止地争吵闹事，表现出对他极大的不恭，甚至当面揭他的老底，给他难堪。这些，都使他感到家庭不昌、儿孙不肖，经常为之叹息和发出咒骂的声音。但是，作家却深刻地揭示出隐藏在曾皓这些貌似痛苦不幸之中的喜剧性，因为他实际上并没有任何严肃的痛苦，也没有丝毫值得同情的不幸。可以说，再没有什么比曾皓为了保住他的棺材而斗争这件事更为荒唐可笑了。他最关心的就是他的棺材，棺材就是他的命，他把生命的希望和乐趣都放到了棺材上。当陈奶妈以惊讶羡慕的心情说到这口棺材已经漆了十五年的时候，曾皓为此感到格外的“快慰”，并且用这种自得的心情告诉陈奶妈说，棺材已经漆了一百多道了。如果说，曾皓把棺材当作他的生命，这已经是具有讽刺意味的了；那么尤为讽刺的是，他把这种卑微的感情看成是神圣的，把这种腐朽的目的看成是庄严的事情。于是，他把自己残余的生命力调动起来为保住他的棺材而斗争。他明知债务累累，棺材是必须每年要油漆的；即使他知道欠了一年的油漆棺材的钱，他还是坚持“明年春天再漆上两道川漆”。杜家逼着要棺材抵债，他明知江泰是不会挽回棺材被人抬走的结局的，他还是抱着幻想巴望江泰出现奇迹。而最后杜家抬走棺材时，他还叫着：“不成，那碰不得呀……那寿木盖子是四川漆！不能碰！碰不得！”他越是为着最卑微的目的而斗争就越是暴露出他荒谬可笑的喜剧性，暴露出他彻底腐朽了的灵魂。曾皓这样的人物再不能为任何严肃的目的而斗争，这不但意味着他失去了任何历史的权利感，更昭示着他所代表的阶级和旧的制度已经失去了历史存在的合理性，旧的制度是不可避免地崩溃了。



曾皓和杜家为争抢寿木而引起的斗争，是一场具有象征性的喜剧冲突。正如作家所说："写《北京人》时，我的诅咒比较明确些了，那种封建主义、资产阶级是早晚要进棺材的！他们在争抢着寿木。而这个人世，需要更新的血液和生命。"[1]作家不但揭示了封建主义的必然灭亡，而且也没有把希望寄托在资产阶级身上，同样暗示了它必然灭亡的前途。有人认为，曾皓和杜家的冲突，"并未着重写出他们之间的复杂关系"。还指出，"资本主义的力量不可能促使封建制度根本解体"。这些批评，既没有看到这场冲突的象征性，也没有看到作家的构思企图。一个作品不能也不必要去图解社会学的概念。从作家描写的冲突中，却比较深刻地暗示出，日益增长的资本主义的金钱势力对"封建的宗法的和田园诗般的关系"的威胁和破坏。作家所侧重表现的是，曾皓面对着这种资本主义的历史威胁所暴露出来的荒唐可笑的性质。曾皓犹如蜷伏于古堡的幽灵，对外间世界的冲击全然丧失了他抵挡的能力。他的喜剧性在于，他仍然沉睡在田园诗的梦乡之中，摆出一副威严的面孔，来一次阿Q式的精神胜利。他已经把房子抵押给杜家了。欠了人家的债，他无力归还，于是他大骂杜家是"暴发户"，骂他们这种人就知道"什么东西都可以拿钱买"，连他的棺材也不例外。他能拿出的抵挡武器，只剩下他的精神武器了，那就是他的诗书礼仪之道，说什么"这种人是一种书都没有读过"的。骂杜家不读书自然能显示出士大夫阶级的高雅了，但也只剩下了这种高雅的架子。当一个阶级只能用陈腐的精神武器去对付强大的物质武器时，那就到了它彻底崩溃的阶段。曾皓的精神状态，正是他所代表的制度从经济基础上瓦解了的深刻反映。

袁家父女住进这深宅大院，同样是在象征的冲突和对比中增强全剧的喜剧情势。袁家父女的关系虽不能代表最先进的伦理关系，但就其摆脱了封建羁绊的自然而活泼的父女感情来说，对曾皓统治下的父慈子孝、长幼有序的礼教秩序是一个极大的讽刺。在这种威胁面前，同样暴露了曾皓的喜剧性格。他像害怕火那样害怕袁圆的天真活泼的个性。曾霆和袁圆嬉戏着，便触怒了他。他搬起"曾家的家教"，喝令曾霆下跪。但是在这里，威严的礼教已化为令人可笑的东西。虽然他在可怕地扼杀着年青的生气，作家却揭示了这可怕的礼教的荒诞和可笑。曾皓用来维持自己地位的东西，也只剩下这些繁文缛礼的形式。历史逼得他不得不靠伪善来过日子。他的存折早已空无分文了，但是，他还要把存折攥在手里，装出有钱的样子。他怕露出没钱的马脚，怕思懿因之进一步威胁他的地位，怕儿孙看不起。可是，他毕竟囊空如洗呀！这就弄到既不敢说有钱又不敢说没钱的可笑的境地。正是在曾皓的虚弱的地位同装扮的威严外表的矛盾中，深刻地揭示了他伪善腐朽的喜剧性格。

喜剧的角色并不总是令人发笑的。作家以其高超的讽刺艺术开掘了曾皓腐朽黑暗的灵魂世界。特别是在曾皓对待愫方的问题上，深刻地揭露了他那道貌岸然掩盖下的卑污的心灵，或在痛苦哀怜遮掩下的极端的自私。在他的垂暮之年，愫方不知为他遮蔽了多少

① 曹禺：《曹禺选集·后记》，人民文学出版社1978年版。

风雨，默默地庇护着侍奉着他，成为他唯一可以依恃的“拐杖”。本来，他把一个未曾出嫁的姨侄女拴在身边，就已经耽误了她最宝贵的青春年华。他不但从未对愫方表示过任何关心，而当思懿不怀好心要把愫方说嫁给人类学家时，就更暴露了他渗入骨髓的自私。表面看来，他好像很尊重愫方，让她自己考虑决定，说什么“不要想到我，你应该替你自己想，我这个当姨父的，恐怕也照拂不了你几天了”。他说得又体面又堂皇，摆出一副特别关心人的姿态，而骨子里却暗示她不要考虑这门亲事。如果说，在思懿和江泰面前，他显出是一个长者的架势，不能不有所顾忌，那么，当中秋夜晚，只有他一个人找愫方谈话时，换成一副哀怜的样子，一步紧逼一步地蹂躏着她极度痛苦的心灵。他深知愫方为人善良，先是用“家里没有一个体恤我，可怜我，心疼我”的怨诉，唤起愫方的怜悯，接着便诉说对思懿的怨恨，进一步激起她的同情，然后，他又说愫方的姨妈生前如何对他体贴入微，抱怨着半夜里连一个侍候他的人也没有了。他实际上是叫愫方像她的姨妈那样服侍他体贴他。在这里，表现出曾皓极为卑鄙的念头，他竟让愫方去承担她不应承担的角色。而尤为险恶的是，他竟利用愫方的年岁、孤单的处境来刺伤愫方的心，说什么“人到了三十岁了，……孤孤单单，没有一个体己的人，真是有一天，老了，没有人管了，没有孩子，没有亲戚，老，老，老得像我——”这番话犹如利箭一样刺伤着愫方，浸透着可怕的鬼气。为了使愫方永远成为他的奴隶，他像怨鬼一样纠缠着她，像蛇蝎一样啃啮着她的灵魂。作家无情地揭露了他外表的伪善同内心丑恶之间的矛盾，把他隐藏在灵魂深处的最卑污的感情和那种“不自觉的自私”刻划得入木三分。作家不愧是一个高级的讽刺画师。他不但塑造出一个行将入木的僵尸性格，而且刻划出一个腐朽黑暗的罪恶灵魂！这是一个应当永远被埋葬的灵魂！

如果说，曾皓的家长地位受到威胁，那么，思懿就是他最大的威胁。她实际上已经操纵着曾家的一切。有人把她看作是一个“旧社会的叛逆”，说她是“周蘩漪的后身”。说什么蘩漪“在事实的泥泞里滚转的结果，就会成为今日的曾思懿的。她们的性格，根本上是相通的，一脉相承”。这种看法是没有根据的，实际上是把一个喜剧性格当作悲剧性格加以理解了。思懿并不像蘩漪那样曾经受过新思潮的熏陶，她也不是那种渴望自由的女人，在她的灵魂深处渗透着黑暗王国的礼教秩序。

作家说她“是一个自小便在士大夫家庭熏陶出来的女人”。她嫁到曾家，并没有感到曾家的生活秩序有什么不可容忍的地方。的确，她和文清的性格、感情都合不来，但她从来没有产生过任何异端的想法。对待丈夫，正像她教训瑞贞说的，“别糊涂，他是你的男人，你的夫，一辈子靠山”，你得“看着他”。这就是思懿对待丈夫的哲学，既把丈夫当作“靠山”，又要把丈夫“看”起来。所以说，她脑子里的封建礼教的观念还是十分牢固的。她是竭力维护旧的秩序的，她不容忍别人越过它。她听说曾霆跟袁圆泼水玩，就感到十分吃惊。在她看来，一个大姑娘脱了衣服泼水简直是“无法无天”。她对儿媳妇瑞贞，总是用苛刻的家法约束着她的一举一动，决不允许有半点违逆的行为。八月中秋节的清晨，瑞贞回娘家去了，她认为这是触犯了家规。她气急败坏地对曾霆说：“你告诉她，到哪儿，说哪儿，嫁到我们这读书的世家，我们家里什么都不讲究，就讲究这点臭规矩。”如果说，她对曾霆、瑞贞是这样绳以家规，那么，她对曾皓为什么又是那么步步进逼，对丈夫文清又挟持得那么厉害，岂不是同礼教不符吗？正是在这里，作家揭开了思懿性格的喜剧性矛盾。思懿有一个很突出的特点，她从来都不愿甚至不敢承担冒犯公公欺侮丈夫的罪名。她明明恨着曾皓，愿他早死，把他的钱弄到手，坐稳了她大奶奶的地位，可是，在众人面前总摆出一副孝顺长辈的样子，有时甚至显得格外的殷勤。这样，曾皓也抓不到她的把柄，她也决不“触犯”公公。而暗地里却斗得难解难分。在礼教的纱幕遮掩下，思懿玩弄着她的计谋和手段，这就深刻地揭示了礼教的虚伪。本来是她逼着文清出走，整天地骂他挖苦他，可是她总说：“你别做得叫人以为我多么厉害，仿佛我天天欺负丈夫，我可背不起这个名誉。”“我可没逼你做事，你别叫人说又是我的主意，叫你外出，外头有什么不舒服，叫亲戚们骂我逼丈夫出门受苦，自己享福，又是大奶奶不贤慧。”她明明做着不贤慧的事，非要人说她贤惠；她明明是欺侮着丈夫，又不愿承担欺侮丈夫的名誉。这种既干着冒犯礼教秩序的勾当，又不敢承担冒犯礼教秩序名誉的心理，深刻地揭示出封建礼教是怎样铸造了思懿的虚伪、阴险而怨毒的两面性格。礼教是虚伪的又是自私的，而思懿的性格正是极端虚伪和极端自私的辩证统一。

思懿又是一个自恃聪明能干的女人。的确，在曾家的“一群废物”中，似乎只有她比较干练。她总是把一串闪亮的钥匙系在肋下，真是个管家的大奶奶。但是，她生不逢时，又错嫁在一个家道衰微的家庭里。历史的进程使她不能再扮演振兴家业的角色。在这样一个封建世家中，竟使一个女人掌管了家务，又那么骄横恣肆，这本身就是一大讽刺。她的性格是进攻型的。她逼文清、恨江泰、害愫方、挤曾皓，施展着种种手段，也可谓机关算尽了。但是，她的行动总是显得格外的荒唐，而结果却是加速着这个大家庭的崩溃。她千方百计地要把曾皓的存折上的钱挤出来，为此，她故意叫那些要账的人在门口嚷着。她还设法叫杜家抬走棺材。可是，她得到的却是一个空无分文的存折，她什么好处也没捞到。她逼文清，逼的结果是文清自杀，她的“靠山”也没有了。她训儿子，结果却招来曾霆的厌恶。她虐待儿媳，她要瑞贞为她保着曾家的那块肉，而瑞贞也出走了。她为愫方说媒失败了，又盘算着把愫方娶过来做文清的妾，成为她任意驱使的奴隶；结果，连这样一个善良的女人也被她逼走了。尤为可笑的是，她居然怀孕了，和儿媳一块吃着安胎的药。她也许以为这样可以在丈夫以及众人面前显示旺盛的生育力，也不失为控制文清的手段；但是，思懿的“小可怜虫”还未出世，她自己就当了寡妇，真是弄得她众叛亲离，家败人亡了。她心目中有一个理想的王国秩序，那就是曾皓早死，挤走江泰，管住丈夫，娶过愫方，曾霆从命，瑞贞服帖，由她坐稳了这个王国统治的宝座；但是，她的如意算盘全部落空了。这个面临大崩溃的能干女人，任其费尽心机也摆脱不了大崩溃的结局。

马克思说：“现代的 Ancien regime（旧制度）不过是真正的主角已经死去的那种世界制

度的丑角。”①历史的进程已经把曾皓、思懿这样的人物变成喜剧的对象，使他们只能扮演着丑角的角色。当作家把他们作为喜剧性格加以表现时，就深刻地反映出，旧制度“已经死去”的历史的真实。

如果说曾皓、思懿从不同的表现形式上反映了旧制度必然崩溃的命运，那么，江泰、文清的喜剧性格就更深刻地展示出旧制度的腐朽性质。在曾家这个腐烂的王国土地上，再不能生长出健壮的树木。它像一具久埋地下的棺木，见不到阳光，透不进新鲜空气，无论什么人在这里生活都会慢慢地朽掉。曾皓曾绝望地说：“不要管我，我不责备你们，责备也无用，都是一群废物，一群能说会道的废物。”作家锐利地发现了江泰和文清的“废物”特征，他们都是“耗子”。

江泰，这位曾家的姑老爷，曾经是专攻“化学”的老留学生。人不算不精明，心眼也并不是很坏的。他呼吸过资本主义的文明，也多少有些民主的觉醒。但是，封建士大夫的生活方式像幽灵一样附着其身，他同封建世家的环境有着深刻的血缘关系。那种旧时北平官僚士大夫的悠闲生活，北平的公子哥儿的好吃懒做，使他养成了能说而不能做的恶习。他满脑袋都是发财的梦想，但又永远一事无成。他学的是化学，可是他却愿意做官，以为这是发财之道。而几次做官都不得意，最后一任竟因侵吞公款被撤了职。他还办过肥皂厂，想开厂发财，结果，竟因连制造肥皂方法也弄不清，也是不了了之。他穷困潦倒，寄居丈人家里，手里没有钱，自然受到曾皓的冷遇，遭到思懿的白眼。他的喜剧性在于，他既要寄人篱下，却又不能甘心，偏偏摆出一副姑老爷的架子；他本身已经失去谋生的能力，却又整天生活在发财的梦幻里。因此，他总是牢骚满腹，骂曾皓，骂思懿，骂妻子，又止不住地借酒消愁，捶胸叹息。他一个劲儿地嚷着要离开曾家，可是他总是走不了，他和文清一样也是飞不动了。他厌恶曾家的一切，他好像是个不平者，看事看人都能一语中的。揭露曾皓的虚伪，揭穿思懿的阴私，都显示着他的目光锐利；为愫方抱打不平，也说明他不乏正义感。他的嘴是永远关不住的，但是，也只是说说而已，他不过是借此达到一种自我抒发，哪怕他最激昂慷慨的言词，都没有半点要起来行动的意味。他对自己也似乎了若指掌，看得很清楚，但这并不意味着他有自知之明，更不是什么严肃的自我解剖。他对袁任敢说：“我就会吃，就会吃！（不觉谈到自己的痛处，捶胸）我做什么就失败什么。做官亏款，做生意赔钱，读书对我毫无用处。（痛苦地）我成天住在丈人家里混，好说话，好牢骚，好批评，又好骂人，简直管不住自己，专说人家不爱听的话。”这是一幅绝妙的自我画像。不能说他提到自己的痛处就不痛苦，但是他的痛苦是一种失去动力的痛苦，也是不准备改变现状的空洞的痛苦。他只能生活在这种毫无严肃意义的痛苦之中，不管他如何捶胸顿足、抽泣叹息都没有任何真实的价值。正如文清所说：“他也是跟我一样，我不说话，一辈子没有做什么。他吵得凶，一辈子也没有做什么。”在这个封建士大夫的环境中，再也不能产生能够

① 马克思：《马克思恩格斯全集》第1卷第456页。

"做什么"的人物。只有一次是例外,当曾皓的棺材要被杜家抬走时,他突然来了一次行动。他主动要外出求援,好像要创造奇迹,但是他什么也没有弄来,而是做了偷儿被警察押回家里。在这样一个喜剧的嘲讽中,活画出他的"废物"的特征,他是什么事情也做不成的。

看上去,文清的性格似乎和江泰不同,特别是他的结局带有悲剧性。但就其实质来说,同样是个喜剧人物。

文清生来天资聪颖,素有神童之誉。但从小就娇生惯养,到了十几岁还得奶妈为他穿裤子。而士大夫的文化教养犹如鸦片一样使他慢性中毒,在封建礼教的桎梏下,造成了他精神上的瘫痪。这棵本来柔弱的苗,在封闭的家庭环境中不见阳光,不着风雨,窒息了他人生的欲求,也扼杀了他的才能。他沉溺于下棋、品茶、喂鸽、养鸟、赋诗、作画的士大夫生活情趣之中。与其说下棋之类标志着他清俊飘逸的高雅,毋宁说他把生命都消耗在这些无聊的行为之中。正如江泰所说:"茶对我们只是解渴的,可一到他口里,就会有无数的什么雅啦,俗啦的这些道理。然而,这有什么用? 他不会种茶,他不会开茶叶公司,不会做出口生意,就会一样,'喝茶'! 喝茶喝得再怎么精,怎么好,还不是喝茶,有什么用?"当江泰这样评论他这位内兄时,其实他自己也是这样的无用;而文清这种无用也照出江泰的性格特征。这一对喜剧性格是相映成趣,互为讽喻的。

文清不是没有感情上的苦闷的,他也不满意这个家庭环境。他对愫方说,这个家就是个牢。但是,他的爱和恨都消磨得平淡了,他懒得很,懒得做一切事情,甚至懒到懒于宣泄心中的痛苦。他的人生哲学是一种懦夫哲学,是一种寄生的哲学。他看思懿总是强迫曾霆和瑞贞,说:"他们夫妻俩没话说,就少让他说几句,何必勉强呢? 凡事勉强就不好。"他知道"勉强就不好",他同样没有行动,只是说说而已。思懿说,这个家都叫外来的耗子咬空了,他就说:"有饭大家吃",谁来吃都可以,他根本无心过问。他对思懿的每一次取闹,总是说:"何苦这样","何苦如此"。这种"何苦"的习惯用语,显然是他对于思懿的进攻无可奈何的懦夫哲学的反映。就是这样一个生命,"成天在这样一个家庭朽掉,象老坟里的棺材慢慢地朽,慢慢地烂,成天只知道叹气,做梦,忍耐,苦恼,懒,懒,懒得动也不动,爱不敢爱,恨不敢恨,哭不敢哭,这不是堕落,人类的堕落!"他早已失去飞翔的能力,他是被逼着外出的,但是,"外面风浪很大",终于又不由自主地回来,寂然地自杀了。他的死,不过是封建士大夫文化慢性自杀的结果。他的死不是悲剧的,是喜剧的,因为他早就失去了生命的价值,过着虽生犹死的日子。当一个"生命的空壳"终于连这层空壳都没有了的时候,那么,他死的价值犹如生的价值都是讽刺的,喜剧的。对于真正的"人"来说,只能是一个极大的耻辱!

江泰仍然活着,而实际上他像文清一样也死去了。他们都是没有价值的生命。这两个人物性格最足以说明,什么样的制度就会产生什么样的性格。作家深刻地揭示出:一个曾经在历史上存在的社会制度再不能产生维持其自身生存的人物,反而产生着为这个制度自身所腐烂的人物,它在历史上就失去了存在的可能和根据,也表明封建阶级已经成为一个寄生虫的阶级,旧制度是彻底腐朽了。《北京人》以其对生活的独特的发现,透过这些喜剧性格,揭示出封建制度无可挽回的崩溃的必然性。他笔下的每一个喜剧性格都表明着旧制度崩溃的趋势,可以说,他的人物性格就是社会制度。这正是《北京人》现实主义杰出的成就。

## 三、愫方的形象

《北京人》在反映旧制度的必然崩溃上,显示着它现实主义的巨大说服力。而真正体现它现实主义新成就的地方,却在于它表现出生活发展的趋势,写出了新的生活秩序的必然胜利。但是,一些评论对此采取了过分挑剔的态度,说:它只"唱出了旧社会的挽歌,但对新的生活理想的启示,则显得缥缈而空虚"。有人说:"对走向新生的那一面就写得悬空无力了。那两个出走的人完全是由于客观环境的压迫,却并没有甚么本身的觉醒的因素。"当然,一个作家能够通过广阔的生活画卷和错综复杂的社会斗争,去反映一个大变动时代的主潮,那自然是好的。但是,这并不妨碍一个作家从一个家庭的日常生活的描写中透视时代的激荡,从时代潮流激起的浪花中反映出新的生活潮流奔腾向前的涛势。《北京人》就属于后者。

作家在《北京人》中继续着《蜕变》主题的探索。他在探求着生活的真理和生活发展的逻辑。曹禺作为一个杰出的现实主义作家,他的优点是从生活中去探求真理的答案。他在《蜕变》中满怀激情地去表现"新的力量,新的生命",探索着它们是怎样在"艰苦的斗争里酝酿着,育化着,欣欣然发出来美丽的嫩芽"。探索着怎样"'蜕'旧'变'新"。但是,他过分乐观了,把那些新的嫩芽安置在一个不配诞生他们的具体环境里。他写出了他的希望,但也反映他对生活理解得不够深入。《北京人》在表现一个大家庭的崩溃中,他就比较深入地把握着生活中新的幼芽破土而出的真实情形,也比较自然地写出这个家庭中的"蜕变"的过程。从这些嫩芽欣欣然发出来的破土而出的声音中,报道着新的生活潮流正在冲击着冰封的河床,迎来即将解冻的春天。

我们已经说过,曾家是一个没落的家族,当祖国大地上正在发生着深刻的革命变动的时刻,它仍然固守在这古老的堡垒里。这里的生活像一池腐水。但是,阳光终于穿过幽暗的窗棂照射进来了,它不但使死寂的生活得到了一线光明,而且像火种点燃着王国底层的人们将欲死去的心灵,给人以光明和希望。作家没有正面描写这个阳光,但是他的象征性的暗示,仍然是符合时代的真实的。这种含蓄的暗示,有着它环境压迫的缘故,但它暗示的内容却是具体的,而不再是憧憬的。

瑞贞是这个黑暗王国中最先觉悟的人物,她走向新生并不是偶然的。

她是无时不受着压抑的。她进了曾家的大门好像入了地狱一样。她被糊涂地送到这里来,一个天真的少女顿然变得苍老,充满了忧虑,俨然像一个成年的妇人。把她和曾霆硬捏合在一起，他们没有感情，甚至两个人在房里都没话说。作家比较深刻地揭示了她反抗性格的根源。她说："即便曾霆又待我好，我在这样的家庭也活不下去的。我真是从心里怕看见这些长辈们的脸哪。"对于曾经在学校里生活过的自由小鸟，一旦关进这个精神的牢笼里，她自然感到格外痛苦郁闷。无论是曾皓、思懿、文清、江泰，这些长辈的确没有一张愉快的脸，她厌恶的不是一个人，而是整个的环境。虽然愫姨给了她温暖和同情，但愫姨那些宽解开导她的话并不能解决她的苦闷。在瑞贞身上，我们看到的是一个倔强的个性，"我不要这个家"。因此，她的出走是十分自然的。她能接受革命朋友的劝告，决不回头地迈出她极度憎恨的曾家大门，是令人信服的。但是，作家没有把她作为主要人物，而是把重音放到愫方身上。正是在愫方的典型性格的刻划中，体现出作家独具的生活发现和独特的生活感受。愫方的典型形象是《北京人》现实主义艺术创造的精华。

愫方，这是作家继蘩漪、陈白露之后贡献给新文学史的第三个杰出的典型形象。这是一个终于挣脱了旧时代悲剧命运而勇敢地跨进新的生活新的世界的妇女典型。她的典型性格闪耀着时代曙光映照的诗意光辉。

一个典型性格的价值和意义，是一个客观的存在，她决不会因为评论家的个人好恶以及偏颇的观点而抹去她客观的历史光辉。一个适应了时代和人民需要的典型性格，决不会只能以一种模式出现。缺乏典型性格特征的人物，即使写一个革命者，也不一定产生强烈的现实意义，而刻划一个并非革命者的形象，只要他是一个典型，同样会具有他的历史价值。愫方这个典型性格诞生后，历来就受到某些评论家的轻视，在有些人看来，一个破落崩溃的士大夫家庭的"旧式小姐"，这样一个人对于革命又会产生多大的意义?!

当人们运用一些简单的政治概念去衡量人物时，往往得出一些简单的结论。对于一个艺术典型的评价，应当首先尊重这个性格诞生的事实，然后我们再判断它是否是一个真实的艺术的生命，进而探讨这样一个性格产生的环境以及它对于时代的意义和价值。之所以需要这样，是因为只要是一个现实主义的典型都来自生活，都是作家对于生活的发现。既然作家是忠实于现实生活的，那么，文艺批评同样应当尊重现实生活。我们不反对理论的原则，但理论原则只能指导我们去尊重作品及其反映的现实，研究作品就犹如研究现实一样，一旦理论变成教条和棍子，也就使批评者丧失了真正文艺批评的权利。

正如曹禺的其他剧作中的典型人物都是来自他那熟悉的生活，是他从生活中提炼出来的典型；同样，愫方也是作家从生活中发现了她。站在我们面前的愫方，是一个活生生的性格。这个典型性格，她不同于蘩漪，不同于陈白露，也不同于丁大夫。她具有那样一个哀静的外貌，"宛如一片明净的秋水，莹然可见清深藻丽的河床"般的晶莹深邃，使我们永远把她同别的人物区别起来。但她又是一个怎样沉默的女人啊！她那样异常惊人的耐力和温厚慷慨的胸襟，又是一个多么美好的诱人的个性！但是，有人便说她是一位"代表封建道德情感的旧式小姐"，是一个"旧时代的优美典型"。有人说她"根本不会走出曾家大门以外"，她"没有什么本身觉醒的因素"。那么，我们还是看看愫方这个人物性格的本身吧！

当我们最初接触这个性格时，她就给人以“哀静”的深刻印象。似乎她的性格是柔弱的，总是忍气吞声过着日子。文清的画被耗子咬了，引起了思懿和文清的一场争执。本来思懿就忌恨着愫方，因为画就更勾起她的无名妒火，恶狠狠地咒骂着愫方。正骂着，愫方来了。思懿很快便转了口气，说：“就因为这张画叫耗子咬了，他老人家跟我闹了一早上啦！”好心的愫方马上主动答应为表哥补画，她满以为这样也许可以平息他们夫妇的争执，既释去思懿的烦恼，又可以抚慰表哥的痛心。但是，这片善良的心意却招来思懿更刻毒的妒嫉，她接连甩出一些讥讽的话语，在微笑中露出她歹毒的心理：“我真恨不得拿起一把菜刀，（微笑的眼光里突然闪出可怕的恶毒）把你这两只巧手（狠重）斫下来给我接上。”这种突然的袭击，使得愫方惊恐莫名，本能地缩回了她那双苍白的手腕，她除“啊”了一声，再没有任何反应，她把这些凌辱嘲讽都一起吞进肚里。于是便有人说她是那种“逆来顺受”的性格。紧接着思懿为了瑞贞买檀木的事又借题发挥。她明知是愫方叫瑞贞买的，却故意骂给愫方听。愫方并不因此而回避，她主动说明是她叫瑞贞买的。就这样她又一次把这些谩骂接受下来，而听不到她哪怕是微弱的抗议声音。的确，让这样一个能够忍受常人不能忍受的凌辱，而似乎没有半点反抗性的女人来扮演一个走向新生活的角色，好像是缺乏“本身的觉醒的因素”，而作家竟然让她出走，简直是不可理解了。但是，作家洞察性格的卓越之处，正在于他在这样一个能够忍受欺凌和黑暗重压的妇女身上发现了她惊人的耐力，在貌似逆来顺受的外观上挖掘出她内心那种坚毅的性格力量！

愫方，也出身于名门世家，只因父母较早弃世，就被接到姨母家里寄居。这种孤苦伶仃的寄居生活，对于一个女孩子来说是极大的不幸。她不像林黛玉在寄居的生活中变得整日价靠着眼泪过日子，而是养成了她对于种种歧视和侮辱的耐性。愫方的忍耐不同于软弱，也并不是那种“逆来顺受”的性格。愫方她并不惧怕思懿。这是因为她自有她的生活理想，自有她的生活情操和意趣。她的沉默是抵御进攻的防御形式。她的忍耐同那种把凌辱、痛苦习以为常的忍受是截然不同的。在她的忍耐中有着她性格的深厚的内涵。愫方，这个女人是善良的，她从来都不以恶意去看待别人，更不会采取恶意的报复和还击。她忍耐的性格核心是：宁肯牺牲自己，但愿能使别人快乐！“活着不是为着自己受苦，留给旁人一点快乐，还有什么更大的道理呢？”这是她心灵的诗篇，也是她生活的哲学。有人说，她的性格“基本上是和曾文清同属一种类型”，这真是天大的误会。文清才是那种逆来顺受的性格，他忍受着思懿的逼迫，习以为常的凌辱使他变得搪塞敷衍。“何苦这样”，便是他磨平了痛苦的麻木的精神状态。而愫方并不是麻木，她是有意识地把这些欺凌忍受下来，她的沉默无言决不意味着她对凌辱的低头，因为她心中有着一颗对生活执着追求的坚毅信念。

作为一个受着欺凌的人，她总是把自己的温暖和同情送给别人。再没有她对瑞贞的体贴和抚爱更为动人的了，她宁可自己忍受着痛苦，却仍然献出她对不幸者的爱怜。瑞贞怀孕了，婆婆虐待着她，曾霆还是个孩子，只有愫方为她默默地操心。她用自己心灵中的火焰，去温暖着瑞贞的寂寞痛苦的灵魂。她劝慰瑞贞的那场戏，洋溢着温暖的诗意。在那冷酷而黑暗的王国中，犹如鲜亮的烛光，给人增添些生活的力量，暂时驱除一下逼人的寒气。若就年纪来说，愫方比瑞贞大得多，又是长辈；若就对人生的体验来说，也许显得愫方更狭隘些，她毕竟是个没有出嫁的女人，又毕竟没有接触过外间世界。她虽然有过受欺凌的痛苦，有过爱情的苦恼；但她未曾体验过强迫婚姻的痛苦和不幸。她也不像瑞贞那样具有青年人的觉醒和敏感。她以为只要把怀孕的事告诉曾霆，就会使瑞贞得到曾霆的慰安；只要有了孩子，就可以使夫妻感情得到改善，也会得到爷爷的喜欢，大家也就高兴了。在这里，可以看到愫方的善良，也看到她受着封建道德感情的羁绊。但是，她并不是封建道德的崇拜者和虔诚的信徒，她的感情更多地是出于一种对美好未来的朴素的追求和向往："活着吃苦不为着小孩子们，还为什么呢?"在这些地方，总是表现出愫方纯朴而善良的心灵美。她是一个心眼地朝着最美满最幸福的地方遐想追求，宁肯吃苦忍痛，也要为着未来！幻想是美好的，追求是真挚的，在这里产生着牵动着人们心灵的诗意力量。对她来说是这样认真固执，充满着信心！她默默地拿出自己的钱为瑞贞的未来的婴儿准备下衣裳，她还勇敢应承下来："毛毛生下来，我替你喂。我来帮你，不要怕，真到了没路可走的时候，我母亲还留下一点钱，我们还可用在小孩子身上的。"她的确想得很单纯，但是，在这些事上却表现了她异常坚毅的生活勇气和信心。她不是那种软弱的女子。她既像母亲般体贴着瑞贞，又像朋友那样给她以生活的力量。就其纯洁而无私的感情来说，同曾家那种尔虞我诈、勾心斗角的关系比较起来，它本身就是一种挑战和进攻，照出了旧道德的污浊和丑恶。瑞贞真是想不通愫姨这样做是为着什么，而愫方说："为着我爱你，瑞贞，你不生气吧。我们都是无父无母，看人家眼色过日子的人。"用自己的爱照拂着与自己同样不幸的伙伴和亲人，而她自己却是不幸的啊！这正是愫方性格崇高的地方。只要别人生活得更好，自己宁可吃苦，这是多么美好的性格呵！作家并没有夸张她的性格，他在愫方身上发掘了我国普通妇女的那种善良的献身的传统性格美和心灵美。这种性格是平凡的，但又是伟大的；是纯朴的，但又是崇高的。它决不是旧式小姐那种封建道德感情所能概括的。它是千百年来，那些善良而纯朴的妇女，在同旧道德斗争中逐渐地为历史凝聚起来的美好感情。愫方的性格是植根于中华民族妇女传统性格的泥土之中的。

愫方以最坚韧的耐力承受着生活的沉重的重压。一个孤苦伶仃过了三十岁的女人，在这个黑暗王国里消耗了她最珍贵的青春时代。姨母在世时还能照拂着她，而如今曾家没有人肯关切她的命运。不仅思懿千方百计损害着她，而且她的姨父曾皓早已把她当作了奴隶。她名为小姐，而实际上却处于任人驱使的奴婢地位。如果本来就是奴婢，那也许使她可能安于奴婢的处境；但她却是一个名门的小姐跌入奴婢地位的，这种变化带来的打击和痛苦，就更加重了她内心的压力。沉默，异常的沉默，正是惊人耐性的外在表现。的确，"谁也猜不出她心底压抑着多少痛苦的愿望和哀思"，从这里透视她的性格是多么坚韧而深邃了。她和文清的诗画往来，只是“几乎不自知地淡淡泄出一点抑郁的情感”而已，她决不敢把爱倾吐出来，只能潜藏在心底深处。一个失去了父母依靠，度过了青春时代的女人的心是多么寂寞啊！她有说不出也不敢说出的内心痛苦，曾家的道德秩序像一具无形的网禁锢着她的心。她的心既是善良的，又是寂寞的、痛苦的。她把寂寞、痛苦，甚至快乐都深深锁在心底，只有对着心地坦白的人才能坦露出来。她热爱生活，但是生活又是这样冷酷，于是在她心灵中总是纠缠着一个问题：活着究竟是为着什么？在第一幕，当她受过思懿的侮辱谩骂之后，她哭着跟陈奶妈说：“我真是想大哭一场，奶妈，这样活着，是干什么呀！”这是多么严肃的生活课题，只有热爱生活的人才会追索着这个人生的奥秘。这个富于哲理性的探索声音像抒情诗那样始终伴随着她，以不同的变奏弹奏着她对人生的探求的心曲。“哪里又真是我们的家呀”，就是这样的变奏。她在沉默而痛苦地追求着答案。好心的陈奶妈是这样劝告愫方的：“好歹嫁了吧，我的愫小姐，人家的家总不是自己的家呀！”“一个大姑娘在姨父家混一辈子成怎么回事啊。”陈奶妈的劝导是真诚的，但是，这样好歹嫁出去，好歹有了一个家就是“活着”的真谛吗？年青的瑞贞则对愫方说：“我不要家，我不要这个家。”可是，愫方并不同意瑞贞的答案：“不，你小，你不明白没有家的女人是怎么过的？那心里头老是非常寂寞的……”但是，究竟该怎么办呢？哪里是她的家？何处是她的人生归宿？这些问题并没有解决，她还要经历一个探索的过程。

愫方走上新生的道路是不简单的，她不仅需要书本的教育，更需要生活自身的教训。我们不要忘记她从小就生长在书香门第的家庭中，她不但深受着凌辱，而且同这样的家庭还有着千丝万缕的联系。她不可能像瑞贞那样敢于大胆行动。她甚至对瑞贞想要离开这个家到她向往的地方还存在着疑虑和担心。作家在揭示愫方的觉醒上是真实而深刻的，她最后的出走完全符合她的性格发展的逻辑。

思懿为愫方说媒，是她面临的一个严峻课题，使她处在空前的矛盾漩涡之中。当思懿当着曾皓、江泰的面提出这件婚事时，使她置身于极度的痛苦之中。看来是这三个人在那里争吵，而他们那些唇枪舌剑的斗争锋芒却都刺在愫方的心上。思懿是不怀好意的，想借此把愫方弄走；曾皓是不愿意的，他死死地抓住愫方不放。曾皓一再说他活不多久了，暗示她不要考虑这门亲事，还说：“不肯嫁的女儿，我不是也一样养吗？”明明是他耽误了愫方的婚事，而把愫方说成是“不肯嫁的女儿”，这叫一个老姑娘真是有苦难言了。而思懿却接过话茬，阴毒地说：“嫁不出去的女儿不也是一样得养吗？”她又用“嫁不出去的女儿”来嘲弄愫方，无疑是向愫方的心头插上一刀。江泰是抱打不平，他说：“我的愫小姐，这药您还没有煎够？”好像愫方愿意服侍曾皓，甘心做曾皓的奴隶。虽说这种嘲讽是好意的，但同样刺痛愫方的心灵。但是，她对这些怨鬼般的纠缠，恶毒的嘲讽和善意的讥刺，又都一起吞了下去。她只说了一句话：“我没有意思啊！”愫方又以她惊人的忍耐和沉默把这些令人难以容忍的东西收纳起来。也许她心底的海洋已掀起波涛，可是她仍然不让它透露出来。这是一个极为坚韧的性格，但又是一个屈辱的容忍的性格。如果说这一次她能容忍下来，而曾皓于中秋夜晚对她进行的一次攻心战，更表现出她非凡的耐性。正如我们已经揭示过的，曾皓为了达到他的自私目的，百般折磨和蹂躏着这个善良女子的灵魂，使她陷入极度哀痛和恐惧之中。但是，她还是说："我是愿意侍候您的"，"您别说了，我并没有想离开您"，甚至说，"姨父，不要替我想吧，我说过我是一辈子也不嫁人的呀"。当我们每一次看到愫方的惊人的忍耐时，似乎感到她再不能忍耐了，而每一次她又忍耐下来，而这种忍耐又能持续多久呢？

她的坚毅、忍耐、善良而无私的性格同样表现在对文清的爱情上。正如她把屈辱藏在心底，她把爱情也深深埋在心底深处。她和文清的爱情，可以说是这个特定环境的产物。他们从小生活在一起，又有着对诗画的共同情趣。但是，自文清结婚之后，愫方也只能把这未曾表现出来的爱，埋在心底。她了解文清的感情的苦闷，但也只能默默地同情。愫方的生活天地只有这样的狭小，在这个黑暗王国里，也只能在同文清的诗画往还中，宣泄着自己的淡淡的哀愁，似乎带来某些慰藉。但是，这种爱注定是悲剧的。这不但因为思懿的阻隔，而且在这样的封建礼教秩序中，也不会有一个圆满的结局。但是，愫方那种善良无私的性格，使她的爱情也蒙上一层诗意的幻想色彩，更具有一种忘我的献身精神，她又是那么执着，把感情和希望都放到了文清身上。在她心里，总是隐隐约约地为文清牵挂着。不能实现的爱情的孤独、痛苦和寂寞同对爱情的诗意幻想，造成了她那种又凄凉又甜蜜的心底世界。当瑞贞劝她一道出走时，她仍然感到："我觉得我，我在此地的事还没有了。"当她把自己的爱寄托给文清时，似乎她觉得对他就承担了一切的责任。她所以能够容忍，这种爱的责任感起着极大的作用。她向瑞贞倾诉她内心的隐秘，就弹奏出一支又凄凉又快乐的幻想曲。文清走了，她为着他忍受着痛苦承担着义务而感到快慰："他走了，他的父亲我可以替他侍候；他的孩子我可以替他照料；他爱的字画我管；他爱的鸽子我喂；连他所不喜欢的人我都觉得该体贴，该喜欢，该爱"，"为着他所不爱的也都还是亲近过他的"。这与其说是她的爱情哲学，不如说是她的人生哲学在爱情上的发挥。有人说，她爱文清是"春蚕到死丝方尽，蜡炬成灰泪始干"，这个看法不够确切。她不是爱情至上的崇拜者，为了赢得爱情而牺牲一切。她有比爱情更深刻更广阔的东西，只要别人生活得更好，宁肯牺牲自己。只要文清"成一个人"，她宁肯为他守着这个家吃苦。她对爱情和幸福的追求是建筑在自己吃苦忍痛的基础上，就其本质上来说是质朴而忘我的，但又是真挚而虚幻的。说它真挚，是因为她的爱情没有那种陈腐的封建色彩，也没有恶浊的铜臭气息；说它虚幻，是因为这种对爱情的质朴无私的愿望不可能在这个黑暗的王国里得到。当她把这种爱情幻想寄托在文清身上时，就显得既狭隘又带有讽刺意味了。因为她把希望寄托在一个已经不值得爱的"生命的空壳"上。正如瑞贞说的："我的愫姨，这么一个苦心肠，你为什么不放在大一点的事情上去？你为什么处处忘不掉他？把你的心偏偏放在这么一个废人身上，这么一个无用的废——"把美好的无私的感情放到一个废人身上，这是一个尖锐的矛盾。的确，她太"傻气"了。愫方，她所生活的范围就是这样的一个狭小的天地，她的视野只有这么大，所能爱及的人也只有文清了，她不晓得外间还有着一个广阔的世界！正是在这里，作家从她的生活处境的矛盾中，既带着幽默的微笑，满怀同情地批评了她，又深刻地看到她走向新生的内在根据。

愫方的爱是执着的，当她还没有最终失去希望时，她还是不能觉醒的。她并没有同意瑞贞的批评，反而说："没有人明白过他啊。"其实，她并没有明白文清已经是一个失去生命力的人。她觉得，"他在家里苦，我替他难过"，只要文清不苦，哪怕自己再苦也是快乐的。她盼望着文清"成一个人"，即使文清永远不回来，为他守着这个家，成天陪着快死的姨父，送他的终，照护文清的儿子，侍候他一家老小，整天看着思懿的脸子，直到死，她也是心甘情愿的。当她倾诉着这些内心的隐秘时，她感到"真快乐啊！""这心好暖哪！真好像春天来了一样，活着不就是这个调子么？我们活着就是这么一大段又凄凉又甜蜜的日子啊！"她活在这"快乐的梦"中，一个美好但又虚幻的梦中。但是，她的梦终于破灭了。文清又回来了，他飞不动了。"快乐真是不长的呀，连一个快乐的梦都这样短"。如果说，一个人最痛苦的是梦醒了无路可走的话，对愫方说来，当她的幻梦破灭后，在面前摆着的正是瑞贞要走的路，而瑞贞那些开导的话，以及，她觉得"有道理"的书，此刻都成为她迈出新的脚步的动力。在这里，正显示出愫方性格的时代亮色。

一个本来具有悲剧命运的人物，没有造成悲剧，而最后终于突破阻碍来了一个喜剧性的结局，是因为这个大家庭中有了瑞贞，而瑞贞有着革命党的朋友，归根结底是因为有了革命，才使得愫方于希望破灭之后没有陷入绝望，反而使她产生勇气向着新的生活张开手臂，这正是生活发展的逻辑。在愫方的典型性格中，作家深刻地揭示出：既然革命把一个禁锢在黑暗王国中的善良而能忍耐的女子都能唤醒起来，不正说明革命的巨大的吸引力吗？不正显示着革命在古老的堡垒内部都能产生着它的震荡力量吗?!

愫方曾说："我知道，人总该有忍不下去的时候。"忍耐总是有限度的，当一个人忍耐到了极度再不能忍耐下去时，便会在沉默中爆发。愫方正是这样，当她内心蕴蓄的痛苦和屈辱到了不能再忍受的时刻，便会化为极为坚定而勇毅的行动。这正是愫方性格的力量。她不会轻易改变她的主张，而一旦生活告诉她必须改变她的主张，她会冲破羁绊，向着新的世界走去。正像剧中所暗喻的，一个哑巴都说话了，那么，天真是塌了。愫方的出走，正宣告着那旧制度的彻底崩溃。

愫方生活的时代，正是一个由旧的时代向着新的时代过渡的历史阶段。人们由旧的生活秩序转向新的生活秩序是不容易的。愫方是这样一个一旦看清光明的前途，就头也不回地朝着新的时代迈去的坚毅的性格，是这样一个在关键时刻敢于迈出关键一步的性格。在那些激荡着斗争的年代，有多少人就靠着这种勇敢而投入了新的生活的怀抱，又有多少人因为懦弱，即使革命在呼唤着，甚至还喊过革命的人，也未曾跨出旧时代的门限。不要说，在那黎明前的黑暗时代需要这样的性格，即使在今天，生活中仍然有着重重障碍，要靠着勇气跨过去。同陈腐的生活方式告别，永远是有困难的。而愫方这个具有惊人的耐性的女人，正是以她的勇气跨进了新的生活行列。这正是愫方性格的典型的意义和价值。

## 四、浓郁的民族风格

就曹禺的现实主义剧作艺术来说，到了《北京人》，可以说达到他长期以来美学向往的一个理想的境界。《北京人》完全脱尽了那些所谓“张牙舞爪”的痕迹。既不倚重过分的技巧，也没有了那种“太像戏”的感觉。它是这样“平铺直叙”，一切都显得自然、逼真、熨帖、和谐。这里，再也听不到作家捶胸顿足的声音，它的深刻的主题和抒情的诗意是从场面、情节中流露出来的。它的人物都活生生地站在我们面前，一个个都具有活人的灵魂。尽管他一直追求契诃夫，也颇得契诃夫戏剧的艺术神味，但《北京人》仍然是属于曹禺的，有着他自己的鲜明的个人风格。而值得我们重视的，是它的浓郁的民族风格特色。作家把他的《北京人》更深地植根于民族生活的泥土之中，也更深地扎根在民族的优秀的文学艺术传统里。在话剧民族化群众化的探索上，他又迈出了可喜的一步。《北京人》杰出的现实主义艺术，在话剧史上的地位和意义不容低估。

曹禺不愧是一个善于描写剥削阶级家庭生活的大师，他对那些没落的阶级的家庭生活和人物是那么熟悉，了解得那么深刻，在他所展开的这些家庭生活的画卷中，揭示了半封建半殖民地社会条件下封建阶级的衰亡的历史。《北京人》，的确具有像杜勃罗留勃夫评价《大雷雨》所说的那种“生活戏剧”的特色。它也像契诃夫的《樱桃园》那样善于描写贵族之家的垂死生活，善于从这些家庭的日常生活的描绘中反映出社会的动荡和趋势。但是，《北京人》更容易使我们联想到《红楼梦》里所写的“大族名宦之家”，它所展现的曾家的士大夫家庭生活和《红楼梦》中贾家的生活有着传统的血肉联系。如果说《红楼梦》展示了封建社会崩溃的征兆，而《北京人》展示的正是整个封建制度彻底崩溃的时期。无论有人怎样把《北京人》同契诃夫的戏剧联系起来，但由于它如此深刻地描写了民族生活的斗争，就使它同《樱桃园》《三姊妹》《伊凡诺夫》等区别开来。无疑，作家潜移默化地从《红楼梦》的现实主义描绘中取得了借鉴。但是，作家更直接地从二十世纪初期中国社会的封建家庭生活中提取了他的创作原料。因之，它虽然在描写中国贵族之家的民族特色上，同《红楼梦》有着历史渊源，但毕竟有它的时代特点和时代的亮色。在人物性格的塑造上，《北京人》是深深地扎根于民族的传统性格的土壤中，它所写的人物性格是我们既熟悉又陌生的。我们熟悉他们，是因为我们从生活中以及我国优秀的文学作品中见到过他们；说他们陌生，是因为这些人物是作家创造出来的典型人物。这些人物性格，也多少能使我们从《红楼梦》中找到他们的面影以至灵魂。曾皓，似乎是贾政的后裔，而思懿和王熙凤好像是不同时代的孪生姐妹。在文清身上，我们仿佛看到贾宝玉的某些影子，就是陈奶妈也有着刘姥姥的某些气质。曾经有人指出《北京人》人物性格的民族特征，他举了曾皓和思懿为例，“不象看了《闺怨》中爱德华老人或是《大雷雨》中的提郭意和卡邦诺瓦那么讨厌，那么生恨，甚至还会对曾皓这种没落的人型发生可怜之感。不，这正是抓住了中国民族性之特点的原故，尽管同是没落的封建时代的产物，中国的这种人型，不象那时英国式或俄国式的人型，而是遮掩在‘诗书知礼’‘书香世家’的外壳下，所以有些‘文雅’。”[①]文清确实有点像奥勃洛摩夫，也有些伊凡诺夫的影子，但是，只要他有了那点“清俊飘逸的骨相”，还会下棋、作画、养鸽子、喂鸟、品茶……就使他同奥勃洛摩夫区别开来，他是地道的旧时北平的封建士大夫家庭子弟。即使这样，他们同《红楼梦》中的人物也是不同的。在思懿、曾皓、江泰、文清身上都具有彻底腐朽和崩溃的时代特征，他们是“一群耗子”，“一群能说会道的废物”，他们是更加衰老和落魄了。只要联系一下，“五四”以来的话剧的欧化倾向，而曹禺却像鲁迅说的那样，把他的注意力集中在探索“我们国人的灵魂”上，这就显得格外可贵了。

《北京人》在刻划这些人物时，以其格外细腻的笔触，犹如工笔画那样，把人物的性格描绘得极为逼真。其杰出之点，在于描绘出人物性格的丰富性和复杂性。这点，也如鲁迅评价《红楼梦》所说的：“至于说到《红楼梦》的价值，可是在中国的小说中实在是不可多得的。其要点在敢于如实描写，并无讳饰，和从前的小说叙好人完全是好，坏人完全是坏的，大不相同，所以其中所叙的人物，都是真的人物。”[②]《北京人》汲取了《红楼梦》现实主义典型塑造的长处，剧中的人物性格鲜明；而在刻划人物内心世界的丰富性和复杂性上，更显示出曹禺自己的特点。譬如曾皓，这是个反面人物，作家没有把他的思想感情简单化。他的确极端自私，特别是他灵魂深处浸透着肮脏污浊的鬼气，有时显得极为冷酷和残忍。但是，他又显得格外痛苦，老境凄惨，甚至给人以可怜之感。好像也真是一辈子为儿孙做牛马，反而落得一个无人可怜没人心疼的地步。曾皓老境凄惨的慨叹，并不妨碍表现其自私的本性，反而更为深刻地表现了他那种“不自觉的自私”。如他对愫方诉说自己苦衷的哀怜相，都更为透剔地刻划了他极端自私的心理状态，也十分准确地勾划出他衰朽腐败的性格特征。思懿是那么一个笑里藏刀、阴险狠毒的人物，但她也有生活空虚之感，觉得人生一切都是假的：“我什么都看开了。人活着没有一点意思。早晚棺材一盖，两眼一瞪，什么都是假的。”从表面看来，她那么神气，精明强悍，不会有这样的想法，恰恰在这里深刻地揭示出她没落阶级的虚无幻灭的悲哀，也更深刻地开掘了她的内心世界。对文清性格的复杂性，作家作了细腻的描绘。他是那么懒于行动，懒于思索，似乎失去了人生兴趣。但是，作家特别写了他对下一代的脉脉温情，他看到袁圆总是十分高兴，总是微笑着。他把一个大蜈蚣风筝找来给她。这不但越发烘托出他心底的寂寞，从孩子身上寻找快慰，也看出他对家庭束缚的厌恶，但这些都不能使他再成为一个有用的人，反而更说明他不敢恨不敢爱，永远失去了行动的能力。写愫方的性格尤其如此。特别是愫方临走前，她还去看望一

① 茜萍：《关于〈北京人〉》，《新华日报》1942年2月6日。

② 鲁迅：《中国小说的历史的变迁》，《鲁迅全集》人民文学出版社1957年版，第8卷第350页。

下曾皓，甚至哀怜地说："我走了，姨父！"并为他盖上了毛毯，满眼含着泪光，以至止不住流下泪来。这些地方，并不能表示她的软弱。她的确还带着传统的负担和旧的思想的羁绊，但毕竟出走了。正是在这含着泪光的告别中，才更看出她的勇气和决绝。同旧的生活告别是不轻松的，甚至是痛苦的。痛苦的诀别正意味着坚毅和勇敢。正是在这样的不简单的性格描绘中，使我们看到作家笔下的人物"是活人，有灵魂的活人"。

《北京人》的戏剧冲突较之《雷雨》还要错综复杂，但它不像《雷雨》把人物纠葛都交织在血缘关系之中，而是把日常生活冲突提炼出来，写得那么自然，又那么具有内在的紧张性。在老少三代错综复杂的人物关系中，写出了生活的丰富内容。在这方面，较之契诃夫的《三姊妹》《樱桃园》都更具有曹禺自己的风格特色。

契诃夫的《樱桃园》，写的也是贵族之家，尽管上场人物不少，但是人物关系并不那么复杂，人物冲突也写得比较含蓄。它的人物关系往往是讽喻性的，通过象征、暗示、对比、反衬等手法来展现人物性格的冲突。《三姊妹》写娜塔莎和普罗托波夫排挤三姊妹，甚至最后把三姊妹赶走，但也很难看到多么尖锐的正面冲突。《北京人》则不同了，他写的也是日常生活中的事件，但人物的纠葛却显得格外复杂而尖锐。如文清的画被耗子咬了，这本是一件极平常的事，由此却展开人物关系的复杂性和微妙性，人物的复杂心境也刻划得细致入微。几乎对一切都不感兴趣的文清，因为画被耗子咬了，十分伤心。而思懿却幸灾乐祸，接着就说："叫愫小姐再画一张不就结了吗？"表现了思懿嫉妒猜疑的心理。文清说："这是我画的。"思懿觉得弄错了，但是她绝不肯认错，又立即调转话锋，说："奇怪，一张画叫几个小耗子咬了，也值得这么着急！家里这所房子，产业，成年叫外来一群大耗子啃的都空了心了，你倒象没事人似的。"她总是压住文清，使他没有还嘴的余地。愫方看到画咬坏了，主动要求裱画，思懿装着羡慕"愫妹妹这双巧手"，极不自然地笑着说："有时候想着想着，我真恨不得拿起一把菜刀，（微笑的眼光里突然闪出可怕的恶毒）把你这双巧手（狠重）斫下来给我接上。"愫方吓得惊恐异常，不觉缩回双手。在这些矛盾冲突中，看来好像只有思懿在那里进攻，另一方面退却忍让，但每一个人物都充满着紧张感危机感。一方咬住另一方的强烈动作性，就使矛盾显得格外尖锐了。作家还善于抓住人物之间的特定关系，来展开复杂而紧张的性格冲突，赋予特定人物在特定场合下的矛盾冲突以特定的表现形式。为愫方说媒这场戏写得曲折迂回，错综复杂，紧张尖锐。思懿当着曾皓、江泰把愫方的婚事提出来，颇显示了她的阴险和诡诈，但表面上又是那么关心愫方，又很尊重公公。她要一箭双雕，既达到撵走愫方的目的，又打击了曾皓，撤掉他的"拐杖"。在众人面前，思懿这一着很厉害，非逼着曾皓表态不可。曾皓老奸巨猾，他深知大奶奶的厉害，他很怕她。如今，他再没有昔日那种号令的威严，采取强硬态度是行不通的。于是，他就利用愫方的善良，坚持让愫方自己考虑决定，这样又不失其家长的尊严，来个落落大方，同时又堵住思懿的嘴，暗中给思懿以狠狠还击。江泰是一片好心，他看不惯曾皓，也恨思懿，他赞成愫方出嫁，是要抱打不平，因此，他敢于直说，毫无顾忌。思懿怨恨曾皓，逼他的钱，出他的丑，但她毕竟是个儿媳妇，不敢公然地冒犯公公。因此，她是暗斗，表面上不失其礼。她恨江泰，但毕竟是客人，背后她能骂江泰，但也不愿撕破脸。曾皓明知思懿不怀好意，他反击了她，也决不失掉公公的身分。因此，这场戏既有明斗的火爆味，又有暗斗的紧张性，又都是每个人物在这种特定情势下所采取的特定的表现方式。这样就把一个大家庭的人与人之间的尔虞我诈揭示得十分深刻入微，而人物性格的复杂性也得到展现。这样的人物关系的复杂性，不但是封建大家庭特有的，而且都烙印着民族特点的印痕。在这些人物关系的描写中，也使我们看到，它和大观园里的那种错综复杂的人物纠葛有着共通的东西。在这些复杂微妙的人物关系的冲突画面中，也似乎更多地是继承了《红楼梦》的现实主义的艺术手段。我们认为，曹禺在提炼矛盾冲突和组织矛盾冲突中，既吸收了契诃夫的某些东西，又汲取了《红楼梦》的优长，但都巧妙地加以溶化，形成了他特有的风格特色。

《北京人》对现实生活的丰富性和复杂性的描绘，在戏剧色调上也反映出来。

喜剧和悲剧的互相渗透，互相补充，是人类美学感受发展的结果。正如生活中的悲剧、喜剧的交织、转化、重叠，呈现出生活的丰富性和复杂性，而艺术中的悲剧和喜剧这种情形正标志对现实生活反映的深化。《北京人》的基调是喜剧的，但它决不是只有一种色调，一种气氛。它的喜剧性中，既有无情的嘲笑，公然和隐喻的讽刺，也有微笑的幽默甚至是闹剧的场面。同时，在总的喜剧氛围中也有着悲剧的气氛。于此显示着《北京人》的现实主义艺术达到了很高的境界。它把丰富的生活色调都反映到它的戏剧世界之中。

在《北京人》的喜剧基调上，总是或隐或现地伴随着沉重的和凄凉的悲剧气氛，当人们被这种悲剧性所感染时，就看不到它的喜剧的本质了。如第二幕，一开始曾宅就笼罩在沉寂若死的气氛之中：算命的瞎子在深夜里打出的寂寞的钲声，长街上传来凄凉的叫卖声，这使曾家小花厅里孤灯残烛的景象更显得特别凄清了。正是在这种类似悲剧的氛围里，我们听到江泰对人生充满着慨叹、留恋和郁闷的声音；而在秋风阵阵，风雨袭来时，又看到曾皓在那里像怨鬼纠缠着愫方的善良灵魂，在昏暗的夜，愫方有大惊恐；而那一对小夫妻仍然在互不了解中度过人生最苦闷的日子，一个叹息苦闷，一个忍泣含辛。在更锣声中，文清和愫方的会面，有说不出的痛苦和哀伤。曾霆竟然也对着袁圆呜呜地哭起来，他真是“很难明白”啊！这一切都使这一幕具有一种凄凉的调子和悲怆的气氛。但是这一幕的基调，却写的是“人类的耻辱”，这个内在的深刻的讽喻性的基调统领着全幕。而那些凄凉的调子，不但没有减弱这种内在的讽喻性，反而凸现着它的讽刺的喜剧的内容，在悲凉的氛围中激荡着的是作家的喜剧激情。如果我们这样理解它，回头看去：那江泰的激昂的陈词都化为辛辣的自我嘲讽，而在曾皓的丑恶表演的背后，却隐藏着作家无情的讽刺利刃。对于曾霆，作家也满怀同情地给予善意的嘲讽，这个“可怜的小耗子”又是多么可笑。可怜的，却是可笑的；可悲的，却是可耻的；可叹的，却又是可憎的。总之，在悲剧的形式下掩盖的却是喜剧的内容。当作家以其对生活的锐敏感受揭示了它，就更加深刻地反映了那种崩溃了的现实的喜剧性。

当人们总是把喜剧同嘲讽的笑声联系起来时，就常常忽视了悲剧形式遮掩下的喜剧性。从一定意义说来，这种透过悲剧的形式而表现的喜剧境界往往更为深刻隽永。文清的性格是带有某些悲剧特征的，正如我们已经揭示的，他的生命再也燃不起鲜亮的火花，他的全部生命失去了任何严肃的意义，因此，他的苦相都成为讽刺的画相。普希金曾说："我们看出，崇高的喜剧不是只依靠嘲笑，而是依靠性格的发展，并且这种喜剧往往接近于悲剧。"①感受到生活的痛苦和压迫并为摆脱它而斗争，即使失败了，仍然是悲剧的；而文清、江泰都曾感受着生活的痛苦，但他们在痛苦面前只有叹息、牢骚，而不去为摆脱痛苦而斗争，这正是他们性格喜剧性的根源。愫方的生活遭遇是悲剧性的，她的爱情，她的生活都给她带来深深的痛苦。但是，她不同于江泰，也不同于文清，她对未来充满着执着的追求和向往，她为着希望而斗争。作家有时带着幽默的微笑批评她希望的虚幻，但又赞赏她那种忘我的助人为乐的品格。由于时代不同了，她终于得到一个喜剧的结局。作家就是从生活中发现了这种悲喜剧的辩证法。因此，《北京人》的戏剧色调是丰富多彩的，但又在喜剧的基调上统一起来。

曹禺作为一个杰出的戏剧诗人，在《北京人》中，有了新的创造。特别是在提炼生活的内在的诗意上，使它的主题具有深邃隽永的思想力量。

如果说，在《雷雨》《日出》中，作家以他巨大热情的潮汐，使作品具有浓烈的抒情风格，而《北京人》就把这种抒情特色同对主题的诗意开掘结合起来，使它具有一种内在的富于哲理性的诗意抒情旋律，这点，有些像契诃夫的戏剧，但同契诃夫比较起来，更具有它自身时代的生活内容。

透过曾家这个黑暗王国沉闷而窒息的生活描绘，人们往往容易为其不尽的争吵、暗斗、叹息、垂泣而遮住了视线。人们自然很容易看到这个家庭的崩溃腐败，也看到瑞贞、愫方走向新生的历程。但是，作家却在这大家庭崩溃中更深入地探索着生活的真理，形成了《北京人》潜在的深刻主题。他在努力回答着，人活着究竟是为了什么。在作家安排的整个形象体系中，都有着对这一人生巨大课题的探索印痕。有人认为曹禺的剧作像契诃夫一样，把"美的毁灭"作为他的主题。契诃夫的《樱桃园》《三姊妹》是把美的毁灭的悲剧性和垂亡事物的喜剧性结合起来加以展现的，无论是韦希宁、别佳·特罗非莫夫都只不过是幻想者，尽管这种幻想通向未来，但却是软弱的，无行动的。《北京人》则不同，它却把重音放在为冲破黑暗、追求新生、追求幸福而进行的斗争上。人活着怎样才是有意义的？这种有意义的人生到哪里去寻找？这些，形成了《北京人》探求人生真理的诗意主题。而他又把探求生活真理的道路同革命联系起来，就使得《北京人》具有震撼人心的诗意力量。

最早是通过愫方提出这个人生课题的。当她受到思懿的一番凌辱之后，她对陈奶妈说："我真是想大哭一场，奶妈，这样活着，是干什么呀！"巨大的生活压力使一个能够忍耐

① 转引自《马克思列宁主义美学原理》下册第567页。

的女人，从心底爆发出这样的人生疑问，她提出的问题是有分量的。而作家正是从这样一个人生哲理的角度去开掘人物的灵魂，去提炼主题的诗意的。

对曾皓的讽刺，作家就是从剖析他腐朽的人生哲学入手的。他把棺材当作他的命，他活着就是为自己挣到一个舒适的睡处，这样活着的确是人类的耻辱。当作家从人生哲理的角度鞭笞他渗入骨髓的自私时，就同一般地揭露他的自私和丑恶不同了，而有了高度的思想概括，发人深省。思懿整天争权贪利，专门损害别人，也正如江泰所说："你那位令嫂就懂得弄钱，你的父亲就知道他的棺材，我真不明白这样活着有什么意义，有什么意义？"江泰这样批评曾皓、思懿，难道他就懂得生活的意义吗？他说："我们只会叹气，做梦，苦恼，活着只是给有用的人糟蹋粮食，我们是活死人，死活人，活人死。"但他依然去做他的发财美梦，而且永远不会行动，他活着就其本质说来，同曾皓、思懿一样毫无意义，他始终也不清楚活着的真正价值。作家以深恶痛绝的态度，批判了寄生阶级的人生哲学。作家为了加强批判的色彩，他让"北京人"那巨大的身影出现在舞台上。"一个体巨如山的猿人的黑影，蹲伏在人的跟前，把屋里的人显得渺小而萎缩"。在这富于象征性的诗意对比中，反衬出这些人活着就是"人类的耻辱"。而袁任敢的抒情独白，像一篇富于哲理的抒情政论，抒发着作家的反封建反礼教的战斗激情，也告诉人们，人应当怎样活着：

> 这是人类的祖先，这也是人类的希望。那时候的人要爱就爱，要恨就恨，要哭就哭，要喊就喊，不怕死，也不怕生，他们整年尽着自己的性情，自由地活着，没有礼教来拘束，没有文明来捆绑，没有虚伪，没有欺诈，没有阴险，没有陷害，没有矛盾，也没有苦恼，吃生肉，喝鲜血，太阳晒着，风吹着，雨淋着，没有现在这么多人吃人的文明，而他们是非常快活的。

就作家的战斗激情来说，这段台词的主导方面是积极的。他号召人们敢爱敢恨敢哭敢喊，不怕生，不怕死，也是战斗的。但从科学的世界观来要求它，用原始人类作为象征，总是向后看的，这正是作家思想的局限，我们不能苛求。我们肯定作家在《北京人》中探求人生真理的勇气，他在寻找对人生的科学答案。作家在瑞贞、愫方的典型塑造中所体现出来这种探索精神是动人的，他从她们身上挖掘出对人生的美好愿望和探求生活真理的宝贵品质。瑞贞就是一个勇敢的探求者，为了找到真理，她经历了许多痛苦。她对曾霆说："不要难过，多少事情是要拿出许多痛苦才能买出一个'明白'呀。"瑞贞和愫方的两次谈话，之所以十分感人，正是因为我们看到她们在痛苦地但却快乐地探索着活着的真谛，在她们的心灵中弹奏出探求真正人生的心曲。当瑞贞还处在痛苦之中时，愫方用她的人生哲学抚慰瑞贞的受伤的灵魂，宁可自己吃苦也要为着别人的调子，是格外感人的。而当愫方还局宥在文清身上不能自拔，瑞贞劝告着愫姨：不能把希望放在一个废人身上，应当"放在大一点的事情上去"。这些闪烁着探求真理的诗意语言，启示着人们从狭小的爱情和家庭束缚中解放出来，去到一个广阔的世界去寻找生活的真理。人活着，不应当为了自己；人活着，应当为别人才有快乐；人活着，应当到新的生活潮流中去才能真正有意义。这些富于哲理性的诗意提炼，就使得《北京人》的主题具有启迪的意义。它虽然还没有用科学的世界观揭示出活着的真正含义，但那种引导人们去探索真理的诗意，总会启发着人们对人生引起深思。

《北京人》在具有诗意的氛围和环境的描写上，也有了新的创造和发展。我们在《〈雷雨〉论》中曾指出："《雷雨》对戏剧意境创造，是凝结着中国戏曲和古典诗词意境创造的精灵的。"《北京人》则把这种诗意的抒情渗透在整个戏剧的世界中而达到更加完美精纯的境界，并且具有浓郁的民族风格特色。

创造出浓郁的戏剧气氛是《北京人》的突出的艺术特色。他善于创造出典型的气氛，给人物性格和剧情发展提供一个相适应的环境。曾家小花厅的格局，把人们带入特定的环境氛围之中。沉重的苏钟、宝石红的古瓶、董其昌的行书条幅、素锦套着的七弦琴……这一切都显得古色古香，俨然是个诗书知礼的封建世家的环境。户外传来嘹亮的鸽哨声，伴以单轮水车"孜妞妞孜妞妞"的声音，还有剃头师傅的打着"唤头"发出蜂鸣般的嗡嗡声响，更把我们带入旧时北平的生活氛围里，显示着环境的地方色彩。这花厅里的一切，都点缀出这个家庭的历史，也可以烘托出这里主人公们"徘徊低首，不忍遽去"的情感。大幕启开，逼债的喊声逼迫上来，这个典型环境就显示它浓郁的戏剧气氛，和整个剧情进展，人物的活动交融在一个整体之中。如果说小说的环境描写，可以借助叙述，可以比较自由地变换场景，而话剧却受着限制，但曹禺却善于通过他精心设计的环境格局以及精心挑选的道具，创造出同人物性格协调的戏剧气氛，以此显示出他的艺术匠心。

自然景物的描写，无论是季节、气候、时间，也都用来点染和烘托出特定的戏剧气氛，既塑造着性格，又推动着剧情。由第一幕的中秋节正午时刻，到第二幕的中秋夜晚，到第三幕第一景的深秋黄昏和第二景"黎明以前那段最黑暗的时候"。每一幕每一景都具有象征性，而且蕴藏着作家巧妙的构思企图，都是剧情进展所必需的自然气氛。几乎我们都很难把它的时间稍加更动。把整个剧情安排在秋风萧瑟万物凋零的秋天，正为这个崩溃衰落的世家铺垫了它最协调的自然气氛。第一幕是中秋佳节，于中秋佳节之日，不但毫无节日气氛而是堵到门口来的逼债人，自然形成了它的喜剧的情势。第二幕是凄风苦雨的中秋之夜，暗示着这个破落家庭风雨飘摇，大厦将倾。第三幕第一景昏鸦噪晚，正是它"日薄西山气息奄奄"的写照，而第二景是在黎明前最黑暗的时候，随着瑞贞、愫方的出走，迎来了晨鸡报晓，预示了光明的前景。而饶有深意的是，第三幕的时间正是曾皓的寿辰，而恰在这一天杜家要把棺材抬走，就更具有讽刺的意味。

话剧的戏剧气氛的创造，主要还是靠人物的语言。台词是表现气氛的主要手段。《北京人》善于把自然现象，音响效果同台词结合起来，创造极为浓郁的诗情的艺术氛围。第二幕开始，在昏暗的孤灯下，一盆小小的炭火，显得小花厅秋寒逼人，格外凄清。曾霆这时正读着《秋声赋》："草木无情，有时飘零，人为动物，惟物之灵，百忧感其心，万事劳其形……"作家选择这篇文章，文中那种草木飘零、万物无情的景象，越发烘托出曾家死寂冷落的气氛。而在深巷更锣声中，文清哀伤地独吟着陆游的《钗头凤》：“东风恶，欢情薄，一怀愁绪，几年离索，错，错，错！”这首词不但进一步写了气氛，也揭示出此时此刻文清的凄苦的心境，这真是情景交融的诗的意境，并具有浓郁的民族特色。在《北京人》中，作家把性格的塑造和具有诗意的抒情氛围的创造结合起来，使之相得益彰。当作家越是注意创造出典型的抒情气氛时，越是很好地刻划了人物性格。

在作家的笔下，每一个道具，每一种音响效果，都成为刻划性格描写气氛的艺术手段。即使不见诸舞台的道具，作家也巧妙地把它调动起来，抒情写意，推动剧情，开展冲突，描写性格。如棺材，可以说它已经融入曾皓的性格生命之中，而且它也成为戏剧情节不可缺少的组成部分。只是这样一个不在舞台上出现的道具，在作家笔下却导演出有声有色的戏来。还有看不见的耗子，也成为作家反复运用进行讽喻的象征。鸽子的妙用更是令人拍案叫绝，它有时用来表现文清的情趣，有时点出戏剧的气氛。“孤独”更和愫方的性格联系在一起，也使文清慨叹抒情。托物抒情、托物言志是中国古典诗词的艺术传统，它被作家创造性地运用到话剧中来，使得《北京人》的民族风格更为浓郁了。

摘自田本相《曹禺剧作论》，中国戏剧出版社 1981 年 12 月版

# 谈《北京人》的人物塑造

家 坪

剧作家曹禺的三幕话剧《北京人》，是他在一九四〇年写的一部力作(发表于一九四一年)。作者以圆熟、洗炼和细腻的笔触，把人物写得鲜明、真切、感人。这些有血有肉的人物形象，不仅唤起我们对残害人的性灵，麻痹人的思想的旧社会的痛恨，而且能使我们更深地感到腐朽的封建制度及其残余，是如何阻挡着新社会的发展。

《北京人》的人物形象，为什么写得这样出色、生动，具有如此的艺术感染力？剧作家曹禺在刻划人物性格方面都运用了哪些艺术表现手段呢？

## 一、在错综复杂的矛盾冲突中，以鲜明的对比手法，塑造人物

《北京人》的矛盾冲突，看似平淡无奇，犹如一潭平静的湖水。但是，在湖底却激荡着人物性格冲突的暗流。这股暗流，汹涌着，相撞着，无法调和，一阵猛似一阵。只是由于矛盾的双方，都是封建世家的后裔的缘故，所以表现形式就曲折迂回，时隐时现，使人感到幽远深沉，朴素沉郁。戏一开场，就展开了曾思懿，这个满脸堆着的笑容里隐藏着虚伪、多疑，谦和、孝顺的言辞中闪现着权诈、诡秘，士大夫家庭熏陶出来的女人，与怕死、吝啬、自私的曾老太爷之间的尖锐矛盾，迂回曲折的冲突。布幕拉开，第一个上场人物就是曾府的实权派曾思懿，她身后跟着恭谨的仆人张顺。当张顺告诉她油漆棺材的债权人已来曾府要漆寿木钱的时候，她竟狡黠地笑出声来。并让张顺带着索账者跟曾老太爷去要钱。“你告诉他们，棺材并不是大奶奶睡的。他们要等不及，请他们把棺材抬走，黑森森的棺材摆在家里我还嫌闷气呢。”不善于窥视主人神色的张顺，继续向她诉说着裁缝铺、果子局的人来要账，这时，眉宇间跳动着恼怒的曾思懿，就不耐烦了：“回头说，回头说，等会见了老太爷再说吧。”可是，当她见着老太爷曾皓的时候，表面上却是那样的孝顺、谦和，像一个贤德的儿媳妇，以唠家常的方式对曾皓诉说了杜家派人来要那五万块钱，还有漆寿木的钱也要还，并请曾皓作主定夺。曾思懿以此逼使曾皓将存折，她梦寐以求的存折交出来。又如曾皓中了痰厥，曾思懿强令把曾皓送医院，“抬，抬，救人要紧！”曾皓不愿离开这个封建的世家，苍白的手紧紧抓着那门扇不肯放，曾思懿竟强自掰开曾皓的手，甚至弄出血来。她这样做，表面看似乎是为了抢救曾皓，而骨子里是为了钱。这时，她已经知道曾皓的红面存折里一文无有了，心中充满了气愤之火。担心曾皓死在家里，房子卖不出去。所以，她低声、狠恶地对曾文清说：“房子要卖，你愿意人死在家里？”这样，就把曾思懿和曾皓这两个对立的人物性格，在尖锐的矛盾冲突中，以鲜明的对比手法，曲折迂回地表现出来。将曾

思懿的凶狠、贪婪、阴毒，刻划得是那样鲜明而生动，把曾皓那虚伪、自私、怕死的性格，表现得又是多么真切而细腻。

剧作家刻划曾思懿的嫉妒、诡诈、尖刻时，也是通过尖锐的矛盾冲突，以对比的手法，曲折迂回地表现的。她对愫方，这个心底里压抑着无限苦痛的孤伶女子，步步紧逼，言语间充满着呛人的火药味。她嫉妒愫方和曾文清的关系，尖刻地说："一个画画，一个题字，真是才子佳人，天生的一对。"不仅如此，而且策划着将愫方嫁给人类学者袁任敢。当眼眸时时流露着悲哀而沉郁神色的曾文清对愫方嫁给袁任敢表示异议时，她嘲讽道："她嫁谁有你什么关系？你关的什么心？（恶毒地）你老人家是想当陪房丫头一块嫁过去，好成天给人家端砚台拿纸啊，还是给人家铺床叠被到了晚上当姨老爷啊？"可是，当着异常缄默的愫方的面，曾思懿又换成了关怀体贴的样子："愫妹妹，你放心，大家提这件事也是为你着想。你就在曾家住一辈子谁也不能说半句闲话。"但是，埋在曾思懿心中的嫉恨总要顽强地显露出来，所以她就随即说道："嫁不出去的女儿也是一样得养么！"这样，就将曾思懿的诡诈、尖刻、嫉妒，淋漓尽致地表现出来。

## 二、用符合人物性格特征的鲜明动作，富有感情色彩的抒情自白，能够衬托人物心理状态的古典诗词，充分揭示人物的内心世界，塑造人物

在生活中，一个人的性格、思想、道德，不仅仅表现在他的语言和行动上，而且常常表现在他深深隐藏着的内心世界里。所以，要想把人物塑造得活灵活现，就必须把人物的内心世界充分地揭示出来。在第二幕，对生活厌倦和失望的曾文清，决定离开曾府——这个啃噬人性灵的封建牢笼。他并希望愫方和他"一块飞出去"。愫方虽然忧郁哀伤地回绝了他，"还提这些干么？"但是她却给了曾文清一封信。不幸的是，这封信落到了淫威、尖刻的曾思懿的手里。曾思懿讥刺而厉声地逼使曾文清把信还给愫方。这时，"愫方痛苦地望着文清，僵立不动"，"愫方颤抖地伸出手把文清手中的信接下"。我们透过愫方那"僵立不动"的细弱身躯，那苍白的颤抖的手，可以看到一个伶仃孤独，在倏忽的岁月中消失了青春年华，心里充满着苦痛、哀怨、抑郁之情的内心的秘密。愫方的内心世界，就是通过这符合愫方人物性格特征的鲜明动作，充分地揭示出来。

戏剧，主要是通过动作塑造人物。但是，有时候也用富有感情色彩的抒情自白，直接披露人物的内心世界。在第三幕，剧作家曹禺就是运用这样的艺术手法，来表现愫方这个人物性格的。愫方，这个无告的孤女，心中压抑着哀怨、忧愁，然而能够向谁去倾诉自己的衷肠啊！在曾府，在蒙着仁学、道德面纱的封建社会中，在那逝去的岁月里，又有谁恳切地为愫方想一想呢？她为了弥补和曾文清不能结为夫妻的遗憾，心甘情愿地牺牲自己毕生的幸福，宁可终身不嫁他人。愫方这样做，为的是替她所爱恋的曾文清分解忧愁，为的是在无可奈何的境遇中慰藉自己那颗枯萎的心。这种感情，她深深地埋在自己的心里。可是，当她和瑞贞倾谈时，瑞贞那连珠炮般的一步紧似一步的反问，犹如一把金锤，敲开了愫方紧闭的心灵之门，使愫方对瑞贞深情地倾诉了自己对曾文清那真挚而又深切的爱情。愫方脸上闪着美丽的光彩，苍白的面颊泛起一层红晕，声音有些颤抖地对瑞贞说："他走

了，他的父亲我可以替他侍候；他的孩子我可以替他照料；他爱的字画我管；他爱的鸽子我喂；连他所不喜欢的人我都觉得该体贴，该喜欢，该爱。”你看，愫方对曾文清爱得多么真，多么深，多么挚呵！她为了文清，准备一辈子也不离开曾府这个牢笼，直到死。愫方这富有感情色彩的抒情自白，充分地揭示了她心灵深处的秘密，成功地刻划了愫方善良、温柔、自我牺牲精神的性格和十分复杂微妙的思想情怀。

以能够衬托人物内在情思的古典诗词，揭示人物的内心世界，这是剧作家曹禺同志在《北京人》中塑造人物时运用的另一种艺术手法。在曾文清明天就要离开曾府的时候，他看到年仅十七岁的儿子曾霆，在曾府的书斋内，伴着深巷的更声，恹恹地低诵着《秋声赋》，使这个懒于宣泄心中苦痛的人，心灵深处翻腾着无比的痛苦。这时，他哀伤地低声独自吟起陆游的《钗头凤》来："……东风恶，欢情薄，一怀愁绪，几年离索，错，错，错！……"这首词，深沉地衬托出曾文清，这个"生命的空壳"那悔恨、悲哀、孤寂、沉郁的复杂思想，那无法将自己的真实情怀倾诉于人的愁苦之情。在沉寂若死的曾府，他遇见了愫方，并且执着地爱恋着愫方。愫方，就像一枝散发着沁人心脾清香的兰花，开在曾府这寂寞深深的空谷之中。然而，曾文清却不能、却没有将这枝兰花采摘，而只能眼巴巴地望着那枝兰花，任凭岁月无情风雨的吹打，慢慢失去清香，渐渐凋落。同时，他又想到儿子曾霆又步着自己的后尘走向痛苦的深渊，内心怎能不翻腾起感情的波涛啊！剧作家就是运用古典诗词的衬托手法，形象地将曾文清这个在北平的书香门第中生存着的人的内心世界，恰到好处地表现了出来，使曾文清这个人物性格，显得生动、鲜明，具有艺术魅力。

## 三、依据人物性格发展的逻辑，和人物所处的生活环境的内在真实，运用具有典型意义、个性化的细节塑造人物

剧作家根据曾皓吝啬、怕死、自私的性格特征，根据《北京人》的主题思想，以嬉笑讥讽的笔触，描写了曾皓喝参汤的细节。这一细节，不仅展示了曾皓这个封建世家的老太爷，赖以生存的没落士大夫家庭的典型环境，而且有助于塑造曾皓这个人物形象。这个细节描写，使得在家里享用祖上的遗产，过了几十年舒适的日子，然而身体虚弱，肿胀着黄脸、相信一切益寿延年偏方的非常怕死的曾皓，更加鲜明、真实、可信了。特别是漆棺材、卖棺材这一细节的描写，更是剧作家运用富有特征的细节，深刻地刻划曾皓这个人物形象的成功范例。在第一幕，剧作家就以生花之笔，描写了漆棺材的细节，并且将这个典型的细节，贯串到底，成为塑造老境坎坷，但又非常注意表面上的繁文缛礼、自私怕死的曾皓性格的一条线索。同时，这个典型的细节，又与整个戏剧的矛盾冲突紧密相联，推动戏剧情节的发展。漆棺材，准确地表现了封建阶级的代表人物曾皓的心理状态、年龄特征，反映了日趋没落的封建阶级，必然走向灭亡的历史归宿。这个细节，又极深刻地刻划了曾皓活着尽情享受，写字谈佛，想方设法地延长寿命，死后也要用漆了一百多道漆的棺材，将自己僵直了的干瘦的身躯，妥善地保存起来，不能让自己的身躯随着时间的推移而腐烂的自私心理。由于漆棺材欠了杜家和其他债权者的钱，使债主们在中秋节这一天前来索账。这样，就引爆了曾思懿和曾皓的矛盾冲突，推进了戏剧情节，激化了曾思懿和曾皓之间的斗争。

曾皓的红面存折早已一文无有了，但是这个吝啬、自私的人，却从来不谈自己有钱还是没钱，以封建家长的尊严掩饰着囊中无钱这一真相，蒙骗幻想占有曾皓存折的曾思懿。这样，曾思懿要弄清曾皓存折有无存款，就与曾皓展开了尖锐而又曲折的斗争。漆棺材这个典型、个性化的细节，推动着戏剧情节的发展，充分地表现了作为封建阶级代表的曾皓，晚年凄苦的逆境，空虚、自私、虚伪、吝啬的思想感情和精神世界，细腻入微地塑造了曾皓这个人物。

## 四、运用隐喻、象征的艺术手法，塑造人物

在《北京人》中，剧作家曹禺以棺材、耗子、鸽子等，恰切地隐喻、象征了曾府各类人物。如在第一幕，曾家多年的仆人陈奶妈，特意为曾文清寻摸一对鸽子，送给她曾用乳汁哺养过的清少爷。然而，在她来曾府的路上哗地飞了一只，剩下的一只就从此叫做“孤独”，被关在牢笼里。在这里，以原是一对，半路飞走一只的鸽子，和在曾文清离开曾府出走之后，愫方默默尽心地为曾文清喂着鸽子，“喂也是看在那爱鸽子的人！”隐喻、象征曾文清和愫方之间的不幸、真挚的爱情；以成天待在笼子里的“孤独”，隐喻、象征着曾文清和愫方受束缚的寂寞心境。同时，鸽子又隐喻、象征曾文清怯弱的性格。出走的曾文清，伴着凄凉的号声，在昏暗的暮色里，神色惨沮疲惫地踽踽回到曾府。这时，愫方的希望、幻想破灭了。当他遇见愫方，凄凉地问道，“这，这只鸽子还在家里”的时候，愫方冷静地说“因为它已经不会飞了！”曾文清悔恨、责备着自己，“我为什么回来呀！我为什么回来呀！明明晓得绝不该回来的，我为什么又回来呀！”已经熄灭了心中之火的愫方，现在对文清似乎更加了解了，说道：“飞不动，就回来吧！”这样，就使得沉滞、怯弱，只是一个生命的空壳的曾文清的形象，更加鲜明了。而且使剧作具有诗意的真实和诗意的境界，格外诱人想象。

在尖锐复杂的矛盾冲突中，通过人物之间对立的性格冲突和思想矛盾，运用对比、衬托、隐喻的艺术手法，有机地而不是孤立地展示人物性格；以剧中人物个性化的动作、典型的细节，充分揭示人物的内心世界，表现人物的性格特征，这是剧作家曹禺塑造真切、鲜明、感人的人物形象运用的一贯手法。不过，这一手法，在《北京人》中运用得更加纯熟、自如了。

原载《戏剧创作》1981 年第 2 期

# 从愫方看人物的个性与共性

欣　敏

《北京人》中的愫方，是曹禺笔下的一个共性和个性结合得十分出色的艺术典型。

愫方出身名门望族，受着很深的封建正统教育，但自幼失去双亲，不得不远离故土，过着寄人篱下的生活。这种生活是形成她深沉内向、孤独忧郁性格的一个重要因素，但作者笔下描绘的那种令人窒息的封建的社会环境、家庭和人与人之间的关系，却更是形成她悲剧性格的主要原因。因此，剖析这一艺术典型，不仅对我们认识封建社会的虚伪腐朽有好处，更重要的是我们可以从中学习到剧作家是怎样从个性中表现出共性来的。

愫方身处的曾家，是中国封建社会的一个缩影。生活在这种环境中的愫方，却是一个甘做封建礼教牺牲品的悲剧人物。如果说，《雷雨》中的蘩漪那种狂热追求个性解放的鲜明性格是代表了那个时代一部分妇女身上的共性的话，那愫方不敢越雷池半步，对一切都是逆来顺受的性格则是代表了那个时代另一部分妇女身上的共性。艺术典型是要有社会共性的，但这种共性不是把人物类型化、分类化，而是要通过人物的独特个性、独特经历反映出来。愫方这个艺术典型是一个高度个性化了的人物，她走的是一条漫长的、痛苦的、甘愿逆来顺受的人生里程。这正体现了愫方那种饱受封建礼教毒害，而又不自知的“这一个”妇女所具有的独特个性。

作者用有力的笔触写出了这个人物形象的个性形成的典型环境。愫方寄居的曾家是一个散发腐朽、霉烂气味的封建大家庭。曾文清是她生活中的精神支柱，而她爱的这个曾文清却是一个没有灵魂的躯壳。愫方从他身上得到的除枯朽腐败，颓废消沉的精神影响外，还有什么半点积极进取的因素呢？而那个一家之长、愫方赖以生存、无法脱离的曾皓，又是一个封建家族的典型代表。这个从头到脚都散发着封建制度腐臭味的曾皓，其虚伪、奸诈、顽固程度比起《雷雨》中的周朴园更胜几筹。周朴园对蘩漪和四凤的态度多少还有直言不讳的成分，而曾皓却处处以愫方保护人的身份出现，在慈爱关怀的幌子下，控制了愫方差不多所有的生活领域，对她的一切无不插手干预。这对愫方思想性格上曾偶尔闪现过的那么一星半点民主火星，也起了灭火剂的作用，扼杀了愫方性格中那本来就很少的进取因素。还有那个近似于王熙凤的曾思懿，由于她操持着家庭总管的大权，随心所欲地驾驭着僵尸一般的曾文清，所以她能无所顾忌地折磨愫方那脆弱的感情。而和愫方思想感情上有些共鸣的那个瑞贞，仅仅是位不彻底的叛逆者，她本身的思想性格中就有不少封建制度的影响，更缺少一种能吸引别人坚决走上与封建势力抗争的道路的力量。作者正是在这样的社会、家庭环境、人物关系的描绘中，真实可信地揭示出了愫方那特殊的悲剧个性的形成因素。所以，这种个性有着极其深广的思想容量和社会容量：愫方那种既无奈、又甘心地忍受封建礼教摧残，不得不在那种“自我完善”中寻找精神慰藉的独特个性就有巨大的说服力和思想深度了。作者也就是通过“这一个”来反映出了一个广阔的社会生活面。封建社会中不少妇女生活悲剧中的许多共性也就在“这一个”的个性描绘中成功地反映出来了。从愫方身上，我们可以看见封建势力是如何把人性扭曲的。作者在塑造这一人物形象的过程中，十分注意不把人物的个性单一化。在揭示了愫方性格中许多消沉、伤感的侧面中，又对她倾注了很大的同情，用了很大的功夫把她写成一个外表虽然“哀静”，内心却坚毅、炽热，同时处处又显示出自己是个受过封建正统教育，有着很高的封建文化教养的贤淑女子。她对一切都是无私的，为了别人可以牺牲自己的生活、感情、幸福。甚至对于那个折磨她感情的、冷酷阴狠的曾思懿，她都能施之宽容和体谅，这种充满了自我牺牲精神的性格，激起了作者和观众的很大同情。正是在这种同情中，人物那种走一条“内心自我完善”道路的独特个性又深深留在了人们的思想里。剧中有许多地方是颇能扣动人们心弦的，如曾文清出走之后，她深沉真挚地说道：“……他走了，他的父亲我可以替他伺候，他的孩子我可以替他照料，他爱的字画我管，他爱的鸽子我喂，连他所不喜欢的人我都觉得该去体贴，该喜欢该爱……”而这一切又都是“为着他所不爱的，但都还是亲近过他的……”这段非常富有感情色彩的台词，写得十分深沉和有个性，同时又包含着很深的思想容量。人们在这里看到的是一个忠贞、内向、富于自我牺牲精神，但同时又是一个逆来顺受、感伤压抑、缺少积极向上因素的人物形象，不禁真是又同情又怨恨了，同情其不幸，怨恨其不争。作者就是这样把观众的感情，不知不觉地拉在了剧中人物的身边，这正是文艺作品把社会生活与人物形象高度典型化后产生的特殊魅力。通过这种人物形象得到的认识，远比从某些书上、课堂上、会议上的宣讲说教强多少倍。

由此可见，准确地在个性中体现共性，寓共性于个性之中，对于文艺创作是相当重要的。一部作品的成功与否取决于人物形象塑造，而人物形象的成功与否又取决于人物的个性化、典型化程度的高低。在古今中外文学的宝库中，留下了一个又一个艺术典型形象，这些典型形象无一不是共性和个性高度结合的产物。因此，学习和掌握好个性与共性的关系，对我们提高鉴赏水平、创作能力都有极其重要的意义。

原载《戏剧与电影》1981年第11期

# 像人的人

## ——从《北京人》谈曹禺戏剧艺术的辩证法

沈敏特

一个人的缺点是他的优点的向前，优点又是他的缺点的延伸。正如列宁所说，“人们的缺点多半是同人们的优点相联系的”，“从伟大到可笑只有一步之差”。而好人袒露着自己的缺点，坏人穿着美丽的外衣，更有一些人在好与坏之间游移过渡。人是社会关系的总和；社会关系的丰富性、复杂性和它的不断变化，通过千差万别的渠道，反映到人物的性格中去。一个像人的人的性格，不能不组合着各种因素和多样色彩。这些因素和色彩之间有时还呈现着矛盾、对立的状态。

当然，人物性格矛盾对立的因素，决不是恶习和美德、革命和反动等等的凑合，而必须是辩证的统一，作为文艺批评，指出一个人物性格中各种矛盾对立的因素、色彩并不困难，困难在于找出它们之间是怎样联系的，彼与此、那与这是通过一个什么样的桥梁而沟通的。

曹禺《北京人》中的人物，不是某种性格特征的鉴定，如我们通常在一些讨论中所常见的：这是勇敢的化身，那是智慧的象征，专横的代表等等。这些人物，她是她，他是他，宛如在生活中一样，是各种色彩的交辉，是各种因素的交响。一定要问他和她像什么，回答只能是：像人，像活的人。

愫方，曹禺说她具有一种“惊人的耐性”。这里说的是“具有”，而不是“只有”。她自己也曾说过：“我知道，人总该有忍不下去的时候。”所以，最后“忍不下去”变成了她的行动。在讨论这个人物时，就出现过这样的倾向：常常用愫方性格的一个方面去否定她的另一个方面，不愿意承认两种相反的因素可能存在于一个人物的性格之中。对于愫方“抛弃了家，走到茫茫的人海中去”，便有些人认为“缺少一些依据”。

惊人的耐性，是愫方突出的性格特征。她的忍，甚至使当代观众无法理解，几乎不忍看下去，思懿冷嘲热讽，指桑骂槐，她忍了；曾皓绝顶自私、无休无止的那种折磨，她忍了。第一幕大家聚拢一起，七嘴八舌地议论，要愫方对愿否出嫁表示态度。思懿打着为愫方着想的幌子，说出了要驱赶愫方的本意。曾皓标榜甘心抚养愫方一生，骨子内却要断绝愫方出嫁的念头。他们各有各的打算，独独不替这个孤女的命运忧心。面对这个冷酷的场面，江泰愤愤不平，说了公道话：“为什么要你一句我一句欺负一个孤苦伶仃的老小姐？为什么——”而愫方本人却只是摇摇头，说了一句：“我，我没有意见。”她不但自己忍，甚至要把忍传播给下一代——曾霆和瑞贞。她对曾霆、瑞贞是深情的，她为他们盘算着未来，然而拿出的主意却是忍。她以“有了小孩夫妻感情就会好了”，“活着吃苦不为着孩子们，还为什么呢?”来劝他俩忍,不自觉地充当着“地狱赞美者”的角色。为了使这对小夫妻能忍,能凑合着过下去,她甚至不顾一切,向小袁圆宣布瑞贞有了身孕,以此来制止曾霆对袁圆追求。剧作家不回避愫方性格中的矛盾,把她的忍作了淋漓尽致的描写。

忍从,并给予一个渺茫(甚至只存在于来世)的希望,是封建主义妇女教育的精髓。这种教育在愫方的性格中刻下了深深的痕印。因而决定了要走向新的生活必然有一个苦难的心灵的历程。但是,“苦难”只是问题的一个方面,决非不可能。曹禺作为一个卓越的现实主义剧作家,他的突出的才能是善于同中求异,在仿佛相似的事物之间发现细微的然而却是深刻的差别。他把愫方放在多少个为封建主义毒害的妇女中间,看出她们具有忍从的共同特征,同时精确地揭示了愫方的忍从所具有的独特性。在这种独特性中,曹禺让观众看到了愫方走向新生活的思想桥梁。

愫方的忍从是一种清醒而又痛苦的克制,而并不伴随着习以为常的麻木。

愫方的忍从,还包含着寄人篱下的因素。这就使她对于这种忍从所包含的屈辱具有一种异常的敏感。这敏感使她的每一次忍从都要伴随着痛苦的克制。痛苦是伤人的,又是育人的;它培育着愫方,使她不断思考自己的生活,怀疑这种生活的合理性,进而否定这种生活。为了修补文清的一张山水画,思懿当面嘲讽了她,她忍耐了,以无声作为回答。思懿一走,她才一个人嘤嘤地隐泣起来。当陈奶妈劝慰她的时候,她倾吐了胸中的痛苦:“我真是想大哭一场,奶妈,这样活着,是干什么呀!”——“这样活着,是干什么呀!”是一个惊叹号,更是一个意义重大的问号。而问号正是觉醒的先导。

沉默是忍耐的一种表现形式,愫方是沉默的。作为全剧的主角,她的台词却是极少的。她并不是不会说话,不想说话,而是因为她痛苦地意识到自己在这个家庭中的地位,低下而孤独。在这个家庭中她不能酣畅地表露自己丰富的内心生活,而自尊自爱又使她不愿说假话,说奉承人的话,也就无话可说了。她的台词少,简短,有时只有一个“嗯”字。但有两次(第一、三幕),仅仅这两次,她流畅地说了很多话,值得注意的是,这两次说话的对象都是瑞贞。为什么这个沉默的人独独在瑞贞面前并不沉默呢?因为,正如她对瑞贞所说:“我们都是无父无母,看人家眼色过日子的人。”可见她的沉默并不是一以贯之的沉默。而每当她沉默的时候,正是她领略“看人家眼色”的滋味,默默地咀嚼着痛苦命运的时候。这种痛苦包含着一种可能,使她不安于自己的命运,并产生改变这命运的要求。

愫方的忍从又是对于爱情的神圣的贡献。

对于生活在高天阔地中的人来说,一片乌云掠过就会觉得这是艳阳天的欠缺。而对于生活在狭窄的暗室中的人来说,一缕微光的射入就会感到说不出的温暖和喜悦。沉静温厚的文清就是愫方那黯淡的生活中出现的一缕微光。她把一个未婚女子对于美、爱和幸福的憧憬一点一滴地溶入这缕微光,补充它,装饰它,终于幻化为闪烁着七彩的光华。她把文清的缺点变成了优点,对他的必然的指责变成了宽厚的原宥。她认为竟有这样多的人“不理解”他,为他申辩:“没有人明白过他啊。”于是,她下定了决心:为了卫护这七彩的光华,付出自己的一切。在她看来,失去这光华也就失去了自身存在的意义。她是爱情的殉道者,忍从是对于爱情的神圣贡献。

惊人的决心产生了惊人的忍耐。这是这个女性所能有的一切，也是最神圣的一切。但是，愫方的决心再大，也大不过客观现实的发展变化。惊人的忍耐是对于爱情的神圣的贡献。但她心中那个被美化了的爱人终究要被客观存在的文清所推翻。这时候，忍耐的决心必将痛苦地转化为出走的决心。她并没有背叛自己的爱情和诺言。她的爱情始终是美好的，圣洁的，问题在于客观事实终于证明文清是这个爱情的不合格的候选人。

愫方的出走不仅具有主观的条件，还具有一个不可缺少的客观条件。无此，她也可能并不出走。瑞贞曾经问过愫方："你为什么不走呢？"她落寞地回答："我上哪里去呢？"显然，她不止一次地考虑过"上哪里去"的问题。这个问题很可能束缚着她。在对文清绝望之后，继续忍耐着生活在这犹如棺材的曾家，走到曾皓所预言过那个生活的尽头："孤孤单单，没有一个体己的人，真是有一天，老了，没人管了，没有孩子，没有亲戚，老，老，老得像我……"不幸中而有幸，愫方终究选择了别样的生活道路，尽管对她还是朦朦胧胧的。这条道路通过年轻的瑞贞闪闪烁烁地出现在愫方的眼前——"我那女朋友告诉我，有这么一个地方。"如果说易卜生笔下的娜拉冲出了家庭，前途只有堕落或回来，那么对于二十世纪二十年代以后的愫方，我们完全有理由祝福她获得坚实的新的生活。

一个忍耐的愫方，一个出走的愫方，并不是两个愫方，而是一个发展着的愫方。她的发展是符合生活逻辑的。我们说她的忍耐是惊人的，但惊人的忍耐挡不住觉醒和出走。我们说她觉醒了，出走了，但要看到这个过程是何等的痛苦和艰难。就在她出走的那一刻，还恋恋于旧的生活，与旧生活保持着藕断丝连的感情联系。你看：一边是疲惫地躺着的曾皓，一边是敞开的大门，她一步三回头，脸上流淌着泪水，嘴里说着安慰曾皓的话语："嗯，再来给你捶，再来给你捶！——再来——"要她完全斩断这种感情联系，还需要经受新生活的多次的洗礼。但她毕竟跨出了第一步。否定愫方性格中有机联系的这两个看来截然相反的方面，就看不到生活的辩证法，也看不到曹禺戏剧艺术的辩证法。应当明确指出：剧作家写愫方的忍耐，正是为了写她的觉醒；这忍耐越是惊人，这觉醒越是显得不可抗拒。杜勃罗留波夫说得好："极端，一定会得到极端的报复，最强烈的抗议，最后总是从最衰弱的而且最能忍耐的人的胸怀中迸发出来的。"（《黑暗王国的一线光明》）具有惊人的忍耐的愫方到了不能忍耐的时候，这正是一个最强烈的说明：这个封建主义的旧家庭已不可救药，彻底崩坏。如果说《大雷雨》中的卡杰琳娜以死向封建专制提出的抗议，被杜勃罗留波夫盛赞为"黑暗王国的一线光明"，那么愫方的出走已不只是"一线光明"，而是东方曙色的折光。人物性格的辩证法正是生活的辩证法的反映。

剧作家在愫方的性格中看到了很多应予否定的因素，但终究是肯定了她。而在曾文清和江泰的性格中，剧作家看到了很多应予肯定的东西，但终究是否定了他们。

江泰和文清，他们并不愚蠢。如果一无聪颖之处，愫方对文清不会寄托那么多的深情，文彩对江泰也不至于近乎迷信的崇拜。但是，即使是珍珠也可以或埋在土中，或任意撒落，他们的聪明被生活压在小道上，朝着无用的方向发展。文清赋诗、作画，纯属消遣；偶寄真情，也止于呻吟，决不是见于行动。他精于品茗，"尝得出这茶叶的性情、年龄、出身、做法"，"分得出这杯茶用的是山水、江水、井水、雪水还是自来水，烧的是炭火、煤火，或者柴火”，而他独独不会种茶，不会开茶叶公司，不会做茶叶的出口生意。江泰的聪明则更是等而下之，用他自己的话来说，“我懂得吃，我可以引你到各种顶好的地方去吃”；他能一口气说出十八种佳肴美点，和十八家各具特色的馆店，而独独不会做菜，更不会开馆店，不会“在人家外国开一个顶大的李鸿章杂碎，赚外国人的钱”。他们的聪明全用于享受，而不用于创造。

他们具有同情心，讲究公道。文清同情曾霆、瑞贞，理解强迫婚姻给这对少年男女带来的心灵的创伤。他甚至同情曾霆对于袁圆的那种压抑着的感情。思懿对曾霆和瑞贞的管束就像是一条收缩得越来越紧的绳索，站出来使他们宽松一下的常是文清。但是，怎样帮助这对少年男女砍断绳索，获得全新的生活，这样的问题他连一闪的念头都没有，正像他也为自己的处境而感到苦闷，却不想到自拔。江泰的婚姻观点也略有民主色彩，他也常有急公好义的风格。他首肯愫方和文清的爱情，认为这是“自然的，对的，合理的，值得同情的”。在你一言我一语，各怀鬼胎来议论愫方要不要出嫁的时候，挺身而出替愫方打抱不平的是他。家道败落，曾皓还拿腔作势，俨然庭训，穷究礼仪，敢于一针见血地指出“这时候还演什么戏”的，又是他。诗礼传家，曾府的尔虞我诈笼罩在温情脉脉的纱幕之中，快人快语，道出真相的也是他。但是，同情也好，公道也好，都仅止于叫嚷。“吵得凶”是他能拿出来的最大勇气，除此而外，别无其他。

他们有自知，也梦想。文清抱怨生活，也谴责自己。他对愫方说，“我误了你这十几年”，“害了人，害了己”。江泰更是哭着对文彩说：“啊，文彩，我真是一个大废物，我从心里觉得对不起你！累赘你！”文清梦想着，“想着有一天”，想着“为什么我们不能长两个翅膀，一块儿飞出去呢”。江泰梦想着，梦想着“发一笔大财，我要把我的钱，送给朋友，散给穷人花。我要像杜甫的诗说的，盖起无数的高楼大厦，叫天下的穷朋友白吃、白喝、白住，研究科学，研究美术，研究文学，研究他们每个人所喜欢的，为中国，为人类，谋幸福”。但是，一个到死没有离开鸦片烟枪，另一个的英勇行动终归是醉酒。是的，他们也赌咒发誓要行动了。文清向愫方表示，“要成一个人，死也不回来”，他跨出了大门。江泰忽地拍案而起，要出去找朋友解决曾家的债务危机。他也确实跨出了大门。但，结局却都是，一事无成地回来。文清抱怨着“外面的风浪”，竭力替自己寻找回来的根据，仿佛自己的生存根据就维系在这可怜的根据上。江泰更是斯文扫地，在外面喝醉了酒，偷了东西，在派出所关了一晚上被警察送了回来。他的根据是坦率的：“管不住自己。”他们跨出大门前的宣言是真诚的。但真诚的宣言战胜不了严峻的生活法则：寄生生活形成的惯性使他们无力搏击“外面的风浪”，也“管不住自己”。

这一对废物，没有人说他们是坏人，甚至还可以找出许多好的因素。但一切好的因素，只能更雄辩地证明一个结论：这是一对真正的废物。但是，对于他们的认识不能止于这个结论。狄德罗说得好：“人物的性格要根据他们的处境来决定。”(《论戏剧艺术》《西方文论选》5 卷 363 页)从文清、江泰复杂的性格中剧作家要人们看到的不是某种性格的鉴定，而是产生这种性格的环境。忽略了性格的复杂性，必然的后果是看不清生活环境的复杂性。封建主义在中国是一个漫长的历史过程，在走到了尽头的时期，一方面从封建阶级内部分裂出它的叛逆者，一方面这个阶级的守阙者也呈现出极为复杂的状态。为了稳住正在崩坏的权益，他们显得更加贪婪，更加残暴。但封建特权本身就是对于人的腐蚀，尤其是对于这个阶级的后辈。如果说前辈为了挣取政治、经济各方面的特权还需要去掠夺，去榨取，并在这个过程中练得一身争权夺利的本领，那么他们的后辈却大大发展了享用这种特权的寄生性。他们在一生中从来没有产生过一种需要，需要为挣得一碗饭花费劳力和心力。他们从先辈那里继承了这个阶级的寄生性，却似乎没有必要去继承构造寄生生活的能耐。他们像曾皓所说的那样，是"连守成都做不到的儿女"，是地道的废物。在他们身上有时竟出现一些好的成分，如善良、同情、温和等等。这是因为他们没有直接卷入掠夺、诈取的斗争旋涡。杜勃罗留波夫在论述奥勃洛莫夫（冈察洛夫同名小说的主人公）这个典型时说得精彩："在奥勃洛莫夫的身上，的确，有一种好的成分，这就是，他从不打算去欺骗别人，但是这也是他的懒惰性格的一种表现。""他并不向那邪恶的偶像叩头！但这是为什么呢？这是因为他懒得从沙发上站起来。"（《什么是奥勃洛莫夫性格？》）生活就是这样狡猾，文清、江泰性格中种种好的成分改变不了他们的根本特征：废物。而只是使这根本特征呈现出丰富复杂的具体形态。

从生活全部的丰富性、复杂性出发，是曹禺熟练深刻地掌握戏剧艺术辩证法的关键。他在揭示文清、江泰必然走向没落的生活轨迹的时候，决不从"没落"这样一个概念出发，一味地、单调地重复"废物"的特征。他毫不避讳在这些否定人物性格中的好的成分。既然客观的社会生活呈现了复杂的现象，他就加以忠实的再现，同时巧妙地揭示各种现象的内部联系，两极之间怎样沟通，相反又如何相成。他深深懂得，性格美应该建立在牢固的现实基础之上。文清、江泰性格中那些好的成分最初还只是一种美的可能，而在生活的颠簸和撞击之中，才越来越显露出虚幻的本相。他们同情别人，却又无助甚而有害于人；他们梦想着美好，却又在污泥一般的生活中无力自拔；他们有自知，能自责，却又不改弦，不回头，因而所有这些好成分却引出了一个相反的结论：自觉着的堕落，是最深刻的堕落，无可挽救的堕落。于是观众看到了包含着丰富复杂的社会内容的两个活生生的废物。

虚伪，这是思懿性格中的一个突出的特点。但有些评论者往往缺乏具体细致的分析，甚至作了一些绝对化的解释。只强调其假情假意，两面三刀，以及她内心的嫉妒、贪婪、狠毒等等，使对这个人物的认识表面化了，往往把她简单地归结为坏人，甚至认为她是全剧主要矛盾的一个方面，是罪恶的渊薮，一切坏事的制造者。以至于有的评论作了一个简单的判断。"曾思懿的那种对丈夫故纵实擒，对愫方步步紧迫的言行，充满着火药味，逼得曾文清不得不自杀，愫方不得不出走。"试想，这一出戏如果仅仅是一个人品虚伪狠毒，逼死一人，逼走一人，那究竟有多大的意思。难道一个贤妻良母式的思想就能挽救文清、带来愫方生活在这个旧家庭中的幸福吗？

这个人物是虚伪的，但我更要指出这个人物又是真诚的。她的虚伪不难看到，而她的真诚却是不易把握的。而她的真诚对于我们认识这个旧家庭的封建主义本质是更加重要的。

她是绝顶虚伪的。陈奶妈来贺节，她左一个"您老人家"，右一个"您老人家"；一会儿要留陈奶妈住下，一会儿要跪下给陈奶妈拜节。可陈奶妈一下场，她那满面春风变成了一脸阴云，好像松了一口气吐出了三个字："真讨厌！"她诅咒愫方"一肚子坏水，话越少，心眼越多"，可见了愫方却潮涌似的赞美："真是，这一家子，就是愫妹妹你心地厚道，一个人待我好……"曾皓上场，赶紧搀拜的是她，忙着张罗靠垫盖毯的是她，而曾皓中风，不让他在家里治疗，一定要把他赶到医院去，甚至不顾死活强自掰开曾皓拉住门框手的，还是她。她虚伪到了狠毒的地步。

她是绝顶虚伪的。但是，看不到她那真诚的一面，也就不能准确把握她的虚伪的真实意义，因而也就不能完整地认识这个人物所反映的社会内容。

什么是她的真诚？她的真诚和她的虚伪是怎样沟通的？

她的真诚在于确信不疑地认定自己的权利的合理性、合法性。每当她敏感到这种权利可能受损，她又真诚地感到委屈。为了维护这种合理合法的权利，她真诚地认为自己有权利采取一切可能采取的手段——包括虚伪。

她对瑞贞是苛刻的。这是因为她确信，婆母管束儿媳是老祖宗定下的规矩，从古至今，合理合法。对媳妇严加管束，又是为了儿子曾霆。为母爱子，也是千古不易之道，怎么做都可心安理得。她完全不懂得从瑞贞和曾霆那方面看来，这是残酷，这是屈辱。瑞贞的违拗不能动摇她对这些古老原则的确信，相反，她所怀疑的只是这种管束是不是足够严厉。而曾霆的违拗则被她认为是"儿子太不精明"，不能理解为母良苦的用心。于是，她责怪文清"纵容"瑞贞，指令曾霆"当心"瑞贞，并且真诚地自怨自艾起来了："我这个人就是心软，顶不会当婆婆了。"她的逻辑是：当好婆婆，守定家法，心理当更硬些。

人们认为是她破坏了文清和愫方的爱情，而她的想法恰恰相反。她忌恨愫方根本不是出于要破坏他人的爱情的目的，在她看来，倒是愫方破坏了文清对她的感情。明媒正娶，花轿抬来的是她，而不是愫方，这个社会只承认她和文清的夫妻关系，决不会承认愫方和文清的爱情关系。所以她不管怎样嘲讽愫方，奚落愫方，她并不认为这是委屈了愫方；她所真正感到的是自己受了委屈。最后，她提出叫文清纳妾愫方，愫方一旦成了文清的小老婆，就是曾皓"名正言顺"的儿媳。对于封建主义的一夫多妻制，她心悦诚服地接受。

她以自诩的口气说自己是："我是个富贵脾气丫头命！快四十的人还得上孝公公，下侍候媳妇，中间还得看你老人家颜色。"她越说越感到委屈，也越说越感到骄傲。委屈的是大家不知道她吃了多大的亏，骄傲的是这个家只有她才是"忠臣"。你看，老头子要无休无止地油漆棺材，可又不肯拿出钱来；丈夫只会抽鸦片、玩鸽子，恍惚了一辈子，还和一个表妹"勾搭"；文清的妹妹带着姑爷住这家，吃这家，还要吆五喝六；媳妇犟头犟脑不驯顺，儿子呆头呆脑不贴心，岂不是只有她在勉力支撑这个破落的大家庭吗？她向曾霆哭诉："妈是命苦，你爹摔开我们跑了，你妈成天受这种气，都是为了你们呵！"这是真哭，不是假哭，她是按照她的人生哲学真正感到了委屈。最后，暴发户杜家到期索债，要还不出钱，就得用棺木抵或是用房子抵。二者必居其一。没有人能出头，她当了谈判代表，她同意抬棺材，又遭到了"没良心"的骂詈。于是，她嚎哭了："到了这时候，叫我怎么办啊？我这公公也要顾，家里的生活也要管，我现在是'忠孝不能两全'。"这是真哭，不是假哭，从她的处境出发，她感到了真正的委屈。那一个个"有良心"的小辈，又有哪一个能站出来解决难题的喔！包括那个忽然心血来潮自告奋勇要出去想办法的江泰，不是两手空空回来眼看着棺材给抬走了吗！在她看来倒只有她并不空口说白话，从“房子我们要住，一大家子的人张着嘴要吃”的大局出发，承担起了“不孝”的责任。

她确乎是这个家庭的“忠臣”。从全剧来看，她和老太爷曾皓的冲突最明显，最激烈。但实际上，这个冲突的具体内容却是在这个家庭中谁来掌握财权的斗争，而在保存和延续这个大家庭的问题上，只有她和曾皓最自觉也最一致。企望这个大家庭得以中兴，把文清逼出去做事，她和曾皓一致，曾皓想抱重孙，她想抱孙子，两个人也一致，甚至她比曾皓更积极。一听说瑞贞没有遵嘱喝安胎药，她勃然变色：“叫她喝，要她喝！她再不听话，你告诉我，看我怎么灌她喝！她要觉得她自己不是曾家的人，她肚子里那块肉可是曾家的。”她是曾家的大少奶，她是曾家媳妇的婆婆，将来她更要做曾家孙子的奶奶，成为子孙满堂的曾家的老太太；一句话，她是曾家决无二心的“忠臣”。为了这个既定的目标，她在真诚地奋斗着。她采取的一切手段，包括作假在内，都服从这个目标，因而在她看来合理合法，理所当然。

这样来分析思懿的性格，承认她的真诚，并不是为她辩护。只看到她的虚伪，以为她时时作假，处处作假是片面的，并且恰恰不能说明她的虚伪的独特性。同时，把她的虚伪绝对化，使观众的憎恨集中于她一人，便会模糊对整个环境的认识。承认她的真诚是为了揭示她那一套自以为合理的人生哲学，并通过这套人生哲学展示形成它的整个环境。所谓真诚是指她确信无疑地坚守自己的人生哲学，认为是这个社会必须崇奉的准则，倒是别人违背了这些准则，尽管从具有进步思想的观众看来这一套人生哲学是多么的荒谬。托尔斯泰说得透彻：“通常人们总是认为盗贼、凶手、暗探、妓女必定承认自己的行业很坏，引以为耻。实际上完全相反。凡是由于命运或者由于本身的过失和错误落到某种地位上去的人，不论他们的地位多么不正当，却总会对一般生活形成一种足以使得他们的地位在自己的心目中显得又好又正当的看法。”“每逢事情涉及盗贼夸耀他们的本领，妓女夸耀她们的淫荡，凶手夸耀他们的残忍，这样的事情就会使得我们感到惊讶。然而，这所以会使得我们感到惊讶，无非是因为那些人的生活圈子和生活气氛局限在狭小的范围里，而且主要的是因为我们处在局外罢了。”（《复活》第 204 页）这个“生活圈子”和“生活气氛”就是环境，就是形成他们的特殊的人生观的特殊的环境。这个环境又使他们确信自己的人生观合理性，使他们一切荒谬的行为都出自他们的真诚。

曾思懿是真诚的，指出这一点并不是为她辩护。因为，她的可怕并不在于作假，而在于她真诚地信奉封建主义的社会环境形成的一整套人生哲学，虚伪只是坚守这人生哲学的一点小小的手段罢了。

我衷心希望我们的舞台上出现一个真诚的思懿吧。那么，通过她，我们所看到的不只是一个弄虚作假的坏女人，而是全部封建主义的荒谬和残酷。

生活的辩证法哺育了曹禺戏剧艺术的辩证法。从生活出发，从丰富复杂的生活出发，是曹禺戏剧艺术辩证法的灵魂。

原载《艺谭》1982 年第 1 期

# 空谷幽兰

## ——话剧《北京人》中愫方的形象

王育生　罗炯光

但凡读过曹禺一九四〇年写的话剧《北京人》，或是看过该剧演出的人，恐怕无不对愫方这个人物留有深刻的印象。愫方在这个戏里算不上是最主要的角色，然而却是作者最同情、最着力刻划的人物，也是整个剧本里最令人喜爱，最牵动人们情感的人物。在她所生活的曾家那令人窒息、压抑的氛围里，沉静、倔强、善良的愫方，如死水微澜，萌动着生和力；像一枝空谷幽兰，散发出沁人的芳香。

《北京人》三幕二景。它以抗战前北京一个没落的封建世家的家庭生活为题材，以曾家经济衰败，家人之间的互相倾轧以及与“暴发户”杜家的矛盾为主线，表现封建阶级精神统治的破产和新一代对人生道路的探索，深刻揭示了封建制度必然崩溃的历史命运。同曹禺同志其他代表性的作品一样，《北京人》具有深邃的思想力量，紧张的戏剧冲突，典型的人物性格，精彩的戏剧台词，浓烈的抒情气氛。它有小说的丰盈，散文的细腻和诗样的激情。这种诗情，不仅仅是指剧中那沁人心脾的抒情场面和语言，更是蕴含于剧本里的内在精神和整个情调。《北京人》有别于曹禺其他作品之处在于，它既浓烈又恬淡。曾有论者称赞《北京人》诗戏交融、自然天成，全剧宛如一首“诗”，而“诗魂”就是愫方。我以为这个评价和比喻，甚有见地。作者曹禺确实在这个戏里成功地、充分地揭示了愫方诗一样美的心灵，塑造了一个感人至深的艺术形象。

愫方是个在封建束缚下成长起来的典型的中国式的女性的形象。她给人的第一个印象就是沉静。她的柔顺、端庄、缄默，既出自性格，更源于长期寄人篱下的生活。多才多艺、诗书世家出身的愫方，终日像女佣似的伺候曾老太爷，替表哥文清修补字画、喂养鸽子，还得忍受善伺人过的表嫂思懿的冷言恶语。她在曾家的地位，其实比仆人张顺和陈奶妈好不了多少。思懿貌似玩笑实则阴毒地说要砍下她的双手，愫方听后除了缩回手外，并没有一句不满的话；文清向愫方私赠诗笺被思懿撞见，思懿把他们当成自己爪下捕获的一对少不更事的小鼠，百般戏谑，愫方也只有把凌辱和嘲讽一起吞进肚里。身心所受到的折磨，使她终日像笼罩在一片迷离的秋雾里，在娴静沉郁的外表下，谁也猜不出她心底里压抑着多少苦痛的思绪。

但忍耐不就是软弱。她温厚慷慨，富于同情心。她时常忘却自己的不幸，去抚爱和她同样不幸的人们。巨大的生活压力，促使愫方在作品中第一个提出了对人生真谛的探求。“把好的送给人家，坏的留给自己。”“活着不是为着自己受苦，留给旁人一点快乐，还有什么更大的道理呢?”我们无须把这种一切为了别人的思想同共产主义人生观去做生硬的比附，那样去要求过去时代的人物是不伦不类的，但她的这种认识，无疑是对剥削阶级“人不为己天诛地灭”人生哲学的挑战。愫方替受委屈的瑞贞说话，用自己可怜的一点私蓄为瑞贞未出世的婴儿准备衣裳，在在表现了她美好的心灵。愫方的生活态度、思想境界和情操，与曾皓等那批“活死人”自私腐朽的灵魂相比，显得无比高尚。愫方是一个富有光彩的，同时又是具有复杂性格的艺术典型。生活在今天的人们，对于她那安守本分，甚至逆来顺受、以德报怨的品性可以不赞同，但你却无论如何不能不为她无私的品格所感动。

第三幕一景，愫方与瑞贞倾心夜谈，是一场展示愫方心灵美的重场戏。愫方的性格是深沉内向的，然而，在这场戏里，像蓄满平静湖水的湖泊突然被打开了闸门，在她那一泻无余的感情的波涛中，终于使我们窥到了在缄默外表掩盖下的内心隐秘，充分看到了愫方纯洁、善良品质的光辉。那从心扉中涌流而出的，难道不就是一首美好的诗篇么？

当然，人们也会从她的倾吐中，透视到她生活和视野的狭小；有人也许会有和瑞贞相似的疑问：为什么愫方偏偏把自己的心，放在文清这么一个废人的身上？我们不能忽略，愫方与文清的爱情是在曾家公馆那样一种特定的生活环境中滋生发展的。我们不能要求人物具有超越时代、脱离生活规定情境的思想感情和行动。在三十年代的旧中国，一个无家无室、年已三旬、终身无托的女人，在亲戚家度着凄风苦雨的日月，那心境是可以想见的。只有平日与文清的诗画唱酬，使她稍微感到一点慰藉。几度寒冬酷暑，两颗寂寞痛苦的心撞在一起，迸发出了同情与爱怜的火花。这种情感，是完全可以理解的。

然而，愫方的悲剧也恰恰在这里。正如作者曹禺所指出的，“她把希望和幸福寄托在一个没有用的人身上，她爱了一个实际是毁了她的人，同情了一个实际是害了她的人”。曾文清这个诗礼世家典型的公子哥儿，“半生都在空洞的悠忽中度过。”他“懒于思想，懒于说话，懒于举步……懒到能使一个有眼的人看得穿：‘这只是一个生命的空壳’”。遗憾的是，入世不深、缺乏阅历的愫方，偏偏没有看清这一点。她把自己无私的爱，都献给了这个“空壳”。她为了文清肯于离家去“成一个人”快乐得心都“暖了起来”，“真好像春天来了一样”。她宁愿到死独守在这个监牢样的家里，“他的父亲我可以替他伺候；他的孩子我可以替他照料；他爱的字画我管；他爱的鸽子我喂；连他所不喜欢的人我都觉得该体贴，该喜欢，该爱”，“为着他所不爱的也都还是亲近过他的”。这是一种何等感人的、金石为开的情怀！

愫方爱文清是那样执着，一往情深，当她还不清醒的时候；而一旦真的认识到文清不值得爱，她的态度又是非常决绝的。这是她性格中更为可爱、更富光彩的一面。愫方有着中国妇女的传统美德，她柔顺，但并不懦弱，她的坚毅在无尽的耐性中时常表露出来。中秋日，思懿为了不可告人的目的，恩威并施，逼愫方同意嫁给袁任敢。愫方用沉默和当场离去表示抗议。正是她这种不妥协态度，使思懿的阴谋未能得逞。不过，就连这种倔强，也是愫方型的，内在的，而绝不是战帜高张。文清离家没过几天就铩羽而归，重新回到了“窝”里，愫方的寄托、信念、理想和生活轨道，被全部轰毁了。就是在文清归家、“天塌了”这样石破天惊的戏剧矛盾冲突中，愫方内心该是经历着多么激烈的情感的搏击，涌动、奔腾着怎样的情感的波涛！然而，就是在此时此刻，她依然没有失去其给人的一贯的沉静的

印象。看过剧本或演出的人,谁会忘记第三幕二景愫方与文清深夜最后一次会面的情景:

曾文清　(没有说话,凄凉地)这,这只鸽子还在家里。

愫方　(冷静地)因为它已经不会飞了!

曾文清　(一愣)我——(忽然明白,掩面抽咽。)

愫方　(皱着眉)不要这样,为什么要哭呢?

曾文清　(大恸,扑在沙发上)我为什么回来呀!我为什么回来呀!明明晓得绝不该回来的,我为什么又回来呀!

愫方　飞不动,就回来吧!

"它已经不会飞了。"愫方这句话一语双关——对文清,她已经完全失望;对曾经梦想文清展翅高飞的自己,则表现了深刻的反省。昨夜,她还责怪别人不理解文清,而今,方知不理解文清的正是自己。"它已经不会飞了。"淡淡几个字,敲在文清(同时也是敲在读者和观众)心里的分量,却不下于百磅重锤。"为什么要哭呢?""飞不动就回来吧!"没有责备,光有规劝;没有哀怨,只有谅解;没有爱情,只有怜悯。愫方的性格是发展的,至此,才完成了对她的塑造。

上面引的几句话,可以看作是愫方与过去的生活的诀别词。句子是极简短的,但凝练沉郁,含意丰富,意境深远,诗意盎然。以至节奏、韵律上,都完全是"诗"的。十个钟头前,她的感情有如惊涛拍岸,浪花飞卷;而今,却像寒凝大地,千里冰封。过去的愫方,偏要在秋尽冬来的曾家体味春天的温暖,偏要在凄苦中咀嚼甜蜜,在虚幻的梦境里独享洞天。而今,"天塌了",梦醒了,愫方也在严酷的现实面前,在严肃的自省当中,蜕化为新人。是多少痛苦才换来的这个明白啊!三五句平淡的劝慰,一个从容交出钥匙的行动,雕塑出了愫方告别旧世界、奔向新生活的英姿。这时她依然是沉静的,但沉静中有了新的内容:从前是忍耐,现在是坚定;从前是爱得执着,现在是分得决绝;沉静中透出倔强,耐性中含着韧性。这是我们所喜爱的过去的愫方,又是我们所更为喜爱的新的愫方。她说过:"人总有忍不下去的时候。"在曾家、杜家争抢着棺材,文清吞烟自尽的时候,愫方终于把自己的希望和幸福同这个封建家庭脱钩,和瑞贞等青年一代一起,去开拓新的生活了。愫方出走的足音,敲响了旧制度灭亡的丧钟。

作者曹禺把旧制度的衰亡与对"明日北京人"探求人生真谛的赞扬结合起来描写,使愫方的性格美、心灵美中,迸发出深邃、隽永的思想力量,升华到有哲理性的、诗意的高度。

人物性格美、心灵美的揭示,是与全剧典型环境的创造和舞台氛围的渲染分不开的。

大幕甫启,曾经盛极一时的曾家小客厅里,朱颜褪尽,日暮途穷。封建权势和精神统治的代表人物曾皓,气息奄奄,苟延残喘;文清这个一线单传的长子,是个除了糟蹋粮食外毫无用处的废物;负有重振门庭重任的曾霆,尚未脱尽混沌,但于痛苦的磨难中,已决心另走它途。中秋佳节,曾家却墙倒屋漏,债主盈门。曾皓中风,江泰醉酒偷东西被警察送回,文清吞烟自尽,愫方瑞贞出走……当全剧结束时,文彩扶曾皓回屋,舞台上空无一人,出现了长时间的大静场,曾家老屋陷于一片黑暗之中。但外面却已曙色微熹,鸡鸣不已,在远处传来的数声尖锐的火车汽笛长鸣声中,大幕徐徐闭合。戏的结束感是明显的,但从五六十年代《北京人》数百场的演出来看，观众此时几乎无一离座而去；读者也不能不在屏息读完剧本最后一句舞台指示以后，才掩卷深思。由于戏剧性和诗情的高度结合，人们的情绪始终被紧紧地攫住，完全沉浸到剧本所造成的诗的意境中去了。

曹禺是营造舞台气氛的能手。一开始，曾家小花厅的格局，就把人带进了特定的艺术环境之中。古老的营钟，褪色的窗纱，零落的秋菊，渲染出一幅衰败凋零的末世景象。在剧情进展过程中，伴随着人物的活动，那深夜长街凄婉的叫卖声，算命瞎子的铜钲声，断断续续的更锣和军营的号角声，淅沥的雨声，飒飒的风声，白云蓝天中泠泠的鸽哨声……不仅显示了故事的时代背景、地方色彩，点染、加浓了人物的心理活动和思想感情，而且强有力地烘托营造出了诗意的氛围。巴金同志曾指出：曹禺的剧本"不但可以演，也可以读"，就是因为它文学性强，戏剧性强，演出来有诗情，阅读着有诗味。读剧本，它是一台无声的戏；看演出，它是一首有声的诗。

原载《名作欣赏》1982 年第 1 期

# 《北京人》的结构艺术

杨雪瑞

一九四一年问世的《北京人》，是曹禺同志的一部成功的现实主义喜剧。较之他早期的代表作《雷雨》和《日出》，是更为成熟的作品。作者对现实的感受和反映更为深刻，艺术风格和表现手法也有新的突破。尤其该剧的结构艺术更有独到之处。

曹禺同志是结构戏剧的能手。《雷雨》中那么多的情节发展线穿插展开，通过揭露和抨击代表封建势力的中心人物形成主线，组织和带动所有线索，显得丰富而紧凑；《日出》中几条线平行发展，共同烘托“损不足以奉有余”的观念，而形成结构的中心，突现主题。《北京人》的结构似乎较为简单，其实，却更为复杂。它运用了双层结构——外在的和潜在的两层结构，着重强调内在冲突，表达了更为深沉的思想。

外在的一层结构是曾家祖孙三代人的各种矛盾冲突，即表现活动在舞台上的人物之间的冲突。主要结构了两个典型事件。一件是付曾老太爷的寿木钱。顽固、腐朽、没落的封建世家家长曾皓，把自己的希望、乐趣，甚至生命都寄托在为自己准备寿木上。棺材已经漆了十五年，上了一百多道漆，还要继续漆下去。但是，家道衰落，债务累累，债权人杜家步步紧逼，也正觊觎着他的寿木。他为保住棺材而竭力挣扎着。曾家的管家——长媳思懿，以为老太爷有钱不往外拿。为把老太爷的钱逼出来，挣到手，极力唆使、鼓动杜家上门逼债。这样便形成了曾家家长与管家——曾皓与思懿的冲突，以及由此而引起和激化了的他们与姑老爷江泰的冲突。冲突的核心是钱。他们爱钱，争钱，离不了钱，但争来争去却并没有争到钱，眼睁睁盯着的不过是一个空存折。结构这一组冲突的意义在于说明封建世家已经从内里蛀空，眼看就要垮台了。

另一件事是曾文清的出走。文清受封建文化的熏染，慢性中毒，成为对人生毫无用处，甚至没有求生能力的生命的空壳。曾皓为了后继有人，逼儿子出去做事；思懿为了日后有靠山，逼丈夫出去做事；被曾皓剥削了青春，受着思懿的苛待和损害，而又沉醉在无望的爱情中的愫方，为了不看着她所爱的人受苦，也希望文清离开家。文清呢？却不愿走，无力走，走不动。无可奈何走出后，绕了一圈又回来了。通过这一事件，表现曾家父子、文清夫妇的冲突，以及愫方与文清痛苦的爱情与冲突。冲突的结果，文清自杀了，曾家唯一的继承人没有了。这就表明，封建世家已后继无人，其崩溃的命运是不可避免的。

值得注意的是，卷入到以上两个事件所引起的冲突中的曾家人，除愫方和瑞贞外，统统是被嘲讽和抨击的对象，他们之间的冲突并非正反力量的较量。愫方与瑞贞，亦不足以成为代表正面力量的中心人物。这些冲突所揭示的内容，并不是剧作要表现的全部。如果只看到这些外在结构的东西，或将其视为全剧表现的要旨，那就势必导致对作品主题思想和艺术风格的片面理解。

剧作还有一层潜在的结构，像一股潜流，贯穿全剧。

曹禺同志的剧，不仅写前台，而且写后台；剧中有在舞台上蹦来蹦去的人物，也有未曾露面的，或没有语言，没有什么形体动作的角色。前台和后台形成不可分割的整体。读剧者或演剧、观剧者，如果只注意前台，不注意后台，只注意在舞台上蹦跳的人，不注意其他，就无法真正懂得剧本。例如《雷雨》中的"雷雨"，《日出》中的打夯工人等，都是不可忽视的角色，不能只将其视为背景和效果。曹禺同志在一九五七年出版的《日出》的跋文中说："我常纳闷何以我每次写戏总是把主要的人物漏掉。《雷雨》里原有第九个角色，而且是最重要的，我没有写进去，那就是称为'雷雨'的一名好汉，他几乎总是在场，他手下操纵其余八个傀儡。而我总不能明显地添上这个人，于是导演们也仿佛忘掉他。我几次看《雷雨》的演出，总觉得台上很寂寞的……"我们欣赏《北京人》，更必须注意这一点。如果说《雷雨》中的"第九个角色"还有点茫然不可知的神秘感的话，那么，《北京人》"第九个角色"或"第十个角色"的存在则是确确实实的了。

除在舞台上跳进跳出的人外，《北京人》中还写了另外两种人。一是作为背景和象征形象出现在舞台上的北京猿人，二是未在舞台上出现的代表理想和希望的新的人。三种人合起来，才是完整的"北京人"这个概念的全部内涵，他们代表了北京人，即中国人的当初、现在和未来。潜在结构的作用正在于表现这三种人之间的尖锐的不可调和的矛盾冲突。以北京猿人为代表的当初的北京人与以曾家为代表的现在的北京人的冲突，以及未来的北京人同现在的北京人的冲突，分别构成了两条潜在的冲突线。

曹禺同志善于运用象征的手段为现实主义的创作服务，使他的现实主义得到更高的升华。北京猿人作为一个象征形象，有着深刻的现实意义。剧中人类学者袁任敢的一段话谈得很清楚："你看，这就是当初的北京人。那时候的人要爱就爱，要恨就恨，要哭就哭，要喊就喊，他们自由地活着，没有礼教来拘束，没有文明来捆绑，没有虚伪，没有欺诈，没有阴险，没有陷害，太阳晒着，风吹着，雨淋着，没有现在这么多人吃人的礼教和文明，而他们是非常快活的。"让北京猿人在舞台上以巨大的身影出现，使在他的巨影下活动的现在的北京人显得非常渺小。面对当初的北京人的形象，又听了袁任敢的说明后，江泰感叹着把现在的北京人的生活作了概括："袁先生，你的话真对，简直是不可能更对。你看看我们过的什么日子？成天垂头丧气，要不就成天胡发牢骚，整天是愁死，愁活，愁自己的事业没有发展，愁精神上没有出路，愁活着没有饭吃，愁死了没有棺材睡，成天的希望，希望，而永远没有希望……"鲜明的对照，引起人们的注意——对习以为常的，不以为然的日常人生、平凡事物的注意，促使人们思考——对自己的生活，自己周围现实的思考，让人们明白，被封建主义统治束缚着、毒害着的现代北京人，已成为祖先的不肖子孙，他们堕落了，没有希望了——现实太黑暗了。结构这一对冲突的意义在于深刻批判和彻底揭露封建主义,以激起人们对现实的反抗和不满。

曾家的没落,说明封建主义已走向穷途末路。那么,北京人的前途呢?作品进一步向人们提出,并且回答着这个问题。可否以当初的北京人为榜样,去寻求出路呢?显然不行。作品的第一条潜在的冲突线未能解决这个问题。返朴归真是违背历史唯物主义的倒退观,不会使人类获得新生。

再一条路是走向资本主义。作品也探讨了这个问题。资产阶级暴发户杜家的逼债,是使曾家衰败的外在原因之一。这一点,反映了历史的真实——那个时代,封建主义已抵不住资本主义的威胁和破坏。然而,杜、曾两家的冲突也仅仅起了促进封建主义衰亡的作用,作者认为不能将封建主义灭亡后的希望放在资产阶级身上。剧中杜家同曾家冲突的事件是争棺材,棺材意味着死亡,杜家把棺材争到了,象征资产阶级的气数也不长了。杜家和曾家一样,也属于行将消亡的现在的北京人。正如作者所说:"写《北京人》时,我的诅咒比较明确些了。那种封建主义、资产阶级是早晚要进棺材的!他们在争抢着寿木。而这个人世,需要更新的血液和生命。"作者否定了资本主义的路,满怀热情地寄希望于更新的血液和生命。潜在结构的第二条线,正是歌颂、赞美新的革命的力量,表现希望和理想。

从舞台上找,并没有一个代表革命力量的角色活动,但人们却实实在在地感到了这种力量。通过瑞贞讲她与革命朋友的来往,通过她对曾家人愈来愈看不惯和愈来愈不以为然的行动,不断地表现了这种力量的存在以及它的巨大威力。它已进入曾家,使曾家的封建家长统治不能再延续下去。由于它的存在和影响,瑞贞虽已怀孕,还毅然与曾霆离婚,离开曾家,走向革命;最能忍受的愫方也不能再忍受下去,终于与瑞贞一起逃出曾家,去寻求光明的新生活。这是一种强有力的内在的行动。它与曾家封建势力代表人物的斗争,构成一条无形的,然而却是激烈的冲突线。斗争的结果,新生的革命的一方胜利了。其意义在于显示革命力量和新的时代潮流对腐朽的封建势力巨大的冲击力、震动力和对新一代人强烈的吸引力,展示生活发展的必然趋向,使人们看到真正的希望,受到鼓舞。

潜在结构的第一条线,表示了作家对黑暗现实的痛恨、蔑视和否定。内在的严酷无情的讥讽,有力地揭示了依附于黑暗王国的曾家大大小小、男男女女的喜剧性格。忽视这一条线,就不可能很好地理解作品开掘现实的深度,不可能很好地把握作品的喜剧风格。

潜在结构的第二条线,表示了作家对革命的认识和信念,使该剧呈现出光明的色彩。这样不仅自然地、合理地、完美地完成了愫方和瑞贞两个悲剧性格的蜕旧变新,给人们以希望,同时,也使人们认识到曾家的衰败不是可悲的,而是可喜的,从而奠定了该剧乐观的基调:对旧社会旧人物的崩溃、灭亡,作者在欢快地高唱赞歌。忽视了这一条线,就不能很好地把握作品的基调,甚至会把赞歌当作哀歌。

可以这样说,《北京人》外在结构所表现的是黑暗社会现实生活的本身,潜在的结构则进一步揭示了现实的本质。前者是直接写照,后者则是高度的哲学概括。

潜在的结构，特别是潜在结构的第二条线，往往不被人注意，或不被人承认。有人指责剧中没有出现代表新生的革命力量的典型形象，认为是作者世界观和当时客观环境的局限所致。我不否认有局限性存在，但并不认为因之而影响了《北京人》的艺术价值。含蓄、抒情、富有诗意，是《北京人》这个喜剧的特殊风格，而潜在的结构正是对现实生活的本质及其发展趋向的诗意的、含蓄的、抒情的表现。不妨设想一下，假若"突破"种种局限性，让代表革命力量的典型形象登上舞台，其效果会怎样呢？无疑地，潜在结构所展现的艺术魅力将因之而受到破坏。而且，事实上，当时的曹禺同志对自己世界观的局限已经大大突破了，惟其如此，才能掘得深，看得远，对现实作出这样深刻的艺术概括来。

运用潜在结构是表现主题的需要，也是表现该剧独特的艺术风格的需要。借助于两层结构的有机配合，紧密联系，使《北京人》成为否定黑暗现实，赞颂新生的革命，启示中国人民弃旧迎新的独具一格的抒情喜剧。

原载《名作欣赏》1982 年第 3 期

# 回答我，“北京人”！

## ——论曹禺剧作《北京人》中的“北京人”

段　婴

在夜色茫茫的天幕上，突然出现了一个巨大的黑影，它好像在徘徊着、沉思着……它高耸的眉骨下，无表情的眼睛总往前凝望着、凝望着……头姿不动地注视古亘邃远的历史长路。这是谁？是历史之魂，是“北京人”。

回答我——“北京人”，你在这里多久了？!

古远雄浑的原始猿人“北京人”模特儿形象，在曹禺的剧作《北京人》中出现，使人们感到惊异、神秘、浩茫，具有极强烈的艺术感染力。

首先，它作为一种背景，收到了转化空间的强烈效果。

它的出现，与剧名相呼应，打破了舞台空间的框框，真切地给了我们一种辽远深广的历史空间感。这个空间感愈广大，发生在其间的那一幕现实场景，就显得愈渺小、可笑、不合理，从而对曾家所代表的封建腐朽势力所进行的鞭挞，对其灭亡命运的暗示，也就愈强有力、愈合理。空旷剪影式的猿人形象与精雕细刻的剧情图景两相对照愈悬殊，对比感也就愈强烈。

其次，“北京人”造成悠远的时间感，使剧情产生了某种“间离效果”。它使人有时仿佛站在悠远的历史镜头上去看台上正发生进行着的事，而同时使人们从激烈的戏剧冲突中超脱出来。这种把观众从戏剧中拉出来，站在时间的某一点去目睹沧桑无限的历史中的一小段悲喜，从而冷静、从容、客观地评价眼前发生的一切，这正有了点布莱希特戏剧的意味，即所谓布氏戏剧的“间离效果”。这种特性，不仅在作者自己的剧作中，便是在我国现代戏剧（主要指话剧）的发展中，亦不能不说是滥觞。

另外，“北京人”憧憧理想之影与剧中现实图景相互联系，相互间隔时，也造成一种虚幻和现实光线交叉投射的奇特意境，所谓现代艺术的立体感，产生一种异常的新的美学意境。

下面就这一点分别地进行论述。

### 一、深邃、丰富、广大的象征意义

“北京人”，给人的联想非常广远——黄河、长江、祖先的土地，悠久历史、长城、原野上奔跑逐兽的原始人……气势磅礴、浑厚伟大，充满民族的自豪感和负重感，又使人不禁对于这原始的生命活力寄以希望，产生对未来光明世界的向往和渴求。

它代表了“北京人”的过去、未来和现在。它影射和对比着剧中现实的“北京人”，象征和代表着史前社会的“北京人”，更寄托了作者对未来理想的“北京人”的总的看法和希望。然而我以为，在这三方面的象征含义中，主要的还是原始的和未来的象征。

“北京人”是原始野性的形象，是汹涌蓬勃的生命力的象征，也是我们民族灿烂光辉历史的象征。它表现出作者对有着悠久历史的伟大民族的自豪和信心。作者对这种原始生命力的歌颂和强调，正是古老民族巨大生命力复苏的渴望和憧憬，正是对百年来积贫积弱灾难深重的祖国觉醒之后站起来的希望和渴求。因此，它是民族再生力的象征。这是作者寄以希望的“更新的血液和生命”，是破坏旧世界腐朽社会生活的力量象征。这种希望的寄托，诚如一些论者所指出的那样，“朦胧”，甚至幼稚，作者当时诚然也不懂得、不明确由谁来改变、怎样改变黑暗现状。然而这象征在总体上，我们以为，仍不失为一种有科学性的历史见解。我们也不同意将其作为“向后看”例证的观点，谁能够说，我们今天的历史和奋斗，不正是民族的复兴呢？百年来，多少前仆后继为民族奋斗的仁人志士，提出了“振兴中华”的口号，从某种历史角度看，不正与此形象的寓意，有相通之处吗！

不是有人觉得它很有些魂影似的怪诞神秘色彩吗？是的，这确是民族之魂、历史之魂的憧影。剧中三幕二景里，有一个富于象征意义的情景：

愫　方　外面的风吹得好大啊！

（风声中屋外仿佛有人在叫着“愫姨！愫姨！”）

愫　方　（谛听）外面谁在叫我啊？

曾文清　（也听，听不见）没，没有吧？

愫　方　（肯定，徐徐地）有，有！

这是意味深长的。这使人不由联想到鲁迅的独幕剧——《过客》中，那于不可知处对“过客”的召唤之声。文清是听不见、也懒得听见屋外的召唤之声的，愫方却不仅清清楚楚地听到了，而且听从了那外面的召唤之声，最后回望了这旧的一切，沉静而毅然地走出了这个世世代代的封建客厅的大门，跨出了那“即将盖上盖子的棺材”。从这里，人们仿佛看到了民族活力苏生的微曦，看到了“北京人”昏睡沉迷的子孙们的觉醒。

在这个形象里，寄托着作者对现实的诅咒和对未来的理想。在这里，祖先的形象，与其说是在影射，莫如说是在对比。从对比中鞭挞剧中的“现实人”——这些不肖子孙！从而表达了作者对由这些败类统治的整个旧世界的诅咒；这个社会已经腐朽，没有了支撑的力量，很快就要溃灭！这个影子还告诉人们，新生命力的曙光已经射出，在天边照亮！从而展示了朦胧中对未来光明社会的理想。

它，概括了现实生活、史前社会、未来理想三种“北京人”——正是整个中华民族的象征。它表达了作者对历史、社会的看法，凝聚着作者的思想，是全剧的精神和灵魂。

## 二、中国话剧史上一个创造性的形象

“北京人”的形象的确立，在我国戏剧史上是一个独特的创造，是作者话剧艺术样本的新尝试、新开辟。它所体现的艺术方法、艺术思想，在中国戏剧发展史上有着不容忽视的意义。这是作者的一个贡献。

第一，在我国古典戏剧中，还没有出现过这种象征形象。

当然，在传统戏剧中，也有一些具有象征意义的形象，如《梁祝》中的"双飞蝶"，它寄寓着古代人民爱情幸福的理想憧憬，然而，与我们这里所说的象征形象，毕竟是不同的。不同之点主要是：

首先，艺术思想的不同。

传统戏剧中"双飞蝶"一类形象的产生（或曰"化蝶"的艺术处理），一方面，确是寄托了当时人民的理想和感情，另一方面，这个形象，主要的还不是象征，而是故事中主人公故事发展的结局，是戏剧矛盾发展不可避免又不能合理解决时所设置的一种幻想。是对"生不能相聚"的社会悲剧作"死亦团圆"的传统戏剧大团圆的处理。从艺术渊源上看，是我国古代飞升变化之类神话的余脉。与最早的牛郎织女升天鹊桥会传说，到焦仲卿夫妻殉情变为永不分离的"双鸳鸯"（《孔雀东南飞》）结局等，属同一类。

但是《北京人》中的"北京人"却不是这样。作者后来谈到这形象时说过，在《雷雨》中他曾漏掉了一个"最重要的"角色，即"象征雷雨中渺茫不可知的神秘"，即被"称为'雷雨'的一名好汉，他几乎总是在场，他手下操纵着其余八个傀儡。而我总不能明显地添上这个人，于是导演们也仿佛忘掉他"。"同样，在《日出》中，也是一个最重要的角色我反而将他疏忽了，他原是《日出》中唯一的生机，然而这却怪我，我不得已地故意把他漏了网。写《日出》，我不能使那象征着光明的人出来……"（《日出》跋）怎样呼唤出这必须出来而又不能出来，但却操纵着剧中人命运的"重要"角色？怎样真实明确而又形象地把握住那被许多高明的艺术家感触到了而又苦于抓不住它的"神秘"力量？一时，几乎成了横亘在作者面前不可逾越的障碍。但是，"北京人"！"北京人"出现了！这个神秘和光明的力量，终于以原始猿人模特儿的形象，在《北京人》一剧中出现了。作者终于越过了探索路上的深沟，打开了艺术表现方法上的一道新大门，带出了一个独特的形象。它概括了那神秘不可知的一切，又是从后台走到前台来的光明象征。这是一个有重要意义的创造。从它产生过程可以看出，它并不如古典戏剧那样——是为故事矛盾发展的圆满结局而设置和出现的，而恰恰相反，它正是为了清晰地显示、集中暴露和概括这一切矛盾冲突。它的出现，显然更多的不能用传统手法去解释，而可试从欧洲现代派、未来派、象征派等艺术思想影响方面窥探。

其次，两者所建立的认识基础不同。

前者产生于落后的封建社会土壤中，对幸福的理想憧憬是在一种朦胧的单纯向往的感性认识基础上；后者，则建立在对人类社会的发展已有了一个清醒的科学意识的基础上，它显示出剧作者思想的深度：对以往的人类历史的认识是清醒的，对未来新世界的向往也不再是空渺的幻想，而是人类必然前景的清晰预示。如果用个比譬来说明的话，那么前者是美丽缥缈的神话；后者，则是历史回声似的科学预言。

第二，这个象征形象与外国戏剧中的象征相比，也有不同。

以作者最倾心的契诃夫戏剧为例，契氏《海鸥》中的"海鸥"，是个有明显象征意义的形象。然而这个形象，当剧中还没有开始解说它并将其与剧中人物明确联系时，当剧中还没有人为地赋予它以象征意义时，海鸥只是一件无意义的道具。"北京人"则不同，它是作为一种人的形象出现的。它只要一出现，就具有了独立的人格，人们一看就自然会联想到人、祖先、祖先的子孙们。这种独立性还表现在它与剧中人物的关系上：契氏的"海鸥"，与之联系的人物出现时，它是一再地为辅助说明人物的，是帮助完成人物形象的；曹氏的"北京人"与之直接联系的人物袁氏父女，则是反过来为辅助说明"北京人"，并帮助它的形象完成的（关于这点，后面还将专门论述）。显然，作者在吸取借鉴欧洲文艺思想中，是受到过启发的，然而在这里，已经有了作者的创造性的东西。

这里特别要指出的是，"北京人"形象的选用，虽然受过外国戏剧的启示，但又决不是刻着外国痕迹的东西，而是道地的中国民族化了的形象，它完完全全蕴蓄、包含并表现了有悠久历史的中华民族所特有的雄浑气质、勤劳坚韧的品格和悠久的文明，它是中华民族典型民族性的象征。因而，它是我国现代戏剧中一个成功的、迄今少见的、民族化的象征形象。

第三，这个形象与作者自己前期剧作中出现的有象征意义的形象比较，也有所不同。

在《雷雨》中，"雷雨"是有深刻寓意的，它象征那个时代。然而雷雨只是作为一种有寓意的背景出现，与传统的以景写情、写事，似无二致，即可看作是景物对象的拟人化、感情化……许多评论文章将其作为"以景写事"的典型来分析，导演们也常常不把它当作一个形象而"仿佛忘掉他"，就证明了这一点。读者和观众实际也常"忘掉它"，把它看作一个气氛和背景而模糊地忽略过去。在《日出》中，作者也用了一个有象征意义的事物——"日出"，然而终只像一个有寓意的背景，人们看时，也不会有特别大的惊奇。"北京人"却不同，它不仅是作为一种背景，也是作为一个独立的形象出现了的。它"宣言式"地出现了，不容人们忽略或忘掉它，而是实实在在给人心里打上印记。它有专门的独立的台词（通过袁氏学者之口），有动作和行为（通过袁氏父女的言语行动），有具体的形象（通过巨大的剪影）。但它又并不全等于一个人物，它不受舞台上活人形象的限制，他比活人更高大，意义更深远。

其次，与袁氏父女关系问题上，显出"北京人"形象的特殊性。而作者前期剧作的象征形象，还没有遇到这种问题。

我认为，袁氏父女在《北京人》中，不是独立的形象，而是作为"北京人"形象特殊的辅助、解说和补充，是作为"北京人"活的化身的意义上，才出现的。理由是：他们没有加入剧中的矛盾。首先，他们没有加入曾杜两家抢夺棺材的矛盾中去，没有加入曾家最主要的经济冲突中去；其次，他们也没有直接加入到新生一方与旧势力的斗争中去，没有鼓吹干涉过新生力量起来革命。这种不加入戏中冲突的动作线，一直贯穿他们于全剧的始终。

在第二幕深夜那场景中，是人类学者袁任敢出场时间最长，也是他台词次数最多的一回（共十次），然而他除了在大客厅中关于"北京人"那段演说外，其余每次都说得很短，全是些似乎一般的应答之词。

作者没有让袁任敢出面对曾家的腐朽进行正面抨击，而是让袁的话起到提醒、引出江泰长篇大论的作用，让剧中人自己顺利地滔滔不绝地演说，从而清晰地展示封建旧家庭内部这一切，使其自我暴露。在剧情继续进行下去后，袁曾经似乎要对文清说一点什么，(试想，如果他当面对文清说出来了，就势必使袁加入事端和冲突)然而作者却没有让他说出来，而以袁圆的呼唤打断了这话头。这正表现出作者的意图：不使他们父女处于矛盾中，而使他们与戏中整个冲突保持一定的间隔距离，形成一种旁观的状态。

我们再看剧中新生一方的斗争——瑞贞、愫方的出走，也并非袁氏父女干涉鼓动的结果。这一点，作者多次从瑞贞话中暗示过，最后，还很清晰地点了出来，要我们明白：出走，并非得教授之力，而是她的朋友们的帮助。在袁不多的台词中，安排给他的最后一段是这样的：

袁 (笑着)怎么，你还是要走么？

……

袁 (惊异)哦！你的愫姨到底叫你说服了。

……

袁(猜着一半，可又不太相信)奇怪，你们究竟要到哪里去？

可见，对于她们的出走，对于这件在封建堡垒内部即将发生的具重要意义的大事，(亦剧情矛盾发展的高潮)，袁既知道一切，并有着"诚挚"的"希望"，然而却仍没有发出任何评论意见，或作出主动积极的帮助。这种精细的处理，真有了点"互不干涉内政"的意味，这种意味，在整个剧中显出了袁氏父女俩与剧中冲突微妙的空间距离。

人们会问，两个在剧中的大活人，却没有加入剧的矛盾纠葛中去，他们怎么又能够存在呢？这不是很奇怪的事么？但是，如果我们将其看作是剧中"北京人"的辅助、补充和解说，当作"北京人"活化了的形象，那就很可以理解了。

袁任敢给人的印象有点像站在科学大厅中的讲解人。他仿佛正指着那猿人头像在从容地对人们讲解着什么，(这种感觉，如二幕一景猿人头影出现而袁讲话时尤为具体)，他是这样几乎平静地和蔼地微笑着揭开曾家封建统治衰败的帷幕展示给世人(如袁笑听江泰滔滔演讲)。他们父女又有点像桥梁，将"北京人"巨影与现实联系起来。同时，他们的形象又是"北京人"的补充、活化和发挥。通过他们，表现出"北京人"的行为、动态、精神和活力；又引起现实场景中人对此的反应。在这父女特别是袁圆身上，那种无拘束的蓬勃生命力，无限生气的健康活泼的明朗的色彩，正是"北京人"野性生命力的活生生形象化的表现。

袁圆的健康蓬勃，是"北京人"原始活力的注释，也是当时中国新的青年，新的萌芽的反映，更可看作是预言式的未来青年的健康形象，即"北京人"的未来。确实的，当我们看到今天那些在阳光下生龙活虎跑着的青少年时，自然会联想到袁圆——这个充满着今天现代青年气息的形象。

另外，从作者给袁氏父女起的姓名上，也可窥见创作时的思想和意图。袁氏父女姓名谐音所表达的意义，正显示出他们是"北京人"的活影。

第四，将"北京人"形象再试与我国话剧新潮流形象比较，也可见出它的开创意义。

不久前我国话剧舞台上出现的新作《屋外有热流》，就很大胆而较成功地吸取了一些现代外来艺术表现手法。在它虚幻错杂、扑朔迷离的场景里，其中“哥哥”的形象也可看作是不具实体意义的象征形象。若将其与“北京人”相比较时，可感觉出，前者更活、更实一些；后者则空旷，但也因此就显得更浩茫广大，容量似乎也更多、更大。当然，艺术上孰优孰劣，这里存而不论，但在我国现代话剧的发展中存在着这一脉渊流却不可否认。

在《屋》剧后，又出现了《路》这样的优秀话剧。剧作中，作者非常大胆地打破了一些旧的表现方法，将筑路工地主任周大楚的形象一分为二。分裂为两个单独存在又互为补充的形象，一内一外，一虚一实……展示了现代人物复杂、分裂的性格，塑造了一个可信可亲可敬的人物。当然我们从这种艺术处理上仍然看到了继承、借鉴、创造的发展线索。两个周大楚与“北京人”、袁氏父女这种分裂而统一的形象创造，在艺术思想上实在也是相通的。

以上是关于《北京人》中的“北京人”艺术形象的一些浅见。回顾历史，沧桑绵远，“北京人”的子孙，繁衍滋茂。面对着“北京人”那巨大黑影时，我们有多少慨叹呵。回溯往古，直面未来，历史的脚步将怎样走呢？“北京人”的子孙们？

回答我——“北京人”！

一九八一年十月　于南充师院

一九八二年五月　修改于凉山会东

原载《南充师范学院学报》1982年第4期

# 关于《北京人》的写作和首次演出的时间

李希有

《北京人》是著名的戏剧家曹禺的代表作之一，国内外研讨文章甚多。但关于它的写作和首次演出时间，却有几种不同说法。如钱谷融同志的《曹禺和他的剧作》（载《上海师范大学学报》一九七九年第三期）、甘竞存同志的《曹禺的创作道路》（载《南京师院学报》（一九七八年第三期）、朱青同志的《漫谈曹禺的剧作》（载《文学书籍评论丛刊》一九五九年第五辑）以及山东师院中文系一九六〇年编的《曹禺研究资料汇编·曹禺著译年表》等，均认为《北京人》写于一九四一年；而另有一些文章，则认为《北京人》写于一九四〇年。国外尚有人介绍外国专家的意见，认为“《北京人》于一九四〇年在中国首次演出”（见《读书》一九八〇年第六期）。一出剧的写成到演出，是需要一段时间的，按此说，《北京人》的写成和发表似应早于一九四〇年。

弄清一部作品的完成时间，对探索作者的创作动机和准确评价作品，有着很大的意义。为此，我们就《北京人》的写作和首次演出时间，查阅了一些资料，并请教了一些当年与曹禺共过事的同志。

曹禺的学生方瑄德曾撰文说：“大概一九四〇年的深秋，在四川江安靠近旧城墙边上的一幢房子里，曹禺写作了《北京人》，那时候，……我们整天生活在一起，他把《北京人》剧本，写好一段读一段给我们听……”（见《戏剧报》一九五七年第十三期《看〈北京人〉忆旧感新》）。这一段文字较为真切翔实，它告诉我们，《北京人》是写于一九四〇年深秋，而不是一九四一年。深秋时节作者尚在一段段地写，因此当年上演亦不大可能。

为进一步证实这一问题，我们又专门请教了话剧《北京人》老导演蔡骧同志，他也是曹禺的学生，当年与曹禺过往甚密。蔡骧同志告诉我们说：“《北京人》是一九四一年出版的，写作时间是一九四〇年。当时作者在四川江安，据我所知，作者酝酿此剧的时间还要早，甚至在《蜕变》以前。”提到初版本，蔡骧同志来函说：当时作者曾赠我一本，时间正是一九四一年底。剧本是重庆印的，纸张不好，颜色发黑。

关于该剧的初次演出，蔡骧同志说：此剧初演在一九四一年，由重庆“中央青年剧社”演出，张骏祥导演，张瑞芳、耿震等都参加了这次演出，演文清的是江村。

综上，我们认为，《北京人》是曹禺一九四〇年深秋在四川江安写成的；一九四一年十二月由文化生活出版社出版；一九四一年，由重庆“中央青年剧社”首次演出。

原载《鞍山师范学院学报》1983 年第 1 期

# 论《北京人》在曹禺剧作中的地位

綦立吾

一九四〇年，万木萧瑟的深秋，在四川江安靠近城墙的一幢旧宅子里，年仅三十岁的曹禺满怀对旧社会的深恶痛绝，挥笔写下了三幕剧《北京人》。

据说，曹禺认为《日出》是他一生中比较满意的一个剧作[①]；实际上，《雷雨》的影响或许还要大一些。关于《北京人》，剧作家一向说得极少，我们只能在他谈到其他剧作的文章里找到只言片语。可是在我看来，《北京人》却是比《雷雨》和《日出》更能标志着曹禺戏剧创作的最高成就。如果说剧作家在写作《雷雨》时已经显示出他在美学思想上的某些追求，如果说他在《日出》的创作中不倦地进行着某些探索，那么到《北京人》里，他的这些追求和探索达到了他长期向往的美学理想的最高境界。本文拟就这方面的问题进行一些初步的探讨。

## 相似的主题和不同的美感

《雷雨》、《日出》和《北京人》，在主题上具有一脉相承的联系。在那些没有太阳的日子里，痛感于社会黑暗、朽腐和不公平的剧作家，借着自己的笔端宣泄一腔的愤懑，揭示生活里的脓疮和溃烂，成功地反映了那一历史时期社会生活的某个侧面，取得了极高的艺术成就。但比较起来，它们各有不同的创作特点。概括地说，《雷雨》更多受“三一律”戏剧结构的影响，在剧情的进程中过多地使用了巧合，因而对于生活的反映多少地带有某种奇特性；《日出》切开了社会生活的横断面，挑选的材料比较庞杂，表面上看去联系似乎不很密切的各种矛盾冲突和各个人物的命运好像“无数的砂砾积成一座山丘”，又好像“用色点点成光影明朗的后期印象派图画”[②]，因而以反映生活的广泛见长；《北京人》或许由于剧作家的“诅咒比较明确些了”[③]，在描写旧势力趋于衰灭时辩证地注入了一些新的血液和生命，因而显示出对生活更深刻的思考和见解。

此外，它们还给人不同的审美感受。

在《雷雨》里，一个金玉其外的封建资产阶级“模范家庭”在不到一天的时间里，突然显

① 徐开垒《访曹禺》，《文汇报》1979 年 9 月 18 日。
② 曹禺《〈日出〉跋》。
③ 曹禺《〈曹禺选集〉后记》。

露出深藏其内的各种不可收拾的败絮，爆发了一场巨大尖锐的冲突，造成了极为惨烈的悲剧。无论读剧本还是看演出，我们都能感受到一股狂飚突进的气势。急速推进的情节和带着“雷雨”气息的戏剧冲突逗起并保持了我们欲知后事如何的心情，同时也让我们掉落在一种难以解脱的情绪之中。生活在这里是这样的丑恶，母子兄妹之间的乱伦关系引起我们本能上的反感——快结束吧，这丑陋不堪的一切！悲剧的结局极大地满足了我们的好奇心理，同时也使我们得到一种如释重负的解脱。回首望去，既为我们所同情的人物的不幸遭遇感到痛惜，又隐隐地夹杂着一缕不可名状的快感。《日出》也给了我们类似的感受。剧本展示了光怪陆离的半封建半殖民地都市社会里人与人之间的相互倾轧以及“宝和下处”里非人的生活。在这样的天地里，哪里有太阳和光明？哪里是正直人们的生路？陈白露的死既是她个人痛苦的解脱，也是不甘向金八之流低头屈服的软弱抗议。与她的悲剧一起到来的，还有李石清不光彩的下场和大丰银行的破产。剧本通过这些人物的同归于尽，造成一种大地震来临前夕的感觉，向“损不足以奉有余”的黑暗现实痛痛快快地喊出了那萦绕心头的切齿咒语：“时日曷丧，予及汝偕亡！”

然而，同样也是取材于旧生活的《北京人》，给予我们的感受则复杂得多。在这里，几千年封建社会的尘灰厚重地堆积着，窒息着人们的呼吸，但剧作家的愤激似乎不再像《雷雨》和《日出》那样表露无遗了。这尤其表现在愫方对曾宅的留恋之情上。愫方是怀着悲喜交集的复杂心情走出这个她曾经生活过多年、做过美好梦幻的家庭。虽然我们没有她那么多的依依之情，但剧本的最后，当曾宅的断壁残垣在愫方身后轰然倒塌时，我们的心里无论如何也没有了那种同归于尽或者如释重负终于解脱的快感。

应该说明，我们不能排斥快感——无疑是美感诸因素里相当普遍的一种——在艺术创作中的作用和地位，但随着艺术情趣的提高，人们会逐渐不满足于快感而要求更高级的审美感受的。《北京人》究竟给予人们什么样的美感享受？这种美感又是从何而来的？让我们沿着这条线索继续探讨下去吧。

## 人成了真正的主人公

车尔尼雪夫斯基说过：“在整个感性世界里，人是最高级的存在物；所以人的性格是我们所能感觉到的世界上最高的美。”①莎士比亚的剧作生动而深刻地刻画了一个个大写的人，充分反映了欧洲文艺复兴时期对人的价值的发现和肯定。其中，哈姆莱特的形象高度集中了当时人文主义者理想中人的丰富内涵，因此成为有口皆碑的艺术典型和美的象征。别林斯基极度推崇莎士比亚，说他“直到现在还是找不到这么一个敌手，这敌手的名字可以跟他的名字并列在一起。”②值得注意的是，别林斯基在《诗歌的分类和分科》一文里曾把

① 车尔尼雪夫斯基《当代美学概念批判》。

② 别林斯基《莎士比亚的剧本〈哈姆莱特〉——莫恰洛夫扮演哈姆莱特的角色》，《莎士比亚评论汇编》上集。

莎士比亚的戏剧和希腊悲剧放在一起作过一番比较，他说："希腊人的悲剧特别具有叙事的性质，在这一点上是跟新时代的、基督教的、莎士比亚式的戏剧完全背道而驰的。希腊悲剧的主人公不是人，而是事件"，"每一部希腊悲剧的情节都是在外部进行的；人物的内心世界是观众所看不见的"，"登场人物好像雕塑一样，具有显著的表情，但眼睛里却没有瞳仁和活泼的光辉"。

客观地说，《雷雨》和别林斯基所分析的希腊悲剧毕竟还是有着很大的不同，在许多方面它更接近于易卜生的《群鬼》。但它所受希腊悲剧的影响却是明显的。这里所指的，主要是剧本对于事件的高度重视以及相形之下对于人在历史中的地位及其活动意义的认识和估价上的不足。

《雷雨》善于利用带有很大偶然性因素的事件以及这些事件的相互作用造成紧张具体的情势，推动矛盾冲突不可避免地爆发发展，因而具有很大程度叙事的性质。情节的发展以令人目眩的速度直趋悲剧的结局，使我们无法把兴趣主要地集中在人物性格上面，不得不怀着一种紧张的期待，要看一看事件本身带来的直接后果了。

这么说，决不是排斥事件在戏剧中的作用。任何剧本都不可能没有事件；剧本的行动总是从一件或几件具体的事件开始的。作为戏剧情境的构成因素之一，事件的提出主要在于引起人物关系的变化，激发人物产生特定的思想和感情，进而推动戏剧冲突的爆发和发展。但如果把兴趣过多地放在事件上面，煞费苦心地安排事件的进程，忽略对人物性格的刻划，则易于"见事不见人"。对此，别林斯基说得很深刻，他强调一件具有罗曼蒂克趣味的事件诸如审判案件的翔实记载，只能提供创作的素材，为人物性格的刻划提供机缘罢了；他特别强调在性格的刻划中要"猜透促使这些人物这样行动的秘密的灵魂冲动"。[①] 我们认为，这正是性格刻划的第一要务；人物秘密的灵魂冲动愈是独特，人物性格距离一般化和概念化也就愈远。显然，如果在事件提出前后或在事件的具体进程中，只是满足于表现人物在做什么和怎么做，忽视挖掘人物何以这样做的秘密的灵魂冲动，人物的刻划往往容易停留在"具有显著表情"的程度上。《雷雨》里"喝药"的场面生动地揭示了一个受过新思想熏陶的年轻女子实在无法忍受那种中国封建专制主义加上德国威廉二世式专制主义精神压迫的秘密的灵魂冲动，突现了蘩漪困兽犹斗的反抗性格以及心理上的创伤和畸形，可惜这样的笔墨在剧本的后面并不多见，因而使人觉得人物的性格往后主要是一再显现，并无更多发展。顺便说，《日出》在描写李石清和潘月亭的冲突进程时，笔触主要停留在这两个人物做什么和怎么做上面，还不能有力地撬开人物心灵的大门，让我们充分洞悉那不仅从当时资产阶级中上层人物共有的思想精神状态里可以找到理解的思想动机，而且还有那些随着他们生命脉搏跳动的只能属于他们自己的秘密的灵魂冲动，因此我们所见到的，主要还是人物"显著的表情"。到了《北京人》里，情况就大不相同了。一方面，对事件

① 别林斯基：《1847年俄国文学一瞥》，《别林斯基选集》第3卷。

的提出和运用更加谨慎了。《北京人》不轻易地提出事件，特别是那些带有很大偶然性因素的事件，而是努力从一些看似平常的生活现象里挖掘埋藏其内的重大意义。例如耗子咬画这类事件，表面上看去决没有《雷雨》里某些事件那样的严重性和尖锐性，但由于它们直接冲击了人物细腻丰富的情感世界，拨动了各个人物独特的情感神经，也就很自然地引起人物特有的秘密的灵魂冲动。对这类事件，我们很少感到好奇，而把主要的兴趣集中到观察各个人物不同的反应上去。另一方面，《北京人》里几乎所有人物秘密的灵魂冲动都进入到更为复杂、丰富和深刻的状态里去，以至一下子很难说清他们真实的思想动机。愫方，这个“整日笼罩在一片迷离的秋雾里”的女子，为什么宁可终身不嫁也不愿离开像棺木一般窒息人的曾宅？为什么能像一株空谷中的幽兰那样坚毅而执着地在别人的冷语冷眼中楚楚傲立？为什么在曾家最需要她出力撑持的时候，抛弃了她长期眷恋不舍的人们而毅然出走了呢？人物的丰富性和复杂性曾经使得多少批评家们驻足不前，甚至发出大惑不解的慨叹！再看那个外表上全是威风的大奶奶思懿。她整日里欺上压下，无端起衅，甚至连自己的丈夫，她一辈子的靠山，也总忘不了给他精神和肉体上的折磨。可是她有时也哭天抹泪地喊着委屈：“人活着没有一点意思，早晚棺材一盖两瞪眼，什么都是假的！”既然如此，她为什么要把无尽的精力消耗在既折磨别人也折磨自己上面？她就不能把人生的天地弄得稍微大一些，和别人——包括她那软弱的丈夫——一起维持好这个大家庭么？那个老留学生江泰，也比《日出》里的张乔治深刻复杂得多了。他那秘密的灵魂冲动好像天上的云彩一样瞬息万变、飘忽不定。在这个家里，他饱受歧视排挤，可“人愈穷，气愈盛”，与老太爷结下了不解之仇。但是家里真要出事，他的热心就来了，把个人的怨恨抛到九霄云外，忙着张罗去找老朋友“想办法”。他因为偷人家的东西让警察局扣了，放回来还解嘲地吹嘘“在北京饭店开了一个房间，住了一夜”。《北京人》里这些血肉丰满的人物，不仅具有“显著的表情”，而且眼睛里也有了深邃丰富的色彩。

从《雷雨》、《日出》到《北京人》，人物性格刻划渐趋复杂丰富，反映了剧作家审美角度（观察人）的很大变化。曹禺一再提起：他写《雷雨》是“诚恳地祈望着看戏的人们也以一种悲悯的眼来俯视这群地上的人们”，“请了看戏的宾客升到上帝的座，来怜悯地俯视着这堆在下面蠕动着的生物。”①可以想象，这种自上而下的俯视结果，使剧作家把注意力主要地集中在事件和人物的外部活动上，而对于人物内心秘密的灵魂冲动，也就不大可能那么游刃有余地探微触幽了。在《北京人》里，他不再“以一种悲悯的眼来俯视这群地上的人们”，而是把脚切切实实地踏在了地上，因而也就有可能把笔触进一步伸向人物无比丰富奥秘的内心深处。宋代大诗人苏东坡《题西林壁》诗曰：“横看成岭侧成峰，远近高低各不同。不识庐山真面目，只缘身在此山中。”《北京人》里各个人物的性格呈现如此复杂的侧面，让人难以捉摸，不就是因为剧作家“身在此山”之中吗？

① 曹禺《〈雷雨〉序》。

与此直接有关的是，不同的审美角度使得剧作家眼中的美也有了不同的内涵。《雷雨》把人类看成“可怜的动物”、“蠕动着的生物”，在人的上面有一种超于一切的强大力量，即希伯来的“先知们”、希腊戏剧家们称之为“命运”，近代的人们叫它是“自然法则”的东西。我们看《雷雨》，明确感到剧中存在着第九个角色，即被剧作家称为“雷雨”的一条好汉。他几乎总是在场，别的人物不过是他手下操纵的傀儡。侍萍三十年后鬼使神差地来到周公馆，周朴园问她：“谁支使你来的？”她悲怆地回答：“命，不公平的命支使我来的！”在“命运”面前，人是无能为力的，“他们怎样盲目地争执着，泥鳅似的在情感的火坑里打着昏迷的滚，用尽心力来拯救自己，而不知千万仞的深渊在眼前张着巨大的口。他们正如一匹跌在沼泽里的羸马，愈挣扎，愈深沉地陷落在死亡的泥沼里。”①不是么？它不仅强迫人们去做不情愿的事情，并且无情地辗碎了三条年轻的生命——四凤、周冲和周萍。《日出》脱开了希腊悲剧的命运观念，通过陈白露对日出的欢欣透露了人对掌握自己命运的企求。剧作家想求得一线光明、一线希望，可是哪里是太阳？哪里有希望？太阳又是怎样出来？他无从得知。善良的人们还是无路可走，又有两条无辜的生命——陈白露和小东西——被黑暗吞噬了。从《雷雨》、《日出》到《北京人》，曹禺的创作由悲剧转向了喜剧，其中具有决定意义的，正是对人的认识和估价发生了根本的变化。剧作家为他所深切同情的人物安排了有别于前的新路——让她们逃出快要压上盖子的棺材，去找寻新的生活天地。虽然这些人物在同自己的过去诀别时露出的微笑里还闪着伤感的泪光，虽然这条新路在剧本里的表现还相当模糊，但它毕竟透出一种新的信心：人完全有力量主宰自己的命运。而我们在《北京人》里，还看到了一种对于人性的新的认识犹如一缕灿烂的阳光射进了剧本的字里行间，使得剧作获得了人性的崇高美。这在曹禺全部的创作实践里，确实是前所未有后所不及的。这一切，又集中地凝聚在愫方灵魂的雕塑上。

愫方，这个完全不同于蘩漪、陈白露的年轻女性，是剧作家创造的一系列典型形象里内涵最深的一个。每当我们在曹禺剧作艺术画廊里徜徉徘徊的时候，总会不由自主地端详着她那苍白的面颊和恬美的笑靥，久久地不忍离去。这是怎样一个奇特的女性啊！她的举止言行，曾经招来多少不解的目光！有人说她是“旧时代的优美典型”，“代表了封建道德情感的旧式小姐”，有人断言她“没有什么本身觉醒的因素”，“根本不会走出曾家大门以外”。这种以阶级性取代人性的标签式的结论，我不敢苟同。

我们丝毫不否认在愫方的身上打着某些封建思想道德情感的烙印，比如在她的性格里就有一些逆来顺受的成分。但是，你能说她真的在这棺木一样的家庭里忍辱偷生，连一点点反抗的勇气也没有了吗？不。思懿指桑骂槐地责骂瑞贞“哪个叫你买这些檀香木？”“哪个那么讨厌，多事？”她不卑不亢、十分镇定地回答：“是我，表嫂。”迫使思懿改攻为守，收敛了猖狂的气焰。原来，在她柔弱的身体里面，还跳动着一颗坚毅沉着的心。坚毅，有

① 曹禺《〈雷雨〉序》。

时并不表现为外在的针锋相对；勇敢，也不只是姑老爷江泰那样的争强好胜。在愫方的性格里，我们更多地看到了一股吃铁咬钢的韧劲，一种保持在沉默里的坚毅，一种停留在忍耐里的勇敢。这才是愫方性格的主导方面，也是她后来能够出走的根据。显然，这不是用那种贴标签式的论述所能解释了的。

实际上，在愫方的身上，再清楚不过地体现着阶级性渗透在人性之中从而呈现出来的对立统一状态。而在这种对立统一之中，人性美又极其突出而且具体地表现出来。屈辱苦痛的生活并没有麻木她的心胸，那里面一直隐蔽着丰富多彩的情感世界。她一直在苦苦地思索并且已经接近了人生的真谛："活着不是为着自己受苦，留给旁人一点快乐，还有什么更大的道理呢？"她从自己单薄的身子里提取出来的每一丝温暖，都毫无保留地送给了别人。为了照料风烛残年的姨父，她宁可忍受思懿恶鬼般的纠缠，宁可延误一生中只有一次的青春！瑞贞怀了孕，她高兴地流下泪水，悄悄地为将要出世的小生命准备下小衣服。她和文清从小情意投合，但从文清结婚后，她就把自己的情感压进有如古井死水一般的心底，一个人啜饮着生活的苦酒。这与林黛玉那种旧式小姐的狭窄心地有着极大的区别，也根本不同于蘩漪那种为了自己情感的需要不惜排斥一切、毁灭一切的执着追求。愫方的这种善良美好的生活态度尤其鲜明地表现在文清离家后她更有意识和更自觉地为他看守这个冰凉凄凉的家，照料他的父亲、他的字画、他的鸽子，甚至连他不喜欢但又曾经亲近过的人。这是"爱情至上"吗？不。她在追求远比爱情崇高博大的目标：铸造一个真正的人。她跟瑞贞说得很清楚，为了让文清在外面真正成为一个人，她预备一辈子不再跟他见面，一辈子守在这个家里，直到死！不仅如此，而且苦痛的生活在她的眼里变了模样，使她"突然觉得真快乐呀"！眼里"涌出泪光"喊道："活着不就是这个样子么？我们活着就是这么一大段又凄凉又甜蜜的日子啊！叫你想想忍不住要哭，想想又忍不住要笑啊！"瑞贞说她"把自己的快乐完全放在一个人身上是危险的，也是不应该的"，但对于一直生活在这么一个天地里的她，我们还能有什么更多的苛求呢？这里必须提到，愫方准备以自己的幸福和生命去换取的，是她理想中的新人文清；当文清像一只飞不动的鸽子又回到这个家里来的时候，她就毅然决然地出走了。这其中不正包含了对某些人生的否定以及对另一种人生的肯定吗？愫方的有些做法，我们尽管可以不赞成，却不能不同情，不能不钦佩。她一心要铸造世界上最复杂也是最美好的事物——生活和人本身。这虽然不一定符合我们有些人关于"阶级性"的概念，却闪烁着一种无法掩饰的崇高动人的人性美。

从自上而下地"俯视"人到切实站在地上观察人，剧作家把笔触愈来愈深地探进了人物隐秘的内心深处；努力挖掘崇高的人性美，在人物的眼睛里画进更加明亮的瞳仁和活泼的光辉。在这个意义上，人成了曹禺剧作里真正的主人公，我认为《北京人》的成就是应从这个角度去估量的。

## 体现中国美学思想真髓的艺术风格

《北京人》不仅显示了从现实生活中发掘美的非凡气质，而且在把现实美变为艺术美的过程中渗进了剧作家特有的美学理想和情趣。这也就是作品运用的创作手法和技巧上所体现出来的艺术风格,它是艺术美的一种很难说清但又不难把握的整体表现形态。

曹禺是带着深厚的生活感受和艺术熏陶走上戏剧创作道路的。他很早就接触了我国古典优秀的文学艺术遗产,从司马迁的《史记》、唐宋传奇和元明清的戏曲、小说中体会了"什么是最美的、最有民族气味的东西"①。在学习写戏之前,他还读过埃斯库勒斯、欧里庇得斯、奥尼尔、莎士比亚和契诃夫的许多剧本。所有这些,从不同方面给了他不同程度的影响,并和他个人的创作气质溶合起来,逐渐形成了他鲜明独特的艺术风格。他不像郭老和田汉的某些剧作那样豪放不羁、尽情挥洒,充溢了浓郁的浪漫主义气息。他的笔法细腻谨严,当然也不乏诗的想象和优美动人的抒情场面。同样是现实主义艺术,他和老舍、夏衍又各有所长。他擅于组织错综复杂广泛多样的戏剧冲突,通过人物自身的行动挖掘人物内心的堂奥、雕塑人物的灵魂。他的思想和激情不仅深深地植根在现实生活的土壤里,而且很自然地渗透在扣人心弦的矛盾冲突和扎扎实实的性格塑造里,从而体现得更为内在、深沉和浓烈。在三四十年代话剧传入中国虽初具规模但艺术上仍嫌粗糙稚弱的情况下,曹禺以自己的创作实践有力地影响和推动了这一外来艺术形式在我国的普及和提高。

我们知道,从亚里士多德以来的正统西方戏剧美学,坚持"摹仿说",一直把艺术的美与"求真"联系在一起。中国传统美学并非排斥"求真",但这种"真"不只是仿效事物的表象,不只是"照事物应当有的样子描述"②,而是认为艺术要以生活为素材的同时,还应是生活的虚拟,必须对自然进行加工改造,在创作的过程中掺进创作者的自我,强调艺术作品的神似、整体美和意味美。这些在我国的诗歌、戏曲、绘画以及书法等艺术创作里都有突出的表现。曹禺深得我国美学思想的真髓要领,并融会贯通地运用到自己的创作中,创造出具有鲜明中国作风和中国气派的艺术珍品。早在《雷雨》的创作里,剧作家就把中国戏曲和古典诗词的意境糅进了戏剧创造里,而在《北京人》以及后来的《家》里,那种体现中国美学思想核心的韵味、意境和情趣进一步趋向精熟纯正。这里,仅就剧本对戏剧冲突以及与此有关的动作、情境的处理谈一点个人的感受。

就戏剧冲突的复杂性和严重性而言,《北京人》一点也不比《雷雨》和《日出》逊色,但它却完全脱尽了那种剑拔弩张的痕迹。剧作家有意识地冲淡了戏剧冲突外在表现上的严重性和紧张性,更多地去寻求一种内在的意味和神韵。这一美学趣味上的追求和我国古代诗论家司空图、严羽等一再强调的"味外之旨"、"韵外之致"和"一味妙悟"有异曲同工之处。而这种意味和神韵的获得,又主要得力于戏剧动作的设计和戏剧情境的创造。

戏剧,本质上是一种动作的艺术;动作的重要性在于它是戏剧直观地表现冲突的唯一手段。所谓"戏剧冲突",实际上就是要求在人物的动作——外部动作和内心动作,有人把

① 张葆莘:《曹禺同志谈剧作》,《文艺报》1957年第2期。
② 亚里士多德《诗学》。

语言独立出来，作为戏剧动作的第三个方面——中实现冲突。《雷雨》第一幕里蘩漪喝药和第三幕四凤下跪对着雷鸣发誓的场面里，都有极其有力的外部动作和冲击力很强的语言动作；第四幕从四凤三次下跪乞求侍萍，蘩漪锁上大门喊来周朴园到四凤周冲相继触电身死、周萍开枪自杀，人物的外部动作(有些被推在幕后)一个紧接着一个，它们幅度很大，力度很强，给人留下极为深刻的印象。然而并非强烈的外部动作都是精彩的戏剧动作——如果它们缺乏丰富的内心动作作为依据的话。早在《雷雨》上演之际，剧作家就曾告诫扮演四凤和侍萍的演员："不要让情感的狂风卷扫了自己的重心，忘却一举一动应有理性的根据和分寸"，"要抑压着一点，不要都发挥出来，如若必须有激烈的动作，请记住：'无声的音乐是更甜美'，思虑过后的节制或沉静在舞台上是更为人所欣赏的"。[①] 曹禺对戏剧动作这一很高的要求，在《北京人》里得到了完美的体现。

首先，《北京人》对于人物外部动作的选择更加精确严格了。人物绝少大幅度的强烈动作，但"有理性的根据和分寸"极大地加强了，那种"味外之旨"和"韵外之致"也油然而生。文清出场的第一个举动，是"提起那只鸽笼"、"望着那鸽子"称赞不已；思懿提起抽大烟的事，他又"慢慢地把那鸽笼放下"，"无神地凝望那笼里的鸽子"。一次又一次地对着鸽子凝望，是文清一个突出的外部动作，它紧扣这个人物"绝顶聪明"而又"懒于动作，懒于思想，懒于说话，懒于举步，懒于起床，懒于见人，懒于做任何严重费力的事情"的性格特点，同时又准确地传达出他在特定情境下微妙复杂的思想感情活动。愫方的外部动作幅度也不大。当思懿"微笑的眼光里突然闪出可怕的恶毒"，说出要斫下她两只巧手的"笑话"时，她的反应只是"不觉缩进去那双苍白的手腕"；思懿撒野地逼迫文清把信退回给她，她先是"痛苦地望着文清僵立不动"，继而"颤抖地伸出手把曾文清手中的信接下"，"默默地由书斋小门走出"。我们再看其他人物的外部动作。第二幕结束时，曾老太爷痰厥昏迷，众人张罗着抬送医院，走到门槛上，"老人苍白的手忽然紧紧抓着那门扇，坚不肯放"；思懿一边喊着"用劲抬"，一边"强自掰开曾皓的手"。用力过猛以至弄出血来。这一"抓"和那一"掰"，该是多么细微的举动，在偌大一个舞台上很容易为人所忽视，然而它们却强有力地展示了人物隐秘的内心活动，直观而又浓缩地表现了人物之间严重的对立和尖锐的冲突。前面这个在昏厥之中还"紧紧抓着那门扇"，对这个家该有多少留恋和不放心；后面那个趁机下手，不惜以血相见，又是何等歹毒！这真是韵味十足精彩极了的外部动作，如果采用电影的手法来表现，无论如何是应该通过特写镜头加以强调的！

其次，人物外部动作和内心动作的融合愈来愈完美了。其实，在人物的外部动作和内心动作之间，并没有一条绝对的界限。像我们前面所分析的几个人物的外部动作里，无一不包含着丰富具体的内心动作。这里要强调的是，《北京人》充分调动话剧艺术特有的表现手段，尽其可能地展现人物的内心动作，甚至当外部动作接近静止的时候，内心动作仍

① 曹禺《〈雷雨〉序》。

在进行之中。这方面，第三幕第一景结束时那个“停顿”的妙用简直到了令人扼腕叫绝的地步！当愫方用带着泪光的欢喜忘情地编织着美好动人的梦时，通客厅的门缓缓推开，暮色苍茫里走进来神色惨沮的曾文清。愫方的梦幻在刹那间跌碎了。此刻人物的内心活动该有倒海翻江般剧烈复杂，但却没有大幅度和强力度的外部动作，出现在舞台上的只是一个仿佛连空气都凝固住了的“停顿”，这真是个了不起的“停顿”。它是现实生活本身的节奏，是人物精神世界的内在律动；既表现了人物刚刚经历过的一种内心纷扰的完结，同时又预示着一种新的期待和情绪的爆发；它不是沉默，不是空白，不是死了的心情，而是人物内心活动最澎湃、最热烈、最紧张的刹那。剧作家用最节省的笔墨写了“无声的音乐”，充分让我们领略了“此时无声胜有声”的那种“味外之旨”、“韵外之致”和“一味妙悟”。

《北京人》戏剧冲突的意味和神韵，还来自具有强烈动势的戏剧情境的创造。所谓有动势的戏剧情境，指的是使人物刻不容缓地产生特有行动、使矛盾冲突得以迅急爆发的必要条件①。仔细比较《北京人》和曹禺以前的剧作，有一个现象值得引起注意，即《北京人》对于戏剧冲突具体场面的处理不再像《雷雨》、《日出》那样做层次分明的刻划了。文清的画让耗子咬了，思懿在一边幸灾乐祸，她以为是愫方画的；愫方心疼地从地上拾起画，要“拿进去给表哥补上”。却引动了思懿的醋劲大发。一场严重的性格冲突在说说笑笑中爆发了，然而却是一次极其短促的闪电战，甚至当它的火药味还没有弥散开来，冲突即告结束。但是一种内在的紧张性却力透纸背，准确无误地传达给我们。这种现象反映了剧作家对中国艺术是以一当十、虚实相彰和寓动于静表现手法的追求。剧作家着力从事件和人物关系的融合中创造具有强烈动势的戏剧情境，而对冲突的爆发及其进程也就不再细刻精雕地加以渲染描绘了。

最突出的例子莫过于愫方和文清之间的冲突了。

剧本第三幕第一景里，通过愫方和瑞贞的一席长谈，以酣畅的笔墨大段抒写了愫方对文清的深情挚意，读来如九曲黄河一泻千里，将人物激情滔滔的情感活动推上了高潮；另一方面，又在悄悄地为一次巨大而苦痛的冲突准备蓄满动势的戏剧情境。文清的突然归来真像一声惊雷在她头顶上炸开来，她“啊”地喊了一声，“呆呆地愣在那里”。积蓄已久的冲突霎时间爆发了，但只是一个意味无穷的“停顿”就落了幕。大幕重新拉开，已是十个钟头以后，这时展现在我们面前的主要是这场冲突的余波了：“愫方”“皱着眉”安慰悔恨的文清，漠然交还了替他保存的箱子钥匙，以异常平静的心情准备离家出走了。许多同志不是认为剧作家在描写愫方“从不愿离开曾家到毅然出走这一转折过程，显得有些模糊潦草，一滑而过，还缺乏进一步的点染和交代”②吗？我以为，这一批评正好道出了《北京人》特有的艺术妙趣。与其说“模糊潦草”，不如说是一种艺术上的含蓄；与其说“一滑而过”，也不

① 关于这个问题，我在《论曹禺戏剧情境的创造》里已有详论，见《南京师院学报》1982 年第 2 期。

② 华忱之：《重读曹禺的〈北京人〉》，《成都晚报》1962 年 5 月 10 日。

如看成戏剧创作所需要的节省。剧作家既然已经从戏剧情境上为冲突的爆发和发展提供了足够的动势，为什么一定要做“进一步的点染和交代”呢？难道一些“无声的音乐”、“思虑过后的节制或沉静”不是更能充分调动我们的想象能力，通过对冲突进程的丰富想象去完成它，从而获得“一味妙悟”的美的享受吗？

“会当凌绝顶，一览众山小。”站在《北京人》这座曹禺剧作当之无愧的艺术高峰上，基本上能够看清剧作家高低不平创作道路的大致轮廓。曹禺后来的剧作再也没能超越《北京人》，我以为根本的原因是美学思想发生了变化。曹禺解放以后的剧作不同程度地让带着抽象“阶级性”概念的人作了作品的主人公，忽视对人物内心世界深入细致的挖掘，并且在艺术表现上趋于直、浅、露。美学思想的这些变化，使剧作家纵然有怎样良好的创作动机，怎样深厚的艺术功力，仍然不免损害作品本身的价值。作为一位严肃认真受人敬重的艺术家，曹禺同志呼吁有学识有胆识的文艺批评。笔者自惭学识浅陋，不敢以拙文之论为是，提出一些看法仅作引玉之砖，期望对曹禺剧作的研究进到一个新的领域。

原载《文史哲》1983 年第 5 期

# 《北京人》是悲剧气氛、喜剧内容

韩日新

《北京人》脱稿于一九四〇年深秋，当时曹禺住在四川江安靠近城边的一幢房子里。他和当时的知识分子一样，感受着时代的苦闷。他在回顾、总结了《蜕变》的得失之后，为了驱散苦闷和寂寞，决定再次提笔创作，这时他所熟悉的旧时代生活和人物破土而出，涌现在眼前。面对着这些熟悉的人，熟悉的事，曹禺自然而然地萌生了一种愿望："人应该像人一样地生活，不能像当时许多人那样活，必须在黑暗中找出一条路子来"，"好人应该活下去，要死的就快快地死吧，不要缠着还应该活下去的人"，才提起笔来描绘一幅昨天的生活图画，唱出了一支封建囚牢的葬歌，向旧时代生活告别。这就是他继《蜕变》之后，所奉献给剧坛的另一个剧本《北京人》。

在有关《北京人》的评论中，人们首先接触到它的性质问题，即这是一出悲剧，还是一出喜剧？有的评论者联系着曾公馆的败落说："这些人生下来就努力制造自己的悲剧，如今这悲剧是不断地在舞台上扮演。"有的评论者提出批评："那样一个大家庭和整个封建势力并没有彼此纽结的血缘关系，只是关起门来开演一个悲剧。"有的评论者联系着作者的心情说：当作者从现实中感到并不那么乐观的时候，他的写作便又换了个方向，他送给了我们《北京人》的悲剧。"有的评论得比较婉转：这个剧本"唱出了一首低迴婉转的挽歌，是缠绵悱恻的悲剧，是对封建社会唱的一首天鹅之歌。"还有的评论者说："《北京人》所写的是时代的悲剧——新与旧的矛盾。"总之，可以说是众口一词地肯定了《北京人》是一出悲剧。

然而曹禺却不同意这些评论者的意见，他曾经三次谈到《北京人》的喜剧性质。第一次是在一九五七年从张葆莘的《曹禺同志谈剧作》中透露了这样的观点："《北京人》可能是喜剧，不是悲剧，里面有些人物也是喜剧的，应该让观众老笑。在生活里老子死了是悲剧，但如果处理成为舞台上的喜剧的话，台上在哭老子，观众也是会笑的。"曹禺只是说："《北京人》可能是喜剧。"语气虽然不太肯定，但倾向却是鲜明的。第二次是一九八〇年在《我的生活和创作道路》中说："《北京人》我认为是出喜剧。我写的时候是清楚的，写的就是喜剧。有什么可悲的呢？该死的死了，该跑的跑了。杜家棺材抢到手里，他家的那个老头子也死了。曾皓还说等到明年开春如何如何，用不着等到明年开春，他也就该死了，他不会活了。该死的都死了，有什么不可喜呢？好人活着，坏人死去，这不是喜剧又是什么呢？"这段话与二十三年前的话相比，语气肯定，态度明朗，似乎关于《北京人》的性质已经不是什么问题了。第三次是一九八二年曹禺在《和剧作家谈读书和写作》中说："我说《北京人》是喜剧，因为剧中人物该死的都死了，不该死的继续活下去，并找到了出路，这难道不是喜剧吗？"这段话虽然重复了两年前的观点，但曹禺还是认为有必要强调《北京人》是喜剧而不是悲剧。

一出戏的性质问题，竟在评论者和作家之间出现这样大的差距实属罕见。有的评论者在谈到《北京人》被误认为悲剧时说："它的抒情气氛是太浓郁了，这种深沉的诗意抒情往往遮掩着它的喜剧性；它确实也有悲剧的成分，有时其中弹出的那种凄凉的调子和类似悲剧的场面，也容易给人以错觉。"应当说，这种解释说明了对于《北京人》性质问题分歧的原因。

从曹禺的创作道路来看，他是从震撼人心的悲剧而步入文坛的，在他剧本中描绘了人生中的可怕事物，即有价值的东西遭到毁灭，唤起人们的同情和怜悯。《雷雨》里周朴园在三十年前的罪恶不仅毁灭了侍萍的一生，而且使周家和鲁家的灾难引起了连锁反应，以至于四凤和周冲在电闪雷鸣中死于非命。这场悲剧来得突然，来得迅猛，使人目不暇给。如果说曹禺在《雷雨》里，是把解剖刀伸向一个患癌症的家庭，那么在《日出》里，他就把解剖刀伸向了同样患癌症的"损不足以奉有余"的社会。在这里，贫困者、弱小者、无辜者被一场接一场的旋风卷进了地狱的大门，黄省三、小东西、陈白露都先后被毁灭，他们的结局都是悲剧。从《蜕变》开始，曹禺似乎要有意识地从创作悲剧转向喜剧。然而《蜕变》作为一出喜剧，让人感到不大自然，有些勉强，过分乐观。发展到《北京人》就显得瓜熟蒂落、水到渠成了。《北京人》是曾公馆崩溃前夕的真实写照，它所表现的是封建大家庭"树倒猢狲散"的局面。从时代发展的角度来看，像曾公馆这样一个封建世家的崩溃并不是偶然的，它是不可抗拒的历史潮流向前发展的必然结果，这无异应当是一个喜剧。马克思说："历史不断前进，经过许多阶段，才把陈旧的生活方式送进坟墓，世界历史形势的最后一个阶段就是喜剧。……历史为什么这样运动？就是为了使人类笑着向自己的过去告别。"联系着《北京人》来看，曾公馆的崩溃使得奔腾前进的革命洪流少了一块绊脚石，人们应当由衷地感到高兴。但曾公馆的崩溃对于这个公馆的成员来说，却无疑是个悲剧。

果戈里说："我决意在《钦差大臣》里把我那时看到的所有一切俄国的坏东西收集在一起……一下子把这一切嘲笑个够。"翻开这部喜剧，人们就感受到果戈里对于剧中的人物，从市长到邮政局长都作了辛辣的嘲讽。可是《北京人》与《钦差大臣》不同，曹禺对于剧中人物的态度并不一样，其中有的是无情地嘲讽，有的是尖锐地批评，有的是深切地同情，其态度是相当鲜明的。有的评论者在谈到《北京人》的现实主义喜剧性时，认为"突出地表现在它的戏剧环境的描写上"。这种说法并不符合剧本的实际情况。在《北京人》里，从第一幕中秋节的上午到第三幕一个月后的黎明，随着剧情的发展，分明有一支凄苦、哀婉的曲子在伴奏，使整个剧本洋溢着悲剧气氛，因而《北京人》的性质应当是悲剧气氛、喜剧内容，即以悲剧来衬托喜剧的。

《北京人》是在秋意深浓的中秋节拉开了舞台帷幕的，这并非是偶然的安排。因为自然界的秋风给万物带来了肃杀之气，而三代同堂的曾公馆也被阵阵秋风刮得到处是裂缝，成了一幢摇摇欲坠、即将崩坍的大厦。昔日曾公馆的主人敬德公，是北京城有名的封建士大夫，声势显赫、荣华富贵。我们从陈奶妈的片言只语中可以窥见一斑："要是老太太在，这么没规矩！送个名片就把他们押起来。别说这么几个大钱，就是整千整万的银子，连我这穷老婆子都经过手。""这门口我刚来的时候，不是个蓝顶子，正三品都进不来。""往年祖老太爷做寿的时候，家里请客唱戏，院子里，客厅里摆满了菊花，上上下下都开着酒席，哪儿哪儿都是拜寿的客人，几里噶拉(角落)满世界都是寿面、红寿帐子。”如今家道衰微，连大客厅和西厢房都租给了别人，而且花园里草木荒芜，屋内柱梁褪色，墙壁的灰砌也大半剥蚀，处处显出奄奄一息的样子。特别是裱画铺、裁缝浦、果子局、油漆棺材的一些人，竟敢在中秋节堵住门讨债，也分明透露着对曾公馆的蔑视。在剧中“凄凉的更锣”，“风雨袭来，树叶飒飒地响着”，“幽长的胡同里又有算命的瞎子敲着铜钲走过去”，“深巷的犬吠声”“淅沥的雨声，凄凉的‘硬面饽饽’的叫卖声”，“木梆声”，“屋内醉人一声痛苦的呻吟”，“暗风挟着秋雨吹入，门又悄悄自启，四壁烛影幢幢，墙上的画轴也被刮起来飒飒响着”，这些声音显然是在渲染着悲剧性的戏剧情境. 又如曾霆在深夜低诵欧阳修的《秋声赋》：“草木无情，有时飘零，人为动物，惟物之灵，百忧感其心，万事劳其形……”文清独自吟起陆游的《钗头凤》：“东风恶，欢情薄，一怀愁绪，几年离索，错，错，错！”曾家父子的心情是痛苦的，他们通过古文和诗词所抒发的情感是低沉和哀伤的，而隔壁杜家竟公然把曾老太爷守了几十年的楠木棺材抬走顶账，就在抬棺材时，曾家的土墙也倒塌了，则使人感到曾公馆正像秋风下的落叶一样被扫走，这里渗透着凄凉、萧索的调子。曹禺在这里所渲染的显然不是喜剧气氛，而是悲剧气氛。

《北京人》里的曾公馆是个黑暗的王国，曹禺选择了旧时代的一个阴暗角落，表现了那种黑暗、沉闷、压抑的生活。剧本中的人物不是生活在激流之中，而是生活在缓流之中，但是人们却能够从这个黑暗王国的崩溃中，感受到时代在前进，社会在发展。曾公馆的统治者在名义上是曾皓，可是曾皓与周朴园不同。如果说周朴园还能够指挥着周萍和周冲打败了蘩漪，还牢牢地掌管着周公馆的统治权，而曾皓却徒有家长的虚名，实际上成了一块朽木头。儿子曾文清是个什么事情也不能干的窝囊废，这就很自然地使曾公馆的大权落入曾思懿的手中。剧本写了曾文清与曾思懿、江泰与曾文彩、曾霆与瑞贞三对夫妇。他们之中有的冤家路窄、彼此苦闷；有的吵吵闹闹、不得安生；有的毫无感情、如同路人。他们的结合不是喜剧而是悲剧。陈奶妈说：“女人的心总是苦的。”曹禺充分地表现了愫方的苦、瑞贞的苦、文彩的苦，这就很自然地给《北京人》涂上了一层悲剧的色彩。

鲁迅提出：“喜剧将那无价值的撕破给人看。”即喜剧的目的在于揭露和嘲笑现实中的各种否定现象，社会生活中一切落后和垂死的事物以及一切失去了历史存在权利的东西。《北京人》所反映的是封建大家庭的败落和崩溃，剧本中的曾公馆实际上是一堆即将被铲除的垃圾，把这些寄生者比做一群耗子，并不算过分。曹禺熟悉这些人，了解这些人，所以就运用现实主义的手法塑造了一系列面貌各异的喜剧人物。剧本中曾皓连棺材也被人抬走，江泰外出敲诈竟被警察局拘留，文清喝鸦片烟结束了生命，思懿成了寡妇，这结局就是辛辣的嘲讽。糟蹋粮食的耗子死去了，或者说，污染环境的垃圾被清除了，这自然是喜剧而不是悲剧。当舞台上的帷幕闭上时，观众们是带着微笑向这些被历史所淘汰的人物告别，向旧时代告别的。从这个意义来看，《北京人》在形式上是悲剧，而在实质上却是喜剧。

原载《烟台师范学院学报》1984 年第 2 期

# 曹禺的《北京人》

邓逸群

《北京人》是曹禺继《雷雨》《日出》之后创作的又一部杰作。它是作者创作道路上的一块新的里程碑，标志着曹禺剧作的思想艺术发展的新阶段。剧作完稿于一九四〇年深秋，一九四一年十二月，由重庆文化生活出版社初版发行。

《北京人》以廿世纪二十年代半封建半殖民地旧中国为背景，生动而真实地描写了一个封建士大夫家庭的没落和崩溃。一方面，它描写了这个大家庭成员之间互相猜忌欺诈，勾心斗角的关系，形象地揭示了这个破落的封建官僚家庭在内外矛盾的纵横纠葛中，走向没落、崩溃的必然性；另一方面通过对赁居曾府的学者袁任敢父女充满生气的生活和他们热情、乐观、不受旧礼教束缚的思想、性格的刻划，以及他们最后引渡曾府两个叛逆者的出走，表现了作者向往与追求“没有虚伪，没有欺诈，没有阴险，没有陷害，没有矛盾，也没有苦恼”的新世界的社会理想。《北京人》是廿世纪二十年代新旧交替时期中国历史的艺术再现。

## 一

曾家祖上敬德公做过大官，是这个家庭“起家立业”的老祖宗，他给子孙后代留下了一笔资财和一座富丽豪华的大公馆。然而如今，富贵荣华都成了“过眼云烟”，成为曾府上上下下无限缅怀，万分感喟的往昔。眼前的现实却是债主堵着门吵着闹着要账！第一幕一开场，就是漆棺材的人上门讨工钱。他们还欠裁缝铺的、果子局的，裱画铺的账。因为没有钱还债，不得不把大客厅和西厢房出租给外人，把房屋抵押给隔壁的暴发户，最后，连老祖宗曾皓视同性命的楠木漆棺也不得不卖给了暴发户杜家。

楠木棺材在《北京人》中是贯串全剧的重要线索，有很深的象征意义。一家之主的曾皓，亲身经历了曾家由盛变衰的全过程。当年，他“翩翩贵胄，意气轩昂，每日里逐花问柳，养雀听歌，过着公子哥儿的太平年月”。如今进入垂暮之年，孤苦寂寞，衰朽病弱，他清楚地知道等待他的前途就是棺材，就是死亡，就是坟墓。然而他不甘待毙，还要进行一番垂死的挣扎。尽管家境每况愈下，早已入不敷出，负债累累，可是他的吃补药、漆棺材两件“大事”是断不能停的。一口寿木，漆了十五年，漆上一百多道漆，已经有两三寸厚了，还不够，还要再漆四五年。活着，他要延年益寿，死后，还要想尽办法保存其腐臭尸骨。棺材在剧中象征着封建阶级的顽固、腐朽，象征着他们的没落和死亡。

曾家祖上靠搜刮民脂民膏，做官发财，给后代置办了产业。然而从小过惯养尊处优生活的儿孙们全无兴家立业的魄力，既没有做官的能耐，又没有治生的本事，“坐吃山空”，经济上衰微拮据，终于使这个“家运旺盛”显赫一时的封建官僚家庭沦为破落户。而今这个百孔千疮的封建堡垒，在暴发户杜家的冲击、逼攻之下加速灭亡，而资产阶级暴发户杜家所得到的，也只是棺材和死亡。这说明，不管是封建主义还是资本主义，它们的前途都是棺材和坟墓。《北京人》描写的正是近代中国历史的这个真实过程。

## 二

《北京人》成功地塑造了一组封建阶级的末代子孙的典型。它说明这个腐朽的、垂死的阶级不但失去了赖以生存的物质基础，而且再也繁衍不出支持它们事业的继承人了。

剧作描写的曾家三代人中，一家之主的曾皓是第一代，他的抱残守缺，顽固地维护封建礼教、维护封建旧秩序的思想言行，同已经发展变化了的客观现实之间，形成十分尖锐的矛盾，使他成为可悲、可恨，又可笑的人物。

说他可悲，那是因为风烛残年，老境坎坷。往昔的好日子，属于他的那个世界，已经一去不复返了。“他手头没有积蓄，家中的房产，也所剩无几”，他的家长地位早已动摇。儿女们和他没有共同的语言。面对着女婿的辱骂，媳妇的胁逼，和家庭中层出不穷的种种矛盾与纠纷，他或则怨天尤人，或则装痴卖傻，扮聋作哑，苟延残喘，过着行尸走肉的生活。

然而他又是可恨的。他不肯轻易地退出生活的舞台。他的自私和虚伪集中地表现在对待外甥女愫方的态度上。他把自己的安乐建立在这个孤女的痛苦之上，使她“由小孩而少女，由少女而老女，象一朵花似的把她枯死，闷死”。明明是他需要她，奴役她，却要说成是她离不开他，需要他。明明是他摧残了愫方的青春年华，却说成是他抚养她，庇护着她。这个旧制度的代表者和维护者，扼杀了少年人的朝气，葬送了青年人的前途，妄想拖住一家老小和他一起装进棺材，埋进坟墓，迫使他们成为旧制度的殉葬品。

曾皓同时又是十分可笑的。他那悖时的思想言行，同已经发展变化了的社会现实之间格格不入，充满了喜剧性的冲突。他明知这个家庭内外交困，众叛亲离，纷争四起，已经无力挽回残局，却还“非常注意浮面上的繁文缛礼，以为这是士大夫门第必不可少的家教，往往故意夸张他在家里当家长的威严”，甚至当着客人喝令即将做父亲的孙子下跪，以显示他一家之主的威风。却不知这种“威严的家教”在丝毫不受旧礼教束缚的袁任敢父女面前，立即化为十分滑稽可笑的行为，使他几乎下不了台。曾皓的自私、顽固、腐朽、虚伪的劣性，他的可悲、可恨、可笑的思想言行，正是这个阶级行将没落的真实写照。

曾思懿出场时，“胁下系着一串亮闪闪的钥匙，手里拿着账单”，形象地表明了她的管家奶奶的身份和地位。这个女人很自然地使我们联想起《红楼梦》中的王熙凤，她性格中的许多特点都同王熙凤相似，但是作者没有去表现她的治家才干，只侧重刻划她的自私、贪婪、权诈、诡秘、凶悍、阴毒、笑里藏刀和虚伪偏狭。这个人物充分表现了这个“诗礼之家”表面上“父慈子孝”、“长幼有序”，事实上却交织着理不清解不开的矛盾。曾思懿表面上谦和、孝顺、仁爱、贤淑，实际上她上不孝公公，下不敬丈夫，不爱儿子，虐待媳妇，欺凌表姑，侮慢小姑夫妇。她唆使油漆工上门讨钱，串通杜家逼公公卖棺抵债，趁老爷子中风昏厥抢走存折，讥刺愫方是“嫁不出去的女儿”，逼着丈大当她的面把信退还愫方，最后逼得丈夫自杀，媳妇离家出走……这些情节和冲突，把这个女人刻划得形神毕肖。她的所作所为，加速了大家庭的没落与崩溃。

曾文清和他的妹婿江泰是第二代，也都是封建制度造就的废物，他们仅在表现形式上有所区别。曾文清“不说话，一辈子没有做什么”，江泰“吵得凶，一辈子也没有做什么”。儿时，曾文清即有“神童”之誉，然而，母亲的溺爱，养尊处优的生活，士大夫文化礼教的浸染和早年成婚，使他“一半成了精神上的瘫痪”。他善良，抑郁，怯懦无能，而最突出的性格特点是懒散，他“懒于动作，懒于思想，懒于用心，懒于说话……宣泄心中的苦痛，懒到他不想感觉自己还有感觉”，“成天就知道叹气，做梦，忍耐，苦恼，……爱不敢爱，恨不敢恨，哭不敢哭，喊不敢喊”，成为一只翅膀麻痹，完全失去飞翔能力的“孤独”的家鸽，在苦闷中用鸦片烟来麻醉躯体，作践生命。

曾家第三代的曾霆，一个二十世纪二十年代的少年，读的是《昭明文选》，穿的是长袍马褂，写的是“不象活人”的信。尤其令人忍俊不禁的是一个快做父亲的人了，居然在客人面前被祖父罚跪在地上。曾皓完全是按照自己的形象来塑造曾霆，最后终于使这个无辜的少年也成了旧制度的牺牲品。

总之，曾皓、曾文清、江泰、曾文彩乃至曾霆，这些封建阶级的末代子孙们，都是旧制度产生的畸形儿。他们活着，只不过是“糟蹋粮食”的“耗子”，生活中的零余者；他们死去，也只是旧制度的殉葬品，用江泰的话说：“我们是活死人，死活人，活人死！”这些人物形象说明旧制度再也产生不出有作为的能够维护本阶级利益的继承人了，它只能养育一些啃坏柱梁，挖空墙脚的“耗子”。

## 三

然而，新旧社会交替时期，在两种力量的激烈较量中，由于新思想的教育和启发，旧营垒内部也会产生出背叛本阶级利益而走向革命，走向新生的力量。愫方和瑞贞，就是从旧营垒中冲杀出去的新人。作者写出这样的人物，在思想上艺术上都有重要的意义。

愫方、瑞贞又是不同类型的女性。瑞贞年轻，受旧思想的毒害较少，又进过洋学堂，受过新思潮的影响，她的思想性格同坟墓一般的曾公馆这个环境格格不入，时刻期望着有一天能冲出曾府，走向广阔自由的新天地。愫方同瑞贞不一样。一方面，她出身江南名门世家，也是从小就受到封建文化思想教育的熏染，受到封建礼教的束缚；另一方面，她又是一个寄人篱下的孤女，同表哥文清从小青梅竹马，有着被压抑的爱情上的纠葛，在思想感情上，她同这个封建家庭有着千丝万缕的联系。所以，她要离开这个家庭，就不象瑞贞那么容易。她需要进行一番痛苦的挣扎，需要经历“蜕”旧“变”新的折磨，才能逐渐摆脱旧世界的影响而开始全新的生活历程。

愫方如同一枝空谷幽兰，美丽、高洁、娴静、芬芳。她柔顺但不脆弱，温婉却又倔强，她善良、诚挚、坚毅、执着，有种忘我的、舍己为人的献身精神。她的不幸在于把自己的命运同一个不值得她爱的废物联结在一起，为了这种无望的盲目的爱，她牺牲了自己宝贵的青春、自由与幸福。

在描写两个叛逆者逃出“快要压上盖子的棺材”——曾公馆，走向新生的同时，作者塑造了其有象征意义的人类祖先“北京人”的形象，以它象征生活的未来和理想，用人类祖先“北京人”粗犷的形象，他的自由、平等、坦诚、欢乐的生活，来对照曾公馆的群丑，对照现实生活的黑暗、丑恶和旧礼教的极度的虚伪，表达了作者对自由、平等、幸福的新世界的向往与追求。尽管用“北京人”形象来象征革命理想，显得抽象和笼统，但毕竟给黑暗的王国带进了一线光明。

《北京人》是一首动人的、抒情的、催促旧制度灭亡的葬歌，呼唤新社会诞生的序曲。

原载《文科月刊》1985 年第 1 期

# 《北京人》的语言艺术

王希杰

## 称呼和视点

称呼语同视点的关系很密切。

曹禺是很注意视点和称呼问题的。如：

①开幕时姑奶奶坐在靠背椅上织着毛线坎肩……

②十个苍白得几乎透明的手指握着风筝的竹篾，被圆儿粗壮的手腕左右摇甩，几乎按不住那风筝。

③望着书斋内的霆儿，怜惜地，低声。

在新版中，“姑奶奶”改作为“文彩”，“圆儿”改作为“袁圆”，“霆儿”改作为“曾霆”。因为“姑奶奶”“圆儿”“霆儿”，都是剧中人的口吻、视点，但这却并不是剧中人的语言。既然是剧作家的叙述语言，则应当称之为“文彩”“袁圆”“曾霆”。

日本文艺理论家滨田正秀说：“文学表现的视点，无疑是以自由变换为其特征。应该说文学视点的这种自由性，也使它有可能从任何角度来描写形象，视点能够自由地移动于时空之中，它具有魔性般神通力。”(见《文艺学概论》，41 页。中国戏剧出版社，1985 年)曹禺《北京人》的视点就“具有魔性般神通力”，如：

④彩（拦住他）你要找谁呀？

江　曾皓，你的爹，他对不起我，我要找他算账。

彩　明天，明天，父亲睡了。

江　那么现在叫他滚起来。（走）

彩　（拖住）你别去！

江　你别管！

彩　（忽然灵机一动，回头）啊呀，你看，爹来了！

对于同一个人，曾文彩他称时用“父亲”，对称则用“爹”。而江泰，直呼其名为“曾皓”，说“你的爹”，不说“我的岳父”“爹”，这个“人越穷，气越盛”“很直率，肯说老实话”的江泰此时此刻已经不把曾皓当作自己的岳父看了。这个江泰发狂的时候大喊大叫：

⑤你看清楚没有？我叫江泰，叫江泰！认清楚，你的女婿，你欠了我的债！曾皓，曾皓，你听见没有？

⑥你听见了没有？我要加倍还给你，江泰在跟你说话，曾老太爷，你留着那

么多死钱干什么？

滨田正秀说："小说的视点既是上帝的视点，又是恶魔的视点，既是肉体的视点，又是精神的视点。"（见《文艺学概论》41页）江泰对自己的岳父，或直呼其名为"曾皓"，或挖苦揶揄地尊称为"曾老太爷"，这大概就是魔鬼的视点，魔鬼的江泰的视点吧？而换了一个时间、空间：

⑦江　（出门就看见曾皓正在望着他，不觉有些惭愧）爹，您，您——

这个"爹，您，您——"，大概就是作为人的江泰的视点吧？剧作家变换着视点，江泰变换着称呼语，一个立体的有血有肉的现实的人便在舞台上获得了自己的艺术生命。

对曾皓，儿媳妇曾思懿，当面是"爹"，背后一会儿是"老头"，一会儿是"老太爷"。

⑧思　爹来了。（赶上扶着曾皓）这边坐吧，爹，舒服点。

⑨思　现在老头在，东西还算一半是你的，等到有一天老头归了天——

⑩思　叫他们找老太爷去！

当面亲热地喊"爹"，在众人面前尊之为"老太爷"，因为她"自命知书达礼"，在丈夫面前称公公为"老头"，因为她是一个没有教养的人。这些称呼语，是刻画曾思懿形象的重要手段之一。

## 个性化的语言

曹禺对《北京人》曾经一改再改。如：

①（原句）愫　奶妈，我给你把被铺叠好了。

（改句）愫方　奶妈，我给您把被铺好了。

②（原句）文　唉，反正我要走了，只要爹爹肯，你们——

（改句）文清　唉，反正我要走了，只要爹肯，你们——

原句，"铺叠好"和"爹爹肯"，都不那么和谐。改为"铺好"和"爹肯"，顺口多了。但是：

③思　别糊涂，他是你的男人，你的夫，你的一辈子的靠山。

"男人——夫——靠山"，音节不协调。"夫"现代汉语口语中通常不单说，而说"丈夫"。"你的一辈子的靠山"也不如"你一辈子的靠山"顺口儿。但是作者并没有改为："他是你的男人，你的丈夫，你一辈子的靠山。"

再如：

④思　（尖刻）文清，你看你多福气，愫妹待你多好啊！临走临走，愫妹一夜没睡，还赶着做两碗菜给你吃，你还不谢谢！

⑤思　真是太把人不放在眼里了！

⑥思　（夸张地）我要是男人，我就讨个七八个小老婆。

⑦思　她嫁谁有你的什么？你关的什么心？

"临走临走"、"关的什么心"，不规范。"真是太把人不放在眼里了"，通常应说："真是太不把人放在眼里了！"

吕叔湘主编的《现代汉语八百词》中说："否定词'不、没'一般用在'把'字前"（51页），

"但在某些熟语性例子里'不'可前可后"(51页)。这个例子如果放在后，也应当是:"真是把人太不放在眼里了!"

"太"和"不"拆开，分别在"把"字的前和后，这太拗口了。"讨个七八个小老婆"，没有"讨他七八个小老婆"顺口儿。

但是，例③到⑦，剧作家故意一字不改，原封不动。这是因为这个曾思懿"自命知书达礼"，其实是狗屁不通，不三不四的。这正是典型的曾思懿的语言。而曾文清和愫方都是有较高文化修养的，他们是真的"知书达礼"的，他们的语言是符合美的要求，因此不和谐之处得修改过来。这样，曾思懿的语言和曾文清、愫方的语言便在对照之中显示出了个性化的特点。

以"懒怠"为特色的曾文清，"懒于动作，懒于思想，懒于说话，懒于举步，懒于见人，懒于做任何费力的事情"，因此他的话简洁得出奇:

⑧文　爹!

皓　要走了么?

文　一点钟就上车。

皓　你的烟戒了?

文　(低头)戒了。

皓　确实戒了?

文　(赧然)确实戒了。

皓　纸烟呢?

文　(低头)也不抽了。

多一个字都懒得说，而且是顺口话，接着他父亲曾皓的话，懒得换一个说法儿。

⑨思　(刻薄尖酸)这有什么希奇，叫愫小姐再画一张不结了么?

文　(耐不下，大声)你——(突然想起和她解释也是枉然，一种麻木的失望之感又蠕蠕爬上心头。他默默端相那张已经破碎的山水，木然坐下，低头沉重地)这是我画的。

同他的父亲说话时是懒于思索，同他的太太曾思懿交锋时，有着复杂的内心活动，然而表现出来的只是六个大字，何其简洁也。这告诉我们:他也未必是天生的懒汉，而是被迫懒怠，不能多说什么，他乃是这个典型环境的合情合理的产物。

然而狗急也会跳墙的:

⑩屋内文清声音(苦恼地拖着长声)我走，我走，我走，我是要走的。

⑪文清　(忍无可忍，急躁)谁说我不愿意她嫁?谁说我不愿意她嫁?谁说我不愿意她嫁?

这里反复的运用，岂不是同文清的性格矛盾了么?不，这正是他的性格的另一个方面，是他在特定情景下的语言。剧作家追求的是人物语言和形象的丰富性、多样性、立体感。

愫方和文清有同有异，同者他们都极少言语，异者愫方可是一个思索者，她的内心世界常通过无声的言语来表达，她的内心世界比文清要丰富复杂得多。在有限的语言中，她是很善于措辞的：

⑫(原句)文　(愣一愣)我——(忽然明白，掩面抽咽。)

愫　(声音颤抖)不，不——

(改句)文　(一愣)我——(忽然明白，掩面抽咽。)

愫　文清。

当曾文清重回到这个封建大家庭之中来的时候，当她指出他“已经不会飞了”的时候，原版作“不，不——”，太直，太露，既不准确，又不符合她的个性。新版改作“文清”，脉脉含情，耐人寻味，这才是愫方的语言。

⑬(原句)文　(惊惶)你要怎么样啊，愫方——(半晌。外边风声，树叶声——)

愫　你听！

文　啊！

愫　外边的风吹得好大啊！

⑭(原句)瑞　(诧异起来)，哪一天？

愫　他走后第二天。

瑞　(未想到，嘘一口气)哦！

愫　(怜悯地)可怜，他身上一个钱也没有。

瑞　(猜想到)你把你所有的钱都给了他。

愫　不，我手边的钱都给他了。

瑞　(略有点轻蔑)他收下了。

愫　(温柔地)我要他收下了。(回忆)他说他要成为一个人，死也不再回来。

这些加黑点的部分，新版中都删去了。因为这愫方是一个“异常缄默的人”呀！删去之后，她的有限的语言反而更丰富更深刻了。

⑮(原句)愫　(缓缓回头，对瑞，哀伤的惋惜)快乐真是不长的呀，连一个快乐的梦都这样短！

(改句)愫方　(缓缓回头，对瑞贞)瑞贞，你说的对，这是监牢！

愫方是一个思索者，对曾文清，对曾思懿，对这个封建大家庭，她的认识是在不断发展的。原句充满了幻想和哀伤，已经不符合此时此刻愫方的思想了，她已经从幻梦中醒来，开始面向残酷的现实了。不久之前，她还对瑞贞说：“瑞贞，你说这是监牢么？这不是呀，这不是呀，——”就她的感情而言，她十二分地不希望这是监牢，但是，终于她清醒了，理智战胜了感情，她此时此刻终于明明白白的宣布：“这是监牢！”于是她出走了，去追求新的生活了。

⑯(原句)愫　(悲哀地)瑞贞，我太爱你，我看你苦，我实在忍不下去。(昏惑地)我不知道我怎么跑去说的，我象傻子似的跑去见了袁先生。我几乎不知道我说了些什么，我又昏昏糊糊跑出来了。

(改句)愫方　(悲哀地)瑞贞,我太爱你,我看你苦,我实在忍不下去了。(昏惑地)我不知道我怎么跑去说的,我象个傻子似的跑去见了袁先生。我简直不知道我说了一些什么,我就跑了出来。

这段话在愫方的思想发展过程中是比较重要,她从袁任敢那里接受了思想影响,这个袁任敢同她过去所熟悉的人是全然不同的。原句说她"昏昏糊糊跑出来了",这便削弱了袁任敢对她的思想影响。改句删去了"昏昏糊糊",这样她的最后出走才是更为可信的。

⑰思　(眼一翻)真是怪可怪的。(自叹)我呀,我一直就想着也有愫妹妹这双巧手,针线好,字画好。说句笑话,(不自然地笑起来)有时想着想着,我恨不得拿起一把菜刀,(微笑的眼光里突然闪出可怕的恶毒)把你这两只巧手斫下来给我接上。

愫　(惊恐)啊!(不觉缩进去那双苍白的手腕。)

文　你这叫什么笑话。

⑱(原句)霆　(忽然低声)不痛了。

圆　(指着那受伤的手指,仿佛对那手指说话)哼,你再痛,我一斧头把你砍下来。

文　(开玩笑地)好凶!

这两段对话有相似之处。新版中,加黑点的全部删去了,因为这不符合袁圆的性格,她是一个天真活泼善良的小女孩,她是说不出这样刻毒的话来的,文清这个脆弱而善良的人对这样凶狠的玩笑也同样是接受不了的。但是曾思懿的话却一个字也没有动,因为她的确是一个凶狠险恶的女人。

## 平常词语的艺术化

在《北京人》中,许多平平常常的词语,都有一种特殊的艺术魅力。

"打"是一个常用词,而在特定上下文中能显示出艺术魅力。如:

①这来自遥远的,孤独的角声打在人们的心坎上,说不出的熨帖而又凄凉,像一个多情的幽灵独自追念着那不可唤回的渺若烟云的以往,又是惋惜,又是哀伤,那样充满了怨望和依恋,在薄寒的空气中不住地颤抖。

这个"打"字就是"打击"的"打",再平常也没有了。但是这里用于听觉,用声音对人的刺激、感受,却有特殊的意味,把人们的内心世界形象化了,再加上一个动作动词"振抖",不可捉摸的主观感受便成了看得见、摸得着的动态的形象了,给读者以强烈的印象,被卷入其中的感受。"薄"和"寒"的配搭,叫移就也好,叫通感也好,能一下子抓住读者的心,引起共鸣和联想。这一句话,就是一首优美的散文诗。

②思　(狡黠地笑出声来)你叫他们跟老太爷要去呀,告诉他们,棺材并不是大奶奶睡的。他们要等不及,请他们把棺材抬走,黑森森的棺材摆在家里我还嫌闷气呢。

张　(老老实实)我看借给他们点吧,大八月节的,那棺材漆都漆了,大奶奶。

对于“棺材”，用“睡”这个动词；明明是付给人家工钱，却要用一个“借”字。这都是委婉，但前者出于迷信和忌讳，后者是替主人打肿脸充胖子，摆架子，因为说话人是曾府的仆人。

③思　（非常精明练达的样子，教他们说）说爹一路平安。

瑞，霆　（呆板地）爹一路平安。

思　说以后请您老人家常写家信。

瑞，霆　（呆板地）以后请您老人家常写家信。

思　（又教他们）儿子，儿媳妇不能常侍候您老人家了。

瑞，霆　（呆板地）儿子，儿媳妇不能常侍候您老人家了。（说完了就要回坐）

思　（连忙）磕头啊，傻孩子！（很得意地望望袁任敢。）

在这里，曾霆、瑞贞就差没有把曾思懿说的个“说”字也重复出来了。这本是一些十分平常的言语，但是曾思懿说一遍，瑞贞、曾霆重复一遍，它们便成了艺术化的语言，深刻揭示了这个封建大家庭的腐朽、虚伪、种种陈规陋习、被压抑的灵魂和沉重的精神枷锁，这是追求个性自由全面发展过人的生活的人们的监牢。

在《北京人》中，不同的人说同样的话，但含义不同，同样的意思，不同人有不同的说法，表现各自的心理和个性；同样的话，在不同场景下说，含义不一样，这一切都使得平常的词语达到了高度的艺术化。

④思　（同时——不顾文清的脸色，笑着）你表哥说，这是表哥送给表妹做——

文　（激动得发抖，突然愤怒地）你这种人是什么心肠呕！（说完，立刻跑进自己的卧室。）

思　文清！

⑤愫　飞不动，就回来吧！

文　（抽咽，诉说）不，你不知道啊，——在外面——在外面的风浪——

愫　文清！（取出一把银匙递给文清。）

曾思懿口中的“文清”，是一种威吓、镇服的手段。愫方的“文清”是情意绵绵、温柔体贴的。

⑥思　（尖酸地）我看画得才好呢！真的，多雅致！一个画画，一个题字，真是才子佳人，天生的一对。

⑦陈　（忧伤地）哎，世上真是没有如意的事啊，你看，你跟清少爷，你们这一对——

曾思懿和陈奶妈的话有同有异，同者都说曾文清和愫方是最合适的一对儿，但却有大异之处，两个人的心不是一样的，陈奶妈是好心人，可惜有情不能终成眷属，曾思懿却是居心不良的，是吃醋，生怕他和她有点儿什么。

⑧皓　（转对愫方，焦急地）愫方，你要知道，我就有你这么一个姨侄女，我一直把你当我的亲女儿一样看，不肯嫁的女儿，我不是也一样养么？——

⑨思　你在曾家住一辈子谁也不会说半句闲话。（阴毒地）嫁不出去的女儿不也是一样得养么？何况愫妹妹你父母不在，家里原底就没有一个亲人——

同样一句话，在曾皓和思懿的嘴里含义是全然不同的。

⑩思　瑞贞，你——（瞥见陈奶妈）啊，陈奶妈，（满脸笑容，指着后院）快去吧，你的清少爷正到处找你呢！

⑪陈　（忍不住心酸）我的清少爷，我的肉，我的心疼的清少爷！一个“你的”，一个“我的”，都是很有意味的。

⑫皓　（闭目摸弄着佛珠）慢慢漆吧！再漆上四五年也就勉强可以睡了。

⑬（原句）皓　过节，随便吃一点，请袁先生上座，上座，上座。

（改句）皓　过节，大家叙一叙。请袁先生上座，上座，上座。

“勉强可以睡了”，代替“吃一点”的“叙一叙”，都收到了艺术化的效果，淋漓尽致地刻画了曾皓这个人。

⑭（原句）瑞　（酸苦）不要难过，多少事情是拿出许多痛苦才能买出一个“明白”呀！

“买”字被改为“换”。“换”字更符合一个没有商人习气、市侩作风的天真少女的口吻，所以是艺术的语言。

曹禺在《北京人》中探索了平常词语艺术化的多种多样的手法，以上不过是略举数例罢了。

原载《镇江师专学报》1986年第2期

# 重看《北京人》随想

邹 霆

在接连看过一些由中青年导演执导的、以新的手法、非传统的话剧形式演出的外国戏之后，有机会欣赏著名老导演夏淳精心执导的话剧《北京人》，宛如和一位久别的老友在凄楚的春雨中邂逅，在亲切中多少夹杂着一点苍凉与感伤。

作为一个四十年代上半期的业余话剧工作者、一名老而热情不减当年的话剧观众，我曾经有机会多次观看过曹禺的《北京人》。当年，从四川到“下江”，从南京到北京，我看过不同“阵容”演出的《北京人》。自然也曾撰写过评论以抒发自己的感受，甚至对作品提出过某种苛求。然而，连我自己也觉得奇异的却是，我从不久前观看的《北京人》中间体会到的不少新意，使我在感情上再一次贴近这出被公认为“唱出一支对于旧中国封建家族的挽歌”的老戏。清夜自问，我何以会在八十年代末期，我们的民族经历过多次血与泪的洗礼之后的今天，如此欣赏《北京人》呢？我忽然间悟到，显然是有一条看不到的，但又至关重要的理性的线索贯串其中。当这条线索触动了人们心灵的时候，一种无限忧戚与奋发之情同时在我的心中升起：多难多灾的祖国啊，你何时才能完全摆脱封建文化、传统伦理观念的羁绊？何时才能完全抖掉自己身上的几千年遗留下来的厚厚的尘垢？当我年未弱冠，负笈天府的时候，我曾在悠悠的嘉陵江畔和芙蓉如锦的蜀都为曾家两代人文清、曾霆的命运唏嘘长叹，为曾皓的长寿而感到愤怒。如今，当我年过花甲的时候，我却依然看到“敬德公”的阴魂仍在现代中国的某些地方回荡。

《北京人》是曹禺“三部曲”中最出色的一部。如果说，曹禺的成名作《雷雨》是从情节出发，《日出》是从戏剧结构出发，前者含有伦理学和心理学的概念，后者含有社会学（阶级观点）的概念的话，那么，《北京人》则是剧作家摆脱“主题先行”，以自己心灵中印象最深的那些人和事为原型，试图抛开贝克教授的《编剧理论》模式，直接写人，写人的性格和气质、写人的思想与感情的第一部高水平的作品。如果说，在《雷雨》中人们可以嗅到希腊悲剧和奥尼尔名剧的某些味道，在《日出》中依稀可见德莱塞和辛克莱巨著的影子的话，那么《北京人》在意境与命题上即便有和《樱桃园》相近之处，也是无可非议的。契诃夫的俄罗斯和曹禺的中国的确太相似了，在一个因循、孱弱、残忍、腐朽的王朝面前，剧作家通过戏剧形象揭示它毁灭的必然性，一种新兴的政治力量必将取代陈旧僵化的社会结构，难道这不正是历史的规律吗？

我特别喜欢《北京人》中“中秋家宴”那一场戏。在“养心斋”的匾额下面，古香古色的红木八仙桌边围坐着主人与客人。当文清向父亲曾皓叩拜辞行之后，老太爷又命孙子曾霆、孙媳瑞贞向文清跪拜送行时，人们很自然地联想到封建礼仪以及封建伦理观念代代相传、绵延无尽的历史现象。贯串《北京人》全剧的氛围似乎只有一种，那就是压抑、冷漠、伪善、仇视和永无休止的忍受。这种气氛不仅使曾家的后代们感到窒息，也使看戏的人产生不同程度的压抑感。封建文化禁锢的结果，从思想到生活习惯上无不反映出曾家几代人的严重异化与精神上的创伤。这就不能不使我们从两代人"叩头"中悟到一点简单但又颇为重要的道理：两千多年来，中国历朝历代的人都在不断的"叩头"声中送走了自己的华年。"叩头"不仅将仁人志士的壮怀抱负消磨殆尽，也让一批又一批的封建顺民在皇权、神权、族长与师长面前匍匐在地，打心眼里相信"世上无不是的父母"。自然，世上也不存在皇帝和官员的"不是"，而尊者、长者的老虎屁股更是根本摸不得的。在曾府的深宅大院里，既有"多年的媳妇熬成婆"的思懿，也有向父亲"叩头"并反过来心安理得地接受儿子、儿媳"叩头"的文清。表面上曾皓已经不需要再向什么人"叩头"；但是，毫无疑问，这位老太爷也是在不断的"叩头"声中熬成一位"德高望重"的家长的。

这次《北京人》演出中只有饰演曾皓的张瞳和扮演陈奶妈的郑幼敏是老演员，其余的都是新从北京人艺学员班毕业不久的青年演员，饰演曾文清的冯远征还是学员班未结业的学员，平均年龄不过二十五六岁。娃娃们能理解这出内涵深刻、充满历史感和当代哲理的老戏，的确是不容易的。给我印象较深刻的是王姬、罗历歌对于曾思懿和愫方两位气质不同、性格迥异的女性人物的塑造。王姬这位话剧舞台上的新秀自从脱颖而出以后，就不断地通过不同的角色而闪现光彩。但是，从《小巷深深》起，王姬留给人们的印象往往是和豪迈、爽朗、任性甚至泼辣的角色紧密相联。她虽然也曾在话剧《家》中扮演了温柔、忧郁、儒雅的梅表姐，但究竟难以给人更深的印象。这次她饰演的曾大奶奶思懿，却无疑在她的演剧史上创造了一个崭新的纪录。剧作家赋予思懿以极其丰富的性格内涵，她伪善跋扈、欺上压下、阴损刻薄、自私贪婪，甚至可以说是一个心地狠毒的女人。但是，所有这些恶德集于思懿一身，却并不能由她本人负责。如果你了解封建伦理和道德观念，也曾见过旧式大家庭所谓长房媳妇的行为标准，恐怕你丝毫都不会责备思懿心灵的残忍与狭隘。严格说起来，她也曾有过热情与挚爱，她也憧憬夫唱妇随、恩爱相处的美好婚姻生活。然而，严酷冷峻的现实生活粉碎了她那可怜的美梦，封建恶习和她那种因失望而出现的自卫、整人作风结合起来，形成了一个浑身都是虚伪与利己主义的大奶奶。王姬在表演上虽然不无一些人工雕琢的痕迹，个别地方的表演甚至出现非思懿的"出戏"之感，但就其整体来说，已刻画出一个"王熙凤——曾思懿模式"的大奶奶形象，毫无夸张地体现了人物心灵的丑陋。这对于一个在如今已无处觅得人物及其家庭原型的条件下来从事创造的青年女演员来说，必须承认是难能可贵的。罗历歌以较强的分寸感、深沉而敦厚的女性感情与深刻的谅解，塑造了作为一位典型的封建制度牺牲品的愫方，观之令人辛酸难忍。作为一个孤女，她在姑父家过着寄人篱下的悲凉生涯，曾皓的奴役、思懿的排挤和打击，使愫方的心境悲苦不堪。但是，这样一个内心世界善良美好、能画能诗的才女，其感情寄托又何在？简单说来，无非把一腔热爱，以隐蔽而含蓄的方式全部倾注在可怜的大表哥文清身上，这是她生活在曾府的唯一心灵慰藉。尽管文清这个逆来顺受的"时代多余者"根本不能给她任何实际上的安慰或帮助，而这丝毫无碍于愫方以无偿奉献式的感情倾注给心中至爱的偶像。愫方的爱，与其说饱含着中国妇女“传统的美德”，毋宁说在她的身上人们可以看到一个被封建观念、旧文化严重扭曲了的女性心灵，甚至清楚地听她那因遵循恕道而出现的痛哭呻吟。罗历歌在这一方面体现得蕴藉深沉，往往以无言的动作或神情诉说着自己的不幸。如果说，扮演文清的冯远征是以气质贴近角色而取胜的话，那么扮演愫方的罗历歌则以其内心的深情和不多的形体动作，再现了“这一个”孤女兼才女的特定形象。

自然，剧作家为愫方安排的“出走”至今仍然使我感到困惑，难道说愫方的性格与处境注定了她向娜拉学习？难道说，一个这样的愫方会向着耀眼的光明之处振翅猛飞？把她和接受新思想的瑞贞相提并论，让她们共同行动——离家出走，会有足够的说服力吗？

原载《文艺报》1987 年 8 月 15 日

# 论曹禺《北京人》的文化哲理意蕴

罗成琰

## 一

显然，在曹禺所有的剧作中，《北京人》是最富于文化意蕴和文化丰采的。它不属于那类从一般社会学或政治学的角度透视生活的作品，虽然它也有一个构置得颇为精巧复杂的表层故事情节框架——封建家长曾皓与儿媳曾思懿的勾心斗角；长子曾文清和表妹愫方及曾思懿三者之间的感情纠葛；曾皓与江泰的翁婿反目；曾文彩与曾思懿的姑嫂勃谿；孙子曾霆与瑞贞的夫妻不和，如此等等，但剧本的主旨并没有停留在暴露封建大家庭的罪恶这样一个较为浅显的层面，而是借助于一个封建大家庭的解体，折射出对传统文化异化人的严峻批判，并通过讴歌原始时代"北京人"的生命强力，发出了人性复归的热切呼唤。应该说，这才是《北京人》的深层文化意蕴结构，也是它的深刻与独到之处。如果《北京人》仅仅只是复述一个封建大家庭分崩离析、尔虞我诈的故事，那么，人们有理由怀疑，在文学史上已经出现了《红楼梦》和《激流》三部曲这样的煌煌巨著之后，《北京人》究竟还有多大的意义和价值。

近现代中国的许多志士仁人基于民族危亡、国家凋零的痛苦现实，常常对传统文化持批判和否定的态度。"五四"时期李大钊、陈独秀、鲁迅等一帮骁将对传统文化的穷追猛打，至今仍使人感到痛快淋漓，心驰神往。四十年代的曹禺显然继承了"五四"的批判精神，不论他自觉还是不自觉，他实际上是选择了一个新颖独特的角度即异化的角度在批判传统文化，对传统文化造成人的异化提出了最严重的控诉和谴责。这使得《北京人》超越了一般对传统文化种种弊病的具体抨击，而上升到哲学高度，具有了中国现代作品所少有的普遍意蕴与哲理品格。

文化是人的创造物，它是为了满足人的物质与精神需要，为了适应人的生存和发展而存在的。当文化与人处于一种和谐状态，为人的创造、革新、发现和个人兴趣提供条件开辟道路时，它便是一种正常的、健康的文化。然而，当文化成为一种与人相敌对的异己力量，成为强加在人体身上的各种抑制性因素的网络与总和，从而扼杀人的创造性和生命力时，它便沦为一种异化了的文化。中国传统文化显然呈现出异化的特征。尽管在历史发展的不同阶段，传统文化的具体内容及所起的历史作用不尽相同，但是，在要求个性服从共性，以一个共同的政治伦理道德标准来统一社会、管辖人心，反对个人欲望、感性生命的自由发展这一点上，则是始终如一的。所谓"非礼勿视，非礼勿听，非礼勿言，非礼勿动"，所谓“以道制欲”，“以礼节情”，“存天理，灭人欲”等等，无非都是把传统文化的核心——封建礼教当作一种与个人尖锐对立的绝对精神、绝对规范，一切以它为依归，为定律。诚如黑格尔所说：“在中国人那里，道德义务的本身就是法律、规律、命令的规定”①。正是在这种规定面前，人丧失了自由，丧失了主动，丧失了自身。鲁迅曾经尖锐地指出，中国传统文化的本质就在于“不把人当人”，以至“中国人向来就没有争到过‘人’的价格”②。马克思在谈到东方文化时也说过：“它们使人的头脑局限在极小的范围内，成为迷信的驯服工具，成为传统规则的奴隶，表现不出任何伟大和任何历史首创精神”。③ 应该说，中国封建社会之所以绵延两千多年，中华民族之所以在历史的进程中逐渐落伍，与传统文化的异化有着非常明显的因果关系。

《北京人》展示的就是一幅令人怵目惊心的异化图景，剧中的曾家是一个典型的传统文化的结晶，所谓的书香门第，诗礼传家。在这个封建大家庭中，君临一切的不是道貌岸然的曾老太爷，也不是色厉内荏的曾思懿，而是无处不在的传统文化——传统的价值观念、传统的道德准则、传统的行为方式，它是那样冷酷威严，不容侵犯，任何人在它面前都要顶礼膜拜，俯首帖耳。尽管曾家已经家道衰微，风雨飘摇，但仍有着那么多的繁文缛节，有着那么多自鸣得意而实际上令人可笑之至的家规家教。曾思懿曾经宣称：“我们家里什么都不讲究，就讲究这点臭规矩。”正是在诸多“臭规矩”的长期束缚下，曾家的气氛才那样沉闷、压抑、呆滞，宛如一泓没有半点涟漪的死水。而曾家的人们也才那样缺乏生气，他们从小就得迈着四方步，循规蹈矩，老成持重，如果稍微流露出应有的天真活泼，便会遭到长辈的严厉呵斥与惩罚。剧中有一个给人留下深刻印象的辞行场面。首先是曾文清向曾老太爷恭顺地敬酒、辞行，然后三叩首。接着，在曾思懿的指使下，曾霆和瑞贞又呆板地向曾文清请安，又是三叩首。须知叩首并非一般的行礼动作，而是集中凝聚着中国传统文化中君为臣纲、父为子纲、夫为妻纲、亲亲、尊尊、长长之类的伦理观念。两千多年来，一代又一代的人们在叩首中泯灭了自己的意志，失去了自己的人格，变成了不折不扣的木偶、傀儡、由人沦为“非人”。曹禺敏锐地抓住叩首这一细节，把传统文化的虚伪、僵化和荒谬以及对人的严重异化淋漓尽致地表现了出来，使人感到忍俊不禁，又使人在笑声中感到沉重的悲哀。

《北京人》不仅表现了传统文化是怎样以一种冷酷的面孔，高高凌驾于人们的头上，成为与人相对立的格格不入的异己的独立力量，而且更主要的是描写了曾家人被传统文化异化以后的种种精神面貌和心理状态。因此，《北京人》没有像《红楼梦》和《激流》三部曲那样偏重于从社会学的角度去再现封建大家庭由盛到衰的具体过程，也没有像它们那样去暴露封建统治者欺压下层丫鬟奴仆的血腥罪行，甚至没有像它们那样去着力鞭挞封建主子的道德上的荒淫无耻，而是极为深刻地描绘了在传统文化的禁锢下曾家人的精神的

① 黑格尔《哲学史讲演录·中国哲学》。

② 鲁迅《坟·灯下漫笔》。

③ 《马克思恩格斯选集》第一卷第67页。

变态、灵魂的扭曲和生命力的萎缩，把他们写成了一群“活死人，死活人，活人死”，从而揭示出传统文化使人异化的严酷事实。

摩里·勒文曾经指出：“一个异化了的人的主要特征是，他相信他不能在社会上起他认为应起的作用”①，弗洛姆也认为：“异化的意思就是，人体验不到自己是把握世界的积极力量……异化主要是对世界的消极的、被动的体验”②。可见，异化了的人已经感受不到自己的力量，感受不到生命的欢乐，感受不到创造的冲动，感受不到人生的意义，他们失落了自我本身，也失落了整个世界。

《北京人》主要表现的是曾家第二代人的异化，其中又把表现的重心放在曾文清和愫方身上。对于文清，曹禺显然是有意地描写传统文化对他的戕害，把他写成一个“生命的空壳”。至于愫方，不管曹禺的主观意图如何，我们在作品中看到的实际上也是一个被传统文化严重异化的人物。文清与愫方确实是天生的一对，一个是清俊飘逸的才子，一个是工诗善画的才女，他们对传统文化都很有修养，长期受到传统的人生哲学、审美情趣和思维方式的熏陶，然而正因为如此，他们的异化程度就特别深重。中国传统文化所确立的人生祈向主要是内敛的，不是外拓的。它教诲人们在充满温情的致“中和”、求“中庸”的人生修养中，潜心于所谓自谦、自新、自我压抑、反身自省。它宣扬忍让哲学，主张理性压倒情感，克制战胜冲动，排斥激情爆发和欲望发泄。它追求一种从容、恬淡、和谐、宁静的人生境界，缺乏一种具有巨大内在震荡和强烈冲击力量的崇高精神与悲剧意识。因此，中国传统文化使人们尤其是知识分子形成了一种温文尔雅的内在、封闭、克制、稳定的文化心理结构。文清和愫方便都具有这样一种传统心态。忍受外来欺辱，压抑感性欲望，一味向内心退缩，以寻求心灵平衡，是他们二人心态的共同特征。文清的生活是不幸的，不顺心的封建婚姻夺去了他一生的幸福，使他对生活产生了深深的厌倦和失望，甚至发出过“我真是不甘心哪”的不满呼声。但他并没有萌发抗争意识和改变自己生活的愿望，而是年复一年地忍哀耐痛，打发着渺茫无限的寂寞日子。对于自己咄咄逼人的妻子，他总是退避三舍，“我不是处处听了你的话么？你还要怎么样？”一句话便体现了文清的逆来顺受的弱者性格。愫方奉行的也是忍让哲学，她虽然跟林黛玉一样孤苦伶仃，寄人篱下，多愁善感，但她决不像林黛玉那样“孤高自许，目无下尘”，用自傲甚至尖刻来维护自己的尊严，而是异常的缄默，把所有的苦痛和哀思都深深埋在心底。面对曾老太爷对她的感情折磨，她默默忍受，面对曾思懿给她的种种难堪、侮辱，她忍气吞声，从来不为自己的人格、尊严争辩一词，以至观众和读者都为她感到憋气、窝囊！更为可悲的是，他们都拼命压抑自己的感性欲望，缺乏强烈旺盛的生命冲动。愫方是那样的哀静抑郁，宛如一片明静的秋水，虽然清澈但却没有活力。文清更是活得那般无能力，无魂魄，给人一种沉滞的懒散之感。就是人生中最激动人心的爱情，在他那里也是苍白无力，没有波澜，没有震撼一切的力量，有的只是理性的克制和凄凉的哀怨：“……东风恶，欢情薄，一怀愁绪，几年离索，错，错，

① 引自美国《哲学百科全书》“异化”条目。

② 引自美国《哲学百科全书》“异化”条目。

错！……”应该看到，文清与愫方受到的是双重压抑——外界环境的压抑和他们内在自我的压抑。封建士大夫的家庭固然是个可怕的梏枷，但自我压抑却是更加致命的。事实上，传统的道德伦理观念已经渗透到文清、愫方的骨髓之中，浸染到他们的无意识层面。他们自己也无法为自己的爱情提供合理的道德依据，因而他们的潜意识中充满着一种强烈的负罪感，平时不敢大胆地互通款曲，在曾思懿的淫威面前也只好忍让屈从，即使他们能够真的生活在一起，他们也不会感到幸福，伴随他们的将是无休止的良心的痛苦折磨和超我的严厉审判，这样，还没有等外在力量进行干预，他们便用自己的手熄灭了自己的情感欲火，扼杀了自己的正当要求，“爱不敢爱，恨不敢恨，哭不敢哭，喊不敢喊”，这的确是“人类的堕落”。

与文清、愫方不同，作为曾家姑老爷的江泰，毕竟在国外留学几年，多少受到西方现代文明的洗礼，这使他成为曾家较为清醒的一个，在他那喋喋不休的言谈中也不时出现惊人的深刻之语。然而，他的深层文化心理结构并没有受到触动，他的思想观念和行为方式仍基本上囿于传统文化的范畴。固然，他牢骚满腹，借酒使气，以至曾老太爷和曾思懿都怕他三分，但这并不是现代意义上的张扬个性和反叛封建家庭，倒是流露出中国士大夫落魄以后的恣情任性，苦闷癫狂。尽管他不乏干一番事业的雄心，但他早已丧失了行动的能力，体验不到自身的积极力量，因而他的种种计划都只能是美妙诱人却永远无法实现的幻想。文清说得好：“他也是跟我一样，我不说话，一辈子没有做什么。他吵得凶，一辈子也没有做什么。”曾老太爷曾责骂他的子孙是“一群能说会道的废物”，这其中主要指的恐怕就是江泰。

曾霆与瑞贞是曾家更为年轻的一代。与现代中国其他描写封建大家庭的作品不同，《北京人》并不着重表现新旧两代人的尖锐冲突，并不着力刻划封建大家庭的叛逆者形象。在《北京人》中，既找不到高觉慧，也找不到蒋纯祖。虽然曾霆与瑞贞也接受了新思潮的影响，瑞贞甚至还结交了革命党的朋友，但他们在剧中并不是作为叛逆者出现的，而仍然是作为受害者、作为被传统文化异化的对象而存在的。因此，曹禺没有表现他们与老一代的直接冲突，而是把他们描写成一对任人摆布、遭人虐待的哀哀无告的羔羊，突出他们在传统文化的压抑下那种昏惑、惊惶、忧郁、呆滞的精神状态。如果不是时代发生了急遽变化，谁能保证他们不会重蹈父辈们的覆辙，不会重演父辈们的悲剧，不会成为文清、愫方第二呢？

曹禺就是通过曾家人们异化的悲剧，把批判的锋芒直指传统文化。事实上，从异化角度对文化展开批判，是近现代西方普遍存在的一股哲学思潮。卢梭认为“文明化的”人不是真正的人，席勒断定“文明本身给现代人造成了创伤”①，马克思将现代人描绘成一个“失掉自身的人，自我排斥人，被非人的关系和势力控制了的人”②，马尔库塞更是宣布现代人发生了全面异化，变成了内心生活完全僵化、缺乏创造性的思想、成为一切按照技术合理

① 引自I·福伊尔利希特《异化：从过去到未来》。

② 《马克思恩格斯全集》第一卷第343页。

性的要求行事的单向度的人。当然，西方哲学家们批判的是西方近现代的工业文化，而曹禺批判的是中国中世纪的封建文化，尽管各自批判的对象有着巨大的时空差异，但在认定文化本身会发生异化，从而造成人的异化这一点上，他们显然有着相同之处。正因为如此，他们面对人性异化的严峻现实，同样发出了人性复归的呼唤。

## 二

一九二九年北京周口店猿人“北京人”的发现，曾经轰动了世界的考古学界。十多年以后，一位剧作家竟然也从“北京人”身上受到了触动，获取了灵感，借助于它，表达了自己渴望人性复归，渴望人能全面自由发展的愿望：

> 这是人类的祖先，这也是人类的希望。那时候的人要爱就爱，要恨就恨，要哭就哭，要喊就喊，不怕死，也不怕生，他们整年尽着自己的性情，自由地活着，没有礼教来拘束，没有文明来捆绑，没有虚伪，没有欺诈，没有阴险，没有陷害，没有矛盾，也没有苦恼，吃生肉，喝鲜血，太阳晒着，风吹着，雨淋着，没有现在这么多人吃人的文明，而他们是非常快活的。

这是《北京人》中最关键的一段台词，是全剧的“戏眼”之所在，是曹禺在剧中所要表达的主要哲理意蕴，他自己曾把这段话作为《北京人》的主题①。在这里，曹禺一方面用原始时代“北京人”自由自在的生活作为一个巨大的参照物，以此来映衬出以曾家人为代表的现代文明人的堕落和异化；另一方面，也是更重要的方面，是曹禺通过对“北京人”的描绘和赞美，正面提出了自己的自然人性的理想。这一理想具有两个特点：一是洋溢着旺盛的生命力，充满野性和力量，二是性情纯真、质朴、自然。前者偏重于肉体，后者偏重于精神。这样，曹禺从灵肉两方面指出了人性复归的具体途径。他希望人能成为自主的个体，能摆脱外在的束缚，能回复自己的自然本性，能以一种全面的方式重新占有自己的本质。实际上，曹禺在《北京人》中，已经接触到了一个亘古的哲学命题：人究竟应该寻求什么样的生存方式与生存价值。

为了具体表现这一深刻的哲理意蕴，曹禺在剧中塑造了一组与曾家形成强烈反差的人物形象，即机器工匠、袁氏父女及小柱儿的形象。显然，如果《北京人》仅仅是暴露封建大家庭的罪恶，那么，这一组形象便毫无存在的必要，因为没有它们，也丝毫不影响曹禺表现封建大家庭的经济衰败和精神没落。但是，要表达曹禺人性复归的意图，这一组形象便显得至关重要，不可或缺，因为它们是曹禺自然人性理想的外化与具象化。在那位机器工匠身上，主要体现了曹禺自然人性理想的第一个特点。让我们看看曹禺对这一人物的描写吧：“他约莫有七尺多高，熊腰虎背，大半裸身，披着半个兽皮，浑身上下毛茸茸的。两眼炯炯发光，嵌在深陷的眼眶里，塌鼻子，大嘴巴，下巴伸出去有如人猿，头发也似人猿一样

① “……后来我写出袁任敢说的那两句话：‘那时候的人，要喊就喊，要爱就爱……’我才觉得这是戏的主题了。”曹禺《和剧作家们谈读书和写作》，《剧本》1982 年第 10 期。

低低压在黑而浓的粗眉上。深褐色的皮肤下，筋肉一粒一粒凸出有如棕色的枣栗。他的巨大的手掌似乎轻轻一扭便可握断了任何敌人的脖颈。他整个是力量，野得可怕的力量，充沛丰满的生命和人类日后无穷的希望，都似乎在这个人身内藏蓄着。”曹禺简直让四十万年前的“北京人”死而复生，重新走进了现实生活。这位机器工匠不仅有着“北京人”的体格和外貌，更有“北京人”的野性和力量。为了突出这一点，曹禺为他设计了两个动作。一是让他挥拳赶跑了登门讨债的人，二是让他替瑞贞们砸开了曾家紧锁的大门。不过，由于曹禺在描写时过于写实，结果使人们在理解这一形象时发生了错觉，把它当成了劳动人民大众的象征[①]，而忽略了它所包含的哲理内涵。当然，现代中国对野性和生命强力的呼唤与追求并非自《北京人》始。五四时期陈独秀就曾惊世骇俗地提倡过“意志顽狠”、“体魄强健”、“信赖本能”、“顺性率真”的“兽性主义”[②]，鲁迅基于中国孱弱的国民性，也曾说过：“倘不得已，我以为还不如带些兽性”[③]。在三十年代沈从文和艾芜等人的作品中，也出现过一批具有生命的原始冲动与蛮性的人物群像。就是曹禺本人，在《雷雨》中就描写过蘩漪那种果敢阴鸷、能够毁灭一切的原始野性，在《原野》中更是渲染了仇虎和金子强烈的带有非理性色彩的复仇和情欲的烈火。但是，像《北京人》这样直接请出原始时代的“北京人”，把人的野性强化到无以复加的地步，并升华到人性复归的高度，这在现代中国实属罕见。在袁氏父女和小柱儿身上，则主要体现了曹禺自然人性理想的第二个特点。虽然曹禺也描写了他们强健茁壮的体魄和蓬勃旺盛的生命力，但更主要的是表现他们性情的率真爽朗，心理的自然简单。作为人类学者的袁任敢是那样豪放洒脱，不修边幅，不拘礼节，他既没有曾家那种严厉繁琐的家教，也不懂得曾家人所谙熟的“人情世故”。他的女儿袁圆也是尽着自己的性情，想哭就哭，想笑就笑，活得那般自在，那般快活。他们父女的关系更是无拘无束，没老没少，在恪守传统伦理观念的曾家人们看来简直是荒唐可笑，不成体统。对于那位不引人注目的小柱儿，曹禺也极力写出他令人喜爱的憨厚、纯朴，甚至傻呆。曹禺实际上揭示了这样一个事实：愈是受到传统文化的熏陶，便愈是丧失人的自然本性，而愈是具有人的自然本性，便愈是没有受到传统文化的浸染。这里存在着一个明显的悖论。

曹禺之所以把原始时代的“北京人”作为自己自然人性的蓝本，渴望人能回到自然状态，这并不是偶然的，而是受到中外哲学家们的深刻影响。古代的庄子便认为在远古的“至德之世”，人民清心寡欲，不争名逐利，也根本不知道什么政教礼义，只是按着自己的本性自自然然地生活，“彼民有常性，织而衣，耕而食，是谓同德，一而不党，命曰天放”[④]。在西方，卢梭对处在自然状态中的野蛮人的生活赞扬备至：“野蛮人仅只喜爱安宁和自由；他

① 茅盾：《读〈北京人〉》，《解放日报》1942 年 8 月 12 日。

② 陈独秀：《今日之教育方针》，《独秀文存》卷一第 25 页。

③ 鲁迅：《略论中国人的脸》，《鲁迅全集》卷三第 414 页。

④ 《庄子·马蹄篇》。

愿自由自在地过着闲散的生活”,“他宁愿在风暴中享自由,不愿在安宁中受奴役”[①]。尼采也对人类的原始时代眷念不已:“人类有个原始时代,其时人接近大自然的心灵,在自然状态中同时达到人类的理想,处于乐园的善行和艺术气氛中”[②]。曹禺同这些古今中外的哲人们一样,都假定有一个先在的人性完满的自然状态,都带着某种感伤的怀旧情绪来看待人性的分裂。他们都把自然状态的消失归之于文明的发展,因而对文化持尖锐的批判态度。究竟应该怎样来评价他们这种“向后看”的思想情绪呢?是一味地指责他们在鼓吹原始主义,宣扬倒退的历史观,还是认为在他们那貌似偏颇的见解中蕴藏着某种深刻的哲理?显然,前一种做法是简单、轻率的。当年伏尔泰曾嘲笑卢梭,说读了他的书,“人一心想望四脚走路”[③]。实际上,任何一个头脑健全的人都不会愚蠢到要人类重新走进森林,去过那种赤身裸体、茹毛饮血的生活。卢梭和曹禺们其实是敏锐、清醒地意识到了人类社会发展本身是一个令人困惑的二律背反的过程。一方面,人类的确是告别了原始人的愚昧与野蛮,逐渐进入了高级的文明时代,并正在走向更加光辉灿烂的未来。但另一方面,人类又无可挽回地失去了原始人粗犷强壮的体格和自然率真的心灵,失去了昔日生存的和谐与青春的激情。人类创造的文化已经反过来成为人类自身的枷锁,人类成熟的理性正在使人的感性冲动日趋衰竭。因此,我们既可以写一部人类进化的历史,又可以写一部人类退化的历史。这两部历史非但不互相抵牾,反而可以相互补充,从而构成一部完整的人类历史。卢梭和曹禺们书写的不就是后一部历史吗?他们不正是痛心于人性异化的现实,才大声疾呼拯救人的自然情感,恢复人的自然本性,把人的世界和人的关系真正还给人自己吗?他们的深刻与合理之处就在这里。

应该说,曹禺在四十年代中国的历史环境中思考人性异化和人性复归的课题,实在是有些不合时宜。因为当时的人们正处于国家与民族的危急关头。他们关注的是现实的抗日救亡斗争,是具体的个人和社会的理想图景,而不是人生、人性、宇宙之类的抽象玄虚的大问题。因此,他们冷落、误解,甚至批评曹禺当时的思考,是完全可以理解的。但是,时过境迁,在人们纷纷探讨人生问题和价值论的今天,在人们不断思考人类的过去、现在和未来的时候,我们难道不应该对曹禺的这一思考给予应有的评价,难道不应该把《北京人》丰厚的文化哲理意蕴挖掘出来,公之于众吗?

原载《中国文学研究》1987 年第 4 期

---

① 卢梭:《论人类不平等的起源和基础》,第 148、133 页。
② 尼采:《悲剧的诞生》,《文学论集》,第四辑第 262 页。
③ 罗素:《西方哲学史》下卷,第 229 页。

# 植根于民族生活的土壤之中

## ——话剧《北京人》论析

焦尚志

《北京人》是曹禺的代表作之一。而它的成功，历来被人们论定为学习、汲取契诃夫的剧作经验的结晶。这当然是不无道理的。的确，在创作《北京人》的前后，作家曾经在一段时间内"沉醉于契诃夫深邃艰深的艺术里"，竭力在探寻契诃夫剧作摄人"魂魄"的艺术奥秘。① 但是，"《北京人》的成功及其持久的艺术生命力，并不单单表现在与契诃夫剧作风格和某些表现方法的契合上，更在于它对现实生活的深入发掘和由此而带来的醇厚的民族风格。

### 一

《北京人》写于一九四〇年。同《雷雨》、《原野》等剧比，已经看不见那种尖锐剧烈的冲突场面和曲折奇异的诱人情节，呈现在人们面前的，不过是一些普通人物的平凡的日常生活琐屑与复杂纠葛，是闪动着微波细浪的缓缓的生活之流，然而它却蕴蓄着浓烈的生活诗意，回荡着时代的涛声，是那样摄魂动魄、发人深思。这正是作者在契诃夫剧作艺术的启迪下，戏剧冲突重心内移所造成的审美形态上的新特征。

与契诃夫的剧作相似，《北京人》并不去着重展示人物之间外部的剧烈冲突，而往往通过日常生活中人物之间的复杂关系和纠葛，造成一种足以诱发人物内在冲突的戏剧情境和气氛；透过人物的内心冲突，向现实生活深入开掘。试看第一幕曾皓、思懿等围绕愫方的婚事展开的争论，在人物内心深处所激起的复杂冲突：

思懿阴狠、妒嫉，早就想把愫方赶出曾家。她在曾家请袁任敢先生来吃午饭前，突然向公公曾皓探问起愫方与袁先生的婚事来。曾皓当然不愿把愫方嫁出去，但又怕泄露自己的隐私，不得不把愫方叫住，同大家讨论起这个问题：

> 皓　愫方，你自己觉得怎么样？不要想到我，你应该替你自己想，我这个当姨父的，恐怕也照拂不了你几天了，不过照我看，袁先生这个人哪——
>
> 思　（连忙）是呀，愫妹妹，你要多想想，不要屡次辜负姨父的好意。以后真是耽误了自己——
>
> 皓　（也抢着说）思懿，你让她自己想想。这是她一辈子的事情，答应不答应

① 曹禺：《〈日出〉·跋》，《日出》，中国戏剧出版社 1957 年 9 月版，第 208—209 页。

都在她自己,(假笑)我们最好只做个参谋。愫方,你自己说,你以为如何?

江 (忍不住)这有什么问题?袁先生并不是个可怕的怪物!他是研究人类学的学者,第一人好,第二有学问,第三有进款,这,这自然是——

皓 (带着那种"稍安勿躁"的神色)不,不,你让她自己考虑。(转对愫焦急地)愫方。你要知道,我就有你这么一个姨侄女,我一直把你当我

的亲女儿一样看,不肯嫁的女儿,我不是也一样养么?——

思 (抢说)就是啊,我的愫妹妹,嫁不了的女儿也不是——

(文清再也忍不下去,只好拔起脚就向书斋走——

思 (斜睨着文清)噢,走什么?走什么?

(文清不顾由书斋小门下。)

皓 文清怎么?

思 (冷笑)大概他也是想给爹煎药呢!(回头对愫又万分亲热地)愫妹妹,你放心,大家提这件事也是为着你想。你就在曾家住一辈子谁也不能说半句闲话。(阴毒地)嫁不出去的女儿不也是一样得养么?何况愫妹妹你父母不在,家里原底就没有一个亲人。

皓 (当然听出她话里的根苗,不等她说完——)好了,好了,大奶奶,请你不要说这么一大堆好心话吧。

(思懿的脸突然罩上一层霜)。

皓 (转对愫方)那么愫方,你自己有个决定不?

思 (着急,对愫)你说呀?

……

皓愫方,你说话呀,小姐。你也说说你的意见呀。

愫 (摇头)我,我没有意见。

(愫由通大客厅的门下。)

表面上,他们似乎都在关心着愫方,实际上每个人都在打着自己的算盘,然而又都不好直说,于是,在他们的心灵深处展开了一场微妙、紧张的交战:思懿恨不得一脚把愫方踢出去,我们仿佛窥见了她那阴狠、妒嫉的蛇蝎心肠和逼人的目光;曾皓又唯恐思懿那口蜜腹剑,刻薄冷酷的话动摇了愫方终身不嫁的决心,竭力用伪善的恻隐之心去安抚愫方,他那颗自私、腐臭的灵魂反而欲盖弥彰;江泰好像在为愫方抱不平,其实他的骨子里却是借此报复曾皓和思懿,以发泄他的满腹怨忿。这一场围绕愫方的婚事在思懿、曾皓等封建统治者与寄生者的内心所展开的勾心斗角的复杂冲突,不仅鞭辟入里地揭示了他们各自污秽、丑恶的灵魂,更在愫方的内心世界形成一种沉重压力,激起她感情深处的层层波澜。在这个封建家庭中,像愫方这样一个寄人篱下、孤苦无依的待嫁姑娘,她是备尝了爱情悲剧和孤寂生活的凄凉、苦涩的况味的,对于自己的"终身大事"不会不动心思。曾皓、思懿等对她的婚事所持态度的背后隐藏着的机诈和私心,如利刃扎向她的心头,不可能不触起她悲哀、凄凉的身世之感和内心的剧烈冲突:她受尽了思懿的凌辱与白眼,未尝不想了却

自己的婚姻、脱开这个可怕的封建牢笼；然而那个垂老的姨父曾皓却又死死地缠住她，把她当作维系生命的“拐杖”，她那宽仁的心地怎么忍心断然离去！更何况她对文清还有那么深挚的爱恋之情呢！在曾皓、思懿的交攻下，愫方被迫说出的“我，我没有意见”的话，透露了她此刻难以言喻的内心矛盾与痛苦。

在曾公馆，封建统治者与压迫者曾皓和思懿，是造成愫方的爱情悲剧和深刻的精神创伤的代表人物。愫方与文清，从小就建立起了纯洁深挚的爱情。由于包办婚姻，俩人未能结合。有情人而不能成为眷属已经十分痛苦了，如今又天天遭到大奶奶思懿的嫉恨、挖苦与姨父曾皓的困扰，她在精神上所受的折磨就更深沉了。正是在封建家族统治者的严重摧抑下，愫方的思想和性格迸射出了耀目的光辉。当封建家庭和礼教的残酷压迫，使她和文清相对而不能倾诉衷肠，目睹对方受罪而内心感到无限痛苦时，为了使文清跳出苦海而远走高飞，她宁愿忍受永远分离的痛苦和担当文清留下的一切家庭重负。文清几经延宕终于离家出走后，愫方如释重负，内心感到一种从未体验过的愉快和激动。封建家庭与礼教无论如何压迫、折磨与摧残她，却始终不能扑灭她对文清一往情深的爱的烈焰，身受压迫、折磨和摧残愈甚，埋藏在她内心深处的爱情之火燃烧得就愈炽热、纯洁与高尚，犹如严冬傲霜怒放的蜡梅花，益加散发出清冽醉人的幽香。当文清经不起社会上的风浪，出走而复归后，她对文清的爱的幻梦彻底破灭了，使她终于看清了曾公馆是怎样一个窒息、摧残人的“监牢”。在瑞贞的启示下，她毅然走出了这个“黑暗王国”而奔向她心中憧憬的那个光明所在。可以说，愫方和曾皓、思懿等封建家庭统治者之间的思想矛盾在客观上是尖锐的、不可调和的。但是，剧本始终没有展示愫方与他们的正面冲突，作者却把他的笔墨倾注在曾皓、思懿对她的一次次沉重的精神压迫与进攻，倾注在对这个没落家族种种专制与腐败现象的描绘、渲染上，造成某种尖锐、紧张的冲突情势和压抑、窒闷、咬啮人的灵魂的浓烈氛围。让读者和观众结合自己的体验、想象和思考，去感受、体味愫方在此情此景中的痛苦的内心世界，感受、体味她那坚韧、顽强的内在性格和丰富淳厚的善美心地，她对美好生活的热烈憧憬和反封建的叛逆精神。

不仅如此，剧中其他人物之间的冲突，也无不由外部移向内心。试以曾皓、思懿、江泰之间的勾心斗角的纠葛为例，他们或者想保住家长的“宝座”，或者要争得家庭的“主宰”，或者是出于报复、泄愤，明争暗斗，矛盾迭起，甚至有时突然呈现剑拔弩张、尖锐对立的危急形势；但是，他们表面又要作出维护封建礼仪的样子，不好撕破面皮，爆发为唇枪舌剑的直接冲突，而往往转化为心对心的暗中较量。第一幕江泰借发酒疯发泄他寄人篱下、受人冷眼的郁愤。在他的屋内大骂曾皓和思懿，而思懿当时正在隔壁偷听。听到他的咒骂，“思懿先真要挺身而出”，但当江泰大嚷“我喊，我就是给她听，看她怎么样？……我要打死她，我要一枪打死她”时，思懿感到有些毛骨悚然了，恐惧地“悄悄退了回去”。第二幕末尾，江泰再次发酒疯，公然跑到岳丈曾皓面前，把曾皓骂了个“狗血淋头”，但当时曾皓已因文清吸毒气得痰塞喉咙，说不出话来，只瞪大眼睛怒视着江泰。与此同时，思懿也趁机向曾皓暗地发动了攻势：在曾皓不能开口的情况下，思懿明明知道他厌恶西医，却生拉硬扯地强行把他抬上汽车，送往医院，一心想把曾皓折腾死，以遂其独揽曾家“大权”的夙愿。

曾皓也只有痛苦而愤恨地望着思懿，“紧紧抓住那门扇，坚不肯放”。面对江泰气势汹汹的吵骂和思懿射来的暗箭，曾皓却不能够作出任何招架与反击，其内心是何感受与滋味，读者和观众是可以想象的。透过这些心灵的交战与冲突，没落、衰败的封建大家庭的霉烂气息蒸发出来，给剧本造成了一种特有的喜剧气氛。

总之，《北京人》从表面看来，是日常生活中人们之间各种复杂关系和矛盾纠葛的真实描绘；而激荡在人物内心深处的，却是压迫者与被压迫者、封建统治者内部之间的紧张、剧烈的冲突，从而，异常深刻地揭示出封建宗法制度与礼教的腐朽本质及其必然崩溃的历史命运，揭示出反封建民主力量的成长和它们的光明前景。剧本中那股冲击人们心灵的强大“戏剧潜流”，它那感人的生活诗意和丰富深沉、闪耀着真理光辉的内蕴，就是从这里透露出来的。



曹禺创作《日出》，曾对契诃夫的著名剧作《三姊妹》的平淡结构却又具有那样摄人“魂魄”的艺术魅力那么赞叹与倾服，他说：“在这出伟大的戏里没有一点张牙舞爪的穿插，走进走出，是活人，有灵魂的活人，不见一段惊心动魄的场面。结构很平淡，剧情人物也没有什么起伏伸展，却那样抓牢了我的魂魄……”①作者在创作《日出》时发愤要追寻的契诃夫那寓深邃于平淡的艺术理想，在《北京人》中终于变成了现实。

## 二

那么，曹禺是如何借鉴、汲取契诃夫的艺术经验的呢？

契诃夫寓深邃于平淡的现实主义戏剧艺术，固然有其艺术表现技巧上的种种复杂情况，但归根结底，还是决定于他对时代生活的深刻把握。契诃夫非常热爱生活，他的心灵，就植根于俄罗斯现实生活的深处。因此，他十分熟悉十九世纪末沙皇专制统治下弥漫于俄国社会的空虚、死寂的灰色生活，了解郁积在人们心头的时代忧郁和苦闷。为了深刻地反映时代苦闷，契诃夫打破传统戏剧观念，从平凡的日常生活中去探索人物隐秘的内心冲突。这就使戏剧冲突的重心由外部移向了人物内心深处。适应冲突内移的戏剧结构上的变革，契诃夫还创造出了提炼生活化的情节，加强环境、气氛的渲染和运用停顿等等足以发掘人物内在冲突的一系列表现手段与方法。正是透过那些平淡无奇的生活风波和荡漾着抒情诗意的环境、氛围的渲染，揭示出人物内心深处的深沉苦闷与剧烈冲突，反映了革命风暴将要到来时，俄国社会生活的可怕沉寂和在人们的内心深处所引起的骚动。可见，契诃夫的剧作冲突重心内移的结构上的变革，是作家探索深刻地反映现实生活，捕捉时代脉搏的艺术道路的结晶：曹禺看到了这一点，他说：“契诃夫的写作艺术也和他的思想主题相辅相应。他非常仔细地体察生活，思索生活，从中悟出道理，产生他的构思。”②对生活的深入体察与思索，推动了契诃夫剧作艺术的革新。这同当时许多脱离俄罗斯现实生活，单纯从形式上去探寻艺术革新之路的艺术家们相比，显然是大异其趣的。当十九世纪末，那

① 曹禺：《〈日出〉·跋》，《日出》，中国戏剧出版社1957年9月版，第209页。

② 曹禺：《读剧一得》，见《论剧作》第130页。

些乌七八糟的形式主义泛滥于俄国舞台的时候，契诃夫那一部部来自生活深处、真正革新的现实主义剧作，确实惊世骇俗，令人耳目一新。可以说，没有对本民族社会生活本质的深刻把握，没有对激荡着时代风雷的人们心灵世界的深入体验，就没有契诃夫剧作意蕴深邃的生活诗意，就无从产生他那划时代的戏剧艺术。曹禺取法契诃夫，其立足点也正是建筑在对本民族现实生活的深刻把握之上。

曹禺谈到学习契诃夫剧作的体会时，写道："我们学习前人和别人的经验，主要是学习如何表现生活和概括生活的'窍门'。"他反对摹仿，抄袭别人现成的形式，而强调把前人的经验、技巧融化在对生活的深入发掘之中。契诃夫的剧作"表现生活和概括生活的'窍门'"究竟在哪里？从上述分析中我们看到，就在戏剧冲突重心移向人物内心世界这个引起戏剧内部深刻变革的关键环节上。曹禺正是看到了戏剧冲突重心内移在"表现生活与概括生活"上的重要意义，他就特别注重深入观察、体验生活，从看似平淡的日常生活中去探索透露时代气息的人们灵魂的隐秘。如同创作《雷雨》、《日出》时那样，曹禺创作《北京人》有着深厚坚实的生活基础。他对具有浓重封建专制色彩的旧家庭给人们造成的精神苦痛，更有强烈感受与体验。应该指出的是，创作《北京人》的前后，正是中国人民艰苦抗战时期，国民党反动派对内镇压、对外妥协投降的卖国政策，造成了国统区极度黑暗、腐败的政治气氛和空前的民族危机，亡国灭种的阴影沉重地压抑着人们的心头，作者深深地感受到了"时代的苦闷"；同时，陕北解放区和广大抗日革命根据地透露出来的新世纪的曙光，更使作者向往和"憧憬着时代的未来"。[①] 在深刻把握现实生活和时代精神的基础上，作者汲取契诃夫的先进艺术经验，向他烂熟于心的题材——处于穷途末路的封建士大夫家庭进行了艺术剖析，透过日常生活中人们之间纷纭错杂的关系与纠葛，集中笔墨向人物复杂、矛盾，回荡着时代涛声的内心世界的纵深开掘，创作出《北京人》这样激荡着感人的生活诗意与深刻的哲理内涵的戏剧杰作。这就启示人们：要接近契诃夫，把握他的剧作艺术的神髓与一系列具体表现技巧，就必须不懈地向生活开掘。



## 三

正因为曹禺学习、借鉴契诃夫的剧作艺术，是从生活出发，融化在对本民族社会生活的开掘与提炼之中，因此，作家的审美理想，民族的审美要求，必然要熔铸进他的戏剧创作中，从而呈现出鲜明的个性特征与民族风格。汲取契诃夫的剧作经验，《北京人》戏剧冲突重心转入了人物内心深处，表现在外部的剧烈冲突与惊心动魄的场面不见了；但人物之间有些矛盾纠葛依然比较紧张，甚至有时对立双方处于一触即发的危机边沿。这同几乎看不到生活波澜的契诃夫的剧作比起来，仍有显著区别。因此，曹禺剧作一贯的紧张激荡的主体风格因素被保留了下来，再融进契诃夫那平淡深邃的抒情特征，便造成了《北京人》那平淡、幽深、激荡的诗意风格，这是曹禺剧作风格的一个新发展。

① 方瑄德：《看〈北京入〉忆旧感新》，《戏剧报》1957年第13期。

《北京人》在话剧借鉴外来艺术经验，实现民族化方面所取得的成就，是特别值得称道的。剧本写于抗战时期，作者尽管没有直接去表现抗战的内容，但在揭露旧制度的腐朽与罪恶，展示隐约可见的新世纪曙光上，却相当深刻地反映出了时代生活的本质真实。甚至同时代许多抗战题材的作品，在向现实生活的开掘上，都远不及《北京人》那样深刻动人，具有那么厚重的历史纵深感与那么沁人肺腑的民族气息。这是因为，作家在深入体验现实生活，感应时代脉搏的基础上，把他的笔触伸进了民族传统思想与文化的深层中去。以孔孟之道为核心的封建宗法思想和伦理道德，作为剥削阶级的主体思想意识，曾经长期影响、左右着中国社会生活和人们的精神世界，以致我们中华民族的传统思想与文化染上了浓重的封建宗法色彩。扎根在中国现实生活的深厚土壤中的不少作家和艺术家，在对现实的深入发掘中，曾经多次接触并表现了这方面的主题。曹禺以他那深邃的现实主义笔触，在看似平淡的日常生活的底层，触及传统思想与文化的源流。《北京人》从日常生活的描绘，到人物性格的刻画，无不闪现着封建宗法思想与伦理观念的阴影。

剧本展现在读者和观众面前的曾家充满复杂矛盾纠葛的日常生活，是一幅富于民族特征和地方色彩的封建士大夫家庭没落、衰败的真实画卷。在时代浪潮的冲击下，曾公馆这个曾经昌盛一时的封建世家，已经处在风雨飘摇、樯断桅绝的厄运之中了。它不仅内囊空乏，负债累累，人们的精神面貌与伦理道德更是全面崩溃：充斥这个家族日常生活的，是令人窒息的繁文缛节与愈演愈烈的钩心斗角。在那些家族统治者、寄生者之间，表面看来，个个知书达礼，恪守礼法，仿佛谁也不敢越过"雷池"一步；而在暗地里、心灵中，却无时不在进行争权夺利、互相倾轧的激烈角逐。因此，浸透着腐朽的封建宗法思想，散发着霉烂气味，窒息一切生机，正是走向崩溃的中国士大夫家庭所独具的民族特征。作为背景的曾家小花厅那古色古香而又透着文雅的摆设与格局，以及整个环境、气氛的渲染，无不烘托着这个"诗礼传家"、"中道衰微"的封建家族的特有情调与民族色彩。

《北京人》反映出来的传统思想与文化，及其浓郁的民族特征，更是流动在人物的血液里，激荡在作家对丰富复杂的人物性格刻画与灵魂隐秘的探索中。

在曾皓和思懿这两个形象身上，作家主要揭示了他们作为封建宗法制度与礼教的维护者腐朽、没落的本质。站在封建卫道者的立场上，他们自觉或不自觉地压抑、扼杀触犯封建礼教、追求个性自由的思想与行动，把曾公馆造成了一座腐败、死寂，令人窒息的"监牢"。愫方和文清的爱情悲剧，瑞贞与曾霆痛苦的夫妻生活……都深刻地揭露了封建宗法家庭专制的残酷性。然而，作家给予无情鞭挞的，却是体现在曾皓和思懿身上的封建礼教的虚伪性。曾皓从每况愈下的生活变迁中，已经深深感觉到他这个士大夫家庭无可挽回的没落、颓败的趋势。笼罩在他心间的，是一种"落花流水"、悲哀绝望的迟暮之感。他再也无力撑持他祖先创立的"基业"了，他最后能够顾及的，就只有如何使自己苟延残喘和保住他那口视同命根的棺材了。为此，他竭力用封建礼教去稳住愫方，维持那摇摇欲坍的家族统治。思懿"知书达礼，精明干练"，谈吐间"总显露着她那种谦和，孝顺，仁爱……一个封建社会贤妇应有的美德"，她似乎想重整那个行将崩溃的没落"世家"；而实际上，她的心力才智却全部耗费在利己的谋划与家庭内部的勾心斗角上，她不过是一个口蜜腹剑、心狠手辣的“巧伪人”。有人说，思懿的性格、心术，很有点像《红楼梦》里的王熙凤，是有一定道理的。总之，曾皓和思懿，是曾公馆两个性格迥异的封建代表人物：一个是风烛残年，仍然要把持他那岌岌可危的家族统治，一个是阴狠机诈，欲取彼而代之；但根深蒂固的封建伦理观念，却又使他们不好撕破面皮，转而变为微妙、紧张的心理交战。揭下封建礼教的虚伪面纱，暴露出来的则是两颗腐朽、卑污的灵魂。而虚伪性，这正是中国封建宗法统治的一个显著特征。

曾文清则是一个封建宗法制度的可悲的殉葬品。士大夫家庭的舒适、优裕的寄生生活，固然使他饱食终日，无所用心，而“书香门第”与书斋生活，却又使他成为弱不禁风，一无所能的“废人”。他平常“下棋，赋诗，作画”，玩鸽、品茗，看似颇为“高雅”；除此之外，一无所长。他最大的特点就是“懒”：“懒于动作，懒于思想，懒于说话，懒于举步，懒于起床，懒于见人，懒于作任何严重费力的事情”。他也想作个“有用的人”，曾外出谋事，然而终于经不住社会的风浪，又返了回来。正如有人指出的：“他生不逢时，科举已废，而除‘书香’以外，他看来别无其他谋生技能。”①曾文清之成为一个过时的“书生”与“废物”，以致最后因辜负了亲人的期望而自杀，固然同他在爱情生活上的失意与思懿对他的精神折磨有一定关系，但归根结底，还是封建制度及没落阶级的思想观念腐蚀并葬送了他。从曾文清这个形象身上，使人们更深刻地认识到封建宗法思想与文化的传统力量之可怕。

的确，曾文清与契诃夫笔下的十九世纪俄国废人伊凡诺夫(《伊凡诺夫》的主人公)颇多相似之处：他们都是懒散、懦弱，性格中缺乏“铁质”的废人，都是悒郁终生，一无所成，最后对生活、对自己绝望而自杀的。但是，形成他们“废人”的性格特征和悲剧结局的社会历史环境却是殊异的：伊凡诺夫是处在俄国沙皇专制统治最黑暗时期的富于罗曼蒂克精神的小资产阶级知识分子。起初，他有一股强烈的改革社会的理想与热情，但当农奴制改良运动失败后，沙皇专制统治进一步加强、社会愈加黑暗的时候，他便心灰意懒、消沉颓唐起来。伊凡诺夫的懒散和他的自杀，当然有其自身的因素，譬如他那经不起挫折与失败的小资产阶级的狂热性与脆弱性等等，但主要还是他的理想与黑暗现实之间的不可调和的冲突，是沙皇专制统治所造成的一个社会悲剧。曾文清则不同，他出生、成长在带有浓重封建宗法色彩的中国北方的士大夫家庭。他那种锦衣玉食、赋诗作画的舒适、悠闲寄生生活，是造成他懒散、文弱，无所作为的性格品质的根源所在。他郁郁一生，最后走上自绝之路，罪责却在于中国传统的封建宗法思想与文化。由于他们各自所处的民族生活和社会历史环境的不同，因之他们的性格的社会内涵仍有质的差异：伊凡诺夫的性格中流淌着沙皇统治最黑暗时期俄罗斯那些彷徨、苦闷，染着时代“忧郁症”的知识分子的血液，颓唐中带有焦躁、忧郁的浓烈色彩；曾文清的性格内则存在着旧中国封建宗法思想和文化传统的积习遗风，懒散中透露着文弱，隐含着那么一丝旧时代封建文人的“清俊飘逸的骨相”。伊凡诺夫和曾文清分别是契诃夫和曹禺在本民族深厚社会生活土壤上的杰出创造；而在对

① 刘绍铭：《曹禺论》，香港文艺书屋 1970 年 5 月初版，第 112 页。

传统思想和文化的开掘上，后者比前者似乎蕴含着更深的历史容量，因而更发人深思。

愫方是寄寓着作家理想、光彩照人的善美形象。但这个形象的成功，主要并不在于她那高尚感人的思想情操和反封建的叛逆精神，而在于作者在现实生活的深层揭示出了她这种可贵的思想情操和叛逆精神同民族传统思想与文化的盘根错节、深刻复杂的血缘联系。比如，愫方在爱情上深受摧抑的孤寂凄凉的处境中，仍然振作精神去寻找安慰与快乐，既表现了中国妇女忍辱负重，坚韧、顽强的生活意志，又流露出“怨而不怒”的孔孟之道的浓重色彩；在她那“为人”、“利他”的高尚思想境界里，既渗透着中国人民舍己为人的传统美德，又混杂着模糊是非善恶界限的儒家“仁爱”的思想因素；在她对曾公馆这个封建牢狱绝望之后，毅然决定出走而又对封建压迫者曾皓流露出那么一种关切、怜悯之情的矛盾现象中，既迸发出我们民族反抗压迫、向往美好生活的民主思想的强烈光辉，又反映了纠结着封建伦理色彩的劳动人民的人性美。在这里，我们并不对人物吹毛求疵，故意挑剔以至渲染她的思想、性格中的复杂性与消极因素，进而否定她的进步性。而旨在阐明：愫方这个先进人物决不是超绝尘世的仙女，而是从现实生活的深厚土壤中顶凌而出、放射着时代光彩而又负荷着民族传统思想与文化的复杂烙印，具有真实生命的人物。她既不同于《海鸥》中跨过人生道路上的波折与坎坷，义无反顾地告别了过去，坚定了生活信念的宁娜姑娘；又有别于《三姊妹》中一味幻想未来的美好生活，却又缺乏反击邪恶势力、改变社会环境的勇气与行动的奥尔加姐妹。她饱经封建压抑的苦难生活的磨练，对旧家庭、旧制度绝望之后，终于在时代曙光的招引下，背负着民族传统思想与文化的复杂影响，不无眷恋地离开曾公馆，走到久已憧憬的新世界中去的。

按照历史唯物主义观点，文学作品的民族风格，决定于一定民族的社会物质生活条件、文化传统的特殊性所产生的审美要求和审美理想的特殊性。它同一定民族的心理特征紧密相连。这就是说，民族风格决定于民族的审美要求、审美理想等心理特征，而植根于民族的现实生活及其文化传统的深厚土壤之中。对现实生活及其文化传统开掘得越深，作品的民族风格就越鲜明、动人。《北京人》正是在这一点上放出了异彩。如上所论，剧本透过一个没落、衰败的封建士大夫家庭日常生活的真实描绘，透过对各色人物复杂、矛盾的灵魂隐秘的探索，向现实生活的深层进行坚韧的钻探与开掘。因此，活跃在作家笔下的一个个充满生活气息的人物及其环境，不仅透露着特定历史时代的消息，而且往往胶结、烙印着以封建宗法色彩为特征的复杂的传统思想与文化，散发出中华沃土的诗意芬芳，表现出醇厚浓烈的民族风格。

当然，《北京人》与《红楼梦》所写的“大族名宦之家”的生活和人物，有很多相通与相似之处。比如，曾皓与贾政、思懿与王熙凤、愫方与林黛玉、曾文清与贾宝玉、陈奶妈与刘姥姥等，都或隐或显地存在着某些血统联系。但认真分析，我们就会发现：《北京人》中这些与《红楼梦》里一一对应，貌似相通或相似的人物，各有其彼此区别的独特个性与不同时代内涵的复杂的内心世界，都有着独立的艺术生命与审美价值。绝不能将这两部作品中的人物作简单机械地类比，从而否定前者的艺术独创性。《北京人》的人物与生活之所以会出现同《红楼梦》的人物与生活相通或相似的现象，无疑是曹禺受到曹雪芹现实主义艺术的启迪与影响；但决定的因素还是曹禺向具有深厚历史文化传统的现实生活深入发掘的必然结果。正如有的评论指出的："无疑，作家潜移默化地从《红楼梦》的现实主义描绘中取得了借鉴。但是，作家更直接地从二十世纪初期中国社会的封建家庭生活中提取了他的创作原料。因之，它虽然在描写中国贵族之家的民族特色上，同《红楼梦》有着历史渊源，但毕竟有它的时代特点和时代的亮色。"[①]这是一语中的精当见解。

《北京人》在借鉴外国先进艺术经验，实现话剧民族化方面所取得的突出成就在于，作者并不是单纯地去摹拟、照搬别人的题材和艺术形式，而是竭力捕捉、借鉴其"表现生活和概括生活的'窍门'"，将其运用于对本民族社会生活的开掘之中。这样，既汲取了外国艺术的有益成分，更赋予作品以鲜明的民族风格与地方特色。其实，早在《北京人》问世不久，就有人道破了此中的奥秘。他指出："从《雷雨》到《家》，作者运用着欧美现代的戏剧的技术、音乐、光、色彩，甚至于心理学、精神学、医学"，"而将欧美的戏剧技巧融进中国的生活，这尤其是作者擅长的一面"。因此，"在曹禺全部著作中充溢着中国气息，以及风俗画的绘写，这是最宝贵的收获之一"。[②]《北京人》之所以深受广大读者与观众的喜爱而能够入于世界艺术之林，固然同借鉴契诃夫的艺术经验有直接关系，但主要并不在于它多么逼肖契诃夫的剧作风格，而在于它那植根于现实生活的深层、异常突出的"中国气息"与"风俗画的绘写"。仅仅看到《北京人》与契诃夫剧作在风格特色上相通之处，而不能充分注意到它那富于民族独创性而又适应民族审美特征的思想内容与风格特色，那就不能真正理解《北京人》高超的创作艺术，和它在曹禺戏剧创作乃至中国现代话剧发展史上的意义。

原载南开学报编辑部编《曹禺戏剧研究集刊》，南开大学出版社 1987 年 8 月第 1 版

① 田本相：《曹禺剧作论》，中国戏剧出版社 1985 年 10 月第 2 版，第 227 页。

② 吕荧：《曹禺的道路》，《抗战文艺》九卷 3—4 期合刊，1944 年 9 月。

# 浅论《北京人》变态心理描写

李光祚

剧作家曹禺的《北京人》是继《雷雨》、《日出》之后更有独到之处，艺术上更为成熟的作品。剧作中人物心理的描写尤为出色。人物心理是人物性格的内在根据。本文仅就变态心理的描写作一些分析，试图说明变态心理描写在塑造人物性格中的意义。

变态心理是相对常态心理而言的，变态心理与常态心理之间很难有一个明确的界限。本文要说的变态心理，指的是我国文艺理论界流行的说法。即：正常人理智持久或暂时的弛懈紊乱；感知与客观刺激物不相应或感知时并不存在相应的客观刺激物；行为目的性不明或各种行为倒错；意识层之下的各种心理活动；畸形人格或病态人格等。

下面试从三方面来论述。

## 一、《北京人》中的变态心理描写，从人的生理属性与社会属性的联系上，真实地表现了人物性格特征

人到老年，恐惧失倚。子孙不肖，家运不昌，又非常怕死的曾老太爷就更甚了。当思懿不怀好意给愫方说媒时，他当着众人说："不要想到我，你应该替你自己想，我这个当姨父的恐怕也照拂不了你几天了。"体面、堂皇的神态，一副真心诚意的样子。可是背了众人"几乎是下意识地故意慌乱而过分显露老人失倚的种种衰弱和苦痛"。在愫方面前怨诉"家里没有一个体恤我、可怜我、心疼我"。他深知愫方为人善良，企图更深地撼动她的情感，永远将她当拐杖使唤。可是，哭着诉着竟说出："我是替你想啊，替你想啊。"苦痛的表情，也是一副真心诚意的样子。

把一个三十出头未嫁的姨侄女拴在身边当拐杖，为了自己的晚年舒服不惜耽误别人的青春。这是何等自私残酷，可是他总认为自己是在护着一个无告的孤女，是在替别人着想。这种"不自觉的自私"心理是何等奇怪啊！

马克思指出：任何人都是"在一定历史条件和关系中的个人"。[1] 作家正是把握住这一点来剖析人物灵魂的。

曾家，这个世袭着祖宗荣誉，曾经盛极一时的诗书礼仪世家。现在虽然家道衰微，四面楚歌，什么也不讲究，连房子也抵押给隔壁杜家了，但就讲究一点"臭规矩"。那就是曾老太爷念念不忘的"父慈子孝、长幼有序"。忠孝尊卑，是封建伦理道德的核心。"君子之

---

① 《马克思恩格斯选集》第1卷84页。

事亲孝,故忠可移于君。”[1]在家事父,竭尽其孝;在外事君,致其身尽忠。忠孝都以绝对服从为天职,只有义务,没有权利。违反就是逆子、叛臣,枉为人,直到肉体上灭其人。而真心诚意地修身齐家治国平天下是千百年来中国封建知识分子的理想人格。隶属观念和反躬自省相结合,使个性的压抑达到了最大限度,很难有人权自主意识。曾老太爷虽也是不肖子孙,挽家运于既倒而不济,但他却是封建理想人格的忠实追随者。他对人对己都很难有人权意识。在他的心目中,他的家长地位有着至高无上的权威。别人都是子民,只有尽孝的份儿;别人都在他的卵翼之下,自然是他在“照拂”别人的,也自然是他在为别人着想。这一天经地义的原则屡试不鲜,习以为常,已经变成了潜意识。遇上诸如此类的事,自然会不假思索地脱口而出。无怪乎,子孙不过是给他继承家业传宗接代的工具。父母之命,媒妁之定,哪管你儿子什么青梅竹马;爷爷要圆四世同堂的美梦,哪管你孙子什么稚气未脱。至于你们饮恨终身,吟《钗头凤》也好,相对无言也罢,对于他来说都是无关痛痒的。他泯灭了自己的人性,还要扼杀别人的人性,怎么会自觉到自私呢?

凭着这点“臭规矩”,他仍可傲视杜家。借了杜家的债无力偿还,于是大骂杜家是“暴发户”,骂杜家这种人就知道“什么东西都可以拿钱买”,连他“自己要躺的棺材”也不例外,“这种人是一点书都没有读过”。于是,门外催债的叫骂声丝毫不影响屋内的曾老太爷享受儿孙的一跪三叩大礼的雅兴。

心理学证明,人有某方面的自卑,便想在其他方面取得优势地位。这是自我防卫的“补偿”。偏执,也是老年人常有毛病。可是,曾老太爷把这种“补偿”偏执到了登峰造极的地步。骂杜家是“一点书都没有读过”,自然能显示高雅,也能显示一家之长的威风,可却忘了自己紧捏着一个空存折,不敢说有钱,也不敢说没有钱的狼狈相。高雅固然高雅,也只剩下了高雅的架子。这不也是阿 Q 吗?用精神上的胜利来维护一家之长的权威,岂止是变态,是病态!这是多么可悲!当一个阶级只能用陈腐的精神武器来对付强大的物质武器时,那就到了它彻底崩溃的时候了。

望子成龙是人之常情。曾老太爷虽然也常叹“知子莫如父”,“都是一群废物”,但重振门庭的主观意愿形成了心理定势,偏使他明知故犯地对儿辈抱着莫大的希望。而一旦事与愿违,他的心理调节能力无法改变这种心理定势以适应因失望而激起的感情冲击,整个心理机制便陷入混乱。

在第二幕中,曾皓面对着手拿烟枪,惊慌失措下反朝他跑来的文清,“惊愕得说不出一句话来,摇摇晃晃向文清身边走来,文清吓得后退,逼到八仙桌旁,突然对文清跪下”,并痛心地说:“我给你跪下,你是父亲我是儿子,我请你不要抽,我给你磕响头,求你不——”一壁就要磕下去。曾老太爷看到寄予希望的儿子并没有外出谋事,反而自暴自弃地抽鸦片,真是痛心疾首。他置长幼尊卑于不顾,不惜让儿子担当逆伦之罪,“噗通”一声跪了下去。这和第一幕中文清向曾皓一跪三叩,以及曾皓厉声喝令曾霆跪下的情景,形成了多么鲜明的对照。望子成龙与子孙不肖的矛盾使他满腔愤怒,可是毕竟不是年轻气盛之时了。无

① 《孝经·广扬名》。

可奈何强压自己。压抑的结果产生了"逆形成"心理反应，行为和心理大倒错，做出了荒唐可笑的事情。曾老太爷的这一跪，突现出这个封建大家庭统治者内心空虚，宣告了支撑这个大家庭封建统治的精神支柱已经崩溃了。

以上变态心理的描写，撕去了曾皓诗书礼仪，道貌岸然的面纱。暴露出这个没落阶级的代表人物极端自私、残酷而腐朽的本质特征。但是，作家没有把他写成"恶的容器"（高尔基语），而是首先把他作为一个人来写。以上所举的心理特征，常人也会有，只不过曾皓特定的社会地位、世界观和个性，具体的环境，诱发和加剧了心理变态。是历史进程把他所代表的阶级推到了行将灭亡的阶段，不可避免地将自己的腐朽性荒唐性暴露出来。所以，作家笔下的人物是活生生的，具有典型的意义。

## 二、剧作中变态心理的描写，揭示了人物独特的内心世界，有力地表现了个性鲜明的性格特征

愫方，这个"整日笼罩在一片迷离的秋雾里"的女子，为什么像一株空谷幽兰一样坚强而沉着地在别人的冷眼蜚语中生活？为什么宁肯终身不嫁也不愿离开这棺材一样令人窒息的曾家？谁又能说得清她的心底里压抑着多少苦痛？瑞贞，这个和她一样有着不幸遭遇的女子的诚挚激动了她，使她开启了自己的心扉，展示出善良美好的内心世界。"他走了，他父亲我可以替他侍候，他的孩子我可以……为着他所不爱的也都还是亲近他的，都觉得该体贴、该喜欢、该爱。"她是那样的痴情，"脸上逐渐闪耀着美丽的光彩，黄白的面颊，泛起一层红晕，她的声音都有些颤抖"："这心好暖哪！真好像春天来了一样。"她带着泪光，欢喜忘情地憧憬着，置身在自己编织的美丽动人的梦中。

"我们不仅在睡眠中做梦，日间精神疲倦注意力涣散，平素受理智束缚的与事冲突的幻想于是源源涌现，这种幻想和梦也没有分别，所以通常叫'日梦'。"[①]愫方是在做白日梦，不过这是因为情绪亢奋、感情激动的缘故而导致的。它同梦一样，正是人物潜在意识的集中表现。幻想与梦一样是人的一种特殊的心理现象，人在现实中受到压抑，"借幻觉经验的方式，以表现愿望的满足"。[②] 幻想与梦是人的本性的自由天地。"既无上帝，则可以为所欲为"。在封建礼教统治下，这里常是无法冲破现实束缚，爱情受压抑的旷夫怨女舒张人的本性，满足情欲的理想乐土。有"高唐梦"、"巫山云雨"的典故，有杜丽娘"共成云雨之欢"的"惊梦"传奇。可是，作为五四后受个性解放思潮影响的愫方，不但没有蘩漪那样敢于冲破现实束缚，甚至不惜担当"乱伦"的罪名的举动，而且，在无上帝的天地里，也没有为所欲为。追求的只是升华的爱情。在幻想这种替代性的精神满足中，又再一次作替代性的满足，人的基本生理要求一再被压抑着，以至于被湮灭。这不能不说是惊心动魄的。

"日梦"是意识层下无意识层各相互作用的结果。也就是说，此时的压抑来自无意识领域。在意识层下，除了生物的原始本能和欲望等人类最基本的因素外，还存在着理性意

① 朱光潜：《变态心理学》，第 107 页。
② 弗洛伊德：《精神分析论》，第 95 页。

识的积淀，包括个人和集体经验的积淀。集体经验的积淀通常被叫做“集体潜意识”。前面说过，几千年漫长的封建统治扼杀了人性。封建礼教一方面作为一种“存天理、灭人欲”的封建伦理道德，如仁爱、忍让、守节、忠孝等这些伦理规范在民族的意识领域里沉积下来，成为民族性格的一部分。其中包括性心理的“集体潜意识”，如“男女授受不亲”、“中正平和”、“温柔敦厚”，以及“两情若是久长时，又岂在朝朝暮暮”等意识的积淀。对于妇女，还有许多诸如“喜莫大笑、怒莫高声”，“出必掩面、藏必窥形”[①]甚至“从一而终”等传统教化的意识积淀。这种“集体潜意识”往往制约压抑着人的原始本能和欲望，造成一种理性的自我封闭自我压抑的心理机构。以至于能够使一个民族在心理上、性格上非人化。歌德曾指出，中国人“没有强烈的情欲”[②]，不幸而言中。愫方出身名门，从小诗书礼仪的教育，自然也使她背上这“集体潜意识”的包袱。封建礼教另一方面起法律的作用，强制地约束着人们的一举一动。愫方和文清在偶尔的书信诗画往来中吐露自己淡淡的哀怨，似乎还可以带来某些慰藉，可是，常常不是被突如其来的“把你这两只巧手斫下来”的血淋淋的气氛所冲散，就是当面被侮辱。愫方的这些个人经验久而久之在意识层里沉积下来，同集体经验的沉淀一道，在无意识的天地里共同起着社会警察职能的作用，约束着欲望和原始的冲动。形成一个理性的深层心理机构。

这种“集体潜意识”的影响，形成了愫方独特的人格观念。一方面爱着文清，也明知文清和思懿形同路人，只因为他们是明媒正娶的夫妻，就只好叹而止步，自认是无权涉足了。当愫方陷入极度苦闷，瑞贞劝她去找文清时，她回答，“为什么要找呢”，“见了面就快乐吗?”另一方面，却又欲罢不能。为着这一点可怜的爱，又感到“我在此地的事还没有了”，觉得对文清负有一种责任。因此，她爱屋及乌，连对她百般折磨的思懿也觉得“该体贴”。

如果从弗洛伊德的精神分析学的角度来看，愫方的人格观念便是“超我”，情欲就是“本我”。“日梦”就是“本我”要求达到某种程度的满足而极力反抗“超我”的控制，“自我”从中调节的过程。愫方是爱文清的，爱情的基础是情欲，但它违反了愫方的人格观念即“超我”。“自我”根据现实原则来一个折中将对文清的情欲换成爱与文清有关的人和事。这样，通过曲折的途径，被压抑的“本我”得到一定程度的宣泄和满足。愫方在倾吐了心中的情愫后，“充满了喜悦，连自己都惊讶这许久关在心里如今才形诸语音的情绪是这般的。”另一方面，“自我”又把那无法实现的情欲按“超我”的要求排斥到意识深处。心里得到暂时平衡，但人的欲望最终没有得到满足。一旦从幻想中回到现实中来，那种心理情绪上的压抑和痛苦就会回来。所以，愫方感叹“我们活着就是这么一大段又凄凉又甜蜜的日子啊！(感动地流下泪)”。

在意识层下的冥冥之中，也游荡着“理性”的幽灵。看来，不存在“既无上帝”的可能，而是“上帝无所不在”。我们可以看出，作家对愫方“日梦”的描写是真实的。试想愫方生活在这样一个狭小的天地里，自幼受到封建礼教的正统教育和熏陶，若让她完全摆脱封建

① 转引自《名作欣赏》，1986 年第 4 期，第 74 页。

② 转引自《名作欣赏》，1986 年第 4 期，第 74 页。

意识的束缚，是多么不可能。由此，我们不难理解愫方的在离开曾家时，为什么还一再怜顾她的姨父，也不难理解她迈出这决定性的一步时需要多大勇气。这对于我们理解和把握愫方这一形象是很重要的。同时，从这里我们可以看出封建礼教对人性的摧残是多么严重。人类神圣的爱情只能得到间接的替代性的满足，实质上也是“精神胜利”。严格地说，沉浸在自己用欢喜的泪水编织的梦里，感到“真好像春天来了一样”慰藉时的愫方，与躲进鲁四老爷家，“口角边渐渐有了笑影，脸上也白胖了”的祥林嫂在灵魂上的麻木是没有两样的。可悲啊！历史因袭的重担是多么沉重，人性被异化、被扭曲到这样的程度！

蘩漪同愫方一样，都是五四后寻求个性解放，冲决封建家庭罗网的新女性，但蘩漪敢于直接反抗现实的束缚。她的“乱伦”无论是过去还是今天，都不被人们的道德心理所容许。但在那个罪恶的制度下，纳妾嫖妓被认为是一夫一妻制的正当补充。一个冷酷的老头可以占有如花似玉的青年女子，而青年男女间的自由恋爱则被视为洪水猛兽。这种举动，无疑是具有积极意义的，它本身就是对这种罪恶封建伦理道德的挑战和否定。蘩漪的举动，首先是基于作为“人”的起码的自我意识的苏醒，自我价值的发现，在那个时代，是一大进步。在这个意义上，我们可以说，蘩漪的不可爱之处正是她的可爱之处。愫方，她的善良、纯洁却掩饰着一颗被扭曲的心，是狭小黑暗的生活天地禁锢窒息了她的天性，历史的尘垢掩埋了她作为“人”的自我意识和自我价值，表现出盲目的基督式的爱。而她迟迟醒悟，的确是太“傻气”了，太遗憾了！我们由此也可以说，愫方的可爱之处正是她的不可爱之处。由此体现出人物的鲜明个性。同时，假若我们不看到这一点，只是一味地盛赞愫方纯洁善良，质朴忘我，也同样太遗憾了。说明我们同愫方一样没有摆脱历史因袭的“集体潜意识”的羁绊。足以引起我们的批判和反思，这正是愫方这一形象具有典型意义。

剧本不能像小说那样，直接描述人物的心理活动，只能通过人物自身富有动作性的言语行动来表现，给剧作人物性格的塑造带来一定的困难。而要塑造愫方这样性格沉静，极富忍耐的人物形象，挖掘她独特的、内涵丰富的内心世界，那就更困难了。但是，作家谙熟心理规律，使问题迎刃而解。人的心理变态时，就像夜空里的流星，虽然一瞬即逝，却发出耀眼的亮光，将自己暴露无遗，是揭示人物内心世界最有利的时机。作家生就一双敏捷的手，及时地捕捉住了它，并将它动人地再现出来，使人物形象显得丰满、有历史纵深感。这一笔变态心理的描写，虽然着墨不多，却是人物性格塑造的点睛之笔。没有它，人物形象便失去了光彩。

## 三、剧作中变态心理描写，通过展示心理过程本身，反映出人物性格多层次，为塑造丰富、复杂的人物性格增添异彩

车尔尼雪夫斯基在评论托尔斯泰早期创作时说：“托尔斯泰伯爵最感兴趣的，却是心理过程本身，是这过程的形态和规律，用一个特定的术语来表达，就是心灵的辩证法。”[①]曹禺和现实主义的大师们一样，都重视“心理过程”的描写。

① 《西方文论选》第 426 页。

在第三幕第一景，江泰为天冷没生炉子的事骂思懿就知道弄钱，骂着骂着来了疯话：

江泰：闷极了我也要革命（从似乎是玩笑又似乎是发脾气的口气而逐渐激愤地喊起来）我也反抗，我也……革他妈的命，把一切都给他个推翻！可——（突然摸着了自己的口袋……）可我这口袋里就剩下一块钱……

曾文彩：江泰，你这——

江泰：（忽然摇头，“如丧考妣”的样子长叹一声）要是我能发明一种像万金油似的药多好啊！多好啊！

这是一个变态心理的意识流过程。潜意识和显意识的关系是辩证的，两层心理意识既互相矛盾又互相渗透互相转化。它们之间经常会出现此消彼显的转换。江泰为现状所激怒，自控力减弱，显意识消失，潜意识发挥作用，便有“我也要反抗……”的疯话。“可——可我……”是显意识排斥了潜意识。接着，“要是我能发明……”又是潜意识代替了显意识发挥作用。

一般说来，潜意识中不仅沉积着种种意象和观念，也潜在无穷的情绪和情感力量。江泰这位曾家的姑老爷，早年漂洋过海，专攻化学。呼吸过西方民主空气，但也深受资本主义金钱世界“铜臭”的熏陶。他同封建世家有着千丝万缕的血缘关系，醉心于北平官僚士大夫、公子哥儿醉生梦死的生活。“北平的饭馆戏园各种游乐场他几乎处处知道门路，而且是个有名的饕餮”。好吹嘘夸耀，能说不能做，无时不在做着发财的梦。要开肥皂工厂竟然不知道肥皂的制法。现实常使他碰鼻，因而牢骚满腹。平时也有意无意地听到瑞贞那孩子交革命党朋友的事，甚至不免动一阵子心。江泰的这些经历，随着岁月的推移在意识层中沉淀下来形成潜意识。这些潜意识彼此相互作用，互相冲突互相组合，不断地以变化着的某种组合形式对主体行为发生着潜移默化的影响。它不像记忆那样明显，唤起印象鲜明的情境，直接成为思维的自觉运动。潜意识的作用是不自觉的，其转化为显意识的过程也是不自觉的，因此，江泰这一心理过程就以不自觉的疯话形式表现出来。这一变态心理过程展示，就好像是江泰身世档案的信息贮存码错乱再现。同时，也常同三棱镜一样江泰性格的不同侧面特征折射出来：特不满现实，有些民主的觉醒，也不乏豪爽仗义之处，但没有行动，只是说说而已；分明是废物，却时时梦想着发财，因而常牢骚满腹。反映出人物性格的丰富复杂性。

作家的笔触，多么像一双隐秘的手，不但准确地把握住人物的心理总体，而且细致地捕捉着意识深处的甚至本人也未曾觉察到的“秘密内心冲动”（别林斯基语），并纤毫毕肖地再现出来。人物形象从宏观到微观都是一个活生生的有机体。这是作家刻划人物心灵的独到之处。

同时，正因为疯话仅仅是信息贮存码的组合错乱，而信息贮存码本身却是理性的，是外界客观事物的正常反映。所以，疯话往往曲折地道出事物的真面目，尽管说疯话的人意识不到这一点。

第二幕，江泰喝得醉醺醺的，大声喊叫：“我要烧房子，我要杀人，我杀了他（指曾皓——笔者注）再杀死我自己呀！”

这显然也是疯话。在正常状态下，他是决不会，也不敢这样冒犯他的岳父大人的。可

在江泰的潜意识里的确蕴藏着痛恨曾皓的情绪，有着曾皓该死，自己活着也等于死了这样一些意念。君不见，江泰责问曾皓活着把愫方当拐杖、死了“难道要她陪着一同进棺材?”也常自叹是“活死人，死活人”。因此，江泰的疯话实质上是一个遭受旧制度毒害而不能自拔，却又不甘心的绝望者的切中时弊的怒吼。要杀人并非真要杀，要杀的对象却真是到了该杀的时候了。说要“革命”也并非真要革命，江泰所处的曾家却是真该来一场革命啦，“把一切都给他个推翻”。正如恩格斯所指出的:“要是小市民的现实不符合于这些幻想，那只是由于幻想不过是幻想而已。但是这些幻想本身却更符合小市民的现实。”①腐朽化为神奇，疯话道出了曾家是“快要压上盖的棺材”这样的实质，疯话有了社会批判的意义。这就有点像狂人的那些“深刻地进行社会批判的谵语”。

鲁迅借狂人之口抨击了那吃人的旧制度，以此宣泄自己对封建礼教深恶痛绝之情绪。曹禺则借变态人的疯话，达到了同样的效果。作家的主观思想、主观情绪，不是从外而强加给作品人物，而是从人物心理变化以及决定他的言行最隐秘的动机中体现出来。从而避免了生硬呆板的说教，使读者感到自然真切。这样，作家心理、人物心理和欣赏心理水乳交融，浑然一体，使作品产生巨大的艺术感染力。

以上，我们从三方面论述了《北京人》变态心理的描写对塑造人物性格的意义。需要说明的是:这三方面并不能包罗其意义的全部内容，只是择其主要而述之;亦不是作品中截然分开地某个人物体现出某一特点，而是为了论述方便和利于说明的问题，同时作品中主要人物都涉及才这样分条分人论述。

人物心理描写是人物性格塑造的前提和基础。塑造艺术典型，要求反映某一时代，某一阶级的本质的某些方面，同时又有鲜明的人物个性。从根本上说，就是要反映社会心理和个人心理的辩证关系，描述人物的心理差别，展示人物的心理过程。所谓变态心理，实质上是理性的尺度，从人的本体角度看，无非是在特定的情况下每个人都可能产生的各自不同的正常心理状态。马克思指出:“理性永远存在，但它不是永远存在于理性的形式之中。”②通常被理性认为的“变态”，往往是审美中最具有魅力的聚光点。它发源于人的最深层的心理结构之中，而在这深层意识领域里积聚着人生种种经验和欲望，内容无比丰富，往往是人生最本质、最真实的部分。因此，变态心理的描写在人物性格的塑造中往往起着点石成金，事半功倍的作用，受到许多现实主义大师的高度重视和采用。陀思妥耶夫斯基说:“人称我为心理学家，这不得当。但我是在高的意义上的写实主义者，即我是将人的灵魂的深显示于人的。”③《北京人》正是得力于变态心理的描写，把人物灵魂的深显示了出来，而成为优秀的现实主义作品，达到了作家长期向往的审美理想境界。

原载《蒙自师专学报》1988年第1期

① 转引自《文艺理论》复印刊，1985年第6期，第93页。

② 转引自《文艺理论》复印刊，1985年第10期，第98页。

③ 转引自鲁迅《集外集·〈穷人〉小引》

# “空壳”与“内核”

## ——曾文清性格悲喜因素浅析

邵庆中

著名戏剧家曹禺将自己的剧作《北京人》中的曾文清形象称之为“生命的空壳”，这被众多的文学评论者所广泛引用，应当说这一评价是很有深意的。此剧在这方面作了浓墨重彩的描绘。就是这个曾文清到了十几岁还得奶妈为他穿裤子，成年以后，他又干了些什么呢？他的妹婿江泰评价他说：“他不会种茶，他不会开茶叶公司，不会做出口生意，就会一样‘喝茶’。”他自己也说：“我不说话，一辈子没做什么。”活脱脱的是一个“废物”、“耗子”、“寄生虫”。而更为可悲的是他在士大夫文化教养下慢性中毒，封建礼教的桎梏，造成了他精神上的瘫痪。在封闭的家庭环境中不见阳光、不着风雨，窒息了他的人生欲求，也扼杀了他的才能。他的爱和恨都消磨得平淡了。他懒得出奇，懒于动作，懒于思想，懒于用心，懒于说话，懒于起床，懒于见人，懒于做任何费力的事情，甚至懒到了懒于宣泄心中的痛苦。他对思懿的每一次取闹，总是说：“何苦这样”，“何苦如此”，没有半点办法，这种“何苦”习惯用语，显然是他对于思懿的进攻无可奈何的懦夫哲学的反映。思懿说，这个家都叫外来“耗子”咬空了，他说：“有饭大家吃。”谁来吃都可以，他无心过问，更无力过问。“成天在这样一个家庭中朽掉，像老坟里的棺材慢慢地朽，慢慢地烂，成天只知道叹气，做梦，忍耐，苦恼，懒，懒得动也不动，爱也不敢爱，恨也不敢恨，哭也不敢哭，这不是堕落？人类的堕落！”他过着虽生犹死的日子，失去了生命的应有价值，使人觉得没有血气、人气、灵气，就像幽灵一般，空悠悠飘来飘去，不落实地，只能到天国去找他的归宿。这是一个“生命的空壳”。正是在这个意义上，有的评论者认为曾文清的性格是喜剧的。的确，这是一个已经死去的那种世界制度的角色，是一个过时的人物，他的死的价值犹如生的价值，是讽刺的，喜剧的。这正揭示出：一个曾经在历史上存在的社会制度再也不能产生维持其自身生存的人物，反而产生着为这个制度自身所腐蚀的过时的人物；它在历史上已失去了存在的可能和根据，也表明了封建阶级已成为一个寄生虫阶级，旧制度是彻底腐朽了。这些看法无疑是有道理的，也是深刻的。但如果仅理解于此，就低估了这个人物形象的意义，有打死老虎之嫌，似乎曹禺塑造了封建制度、封建思想文化造就的一具僵尸，拿出来批判批判，这实际上是对这个人物形象身上的其他因素视而不见或未探察清楚的结果。如果我们作进一步的考察，而不是无意或者有意地视而不见，就会透过这个人物大量的“空壳”因素看到其内核——“真正的人”的因素。

曾文清性格中“真正的人”的内核因素由于“空壳”的包裹，往往容易被人忽视。曹禺在处理这一因素时颇具匠心，采用了时隐时现，而以隐为主但又不时地像闪电一样闪现的

手法。这是很高明的。隐时见封建制度、礼教毒害吃人之厉，把人变成非人之人，现时使人看到封建制度、礼教吃人的过程，令人触目惊心。隐与现具有异曲同工之妙。所以把曾文清完全看作喜剧性格有失于片面。曾文清固然属于看不到光明而留在黑暗中的一个，具有腐朽没落阶级的属性，但他与曾皓有很大区别。曾皓是一具封建僵尸，是没落阶级垂死前的表征，他的骨髓中浸透了封建腐朽的东西，他的性格是纯喜剧性的。而曾文清却有着善良淳厚的人的本性、挣扎求生的人的希望、厌弃黑暗丑恶的人的因素。他能诗善画，聪颖清俊。在和天真无邪的袁圆的交往中，对曾霆和瑞贞的精神痛苦的体谅中，流露出他善良、温厚、淳朴的一面；他的离家出走多少带有一种人生奋斗的性质。特别是他临出走前向愫方告别的一席话中，我们看到了那令人欣喜、有生气的人性的闪光。这反映出曾文清灵魂中还有一些弱小的然而却是“真正的人”的因素。但是，封建文化教养和他寄生的生活，没有，也不会给予他独立生活的能力，长期封建礼教的毒害使他无力搏击风浪了，同时半封建半殖民地的严酷现实容不得曾文清这样软弱无能的人。他的阶级教养又决定了他不可能在社会变革中改变自己的思想性格，他一下子就败退了，又回到了笼中。曾文清性格中“真正的人”的因素一面是微弱的，但也正是在此点上却更深刻地展示出腐朽制度、思想文化吞噬人的灵魂，扼杀人的理想希望，剥夺人的最后自救求生能力的全部过程，从而控诉了封建制度、封建思想文化的罪恶，深刻地显示出沉重的悲剧力量。有些评论者敏锐地把握到这一点，因而强调曾文清的性格是纯悲剧式的，这无疑有合理的一面，但我们同时也看到与强调曾文清的性格是纯喜剧性一样，同样失之偏颇。曾文清性格中悲喜因素从表面上看，是有偏于喜，但忽略了曾文清性格中的“真正的人”的因素是不行的，虽然这些因素是弱小的，然而作为一种最基本的人的价值是存在的。他的毁灭带有浓烈的悲剧色彩，但也不能以此来否认喜剧因素的厚重情调。唯其如此，曾文清的形象才不是漫画式的，完全是“空壳”之物，而是有血有肉有灵魂的被封建礼教思想文化所严重摧残、蹂躏、不断蛀空的人，这才具有更深刻的思想意义。

通过上面的分析，我们已经很清楚地看到了曾文清性格中悲喜因素的二元性。由于这个二元性，又由于一些评论者采用非此即彼的思维方式来评判事物，所以引起了曾文清喜剧性格和悲剧性格的争议。实际上我们应该认识到，这两个方面和谐地统一在曾文清形象之中，才使曾文清成为曾文清，成为文学领域中的独特人物。如果曾文清只有“空壳”，没有一个人的基本价值，那他只能是“物”而非人，反之如果只有“内核”，那他也有可能成为人雄。这二者是他性格的两个方面，但也很难截然分开，它们是统一的整体。朱光潜先生在他的《谈美书简》一书中指出：“审美范畴往往是成双对立而又可以混合或转化的。……美与丑之外，对立而可混合或互转的还有崇高和秀美以及悲剧与喜剧两对审美范畴。”我们可以把曾文清性格中的悲喜因素看作是这样一种“混合式互转”。喜剧和悲剧是不同的美学范畴，喜剧性和悲剧性是不同的美学属性；在审美过程中，喜与悲是不同的美感，单纯的喜剧或单纯的悲剧是不会惹得人又笑又哭、又悲又喜的。但曾文清形象却使人既想哭，又想笑，哭不出声笑不出声，有喜有悲，又有说不出悲喜的感觉。在这里喜剧性和悲剧性已不是作为对立的因素孤立地存在着，而是相反相生，相互渗透融合，统一在曾文清性格之中了。

以上我们分析确认了曾文清性格的悲喜统一，那么曾文清性格中的悲喜二元性，为什么会统一融合，它的联结的点又在哪里呢？这是我们须进一步搞清楚的问题。

首先，我们应当认识到，悲剧和喜剧并不一定是在一条直线上向相反方向运动的两种形式，而可能是在同一圆周上向相反方向运动的两种形式，它们的不断运动，使它们在一个圆周点上会合。这就是说悲剧和喜剧，表面上看是两种截然相反的形式，但它们的最终目的是一致的，在一定情况下，共同的一面使它们有可能融合统一，集中体现在一个剧中或一个人物身上。笔者很赞同曾庆元同志在他的《悲剧论》一书中对悲剧的本质所作的揭示：悲剧"本质特征表现在与'悲'字紧紧相联系又有递进关系的三个方面：悲剧表现苦难和毁灭的过程，是为了突出真、善、美的价值；悲剧中有价值东西的毁灭是对丑恶势力的强烈否定；有价值的东西被丑恶毁灭的过程是它在欣赏者的认识和情感的更高层次上获得肯定和再生的过程。前二者使人产生痛感，后者是悲剧快感的源泉。"如果我们为了比较方便地说明悲剧与喜剧的异同，化用一下这段话，对喜剧作一个阐述：喜剧的本质特征表现在与"喜"字紧紧相联系又有递进关系的三个方面：喜剧表现滑稽可笑事物的过程，是为了突出真、善、美；喜剧中无价值的东西的撕破是对丑恶事物的强烈否定；无价值的东西被撕破的过程是欣赏者的认识和情感的更高层次上对真、善、美的肯定和再生的过程。这样的阐述是可以成立的。通过这样的阐述我们较清楚地看到了悲剧与喜剧之间的相同与不同之处。我们可以说，喜剧中，在令人捧腹的滑稽形象和喜剧情节的背后，在无价值的东西撕破的过程里，站立着作者崇高的正面思想形象和积极的审美态度，作者带着明显的优越感和充分的自信心在笑声中启发读者，教育读者，把读者引向理想。而悲剧通过有价值的事物的被毁灭唤起人们的同情和悲愤，激励人们向丑恶的东西进行斗争，显示出崇高的主题，开辟通向理想的道路。而无论是悲剧还是喜剧，从接受美学的角度说，它们的创作目的的达到，都有欣赏者参与其间的。这样喜剧因素与悲剧因素便在作者与欣赏者对丑恶事物的憎恨、否定和对美好理想的爱，对真、善、美的肯定中得到融合统一。《北京人》这部剧作中，从正面把曾文清性格中有价值的东西毁灭给人看，在人们面前撞击出火花，唤起人们的同情和悲愤，从而肯定了有价值的东西；又把曾文清性格中的无价值的东西撕破给人看，从反面肯定了有价值的东西，从而在人们面前开出自尊、自省、自强的路，把人们引向理想。这创作目的与作者、欣赏者的审美态度在曾文清性格的悲喜因素中同时得到体现，使二者达到了融合统一。

其次，当时急剧转折的社会和文化氛围产生了这样有价值与无价值的因素交织在一起的悲喜剧人物。曾文清是当时社会急剧转折时期的必然产物，当历史已经明确判定了没落阶级必将灭亡的时候，这个阶级的"不肖子孙"，既朦胧意识到本阶级的必然没落，对传统的价值标准持怀疑态度，又不可能向新兴阶级靠拢，向新的生活准则投降，于是只能徘徊在十字路口，用迷惘的眼睛在星空中搜寻失去的，似乎存在过的自我价值。曾文清即是如此，他是当时社会产生的高雅而无用的"多余的人"中的一个，是一支无可奈何的时代挽歌。这些"多余的人"善良、文雅，有一定的正义感，有着价值的一面，倒退几十年可能是悠闲洒脱的士大夫，可如今只能望洋兴叹、痛哭流涕。当时三四十年代的斗争生活，对他们来说似乎是“天方夜谭”。他们感觉到世界在变，但他们不知道怎么变，也不知道如何适应这个“变”，只是意识到自己的不合时宜。他们烦闷，沮丧，痛苦。这种作为社会急剧转折时代必然产物的“多余人”的痛苦源于社会惰性造成的怯弱退避与整个激扬时代的极端的不协调。作家抨击这“多余的人”懦弱、纤细、缺乏生命力、毫无男子气，这种抨击必然涉及造就这高雅无用人的文化氛围。清末民初西风东渐以来，数千年的中国文化传统受到严重挑战，东西文化冲突，始终是现代中国思想文化史上一道激越的潜流，三教九流无不受其冲击，而其中知识分子尤甚。中国的知识分子是传统文化的直接继承者和传播者，受现实生活的教育，更受文化的熏陶，其思想、性格、情趣，大大受制于他们所继承的文化传统。所以二十世纪上半叶的中国知识分子思想性格的形成，可能从其接受的文化传统与生活的文化氛围中找到基本答案。这是因为社会现实制约着人们的文化选择，改变着具体的文化内容，并创造特定的文化氛围。从文化角度考察知识分子的弱点，既把“他”看成现实生活中具体的一员，又把“他”看成历史链条中必然的一环，这样既有强烈的时代感，又有深沉的历史感，这也是曾文清形象的特殊价值所在。曾文清是个“多余的人”，同时也是一个中国的文化人。他所处的环境无不透露出中国传统文化的气息。那“曾家旧宅”，那满箱的“线装书”，那老式的“楠木书案”“紫檀八仙凳”，“案上放着笔墨画砚，瓷器古董，都是极其古雅而精致”，那时有时无的“吟诗”“读经”声，那无聊的“卜课”，都充分显示出旧式文化的氛围。再从曾文清外部的生活习惯来看，也完全是中国传统式的一些“高雅之士”所具有的。他“春天放风筝，夏夜游北海，秋天逛西山看红叶，冬天早晨，在霁雪时的窗下作画，寂寞时徘徊赋诗，心境恬淡时独坐品茗”。从他内在精神上说，他性格中的忍让、柔弱、缺乏阳刚之气，他的感情上的内向、细腻也与中国传统文化有着血缘关系。中国传统文化精神，特别是近代文化精神，长于主观内省，长于道德的自我完善，长于心理的自我平衡，但缺乏进取。曾皓书房横匾“养心斋”是不容忽视的一种象征。这近代中国人的性格缺陷，跟中国传统文化中着重讲阴、讲柔、讲静、讲忍不无关系。另外，作为封建文化的支柱的封建礼教，长期统治着社会思想领域，影响达数千年之久，至今仍有很大的生命力。这种封建礼教，一方面起法律作用，强制性地约束家庭成员的一举一动，另一方面又作为一种伦理道德，渗透到每一个家庭成员的精神中枢。这就给任何一个可能出现的叛逆者（不管在多大程度、多大范围背叛“传统”）设置了双重障妨：他不但要敢于向社会挑战，而且首先要敢于向自己挑战。曾文清没有这种勇气。他对愫方的爱情是为“礼”所不容，也正是在此点上他只能屈服于曾思懿的淫威，不敢以区区男女之情去冲撞神圣的礼法，只会默默地咀嚼感情的痛苦，满足于“在相对无言的沉默中互相获得哀惜和慰藉”。总而言之，曾文清既有养尊处优的锈蚀剂，又有腐朽道德规范的束缚。那么，他性格中悲喜因素的统一，就不难理解了。

再次，是作者在塑造曾文清形象时的情感基调。在《北京人》这出戏剧中，曹禺对曾文清既有丝丝哀惜之意，又有更多的严厉的批判，“哀其不幸，怒其不争”。剧本中一面严厉批判曾文清是“空壳”，同时又指出“他是有难言之痛的”。作者借这个“多余的人”思索中国传统文化的暗疾和隐伤，揭露社会的黑暗腐朽、对人的戕杀。当作家不满足于纯粹的哭或笑，用现实主义手法反映这一社会现实时，便有可能出现喜剧性的悲剧与悲剧性的喜剧，或悲喜因素互相渗透难分悲喜的悲喜剧。曾文清的形象叫人又哭又笑，或哭不得、笑不得，很难用笑或哭来概括。作家把悲喜因素糅合在一起、水乳交融时，就使人物具有了一种新值，这个新值大于悲、大于喜，也大于悲加喜。

悲喜因素经过联结基点的复合后，二者融为一体，有时很难分清何为悲何为喜。悲可以转化为喜，喜也可能转化为悲。我们可以认为曾文清的性格是在可笑的形式中发展的悲剧史，又是在可悲的内核中发展的喜剧史。他既使人憎恶，又使人同情，既使人愉快，又使人沉重，很难说清他哪些行为是属于喜剧性的，哪些行为是属于悲剧性的。他的表现是喜剧的，同时又是悲剧的。比如曾文清十几岁了尚得奶妈替他穿裤子，成年后也是什么也不能做，这的确是可笑的、讽刺的，但这也正是令人伤心之处，封建的思想文化将一个本来有"神童"之称的人残害得不成其为人，成了一个"生命的空壳"，这种悲喜因素同时产生的艺术力量是巨大的。曾文清的离家出走，固然闪了一点亮色，使他具有了"生命力"，但他却无力在外立足，又回来了，同样是可笑、可悲、可哀、可叹的。至于他最后的死，的确是"封建士大夫文化慢性自杀的结果"，是"生命的空壳"发展的必然结果。他临死前感到现实的生活、社会的环境非他所能忍受，而他所希望的又根本不是他这个人所能获得的，他感到尘世茫茫无地自容，自己作为一个人存在所必需的一切早就被生活淘空了、剥夺了。这又透露出他作为人的清醒，他虽然不知道为什么会这样，但他的死确实说明了他对当时现实生活的绝望，无路可走，只能到天国去逃避这一切，这也许比苟活着好，于是他吞食了鸦片，去天国报到了。这是比纯悲剧或纯喜剧更加深刻、更加动人心魄的。

将悲喜因素互相渗透并用，并非曹禺的首创，但像曹禺这样将悲喜因素天衣无缝地融于一个人的性格之中，却是很少见的。

原载《广西师院学报》1990 年第 2 期

# 《北京人》的诗意与象征集合体的意蕴

赵江滨

在曹禺的话剧创作中,《北京人》可说是别具风采。它独特的艺术魅力总与"一种深沉的缠绵的诗意","隽永的韵味"一类字眼连在一起,这些充满感受性的评语指出了《北京人》的艺术风格中那种让人陶醉的审美品性,或曰,它的形象体系中蕴含了一种诗的意境。我以为,文学艺术作品臻于此境,至少意味着它在有限完满的感性材料中孕育了一种挣脱有限的艺术质素。从审美体验的角度看,作品的整体情调中必然氤氲着丰厚而隽永的意绪。这无疑是一种非常高的艺术境界。正因为如此,有的评论者将《北京人》看作是曹禺创作道路上的高峰。① 而作者自己也从不掩饰他对《北京人》的偏爱。

表面看来,《北京人》的情节并不复杂,气氛也并不紧张和热闹。但在它的冲淡的表象下面却蕴含了巨大的艺术张力,它虽然轻轻地但却很有分量地调动观众的艺术兴味。这表现在艺术上的确更为成熟,显示了作者已经摒弃了对艺术的外在手段的刻意追求,走向对内在意蕴的深刻把握。

《北京人》的诗意情调,人们已经从不同的方面,如语言、人物、戏剧冲突等方面分析过,确实是构成该剧诗意风格的重要方面。可是我们也应看到,《北京人》里充斥了大剂量的象征性事物:楠木棺材,北京猿人像,鸽子和耗子。它们的存在构成了远较其他剧作丰富的象征集合体,它们有机地点缀在情节的适当环节,释放出隽永的意念"气球",给人们带来无限的遐思。这种状况显然构成了《北京人》诗意情调的不可忽视的方面。我们在此想对这几个象征物分别加以讨论,以便能够从对它们的丰厚意蕴的开掘中窥探和感受那通常难以言传的诗意。这个工作的成功将有助于我们对《北京人》的独特的诗意风格的形成有一个更好的认识。

## 一、棺材是《北京人》里的重要道具

中国人历来把生和死看作大事,庄子云:"死生亦大矣!"社会上也有所谓红白喜事之说。人在活着的时候就为自己的过世而忙碌,这在旧时代是较为普遍的世俗观念。因此,当曾府的主人曾皓在门厅里放上一具质地精良的楠木棺材时,便并非本来就显得荒唐。但天才作家的高明之处有时就表现在生活中的散漫事物一旦进入艺术创造的视野便具有

① 钱谷融:《曹禺和他的创作》,《上海师大学报》1979 年第 3 期。

了不同寻常的意义，它们由于作者的意念赋予与情感浸染而与生活中的常态迥然有别，其生活中的自然意义便退居次要的地位以至消隐。棺材在《北京人》里一经和曾皓以及曾府联系在一起，尤其是具体地和作者塑造的曾皓的精神特征和曾府的环境气氛列置一处，它们之间潜在的但实质上的一致性便醒目贯通起来。换句话说，在《北京人》里，棺材已经不是故事情节展开中的一件随机遇到的普通道具，由于它有力地烘托了戏剧的气氛并充分暗示了戏剧的主旨而弥散着浓重的象征意味。

曾府是北京一个正在衰落中的大家庭。据称，他们的祖先敬德公惨淡经营创下了煊赫的家业。可到了曾皓这辈，往日的荣耀已成明日黄花，过去的尊荣也已化为一道行将逝去的轻烟，只是在偶尔的片刻还可以闪现一丝祖上辉煌往昔的辛酸残痕。现在的曾府，门庭冷落，萧杀凄凉，为了维持生计，大客厅和西厢房都已租出去，即使这样仍然四处举债，招致债主们中秋之日堵上门来，棺材寓居于此，别有一番滋味。

没落的家庭是和其不肖无能的子嗣们分不开的。作为这个大家庭的末代传人，曾皓除了只会哀叹家运的不济外，既无力甚至也没有试图挽回面临的厄运。六十多岁便老境昏黄。尽管他的存折上几乎没有余款，但在漆棺材和吃补药上从不节俭，那口楠木棺材已购置在家十五年了，上了一百多道川漆，光漆就有两三寸厚。棺材成了他垂死暮年不可缺少的生活内容。曾皓对楠木棺材无比钟爱这一细节意味深长，它很容易让人产生这样的联想：曾皓正在用他的全部热情拥抱死亡！

事实上，人们的这种滑稽感觉不仅实实在在地体现在曾皓的肉体上，而且也体现在曾皓的精神上。愫方姑娘是寄居在曾皓身边的姨侄女，性格忧郁柔弱，心地善良纯洁，但由于曾皓的作梗，使得她年近三十还待字闺中。这其中正暴露了曾皓那极为阴暗的卑鄙心理：他把青春残存的愫方当成自己暮年残境中的手杖，攫取愫方的青春热情作为自己濒于死境的精神补偿。这种对愫方生命热情的明目张胆地占有是地道的对他人生命形态的剥夺，尽管这种不道德的残忍方式表面蒙上了一层迷惑人的面纱。这表明，曾皓不但在生理上而且在人格上失去了“人”的资格。这样一个人和棺材的结合是既绝妙又恰当的，它（他）们共同地渲染着一种带有揶揄色彩的喜剧情韵。

如果说棺材和曾皓的结合仅仅传输出一种个别的家庭和人生命运的单纯内容的话，那么隔墙邻居杜家与曾府争夺棺材这幕令人忍俊不禁的闹剧，则为棺材的象征意蕴浓浓地涂抹了一笔，把棺材的阴影扩展到一类人的头上。

杜家是一个因为开办纱厂发迹的民族资本家，他们继曾家的败落而兴旺。饶有趣味的是，杜家在鼎盛之时不贪恋曾家他物，唯独觊觎曾家那具赫然入目的棺材。他们借曾府债台高筑之机，强行勒索走了这具油光铮亮、阴森可怖、被曾皓视为性命所在的棺材。用不着探究作者的主观意图，争夺棺材事件客观地使棺材的象征意蕴增加了历史的厚度。棺材及其被追逐的命运以纯偶然的形态昭示了历史发展的某种趋向：无论是封建士大夫还是资产阶级暴发户，面对新时代的曙光都是悖时的。[①]

## 二、把北京猿人像作为该剧的中心象征物是作者煞费苦心的地方

剧本定名“北京人”无疑包含两层意思：其一要表现现实生活中堕落挣扎的北京人；其二旨在表达作者心目中向往的充满生机更合乎人性的北京人。

北京猿人在剧中由于与剧情展现的全部生活场景的遥远距离而显出极大的冒险性，它出现在舞台上是向来评论者争执最烈的地方。作者对这种大胆的艺术处理引起的后果似乎有所考虑，因而在创作过程中对这一令人感到兀然的象征物采取了谨慎的态度，尽量把它与生活场景的可能疏远感控制在一定分寸内，不让它对观众的恬淡谐适感起到破坏作用，不让它冲淡戏剧整体的深沉忧郁的抒情基调。作者后来曾精辟地阐述道：“在舞台上（第二幕夜半曾家突然熄灯时），那透露在纸隔扇上的‘北京人’的黑影，不宜呈现在观众面前过久。在袁任敢说完长话和江泰上场之前，那人影就可以消失了。不然，那悬在头上的黑影会使人感到很不舒服，和剧中人谈笑间的喜剧空气也不调和。”[②]北京猿人虽是作者追求艺术旨趣的强制派生物，但由于它的介入有力地升华了作品的内在意蕴，它便不能被认为是与戏剧内容无关的赘物，正像歌德在分析大画家鲁本斯(Rubens)的著名风景画中存在的同一画面同时受到相对方向光线照射这一违反生活真实的细节所阐述的观点：“艺术并不完全服从自然界的必然之理，而是有它自己的规律”，“艺术家对于自然有着双重关系：他既是自然的主宰，又是自然的奴隶，他是自然的奴隶，因为他必须用人世间的材料来进行工作，才能使人理解；同时他又是自然的主宰，因为他使这种人世间的材料服从他的较高的意旨，并且为这较高意旨服务”。[③] 北京猿人的亮相亦当作如是观。

用艺术的态度衡量，北京猿人的出场算不上出格，但这个不算问题的问题却曾经在相当长的时间里被搞得异常复杂，亦是批评家们指责最多的地方，以致竟成了向来《北京人》受冷落的微妙因素之一。有人认为，由于作者当时对现实不满与失望，对前途又深为悲观，便“失去了追求光明的勇敢。从此又不在现社会里去寻求光明的人物，把他的憧憬、他的希望，都寄托在人类的祖先，几十万年前的《北京人》身上”。[④] 貌似公允实质穿凿的观点还认为，作者“当时还没有掌握马克思主义，缺少对革命的深入了解。因而他的朦胧的社会理想与他所知道的革命所在地还有距离。他借用原始人生活作为自己对新的社会憧憬与追求的体现，这一做法毕竟不是历史唯物主义的态度”。[⑤] 这些批评看起来理直气壮，实际上缺乏斟酌。我们知道，真理向前跨出半步便成了谬误，把北京猿人这一象征物从艺术

---

① 曹禺在 1978 年重印的《曹禺选集》后记中追认了这种观点：“写《北京人》时，我的诅咒比较明确了。那种封建主义、资产阶级是早晚要进棺材的！全心全意在争抢着寿木。而这个人世，需要更新的血液与生命。”

② 颜振奋：《曹禺创作生活片段》，《剧本》1957 年第 7 期。

③ 《歌德谈话录》中译本第 136 页。

④ 杨晦：《曹禺论》，《曹禺研究专集》上册，第 373 页。

⑤ 朱栋霖：《论〈北京人〉》，《文学评论》1980 年第 3 期。

领域拉出来衡量，把艺术手法和作者的世界观问题等量齐观，如果不是出于对艺术审美特性的无知，至少也表现了对艺术审美特性的某种误解。客观地讲，艺术作品不是社会历史的教科书，它似乎不直接担负为广大读者指出一条到达未来社会道路的义务，尽管它也不排斥作者在作品中表达自己的这种良好愿望的企图。作为艺术象征物，北京猿人只造成一种艺术氛围，导引观众的思绪向着某个方向回溯。

北京猿人的出场也不可避免地会在戏剧中奏起“回归自然”的旋律。可是“回归自然”的理论命题自从卢梭提出后，它的实质就不是幼稚地对远古蛮荒时代的凭吊，也不是倡导人类返回史初那茹毛饮血的生活。它的精髓乃在倡导一种充满生命活力的健康自由的生活。“回归自然”即是恢复人的自由天性之意。这一理论命题的巨大感召力一直因为人类社会的负面现象的存在而充满活力。其实，远古人类生活的艺术影像总是和人们对未来生活的热切向往发生联系的，在艺术世界中对未来理想境界的设计总不如假托一个以往的与人们的某种文化积淀物相关涉的对象来得具体。所以作家艺术家们常常偏爱在远古的神话和历史典籍中寻觅素材来表达他们对现实和未来的遐想。北京猿人也是建筑在这个基础上的虚拟物，他的艺术内涵正如人类学学者袁任敢热情描述的那样：“那时候的人，要爱就爱，要恨就恨，要哭就哭，要喊就喊，他们自由地活着，没有礼教来拘束，没有文明来捆绑，没有虚伪，没有欺诈，没有阴险，没有陷害，太阳晒着，风吹着，雨淋着，没有现在这么多人吃人的礼教同文明，而他们是非常快活的。”作者通过这段话勾勒了一种人类返朴归真、臻于自由境界的人生图景。作者在这里借重北京人的历史面具在对他的不肖子们进行严厉的教诲。

北京猿人一方面艺术地提供了一个生机盎然、清新刚健的理想境界；另一方面则辛辣地映照了一群生机萎缩、生命退化的现实境界。

曾府这一大家在迂腐虚伪的封建礼教窒息下已经没有一丝活气。曾皓看起来道貌岸然，实际上只剩下些微苟且的游气。他的儿子曾文清智力上绝顶聪明，琴棋书画，无所不通，具有莫大讽刺意味的是，他偏偏没有基本的生活能力，而失去这个做人的首要条件，琴棋书画等显得广博的文化特征便黯然失色，就如同那些躺在棺椁里的古代帝王，尽管身披珍宝却丝毫不能复活生前的英姿。曾皓的孙子曾霆自小就被封建礼教羁绊得紧紧的，任何发自内心的欲望都只能偃伏于长辈的颐指气使之下，从小就被扼杀了生命的自然天性。面对着这么一群孱弱衰朽的人们，北京猿人便不是多余的，他是映照，是控诉，也是希望。如果删除这个看上去多少有些怪诞的北京猿人，则整个戏剧的诗意情调必将大为减色。

## 三、鸽子错落地连缀在剧情中颇为别致

它们的象征意味按其境遇的不同似乎分为两层：一层是通过作者着力描绘的被囚禁在笼中的那羽孤独的鸽子传输出的沉郁意味，另一层是通过不时鸣着悦耳的鸽哨滑过蓝天的鸽群传输出的悠扬意味。这些鸽子的出场，总把一种原本固有的情韵扩散开去。可以说，《北京人》的韵味和鸽子的羽翅是比翼齐飞的。

那羽陈奶妈从乡下带到曾府的“凤头”“短嘴”的鸽子，因为失去伴侣显得孤伶伶的。

它不但孤独，而且受到囚禁，重要的是，它的遭遇酷似曾文清、愫方在曾府的艰难处境。这一对男女早就在内心默默地互相怜惜着爱慕着，局外人看来这种关系似乎有些牵强，但设身处地地考虑，在曾府这个异常寂寞室闷的空间里，他们彼此间带着暧昧的恋情却实在是深受压抑的心灵所能寻求的最好慰藉。就是这样他们也只能在文清之妻曾思懿的严厉监视下近乎苟且地分泌感情。这样，鸽子和他们之间就形成了一种难分难解的互悼关系。当孩子们问那羽鸽子的名字时，曾文清很自然地随口答道，它的名字叫"孤独"。鸽子于此既感染了他的情怀，又简直就是他内心情感的符号性外化。鸽子与情节的巧妙结合，使鸽子恰到好处地切入人物的内心世界，把这两个性格内倾但内心世界又异常丰富的特征揭示无遗。

这只绰号"孤独"的鸽子逡巡在曾文清与愫方周围，对二人出场的气氛尽情渲染。特别是最后一幕，曾文清离家谋生后由于经受不住社会风浪的颠簸，像只折断翅膀的小鸟缩回原来的巢里，这使愫方对文清寄予的不可动摇的信念顿时崩塌。而文清临走时对愫方许下过坚定的诺言，此刻的相见使他羞愧、内疚得无地自容。痛苦至极是难堪的沉默。但艺术显然不能滞留于沉默，它要契入沉默去体会和发掘那无边的痛苦。这棘手的问题由于借助于鸽子被作者轻而易举地解决了，曾文清喊愫方，愫方却悲戚地望着笼里的鸽子；曾文清无话找话地想打破沉默，说道："这，这只鸽子还在家里。"愫方似乎这才找到了抒发悲恸的机会，说道："因为它已经不会飞了！"曾文清愣了一下，接着完全明白了她的意思，大恸着哽咽起来，孤独的鸽子囚禁久了，那自由翱翔的天性也会泯灭。曾文清尽管不乏天资，可曾府的幽禁已使他彻底丧失了独立谋生的能力。生命的天性是对自由的追求，当生命连这种本能冲动都丧失了的时候，他的存在价值就值得怀疑了。曾文清的人生意义由于藉助鸽子影射而令人产生绵长的回味。

与囚禁在笼中的鸽子形成对比的是间或轻盈地掠过曾府天空的那群轻飏的鸽子。它们和"孤独"仿佛体现了两种截然相反的生命境界。它们不受拘束，没有痛苦，自由自在地滑过蓝天，任凭生命的驱使。把这群鸽子作为人物活动的某种情境的背景安排，表现了作者的良苦用心。

请看：幕启时，中秋之日的曾府一片凄凉岑寂，秋阳无力地射进曾府，冗长的静场。然而这段难耐的静场里却两次从室外天空传来泠泠的鸽哨声，这嘹亮悦耳、悠扬清快的动态音符一扫静态的沉闷，传递了一种谐适人意，充满温馨的活力。

此外，鸽群飘逸的韵律总是和曾府那些活得窝囊费力的人们的生存状态形成对比。它们的自由飞动仿佛是对地上了无生机的"人形动物"的一个嘲讽。

当曾思懿阴阳怪气地挖苦文清和愫方时，后者只是懦弱而屈辱地一味忍让，整个舞台沉沦在一片压抑之中。在这死一般的静默中，作者精心地安排了这样的场面："静默。窗外天空断断续续地传来愉快的鸽哨响。"这种巨大的反差顿时令人耳目一新，涌起愉快的联想。剧中数次这样创造气氛。而愈是这种静场的时候，《北京人》的诗意情调愈容易被强烈地体验到。静场被作者创造性地运用。不过，静场不能理解为冷场，它是根据剧中人物的复杂、尴尬处境而故意设置的一种很有味道的外部动作的中断，但是这不但无碍于观众的审美接受，相反却使观众的意绪在这个瞬间被异常活跃地激发起来。而泠泠的鸽哨在这时以它特有的音响迅速诱发人们的情思，使人们走入人物的复杂幽深的内心世界。在《北京人》中，鸽子虽小，但其艺术功用却实在不小。

## 四、耗子的首次出现似乎看不出有什么特别的意义，仿佛它只是人物在极其偶然的情况下引出的话题

文清的画轴存放在抽屉，被耗子咬了一个巴掌大的洞。他非常懊丧地对思懿抱怨说，“我早就说过，房子老，耗子多，要买点耗子药，你总是不肯。”这纯粹是就事论事的态度。但话题一被思懿轻轻接过，用意立刻被刻薄地转移了，矛头从耗子转向了人：“一张画叫几个小耗子咬了，也值得这么着急！家里这所房子，产业，成年叫外来一群大耗子啃得都空了心了，你倒像没事人似的。”自此以后，耗子作为一个内涵丰富的特殊称谓，便固定地落在了某类人物的身上。

谁能说曾皓不像耗子呢？祖上的偌大家业到了他的手上被挥霍得几乎完了。他的女婿、老留学生江泰，是一个说起来满腹经纶，干起来一事无成的庸庸碌碌的寄食者。用他自己的话说，“我们只会叹气，做梦，苦恼，活着只是给有用的人糟蹋粮食，我们是活死人，死活人，活人死！”这不啻是对自己类别的绝妙注解。这样的人生被称为耗子恐怕并不过分。曾文清在某种意义上也许更有资格获得这个名号。作者概括说，“他绝顶聪明，然而他给予人的却是那么一种沉滞的懒怠之感，懒于动作，懒于思想，懒于说话，懒于举步，懒于起床，懒于见人，懒于做任何严重费力的事情”，“懒到他不想感觉自己还有感觉，懒到能使一个有眼的人看得穿：‘这只是一个生命的空壳’”。这是一个典型的“奥勃洛摩夫”式的人物，一个多余的人。怪不得曾思懿讥讽他“只会在家里抽两口烟，喝会子茶，玩玩鸽子，画画画，恍惚了这一辈子”。从曾文清浑浑噩噩的人生这个角度看，他与鼠类不无共同之处。令人一哂的是，曾文清离家时竟然这样劝说愫方：“你千万不要再在这个家里住下去。想想这所房子除了啃我们字画的耗子还有什么？”而乃父曾皓也在失去心爱的棺材后悲痛欲绝地哀号道：“活着要儿孙干什么呀！要这群耗子似的儿孙干什么哟！”他们都把这个家里的人们称作耗子，可都竭力把自己排除在外，而总体上他们又都被彼此包容在内了。这大概可称得上是一群悲剧性的喜剧人物。最具点睛之笔的还是全剧的终场，曾文清羞愧交集地回到家后，他所能鼓起的最后的人生信念被彻底摧毁，随着吞下鸦片，他那枯弱的身体像朽木似的坍倒在地，这空洞的声响引得虚弱的曾皓不安地询问，女儿曾文彩看到曾皓再经不住打击的神情，强压悲哀，应付说：“耗子，闹耗子。”这并非恶意的敷衍，在一切都该收场之时道出，的确是对曾府的某些人作了带有嘲讽意味的概括，然而又是非常准确和公正的。这些人活着无异于耗子，而死了也如同耗子般无足轻重。

上述简略的分析可以看到，棺材、猿人、鸽子和耗子这四个象征物嵌合在《北京人》中，丰厚的意蕴确实使全剧诗意荡漾。同时，这些意蕴之间也不是孤立游离的，而是以诸如对比、映衬或叠加强化等方式相联系的。它们共同培植的舞台艺术效果和作者的崇高的艺术旨趣是高度统一的。由于这种整体的相关性，上述象征物才在《北京人》里构成了一个

庞大的象征集合体。四者之间不但体现了观念和情感上的对立或联系，也感性地表现为剧中人物形象内核的对垒和衬托。它们的混合交融使全剧意趣横生，余味无穷。

我们既然将《北京人》的诗意情调归聚到它的象征物上，也就不得不触及艺术象征所具有的一些独特性质。一般认为，“象征的特征是在个性中半透明式地反映着特殊种类的特性，或者在特殊种类的特性中反映着一般种类的特性”。① 只要是象征，便在象征物的感性形式和其理念之间存在着距离，即所谓“半透明”的性质，二者不是明晰地直接对应的。前者对于后者仅具有暗示、诱导和点拨式的松散关系，几乎是不可避免地造成了后者对于前者不仅不是唯一的，而且也是有层次的状况。因此，艺术象征必然会引起多义乃至歧义的后果，这看起来好像是艺术象征的缺陷，殊不知这正构成了艺术象征不可替代的魅力。艺术象征在诠释上的困难为欣赏带来了活力。因为朦胧模糊，便能够不断触发人们的情感体验和理性联想，为艺术作品加入耐人咀嚼的质料，当人们在象征物创造的情境里徜徉时，势必获得极大的审美享受。

由此，可以说，《北京人》所散发的浓郁诗意在相当程度上依赖于象征集合体的繁富意蕴，人们从《北京人》所得到的感受和观念都与象征集合体的整体或部分发生关系。诸多象征物的交相辉映为《北京人》编织了一幅悲剧与喜剧共在，写景与抒情交融，现实与理想映照的艺术境界。只要人们置身这个境界，身心便会不由自主地俯仰沉浮，动情地玩味一番“北京人”的生活。由此观之，象征集合体之于《北京人》诗意情调的确立具有无可置疑的核心作用。

原载《徐州师范学院学报》1990 年第 4 期

① （美）韦勒克、沃伦：《文学原理》中译本第 204 页。

# 原始野性的呼唤:《北京人》新论

宋剑华

## 上篇　丧钟:并非仅仅是为封建大家庭的衰亡而鸣

作为曹禺“人生悲剧命运四部曲”总体构思的最后终结,创作于一九四〇年的三幕剧《北京人》,是他感知现实体验人生的又一艺术结晶。我认为,《北京人》创作的主观目的和客观效果,并非像有些学者所说的那样肤浅,即“无情宣判了封建主义与资本主义必定衰亡的历史命运”,[①]或“又一次展开了对中国旧家庭的抨击”。[②] 这部优秀作品的真实意义,就在于它以一个封建贵族世家已经崩溃没落的现实境况为背景,通过对置身于其中的各种人物命运的巧妙编排,深刻地反映了作者本人面对传统文化的现实困境所展开的主观思考。

从这一意义上说,《北京人》是一部寓意深刻的悲剧作品,它自始至终都充满着一种带有强烈痛感的文化批判意识。作者以中国传统文化的最基本单位——家族内部的凝聚力来折射整个社会生活的大环境,以传统的人格与现代文明的对抗为中心点,真实地再现了作为文化载体或表现形态的“人”——作品中的每一艺术形象在寻求自身生命与生存环境相协调的刹那间所产生的剧烈的振痛感:或因失去奋飞的动力而趋向死亡的边缘,或忍痛挣脱一切传统的束缚而实现对“故我”的超越——将人性的分析纳入了文化探索的轨道,并在否定封建传统文化制约摧残人性的前提下,提出了重塑民族现代完美人格的崇高理想。

《北京人》的文化批判意识,首先表现为作者对长期以来封建思想教育所造成的严重后果的内省与反思。曾家是个封建贵族世家,在敬德公创建这份家业的年代,曾家的权势威望和社会地位都已达到了登峰造极的地步,用陈奶妈那不无夸张的话来讲,那时候这家的家门“不是蓝顶子,正三品都进不来”。由于岁月的变迁与子孙的不肖,到了二十世纪初叶,曾家已失去了往昔的荣耀,变成了眼前这种破败不堪满目凄凉的景象。如果说,作者的旨意仅仅在于通过这种衰败的现实来敲响封建大家庭灭亡的丧钟,我觉得并不能够使《北京人》产生足以撼动人心的艺术魅力,因为《红楼梦》的主题意义要比它深刻得多;问题恰恰在于作者的思维触角透过了曾家衰败的事实表层,极其生动而深刻地向人们展示了

① 朱月瑾:《〈北京人〉的戏剧冲突与艺术手法》,《南京大学学报》1979 年 3 期。
② 朱栋霖:《论〈北京人〉》,《文学评论》1980 年 3 期。

这个家族财富荡尽后，依然健在的巨大的精神力量——制造一个个“死魂灵”悲剧的无形机制——仍以其道德认可的方式束约着每一个成员的灵魂，使他们在这种令人窒息的环境中，默无声息地忍受着精神上的种种磨难。一些西方人对此现象感到好奇与困惑，他们认为：“中国人家庭的内聚力很强，孩子也受到严格的教养，所以才能够在这种欧洲人根本无法忍受的环境中生活。”[①]然而，当他们把这种人格的压抑视为是中国人的传统美德而大加赞扬时，似乎并未注意到炎黄子孙内心深处的严重创伤。《北京人》所显示的，正是由这种心灵创伤而导致的人格悲剧。

曾皓——我们无论从任何角度去切入这一艺术形象，都会发现他的人格带有复杂的双重结构性质：作为曾家支撑门面的最后一位家长权威的象征，他既是传统规范秩序的坚定维护者，同时又是封建文化教育的可悲牺牲品。“他非常注意浮面上的繁文缛礼，以为这是士大夫门第的必不可少的家教”，接人待物总是表现出满腹经纶知书达礼的“清秀之气”。尽管他饱读四书五经圣贤之言，却无才无能一生平庸；“整天进吃补药，相信一切益寿延年的偏方”，以至曾家的祖业最终败落在他的手上，连他本人也为“现在我们家里出了我这种不肖子孙”而感到内疚。他并没有意识到自身的悲剧正是源于传统教化的毒害，反而一味地教诲儿孙们要继续深研诗书礼仪，期待着他们有朝一日重振祖业再造繁华，恢复曾家固有的体面门风。

传统文化的长期熏陶，不仅使他丧失了适应现实环境的生存能力，最为可怕的是，当他一旦成为这个家庭的主宰并运用强化的手段(这种强化的手段至今仍被许多家庭理解为是一种“爱”的本能体现)将其所受的教育方式无限延伸下去的时候，必然会导致人格悲剧的恶性循环。

曾文清便是一个典型的例子。这位受过良好传统文化训练的公子哥，作为曾皓年轻时代的影子同时也曾是他的希望，其孱弱的外在形态与怯懦的内在性格，给人留下的印象是非常深刻的：“瘦长个儿穿着宽大的袍子，服色淡雅大方，举止谈话带有几分懒散模样。……他面色苍白，宽前额，高颧骨，无色的嘴唇，看来异常敏感，凹下去的眼眸流露出失望的神色，悲哀而沉郁”；然而，“他很温文有礼的，时而神采焕发，清奇飘逸”。由于“生长在北平的书香门第，下棋，赋诗，作画，很自然的在他的生活里占了很多的时间。北平的岁月是悠闲的，春天放风筝，夏天游北海，秋天逛西山看红叶，冬天早晨在霁雪时的窗下作画。寂寞时徘徊赋诗，心境恬淡时，独坐品茗”，舒适悠闲的生活环境，使他“染上了过度的腐烂的北平士大夫文化”的气味；长期的自我禁锢，使他失去了活的灵魂变成了“一个生命的空壳”。虽然在他的内心世界里，也不时地激起阵阵情感的浪花——深深地爱着表妹愫方，但又因屈服于家庭与环境的压力而只好把这唯一的精神寄托深埋心底，他想挣脱束缚身心的传统锁链有所作为，“到广大的人海里与世沉浮，然而从未飞过的老鸟简直失去了勇气再学飞翔”。当他被种种现实矛盾所迫勉强走出家门时，生活中的第一个风暴便一下

① 池田大作、汤因比：《展望二十一世纪》第42页。

子又将他无情地冲卷了回来，粉碎了所有人的美好梦幻以及他本人的生存意志。

曾文清：(大恸，扑在沙发上)我为什么回来呀！我为什么回来呀！明明晓得绝不该回来的，我为什么又回来呀！

愫方：(哀伤地)飞不动，就回来吧！

曾文清：(抽咽，诉说)不，你不知道啊，——在外面——在外面的风浪——

发生在第一幕里的这段人物对白，其内涵是十分丰富深刻的。作者通过愫方的口，直接触痛了曾文清从来不敢正视也不愿正视的心灵创伤；这种情感交锋的结果，虽然使他明白了自己究竟是个什么样的人，但猝然的醒悟却无情地将他推向了绝望与毁灭的深渊——因为曾文清活得太沉重，对现实中所发生的一切都缺乏必要的思想准备，也许自杀对他来说是一种最好的解脱。

《北京人》对于封建道德礼教虚伪性与残忍性的揭露，也是非常真实生动的。作者以家庭为展示传统文化观念的窗口，运用形象化的艺术手法，逼真地描绘出了曾家日常生活中的翁媳关系、父子关系、夫妻关系、姑嫂关系等等错综复杂的人际关系矛盾；这些矛盾如此贴近于现实生活，以至于我们仿佛就置身其中，并从中窥视到了民族古魂难以磨灭的生命印迹。知书达礼的曾皓，在他温和宽厚慈爱的表层背后，深深隐藏着虚伪自私残妒的本质。在第一幕为愫方"说嫁"的那场戏里，这种人格的两面性表现得极为出色：一方面，他反复强调愫方的年龄不小了，别为了他的风烛残年耽搁了自己的青春时光，积极鼓励她去选择自己的意中人，以显示年长者仁慈之爱的美德；另一方面，却又使用最阴毒的语言去折磨愫方脆弱的感情，或装出一副可怜相以博得她的同情心，目的就是要将这个孤苦伶仃无依无靠的老处女作为自己的殉葬品，一道埋入死亡的坟墓。

我认为，从文化批判意识的角度来分析，真正能够体现《北京人》性格并代表曾家家长权威的人物，绝不是曾皓(他只不过是个虚设形态)，而是曾思懿。在整个戏剧动作中，她所占的比重最大，几乎曾家发生的一切悲剧性矛盾冲突，都与她有着直接的关系。

这个雄心勃勃虚伪凶狠的女人，以其泼辣放肆的野性统摄着曾家的所有人物：她阳奉阴违软硬皆施，迫使公翁曾皓装聋作哑对家中的诸事隐忍不发充耳不闻；她冷嘲热讽旁敲侧击，为的是想方设法把小姑子曾文彩和姑丈江泰赶出曾家，以扫清她独揽大权的障碍。她的性格颇有点像《红楼梦》中的王熙凤，将丈夫视为附庸，将子媳视为奴仆，释放出她身上的全部能量，操纵着曾家这部破旧的机器艰难地运转。在处理与愫方之间的微妙关系上，她虚伪的本性暴露得最为充分。曾思懿自私狭隘的个性，决定了她不能容忍任何人对其自身利益的侵犯，所以，当她发现丈夫曾文清与愫方之间客观上存在着无法割断的情感联系时，首先是以强硬的态度压制曾文清，试图阻止两人间的暗中交往；继而又热心地为愫方"说嫁"，希望把矛盾通过外引的方式加以解决；在各种主观努力都先后宣告失败的情况下，最后又想出用"纳妾"的办法控制愫方消融现实的矛盾。总而言之，为了保住她在曾家的地位与利益不受到损害，她对愫方笑里藏刀安抚要挟，无非是要让愫方感恩戴德甘心情愿地臣服于她。对待曾霆与瑞贞，曾思懿则又俨然一副家长尊严的阴冷面孔。她动辄便训斥儿子的"越轨"行为，对媳妇凶狠苛薄从无善言；尽管她本人不忠不孝，却要搬出祖先的遗训圣贤的教诲，装模作样地开导儿女们知书达礼忠孝仁义信义廉耻绝对服从。用她本人的话来说："我们这读书的世家……什么都不讲究，就讲究这点臭规矩！"

悲剧——曾思懿本身就是一个悲剧性的人物。我觉得我们很难简单地去用"好"与"坏"的概念，对其进行道义上的审判，因为在她那历来被人们视为是"恶"的灵魂世界里，也不乏其"善"的因素存在——女人的辛酸与母性的慈爱。作为一个女人，她艰难地支撑着一个为男人所无力支撑起来的破落门户；作为一个母亲，她的心里也充满着对儿女的无限真情。她清醒地意识到丈夫曾文清已无可救药，于是便把全部的希望寄托在儿子身上。在第一幕中，她语重心长地对曾霆说：

孩子……好好念书，为你妈妈争气，将来——

这短短的十四个字，容纳着普天之下所有做母亲的对儿女们最真挚的"爱"，是人性本能的表现。

作为曹禺探索社会人生的思维重心，《北京人》的文化批判意识更为集中地表现了作者对封建传统观念继续发展延伸的现实深感忧虑。在第二幕的后半部分，袁圆与曾霆之间的那大段大段的对白，其强烈的象征暗示意义是不容忽视的。作为自然形态的人的袁圆与作为道德规范化了的人的曾霆，他们以少年少女天真纯洁的心灵撞击进行着两种人生观的情感交流，焦点却是涉及如何去合理延续生命意义的重大社会问题。袁圆不喜欢也不理解曾家所发生的一切，她关心同情曾霆的艰难处境，尽可能以天使般的爱使他灰冷的心增加一点人间的温暖。在她的眼里，曾霆并不是个令女性倾倒的白马王子，而不过是个温驯可怜的"小耗子"，失去了人类应有的自由权利和个性意识。但是，当她的"野性"重新点燃了曾霆的生命之火，重新唤回了他的青春感觉时，她又面临着自身苦恼的困境无法解脱——因为曾霆开始向她求爱了：

曾霆：（贸然）你不，你不喜欢我么？

袁圆：嗯，我喜欢你，当然喜欢你！（不觉又吻一下那"孤独"）你就是他！（指着那鸽子）你听话，你是这鸽子，你是我的"小可怜"。（她坐在阶上又吻起那"孤独"）

曾霆：（十分感动，随着坐在阶上）那么你看了我这封长信——

袁圆：（又闪来一个念头，忽然立起）曾霆，你想，那个小耗子再下小耗子，那个小小耗子有多小啊！

袁圆的忧虑正是曹禺思想忧虑的一种嫁接体现，她清醒地意识到，自己一旦纳入曾家的礼仪规范，将是她的自然个性与独立人格丧失的开始；同时，她也会变成延续曾家传统遗风的一种生殖工具不断再造新的牺牲品与生命的空壳。"那个小耗子再下小耗子，那个小小耗子有多小啊！"这句台词说得多么深刻——如果她与曾霆结合，生育的后代必然会比父辈更加可怜更加孱弱！在人类社会迅速走向现代文明的过程中，这种生命的退化现象正是作者对于我们古老民族前途命运深切忧虑的一种表现。

批判与忧虑，并不意味着曹禺对传统文化是持全盘否定的态度；恰好相反，他一直都在积极探索民族文化自我拯救的有效途径。当然，这种自我拯救是以放大了的人性研究为主体的，并通过对民族人格历史积弊的透视分析后，所提出的重塑民族全新形象的最佳方案——那就是针对灵魂与肉体孱弱而言的原始野性的呼唤。因此，《北京人》客观上存在着两种力量的自然类比与两种精神人格的相互对映，其目的在于使读者或观众在经历了一种悲剧绝望情绪的内在体验的同时，鼓起希望的风帆去驶向完美生命与健全人格的理想彼岸。

## 下篇　自由—力感—博爱：重建完美人格的现实构想

《北京人》这部优秀作品问世以后，它反封建的形而上的层面意义，立刻便得到了理论界的一致肯定；但是对于袁家父女特别是"北京人"的形象意义，有的人却感到难以接受和理解。早在四十年代，就有人认为作者设计这三个人物形象的主观意图，是想把"时代转到原始公社的时代去"，躲避现代社会的阶级矛盾。[①] 五十年代，又有人说"这是一种'返归自然'的思想存在"。[②] 到了八十年代，人们虽然对这种肤浅的看法有所否定，但新的见解仍未给人以满意的结论。如"创作《北京人》时，曹禺对现实社会的批判，对新的社会的朦胧憧憬，正好在原始人的生活与精神中得到印证"[③]之类的观点，实际上还是对曹禺独特的文化心态以及作品的本文缺乏深刻理解的表现。

我以为，我们应该把视线稍加扩展一些，从文化心理学的角度去切入《北京人》留给人们思考的象征意义，或许能够从中感悟到比我们用现实想象力所能获得的更为丰富真实的东西。因为《北京人》的光明一面，绝不是曹禺试图返归远古重构伊甸园的神奇幻想，而是他重建完美人格人性的现实理想。袁家父女、"北京人"加上长期被学术界所忽视或误解了的愫方的形象意义，以潜在的有机组合方式显示了《北京人》性格的另一侧面：自由—力感—博爱观念的内在统一。这是作者从《雷雨》便开始刻意追求的人生信念。

袁家父女的形象意义，是自由与自然人格力量的象征。袁任敢是一位留学西洋且具有真才实学的人类学博士，他所受的教育以及信奉的人生理想，就是顺从宇宙发展的客观规律，让生命在自由与自然的环境里获得真正的价值与充实的意义。他经常使自己的思绪沉湎于四十万年前民德尔冰期的原始森林，为那些持弓挟矢光腿赤脚半裸上身披着兽皮的祖先猿人自由自在的生活方式所吸引，而对发生在曾家的一切由传统"文明"造成的悲剧，却常常感到困惑不解。在他的影响下，女儿袁圆也同样变得不通"人情世故"，一味地任着性子去模仿祖先猿人发展自身的天然本性。在这位天真可爱的自由女神的身上，始终充溢躁动着无穷无尽的原始野性的力量。这种由原始野性所生发出来的身心健康，与曾家受传统文明的教化而造成了灵魂与肉体的孱弱构成鲜明的对比，客观上向人们揭示了这样一个值得思考的问题：谋求生存的劳作曾经把猿由"兽"逐渐改造成了"人"，不仅赋予了他们全新的生命意义，并且建立起人类自身的文明体系；但是，传统文明的历史积

① 江布：《读曹禺的〈北京人〉》，《解放日报》1942 年 4 月 27 日。
② 刘绶松：《中国新文学史初稿》下册第 169 页。
③ 朱栋霖：《论〈北京人〉》，《文学评论》1980 年 3 期。

弊却又导致了现代人自身功能的退化，正在悄无声息地葬送着他们的生命活力。如何在现代社会生活中正确地引导人类健康向上的发展，曹禺所做出的回答无疑是：彻底打破传统道德观念的封闭体系，于“生命的空壳”里注入一些令人振作的原始野性因素，使人类在自然和谐的生存环境里重新复活起来！几乎所有论者都要提及袁任敢那段沉重有力的旁白：“这是人类的祖先，这也是人类的希望。那时候的人要爱就爱，要恨就恨，要哭就哭，要喊就喊，不怕死，也不怕生。他们整年尽着自己的性情，自由地活着，没有礼教来拘束，没有文明来捆绑，没有虚伪，没有欺诈，没有阴险，没有陷害，没有矛盾，也没有苦恼；吃生肉，喝鲜血，太阳晒着，风吹着，雨淋着，没有现在这么多人吃人的文明，而他们是非常快活的！”这段话虽然是针对“北京人”与他那个远古洪荒时代而发的，但其特质却在袁圆的性格与行为特征中得以生动的显现。我们不能狭隘肤浅地将其理解为是作者在呼唤人类动物本能的还原；实际上，袁家父女作为与曾家对比的参照物，正是曹禺以现实为立足点，真诚地渴望着失落已久的人性早日复归的思想体现。这才是袁家父女形象意义的本质所在。

“北京人”的真实象征意义，是一种硕大无比坚实强壮的力感化身。他的全部戏剧动作，就是力量的展现。“他约莫有七尺多高，熊腰虎背，大半裸身，披着半个兽皮，浑身上下毛茸茸的。两眼炯炯发光，嵌在深陷的眼眶内……深褐色的皮肤下，筋肉一粒一粒凸出有如棕色的枣栗。他的巨大的手掌似乎轻轻一扭便可扭断任何敌人的脖颈。他整个是力量，野性的可怕的力量，充沛丰满的生命和人类日后无穷的希望都似在这个人身内藏蓄着。”他力量的第一次显示，是将那些到曾家讨债的债主们打得落花流水；第二次显示，是他“一个人像抱起一只老绵羊似的把曾皓举起来”送往医院；第三次显示，是砸开被曾思懿紧紧锁住的大门，放愫方瑞贞曾霆出走去奔向新的生活。作者对“北京人”的力感是十分崇拜的，这种崇拜之情通过袁圆那纯洁无邪的心灵自然而然地表露出来：

袁圆：后来他（指袁任敢）就问我：“你大了愿意嫁给哪一个？”（昂首指着这巨影）是这个样子的“北京人”，还是曾家的孙少爷？

……

我说，（吻了一下那“孤独”）——你不要生气，我说（直截了当）我要嫁给他，嫁给这个大猩猩！

（崇拜地）他大，他是条老虎，他一拳能打死一百个人。（见第二幕）

袁圆不愿嫁给曾霆，除了前面我们已经谈到的因素外，自然还因为曾霆太软弱无力，没有男子汉（我们也可以将其理解为健全人格）的勇气、胆识和雄浑的力感！当作者将这种对比运用夸张的表现手法，以纸幕上“体巨如山”的猿人黑影来映照曾家所有人物并使其变得“渺小而萎缩”时，他的主观意图也就随之而被清晰地折射了出来——剔除孱弱，追求力感，这是重塑现代完美人格的又一必要条件。

恐怕人们评论最多同情也最多的人物形象，要数愫方了。我十分欣赏这样的观点：如果把《北京人》看作是一首抒情诗的话，那么愫方便是这首抒情诗的“诗魂”！然而，如若我们仅仅将愫方视为是一个受压迫受欺凌的弱小者的形象，那就会大错特错了。“诗魂”之美在于人物的灵魂之美，愫方形象的本质意义，目的是要突出一种完全有悖于曾家那套虚伪的伦理观念的真正的人性之美——以忍辱负重为外在表现、以崇高的责任感为行动准则、以仁慈博爱为内在动力的人文主义的道德理想。

哀静、温存、宽容与大度，是愫方美好品性最生动的写照。尽管她很早就失去了父母，寄居在姨夫家饱受着别人的冷眼，但残酷的人生并未使她产生恨世怨人的极端情绪，相反却在她的心灵深处播下了"爱"的种子。因为她从自身的生活经历中深深懂得，一个失去了"爱"的人对于"爱"的渴望该有多么强烈！在愫方的观念中，"爱"是对生命价值的肯定并具有创发性质，它意味着希望、行善、尽义务、承担责任以及为了他人的幸福而献身。她对瑞贞说："看见人家快乐，你不也快乐么？"这句台词的本义，来源于《圣经》中"你应该爱邻如己"(《马可福音》)的忏语。在基督教人文主义的道德理想中，自爱与自私都是不可饶恕的罪恶，只有爱人(表现为主动地施爱)才是至高无上的美德。我认为，愫方的利他主义行为与主动施爱的自我献身精神，实际上仍是作者本人受基督教人文主义的影响，而在《北京人》的创作实践过程中的又一次极好的反映。曹禺在谈他自己对于愫方这一形象意义时，曾这样指出："生活不是痛苦、受罪、受折磨的，生活应该是幸福的……她抛弃了自己的一切，很像中世纪的苦行僧一样，不要幸福，就是幸福。"[①]这一番用心良苦的解释，骤然间使我醒悟到愫方的无私仁厚、愫方的飘逸超然，绝不是一个用儒家文化铸造出来的良家妇女所能具有的特质，却颇似来自巴玛修道院里的圣洁贞女的幽灵再现！她爱曾文清，只不过这种"爱"的含义是往日的情恋与现实的怜悯双重情感因素的复杂构合，是"博爱主义"的一种具体表现。为了施爱，她主动替曾文清承担起伺候老人、关照子女、保管字画、喂养鸽子种种家庭责任，毫无任何怨言地去尽自己所能够尽到的一切义务；为了传播"爱"的福音，她劝导鼓励即将离家出走的瑞贞"在外面还是尽量帮助人吧！把好的送给人家，坏的留给自己。什么可怜的人我们都要帮助，我们不是单靠吃米活着的啊！"这种根深蒂固的"爱"念，不仅使她能够长期容忍曾皓的自私与曾思懿的苛薄，而且也使她超越了尘世的磨难获得了灵魂上的自由。愫方终于带着幻灭的心情离开了曾家，但是她对曾文清的绝望只是她对施爱对象错误选择的一种内省和检讨，而不是对施爱动机本身的否定。通过上述分析，我们完全有理由这样认为：愫方形象的主客观意义，是作为一种完美人格的道德力量的化身，与曾家所信奉的那套虚伪的道德礼教形成鲜明的对比，从而表达了作者主观上的文化批判意识。

袁家父女、"北京人"与愫方这三组形象，他们各自的象征意义都属于单纯性质的，也就是说他们各自性格中值得肯定的因素都是单一性的：袁家父女自由自在的生存方式的确令人向往，但是纯然的原始野性意识并不可能被已经由人类文明规范化了的现实社会所全盘接纳；"北京人"强健的体魄与雄浑的力感固然会给人们以强烈的情感刺激，然而原始生番绝不会成为现代文明膜拜的偶像；愫方的博爱仁慈无私奉献的精神会深深打动每

① 曹禺：《和剧作家们谈读书和写作》，《剧本》1982年10期。

一个善良人的心，可是她那种一味地忍辱负重的韧性性格也不会真正被现实功利化了的人们所效法。因此，这三组形象如果分开来看，每一组形象都难以单独构成作者理念中的完美人格理想；只有将三组形象组合为一体并形成意义上的合力，才能获得大于整体的完美意义——人类的天性、强劲的力感、博爱的精神——这才是作者对现代完美人格的主观设计以及作品客观显示出来的实际效应的有机统一。

如果我们进一步将《北京人》的构思纳入曹禺“人生悲剧命运”四部曲的总体创作意图中，去还原他的人生理想，那么我们得到的将是这样的逻辑思维方程式：

《雷雨》→《日出》→《原野》→《北京人》

(人生的困惑)→(现世的罪恶)→(理智的失控)→(重塑人性的理想)

无论我们的评论家运用什么样的神奇妙论来提出责难，这种从作者的主观意识与作品的客观审美效应上所表现出来的基督教人文主义理想，是任何人也无法加以否定的。如果沿袭传统的思维方式去理解曹禺早期创作的作品，势必将会误入观念的歧途；因为这些作品，只属于同曹禺一样具有着善良愿望和崇高信仰的人们的灵魂世界！

原载《海南师范学院学报》1991 年第 1 期

# “愚蠢的善”与泛悲剧

## ——《北京人》艺术风格解析

向宝云

对于《北京人》的艺术风格，历来众说纷纭，概而言之，有如下数种焉。一是喜剧说。由于剧作者本人也认为《北京人》是喜剧，多次否定《北京人》的悲剧性质，使得持喜剧说者更是言之凿凿，自信十足。曹禺说：“有人说《北京人》是作者唱出的一首低回婉转的挽歌，缠绵悱恻的悲剧，是对封建社会唱的一首天鹅之歌。这些说法我都不同意。”[①]并多次明确肯定《北京人》是喜剧。二是悲喜剧说。田本相同志认为：“《北京人》的基调是喜剧的，但决不是只有一种色调，一种气氛。它的喜剧性中，既有无情的嘲笑，公然和隐喻的讽刺，也有微笑的幽默甚至是闹剧的场面。同时，在总的喜剧氛围中也有着悲剧的气氛。”[②]三是社会正剧说。辛宪锡认为，《北京人》既不是“将人生有价值的东西毁灭给人看”，又不是“将那无价值的撕破给人看”，“从而构成了一出严峻的社会正剧的基调。”[③]四是悲剧说。《北京人》在纽约上演后，美国著名剧作家阿瑟·米勒称它是一出“感人肺腑和引人入胜的悲剧”。[④] 对《北京人》美学范畴属性的认识的巨大歧异与对作品所取得的现实主义伟大成就的肯定的高度一致形成鲜明的反差，这种巨大的“不协调性”提示我们，对《北京人》美学风格的不同看法可能不仅由不同的悲剧观念造成，而且与对作品思想内容的“接受迷误”（误解和简单化）密切相关。

确认作品美学风貌的真实依据无疑是作品的内在基调，而作品的内在基调则是由作品的实际内容和情感趋向内生的，因而，作品的实际内容和情感趋向才是真正决定和制约作品美学风格的内在要素和根本原因。作者说：“我为什么要写《北京人》呢？当时我有一种愿望，人应当象人一样地活着。”[⑤]为使表现“人样生活”的动因在作品中实现，作者安排了“人样生活”方式的代表和象征——袁家父女的生活与曾家、杜家对比，由于“人样生活”理想作为“完人”、“真人”的存在方式事实上是人的自由的美学性的存在——浪漫主义存在，它超越了一切现实的局限同时也脱离了现实，从而成为思辨界、精神界的诗意理想。因而，它特有的观念性、意识形态性特征作为对现实存在的否定方式首先便表现为与现实

① 曹禺：《和剧作家们谈读书和写作》，《剧本》1982 年第 10 期。
② 田本相：《〈北京人〉的艺术风格》，《南开学报》1980 年第 3 期。
③ 辛宪锡：《〈北京人〉探疑》，《天津师院学报》1980 年第 4 期。
④ 余志恒、袁瑾：《话剧〈北京人〉在纽约上演记》，《人民日报》1980 年 3 月 29 日。
⑤ 曹禺：《和剧作家们谈读书和写作》，《剧本》1982 年第 10 期。

意识的对抗和冲突，即与曾、杜两家思想文化观念上的历史较量，三者构成互为冲突的矛盾运动。虽然杜家作为现代资本竞争中的胜利者在物质利益方面的争夺上表现的疯狂性、贪婪性和残酷性与曾家势若水火，格格不入，但其人生意识、文化思想却拾其余唾、步其后尘，因而上述三者"精神上"的冲突实际上只是袁家与曾家文化意识的冲突，并以此肯定人的自由的美学性的存在，礼赞人的浪漫主义精神："这是人类的祖先，这也是人类的希望，那时候人类要爱就爱，要恨就恨，要哭就哭，要喊就喊，不怕死，也不怕生，他们整年尽着自己的性情，自由地活着，没有礼教来拘束，没有文明来捆绑，没有虚伪，没有欺诈，没有阴险，没有陷害，没有矛盾，也没有苦恼，吃生肉、喝鲜血，太阳晒着，风吹着，雨淋着，没有现在这么多人吃人的文明，而他们是非常快活的。"这段话既是曹禺创作的思想纲领，也是其"人样生活"理想的集中表述。其本质内容是人对文化、历史的超越。其一，在人与文化的关系中，人克服了文化理性对自身的重重束缚、规定、限制和压迫，人复活为具有丰沛感性生命力的"野人""真人"，谱写情欲之诗(生命之诗)；在人与历史的关系中，人克服了历史理性对自身的重重束缚、规定、限制和压迫，人还原为"内在"的人"道德"的人，谱写道德之诗。即人自由地、美学地存在，道德主义地生活，诗意地栖居。这种生活挣脱了现实的一切束缚，同时也割断了与现实的一切联系。但是，由于这种"人样生活"的虚幻性、假想性——这是由人的理性本质的不确定性和人的感性存在的现实给定性决定的——必然使其在"物质上"与曾、杜两家不构成现实的矛盾斗争，因为"人样的生活"究其实是道德主义的生活和人的道德化，它已经超越了经济利益关系，所以，现实的袁家——曾(杜)家的矛盾便必然现实地生成为曾(杜)家内部的自我对抗与冲突。这便造成了作品艺术表现重心的首次偏移，使曾、杜两家的对抗冲突成为作品一贯和显在的矛盾运动。但是，正如前述，曾、杜两家的历史较量是错位的，异质的，即前者以"精神文化"为武器抵御后者"物质文明"的袭击，其对抗并不直接地、具体地表现为思想意识的冲突。由于"明日的北京人"的生活作为人的自由的美学性存在，是人的浪漫主义精神的实现和充分现实主义化，其先进性和理想性主要表现在其"精神"特性上，因而它对现实的批判便首要和主要表现为意识对立和文化批判，这样，"人样生活"对曾、杜两家生活方式的批判便偏移为只是对曾家所恪守的文化观念，所遵循的人生意识的批判。(虽然作者对杜家持批判态度，诅咒它的命运只是争夺象征衰老和死亡的"寿木"，但他却只能借曾家的"思想"和"语言"对它进行嘲讽和蔑弃，却不能借袁家的"口"予以讨伐，这表明了作者认识观与价值观的二元分离。作者认识观上的历史主义倾向使其无可奈何地承认杜家所代表的现代资本主义生产方式和生活方式的进步性和合理性，价值观上的道德主义理想使其对人的自由的美学性存在心向往之。)这便造成了作品艺术表现重心的第二次偏移，即以曾家为轴心，批判其与"人样生活"对立的文化观念和人生意识。作品通过曾家的双重失败(杜家为代表的现代资本主义生产方式和生活方式的物质文明的胜利，北京人为象征的理想人格文化意识的精神文明的胜利)，表达了作者对现实的忧惧和对未来的惶恐。由于作者价值观上的道德主义人生理想与粘附于曾家身上的传统文化的道德化倾向有着某种协合性，便使得作者对曾家的没落、失败、瓦解(真正毁灭它的是杜家而不是袁家)充满"黍离之悲"。他埋葬了旧制度，却同情其中的人；他批判了那种文化及其遗害却留恋那种安详、平和、闲适的文化氛围；他指摘了情感的病态，却礼赞那种情感的优美和高尚；他视旧事物的必然没落为历史的喜剧，却把旧人物的不幸命运看作悲剧。杨晦先生很早便指出：作者“知道中国的旧封建社会，非崩溃不可，但是他却爱恋那种势必随着封建社会死灭的道德与情感，他低回婉转地不忍割舍，好像对于行将没落的夕阳一样。在《北京人》他唱出了他的挽歌，是又幽静，悲哀的呀！然而，他却无法挽回封建社会崩溃的末运，他更无法留住那行将死灭的道德与情感。”[①]就此而言，《北京人》确是一曲“悲哀的旧调”，一首“天鹅之歌”，是作者悲凉心境的表征。它的内在基调是灰暗的、沉郁的、哀伤的、舒缓的，经济危机、爱情悲剧、命运伤怀造成的悲剧氛围乃是《北京人》的主色调。我认为，笼罩于整个作品的正是曾霆朗读的《秋声赋》和曾文清吟诵的《钗头凤》含蕴的悲凉历史感和悲剧人生意识：

“草木无情，有时飘零，人为动物，惟物之灵，百忧感其心，万事劳其形……”

“东风恶，欢情薄，一怀愁绪，几年离索，错错错。”

同时，我们必须看到，作者是在山河沦落、故都失陷后被侵略者的炮火驱赶至远离北平的内地——四川江安小城创作《北京人》的，国家的不幸，民族的灾难，不能不引起他的深思，不能不唤起他悲凉的历史感；离乡背井、颠沛流离的生活不能不使他回想起先前北平安详，平和、闲适、宁静的生活；荒村僻野的愚昧落后不能不使他留恋浪漫而自由的“北平的风度”……战争的逼迫加重了作者失落的悲哀，因此，作者对曾家批判的尖锐性与对曾家失败的同情的真挚性紧紧地交织在一起，并以对曾家的复杂情感意绪为作品艺术表现的支点和重心，从而内在地规定了《北京人》的悲剧特质。

对《北京人》美学风格的歧异认识或许和对“悲剧”的歧异认识密切相关。我认为，理解悲剧观念的关键在于理解悲剧的内核，悲剧的内核是悲剧性和悲剧精神，对悲剧的悲剧性的感受产生悲痛感，对悲剧的悲剧精神的体验产生崇高感。悲剧性作为悲剧的特质是悲剧的基本属性，它涵盖并包孕于一切悲剧之中。悲剧精神只是使悲剧焕发崇高光芒的唯一源泉，而不是悲剧固有的内在本性。希勒说：“某种价值必须遭到破坏，这样才能属于悲剧性的范畴。”[②]人生活和充分生活的权利、愿望、追求也是一种崇高的价值，这种价值在这种权利、愿望、追求受到干扰的灾难中得以加强，从而增强其悲剧性。换言之，悲剧性根源于价值的毁灭与失落——对价值的肯定性态度和对价值失落的明确意识及痛惜情感。《北京人》的悲剧性在于，曾家渴望正常的人的基本生存权利的殷殷之情受到严重干扰，他们的物质追求乃是对人的基本生活目标的向往，而不是外在于这种基本要求的罪恶贪欲，因而他们的衰败和瓦解就是人的正常生活愿望和追求惨遭败绩的悲剧。我认为，米勒看到的正是《北京人》上述普通人生活悲剧的本质，这是由米勒本人的悲剧眼光（观）决定的。在《悲剧和普通人》中，他主张以普通人为悲剧人物，指出：“我深信普通人就象帝王一样善

① 杨晦：《曹禺论》，《青年文艺》1944年第4期。

② 转引自陈瘦竹、沈蔚德《论悲剧与喜剧》，第41页。

于作为最高意义的悲剧的题材”,“普通人一再显示出内在的悲剧动力。”①

柏格森认为,喜剧主要触动我们的理智,悲剧打动我们的内心,激发我们的情感。如前所述,悲剧的内核是对人的肯定——对人的生存权利、生命质量、生活愿望要求的肯定,作为人的最基本和最正当的要求,它唤起我们强烈的共鸣,任何人的上述基本权利受到剥夺、生活愿望受到干犯,生命追求受到阻抑都会引起我们深深的同情,引发我们的人类自我悲悯感。换言之,在观照和审察这类人的基本权利和正当追求受到损害的悲剧时,我们更多的是站在伦理的立场,衡之以道德主义的标尺。喜剧则不然,它表现人生的缺陷和人性的丑陋方面,是对人的某些方面、某些境遇、某些层面的否定,因而对喜剧的观照必然是理智的、有距离的,以居高临下的优越感冷静地、超脱地审视对象,产生善意的嘲笑或辛辣的讽刺。如果我们认为《北京人》的基调首先是喜剧的,认为它只是批判曾家的腐朽本质、揭示曾家的没落命运,那么,便忽视了贯穿全剧的作为行将就木的封建家庭代表曾家与新兴资产阶级家庭象征的杜家的尖锐矛盾和剧烈冲突,便必然忽视作品对现代生活的深刻批判,便必然忽视《北京人》与《红楼梦》、《家》的巨大历史差别,便必然忽视曾家要求和向往普通人生活愿望的正当性和合理性,从而必然抹杀这种正当性和合理性惨遭败绩的悲剧性。作为末代封建家长,曾皓失去了任何向外扩张拓展的能力,他对内的威权也是色厉内荏、外强中干的。他对善良弱者愫方的精神虐杀暴露了没落者日薄西山的阴暗心理,但在与儿子、儿媳、女婿的关系中,他显然是一个孤苦无倚的可怜老头,而不是君临万物、一呼百诺的封建家长。儿媳不孝顺他,女婿嘲骂他,儿子不争气,这个可怜老头竟衰弱无奈到不惜尊严给儿子下跪以图唤醒其“天良”……这些难道说不是严肃的痛苦,难道丝毫不能唤起一个人对另一个人的真挚同情?就此而言,难道说曾皓的人生不也是悲剧性的吗?(他和贾政、高老太爷的差别是多么大呀!)作为传统文化孵育而出的病态“婴儿”,曾文清软弱无能,逆来顺受,但他善良无辜,他没有伤害任何人,也没有任何非份的奢望,在外界的攻击面前,他只能像孔乙己哀告“不要取笑”那样,哀求“不要逼我,我已是快要死的人了”。面对这条病怏怏的生命陷入灭顶之灾,难道我们真能心如铁石、无动于衷吗?正如李斯托威尔所说:“当受害者真的受到损害,或者当他人的感情严重地受到创伤的时候,我们都不能对他们的不幸和挫折加以嘲笑。”②

当然,话又说回来,《北京人》的悲剧气息的确不是单纯的,它有着浓郁的、挥之不去的喜剧色素——但它并没有改变作品的悲剧品格。如果我们从人物的生活命运看,它是悲剧性的,如果从人物的文化思想看,它则是喜剧性的。换言之,《北京人》人物物质生命的受阻是悲剧性的,精神生命的终结则是喜剧性的。马克思指出:“黑格尔在某个地方说过,一切伟大的世界历史事变和人物,可以说都出现两次。他忘记补充一点:第一次是作为悲剧出现,第二次是作为笑剧出现。”③曾文清和曾皓的喜剧性正在于他们作为“第二次”出现

① 《外国现代剧作家论戏剧》

② 《近代美学史评述》第225页。

③ 《路易·波拿巴的雾月十八日》,《马克思恩格斯选集》第1卷第603页。

的历史境遇。如果曾文清不是生不逢时(必须参与物质主义的生存竞争,接受“命运”的挑战),而是投胎于金碧辉煌的封建盛世,作为一个清俊飘逸的风流才子,岂不同样令人肃然起敬、钦羡不已?如果曾皓不是必须面对新兴资本主义物质力量的剧烈冲突,而是有着贾政、高老太爷那样自足自强的经济实力作基础,那么,他“累代书香门第”、“诗礼传家”的精神道德优越感就绝不会是空洞无根的、滑稽可笑的,也绝无丝毫喜剧性可言。曾皓的喜剧性只在于,他没有意识到自身喜剧性的现实地位和现实命运而执迷不悟地沉醉于先辈悲剧性的历史乐观主义的坚信之中,如果说,曾皓是极其认真地表演着喜剧,那么曾文清则是极不认真地表演着悲剧。正如黑格尔所说:“剧中人物只有在自己并不严肃地对待严肃的目的和意志时,才把自己表现为可笑的人物。”[①]正是从这样的“高度”,我们才发现曾文清这个病怏怏的可怜虫浑身上下的喜剧性,才把他视为“可笑的人物”。

关于契诃夫作品的悲剧性和喜剧性,叶尔米洛夫曾指出,契诃夫揭示了人类喜剧中的许多悲伤诗情、忧郁沉思,负罪的感觉,“但不管有多么的忧郁、多么悲剧性,在契诃夫的许多绝非喜剧体裁的作品中,却存在着活生生的喜剧,并且往往是讽刺性喜剧。而且悲剧因素愈浓厚,喜剧因素、讽刺因素也愈浓厚,因为悲剧性因素同时是作为喜剧因素和讽刺因素而出现的。在这种情况下,喜剧因素并不引起愉快的感觉,而是产生于某种显著的名实不符的矛盾现象的悲伤的嘲笑;这种矛盾,往往是言语和行动间的矛盾,理想和实际间的矛盾;而这种悲伤的嘲笑又往往是由于两种仿佛完全敌对、不可能有任何共同点的现象意外地统一在一起而引起的。”[②]这段评析,对《北京人》也是基本合适的。

上述悲剧性与喜剧性交织融构所包蕴的历史内容即是:(一)人物悲剧性生活命运与喜剧性文化品格的巨大矛盾;(二)人物悲剧性历史意识与喜剧性现实地位的巨大矛盾。这两种彼此冲突、消解的对立倾向之所以能为“悲剧”接纳,其内在根源在于悲剧的悲剧性与悲剧精神的二元分离。这种二元分离导致悲剧作品与悲剧人物的分离,即悲剧主人公可能是喜剧角色或具有浓郁的喜剧性。在这样的“悲剧”中,人物的喜剧品格并不能引起我们愉快的笑,只能唤起我们“悲伤的嘲讽”,《北京人》带给我们的审美感受也是如此。

作者为什么要断然否认《北京人》的悲剧性而坚持“喜剧说”呢?我认为,可能有这样两个原因:(一)曹禺早有“拜契诃夫为师”的心愿,随着他的戏剧实践的丰富,这种愿望日趋强烈,终于在创作《北京人》时,完成了“向契诃夫学习”,表现“生活的戏剧”的突破。由于《北京人》与《樱桃园》生活内容与表现范式的某些相似,而契诃夫本人又将《樱桃园》称为“通俗喜剧”,甚至强调它“有些地方甚至是闹剧”,曹禺因此也坚定不移地将《北京人》界定为喜剧。(二)由于曹禺学习和钻研了大量西方优秀悲剧名著,接受了西方“正宗”的悲剧观念,十分强调悲剧应具有悲剧精神,应出现具有极端精神,以自己的行动为法律,遇事不到衙门告状的反抗命运的英雄好汉,使人产生敬畏的崇高感(受难体验与抗争体验)。在曹禺的悲剧观念里,纯粹的“个人的不幸”是算不得悲剧的,“真正的悲剧,绝不是寻常无

① 黑格尔:《美学》第三卷下册,第316页。
② 叶尔米洛夫:《论契诃夫的戏剧创作》。

衣无食之悲”，“有崇高的理想，宁死不屈的精神的人，才能成为悲剧的主人公”。换言之，悲剧主人公应该是具有悲剧精神的好汉，“有所欲，有所取，有所不忍，有所不舍”，“所爱有甚于生者，所恶有甚于死者”的人才有悲剧精神。“不然，他便是弱者、无能……便是可笑的庸人，不是悲剧中人物。不想轰击现实，一再忍受无理的摧残，不想举起刀剑反击，那是一只躲进洞里，永不见阳光的耗子，是令人厌恶的动物。活着，像一条倒卧的老狗，捶下去不起一点反应，从这里怎能生出悲剧？”①正是基于此，在《雷雨》里出现了“最雷雨”性格的蘩漪，在《原野》里出现了唯一不像阉鸡的男人——充满野性生命蛮力的仇虎，他们气宇轩昂地屹立于曹禺悲剧艺术世界的神圣殿堂。《北京人》中没有出现这样的悲剧英雄，因而被作者排斥于悲剧艺术世界的国境之外。但是，作者从历史主义向道德主义回归的情感态度，又使作品呈现出悲剧的特征——缺乏悲剧精神的“泛悲剧”或“亚悲剧”。事实上，《北京人》体现了大部分中国悲剧的共有特点：喜剧角色充当悲剧主人公，缺乏忍受痛苦的崇高态度，他们的善良无辜使其悲剧具有鲜明的“自在”特征。美国现代悲剧大师奥尼尔说：“在我看来，只有悲剧性才包含具有真理价值的美，这才是生活的意义，也是唯一的希望。崇高的东西永远是最具有悲剧性的。获得成功而不继续追求更大的失败的人是精神上的中等货。他们停步于成功证明他们妥协和微不足道，他们的梦幻是多么渺小啊。”中国悲剧主人公大都缺乏“继续追求失败”的挑战英姿和进取意志，是一些“精神上的中等货”。和西方悲剧主人公相比，他们较少或根本缺乏“恶”的情欲，在施暴的命运和严酷的灾难面前，只是出之以清静无为的形式或神圣的道德判断，缺乏由单一力量驱使要成为和必然成为的那种性格所采取的行动，从而失去了在人与命运的败仗中实现自我的悲剧精神。波墨指出：“恶是一种绝对的、永恒的因素，是上帝的生命本身中的一种因素……情欲就其自身来说是爱的原动力、能量、火、形式和精神。可以说，那种在肉体之中没有魔鬼的苦，那种在自身之中没有恶的原则和因素，没有个性、活力和情欲的火的善，并不是精神的善，而是愚蠢的善。”②中国悲剧的主人公身上缺乏的正是“精神的善”，他们的善良性、无辜性不是加强了他们的悲剧精神，而是加强了他们的喜剧品格。“愚蠢的善”者悲剧性生活命运受到自身喜剧品格的消解，从而导致悲剧的泛化——《北京人》就是这样的“泛悲剧”。

原载《云南教育学院学报》1991 年第 2 期

① 曹禺：《悲剧的精神》，1942 年的讲演中还有悲剧主人公应“具有极端精神”的论述，见《曹禺论创作》第 297、298 页。

② 见《费尔巴哈哲学史著作选》，第 148—149 页。

# 论《北京人》的悲剧精神

黄善明

《北京人》以对生活环境的如实描绘、人物性格的逼真刻划、创作手法的娴熟运用、戏剧风格的刻意追求，毕显曹禺淳厚的艺术功力和深邃的理性精神，被研究者们赞为“成熟的现实主义名著”；[①]呈现着契诃夫式的“平淡深沉忧郁明朗”；[②]具有“浓郁的民族风格”，代表了“曹禺剧作的最高成就”。[③]

在我们看来，《北京人》无愧于这般推崇。但是，“北京人”的形象，究竟有何理由出现在舞台上却仍然值得我们作深入的探讨。因为，“一个巨灵自天而降”[④]突兀地出现在戏剧舞台上，在现实主义戏剧史上，既无先例，又乏后承，追求戏剧“生活化”的契诃夫，也决无勇气和胆量尝试在舞台上造出一个“猩猩似的野东西”供观众欣赏；而我们的东方文化精神，从没有在戏剧史上培植过一个“体巨如山”的舞台形象。

曹禺是这样让我们结识“北京人”的：

> “他约莫有七尺多高、熊腰虎背，大半裸身，披着半个兽皮，混身上下毛茸茸的。两眼炯炯闪光，嵌在深陷的眼眶内，塌鼻子，大嘴，下巴伸出有如人猿……他整个是力量、野得可怕的力量。”

不必否认，让这个怪诞的形象出现于北京人世界，多多少少带有荒诞性。但纵观三幕剧情，回忆作者的一贯作风，我们并不难理解这个形象的思想契机。

曹禺一贯在他的悲剧中插入一个与剧情不甚和谐的因素：若隐若显的“雷公”，缓缓而来的“日出”，阴霾弥漫的“原野”，它们作为“非戏剧化”因素出现在剧中，都如“北京人”一般，融入了原剧的场面、情节，融入了人物的言行、思想。它们往往真切地袒露出作者对悲剧命运的思考——对宇宙人生里种种“不可知”的猜测、评断及由此而来的重重道德、情感焦虑。

作为舞台形象，“北京人”在剧中更像舞台布景。以他孔巨有力的身躯衬托出脚下“耗子”般人们的渺小卑微。“北京人”不介入剧中人的日常生活，只用偶尔的暴露来证明自己强有力的存在。凭此影响，支配陷于混沌中的“不肖子孙”们。我们发现，“北京人”在剧中

① 孔庆升：《曹禺论》，北京大学出版社 1986 年 4 月版，第 113 页。

② 朱栋霖：《论曹禺的戏剧创作》，人民文学出版社 1986 年 2 月版，第 211 页。

③ 田本相：《曹禺剧作论》，中国戏剧出版社 1981 年 12 月版，第 225 页。

④ 此处及以下所引《北京人》原文，均据文化生活出版社 1941 年 12 月初版本。

显身，仅有三次：第一次在第一幕末尾，中秋夜里，曾家请来袁家做客，席间，北京人以野蛮的手段赶跑了索债人，显示了他强大的生命活力；第二次在第二幕开场不久，“北京人”巨大的身躯映在雪白的纸幕上，并由那位人类学者意味深长地启示：“这是人类的祖先，这也是人类的希望”；第三次在剧尾：“北京人”忽然在曾家的混乱中显身开口，引导愫方、瑞贞走出曾家。

“北京人”的形象，代表着作者一以贯之的对宇宙人生的敬畏情感，对悲剧命运的思考与构想：茫茫无际的宇宙、变幻莫测的人生，不代表了种种的“不可知”么？曹禺的一贯探求和思索，使他得以在这个剧作中将溶括了史前时代、现实社会和未来世界三种人相的“北京人”搬上舞台，显示自己内心对这种“不可知”的憧憬之情。透过“北京人”的映衬，我们感到了“不可知”的强大——它化作一个大家庭的衰败景象和一群不肖子孙的阴冷心态；也感受到了人类面对“不可知”需要的力量——它化作“北京人”显现的理性精神。

曹禺始终在现实苦难和不幸中寻求一种足以抵御制宰它的生命活力，这是这位剧作家悲悯灵魂的独特个性。在他心目中，这种生命活力，常常激烈无比，具有不同尘俗的极端性，也具有原始、野蛮的一面。即如《雷雨》刻意表现的，蘩漪的烈、鲁大海的暴、周朴园的横，乃至鲁贵的贪，——到了至性至情的地步；《日出》里，打夯工人的冤怒、陈白露的渴求、李石清的疯魔、潘月亭的骄横，无不毕露极端性；而《原野》中仇虎的狠、焦母的毒，更不待言。邪恶的强横、深厚，常常使曹禺觉得需要更强大、更有力的善，才能将邪恶打倒，而现实中的善良几乎等于软弱的代名词。这是不能为悲剧所接受的。“对于悲剧来说，致命的不是邪恶，而是软弱”。① 曹禺深深地领悟到这一点，所以他剧中的人物，无论好坏，都具有非比寻常的“力”。曹禺总是将这种“力”放在命运显身的一刻较考、锤炼，以唤起我们强烈的生命力感。可以说，曹禺悲剧中全部“非戏剧化”因素的出现，都出于这种思考。“北京人”形象的寓意也在这里：以北京人的祖先，鞭笞它的不肖子孙的丑陋、怯弱，激励奋起。

第一，“北京人”的孔巨、坚实，反衬出曾家的破败、衰微。

曾家从盛极一时而凋败中落，昔日的豪华、阔绰一去不返，债台高筑使上等人的地位一落千丈。子孙们的无能更雪上加霜，连几间破旧的房屋也难以保住。曾家已到了山穷水尽的地步——不得不靠赖账、抵押老太爷的寿木来应付经济上的窘迫，第一幕末尾，作者通过“北京人”显身曾家小花厅一场戏，集中揭示了这个大家庭没落的真相。

中秋之夜。曾皓以一家之主，强颜欢笑。为显示大家威仪和阔绰门风，请来袁家一起团圆。“北京人”出现了，他巨灵般的身姿，使满屋显得“缈小”而“萎缩”。曾老太爷毛骨悚然，仍装出颇为不屑的神色，俨然诗礼治家的风范，举箸端杯，品味着虚假的融乐。然而辞别送行的礼节未完，门外叫骂的债主已蜂拥而入，声声诅咒，使老太爷威风扫地，上上下下“瘫了一般”。这时，“北京人”慢慢起立，“一个巨无霸似的人猿，森森然怒视”，他挥动巨掌，将债主们逼出门外，施以一整套拳脚。“北京人”的强悍、有力，鲜明地映照出这个大家

① 朱光潜：《悲剧心理学》人民文学出版社 1983 年 2 月版，第 96 页。

族的昏庸、无能。

第二，“北京人”的率性、纯真，反衬出“不肖子孙”的没落心态。

第二幕开场不久，正是当夜曾家熄灯以后，一片死寂中，北京人体巨如山的身影映在窗纸，人类学者启示的声音响起：

> “这是人类的祖先，也是人类的希望。那时候的人要爱就爱，要恨就恨，要哭就哭，要喊就喊，不怕死，也不怕生。他们整年尽着自己的性情，自由地活着，没有礼教来拘束，没有文明来捆绑，没有虚伪，没有欺诈，没有阴险，没有陷害，没有矛盾，也没有苦恼……”

随后，在曾家的各个角落，“不肖子孙”一一登场，活现出“耗子”般欲爱不敢、欲恨无力、求生无门、求死不得的心态。首先是江泰，一个吵吵嚷嚷的无能之辈，整天喝酒、叹气、发怒，然后诅咒自己的倒运，然后又是喝酒、叹气、发怒……日复一日；随后是文清、愫方，一个是无休止的叹息，一个是无休止的忍耐，两个人在漫长的酸辛中绝望地等待、企盼；接着是曾皓，只会装聋作痴，求得一个虚妄的安逸，这个垂死而骨子里非常怕死的人，盘桓于深宅密室，一面无休止地向善良的愫方哀示病弱，勒索慰抚，一面咬牙切齿地发泄不满；再后是曾霆、瑞贞，这一对受罪的羔羊，他们因长辈的一句话而活活绑在一起，“诗礼”更像一副沉重的锁链，重重地压在他们幼嫩的肩上；最后是思懿，这个刻毒的妇人，永远是一副不宽容的心肠，她逼迫文清、欺弄愫方，以折磨一对情人为乐，她挟持曾皓，以还债相逼，俨然一家之主，她耍小聪明、赖账，死死霸着那一点可怜的家底……这群大小耗子，在“北京人”那丰满而旺盛的生命力面前，毕显委琐、病态，这是一群已病蚀了灵魂的“北京人”。

第三，“北京人”的理性精神引导着卑微的生灵爬出洞穴，走进阳光。

随着内外交困，曾家行将崩溃。曾老太爷气息奄奄，只待入墓，大小子孙也个个走到末路。文清难拒“风雨”，出而又回，失魂落魄；江泰陡生义举，骗得钱去为曾家应急，结果醉闹警察局，被遣送回家；愫方为文清苦苦持家，慰抚一家大小，只落得一场空幻，失望而又绝望；曾思懿机关算尽，只得一本空空的存折；曾霆、瑞贞欲合更离，已私约离婚、各行其是。一片混乱中，北京人巨灵般的身姿出现在曾家小花厅，他“小山一般”“屹然立着”，“坦势可亲”地启示觉醒了瑞贞，呼唤迷茫中的愫方：“跟——我——来！”他“像一个伟大的巨灵引导似的由通大客厅门走出”，剧末再次以北京人伟岸的身姿显明：留在深宅中的一群，已只待咽下最后一口气。

“北京人”作为舞台形象的全部寓意都在这里。这个独特的戏剧形象，我们可以看出他在剧中的双重意义：作为舞台形象，他更具舞台布景的效果，隐在剧中人物身后作为陪衬、烘托而存在；但作为戏剧形象熔铸在剧情中，这个“非戏剧化”因素常常显现悲剧冲突的力量，制约着悲剧冲突的进行和结局。沿着这个形象的深刻寓意探索，《北京人》的悲剧精神也就昭然若揭了。

首先，《北京人》显现了深刻真切的悲剧命运感。

对悲剧命运的不懈探求，陪伴着剧作者经历了一次漫长的思想旅程。曹禺，始终怀着一己的孤独，在沙漠的尘世中，悲剧命运感，始终制约着他悲悯的灵魂。《雷雨》表现出希腊人的命运观念:一个由现实世界造就的强大异己力量,转而支配人们,勒索人间的灾难和不幸。这个命运力量吸取了东方文化精神的因果报应因素,也注入了基督教的原罪感,通过易卜生以来近代世俗悲剧的自然法则形式表现出来。《日出》更接近希伯来精神,表现为一片无力消除的罪孽和邪恶,吞噬着善良和无辜。基督的尘世意识融合老子的人道观,种种双源合流的命运感比前剧更深刻、更具备作者身负强权专制重压的精神体验。《原野》的命运感,渐渐显现出近代色彩,表现为一己的微力对抗强大的集团、阶级势力,表现为个人的浅薄道德支撑千百年来积聚的精神重压,其强烈、深重,真正表现了旧中国“铁屋子”现实的可怕。

《北京人》更表现出命运感的尘世色彩和现实精神:它集中表现出可悲、可痛。在剧中,表现为曾家的破落、衰败景象,不肖子孙们的没落心态。而这,主要通过悲剧主人公曾文清、愫方的无尽艰辛来体现。

曾文清聪慧风雅,一副才子骨相,又不失“温爱可亲”的性格,书香门第造就他不凡举止和书画才气。然而这种士大夫文化的熏陶,使他半生悠闲,养成了懒散无能的个性,只剩下一个生命的空壳。家道中落,他束手无策,长期的寄生生活已彻底蛀蚀了他求生的本能。他困守深穴,倍感苦恼,屋外是无休止的催款索债,屋里是父亲和妻子不停息的抱怨责备,这一切沉重地提醒他生路全无。眼看着求生无路,他悲苦地吞食鸦片结束了生命。曾文清的悲剧,正是“求生”而不得的悲剧——长期以来人们多多少少把他的悲剧说成爱情悲剧,这无疑太偏狭了。

如果说曾文清以“求生”的渺茫表现了失路的悲哀,那么愫方的形象,则通过“忍耐”的渺茫,显示了寻路的艰难。她的命运,还连着一个忍态的灵魂瑞贞。在她们的不幸中,深深映照出重重精神压迫下现代中国人栖身新旧交替时代的精神苦痛。

纵观四大悲剧,命运感影响到悲剧题材的现实精神、悲剧冲突的结果方式、悲剧人物的思想性格、悲剧格调的崇高性等方面。曹禺以他深刻的悲剧命运感,揭露了这个文明时代里一切非文明因素——野蛮、愚昧、邪恶及由此带来的深重苦难,揭示了这种苦难的刺痛性和漫长性。对曹禺悲剧的真正解释,必须从命运感着手。

其次,《北京人》流露了充溢的悲剧正义感。

与悲剧命运感越来越真切的体验相联系,曹禺渴求的悲剧的正义力量也完全显明,基督的神的力量,至此完全成为人的理性力量,曹禺完成这个思考过程也经历了悠长的思想痛楚和深重的道德焦虑。探索这个历程将使我们明白,为什么悲剧命运与悲剧正义这两种始终对立的力量在曹禺悲剧中难以调和而又难以分离。

自踏上悲剧创作之路,这位剧作家内心始终进行着激烈的争斗:让悲剧灾难服从于命运还是服从于正义?他在急切间找不到答案。希腊人试图让他相信“黑袍神”的正义,他犹豫着——他不忍残酷的命运之神连周冲、四凤这样的善良无辜也不放过。为此他寻求着与这个命运力量的“距离”,《雷雨》的卡塔西斯力量被大大强化了;希伯来人告诉他上帝会来惩恶扬善,拯救苦难的人类,然而这个上帝退缩在遥远的天国,根本漠视尘世的邪恶和灾祸。他“按捺不住了”,他让夯工愤怒怨屈的吼声,呼唤“满天大红”的日出,他终于告别基督，踏上苍莽的“原野”，从仇虎身上找到了渴望已久的正义力量——此前抽象、纯粹道德意义上的感化力量被激烈的充满理性精神的反抗所代替，真正的悲剧正义力量，走上了舞台。

《北京人》再次说明了曹禺对悲剧正义的靠拢。这个剧中流露出充溢的正义感，已摆脱抽象、狭隘的羁绊而闪现出时代精神的光芒。这一点，主要是通过“北京人”的启示，通过愫方性格转变来表现的。

愫方与文清同属一类，而寄人篱下的孤苦生活，使她比任何人都深切地领悟到人情冷漠和世态炎凉，从而养成缄默、忍耐的性格。她忍受着表嫂的刻毒，吞咽下曾皓的自私；她慰抚文清的无能，照应那对小可怜。这一切都依靠忍耐的力量。她在无休止的忍受中细心地保护着人性的尊严和要求。正是由于这一点，她栖身“耗子”世界，却与同类越来越远，隔膜也越来越深。最后，当连忍耐也难以为继时，愫方以无比决绝的态度离开了阴暗的洞穴。愫方以凄凄半生，历经漫长的精神磨难，最后带着深深创痛，踏进人的世界。愫方的觉醒，正是作者心中难以抑制的人类尊严感和时代精神合流的必然结果。她唤起我们强大的生命力感，以抗拒命运的拨弄。一如鲁迅所言：“无论什么黑暗来防范思想，什么悲惨来袭击社会，什么罪恶来亵渎人道，人类的渴仰完全的潜力，总是踏了这些铁蒺藜向前进！”[①]愫方的觉醒、正显示了《北京人》一剧充溢的悲剧正义感——它已将一己的生命力激发到时代的水平。这正是悲剧所特有的感人力量。

《北京人》的悲剧正义力量，多多少少是由“北京人”形象启示的。剧终以“北京人”作为“伟大的巨灵”引导瑞贞、愫方走出曾家，也说明这个形象寄托了曹禺内心的理想归属。作为一个象征性舞台形象，“北京人”的出现无疑与《雷雨》以来一以贯之的那种对宇宙人生的敬畏情感有关，而追溯曹禺悲剧中这一系列非人格化、超自然色彩的对宇宙人生的敬畏感意象，曹禺悲剧灵魂的思想根底，也就袒露无遗了。荣格告诉我们，个体的思想意识，往往不由自主地受到他所代表的集团、群体的无意识结构中传来的念头与符号的规定、制约，这便构成了个体的集体无意识结构。在曹禺的思想心灵深处，这种集体无意识的色彩更为明显。从森然欲显的“雷公”到满天大红的“日出”，从“原野”的宿命意义到“北京人”的求胜意识，这一系列对宇宙人生的敬畏意象，决非为曹禺独创，而有着长期以来本土文化及异域思想的集体无意识的积淀、传递。即如远古图腾崇拜中对自然现象的人格化感觉、原始歌舞礼仪对强力的祈求。先秦诸子的哲人式理性思辨，楚汉骚赋的宇宙观，魏晋世风的人文精神，盛唐时代的人生意识，佛教的浊世观和涅槃思想，儒学的求实态度，道家的出世心态……再如希腊人的悲剧命运感和求生意识，希伯来人的尘世意识和天国理想，人文主义时代的宇宙意识和人生观，近代西方文明衍化的人格异化……当曹禺立足于历史的新旧交替时代，以悲剧家的灵魂感受到来自历史长河的集体无意识的“念头”与“符号”时，他不能不引起强烈的共鸣。于是，一个新的意象升起了。

① 鲁迅《生命的路》，见《热风》。

除了历史的积淀和继承，这个象征性意象还熔铸了以剧作者个人感性吸取的时代理性精神气息。历史上从来没有哪个悲剧家能抽象出纯感觉、超时空的宇宙感意象，曹禺也是如此，他对宇宙的敬畏情感，很大程度上倒是时代精神激发的。曹禺的时代，正是一个充满悲剧性的时代，这种悲剧性表现为普遍的精神觉醒和普遍的对精神觉醒的压制。因而，这个时代的悲剧，从根本上来说是觉醒者的悲剧。但所幸的是觉醒的力量最终冲破了压制的力量。曹禺所以没有因命运的强大而向“内美西斯”①膜拜，没有因“天国”的信念驻足等待而刻意探寻仇虎式的反抗力量，北京人式的理想精神，正源于此。另外，以北京人为代表的悲剧正义感思想集中地表明了沉浮于苦难中的现代中国人普遍的人类尊严感，即普遍的精神觉醒，这种觉醒的艰难、漫长及其必然，它历史地告诉我们：人的正义力量，终会铲除邪恶、审判罪孽！

最后，《北京人》呈现了严肃的悲剧格调。

悲剧表现人类特有的人生悲痛，所谓悲哀、悲悯、悲怆、悲惨、悲愤、悲壮、悲戚、悲凉，构成了悲剧的不同格调。从曹禺整个悲剧创作来考察，各大悲剧也表现出不同的悲痛性质。《雷雨》的悲痛集中强烈，更具悲惨；《日出》的悲痛绵厚、深重，多为悲愤；《原野》的悲痛，怵人、可怖，多为悲怆。《北京人》，由于命运感的切身，正义感的明朗，悲痛的特征更具精神苦难的体验，集中于悲哀、悲凉，使悲剧格调趋于沉稳而严肃，在严肃中产生悲剧冲突、刻划悲剧人物。

从理论上解释，《北京人》的悲剧冲突，是文清、愫方的内心冲突以及他们和曾老太爷为代表的没落势力之间的冲突。其实，就这种冲突的思想底蕴来分析，《北京人》的真正悲剧性冲突，倒更充分地体现在“北京人”和他所面对的曾家大小“耗子”之间：“北京人”以巨灵的力量，要拖着他们冲出洞穴、摆脱困顿，迎来新生，而曾老太爷一群，则忍着，赖着，观望着，徘徊着，缩在洞中，这两种力量的冲突、对立、相持，结果，表现为“北京人”的逐步胜利、“耗子们”的渐趋溃败。这两种悲剧冲突，互为补辅：前一个实在的戏剧冲突，平淡无奇，而印证出的思想冲突，深刻、激烈。《北京人》正在平淡无奇的生活表层下展开了两种不同理想的撞击：一个平淡无奇的生活冲突被提升到生命力的更高层次上来表现，这便是《北京人》悲剧格调的严肃意义。因而，透过《北京人》的生活冲突，我们会强烈感到，尽管愫方的现实遭遇带有明显的失败，然而面对这个悲剧形象我们仍然获得了胜利的感觉；而愫方的失败也是经过了卓绝斗争和艰辛磨难后的失败，决非怯懦之剧的妥协屈服，它时时逼迫我们去思考、行动——愫方的全部失败和胜利，至此已完全脱出了个人主义的狭窄天地！这便是悲剧特有的、从悲痛中激发的理性力量。

《北京人》悲剧格调的严肃性，也指向悲剧人物。这特别表现在悲剧主人公精神思想的揭示。

忧郁，构成了悲剧人物的共同心态，深重的忧郁压在曾文清心头，几乎使他丧失了生

① 丹纳：《艺术哲学》，人民文学出版社1963年1月版，第258页。

命活力。他因父子失和而忧郁，自私、虚伪的曾皓，永远责备他的无能和怯懦，动辄抬出一家之主的威严陷他于不义；他为夫妻隔膜而忧郁，妻子的阴毒，比之父亲的怨怒更加难忍；他更为愧对于愫方的殷切期待而忧郁，在她无怨、企盼的眼神里，他加倍地谴责着自己的怯弱、无能……他以脆弱的心灵而经受着过多的心灵折磨。忧郁，就这样抽去了他最后一点生活勇气，压倒了这个卑怯的灵魂。

一个灵魂在忧郁中离开了人世，一个灵魂却在忧郁中磨砺了意志、积蓄了生的力量。愫方也经受了重重的忧郁：曾皓无休止索要着慰抚、文清永远是令人心碎的哀求、思懿时时泼来尖刻的讥诮。在这夹缝般的生存空间，她乞求平静、乞求归宿。然而一切都是徒劳！她忧戚万分，转而失望，至"北京人"开口显灵，她大梦初醒：终于发现了自己的价值，义无反顾地离开了曾家——"北京人"的理性力量，至此而与愫方合而为一，忧郁中产生了崇高的力量。愫方的形象，正是在这一点上有别于文清而表现出严肃的思想意义：悲剧可以毁灭崇高的人，却无法毁灭人的崇高。而这，也正可以说明《北京人》一剧的全部悲剧精神。

原载《南通师专学报》1992年第3期

# 《北京人》:生命的诗

钱理群

## 一、转向剧场艺术:回归自我

1938 年 10 月武汉失守以后,抗日战争进入相持阶段,整个时代情绪、社会心理也为之一变,正像诗人臧克家概括的那样,“热情凝固了,幻想破灭了,光明晃远了,代替了这些是新的苦闷和郁抑”[①]。这种“苦闷和郁抑”既是抛弃了廉价、虚假的乐观幻想以后的清醒,又是执着追求、顽强探索中的痛苦。评论家胡风当时就指出:这里“既没有了战争初期的那一种兴奋,也不同于战前的忧伤的低诉,而是将要成焰的浓烟,蒙着灰皮的火炭”[②]。整个民族,特别是包括中国作家在内的知识分子,开始了认真的思考:既是对于现实,对于历史,以及对于自身的反思,显示了从未有过的广度与深度,又是与对象拉开一定距离的审视,不仅具有历史的高度,而且表现出理性的清明力量,这种交织着孤独、寂寞与喜悦的沉思状态,既保持着探索的热情,又滤去了前一时期难免的浮躁之气,从根本上说,是一种真正的学术的与文学的氛围。随着整个时代转入历史的沉思时期,中国话剧创作就已经在逐步酝酿着“从性急的呼喊到切实的申诉,从拙直的说明到细致的描写,从感情的投掷到情绪的渗透”[③]的转变,曹禺的戏剧创作由《蜕变》发展到《北京人》正是这种转变的突出表现与标志。

更为重要的是,与时代氛围的转变相适应,话剧运动本身也在发生战略重点的转移。随着抗战长期化,大批原来活跃在战地宣传阵地的话剧工作者又逐渐集中到重庆、成都、昆明、西安等大后方据点——这本也是话剧自身发展的客观要求,正像某位评论者所说,“经过了一个相当(时期的)流动工作,也需要在大后方有一个精益求精的机会,在这里,得到了继续学习、研究、相互探讨,以及培植更多的青年干部的方便”[④]。这样,话剧又开始成为“都市文化生活的一部分”。有人统计,国立剧专学生开始在重庆演出话剧时,观众对话

① 臧克家:《我在民族革命的战场上歌唱》,《国统区抗战文学研究丛书·诗歌研究史料选》,第 333 页,四川教育出版社 1989 年版。

② 胡风:《关于创作发展的二、三感想》,《胡风全集》第 3 卷,第 9 页,湖北人民出版社 1999 年版。

③ 夏衍:《于伶小传》,《夏衍戏剧研究资料》,第 184 页。

④ 刘念渠:《战时中国的演剧》,载《戏剧时代》1944 年第 1 卷第 3 期。

剧感到很陌生，每戏仅能演出三五场，以后就逐渐发展到连演二三十场仍场场客满，这说明"观众在不断接触中提高了欣赏水平，对于优秀的演出没有冷淡过"①。1940年雾季演出中，重庆演出新编话剧即达十多部。由于日军封锁外国电影和胶片进口，重庆电影院大为冷落，更为话剧的发展提供了机会。1941年1月，皖南事变后，蒋介石政权加紧限制和镇压抗日进步文艺运动，对抗敌演剧队或解散，或合并，企图将其纳入反共宣传的轨道。面对着政治与文艺形势的逆转，以周恩来为首的国统区中共党组织审时度势，选择以话剧作为击败国民党文化高压政策的突破口，决定有组织有计划地实行战略重点转移："由主要从事战地广场演出转向以城市剧场演出为主"。在中国共产党组织的推动下，先后成立了以应云卫、陈白尘、陈鲤庭等人为领导的中华剧艺社(1941)，以夏衍、于伶、宋之的、金山等人为领导的中国艺术剧社(1942)，连属于国民党的中央电影摄影场剧团、中国电影制片厂的中国万岁剧团、三青团的中央青年剧社等，也实际上为进步力量所控制，组成了一支强大的职业演出队伍。这样，"从实验性质的小剧场进展到营业性大剧场，从非职业性乃至半职业性的业余剧团变质到职业性的商业的营利性的组织"②，中国话剧运动再一次发生从业余性向职业性的转变，由广场艺术向剧场艺术的倾斜。从1941年至1944年重庆每年演出话剧均在二十种以上，到1943年底，上海计有职业剧团数十个、剧场十多家，逐渐实现了话剧的完全职业化、正规化、剧场化。这样，在1940年代中期，中国话剧的剧场艺术得到了前所未有的发展，同时出现的是剧本创作的空前繁荣，两者互为促进。曹禺的戏剧生命也在这一时期得到了新的激发，《北京人》及《家》的创作与演出，不但给阵地的转移以极大的推动，而且成为这一时期剧场艺术的主要代表作。曹禺戏剧创作的第二个高峰，与中国国统区与沦陷区话剧于抗战中后期从广场艺术向剧场艺术的倾斜二者之间所存在的深刻联系，显然带有某种规律性。

从广场艺术向剧场艺术倾斜，不仅是舞台的变化，实际上也意味着戏剧观念、写作方式的变化。当曹禺的《北京人》试图由《蜕变》的倾向广场戏剧再度转向剧场戏剧，首先要实现的，就是戏剧观念以至写作方式的转变。于是，我们看到了这样的说明：

> 写《北京人》，开始的时候，也是先有几个人物，愫方、江泰、文清、曾皓这么几个人物，也不是一下子就清楚这些人物有什么深刻的意义，但写着写着就明晰起来。……写《北京人》，我有一种想法，就是把人物的灵魂深挖一下，把人物性格的复杂性挖一下……③
>
> 愫方是《北京人》的主要人物。我是用了全副的力量，也可以说是用我的心灵塑造成的……④
>
> 我不能把日本侵略军写到剧本里去。我明明知道，但不能写，只要一把日本

① 刘念渠：《战时中国的演剧》，载《戏剧时代》1944年第1卷第3期。

② 夏衍：《论正规化》，载《戏剧时代》创刊号。

③ 曹禺与田本相的谈话(1982年5月26日)。转引自田本相：《曹禺传》，第276页。

④ 曹禺与田本相的谈话(1982年5月24日)。转引自田本相：《曹禺传》，第274页。

联上，这部戏就走神了。古老的感觉没有了，味道也没有了，非抽掉不可。现实主义这东西，不能那么现实。当然是有日本人的，但戏不能那么去写，一写那些具体的东西，这个戏的味道就不同了。……现实主义写时代，不一定把那个时代的事都写上去，时代的感觉，表现的方法是不同的……①

这些说明很容易使我们想起曹禺《雷雨·序》，而远离曹禺在他的《编剧术》里所宣布的，写作《蜕变》时所遵循的原则——曹禺显然回到了《雷雨》《日出》《原野》的戏剧观念与写作方式，他在回归自己。茅盾在读了《北京人》剧本之后立刻就得出了这个结论，他写道："在《蜕变》此一剧中，曹禺的处理题材的手法，形象思索的过程，特别是提问题的方式，和他以前的三个剧本是大不相同的。……可是在《北京人》，作者又回到从来一贯的作风"。他给予这一回归以肯定性的评价："这是可喜的。"②

## 二、"沉静"：重新开掘

但《北京人》绝没有简单地重复《雷雨》《日出》与《原野》。相反它大大地发展了前者，使曹禺的戏剧生命的创造达到了一个新的高峰。

这里的关键在于，他所回归的，不是《雷雨》《日出》《原野》的具体写作规范，而是隐藏其后的更根本的深层追求：用自己的心灵、生命去创造独特的个人话语（个人独特感受、情感，把握表现世界的方式，个人的观念与戏剧形式）。而曹禺的心灵世界，曹禺的个体生命，又是丰富的、发展着的——曹禺早就说过，他是个"精神总不甘于凝固的人"③，他总是不断地发现与创造着自己，从而源源地开掘出新的戏剧生命——这更是关键的关键。

我们在曹禺的《雷雨》《日出》与《原野》里，曾经看到一个郁热的生命个体（这是曹禺自己的生命主体与他所创造的戏剧生命客体的融合）：原始生命的强烈欲望与无羁活力，被可知与不可知、外在与内在的力量束缚、压抑着，引起了内心的骚动、焦灼、挣扎与奔突，渴望着爆炸出一个眩目的光明，或者将一切破坏，毁灭殆尽。但在这郁热的生命激流下面，似乎还潜藏着另一泓生命之流：在《雷雨》"序幕"与"尾声"里，响起了弥撒曲"静淡的有节奏的律动"；在蘩漪的性格介绍里，蘩漪不但"有更原始的一点野性"，而且"有她的文弱，她的哀静，她的明慧"，剧作家不但赋予她"沉静的，忧烦的"外形，而且暗暗地期待着，有一天"她会如秋天傍晚的树叶轻轻地落在你的身旁"。④ 在《日出》的创造过程中，甚至有过表现契诃夫式的"秋天的忧郁"的冲动⑤，陈白露也真的对早春的霜表示了刹那间孩子般的喜悦。在《原野》里已是一派秋天的"沉郁"与"幽郁"：尽管仍然有着生命力的郁结及疯狂的

---

① 曹禺与田本相的谈话（1982年5月26日）。转引自田本相：《曹禺传》，第277页。

② 茅盾：《读〈北京人〉》，载1941年12月6日香港《大公报》。

③ 曹禺：《雷雨·序》，《曹禺文集》第1卷，第209页。

④ 着重号为引者所加。我们说这只是作者的期待，因为这仅仅停留在作者舞台提示的介绍里，剧作家在《雷雨》里并没有将这"秋天"般"沉静"的蘩漪化为具体的形象；这一期待要到《北京人》愫方这里才得到实现：在这个意义上，愫方与蘩漪也是有着内在的相通的。

⑤ 参看曹禺《日出·跋》及本书第一章第三节"试探一次新路"的有关分析。

变态的爆发，但“秋暮的原野”里，已经出现了“孤独的老屋”（仇虎又何尝不像一只原野里孤独的“困兽”）。这潜伏着的、时隐时现的寂寞、孤独、沉静的生命之流，显然来自剧作家曹禺心灵世界，是他灵魂深处的另一种生命形态的涌动，表现了他内在心理、气质的另一个侧面。曹禺在《雷雨·序》中一开始就谈到自己的“孤独”“忧郁”；他曾对自己的传记作者说：“你要写我的话，应该把我的心情苦闷写出来。”据说曹禺的父亲曾问过中学时的曹禺：“你小小的年纪，哪里来的这么多的苦闷？”曹禺自己则说：“我从小失去了自己的母亲，心灵上是十分孤单而寂寞的。”曹禺传记材料还告诉我们：曹禺从小性格内向，习惯于把自己关在屋里读书，站在二楼小平台上，伫立静听海沙那面教堂传来的钟声，后来随父亲到塞外之地宣化也是孤寂地一人徘徊于冷清、阴森的后院乱石怪木之间，这都形成了他感情世界沉静、忧郁、寂寞、孤独的一面。他的最早的诗歌创作《四月梢，我送别一个美丽的行人》：“在古城呵，古城/这般蕴藏着怅惘/这般郁结着伤心。/今夜凄淋的雨打着/摇曳的灯”，即是表现了这种凄清、寂寞的情怀，与《北京人》的情调也有相通之处。[①]——但在写作《雷雨》《日出》《原野》的“酷夏”时节，曹禺生命形态的这一面，还暂时处于孕育之中，只等待着曹禺个体生命的“秋”“春”之日的到来，等待着一个契机，将这潜在的生命之流激发、唤醒。

这一天，这个契机终于来临。

而且是悄悄到来的：1940年夏天，一位名叫邓绎生（又叫方瑞）的姑娘，来江安看望在剧专学习的妹妹邓宛生、表弟方琯德并随着他们到曹禺家里。这是一位名门闺秀：重祖父邓石如是安徽著名书法家，她本人能写一手好字，善画山水画，长相清秀性格文静，不多言语。当深秋时节，曹禺在《北京人》里写着愫方时，心里想着的就是她——

> 见过她的人第一个印象便是她的“哀静”，苍白的脸上宛若一片明净的秋水，里面莹然可见清深藻丽的河床。她的心灵是深深埋着丰富的宝藏的。在心地坦白的人的眼里，那丰富的宝藏也坦白无余的流露出来，从不加一点修饰。

从夏日相识，到深秋写出《北京人》，曹禺的爱情生命和戏剧生命同时萌生、发展与成熟。正像有人说过的那样，每个人的智慧、性灵像一个藏在深山里的金矿，只有在情人的激发下，才完全被开采出来：爱情，正是对人的生命本质的发现、释放与创造。现在，曹禺与方瑞之间的爱情，正是发挥了这样的神妙作用：曹禺灵魂深处的沉静、忧郁、孤独、寂寞……被激发出来，曹禺和他的恋人尽情享受着这静静流泻于春、秋之日的生命之泉，终于酿成了生命的诗——《北京人》。

于是，我们看到了另一个曹禺。学生们这样回忆写作《北京人》时的“他”——

> 记得江安在夜晚没有电灯，桌上点着一盏煤油灯，铺满了稿纸。窗外是梧桐秋雨，曹禺同志以最真挚的心情叙说着愫方的善良，他回忆着充满生命力的古代人类向自然的斗争，对当时的现实斗争充满了希望。我们这一群无拘束的青年

① 详见田本相：《曹禺传》第1章至第5章。

坐在地上，椅背上，整个心灵被他艺术的魅力所征服，沉浸在与剧本的情境相同的秋夜静静的深夜里……

我不能忘记曹禺同志那深情的眼神，那时他还带着病，但他那焕发的神采已经把剧中情景和他自己组成对光明渴望的诗章……①

请与《雷雨·序》与《日出·跋》里所描述的那个“困兽似地在一间笼子大的屋子里踱过来，拖过去”的，“扑在地上”“绝望地嘶嗄”着的，“如痴如醉地陷在煎灼的火坑里的”曹禺比较一下吧。呈现在我们面前的，是另一种生命形态：如此地宁静、沉稳、快乐而忧伤，这般地从容、洒脱、神采飞扬。据说，在剧专学生眼里，此时的“万老师”（当时同学们都这样称呼曹禺）“就像个小太阳”②——这确实是曹禺生命历程中发光的年代；这是被爱情、友谊、青春包围着的生命发出的“美丽而真诚的光”③，秋阳般温暖、柔和，而略带忧伤……

作为这样的生命形态的外化（戏剧化），《北京人》就有了另一种氛围、另一番情调；没有“雷雨”前的“苦热”，也不如“日出”般炫目，“原野”似的阴森、恐怖。这里有——

“秋风吹下一片泠泠的鸽哨响”，“恬适而安闲”……

“卖凉货的小贩，敲着‘冰盏’，丁铃有声，清圆而浏亮”……

“单轮水车，在磷磷不平的石铺的狭道上”走过，“吱妞妞；吱妞妞”，单调的轮轴声“由远而近，又由近而远”……

“在苍茫的迷雾里传来城墙上还未归营的号手吹着的号声”，“随着风在空中寂寞的振抖”……

这些声响，在剧本中不断地出现，也是一个不出场的人物，甚至可以说是支配着、影响着剧中人物命运的人物。④

这些声响，同样来自剧作家生命记忆的深处；曹禺对他的传记作者说：“《北京人》中的号角，是我在宣化生活中得来的，那时天天听到号声。每听到这种号声，说是产生一种悲凉感，不是；感伤，也不是；是一种孤独感。我童年常有这种孤独感，这种印象是太深太深了，就写进愫方的感受之中，写到戏的情境之中。”⑤

这浑然有声的氛围、情调，意味着生命的闲适与从容、寂寞和孤独，淡淡的喜悦里暗含着忧郁的苦味。《北京人》剧中人生活于其间，他们的悲喜剧正由此而展开。而剧作家曹禺也由此而开始了他对于生命沉静状态的开掘与思索。

## 三、“孤独”：生命的相通与阻隔

读者与观众大概都不会忘记，在剧本中有一只鸽子，是陈奶妈特地从乡下带来送给曾

---

① 方瑄德：《看〈北京人〉忆旧感新》，载《戏剧报》1957年第13期。

② 万方：《我的爸爸曹禺》，载《文汇月刊》1990年第1期。

③ 万方：《我的爸爸曹禺》，载《文汇月刊》1990年第1期。

④ 曹禺自己说过，《北京人》中有个大配角，就是我所说的各种音响，音响帮了戏很多忙，创造环境气氛（《和剧作家们谈读书和写作》）。

⑤ 曹禺与田本相谈话记录（1983年9月14日）。转引自田本相：《曹禺传》，第275页。

文清的，它本是一对，“就剩下一个”，“那一个半路上飞了”，“它叫孤独”。这终究成了“一只”的“一对”鸽子，显然象征着剧本中的男女主人公——曾文清与愫方他们的性格、纠葛与命运。

人物一出场，剧作家就向我们介绍：曾文清“早年婚后的生活是寂寞的”，而愫方“多年寄居在亲戚家的生活”使得她更时时感到“伶仃孤独”：正是不可名状的孤独、寂寞感，成为他们共同的精神特征。由于境遇的不同，他们是从不同的角度去体验那刻骨铭心的孤独的：曾文清所感受的是婚后与思懿没有共同语言，没有爱情的婚姻的同床异梦的痛苦[①]；愫方却时时感受着没有家，寄人篱下的凄楚。但高度敏感的他们却没有停止在对自己的具体不幸的咀嚼、哀怨之中，他们由此而升华到对于人类普遍的不幸——人与人之间心灵的不相通的悲哀的体味与思索。

于是，曹禺在体察剧中所有人物及他们的相互关系时，都发现了心灵的阻隔：思懿与文清之间如此，瑞贞与曾霆之间又何尝不是如此。当读者与观众看到在那秋天的夜晚，这一对善良的夫妻互相同情，却又互相不理解，陷入极度痛苦时，不禁会想到，这本应是最亲近的夫妻灵魂不相通的悲剧难道也要世世代代遗传下去吗？这同情中的不理解本身即是一个相当深刻的观察与发现，它同样普遍地存在于剧中人物之间。例如，那位口口声声“姑少爷”的陈奶妈，她理解曾文清的真实痛苦吗？而当江泰和他的忠诚的老婆文彩，好心好意地劝说愫方嫁给袁任敢时，他们的同情不也同样伤害着愫方的心吗？这类出于善良动机的隔膜，是格外地给人以悲凉之感的。

可悲之处不仅在于剧中的大多数人对于这种人与人之间的隔膜处于不自觉的麻木状态，而且在于由隔膜进一步发展到心灵的扭曲。剧作家这样写曾皓：“他无时无刻不在想着自己，怜悯着自己，这使他除了自己的不幸外，看不清其他周围的人也在痛苦。”这是怎样可怕的隔膜，由此而形成了他的极端自私：他是那样不自觉地利用着愫方的无私，“几乎是下意识地故意慌乱而过分的显露老人失倚的种种衰弱和痛苦，期想更深地感动她的情感，成为他永远的奴隶”；这类下意识支配着的，不自觉的自私就更加令人战栗。而思懿这位貌似王熙凤的人物，剧作家却独具慧眼地发现了她对周围的人的疑惧：“任何一段谈话她都像听得出是恶意的攻讦，背后一定含有阴谋，计算，成天战战兢兢，好在自己造想的权诈诡秘的空气中勾心斗角。”由于这同样出于隔膜的想象的作用，曾思懿不仅以变态的怨毒对待一切人（剧作家说她“瞥见墙边一棵弱草”，也“定要狠狠踩绝了根苗”），毒化了周围的空气，而且自己吓坏了自己，表面上气势汹汹，实际上却是胆小如鼠。而且，思懿播下了仇恨，也必将自己收获仇恨。当剧作家写到思懿的狠毒的辱骂怎样激起了她的儿媳瑞贞的冷默相对与更大的怨恨时，他的善良易感的心灵必定也在颤抖：人与人之间为什么不能

① 在这痛苦里，显然包含着（自然也决不等同于）曹禺自身婚姻生活的体验，参看田本相：《曹禺传》第 19 章、第 21 章有关介绍。

有另一种关系呢?①

因此,他以极大的同情写着文清与愫方的默默相爱。他写道:因"早年婚后的寂寞"而苦闷的文清,"偶尔在寂寞的空谷中遇见了一枝幽兰,心里不期然而有憬悟,同声同气的灵魂,常在静默中相通的,他们了解寂寞正如同宿鸟知晓归去"。他简直把这种同声同气的灵魂的相通诗化了。这是自觉于心灵的隔膜,而又渴望着沟通的两个灵魂的接近;但他们同时又清醒地知道,寂寞因与人的本性相连如宿鸟之必归而无以根本摆脱。② 他们也因此而达到了真正的相知。在这些地方,都显然渗透了剧作者的全部热情与灵感,他实实在在在写着自己。因此,当他写到这一对知己尽管"在相对无言的沉默中互相获得了哀惜和慰藉,却又生怕泄露出一丝消息,不忍互通款曲"时,禁不住要想起那"海内存知己,天涯若比邻"的千古名句,并反其意而吟之:"比邻"而居的"知己",竟重重阻隔,如远在"天涯",这该是怎样的悲哀! 他这样写道:"士大夫家庭原是个可怕的桎梏,他们的生活一直是郁结不舒,如同古井里的水。他们只沉默地接受这难以挽回的不幸,在无聊的岁月中全是黑暗同龃龉,想得到一线真正的幸福而不可能"——写到这里,曹禺一定会再一次感到被重重可知的、不可知的力量桎梏着的人的挣扎的无力,想到了他在《雷雨》《日出》与《原野》里一再提及的宇宙的"残忍":这已经是渗入他的灵魂的,真正属于他的观念、属于他的话语。

## 四、"沉默":生命的空洞与丰富

作为一个真正的灵魂的探险者,曹禺当然不会囿于个人有限的经验与体验。曹禺绝不是那类"咀嚼身边小小的悲欢,以为这就是世界"的作者,他要探求的,是人的更开阔,也更隐蔽的灵魂世界……

他向自己、也向他的戏剧的接受者提出了一个严峻的问题:愫方与文清,这两个灵魂真的同声同气吗? 他们在静默中真正相通吗?

他于是开始了更加残酷的灵魂的拷问。

的确,从外表上看,这两个人实在是太相近了:曾文清是"这般清俊飘逸","服色淡雅大方",气质"淳厚聪颖","语音清虚","行动飘然";愫方"依然保持昔日闺秀的幽丽","服饰十分淡雅","说话声音,温婉动听"。而且他们都习惯于沉默:曾文清"时常凝视出神",愫方"多半在无言的微笑中静聆旁人的话语"……

这是两个多么高贵而美丽的灵魂! 我们因此而联想起李白、李清照——中国民族文化中的人杰、精魂……

但这不过是历史的错觉和误会。

曹禺用他无情的笔向我们揭示:虽然曾文清仿佛"温文有礼""清奇飘逸",他实在"只

---

① 如果在《原野》里我们从作者对于复仇引起的灵魂分裂的描写里,多少看到了曹禺对于以恶抗恶的复仇的某种保留,在《北京人》里他就在更进一步地思考仇恨的负面意义了。

② 曹禺在这里涉及"人与人的灵魂是完全能够沟通的吗?"这个问题,却没有如鲁迅般展开;曹禺太是个理想主义者,始终缺乏鲁迅那样的严冬般冷峻的思维。

是一个生命的空壳”。是的，他时常“凝视出神”，但早已失去周冲、蘩漪、仇虎、金子们那样的生命的欲望、追求与活力，他甚至不会像陈白露那样在春天的霜花面前，表现出刹那间的生之乐趣；他对生活已经彻底厌倦和失望，并且陷入了无可救药的怯懦、颓废与沉滞、懒散之中：“懒于动作，懒于思想，懒于用心，懒于说话，懒于举步，懒于起床，懒于见人，懒于做任何严重费力的事情”，甚至“懒于宣泄心中的苦痛”，“懒到不想感觉自己还有感觉”。因此，他凝视出神的前方，只是一片空白，沉默背后已空无一物。这是一个“精神上的瘫痪”者，他的灵魂里，不但失去了精神的追求，而且已经没有了精神的内容。尽管有如此美丽的躯壳，却已经在事实上成了行尸走肉。这生命的空洞才是人的最可怕的堕落。

但愫方却不同。剧作家一开始就告诉我们：“她的心灵是深深地埋着丰富的宝藏的。”和她接触越多，读者与观众就越发现这外表柔弱的女子，并不懦弱，“她的固执在她的无尽的耐性中时常倔强地表露出来”；在她“异常的缄默”背后，是一个异常丰厚、博大的精神世界。她“时常忘却自己的幸福和健康，抚爱着和她同样不幸的人们”，她把她慷慨的爱施于每一个人：从衰老而自私的姨父，到瑞贞未出世的婴儿，甚至包括时时计算着她的思懿。她对于文清的爱，更是只有无私的奉献，“她哀怜他甚于哀怜自己”，她为他做理应由他自己做的一切事，替他承受理应由他自己承受的一切感情的折磨，却不要求任何回报。她因爱文清而推及一切，以至于鸽子这样的小动物。鲁迅说“博大的诗人”必定“感得全人间世，而同时又领会天国之极乐和地狱之大苦恼的精神”[①]；在某种程度上，愫方正是曹禺心目中的“博大的诗人”，《北京人》的生命的诗，首先是由愫方的精神谱写的。更能将愫方与文清区别开来的，是愫方身上不懈的追求精神，她是剧中人物中唯一对“活着是为什么呀?”这个问题有了自己明确的回答的人。当她眼里涌着泪光，微笑着，陶醉似的对瑞贞说“尽量帮助别人吧，把好的送给人家，坏的留给自己，什么可怜的人我们都要帮助，我们不单靠吃米活着的呵”，“看见人家快乐你不也快乐么”时，你自会感到：这是一个有着自己的信念、有着精神追求的女人，尽管她活得痛苦，但她的生命是充实而丰富的。于是，你会突然醒悟：愫方与文清，这一对“在静默中相通”的男女，实质上并不相通，在静默的表象背后，原来隐藏着两个不同的灵魂——一个像真正的人那样活着，拥有人所应有的一切痛苦，追求与欢乐；而另一个，作为人早已死去，只剩下生命的空壳。意识到彼此灵魂的沟通，而不能互通款曲，这固然可悲；但最终却发现连所谓沟通都不过是一个假象，“海内存知己”，仅是海市蜃楼式的幻影，心灵本就相隔“天涯”，“若比邻”云云，只是自欺欺人的虚词，这是不能不引起透骨的悲凉之感的。如再往深处想一想：愫方竟是为着这样的幻影而活着，为着文清那样生命的空壳而做出无私的奉献，就更会感到，人的美好情感、追求是多么容易被无端地曲扭与捉弄呵。——难怪瑞贞看见文清归来时会有天塌地陷之感。在这历史的误会里确实包含着丰富的悲剧内容，曹禺式的“残忍”观念、主题也因此得到了更深一层的阐发。

---

① 鲁迅：《集外集拾遗·诗歌之敌》，《鲁迅全集》第7卷，第236页。

但剧作家仍是善良的。他不忍心让愫方这美丽的灵魂做文清、曾皓们的殉葬品。他终于给愫方与文清安排了不同的结局：文清自杀了，愫方却在经历了精神的轰毁之后走上了新路——到广大的“天涯”中去寻找真正的“知己”。

这正是：人与生命的空壳都到自己应该去的地方。曹禺再一次表现了他的理想主义。

## 五、“北京人”：多重文化视角、时空重叠与喜剧性

摆在面前的问题是：曾文清是怎样由人变成生命的空壳的？

剧作家在剧本的舞台提示中说出了他的思考：“这是一个士大夫家庭的子弟，染受了过度的腐烂的北平士大夫文化的结果。”

他们创造这样，曹禺的笔触就由对于人的生命存在及命运的探索，转向中国传统文化的历史观照，由人性批判进入了文化批判的层次。这恰是暗合了时代的需要：在前述时代的沉思气氛中，越来越多的作家、学者把目光转向民族传统，试图从民族文化、民族性格的优劣得失的探讨中，为民族的振兴寻找新的出路。曹禺的《北京人》即可以看作是这一文学、文化思潮的代表作。

曹禺在舞台提示里，关于曾文清与北平士大夫文化的关系，有过这样的说明：“他生长在北平的书香门第，下棋，赋诗，作画，很自然的在他的生活里占了很多的时间。北平的岁月是悠闲的，春天放风筝，夏夜游北海，秋天逛西山看红叶，冬天早晨在霁雪时的窗下作画。寂寞时徘徊赋诗，心境恬静时，独坐品茗，半生都在空洞的悠忽中度过的。”这就是北京没落的士大夫贵族文化的特色：悠闲、雅致，但带有浓厚的寄生性，最能消磨人的生存意志。剧本中，江泰有一段话也许更能揭示这类寄食者文化的实质；他这样说他的内兄的“讲究”(这两个字也是颇能概括北京文化的特色的)：“他喝起茶来要洗手，漱口，焚香，静坐。他的舌头不但尝得出这茶叶的性情，年龄，出身，做法，他还分得出这杯茶用的是山水，江水，井水，雪水还是自来水，烧的是炭火，煤火或者柴火……然而这有什么用？他不会种菜，他不会开茶叶公司，不会做生意，就会一样，‘喝茶’！”他接着又谈到自己，他如数家珍般地点出北京所有最好的吃食店，然后说：“我好吃，我懂得吃。”——这诚然是一种艺术，而且是极为精致的艺术；但连江泰自己也在问：“有什么用?”将时间与智慧完全耗在这类生活琐事上，这无异于生命的浪费。而可笑与可悲之处正在这里：“就会吃！就会吃！”除此之外，就什么也不会做、不能做、不屑做了。这恰恰暴露了作为北京文化特征的生活的艺术的寄生性质。江泰与曾文清都是这类文化熏陶出来的寄食者，对于社会，他们成了无用的废物、多余的人，除了无止尽地消耗祖先或别人创造的物质、精神财富之外，已不能再为社会增添任何东西。剧本中一再出现的“小耗子”成了这些“过度的腐烂的北京士大夫文化”养育下的“士大夫家庭的子弟”的象征。① 而剧作者在剧本中还着意安排了这样一

① 曹禺对于“耗子”的可恶有着最切身的体会；吴祖光曾专门写过一篇曹禺和耗子的故事，他说：“曹禺最憎恶、最怕的是什么？是耗子。”也许正是“耗子”启发了曹禺的灵感，写出了曾文清、江泰这样的“社会的耗子”的形象。参看《吴祖光论剧·鼠祟》、田本相《曹禺传》第19章有关部分。

个细节：天真的袁圆把曾家的第三代曾霆称为“我的可怜的小耗子”①，并且突发异想——“那个小耗子再下小耗子，那个小小耗子有多小呵”，这纯属儿童的戏语，却道出了一个严峻的事实：腐烂的北京士大夫文化制造了一代又一代的“小耗子”，并且大有“子子孙孙无穷尽也”之势。这样曹禺就从一个相当独特的角度，对封建士大夫文化进行了历史的否定；在曹禺看来，没落的封建士大夫文化的最大罪恶在于，将人——高尔基所说的应该大写的“人”，世界、历史的创造者，变成了生命的空壳、无用的废物，导致生命的彻底浪费，人的个人与社会价值的彻底丧失，并最终将危及民族的生存：曹禺在这里传达了一种极为深沉的人与民族的双重危机感。②

但极富创造力与想象力的曹禺，似乎并不满足于这样平面的描写与揭示。他奇思异想，让“一个巨灵自天而降”，陡地出现了“猩猩似的野东西”，这是“中国猿人”，即远古的“北京人”，“人类的祖先”。同时，又精心设置了袁任敢、袁圆这样的“明日北京人”的形象——他们代表了同样发源于北京的“科学，民主”的五四新文化③。这样，曹禺就创造了一个舞台奇观：三个不同时代的“北京人”，代表三种截然不同的文化，同时出现在《北京人》同一个舞台空间内；这样的舞台时空的重叠、渗透与交融，至少在曹禺那个时代，是一个极其大胆的试验。剧作家把他的这一创造与中国传统诗歌美学联系在一起，他说：“诗有‘赋、比、兴’。就以《北京人》里猿人的黑影出现的情节说，这种安排就好比是起了诗中‘兴’的作用。”④这就是说，剧作家的注意焦点、中心仍在对今日北京人及其代表的封建士大夫文化的批判性审视上，设置远古北京人与明日北京人，正是为了提供一个多重的文化视角、多重参照系统，使这种批判性审视取得一种立体化的效果。因此，当我们在舞台上看见中国猿人的巨大身影，并且听到代表着明日北京人的袁任敢发出沉重的声音——“这是人类的祖先，这也是人类的希望。那时候的人要爱就爱，要恨就恨，要哭就哭，要喊就喊，不怕死，也不怕生，他们整年尽着自己的性情，自由地活着……”时，自会感到，这是人类祖先对他的“动不敢动，爱不敢爱，恨不敢恨，哭不敢哭，笑不敢笑”的不肖子孙的历史审判：看看你们自己吧，你们这些“无用的废物”，活得是多么的窝囊呵！正是在与过去（人类的祖先）与未来（明日的人类）的参照、对比中，才显出今日北京人的生存方式及其所代表的封建士大夫文化的全部荒谬性。

于是，我们在几个时代的北京人同时出现的场景也即舞台时空的重叠中发现了真正的喜剧。读者与观众恐怕都不会忘记“袁圆大闹曾家客厅”那场戏。你看，袁圆一串鞭炮

① 袁圆看得很准确，曾霆也是一个“无用的废物”。剧作家说他“生得文弱清秀，一若他的父亲”，这种相似又岂只是外貌，也是那么一双“苍白得几乎透明的手”，也是这样“迈着循规蹈矩的步伐”，在祖先创造的家业荫护下，过着“有饭大家吃”（曾文清语）的寄生生活。

② 曹禺仍然给人们以希望：他从愫方的形象中所要挖掘的，正是传统文化的精神。在他看来，愫方所体现的自我牺牲与坚韧，经过了改造，是可以成为振兴新中华民族的新的精神力量的。

③ 剧作家把袁任敢设计为一个科学家，在其形象塑造中突出他的现代民主平等意识，都显然含有深意。

④ 《曹禺创作生活片断》，载《剧本》1957 年第 7 号。

扔过去，是怎样地吓得曾霆与曾皓一起大叫起来；袁圆根本就没有上尊下卑长幼有序的观念，在她看来，曾霆与曾皓是同样的人（曾皓不过是一个更加可笑的“老老猴儿”），都同样可以开玩笑。而在曾皓，这却是真正的大逆不道，但却不能还击，只有向曾霆耍威风喝令跪下，还自我排解说是“也叫袁家人看看我们曾家的家教”，仿佛这样就可以“精神胜利”，不小心又露出了阿Q相。曾氏家族如此郑重其事的家教，袁氏父女一笑置之：“我的小朋友，一个人可跪不得的，一跪就比旁人矮了一截，那就真不好看了”——袁任敢仿佛毫不经意的一句幽默的话，却宣扬了人的独立尊严，否定了跪着的奴隶哲学，轻轻地结束了这场历史的较量。尤其让人忍俊不禁的，是“‘北京人’赴宴”那个场面。当观众看到“熊腰虎背，大半裸身”，“混身上下毛茸茸的，两眼炯炯发光”的“人类祖先”阔步闯进曾家客厅，曾皓和他的子孙几乎吓昏倒地，宴席上“北京人”一言不发，一饮而尽，却使曾皓“毛骨悚然”，“惊讶失色”，而曾皓父子摆弄辞行的礼仪，“一个端坐一个跪叩”，“北京人”与袁任敢竟也“瞪眼对望”，惊诧莫名，是不能不失声大笑的。但想到人类的祖先与后代之间竟是如此隔膜，也会感到难言的悲哀。

下面的发现也同样有趣：剧作家在描绘今日北京人时，用的是精细的现实主义笔法，力图挖掘、展示灵魂深处生命涌动的复杂与微妙，很类似于中国传统的工笔画；而剧作家在抒写远古北京人——中国猿人的形象时，却采用夸张的象征的笔法，使其成为寓言化的人物，对明日北京人袁氏父女的塑造也是采用类型化的粗线条漫画式的笔法，很像中国传统的写意画。剧作家同时采用写实与非写实、工笔与写意两副笔墨、两种写法，自是用心良苦：他希望用精细的现实主义的描摹，形成舞台幻觉，将观众引入人物心灵的精微处，又企图用非现实主义的象征的、夸张的，甚至荒诞的笔调，制造舞台的假定性，将观众推到一定的距离之外，以便达到某种超越，更客观、也更清醒地看待剧中人物的命运。曹禺在《雷雨·序》中曾一再表示，要借助“序幕”与“尾声”制造欣赏的距离，“请了看戏的宾客升到上帝的座”，“以一种悲悯的眼光来俯视这群地上的人们”；在某种意义上，《北京人》里中国猿人的出现，非写实手法的运用，都是起着类似《雷雨》序幕、尾声的作用：曹禺所追求的最终美学效果始终是悲悯——不过，在《北京人》里，悲悯之外，又增加了几分嘲讽。

## 六、生活化、散文化的戏剧：走向契诃夫

曹禺在与他的传记作者的谈话中，曾说过这样一段话：“我说过，我受过契诃夫戏剧的影响，但是，《日出》不是，《北京人》有点。契诃夫自有他的深刻处，但是，学是学不像的，中国也演不出来，就是演得出，也没有人看。”[①]关于《北京人》与契诃夫戏剧的内在联系，曹禺也有过一个简要的说明：“在风格上，《北京人》受到契诃夫影响。……他写得很深很深，他着力写人的醒悟，写人在他的命运中一种悟到的东西，他把人的思想感情升华起来，把许多杂念都荡涤干净而显得更加美好，我是从其中悟到一点东西。”[②]这里表现了剧作家曹禺

① 曹禺与田本相的谈话记录（1983年9月14日）。转引自田本相：《曹禺传》第279页。

② 曹禺与田本相的谈话（1982年5月26日）。转引自田本相：《曹禺传》，第280页。

对于契诃夫式的生活化了的戏剧的相当深刻的把握与理解。一般人对契诃夫的生活化的戏剧的观察，往往注目于他善于从平凡生活中取材，以生活的片断结构戏剧，不注重事件的连贯与完整这类外在戏剧特征，却较少更深入地探讨契诃夫对平凡生活的开掘及其内含的美学理想与追求。而在曹禺看来，契诃夫的特点恰恰在于，他不是一般地写人的命运，而更关注人在他的命运中的醒悟；他并不满足于对人的日常生活的描摹，而是力图开掘与发现日常生活中的诗意，或者说在平庸和粗俗的深处发掘诗意画意，因此，他更注重于对于日常生活中普通人的思想感情的升华。这都表现了契诃夫的一种信念与追求："生活、人，都应该是美的，戏剧更应该给人以爱、温暖与希望。"契诃夫的这种内在的理想主义与浪漫主义气质是会引起曹禺的强烈共鸣的。曹禺能够从契诃夫生活化的戏剧中悟出其中神韵所在，当然不是偶然的。曹禺说，写《北京人》就是写"神"与"味"①，其核心也就是要写出"人在他的命运中悟到的东西"。于是，在《北京人》里，我们一再地听到了这样的心灵的呼唤：

愫　方　（抬头）我真是想大哭一场，奶妈，这样活着，是干什么呀！（扑在桌上哭起来）

曾瑞贞　是呀！愫姨！我就是问为什么呀？……

江　泰　（对文彩，苦恼地）我真不喜欢发牢骚，可你再不让我说几句，可我，我还有什么？我活着还有什么？

江　泰　（……在黄梅天，背上沾湿了雨一般，说不出的又是丧气，又是恼怒，又是悲哀的神色，连连地摇着头）……令嫂就懂得弄钱，你的父亲就知道他的棺材。我真不明白这样活着有什么意义，有什么意义？

剧作家从不同人物身上，都发现了他们对于"人活着为什么"的思索：他们或者不懈地追求着有意义的人生，或者对自己生活的无意义而痛苦；或者以生活的意义的价值标准对于失落了生活崇高目标的生存方式的否定与怀疑。问题不在于他们有没有找到生活的意义，他们的痛苦、怀疑、追求本身，就表明着：这是活的生命，有希望的生命。在剧作家看来，曾文清等之所以成为生命的空壳，就因为他们已经倦怠于对生活意义的思索与追求：这事实上已经成为剧作家判断他的人物保留或丧失人的价值的一个基本尺度。

愫方这个人物的魅力，恰恰在于她对于日常的普通生活背后所隐藏着的东西的敏锐感悟——这种敏感本质上表现了一种生命的活力，并且从根本上将她与曾文清的麻木区分开来。愫方不仅从孤独中体味出了人与人心灵阻绝的可悲，在沉默的背面拥有着丰富的生命，而且，难能可贵的是，尽管生活得如此艰难，作者说"像整日笼罩在一片迷离的秋雾里，谁也猜不透她心底压抑着多少苦痛与哀愁"，但谁也料不到她竟在孤独、沉滞的日子里发现了生活的诗意。听听她内心的倾诉吧——

愫方（谛听着远远城墙上断续送来的号声）②（眼里涌出了泪光）是啊，听着是

① 曹禺与田本相的谈话(1982 年 5 月 26 日)。转引自田本相:《曹禺传》,第 277 页。

② 此为引者根据上文所加。

凄凉啊！(猛然热烈地抓着瑞贞的手，低声)可瑞贞，我现在突然觉得真快乐呀！(抚摸自己的胸)这心好暖哪！真好像春天来了一样。(兴奋地)活着不就是这个调子么？我们活着就是这么一大段又凄凉又甜蜜的日子啊！(感动地流下泪)叫你想想忍不住要哭，想想又忍不住要笑啊！

只有真正懂得生活——它的全部艰辛与意义的人，才会有这样的"又凄凉又甜蜜"，"想想忍不住要哭，想想又忍不住要笑"的体验。没有比这说得再朴实的了，可也没有比这说得再真切的了。愫方如此深情地谈到"听着是凄凉啊"，"可心好暖哪！真好像春天来了一样"，这使人想起了丹钦科说过的话：契诃夫写的永远是"给予生活(以)温暖的无限平庸琐事"[①]。这悲凉中的温暖是生活本来具有的调子，又是曹禺与契诃夫共同的心灵的追求，这主客体的交融就构成了他们作品共同的情调与韵味。前述愫方与瑞贞的低语倾诉这场戏，是最得契诃夫式的生活化的戏剧神韵的曹禺的神来之笔，或者称之为《北京人》这一生活的诗的戏核也是可以的。我们已经一再说过，对于人(尤其是中国人)生存状态的考察，对生活意义的探讨，构成了曹禺自我生命与戏剧生命的执着追求；现在，当他在普通的日常生活中，发现了"又凄凉又甜蜜"的诗意，他也就将他的自我生命与戏剧生命升华到了一个新的高度。可以说，这是长期追寻、探索所得到的一个历史的结论，从而达到了一个历史的高峰——既是思想的高峰，也是艺术的高峰。但也同时产生一个问题：曹禺还能继续保持不断攀登、不断升华的态势吗？前进路上，等待着他的将是什么呢？——但在历史的此刻，问题只能留给时间去回答。

摘自钱理群《大小舞台之间——曹禺戏剧新论》浙江文艺出版社1994年版

① 《文艺·戏剧·生活》，中国戏剧出版社1952年12月版。

# 《北京人》三疑

唐纪如

曹禺的《北京人》，是继《雷雨》与《日出》以后又一重大收获，在思想与艺术上都取得了新的成就，这为人们一致公认。但是，对有些具体问题的评价，却存在着不同看法。本文不打算对《北京人》的思想艺术成就作全面评价，只就三个具体问题提出疑问，求教于作者及其他同志。

## “他们在争抢着寿木”象征什么

《北京人》中，封建阶级破落户曾家与资产阶级暴发户杜家，为一口棺材展开了一场十分激烈而有趣的争夺战。作者说，这象征“封建主义、资产阶级是早晚要进棺材的”，而且说明《北京人》比《雷雨》和《日出》“诅咒比较明确了”①。这一看法能否令人置信呢？

还是让戏剧冲突本身来说明问题。剧本具体描写的是，从中秋佳节的清晨起，杜家向曾家逼取巨债，否则要以曾皓寿木抵押。以曾皓为首的曾家大多数男女都参与了这场紧张的寿木“保卫战”。一个多月以后，在曾皓生日的大喜日子里，杜家终于在唢呐锣鼓吹吹打打的欢乐声中，伴随着曾家一片哀号，将寿木抬走。作者的艺术处理颇具匠心。对曾家是实写、明写、正面描写，对杜家是虚写、暗写、侧面描写，但是两家的声威却不与作者的笔墨多少成正比。曾家徒有虚名，忧心忡忡，节节败退，一副破落相，而杜家却耀武扬威，喜气洋洋，步步为营，一派暴发的景象。在强烈的对比中两家实力的悬殊显得格外分明。曾、杜寿木之战的结果，不是两败俱伤，而是曾败杜胜。

也许会说，杜家的“战利品”只不过是口棺材，而这不吉利的棺材象征着死亡。请看，棺材刚进杜家，杜老太爷便一命呜呼，这不报道了杜家将尾随曾家而衰亡吗？不是早晚要进棺材吗？其实，棺材对曾、杜两家，是两种不同的征兆。曾皓面对家境的败落，精神空虚绝望，竟然把全部希望寄托于棺材，所以棺材象征曾皓及其一家的衰亡。但是，这种衰亡主要不是这棺材本身的象征意义来表明，而是通过这场寿木之争的结局来体现的。寿木之争中曾家之所惨败，是其经济崩溃的必然结果。但是棺材对于杜家则另有一种意味。杜家在寿木之争中所以取胜，是因为有暴发经济为坚实后盾。杜老太爷寿终正寝，按中国

① 《曹禺选集·后记》。

传统观念是大白喜事，眼下家业显赫，死后又能睡上这般上等棺材，真可谓喜上加喜，福中添福，丝毫无损于后辈的灿烂前程。难怪曾皓以一副失败者的腔调哀叹："让它给有福气的人睡去吧。"可见杜家争得棺材毫无不祥之兆，人们难以从中得出杜家也将崩溃的结论。假如杜家争得棺材，杜老太爷立刻断气，意味着他们死路一条，那么曾家失去棺材，而曾皓仍然健在，又当何解？是否意味着他们起死回生？显然，曾、杜寿木之争所显示的主要是封建阶级的没落衰亡，并反衬了资产阶级的兴旺发达，而不是后者与前者同归于尽。

其实，这一主题同样具有深刻的社会意义。诚然，中国的资产阶级，处在半封建半殖民地的旧中国，不可能得到足够的发展条件，从根本上说没有发展前进。然而，与腐朽的封建阶级相比，它毕竟是后起的阶级，具有一定的生命力。所以，曾、杜两家有趣的寿木之争一定程度反映了当时中国社会现实的真实情景。由于作者特有的生活经历，对于中国封建阶级腐朽本质的感受非常真切，而且把它作为剧本的主要方面加以描写，所以剧本这方面的揭露相当深刻细腻，比之《雷雨》有了新的深度，这正是《北京人》基本成就所在。

那么，剧本对资产阶级的描写又怎么样呢？本来，每个文学作品都有自己特定的描写对象及其侧面，我们不应该强求它全面反映所及内容的所有侧面。《北京人》主要描写封建阶级的崩溃，我们就不必要求它全面描写所旁及的资产阶级。但是，既然作者特意把反映资产阶级的死亡强调为《北京人》主题的一个重要方面，而且是对旧阶级的诅咒更为明确的标志，那么，我们就有必要从这样的高度看看他对这个阶级腐朽没落这一侧面的描写所达到的思想境界。可惜，剧本的具体矛盾冲突所表现的，主要是资产阶级的威风。这不禁使我们想到《雷雨》与《日出》。《雷雨》中，周朴园与周萍父子已具有明显的资产阶级的特点，他们作恶多端，不仅受到劳动阶级的无情揭露，而且连自己也深深感到精神空虚，萎靡不振，其衰亡趋势已显而易见。至于《日出》中，作者更努力表现资产阶级的大厦行将倒塌。当然，《日出》与《北京人》因为描写对象各有侧重，我们不能机械类比，然而作者在落笔资产阶级战胜封建阶级这一侧面时，倘能顾及它的本质、命运、前途的基本特征，也许会达到作者今天所解释的思想高度。

假如作者今天的解释果真是他当初的构思意图，那么就说明，戏剧中的象征意义，应该与戏剧冲突所表现的思想倾向相一致，否则，象征便失去力量，因为剧本的思想主要取决于戏剧冲突。

## "这也是人类的希望"吗

《北京人》中机械工匠"北京人"，象征原始"北京人"。作者通过人类学者袁任敢赞美："这是人类的祖先，这也是人类的希望。"一些评论者高度肯定这一形象的深远意义。有的说他是作者寻觅已久而终于正式出场的"正面代表作者理想的艺术形象"，他所象征的社会理想，唤醒了处在黑暗包围中的人，给予他们冲决罗网的力量，引导他们走向光明"；有的说"愫方、瑞贞等也只有跟着'北京人'离开这满是'耗子'的封建家庭才是唯一的光明大道”等等。“北京人”真有如此神奇的力量吗？

“北京人”形象的塑造，显然受到美国现代表现主义剧作家奥尼尔的《毛猿》的影响。《毛猿》写于一九二一年，主人公扬克是邮船烧火工人，形象近似毛猿。作者强调他所写的不是人与人的关系，而是人与上帝的关系，扬克是“人类的象征”，其思想局限是不言而喻的。不过，剧本的客观效果，扬克形象仍然具有鲜明的社会内容，它反映了资本主义世界的阶级对立，工人阶级如动物园铁笼中的猩猩，被关在社会的“笼中”，这就是他们可悲的地位、前途与归宿。扬克的悲剧是资本主义的社会悲剧。二十年后，到了曹禺笔下，邮船伙夫成了机器工匠，猩猩笼子换了“鸽子笼子”。陈奶妈的孙子小柱子带来两只鸽子，一只飞了，一只留在笼中。曾家被“礼教”与“文明”笼罩着，犹如笼子，人们在这里如一群被囚的耗子。是设法奔向自由世界还是待在笼子里等死？“北京人”不像扬克，不仅自己没有被笼里“耗子”捏死，而且带领愫方、瑞贞冲出了“笼子”。这也许是曹禺给这个毛猿式人物的新的寓意。

但是，这个“北京人”缺乏贯串始终、前后一致的行动目标，以致这个形象思想意义模糊费解。“北京人”前后做了三件事。其一，为曾家打跑债主，解除了困境。有人指出，这是作者以“北京人”的勇敢有力反衬曾家的怯懦无能。就此而言，不无道理。然而却暴露了一个问题，那就是“北京人”奋力相助的是没落中的人们。请问：这于他所象征的社会理想又当何解呢？其二，在曾思懿的指挥下把垂危中的曾皓抬上汽车送去医院。这虽然与曾皓的意愿相违，但仍然是为曾家“耗子”效劳，性质与前一件事大体相同。其三，为愫方、瑞贞打开大门，让她们逃出“耗子”窝。这是有人称道他引导人们奔向光明世界的主要依据。我们姑且不说作品丝毫没有透露他这种思想与行为的蛛丝马迹，单就这一事件本身也并非如此。剧本写得很清楚，“北京人”跟随学者袁任敢去内蒙古进行科学考察，瑞贞、愫方搭便车同路，连作为“北京人”思想的体现者袁任敢，直到临行前还在问她们究竟要去何处。“北京人”光荣的带路使命不知从何说起。这三件事便是“北京人”在这是非之地的全部作为。不难想见，倘若由此人带路，人们将是非难辨，无所适从。

“北京人”还有一怪，就是哑巴开口说了话。这既不是医学上治愈哑巴的奇迹，也不是神话童话故事。有的评论者解释，作者的用意是想说明：要打开生路只有等反对“人吃人”的文明人开口了才有可能，现在既然哑巴“北京人”开口了，那么愫方便非离开家庭打开生路不可。这种解释大致符合作者的意思。但是，作者所写的奇迹在愫方生活的现实世界中不可能出现，那么这种艺术象征的实际效果不是适得其反吗？

说到底，“北京人”的强壮体格与所作所为，无非表明他具有粗野原始的“力”，而这正是曾家“耗子”身上早已枯竭了的。《北京人》对原始力的赞美，并非当真要现代的人们倒退到四十万年以前的原始时代，而是对现实社会的蔑视与批判。作者怀着极度愤激的心情告诉人们：曾皓这伙所谓现代的文明人，是人类的不肖子孙，全是生命的空壳，连原始人都不如！从这个意义上说，“北京人”形象颇有批判的力量。但是这个形象的意义充其量只能如此而已。事实，在人类发展史上，现代的文明人远远超过了古代的原始人。我们说封建阶级受礼教的束缚，受所谓“文明”的捆绑，这是从后起的资产阶级，尤其是新兴的无产阶级的理想高度而言的。所以，作者在“北京人”身上不可能展示人类理想的精神面貌。因此，“北京人”“体现作者先进的社会理想”，“为黑暗中人们指引光明方向”云云，便无从谈起。曹禺用“人类的祖先”来替代“人类的希望”，或者是因为他对“人类的希望”认识的糊涂，提供不出“人类的希望”的“蓝图”，或者是因为艺术处理的失误。

作者对“北京人”的构思颇费心机，用他来带动全剧所有人物，以他作为人类的“标兵”，批判曾皓一伙现代人的退化与堕落，引导愫方等人攀登理想的精神境界，完成人类精神的复归与净化；至于袁任敢父女，则是“北京人”精神的宣传者与演示人。“北京人”是全剧的构思中心，剧本题名为《北京人》正透露了这个思路。把一个思想意义模糊的人物充当现实性很强的现实主义作品的构思中心，势必损害了作品的现实性、明朗性与艺术的统一性。正因为“北京人”处在剧本构思中心，所以为了清除由他带来的局限，想在原来基础上小修小改，比如将他调至后台，只显巨影，很难达到预期的效果。“北京人”形象给剧本带来了“不治之症”。

如果“北京人”果真是作者寻觅已久而终于正式出场的正面代表作者理想的艺术形象，那么，解放后作者怎么忍心割爱，将他调离前台？此“爱”一“割”，理想何在？

## “很可能是喜剧”吗

鉴于有人把《北京人》当作悲剧，曹禺曾提醒人们：“《北京人》很可能是喜剧，不是悲剧。”①有同志进而赞美《北京人》是笑着与旧制度告别，没有《雷雨》中对旧阶级的留恋。悲剧、喜剧、正剧的区别当然体现在剧本的各个方面，但是一般来说故事情节与人物尤为突出。下面就从这两方面看看《北京人》是喜剧的说法是否成立。

喜剧的故事情节应当符合生活的真实，这是毫无疑问的，但是，在这前提下还有其特殊性。它常常是被作者极度夸张了的，还有极大的偶然性和巧合性，以致表面上不能与生活原样直接作对照。然而，正由于此，这类事件所包含的可笑的矛盾就被喜剧化，产生强烈的喜剧性。《北京人》不是这样。正如许多评论者所指出的，剧本描写的事件，平淡如家常，除少数人、事以外，没有夸张的情势和偶然巧合的因素，也很少风趣幽默的富有生活情趣的细节，作者在展开情节过程中，总是让事件严格按照这个家庭的生活程序自然进行。就事件本身，人们习见如常，不可能从出人意料、恍然大悟等事态转折中情不自禁地爆发出爽朗的笑声。正剧理论的首创者狄德罗说：正剧的特点是“情节简单、家常、接近现实生活”。我认为《北京人》便是这样的正剧。

一个剧本是不是喜剧，与人物的性格与行为是否具有喜剧性关系尤为重大，因为剧本

① 张葆莘：《曹禺同志谈剧本》，《文艺报》1957年第2期。

描写的对象是人。《北京人》是不是喜剧的争论其关键也在这里。

别林斯基说:“任何矛盾都是可笑的和喜剧性的东西底来源。”①有人由此认定《北京人》充满着喜剧人物,因为他们都很矛盾。其实别林斯基那句话只是说明喜剧离不开矛盾,但并不是断言有了矛盾便一定有了喜剧性。车尔尼雪夫斯基强调:“丑恶的东西,只有在它力求自炫为美的时候,才是可笑的。”这可以作为别林斯基那句话的补充,它有助于我们寻找《北京人》中不少人物为何喜剧性不强甚至完全没有喜剧性的原因。

江泰是全剧喜剧色彩最浓的角色。在江泰身上有个现象值得注意,如果单纯着眼于他对曾家的态度,几乎很少喜剧意味,而一旦关系到他对自己的估价,便令人发笑。这是因为他对曾家的败落已经了然,未曾为之炫美,而对于自己无价值的状况却尚未彻底清醒,免不了自我卖弄,摆出“唯我独好”的姿态。作者运用讽刺和夸张的手法,通过他一系列自我炫美的可笑行动,完成了这个喜剧形象的塑造。尽管江泰有些行为也诚恳感人,颇有正剧色彩,但总的说不失为喜剧人物。

曾皓却不尽相同。他一方面有时竟然忘记自己及全家面临全线崩溃的可悲现实,来一番自我陶醉,颇为滑稽可笑。但是,另一方面他又清楚地意识到自己年老体弱临近死亡,家产所剩无几濒于破产,儿女不孝无能盼他早死,就连陪伴他几十年的姨侄女愫方也早就耐不下去,他自感景况十分可悲。所以他根本不可能盲目自我吹嘘,而只能怀着空虚、孤独和恐惧的心情防守、哭诉和哀求。而且曾思懿的奸刁与狠毒,反衬了他的忠厚与可怜。曾皓虽有喜剧色彩,但应该是个正剧人物。

曾思懿,这个精明的管家婆,尽管对公公怀里存折的底细心中无数,然而对曾家的坐吃山空,以及丈夫与她同床异梦,却比谁都清楚。这于她是双重悲剧。目前她两面三刀与人争斗,并非如某些同志所说的妄图大显身手,重建曾家断垣颓井,玩出猴子翻跟斗式的可笑把戏,而不过是想使自己在这断垣颓井倒塌之时,不致被砸得太惨。实际上她处处不顺心、事事不如意,精神有浓重的忧郁感。她这番作为暴露了她的凶狠与毒辣,而并不显得可笑与滑稽。

说曾文清是喜剧人物则与作品实际相距更远。不错,他眉目清俊,行动飘逸,诗、画、棋、鹞、茗无所不精,不愧为封建阶级的“雅人”,他的精神苍白与无所作为是“雅人”的自我嘲弄,带有喜剧意味。但是,在文清性格中除了这种封建阶级的风雅,还有与封建道德悖逆的一面,这潜伏在他的“难言痛苦”之中。这也是作者以浓重的笔墨细腻刻划的。首先,封建家庭给了他“生命的空壳”,耗尽了独立生活的能力,成了可耻的寄生虫。文清何尝不想离家有番作为?然而他意识到自己无力远走高飞,一个月的实践更证明自己绝无希望,这使他万分痛苦和悔恨。这种情绪难道不包含着对造成他这种悲剧性格的环境的怨恨吗?其次,封建阶级门当户对的婚姻制度和道德观念夺走了他的爱情。他终年受着妻子

① 《别林斯基选集》第一卷,第346页。

的精神折磨，他与愫方灵魂相通，却永远只能是理想中的楼阁。“东风恶，欢情薄，一怀愁绪，几年离索，错，错，错……”透露着他对封建婚姻制度深深的怨愤。文清的这些痛苦是受害者的痛苦。受其害而不知其害，是忠实的信徒和奴隶；受其害而感其害，是觉醒的表现。人们普遍嘲笑文清懒，这不是全无道理。然而我不同意说他“懒于思想，懒于用心”，“懒于宣泄心中的痛苦。懒到他不想感觉自己还有感觉”①。倘若文清果真如此一“懒”到底，岂不痛快？然而他不只深深感到痛苦，而且为摆脱这种痛苦作了一些努力：他多次与愫方倾吐胸中的愁怨；他曾劝愫方与他同奔南方，否则嫁人；甚至他明知无力还试飞了一阵。这一切不能不说是他对封建家庭力所能及的挣扎。就这一方面看，文清并不是完全符合中国封建道德标准的“优秀分子”，并不是绝无价值的绝对可笑人物。至于他为何挣扎得如此无力而且失败得这般狼狈，那是他所属阶级的罪过。从这个意义上说，文清的自杀是封建阶级所造成的一场悲剧。总之，文清对于家庭给予的痛苦感受很深，他无须为家庭溢美；文清对于自身的无能，自悔不及，未曾为自己护短。他没有做过多少以丑炫美的可笑的蠢事。文清有自由做人的正当要求，并为达到这一目的，作过一些微弱的挣扎，这本来就不是可耻举动，更不值得嗤笑。这就决定了在他身上不可能有多少笑料。相反，由于他有过多的痛苦并无力摆脱，由于他那一点儿正当要求也未能达，以致成了旧制度的牺牲品，给他的性格抹上了浓重的悲剧色调，引得人们对他的一定的同情。

孙子曾霆，犹如封建牢笼中可怜的小囚徒；女儿文彩，柔弱无能，整天泡在泪中；他们不是喜剧人物不言而喻。

以上所说的曾家祖孙三代，尽管地位、处境、思想、性格存在种种差别，但是在家庭命运上都有自知之明，都深切感受到曾家覆灭就在眼前，都陷入了由此而来的巨大的精神苦痛，他们的种种努力，大多是可怜的挣扎，有些是值得肯定的积极的举动，与可笑滑稽的以丑炫美行为毫不相干，只有少数人作了一些与情势、气氛不相协调的可笑的表演，在这个家史暗淡的末页上涂上几笔喜剧的油彩。

下面让我们看看作者歌颂的瑞贞和愫方。

正面人物能否给作品带来喜剧效果，恐怕不在于他们身上有无积极向上的因素，也不在于他们是否摆脱可悲的处境，奔向新的生活，而应该决定于他们的性格是否有趣，或者他们性格本身虽无喜剧性，但是与周围喜剧性很强的人物发生纠葛，构成了喜剧性情节，给他们正剧性格染上了喜剧色彩，等等。瑞贞、愫方显然不属这些情况。她们的性格，她们所处的环境，都是严肃的。她们有正直的品格，正当的要求和正义的行为，可是遭到封建势力的精神折磨。这种遭遇无疑是悲剧。不过由于她们那种品德、理想、行动没有被扼杀，最后冲出了封建牢笼，奔向新的天地，摆脱了悲剧结局，所以最终并未成为悲剧人物。

这里想着重谈谈愫方评价上的一种偏向。如果说人们评价文清的偏向是“过贬”，没

① 《北京人》文清的舞台说明。

有发现他“有价值”的一面。那么评价愫方的偏向是“过誉”，没有指出她“无价值”的一面。人们称赞愫方是曹禺笔下最美的女性。她的体态、服饰、声音、笑容、风度等无不具有中国古典诗化的美态。她能诗善画，才气过人，她温厚贤惠，时时想着他人。这一切经过作者精细入微的刻划十分感人。但是，愫方决非完人，决不像有人所赞美的那样“是生活的诗的顶点”。愫方毕竟是江南名门世家的小姐，在她美好的性格中也渗透了封建道德的成分，而且与她性格中美好的方面糅合在一起，以致有些人未及区分。比如说：“活着不是为着自己受苦，留给旁人一点快乐，还有什么更大的道理呢？”这句话被人们倍加赞美。殊不知，身居地狱却人妖不分，一味克己受苦，给人快乐，这与骗人的封建道德颇为合拍，与佛家教义也有相通之处。再说她与文清的关系，我不同意有的同志所说他们之间全无共同的爱情基础。他们渴望自由，素养气质也十分投合，诗来画去，情来意往，加上还有一些共同的封建道德观念，于是“同声同气的灵魂常在静默中相通的”。但是，愫方心灵里的光明远胜于文清，文清灵魂里封建主义毒素远过于愫方，这便是他们之间的爱情不能持之以久的主观原因。所以，当初愫方把对文清的爱情当作唯一的精神支柱是不值得。然而她却愿为文清献出一切。这是她可悲的人生哲学在爱情生活中的表现。由于愫方受到封建道德观念的束缚，使她在叛离封建家庭告别无价值爱情的过程中，有着千丝万缕的感情牵连。尽管愫方出走势在必然，因为她已“忍不下去’，但是要她与这里笑着告别，决无留恋，那是不可能的。含泪告别是愫方性格发展的必然结果。问题不在于愫方具有这些感情上的弱点，而在于作者和一些评论者赞美以致陶醉于这些。愫方“忍不下去”去何方？尽管作者曾作过一些暗示，但很不明朗。作者后来作过补充说明，说是去革命圣地延安。其实愫方性格发展未必如此。愫方含泪告别了曾家，未必投奔延安，愫方含泪告别了曾文清，未必就“爱”“延安人”。瑞贞说过：“去的地方多的很”。愫方是有主见的女子，会做出更为合适的抉择。愫方是全剧悲剧色调最重的人物，是构成剧本浓重悲剧气氛的重要因素之一。

对于瑞贞与愫方，如果无视她们性格中积极进取的东西，把她们处理成悲剧人物，那是对作者原意的误解。但是，倘若回避她们性格中的悲剧色调，也不是实事求是的做法。如果因为她们性格中具有不甘屈服，追求光明的精神，因为她们的努力取得了成功，就认为给剧本带来了喜剧色调，那更是不能成立的。因为乐观主义并非喜剧，否则，《白毛女》也是喜剧。

喜剧并不要求所有的人物统统具有喜剧性，但是像《北京人》这样，绝大多数人物，尤其是那些左右矛盾冲突的主要人物都缺乏鲜明强烈的喜剧意味，甚至抹上悲剧色彩，这样的剧本要成为喜剧却是难以见效的。

《北京人》之所以只有少数人物富有不同程度的喜剧性，而绝大多数人物缺乏喜剧性，除了因为这些人物自身性格的严肃性以外，还与作者刻划人物的手法有关。作者在这些人物身上很少动用夸张、俏皮、机智的手法，事件平淡如家常，人物的细节、动作、语言、服装等等都严格地再现生活本身。严肃的写实手法保证了形象的严肃性。

事件与人物是决定剧本悲、喜色调的基本因素。我们从这两个方面可以看到,《北京人》既非悲剧,也非喜剧,而是悲喜因素相结合而以悲剧色调为重的正剧。

喜剧、悲剧、正剧本身并无高下之别。但是,对某一题材,作者采用何种体裁,又如何处理,却可能反映出他认识生活能力的高低,有时也会有艺术处理上的得失问题。比如,没落阶级的消亡,就这个阶级主观上来说是悲剧,势必悲哀留恋,但是客观,从历史发展的角度,对新兴阶级来说,是喜剧,必然愉快地与之告别。作者只有深刻认识了这个旧的阶级,完全解除了与它思想感情上的联系,而且对取代它的新的阶级力量有着明确的认识和足够的信心,才有可能从历史发展的高处,以高屋建瓴之势,无情地展现这场客观喜剧,愉快地与旧世界告别,否则便会流露衰亡阶级的不幸,留下主观悲剧的阴影,或者对新生力量的展望显得模糊。我们对《北京人》中浓重的悲剧色调应该具体分析。其中描写文清、愫方、瑞贞、曾霆受到封建牢笼囚禁而产生的悲剧效果,渗透着作者对封建家庭罪恶的揭露。但是,在表现丑恶人物没落的过程中,在描写受害人物叛离封建家庭的时候,弥漫着不同程度的悲凉气氛,反映了作者感情倾向尚欠严谨。作者对旧的人物虽然不无笑声,但是掩盖不了他们的悲哀情调;对新人们虽然歌颂,但是对他们因依恋旧的阶级而保留着悲伤心境,予以深深的同情,对于她们投奔的新世界表现得茫然不清。所以,整个剧本未能以爽朗、愉快、欢乐的气氛为主导,而主要是被沉重的并且其中一部分是不应有的悲剧气氛所占有。

由于本文对于《北京人》的思想艺术成就未作正面的论述,所以很难全面反映我对《北京人》成就的看法。本文原想指出以瑕代瑜的偏向,如果反而贬瑜为瑕,那是我的不是,愿受作者及其他同志的批评指正。

原载《浙江学刊》1995 年第 5 期

# 能指与所指的悖谬

## ——从语义学的角度看《北京人》的喜剧性

李晓东

曹禺自叙《北京人》是部喜剧，它辛辣无情地鞭挞、讽刺着必然衰亡的封建家庭制度和礼教。然而，作者不仅如沙汀一般将无情的冷嘲隐藏在日常生活的平淡描述之中，而且更胜一筹，营造出诗意葱茏的抒情氛围，给剧作披上悲剧色调的外衣，使读者、观众的感情发生偏移，难觅其矛头所向。

喜剧的基本审美定位在于，它以堂而皇之的形式掩盖着本质的虚假，造成现象与本质的错位，错位的程度、幅度越大，喜剧效果便越明显。别林斯基说："直接而肯定地说出相应概念，总比其中包含着和字面相反意义的概念容易被人理解。"(《别林斯基文集》)而深谙中国传统文学技巧和中国人深层心理的戏剧作家曹禺正是将《北京人》的喜剧特质隐藏在戏剧人物的姓名之中，表现为能指(姓名)和所指(人物实际行状)的悖谬。

"曾"作姓氏读音"zeng"，但它还有另一读法"ceng"，即"曾经"之意。作者用此音暗指曾家虽世代书香隆盛之族，钟鸣鼎食之家，但"不是蓝顶子，正三品都进不来"的全盛景象已是明日黄花，现在则败落到大八月节被一帮小商人堵着门要账，几要打进门来的窘况。然而，曾家内里却并未从根本上认识到自己今非昔比的现状，依然关起门来自称老太爷，少爷，奶奶，小姐，姑太太，姑老爷，少奶奶，硬摆着士族贵胄的残谱。对外界的抵抗力已丧失殆尽，却依然陶醉在读书世家的温柔富贵乡里，大骂别人"一种书都没有读过"，顽固而可怜地显示士大夫阶层超人一等的高雅，作一次阿Q式的精神胜利。在房客面前三叩九拜，炫耀"家教"，拼命维护不仅不能保存这些孝子贤孙，而且连自身都马上就要覆灭的"臭规矩"——封建礼教，还自以为庄严、伟大、神圣。

曾老太爷的银行存折上早已分文无有，但他却牢牢攥着不放手。一方面固然害怕真的露出穷相来，思懿威胁他的家长地位，然而更深层的缘由则要抓住这根毫无分量的救命稻草，回忆昔日"成千成万银子"的富贵繁华，骗别人更骗自己。更具讽刺意义的是，虽然早已穷相毕露，但思懿、江泰却与曾皓一样，甚至比老太爷更深地沉湎于依然有钱的梦幻里，为并不存在的钱斗得你死我活。

"曾"的另一义项即指中间隔两代的亲属关系。《北京人》中，曾老太爷幻想"四世同堂"的福气，为抱曾孙，将瑞贞、曾霆两个根本不认识的更谈不上有任何感情的十五六岁少年硬拉到一起，作了传宗接代的工具。然而，当瑞贞真的怀了孕，并被逼着在祖宗面前许愿，"希望"就近在眼前时，她却将孩子做掉，和袁氏父女一起永远走出曾家。曾皓的梦想终不过是一场梦而已。颇具讽刺色彩的细节在于，思懿反而怀孕了，曾皓盼了多年曾孙，盼来的却是"曾孙"——曾皓自己的孙子！岂不滑稽荒唐。

曾皓："皓"——意指潜迹山林，道骨仙风，远避人间是非，潇洒旷达的老人。古有"商山四皓"。李白《金陵歌送别范宣》即有"送尔长江万里心，他年来访南山皓"之句。曾皓虽高龄六十有三，且可以"约莫寻出曾家通有的灵秀之气"，然而却毫不存古之皓士的洒脱飘逸，而是"鬓发斑白，体虚弱，黄黄的脸上微微有几根稀落惨存的短须，一对昏朦而无神的眼睛，时常流着泪水"，通体一派衰老羸弱之象。整日里尽想自己的病和死，不断吃补药，将棺材当作自己最大的希望与慰安。同时，曾老太爷又陷在家庭斗争的漩涡中难以自拔，无数琐事时时刻刻烦恼着他，却又毫无办法，甚至堕入既不敢说有钱又不敢说没钱的尴尬处境。

"皓"的另一义项通"昊"，指天，亦引申为元气博大之貌。作为老太爷，曾皓是家庭最高统治者，然而身无分文，老境凄凉，早已失去对儿孙的约束与威压。不仅再不是令晚辈闻声丧胆的家长，连他自己也既惧怕长媳，又不敢开罪女婿。

具有喜剧意味的是，在他内心却阿 Q 般不承认这一事实，反而"故意夸张他在家里家长的威严"，"非常注意浮面上的繁文缛礼，以为这是士大夫门第的不可少的家教"。至于"气蕴博大"云云，更无从谈起，无迹可寻了。

"皓"与"耗"同音，故《北京人》中一再出现老鼠。当江泰借钱未果，杜家终于将棺材抬走时，曾皓顿足道："活着要儿孙干什么，要这群耗子似的儿孙干什么哟！"殊不知，他正是最老、最大、最根源上的耗子。正是他和儿孙，啮空了祖上的基业。《北京人》众人物中，曾皓是为作者讽刺所最着力、最无情的一个。

曾思懿：《说文解字》释"懿"为"娉文而美也"，即指美好的德行，特指女性之美德。作为"自小便在士大夫家庭熏陶出来的女人"，又嫁到曾家这样的封建大族，本该躬守传统妇人之三从四德，温良恭俭让，但她却事事做得相反：虚伪，自私，多话，从来不知自省。在家中撒泼使坏，机关算尽，欺侮公公，威逼丈夫，奴役表妹，虐待儿媳，在自己造想的权诈诡秘的空气中勾心斗角。从里到外，整个一个泼妇悍妇的可憎形象，连最基本的人性都早已丧失精净，遑论妇人之懿德了。不仅如此，她还自以为知书达礼，精明干练，慷慨大度，待人厚道。

可见，她不仅品行卑劣，而且毫不自觉，自以为自己遍体"懿德"。可见，对于传统的妇人之道，她是连"思"都不思了。

《易·小畜》云："君子以懿文德。"文德，意指以礼乐教化进行统治，常相对"武功"而言。曾思懿梦想曾皓早死，挤走江泰，管住丈夫，娶过愫方，曾霆从命，瑞贞服帖，由她坐稳这个王国统治的宝座，建立合乎自己理想的家庭秩序。但她借助的手段却并非礼乐教化，而是虚伪狡诈，必要时甚至不惜动武。当曾老太爷犯病，抓紧门框不肯离家时，她咬破了公公的手指——与"君子以懿文德"彻底背道而驰。曾思懿是仅次于曾皓的第二个为作者无情鞭挞的喜剧人物。

曾文清："文"古多用为有德者之谥号，《逸周书·谥法解》云："道德博闻曰文，学勤好问曰文，赐民爵位曰文，愍民惠礼曰文，经天纬地曰文"，几乎包容了封建士大夫人生理想，道德修养的全部，且都达于至境。曾皓为其子取名“文清”，本愿他安邦定国加官进爵，光宗耀祖，但腐朽没落的封建家庭压抑人之个性的自由发展和生机，活力的张扬，使曾文清三十六七岁快有孙子的人仍未从心理上“断乳”，始终是一个没有独立生活能力、需人照拂帮助的“大孩子”。不要说建功立业，名垂后世，连最基本的谋生能力都丧失殆尽，出门“飞”了一圈又回到原地，只有吞食鸦片自尽一条路可走。曾文清的“行状”倒可印证“文”的另一义项，即“礼乐制度，礼仪法度谓之文”。正是封建礼教熏陶教化出这样百无一用的废物。

“文”本意为色彩交错的纹理，引申为文雅，与“质”“野”相对。《论语·雍也》云：“质胜文则野，文胜质则史，文质彬彬，然后君子。”曾文清生着“在诗人也难得有的这般清俊飘逸的骨相”，举止大方，自然本色，淳厚，聪颖，敏感而灵气十足，“风趣不凡，谈吐也好”，性格则温厚可亲。通身上下都合乎文人雅士的理想甚至可成其中典范。北平书香门第优雅、悠闲文化氛围浓郁的生活更培养出他许多雅趣，琴棋书画，无所不知，无所不通。然而，他的生命也便消磨在这文雅里，渐渐成了一个温文有礼，清奇飘逸的空壳，如器皿上的花纹一般，只能作美丽的饰物，于现实人生了无使用。

所谓“清”与“浊”相对，引为“高洁”之意，故古称德行高洁之士为“清士”。曾文清的确骨相清奇，文雅高洁，远避世俗风浪浊流之外，在大都市北平做着隐士。然而，并非他有意避世，而是早已如一只从未飞过的老鸟般失去了再学飞翔的能力和勇气，只得“莫明其妙地在家里踟蹰”，最终也没有“跳出这狭窄的门槛，离开北平到更广大的人海里与世浮沉”。高洁的结果是连自家性命都难以保全，岂不构成莫大的讽刺与喜剧?!

江泰：《北京人》众生相中，江泰是喜剧色彩最强烈的一个。或许其他喜剧人物观众还不易发出笑声，对江泰则大家定会大笑不止。与其他人物一样，江泰的名字与其本人行状也近乎完全悖离。“泰”原属易卦之一，卦象乾下坤上，为上下交通之象。《易》云：“泰，天地交”；又“泰，小往大来吉亨，天地交而万物通也”，引申为通畅，“乾下坤上，乾坤交和，后事乃通”。他的姓“江”作者也取通达之意。然而，江泰行事却处处不通，早年出国攻读化学，回来后抛弃本行做官，但“做了几次官，都不能得意”。常常自作聪明想占些便宜，却在大处吃亏。梦想发财，但“做官亏本，做生意赔钱”，到头来一事无成，两手空空，只得沉湎于自己虚造的昔日也曾阔绰过和将要阔绰的梦幻里，聊以欺人与自欺。将命运和希望寄托于看相算命，可“也不甚灵，始终未曾否极泰来”，撞上好运。当杜家要抢抬曾皓的棺材时，他忽然想显示一下自己交游的广泛、办事通达的本领，结果醉倒在派出所，制造出一个最大的噱头。

“泰”的另一义项即安宁。《易·说卦》：“履而泰，然后安。”可江泰却是《北京人》中最不安生的一个，不是打老婆骂人，就是摔碟子砸碗，要么不顾场合地乱发议论。每当他不能自已时，其妻曾文彩便坚定而简捷地提醒：“泰!”这单字的称呼，语义双关，反讽意味浓烈。

《论语·子路》云：“君子泰而不骄”，江泰却是“不泰而骄”，两手空空在丈人家乞食，寄人篱下，却还要作大，甩姑老爷的架子，希图以此让别人高看自己，结果反招致忌恨和嘲弄。

作者的讽刺对象群里还有一个小人物，那便是曾霆。霆意为罪恶、霹雳，成语“雷霆万钧”即取此意。一潭死水般将要彻底覆亡的曾家，为其子弟取这样一个充满力量的名字，的确不大寻常，但曾霆本人却万万当不起这个名字。曾门的所谓“家教”和过早的婚姻，已将只有十七岁的他塑造成为一个抑郁不伸的小大人。尽管偶有些“突如其来的天真甚至于浮躁”，和袁圆接触期间甚至表现出从未有过的活跃与生气。然而，即使这时，他也没有走出那套扼杀人性的“臭规矩”哪怕半步。仅只在里面既向往又恐惧地向外偷偷窥视，随着袁圆和瑞贞的离去，他必将再次回复到毫无生气的“狭之笼”里。《说文》释“霆”曰：“雷余声铃铃，所以挺出万物也。”曾霆是不会创造出什么来的，即使有，也是一群更小更小的“小耗子”。

《北京人》人物群像，可分为两个系列，以上论及的人物俱为作者讽刺的对象。另一系列是作者全心倾注同情、赞许的人物。他们的名字正面、恰切地表示出各自的行状与性格，所指、能指得以统一。被赞美的人物包括愫方、瑞贞、袁任敢、袁圆。

愫方：“愫”，意指“情愫，本心”，引申为“真诚，实情”。《汉书·邹阳传》有“披心腹见情愫”句。注曰：“愫，谓心所向也。”现代汉语中“情愫”连用，意即相爱的感情。《北京人》浓郁抒情风格的体现便是主人公愫方。整部诗剧都可视作她倾诉心灵的哀歌。虽多年独居人下的生活使她抑郁沉默甚至达于“哀静”的程度，“象整日笼罩在一片迷离的秋雾里，谁也猜不着她心底压抑着多少苦痛与哀愁”，但“在心地坦白的人眼前，那丰富的宝藏也坦白无余地流露出来，从不加一点修饰”。她和文清、瑞贞之间大段发自本心的对话其实是她心灵的独白。在那恶劣的环境里，她是唯一保持纯洁善良本心未变的人。无论忍受多少痛苦与不幸，始终以诚待人，甘心服侍垂死的曾皓，体贴关爱天真的瑞贞，从心底理解愁肠百结的曾文清，甚至衷心善待奴役、欺侮自己多年的曾思懿。愫方凝聚了中国妇女的崇高人格力量，是独照黑暗现实的灯火。

“方”指行体正直者。《韩非子·解老》：“所谓方者，内外相应也，言行相称也。”与口是心非，两面三刀的曾思懿恰成直接而鲜明的对比的便是诚挚朴实，“把好的送给别人，坏的留给自己”的愫方。虽然和文清二十余年爱而不能，只可默默相守，但她却无比珍视这一份真挚的感情，用心体验“又凄凉又甜蜜的日子”，甚至甘愿为它牺牲自己的全部，以自我为代价送所爱的人到光明的地方去。

但当曾文清归来，再也“飞不动”时，愫方对他的感情完全消失，只剩下无边的失望，便毅然决然地随袁氏父女和瑞贞走出曾家的门。愫方是淳厚的，然而“

并不懦弱，她的固执在她的无尽的耐性中时常倔强地表露出来”。尽管遭受数不尽的压抑，但关键时刻却可以也敢于做出属于自己的抉择。这一点上与曾文清曾霆有本质区别。

瑞贞：在曾家寒如冰窖的环境里，十八岁的瑞贞唯一依靠的知己便是愫方。其实，她们的相合，相近，在名字上便可表示出来。“瑞”本指玉制的信物，“贞”意为言行一致，与“愫”“方”之意颇相近似。

袁任敢：与暮气沉沉，毫无生气的曾家形成鲜明对比的是率性而为，无所顾忌，任天性自由自在发展的古人类学者袁任敢及其女袁圆。剧名《北京人》，以原始北京人寄托作者对于将来的希望。而“袁”音同“原”，暗示袁氏父女为“整年尽着自己的性情，自由地活着”之现代“北京人”。“任”意为放纵，不拘束，任凭个性行事、不做作。果不其然，袁任敢，一出场便充溢着与曾家人截然不同的风度神采，“身材不高，可是红光满面，胸挺腰圆，穿一身旧马裤，泥污的黑马靴，配上一件散领披青衬衣，活象一个修理汽车的工人”，一派洒脱、自然派头。他向往原始北京人的生活，不懂曾家人所宝贵的所谓“人情世故”，更不用任何“家教”拘束晚辈，而是听取其个性的发展张扬，让她最充分领略人类之自然天性。

“任”的第二个含义是“侠气”。《墨子·经》上云：“任，士损己而益所为也。”“敢”意为有勇气，有胆量，果敢。袁任敢不仅中秋夜仗义行侠，替曾家打走要账的小贩，而且果敢地命令“北京人”砸开象征封建统治的曾家大门，带领愫方、瑞贞奔向光明的地方，将远去的汽笛留给死寂的世界。

袁圆：在父亲袁任敢的培育下，袁圆身心都得以健康发展，“她现在十六岁了……论身体的发育，十七八岁的女孩子也没有这般丰满”，性情则“自然简单，率直爽朗，无论如何顽皮，绝无一丝不快的造作之感”，可作少儿天性发挥发展之表率，与曾霆瘦弱无力的“小大人”几处两个世界。其表现行状颇合“圆”之本义——丰满，完整，和谐。

文学以“立人”为根本旨归，文学作品的审美品格必然要通过具体人物呈现出来。《北京人》的喜剧特质便主要体现于第一组人物，即作者所讽刺的对象。由于作者手法的高明和隐藏的深沉而不易为读者所觉察。然而我们知道，“姓名技法”是中国明清小说剧作中广泛使用的传统艺术手段，但多为信手拈来，随意点染，含蕴极其有限。曹禺在对此继承的基础上将人物姓名和戏剧的整体审美倾向紧密相连，不仅是对中国现代喜剧艺术的贡献，而且将中国“古已有之”的传统表现人物的技巧手法推到一个全新的境界。

原载《甘肃教育学院学报》1998 年第 1 期

# 情调:《北京人》文本叙述与舞台叙述的艺术契合点

王丹莉

在戏剧创作中,剧作家为了表达一定的创作意图,展示某种独特的人生体验,常常使其剧作的结构以不同的叙述方式体现出来。曹禺的剧作中,《雷雨》属于情节模式。《日出》则属于性格模式。而弥漫于《北京人》的是一种情调。故事虽然存在,但似乎无法构成情节线索,人物也不再占据主导地位,他们只是为了渲染一种气氛,进而捕捉一种特殊的情调感。《北京人》向我们提供的是一种情调模式。它是剧作文本叙述与舞台叙述的艺术契合点。文本叙述是以时间叙述推动空间叙述的一种叙述方式。剧作者或隐含的剧作者是其主导,叙述故事,展现冲突;舞台叙述则是以空间叙述推动时间叙述的一种叙述方式,演员及其扮演的角色加之灯光、布景、音响等辅助性手段成为其主导。《北京人》则以情调把文本叙述与舞台叙述很好地统一起来。

情调,"指感情的基本性质。在心理学上,通常指感觉、知觉的情绪色调,即同感觉、知觉等相联系的情绪体验。"①随着戏剧研究的不断深入,对情调在戏剧创作中的重要地位不断得以认识和发掘。它使我们对戏剧创作的叙述学研究不再仅仅停留在其主要的构成要素情节与人物之上,而是深入到创作主体通过背景展示和人物性格塑造而体现出来的情绪色彩上。情节模式和性格模式中,唱主角的情节与人物在此转而成为背景,成为为意境和氛围服务的要素。而背景则跃为前景,它所体现出的情调成为戏剧创作的真正核心。《北京人》体现出情调叙述模式的诸多特征。

## 一、情节叙述的平静如水

情节,作为一种基本要素,在戏剧创作中无论是以潜在的或者是以显在的叙述方式存在,它更多地成为戏剧文本和舞台演出的焦点与核心。读者与观众总是希望通过剧本和舞台演出了解故事情节。而《北京人》在这方面似乎表现得不甚突出。剧作以潜在与显在相结合的方式叙述了曾经辉煌显赫的曾家面临的错综复杂的矛盾纠葛和巨大的危机,以及几近颓败崩溃的现状。剧作叙述了许多故事:八月十五要账的不断,陈奶妈讲述过去的显赫,曾文清外出谋事,众人讨论愫方的婚事,曾皓受刺激中风,文清回家,吞鸦片自杀,杜家强要棺材,愫方与瑞贞离家出走,等等。故事之间的联系并不十分绵密,它们可以称得

① 《辞海·教育心理分册》,上海辞书出版社1980年版,第115页。

上是紧急事变。但剧中更多的却是拜节，祝寿，乃至穿衣、煲药等非常散淡的生活琐事构成的一个一个的戏剧场面，没有了紧张激烈的戏剧冲突和张牙舞爪的人工痕迹。人与人在日常琐碎的事务中相互纠缠着。许许多多的生活琐事每时每刻都会在家庭中上演，形成一条生活的流，在舞台上流动着转换着。它们在不经意间发生，缓缓地向前流淌，朴实而又自然。剧作家并不以其生动与惊险取胜，而在于通过它们传达出一种生活状态：生活就是这样发展着变化着，腐朽的走向衰亡，新生的走向胜利，由此而体现出一种别样的审美情调。《北京人》有着良好的剧场效果也正在于这点，而非故事本身的曲折多变。

《北京人》中的故事虽然一个个存在却无法构成一条清晰的情节线索，主要是为了体现出一种情调。剧中主人公与庸俗势力与生存环境的内心斗争构成了剧作主要的戏剧冲突。第一幕的"议婚"一场戏可以说最具冲突性。面对各方人物在自己婚事上的言行以及最隐秘的心理，愫方有着清醒的认识，但她并未与曾皓的自私、思懿的恶毒、江泰善意的嘲讽和文清懦弱的退却发生正面的直接的冲突，她只是淡淡地说了一句："我，我没意见。"在全剧整体氛围和情调的调控下，她只能如此表白，但内心的痛楚却难以言说。而第三幕文清归来的那场戏，文清与愫方的冲突真正地激荡于两人的心灵世界。正是这场看不见外部特征的巨大内心冲突，决定了两人的最终命运：文清从愫方颇为冷峻的话语中清醒地意识到自己真正是一个"生命的空壳"，已经走到生命的尽头。而愫方则从美好的幻想中彻底惊醒过来，冷酷的现实已无情地破碎了她快乐的梦，于是，她挣扎着走出了使她心灵倍受摧残的囹圄。剧作者叙述的人物与人物交锋的外部事件可以算作戏剧冲突但并非真正的戏剧冲突，它们只是引起、激化和表现潜在内心冲突的缘由，起到一种提供人物内心生活的框架的作用，而其根本在于捕捉人物的内心情绪，这又恰恰是舞台叙述所体现出来的。剧作者所追求的那种由平淡而见深邃的审美情调，也在此基础上产生。

## 二、性格塑造的内在一致

不同的戏剧创作由于其内在叙述模式的存在而使其人物性格塑造呈现出不同的面貌。《北京人》的性格塑造，除了承袭曹禺剧作一贯的显现叙述方式——人物出场时的舞台提示之外，更由于特定情调的存在而使各式人物性格具有某些内在的一致性。这便将文本叙述与舞台叙述很好地统一起来。剧中人物一部分是以袁氏父女为代表的理想中的"北京人"。他们的身心是健康自由的；另一部分是以曾皓、文清、江泰为代表的现实世界中的"北京人"，包括愫方和瑞贞这样处于转变中的人物，他们从精神到体格都体现出软弱与僵化的特征。这些生活在曾家大院里的人物是全剧的主体。他们是一群被平庸与琐碎、倦怠与懒惰禁锢得无法喘息的小人物。他们向往美好的生活，但又始终沉浸于深沉苦闷忧郁的心灵世界而无法解脱，但其中的一些并未真正失去对生活的热望，在痛苦之中摸索着寻找生活的意义和未来的幸福。他们在整体氛围的营造方面扮演着积极的角色，承担着重要的职责。

《北京人》从剧本到舞台演出，使观众和读者感到的是一种沉寂而萧瑟的气氛，众多人物性格的塑造刻划无一不与之相联结。如果说全剧是一首抒情诗，愫方无疑是"诗魂"所在。她是剧作最具特色的人物。在一系列的内在冲突展示的过程中，她的那种无以言说的内心苦楚和柔和安详的性格特征缓缓地叙述出来。“见过她的人第一个印象便是她的沉静。谁也猜不出她心底里压抑着多少苦痛的思想与愿望，她是异常缄默的。”表面上看来，她孤弱无助，忍气吞声，长期的寄居生活使她对各种各样的侮辱与歧视养成了一种坚韧的耐性。但是，愫方有着她自己生活的理想、情操和乐趣，她的忍耐、沉默是她在这个污浊世界中的一种抵御性选择。愫方本质善良，在这个令人窒息的昏暗环境中，她把自己温柔的关怀和善良的同情给予周围所有的人，无论是老人还是晚辈，无论是带给她欢乐与慰藉的还是痛苦与欺侮的。剧作对愫方这一人物进行性格展示时，台词也是一种积极的手段。愫方的台词不多，尤其是第三幕的她与瑞贞的倾心交谈中那一连串的“嗯”字，看似简单，实则蕴含了极其丰富、复杂、多变动的心灵内容。究其表现方式我们不难看出，剧作家对愫方进行性格刻划的多种手段无一不是为凸现其善良美好品性为终极目的，同时更将人物深沉执着的爱，无边无际的宽容，心平气和的沉静与全剧的整体氛围相协调。

《北京人》人物性格塑造的内在一致性在其他人物身上亦有充分表现。曾文清一出场，便是一副倦怠散淡的模样，“悲哀而沉郁”。在士大夫的文化教养的浸淫下，在令人窒息的环境中，文清那份生来的聪颖天资渐渐弱化以至被完全扼杀。他整日沉浸于下棋、赋诗、作画、品茶、养鸟等一系列的所谓清俊飘逸的高雅嗜好中。他生活在重重的矛盾之中，爱愫方却又不敢痛快地爱，想走出家庭的禁锢又无能为力。他所有的爱恨都在家庭的环境中消磨得不见了踪迹，“懒于动作，懒于思想，懒于说话，懒于举步，懒于起床，懒于见人，懒于做任何严重费力的事情。重重对生活的厌倦和失望甚至使他懒于宣泄心中的苦痛。”因此，文清最终选择死亡自然是在情理之中，这是他在没落世界中的最好归宿。他的性格特征亦很好地诠释了剧作的整体氛围。

与没落之人文清相比，江泰似乎具有更多的喜剧色彩。他留过洋，享受过资本主义的文明。表面看来与这个家庭格格不入，对自己以及曾家的共同处境有着极为清醒的认识，但他只能长篇大论，却没有付诸行动的能力。从本质上看，江泰与文清是一样的，文清的那句话可以说再恰当不过了：“他也跟我一样，我不说话，一辈子没有做什么；他吵得凶，一辈子也没有做什么。”两人只是在外在形式上有所不同罢了。他们在全剧整体情调的创造方面所起的作用是相同的。

## 三、氛围叙述的幽婉深长

作为曹禺戏剧创作的最高成就，《北京人》以其情调叙述模式所产生的独特的审美功能效应弥补了其以往创作情节与性格模式在表现情绪方面的某种不足。情绪的体验存在于剧作具体的生活场景中，对读者与观众而言，可以由此而获得一种审美方面的感受；就作者而言，则找到了文本叙述与舞台叙述的艺术契合点，足以构成一种独特的审美创作冲动，而这种创作冲动能够导致其整体叙述行为的别具一格。

《北京人》的情调叙述模式较多地表现为氛围叙述。剧作比较注重反映整个社会环境和那种沉寂萧瑟的气氛。每幕戏一开场，剧作家均以极为细腻的笔触将故事的背景勾勒描绘出来。这既是文本叙述的主要构成，又是舞台叙述不可或缺的要素。剧作所有的故事都是在曾家小花厅里展开的，但与此相联结的诸多环境因素均摄入其中，如第一幕开始的幕台提示：

> 中秋节，将近正午的光景，在北平曾家的小花厅里，一切都是静幽幽的。屋内悄无一人，只听见靠右墙长条案上一座古老的苏钟迟缓地迈着“滴滴答答”的步子。屋外，主人蓄养的白鸽成群结队地在云霄里盘旋，时而随着散开，一片泠泠的鸽哨声，异常嘹亮悦耳。从后面大花厅一排明净的敞窗望出去，正有两三朵白云浮在蔚蓝的天空。①

剧作虽然不乏相对明确的时间序列（中秋节正午——当夜十一点钟——一月后某天傍晚——翌日五点左右天未亮时），但给读者与观众留下深刻印象的是空间感。与《雷雨》比较起来，时间要素表现得既不分明也不突出，正是由于这种对时间因素的“忽略”，才使得空间因素的地位与作用明显突出出来而形成一种张力，全剧的人物性格由此而获得了一种内在的统一。景物的展示也与之相协调，独特的审美情调便寄托于其中。作为文本叙述的剧本强调空间要素，则说明文本叙述与舞台叙述的有机统一。整个剧情安排在秋天，秋风瑟瑟，万物凋落，无疑为剧作整体氛围的协调做了最佳的铺垫。另外，我们也可以从景物叙述过程的那种疏淡与泰然的语调中领略剧作者的主观情绪色彩，而这种主观情绪色彩正是《北京人》结构全篇的核心与焦点，充满特定情调的景物叙述也便成了全剧氛围叙述的重要组成部分。

《北京人》整体氛围的营造与设计是由多种因素的参与而共同完成的。剧作家对舞台音响的设计颇具匠心，如古老苏钟的“滴答”，泠泠的鸽哨，瞎子算命时零零落落的铜钲声，凄凉的更锣，风雨袭来树叶沙沙落地的声响，水壶的呻吟似小人的哀哭，淅沥的雨声，长街上凄凉漫长的叫卖声，独轮车“吱扭吱扭”碾过街道的声音，等等。这些声响很容易把人带入一种古老而苍凉的氛围之中，形成了某种特殊情调。另外，剧中许许多多生动的细节对于富有情调的戏剧场面的建构起到了不容忽视的作用。第二幕一开始，曾家小花厅在昏暗的灯光与炭火的映衬下显得寒气逼人，十分凄凉。为了与这种整体氛围相适应，剧作家刻意安排曾霆诵读《秋声赋》烘托出曾家沉寂冷落的气氛。而在深巷的更鼓声中，文清哀伤地低吟陆游的《钗头凤》的细节，则使这种气氛的韵味进一步有所加深。

曹禺由《雷雨》《日出》到《北京人》，其叙事的主要对象从情节、性格到情调几经变化。变化的直接结果产生了曹禺艺术成就最为卓越的作品——《北京人》。当然，我们无法否认《北京人》受到契诃夫剧作抒情风格的影响，但中国戏曲的写意特征作为传统文化的组成部分，已经深深积淀于创作主体的心灵深处，对其产生自觉不自觉的影响，它与外来影响产生一种合力，使得曹禺戏剧在表现情节塑造人物还是展示氛围方面不断进行多向选择。《北京人》则找到了情调作为剧作文本叙述和舞台叙述的艺术契合点，从而完成了中西戏剧美学表现与再现在观念上的互换与融合。

原载《河南教育学院学报》1998 年第 4 期

① 文中所引《北京人》片断均见《曹禺选集》，人民文学出版社 1961 年版。

# 曹禺戏剧语言的艺术魅力

## ——简析《北京人》中人物台词的特色

洪青皎

翻开曹禺的剧本，就像走进丰富多彩的形象画廊，这里有伪善残忍的资本家，有封建家长和卑鄙的奴才，有热烈追求自由和爱情的资产阶级女性，有封建大家庭中的纨绔子弟，有俊俏刚烈而带有野性的村姑，还有狭隘的农民复仇者。这些形象生动而逼真，丰满而深刻，无不栩栩如生。多少年来，他们是那么强烈地吸引乃至震撼着读者的心，使读者卷入他们尖锐的冲突中而喜而悲。这些形象何以具有如此引人入胜的艺术力量呢？曹禺在谈到他的创作经验时说："作为一名戏剧创作人员，多年来，我倾心于人物，我总觉得写戏主要是写'人'；用心思就是用在如何刻画人物这个问题上……"究竟曹禺怎样塑造人物？刻画形象时用了些什么"心思"？用"心思"刻画的人物有什么样的特征？

高尔基说："……在剧本中，作者不能对观众提示什么，剧中人物之被创造出来，仅仅是靠他们的台词，即纯粹的口语……"剧中人物各式各样，要刻画出每一个人物的特点，恐怕剧作家不得不首先在人物的台词即戏剧语言上下功夫。

曹禺善于运用含有动作性的对话刻画人物，展示其性格。

所谓含有动作性的对话，就是对话能揭示人物性格，表观矛盾冲突，推动事件发展。试看《北京人》中，曾家为愫方的婚事向愫方"征询意见"那一场。每个人都是话一出口，便能鲜明地显现他们的意向及内心活动。愫方是曾皓的姨侄女，因父母双亡暂居姨父家里，照料姨父的饮食起居，现已成姨父不可缺少的"拐杖"；她三十三岁，尚未出嫁。因与表兄有共同的诗文爱好，两相在精神上产生了爱慕怜惜之情，表嫂曾思懿为此嫉恨于她。现在就由思懿和曾家姑老爷提议愫方的婚事。

思懿　（提出正事）媳妇听说袁先生不几天就要走了，不知道愫妹妹的婚事爹觉得——

曾皓　（摇头，轻蔑地）这个人，我看——（江泰早猜中曾皓的心思，异常不满地由鼻孔"哼"了一声）

曾皓　（回头望江泰一眼，气愤地立刻对那正要走开的愫方）好，愫方，你先别走，趁你在这儿，我们大家谈谈。

愫方　我要给姨父煎药去。

江泰　（善意地嘲笑）咳，我的愫小姐，这药你还没有煎够？（迭连快说）坐下，坐下，坐下，坐下。（愫方又勉强坐下）

曾皓　愫方，你觉得怎么样？

思懿单刀直入提出问题，请老太爷做主，表面上她没有表明自己的意见，然而却使曾皓当着众人的面，陷入不能回避这个问题的境地。曾皓离不开“拐杖”，自然不愿愫方出嫁，所以未等思懿话完便摇头表示那人不合适。出于真心考虑愫方婚事的江泰看透曾皓摇头的真正含义后发出了嗤笑。虚伪敏感的曾皓触电一般又羞又恼，他气愤地喊住愫方，让她坐下来一起谈谈婚事。曾皓之所以如此，是给江泰证明他并非自私，并非不愿愫方出嫁。未出嫁的愫方第一次听到谈自己的婚事，觉得不好意思，于是借口给姨父煎药要走开。江泰却说：“这药你还没有煎够？”言外之意：难道你准备一辈子为你的姨父煎药不成？这是对愫方婚事的真正担忧，也是对她语重心长的嘲讽，同时也给了曾皓当拳一击。简单的几句对话，因为说者紧张的内心活动而显得充实，有味。接着，对话更为精彩。

曾皓　愫方，你自己觉得怎么样？不要想到我，你应该替你自己想，我这个当姨父的，恐怕也照拂不了你几天了，不过照我看，袁先生这个人哪——

思懿　（连忙）是呀，愫妹妹，你要多想想，不要屡次辜负姨父的好意。以后真是耽误了自己——

曾皓　（也抢着说）思懿，你让她自己想想，这是她一辈子的事情，答应不答应都在她自己，（假笑）我们最好只做个参谋。愫方，你自己说，你以为如何？

曾皓表面上为愫方着想，其实他用“不要想到我”来提醒愫方“你应该考虑到我”，用“我这个当姨父的也照拂不了你几天”来提醒愫方“我已活不了几天，你怎能忍心不照顾我而嫁人呢”。曾皓深知愫方的性格，却还要提醒，而且打着为愫方着想的幌子，其自私的性格还是曲折地显露出来。思懿为了除去愫方这块心病，竭力想促成此事。她明知曾皓的话是一片私心而假做好意，于是顺水推舟，让“愫方不要辜负姨父的好意”。这样一方面“堵”住了曾皓，一方面又在“导”通愫方。愫方如果答应，那对曾皓无异于当胸一拳；愫方如果不答应，日后思懿也是不能容忍她的。思懿这句话，使曾皓、愫方面临着打击与威胁。难怪曾皓又抢着说：“应该让愫方自己考虑……”如此紧张的冲突在激烈地进行着，人物内心的活动也如此一步步显露出来。曾皓拦住思懿的话头，是害怕思懿明白地说服愫方后，自己再也无法阻拦。这终于惹怒了江泰。江泰说话并不转弯抹角，隐约其辞，而是直来直去，他说袁先生人好，有学问，有进款……一个思懿就够麻烦，现在又来了个江泰，曾皓不免着慌，他又打断江泰：“不，不，你让愫方自己考虑。（转向愫方，焦急地）愫方，你要知道，我就你这么一个姨侄女，我一直把你当我的亲女儿一样看待，不肯嫁的女儿，我不是也一样养么？——”止住思懿，打断江泰，曾皓在这里是向愫方哀哀地求救，求她不要嫁人。牙尖嘴利的思懿接着说：“就是啊，我的愫妹妹，嫁不了的女儿也不是……”好一个偷梁换柱的高手，“不肯嫁的女儿”被她换成了“嫁不了的女儿”。曾皓用“不肯嫁的女儿”暗示愫方，要愫方表明是自己不肯嫁人，思懿用“嫁不了的女儿”刺激愫方嫁出去，否则背上了“嫁不出去”的名分。这种嘲弄、讥讽谁又能忍受。文清忍不住了，他站起来往书斋走去，思懿看在眼里，恨在心上，于是“斜睨着文清”，一连声地说：“咦，走什么？走什么？”当曾皓问她文清怎么时，她就冷笑着说：“大概他也是想给爸煎药呢！”一个“也”字，阴毒地戳向文清的痛处，又暗讽愫方之留下来为姨父煎药只是一个恋着文清的借口。思懿口头上亲亲热热地喊着愫妹妹，却用“嫁不出去的女儿”狠狠地刺着愫方的心。一个口蜜腹剑、笑里藏刀的泼妇形象活脱脱地立了起来。

一场“征询意见”是一出紧张万分、冲突尖锐的极精彩的戏，在这出戏里，曾皓的自私，思懿的狠毒，愫方的软弱，江泰的爽直，曾皓与思懿的心理交锋，文清与愫方的相互怜惜，都在几句简单的台词中得到鲜明的表现。

曹禺善于运用抒情性、个性化的台词塑造形象。

口舌代心。每一个处于尖锐冲突中的人物，都在为自己的目的明争暗斗。表现在语言上，就是用台词压倒对方，损伤对方的自尊，触痛对方灵魂中脆弱的地方。这种台词能清楚地显示人物的心情、隐私、精神面貌及道德品质。曹禺深深懂得，这种台词能透视人物心灵，能帮他完成塑造形象的任务。

《家》中那些美丽的诗白是他运用抒情性语言颇费心思的见证。如觉新、瑞珏在新婚之夜那些灵魂的独语，内心的低诉，轻微的叹息，无不是内心最隐秘的角落发出的饱含感情的语言。在瑞珏的诗白中，我们感受到一个十七岁的少女骤然离家到了陌生地方的那种寂寞，那种孤单、恐惧与惊慌，以及由此暗示出的她的尴尬处境和复杂情怀。觉新的独白，刻画了他不忍冷落瑞珏却又偏偏想着梅的无奈。《家》是这样，曹禺的其他剧本都有抒情意味深刻的语言。刻画人物关键在于深入灵魂，曹禺正是以抒情性语言揭开人物的内心世界。

要使人物成为有血有肉的艺术形象，还离不开剧中人物台词的个性化、口语化。

《北京人》里的曾思懿，其灵魂是狠毒的，她使用的语言也是狠毒的，即使在恭维别人的时候，语气之间也冒着杀气腾腾的味道：“我呀，我一直就想着也有愫妹妹这双巧手，针线好，字画好，说句笑话，有时想着想着，我真恨不得拿起一把菜刀，把你这两只巧手斫下来给我接上。”好一句笑话，包含了她多少嫉妒、凶狠和残忍。性格内向，很少言语的愫方面对如此凶狠的表嫂该说什么？曹禺只让她说一个字——啊，面色惨白的愫方失声的一声“啊”却道出她内心的恐惧、痛苦及受伤的程度。愫方寡言，又含蓄深沉，这是她性格的特点。当她得知文清经不起外面的风浪而回家后，不也只“啊”了一声？当文清见她望着笼中的鸽子不言时，便没话找话说“这，这只鸽子还在家里”，愫方只用“因为它已经不会飞了”来回答，表面上她说不会飞的是鸽子，而实指文清，一语双关，意蕴深刻。那时那刻的愫方，本应用千言万语来诉说她的衷肠，应责备文清如何不长进以致使她彻底失望，可她含蓄深沉的性格不允许她这样。再者，一句“它已经不会飞了”已经道出她一片痴情已付东流，希望已经泯灭的信息，言有尽而意无穷，这是和愫方的性格完全吻合统一的。

“语言是思想的直接现实”，言为心声，话如其人，一个交际过程的建立和进行，具有不同的思想意识和文化修养的人就会产生不同的交际动机,就会采用不同的言语表达方式表达与之相适应的思想感情,所谓“什么人说什么话”就是这个意思。一个人的思想在他未能说出之前,首先在他脑子里选择能够代表自己思想的词句往外表达。这个选择除了语言的掌握水平之外,一个人的知识、情感、意志都影响着他对词句的选择。语言表达过程,实际上是把思维的结果表述出来的过程,要受思维指向的支配。思维的品质和水平,会在很大程度上制约着口语交际的效果。从一个人的说话就能看出一个人的为人,持极端个人主义观点的人,不可能真诚地说出关心他人、体贴别人的话;满口污言秽语的人很难说有美好的心灵和高尚的情操。也就是说,人物的语言透露着人物的心理、教养、个性,揭示着人物的性格。曹禺准确自如地驾驭着戏剧语言,塑造他剧中的各个人物,并善于精心地安排戏剧冲突,使得人物性格在激烈紧张的冲突中得到展示。

原载《宁波教育学院学报》2000 年第 2 期

# 功能互转与隐形伴侣

## ——对《北京人》深层意蕴的观照

刘同般

当代话剧大师曹禺在“走向契诃夫”化的伟大实践中，取得最辉煌成就的当数《日出》和《北京人》。对《北京人》的共识是在无所事事中挖掘了中国国民性的惰性因素，对当时的多余人形象进行了细腻的描绘，证明着一个时代的存在和这个时代无可挽回地走向破败灭亡的历史命运，在古代北京人头盖骨的映衬下充满着对人性复苏的呼唤，所谓的“敢想、敢说、敢骂”的人生复归，对封建礼教的批判便蕴含其中。应该说学界对《北京人》的认识是深刻的，探索到这个戏的根本。但我认为对《北京人》为达主旨而运匠心的奥妙，还缺乏应有的剖析。

### “核心功能”与“催化功能”的互转

《北京人》的人际关系不是“阶级斗争”为纲的二元对立的关系，不是你死我活的斗争，也不是非此即彼的“鲜明的个性”，而是一种在互相依存中谁也无法避开谁，离开了对方另一方也便无法存在，相反倒是恰恰是另一方的存在却使自己的存在得到强化，在彼此关联的强弱转换中，使每个人的角色地位得到增强，从而加大了文本的思想空间和人性维度及性格力量。

《北京人》写出了一大批“多余人”形象，按照曾皓老太爷的说法：“都是一群废物，一群能说会道的废物。(忽然来了一阵勇气)江泰，你，你也是！——”在这个大家族中，老太爷说都是“一群能说会道的废物”，这个说法包括“能指”和“所指”两部分。“能指”当首推曾文清、曾文彩、曾霆，再鼓起勇气他也指出包括他的女婿江泰，但我们再细读下去，这个台词的“所指”恐怕也把他(曾皓)包括进去了。在我看来，这句台词的“所指”超过了它的“能指”——也就是说表层的“所指”(曾文清、江泰们)之所以是被谴责的对象，其实质是谴责人之人(曾皓)恰恰是使被谴责者(曾文清、江泰)生长的条件与土壤，或者说是“根源”，而不是涓涓细流。是以曾皓为家长象征的一个大家族造就了曾文清与江泰们。而当这些“涓涓细流”成为家族中的波涛时，波涛所掀起的浪花淹没了作为源头的曾老太爷。如果我们以结构主义批评大师罗朗·巴尔特的人物形象的“核心功能”与“催化功能”互相转换之说，便能更深入科学地厘清《北京人》人物之间的互补、互动、互转的功能。在我看来，曾皓与曾文清、江泰们的“核心功能”与“催化功能”不断发生互转，从而使剧情不断推动向前发展。在这个生活的序幕徐徐拉开时，隐形的“核心功能”的表演者是曾皓，是以他为核心的封建大家族的沉闷、腐朽和无为构成了这出戏的底色。从这个意义上来说，曾皓是“核心功能”的载体，但是作品的巧妙构思在于“核心功能”在剧情的演变中逐步被“催化功能”所代替。强大的“催化功能”的载体曾文清“填补”为“核心功能”，他成为“能说会道的废物”的代表者。曾文清温文尔雅的学养，清俊飘逸的骨相，多才多艺的天资，勤于思考懒于行动的性格，使他起码在表层的含义上取曾皓而代之。而江泰，这位寄宿在老丈人家里的老留学生，他的精神实质和曾文清是一样的。但他是出过国、留过洋的新派人物，从表面上看，他风流、飘逸不亚于曾文清，但他因为受过西洋教育所以多一份敢于“使气”“骂人”的外在气质。他是另一个生命存在形式的曾文清。两人作为生命存在，其实都是曾老太爷“多余人”的延续。但是从剧情的表层行进中，两人成为“核心”，他们“催化”的结果是使自己取“核心”而代之，而那个原来的“核心”却黯然失色，居然成为谴责者。其实，从本质上来说，曾文清的花鸟虫鱼无所事事，江泰的一事无成和使气骂人，都是曾皓副产品，他们都没有超出曾皓的精神世界范畴。只不过在这里作品巧妙的安排，使“催化者”转化为“核心者”，使“核心者”变为“填补者”。这样剧情的发展，曾老太爷的谴责和嘲笑便更具有力量和深度。或者应了果戈理讽刺喜剧的一句话：“你嘲笑什么？笑你们自己！”（果戈里《钦差大臣》中市长安东对台下大笑观众的一句话）我们在这里借用是想说明曾皓老爷子的嘲笑和谴责是针对包括他本人在内的社会全部腐朽和丑恶的。这种结构的本质较之正面嘲笑和谴责更具力量。

## 人物形象之间的隐形伴侣的互文

所谓互文是指甲中有乙，乙中有甲，语言符码的分指，实质上是两者之间的互相兼有。在我看来，互文不仅是一种修辞方法，而且系指一种写作技法。运用这种写作技法，可以增强文学作品的容量，丰富人物形象，并且可以凝聚更多的人性挖掘和人性批判，具有终极性的叩问和人文关怀的性质。

如前所述，曾皓老爷子痛斥曾文清、江泰们为“一群能说会道的废物”时，曾文清、江泰们的一切性格特点何尝不在曾皓老爷子身上存在，他的讽刺和嘲笑，不仅对准了曾文清、江泰们，而且对准了自己。不过，曾皓身上的“能说会道的废物”的性格特点比较隐晦罢了，实际上显形的表现和隐形的表现，两者是互为表里的，有时后者显得更为深刻一些。在《北京人》中，曾思懿是一个备受非议的人物。她的“知书达礼，精明干练，整天满脸堆着笑，心里却藏着刀，……言辞间尽显矫揉造作，显露她那种谦和、孝顺、仁爱……种种一个贤良妇人应有的美德。……有人说她阴狠，又有人说她不然。骂她阴狠的，是恨她笑里藏刀，胸怀不知多么偏狭诡秘；看她不然的，是谅她胆小如鼠，怕贼，怕穷，怕死，怕一切的恶人和小小的灾难……总之，她自认是聪明人，能干人，厉害人，有抱负的人；只可惜错嫁在一个衰微的士大夫家，怨艾自己为什么偏偏生成是一个妇道。”从作者对她的介绍里，我们不难发现这个女人的一切特点和缺陷，她的阴鸷和丑陋，由这个女人不禁使我们想起了古典名著《红楼梦》中的王熙凤，两个人何其相似乃尔。不过，当我们同声对曾、王二位女强人进行谴责时，我们不得不顾及她们的地位及处境。无独有偶，两人都是处于一个风雨飘摇的、没落的封建大家族中的女总管家的位置。她们处于矛盾的中心和焦点。如果不精明强干，地位便会顷刻倒塌；如果不处处设防，自身便会身败名裂；如果不时时算计别人，自己便会授人以柄。经济地位如此，感情心理流程更是瞬息万变。《红楼梦》中王夫贾琏身边不仅有鲍二家的，还有艳若桃花的尤二姐。《北京人》中曾文清身边虽无鲍二家的这样的淫妇，但曾文清的感情之所钟，曾思懿是洞若观火，心知肚明的。险恶的环境，挽狂澜于既倒的重任，爱情世界的沙漠，赖以生存的基础的脆弱，作为其中的主人公的性格便不得不其然了。在这里，我不是环境决定论者，但是一个人的处境对他（她）的性格的影响和制约我们也是不能回避的。无视它的存在，不是现实主义者。作为曾思懿对应物的存在，应该是愫方了，这位不幸的女人，是曾皓老爷子的姨侄女，到了而立之年，仍名媛无主，孑然一身。她的爱就在眼前（曾文清），但是可望不可即，她不得不压抑自己的情感。长期寄人篱下的生活，养成了她的“哀静”和“惊人的耐性”，“然而她并不懦弱，她的固执在她的无尽的耐性中时常倔强地表露出来。”从出身文化教养来说，曾思懿和愫方这两端对应物中的女人是相似的，但是不同的环境使她们成为一个事物中的对应物的两端。就以愫方而言，她的坚强和婉顺不但使她成为姨母的爱宠，在老姨母去世后，“愫方又成了她姨父曾老太爷的拐杖。他走到哪里，她必随到哪里。在老太爷日渐衰颓的暮年里，愫方是他眼前必不可少的慰藉。”多不容易呀！她竟然以自己的刚强和婉顺使姨母和姨父都须臾不可离开。没有坚强的性格和顽强的毅力，是断然不可为之的。从这一点来说，位于两端的女人在性格中都有其刚强的一面，使她们成为互文互补之人。如果（仅是假设）命运之神使两个人的位置对换，那么，让愫方处于曾家风雨飘摇中的总管家地位，这位教养有素，聪慧过人，坚毅过人的“哀静”女人，她的“女强人”的性格会凸现出来，她会成为比较“文雅”的曾思懿。如果愫方成为思懿，她的爱情时刻受到威胁，一个不爱她的男人待在她的身边，而另一个可能取她而代之的女人就在跟前，她的“哀静”也可能被“忌妒”所置换。这一切都在冥冥的命运之神的安排之下潜藏在性格的底层运行着。如果我们对潜伏于命运底层的东西进行开掘，或许对理解《北京人》对人的终极性的叩问能更深入一层。在这里，我并不否认两个女人的性格的对立，但在对立中却有互通的隐形伴侣的存在。这或许是“普遍的”人性吧！

活跃在《北京人》中的“多余人”，他们或在性格中的两端里进行终极性的人性沟通，或在不同境遇中有着性格上的互文、互补。在这里最明显地莫过于曾霆和袁圆了。袁圆是研究“北京人”的专家袁任敢的独生女，她无有母亲，但父亲袁任敢对她实行的是现代式的自由发展的教育，从某种意义上来说，袁圆是上古“北京人”现代示范版，是人类学家袁任敢对原始人性的向往的结晶，也是作者对强大礼教、理性束缚人，或者在爱人的形式下吃人，在保护人的形式下毁灭人的礼教的对立存在物。在剧情的发展中，曾霆对袁圆是向往的，和袁圆在一起的时候，他的现代人性是真实的、真诚的、自由的、率真的。剧情提供的画面直接说明曾霆性格中的隐形伴侣是袁圆。但在我看来，从另一个角度来看，袁圆也可能成为另一个曾瑞贞。在当时的条件下，袁任敢式的人物毕竟是少数，命运使袁圆成为人类学家袁任敢的女儿，如果遗传因素稍一变化，袁圆成为曾瑞贞的概率太多太大。所以，隐形的伴侣曾瑞贞，或者说处于曾家三代少爷现实处境下的曾霆是袁圆的隐形伴侣也是这部巨著获得深刻的思想内容的原因之一。

一部文学巨著的深刻性在于它对人性的开掘的深刻度，在于它对人性互转互文互补可能性的巧妙构思，在于能从剧情表层的运转中窥见的隐形深层意蕴。因之，在我看来，对曹禺这样伟大的作家及作品的研究，迅速摆脱单一的社会学角度的拘囿，从新的方法、新的角度进行开掘，或许是一条可行的途径。

原载《四川戏剧》2005 年第 5 期

# 从《北京人》女性形象塑造看曹禺创作理念变化

周　荣

《北京人》是曹禺先生20世纪40年代初的力作。剧本主要描写了两个女性形象，曾家大奶奶曾思懿和曾家姨侄女愫方。曾思懿“是一个自小便在士大夫家庭熏陶出来的女人。自命知书达礼，精明干练，整天满脸堆着笑容，心里却藏着刀，虚伪，自私，多话，从来不知自省”，“一向是猜忌多疑的……成天战战兢兢，好在自己造想的权诈诡秘的空气中勾心斗角”，“她决不仁孝……贪财若命……暗放冷箭”，“有人说她阴狠……胸怀不知多么偏狭诡秘”，一个活生生的现代王熙凤的形象。而愫方，“见过她的人第一印象便是她的‘哀静’。苍白的脸上宛若一片明静的秋水，里面莹然可见清深藻丽的河床。她的心灵是深深埋着丰富的宝藏的。……像整日笼罩在一片迷离的秋雾里，谁也猜不透她心底压抑着多少苦痛的愿望与哀思，她是异常的缄默”，“一种惊人的耐性……她温厚而慷慨，时常忘却自己的幸福和健康，抚爱着和她同样不幸的人们。然而她并不懦弱，她的固执在她无尽的耐性中时常倔强地表露出来”，是一个内心蕴涵丰富，又充满着爱和奉献精神的女性。

曾思懿是管家婆，但象征着实权的存折却始终攥在曾老太爷的手中，翁媳矛盾自然很尖锐。剧中以三件事来表现曾思懿的阴毒，贪婪，凶狠。第一幕里，说她暗中策动一群债权人，趁中秋节请客吃饭的当口骂上门来，使老太爷下不了台。第二幕，老太爷中了痰厥，她强行把老太爷送进医院。因为她害怕人死在家里，将来房子卖不出去(她已经知道老太爷的存折上一无所有了)。第三幕，杜家逼债，指着要老太爷的寿材抵账。她尽力想把押给杜家的房子留下来，却答应人家抬走老太爷的命根子——漆了一百多道川漆的楠木棺材。此外，曾思懿和丈夫没有感情，曾文清爱的是表妹愫方。在这个三角关系中，剧作更是极力表现了她的尖刻、恶毒。她先在丈夫面前讽刺挖苦他和表妹是才子佳人，而在愫方要帮文清补画时，一边说着羡慕“愫妹妹这双巧手”，一边不自然地笑着：“有时想着想着，我真恨不得拿起一把菜刀，(微笑的眼光里突然闪出可怕的恶毒)把你这两只巧手(狠重)斫下来给我安上。”吓得愫方赶忙缩回双手。接下来，她策划把愫方嫁给人类学者袁任敢，因为种种原因而作罢。在最后一幕，她又突然别出心裁地决定让愫方做曾文清的小老婆。

相反，愫方是寄人篱下的孤女，却有一个丰富、博大的精神世界。她把她的爱施于曾家的每一个人，从衰老而自私的曾老太爷到思懿的儿媳瑞贞及其未出世的婴儿，甚至时时对自己讥讽挖苦、嫉妒、欺侮的思懿。从小在曾家长大的她，因为共同爱好诗画而爱上表哥曾文清，并被文清视为一枝“空谷中的幽兰”。然而，这个人根本不能给她一个她所渴望的家，只能眼看着这枝幽兰慢慢凋谢。她始终无怨无悔，“哀怜他甚于哀怜自己”，为他做理应由他自己做的一切事，替他承受理当他自己承受的感情折磨。她鼓励文清离开这个腐朽的家，永远不要再回来，希望他“成一个人”。愿意用自己的一生替他照顾他的一家老小，“活着”就是要“尽量帮助别人”，“把好的送给人家，坏的留给自己，什么可怜的人我们都要帮助”。

这一正一反的两个形象，对曾思懿种种“恶德”的鞭笞，对愫方美德的歌颂，恰好说明一向关注女性命运、提倡妇女个性解放的曹禺，不知不觉回到了他所批判的传统观念之中。结合其经历，创作《北京人》时，他和前妻郑秀的关系正趋于恶化，思想上十分痛苦。就在此时，他认识了后来成为他第二妻子的方瑞。作者 1982 年曾回忆说“愫方是《北京人》的主要人物，我是用了全副的力量，也可以说是用我的心灵塑造成的。我是根据我死去的爱人方瑞来写愫方的。……她是很文静的……她不像愫方那样具有一种坚强的耐性，也没有愫方那么痛苦。但方瑞的个性，是我写愫方的依据，我是把我对她的感情、思恋都写进了愫方的形象里，我是想着方瑞写愫方的。”当时，他和郑秀还生活在一起，这对已和他相爱的方瑞是难堪也是委屈的。不算“坚强”的方瑞能不能承受？愿不愿坚持？他必然希望方瑞更有耐性，能够经受得住痛苦和时间的考验。可以说他是把自己的希望注入了《北京人》愫方的性格塑造之中，既自我安慰，也是对方瑞的鼓励。此外，他对愫方那种奉献、牺牲精神的描写，潜意识中应该是对方瑞的希望。

作者极力歌颂的愫方，从女性视角来看非但谈不上伟大，甚至是可怜、毫无意义的。愫方倾心为之牺牲的曾文清，不过是士大夫家庭教育出来的一个废人，“生命的空壳”，毫无希望的“多余人”。多年来，愫方与之朝夕相处，竟认为他只要出去了就能“成一个人”，而且在他走后还做着那样充满希望的梦，这本身就反映了她对现实的一无所知。因为，连年轻的瑞贞都能看出“把自己的快乐完全放在一个人的身上是危险的，也是不应该的”。这个生活于旧式家庭，把希望寄托于别人的大家闺秀，她身上体现的思想文化是旧式的，与封建女子希望丈夫“金榜题名”的心理内涵一致。愫方的旧式思想还表现在她和瑞贞的关系上，她渴望一个家，于是劝说与小丈夫没有感情的瑞贞守住那个家，和同样无辜的曾霆继续过貌合神离的日子，相信一个将来的小生命会弥合形同陌路的小夫妻的隔阂。同情和她一样“看人家眼色过日子”的瑞贞，却不自觉地压抑着瑞贞的生命意识，让她年纪轻轻的便放弃自我幸福追求，指引她走向与自己一样的忍耐、顺从直至生命寂灭的道路。她把自己的爱心奉献给自私甚至是丑恶的曾老太爷，甘愿把自己置于一个女奴的地位，满足他的种种非分要求。为了爱文清，忍受曾思懿的恶言冷语，顺从她的颐指气使，拒绝瑞贞让她出去找文清的提议。她的这种毫无个性、放弃自我的耐性，只能说明她已经被封建的思想文化彻底同化了。作者对这种“美德”的推崇，正好暴露其潜意识中对女性的要求和愿望。对比《雷雨》中蘩漪那种强烈的生命意识，愫方的自我压抑和自我牺牲是愚昧的。这正是作者创作时思想意识上认同旧道德的表现。

这种传统观念的回归，同样表现于曾思懿这个人物形象的塑造。作为与愫方的对比，作者对曾思懿是严厉鞭笞的。在他的笔下，曾思懿是那样可鄙可恶：忤逆公公，欺侮丈夫，讨厌亲戚（曾文清妹妹妹夫），虐待儿媳，欺凌愫方……一个标准的不孝、不仁、不贤的恶女人。剧本给了曾思懿这样一个家庭环境，养成她的种种恶德：祖上当官、现在仍讲究所谓诗书礼仪等种种"臭规矩"的曾家，剩下的不过是个空架子，连房子都押给了别人。一到年节，讨债人盈门，当家的大奶奶却拿不出钱来，只顾漆棺材、吃补药的老太爷装聋作哑，在岳父家白吃白住的姑老爷恶意吵骂，只关心自己的书画、鸽子的丈夫不管不问，其他人更不操那份闲心。要债人在曾家请客吃饭时骂上门来，却被老太爷恼羞成怒地归罪为儿媳的故意串通（其实不过是他的猜测），至于为了卖房子而强行送老太爷去医院以表现曾思懿的恶毒，结合前后剧情以及当时的现实，这个理由是牵强附会的。还有一家人一致怪罪的抬走老太爷的楠木棺材这件事，其实只有一个解释——迁怒于人、诿过于人。为一家操心的曾思懿，不但不见容于翁姑，连丈夫与她也是同床异梦。大概因为她过于聪明能干，眼睛不揉沙子，而且由于处境的不顺，她的语言常常是刻薄锋利的。这一切都不符合传统观念中对女子"夫唱妇随""守拙""柔顺""不妒"的要求。所以，无论是遣嫁愫方的企图，还是让愫方做妾，作者从他的视角都给予嘲讽的批判，将其演绎为令人不齿的恶行。批判的锋芒直指旧式家庭中为维护自己地位而拼命挣扎的女性，以及她们身上种种不合乎传统规范的"恶德"，却没有追究造成这种"恶"的深层文化背景和体制原因。这种批判是充满偏见的，反映了作者创作当时对旧家庭中女性处境的不了解或者是漠然。同样是被封建体制异化的人，作者平面化地把她们表现为一善一恶，甚至是至善至恶。这种描写忽视了人性的复杂性，具有简单化的倾向，与《雷雨》时期的作品相比，不能不说是个倒退。

作者笔下的愫方是悲哀的，瑞贞也是悲哀的。她们的遭遇令人同情，就连曾文清都有可同情的方面，只有曾思懿的悲哀是作者视而不见的，甚至认为是咎由自取。所以，剧本为愫方设计了离开这个家的光明结局，而让失去丈夫却将生下再一个"小耗子"的思懿，独自面对老而不死的老太爷和缺乏交流的儿子。愫方终于摆脱了腐朽的曾家，但她所受的教育、思想观念与将要面对的社会是格格不入的。她要怎样的洗心革面才能融入这个社会，是让人无法想象的。这条光明的道路是否真的光明，实在还是个未知数。结合剧本创作时作者自身状况，他和郑秀的婚姻仍将维持，与方瑞的前途希望渺茫，这样"处置"了愫方，也算是表现了他的一些无可奈何的美好愿望吧。

原载《洛阳师范学院学报》2006 年第 4 期

# 悖论与整合:《北京人》中的“反传统”与“传统”

李　扬

《北京人》[①]在曹禺的创作中具有至关重要的地位。在诸多有关《北京人》的研究文献中,田本相的概括最为准确:“《北京人》是曹禺解放前戏剧创作的高峰,无论它的思想还是艺术都标志着曹禺剧作的最高成就。他的创作经过斗争风雨的磨炼,思想更加沉实,艺术也更为成熟了。他不但把他的剧作风格锤炼得更加隽永、含蓄,而且在探索话剧的民族化群众化的道路上又前进了一步,使《北京人》形成了浓郁的民族风格特色。”[②]这一结论已成为研究界对《北京人》思想和艺术特质的共识。

《北京人》的重要性还在于它在曹禺全部创作中的标志性意义:它隐含了作家以后创作的基本走向,换言之,曹禺此后的创作都可以在《北京人》中找到前兆性的趋势,它既是作家创作危机的一种表现,又是对其创作转向的一种预言。尽管此后还有颇具创新意义的《家》承继着《雷雨》《原野》《北京人》的反封建主题,但那毕竟是根据巴金的小说改编而成的,谈不上独立创作,而《艳阳天》《明朗的天》《王昭君》无论是在思想上还是在艺术上都与其早年艺术追求有着天壤之别。作家本人似乎也隐隐感觉到了它在自己创作中的这种特殊地位,因而称“《北京人》是出‘关门戏”[③]。作品中的什么因素决定了它在作家创作中的这种独特地位?这一因素又是何以产生的?这是本文所要着重讨论的问题。

## 一

自《北京人》问世以来,几乎没有人怀疑过它的反封建意义。许多研究者把它看作是《雷雨》主题的继续和发展,是对中国旧家庭的又一次抨击。[④] 更有人说:“《北京人》以其深刻的反封建主题,占据了革命文艺的一席地位,在现代文学史上闪烁出不可磨灭的光

① 王兴平曾在《曹禺剧本写作和发表时间考辨》一文中说“此剧(指《北京人》)由文化生活出版社在重庆初版于1941年12月,没有比这更早的版本。”(王兴平:《中国现代文学研究丛刊》1982年第2期)此后的曹禺研究者均持此说。此语不确。经笔者检索有关文献,《北京人》在由文化生活出版社出版前,已经在香港《大公报》1941年5月22日至11月1日)上分103次连载完毕,因而。准确地说,《北京人》的最早版本是香港《大公报》的连载本。

② 田本相:《曹禺剧作论》,中国戏剧出版社1981年版,第185—186页。

③ 蔡骧:《〈北京人〉导演杂记》,《人民戏剧》1980年第5期。

④ 朱栋霖:《论〈北京人〉》,《文学评论》1980年第3期。

辉。”[①]沿着这一思路很容易在作品中找到相对应的意象，“曾家的婴儿们仿佛生下来就该长满了胡须，迈着四方步的”，传统文化所熏陶出来的曾文清已经失却了行动的力量，由于“染受了过度的腐烂的北平士大夫文化的结果。他一半成了精神上的瘫痪”。而他“自己所身受的苦痛，眼看着十七岁的孩子重蹈覆辙”，曾霆也在祖父的指导下背些《古文观止》《昭明文选》《秋声赋》、“龙文鞭影”之类的文章，变得无精打采、抑郁不伸。曾家的败亡显然象征着封建制度的穷途末路，而应运而生的则是人们对新生活的向往，这是一种“要爱就爱，要恨就恨，要哭就哭，要喊就喊，不怕死，也不怕生。……尽着自己的性情，自由地活着，没有礼教来拘束，没有文明来捆绑，没有虚伪，没有欺诈，没有阴险，没有陷害，没有矛盾，也没有苦恼；吃生肉，喝鲜血，太阳晒着，风吹着，雨淋着，没有现在这么多人吃人的文明”的生活。从这一思路出发，作品的反封建意义是毋庸置疑的。但在对作品的解读中，研究者显然忽略了作品中所存在的不谐和音，最终导致了将一部具有双声复调的复杂文本解读为单向性的，在无形中降低了作品的审美价值。这种“不谐和音”并不是在细节、局部上，而是在整体上的不谐和，它所指向的不是局部的修辞问题，而是作家自身思想中存在的不可调和的矛盾导致了这种不谐和音。这种矛盾突出地表现在作家的生命价值观和女性的审美观方面，它使两种互为矛盾的价值观念并行不悖地显现在作品中，构成了一组富有深味的“对话”关系。

在生命的价值观上，研究者所重视的往往是作家对束缚人的个性和生命力的封建礼教制度的批判和对“要杀就杀，要打就打，喝鲜血，吃生肉”的洋溢着生命激情的原始生命力的赞美。对曾文清来说，士大夫家庭是个可怕的桎梏，他们所遵奉的传统礼教制度束缚着人的心性的正常发展，长期生活在郁结不舒的环境中的人们变得怯弱不堪，在忍哀耐痛中打发着渺茫无限的日子，最终变得沉滞懒散，“懒于动作，懒于思想，懒于用心，懒于说话，懒于举步，懒于起床，懒于见人，懒于做任何严重费力的事情。种种对生活的厌倦和失望甚至使他懒于宣泄心中的苦痛。懒到他不想感觉自己还有感觉”，最终成为“一个生命的空壳”。而曾霆和瑞贞在染受了封建文化传统的家长们的安排下定亲、成婚，作者形容新婚之时的这对新人像“一双临刑的肥羔羊”，此后他们开始了形同路人般的婚姻生活，在这个士大夫家庭里“像一对遭人虐待的牲畜”般挨着痛苦的日子。在作家看来，正是曾家的规矩扼杀了人的生命力量，使人失却了个性和行动能力，变成了一个个无用的废物，正是这一逻辑假定使作家深深地厌恶着曾家所代表的封建文化传统，而将未来的希望寄托在人的生命力的勃发上。在这一情境下，四十万年前的北京人的敢爱敢恨的生活作为一种鲜明的比照，成为现代人所渴求的生活方式，它给人们带来生机与希望。正是这一价值取向使作家不厌其烦地在作品中赞美着代表这种生活方式的“北京人”。在曹禺看来，北京人有着小山一般的体貌，铁黑的脸，钢轴似的胳膊，“粗重的眉毛下，目光炯炯，肃然可畏，但仔细看来，却带着和穆坦挚的微笑的神色，又叫人觉得和蔼可亲”；“他的巨大的手掌似乎轻轻一扭便可扭断了任何敌人的脖颈。他整个是力量，野得可怕的力量，充沛丰满的

① 朱月瑾：《〈北京人〉的戏剧冲突与艺术手法》，《南京大学学报》1979年第3期。

生命和人类日后无穷的希望都似在这个人身内藏蓄着”。

按照这一思路，作家塑造了袁圆这一人物形象，她是新人类的代表，在她的成长过程中，袁任敢完全按照人的自然心性培养着自己的女儿，使她远离了传统的“人情世故”，使她生活在没有忧愁、没有烦恼的童年世界里，尽情享受着生活的快乐。“论身体的发育，十七八岁的女孩没有她这般丰满；论她的心理，则如夏午的雨云，阴晴万变。正哭得伤心，转眼就开怀大笑，笑得高兴时忽然面颊上又挂起可笑的泪珠，活脱脱像一个莫名其妙的娃娃。但她一切都来得自然简单，率直爽朗，无论如何顽皮，绝无一丝不快的造作之感”。在知书达礼的曾家看来，这自然是一对“不吃寻常食物”的“古怪的鸟儿”，但在作家看来，这才是人类的希望之所在，就连饱受曾家诗书教育的曾霆也被袁圆的自然天性所吸引，爱恋着袁圆，但袁圆却并不喜欢温顺的“小可怜”曾霆。他们两个之间曾有过下列意味深长的对话：

袁　圆　后来他就问我：“你大了愿意嫁给哪一个？”（昂首指着这巨影）是这个样子的“北京人”，还是曾家的孙少爷？

曾　霆　（惶惑，也仰起头来，那“北京人”的影子也转了转身，仿佛低头望着这两个小孩。霆不觉吓了一跳，低声，恐怖地）嫁给这个“北京人”，还是——

袁　圆　（点头）就是他，还是（一手指点着他的心口）你？

曾　霆　你——说——呢？

袁　圆　我说，（吻了一下那“孤独”）——你不要生气，我说（直截了当）我要嫁给他，嫁给这个大猩猩！

曾　霆　为，为什么？

袁　圆　（崇拜地）他大，他是条老虎，他一拳能打死一百个人。

曾　霆　（想不到）可，可我——

袁　圆　你呀，（带着轻蔑）你是呀——

……

袁　圆（忽有所得）啊，我想起来了，（高兴地拍手）你呀，就是这么一个小耗子！（拍他的肩）小耗子！

毫无疑问，袁圆的选择所代表的正是作家自己的理性选择，因为袁圆身上所体现出来的一切特征，都是远离传统的文明规范的，她所代表的正是袁任敢所说过的那种“敢爱、敢恨”的生活方式。这一人物形象也和曹禺所塑造的蘩漪、陈白露、花金子等人物形象一脉相承，是与传统人格相对立的肯定生命的人格类型，她们所膜拜的是人的生命价值，而与一切伦理规范格格不入。

## 二

值得注意的是，作家并没有将袁圆的选择所代表的这一理性选择贯穿作品的始终。当愫方在作品中出现的时候，作家不由自主地犹豫起来，原先的价值观念发生了倾斜。如果要在《北京人》中选择一个最悖离作家所欣赏的“北京人”的那种敢爱敢恨的存在的话，这个存在可能就是愫方。她出生在江南的名门世家，也自然经受着封建士大夫的文化熏陶，在父母双亡以后来到曾家，过着寄人篱下的生活。她的人生世界是完全被长辈的意志所左右的：来到曾家是遵从母亲的遗嘱，曾老太太活着时是老太太的"爱宠"，老太太死后又成了曾皓的"拐杖"……她就这样一直生活在长辈的阴影里，婉顺、哀静、忍让与奉献是她的生活主调。她放弃自己的休息时间，不分昼夜地为曾皓捶腿；面对曾思懿的冷嘲热讽，她一味地逆来顺受；当别人征询她对自己的婚姻大事的意见时，她不是"低声不语"就是"我没有意思"。"把好的送给人家，坏的留给自己"是她的人生格言，在她的世界里，没有比活着就是"为着自己受苦，留给别人一点快乐"更大的道理。她虽然已经没有了和他结合的愿望①，但依然将为曾文清献身看作是自己最大的幸福，"他走了，他的父亲我可以替他伺候，他的孩子，我可以替他照料，他爱的字画我管，他爱的鸽子我喂。连他不喜欢的人我都觉得该体贴，该喜欢，该爱……"与蘩漪、陈白露、花金子的自我张扬相比，这是一个完全失却了自我的存在。愫方不但与袁圆、曾瑞贞相比，就是与曾思懿、曾皓、曾文清、曾霆、江泰相比，她也是一个最没有自我和个性的人物，按照作家崇尚生命、张扬个性的思想逻辑，愫方断然不应该是作家所肯定的生命类型。她的婉顺、哀静、忍让气质正是封建文化熏陶的结果，正因为如此，自《北京人》问世以后，研究者无论是对她持否定态度还是肯定态度，都不否认她与传统文化的内在关联②。尽管田本相肯定愫方"是一个终于挣脱了旧时代悲剧命运而勇敢地跨进新的生活新的世界的妇女典型。她的典型性格闪耀着时代曙光映照的诗意光辉"；但同时也指出"愫方的性格是植根于中华民族妇女传统性格的泥土之中的"，"她受着封建道德感情的羁绊"。③ 朱栋霖则说："愫方出身于江南名士家庭，封建士大夫的思想文化教养在她身上留下了烙印。作为旧时代的女子，她承担着过多的旧思想、旧传统、旧道德的因袭重担。"④让人惊异的是，以往对传统人格深恶痛绝的曹禺却对出自传统文化的愫方发出了由衷的赞美："中国妇女中那种为了他人而牺牲自己的高尚情操，我是愿意用最美好的言辞来赞美她们的，我觉得她们的内心世界是太美了"。愫方"心地晶莹如玉，是她忘记了自己"⑤。这在曹禺此前的创作中是难以想象的，也与《北京人》的反传统的主导倾向不相匹配。

就这样，作家不知不觉间陷入了悖论之中，他一方面在《北京人》中宣告了旧世界的灭亡和对新世界的向往，但另一方面却又不由自主地由着作家自己感情的波涛，尽情地赞美

① 当曾文清提出让她"一道到南方去"时，愫方摇着头以"还提这些事吗"作答，这表明她已经对与曾文清结婚不抱任何期望。

② 杨晦在《曹禺论》中称愫方是"代表封建道德情感的旧式小姐"，是"一个旧时代的优美典型"（王兴平等编：《曹禺研究专集》，上，第374页，海峡文艺出版社，1985年）；李树凯则称愫方身上有着"'自愿奴隶'的思想。这种思想包含着浓厚的封建道德的因素"（李树凯《〈北京人〉人物论》，《甘肃师大学报》1980年第1期）。

③ 田本相：《曹禺剧作论》，中国戏剧出版社1981年，第217—218页。

④ 朱栋霖：《论〈北京人〉》，《文学评论》1980年第3期。

⑤ 曹禺：《谈〈北京人〉》，《曹禺全集·第5卷》，花山文艺出版社1996年，第75页。

着愫方在传统世界里所生养成的“美德”；一方面赞美着袁圆身上所洋溢着的自然人性的生命力度，而另一方面却又对愫方的“婉顺”“哀静”“恬静”与“安详”欣赏有加。这一悖论实际上是由作家的理智与情感的矛盾所决定的，在理智上，他继续延续了《雷雨》《原野》中的反传统精神，在《北京人》中诅咒着阻碍着人的生命力正常发展的封建士大夫文化传统，并倡导着一种与之截然相反的原始野性精神；然而，愫方的出现，激起了作家的情感的波澜，使他不由自主地赞美着这个传统的女性。正像胡风所说的那样：“在作者底心境上，他非常同情这个人物，他想要肯定这个人物，肯定她为爱牺牲的精神，为人服务的精神，或者在作者看来这是封建道德里面的最好的成分，可以转变成为理想牺牲，为广大人民服务的精神的，所以非让她出走，给她一个光明的前途不可。”①这最终导致了曹禺在宣告了古典士大夫文化的灭亡的同时，又表现着这一文化熏陶下成长起来的愫方的美丽，显而易见，愫方的出现使作家陷入了两难境地。

三

《北京人》之所以产生前文所述的理智与情感的不协调，就在于作家在其中融合了自己的早年经历以及爱情体验，这些情感体验与作家的理性抉择纠缠在一起，使作家陷入了矛盾与困惑之中。作家自己童年所经历的生活事件在《北京人》中得到了集中的显现：“《北京人》里写的城墙上军号呜咽的声音，这种印象并不是在北京得到的，而是在宣化。我那时总是坐到城墙上，听到那种单调的却是非常凄凉的号声；我是非常敏感的，偌大一个宣化府，我一个小孩子，又没有自己亲生的母亲，是十分孤独而凄凉的。”②另外，“《北京人》中写曾皓对家里人说：‘明年春天我再外出奔走一下，再闯一次。’这话就是我父亲当年常对我说的一句话。他四十多岁就赋闲了，觉得老境已到，但不愿眼看着家里坐吃山空，一天一天败下去，就常这样说，也不过是说说而已，再也无力去奋斗去挣扎了，就像文清一样。在曾皓、文清身上都有我父亲的影子”③。此外，父亲给儿子磕头、鸦片烟这些给作家幼小的心灵造成巨大的伤害的事件也都出现在了作品中。与这些童年记忆联系在一起的是生活的压抑、郁闷之感，它唤起的是以“恨”“痛苦”为基调的情感。儿童的“这种体验不带世俗之态，未被成见所污染，是情感的自由表现”④。也正是因为这种生活体验使曹禺对传统生活产生了本能的反感，最终走上了反传统的道路，崇尚着“北京人”身上所蕴藏的原始野性和他们那种敢爱敢恨的生活，同时表现着封建士大夫家庭的摇摇欲坠。以生命力的张扬冲决传统秩序，这是作家多年积延下来的理性的抉择。

与此同时，作家正生存在现代女性和传统女性的夹缝中，经受着现代婚姻生活的煎熬。在创作《北京人》的时刻，郑秀、邓绎生的影子时常在曹禺的脑海中显现，因而，作家不

① 胡风：《论〈北京人〉》，《胡风评论集·中》，人民文学出版社 1984 年，第 396 页。
② 田本相、刘一军编著：《苦闷的灵魂——曹禺访谈录》，江苏教育出版社 2001 年，第 56 页。
③ 田本相、刘一军编著：《苦闷的灵魂——曹禺访谈录》，江苏教育出版社 2001 年，第 58 页。
④ 童庆炳：《维纳斯的腰带》，上海文艺出版社 2001 年，第 261 页。

自觉地把自己鲜活的爱情体验写入了《北京人》。曹禺是用了很深的感情来塑造愫方这个人物的,“可以说是根据我的爱人方瑞的个性写的”。“愫方的‘方’是我已逝的爱人方瑞母亲家的姓,她也可以说是方苞的后代,‘愫’是她母亲的名字‘方愫悌’中的‘愫’。我确实是想着她而写‘愫方’的”。[1] 可能正是这种个人情感因素的存在,使得作家把《北京人》中的曾思懿塑造得邪恶无比,我们倒是觉得,曾思懿才是蘩漪、花金子们的直系传人。[2] 此时此刻,曹禺正沉浸在对现有的婚姻生活的不满之中,这种不满的情绪使作家的情感世界产生了躁动与倾斜,他要重新塑造自己心目中的“理想女性”。作家似乎累了,对那种充满杀伐之音的生命力的高扬产生了一丝厌倦,他需要一个宁静的港湾,以抚慰自己受伤的心灵。结果,过去曾经激赏的被现在所痛恨,而过去所批判的却被现在所向往。

这使他沉迷在个人的情感世界里不能自拔,对“理想的婚姻”和“理想的女性”的价值判断发生了理智与情感上的错位,不知不觉中对自己以往的思想进行了修正与补充。这最终导致了作家在“反传统”的同时,又讴歌传统女性对男性的献身精神;在歌咏充满野性的远古人类生活的同时,却又对爱不敢爱、恨不敢恨的愫方赞美有加。这一矛盾所导致的最终结果是,作家在以寓言的方式宣告了曾家这个传统的封建士大夫家族不可避免的衰败命运的同时,也在优美地向过去的“反传统”立场告别。从纯粹艺术角度看,传统与现代的矛盾并没有使作家的艺术退步,或许正是这种矛盾,使作家的艺术走向了成熟,它把一个丰富复杂的自我世界呈现在读者面前,展现着包括作家自身在内的现代人生存的两难,这在无形中增加了作品的艺术张力。作家的这一告别姿态无疑是优美的——作品的卓绝的艺术品质毕竟为他的写作生涯建立了一座丰碑,但作为他的后辈,我们没有理由为他的这一优美的姿态感到高兴,相反,它留给我们的是一种深深的遗憾。我们只能眼看着作为反封建斗士的曹禺渐渐离我们远去,最终回复到根深蒂固的士人传统中。在这个意义上讲,《北京人》是一座过渡的桥梁,它的出现使作家后来的再次转向不再突兀,就这样,作家在不知不觉中预告了他的“反传统”事业的彻底失败。

原载《广州大学学报》2007年第11期

① 曹禺:《和剧作家们谈读书和写作》,《曹禺全集·第5卷》,花山文艺出版社1996年,第384页。

② 当晚年的曹禺回忆起这一切的时候,作家对这一形象的看法发生了变化:“思懿是地道的喜剧人物,是很严肃很正经的喜剧人物。这个人在旧社会是很可同情的,但这个人很坏,品质不好。如果没有她,这个家也就完了。老头子屁也不懂,就懂得念经、读古文,财政经济什么都不懂,真正掌握这个家庭能有饭吃,活下去的,就靠这个‘贤慧’的长媳了。从表面上来看,这个人人品颇差,未免很毒了些;但是作为社会上的一个人物来说,细想想看,也有她的可令人同情的东西。这个人一辈子是很可笑的,那么大年纪了,又怀孕了,所以说,在她身上,也体现出人生是很复杂的,人性也是很复杂的。”(田本相、刘一军编著:《苦闷的灵魂——曹禺访谈录》,江苏教育出版社2001年,第40—41页。)

# 论《北京人》的环境描写

仲　雷

继《原野》之后，曹禺的第四部戏剧《北京人》再一次把目光关注到他所熟悉的家庭生活。开放性的戏剧结构，平民化的叙述视角让《北京人》更具有中国风味——大家族的衰亡与没落。但曹禺的戏剧风格特征并未因视角的转换而改变，专注于诗意的揭示、命运的探寻依然是贯穿曹禺戏剧的灵魂红线。其中独具特色的舞台环境描写不仅区别于西方剧作名家，也使曹禺在国内戏剧界独树一帜。

舞台提示是剧作家根据演出需要，提供导演和演员的说明性文字，可以对人物形象、舞台场面、人物语言作以补充和提示。但舞台提示并非是剧本的附属，它同样具有无法替代的作用。狄德罗曾经概括过舞台提示的必要性："当演员的动作姿态构成一个画面；当它使台词更有力或更清晰；使对白得以联系，使人物的性格突出，或当它非常微妙，难以猜度……在以上各种场合，就必须把表演说明写下来。"①不同于其他剧作家忽略于舞台提示尤其是舞台环境的展示，曹禺似乎更加重视人物台词之外的舞台提示。无论是《雷雨》《日出》《原野》，还是《北京人》，曹禺不惜笔墨大量而又细致地表现舞台环境、人物动作及心理。

曹禺如此重视戏剧的舞台提示，除了可以为演员排练演出时提供参考，更重要的原因是在曹禺的戏剧观中，已把舞台提示看作是戏剧灵魂核心的一部分。"曹禺自己说过，《北京人》中有个大配角，就是我所说的各种音响，音响帮了戏很多忙，创造环境气氛。"挖掘曹禺的戏剧主题绝不可忽视剧中作家精心设计的舞台提示。其中，戏剧舞台环境描写更是洞悉曹禺戏剧风格的一面镜子。本文以《北京人》为论述对象，讨论曹禺戏剧中环境描写的独有特征。

## 一、屋内屋外的视角转换

《北京人》以曾家封建家族的没落为背景讲述着人的沉沦与觉醒。全剧的舞台中心是曾家旧宅的小花厅，几代人的恩怨与纷争纷纷在这昔日宾客盈门时聚谈的所在上演，可如今"因为一则家世的光辉祖宗的遗爱却仿佛集中在这块地方，不肖的子孙纵不能再像往日

① 狄德罗：《论戏剧艺术》，《文艺理论译丛 1958(2)》，第 135 页。

敬德公那样光大门第，而缅怀已逝的繁华，对于这间笑谈坐息过王公大人的地方，也不免徘徊低首”。时光的逝去也同样带走了曾家的旺盛。帷幕拉开，戏剧第一幕中的小花厅是昏暗的，尽管此时正是正午的时候，在静幽幽的环境中，“只听见靠右墙长条案上一架方棱棱的古老苏钟迟缓低郁地迈着他嘀嗒嘀嗒的衰弱的步子”。曾家的子孙生活沉浸在一个昏暗静寂的环境中，沉闷的生命在静默中逐渐消磨，活泼的青春抵不住古宅的阴凉而成为生命的空壳。户外的阳光“通过客厅里一列明亮的窗子，洒满了一地，又反射上去，屋内阴影浮沉”。曾家的古宅如此昏暗并非陈旧的布局与结构，而是屋里主人避“秋老虎”天气而将大半壁通大客厅的门扇整个掩闭，更是曾家的子孙无法打开接纳阳光的心灵。在《北京人》里，阳光可以穿透古老门窗却穿透不了已死的心灵。屋内的阴暗气氛延续到第三幕中，色调更加凝重。已是初冬的曾家小花厅处处显得零落衰败的样子。纵有炽热的火炉也抵挡不住从烂破的窗纸中透过的寒风，虽然书斋的破窗纸补上过，但补上又是破烂掉了，无法缝合的家族裂痕即将来临。戏剧发展到第三幕，曾家的每一个人都在做最后的挣扎，如曹禺在环境描写中暗示的一样，“一片淡淡的夕阳透过窗子微弱地洒落在桌子上的菊花瓣上”，“忽然又像回光返照一般的明亮起来，但接着又暗下去”。屋内昏暗的阳光瞬间的闪亮正是愫方出走的隐喻和征兆，曾家的希望只能是瞬间的绽放，即使昙花一现，也不乏慰藉之情。

如果说《北京人》中的小花厅是曾家人格没落的象征的话，那么曹禺笔下屋外描写就是憧憬作家理想的表达。理想是引领作家穿越现实的彼岸。在曹禺的戏剧中几乎都可以找到作家的理想寄托，这就是曹禺的身影。《雷雨》中，周冲向往着像海燕像鹰似的飞翔。当周冲真情宣告着自己的内心独白时，我们似乎看到的是曹禺在梦幻般的诉说。虽然在《北京人》中描写屋外环境的笔墨不多，但其极有寓意的几笔勾勒再次给读者留下了深刻的印象。第一幕中，屋外天空的白鸽成群地在云霄里盘旋，随着秋风传来阵阵鸽哨声，清脆悦耳，异常响亮。天空是净的，清的，蔚蓝的，只有两朵白云悠然浮过。大自然是个透明体，无遮无掩，自由的白鸽可以漫天翱翔。在曾家古宅“天空有断断续续的鸽哨声”，外面长胡同里独轮水车的轮声总是单调地“吱妞妞吱妞妞”地呻嘶着。这些景物描写无不寄托着曹禺的人生理想。白鸽是剧作家纯洁人格的象征，只是这份珍贵的理想由第一幕的白鸽渐变成第三幕的乌鸦，理想被吞噬而遭破灭，最终由愫方的出走完成了理想的交接。曾家的生活是单调乏味的，除掉单调的生活就只剩下物质的空壳。曾文清眼见着曾家渐渐地萧瑟下去，但怯于行动。过于养尊处优的丰腴生活消蚀了他的美好欲望。他整日饮酒赏菊，吟诗作画，正如盘旋曾家上空的白鸽，空有动人的哨声和惊目的外表，无论如何展翅都无法飞跃曾家人的眼光。曾文清就是“从未飞过的老鸟简直失去了勇气再学习飞翔”的白鸽，最终消失在岁月与寒风之中。曹禺屋内屋外的环境刻画都在预示着剧中人物的命运走向，无论是屋内的昏暗色调，还是屋外的萧瑟氛围，不同视角的转换不仅转变了观众的审美角度，更是把观众的目光转切到了人物的内心世界当中。

## 二、舞台景物的“常”与“变”

《北京人》以三幕剧的形式来展现戏剧冲突，人物性格及戏剧矛盾散见于每一幕所呈现的点滴生活中。故事所发生的地点并未改变，仍是几十年来曾家子孙们一直聚谈的小花厅。但在第一幕和第二幕中，剧作家把戏剧故事发生的时间集中到中秋节一天之中，而到了第三幕里，时间已经推延了一个多月。时间的改变自然会带来生活的变故，其舞台景物也会随之改变。但除了舞台景物的变化之外，在曾家的小花厅里，仍有许多长久不变的器物和摆设。“不变”是曾家抱残守缺式的传统，而“变”则是曾家无力回天的必然。从曹禺精心设计的“常”和“变”的舞台景物中可以看出整个家庭的将来与趋向。

《北京人》第三幕的故事发生在一个月后的深秋，时间间隔不长，曾家小花厅的舞台摆设依旧如初。墙上的苏钟、字画、七弦琴依旧摆放在原有位置上，只是显得更加破旧，落多了灰尘。瓷缸、墨竹、灯座静伫原位，默默地注视着曾家的变迁。屋内的气氛依旧暗淡，甚至更加冷峻。深夜三点钟的小花厅已被黑暗和窒息的空气所笼罩。屋内不变的器物会长久的驻扎，随同这个家族继续走下去，尽管这条路已经即将走到尽头。或许不会有人注意这些演员背后的陈旧的古物，因为它们依然存在，完全融入曾家的生活之中，如同曾家所遗留下来的几十年不变的规矩一样，被行将就木的曾老太爷顽固的坚守。屋外天空异常肃穆而爽朗，在寂静之中不时传来独轮水车的“吱妞妞吱妞妞”的声响。水车依旧单调，生活依旧空虚，曾家的子孙们沉睡于死一般的幽静之中。时间在消逝，生命在消磨，丢失灵魂的生活依然在不断地重复与延续。曹禺在舞台描写中保持前后一致的阴冷笔调，无非在提示我们，曾家的衰落已是历史的必然，势不可挡。

曹禺在《北京人》中不仅保留了舞台环境“常”的一面，同时又不遗余力地表现舞台环境的“变”。从屋内的环境变化角度看，比起第一幕和第二幕，曹禺在第三幕里大量加入了对菊花的描写。“屋内暖洋洋的绕着大厅的花隔扇与宽大的玻璃窗前放着许多盆盛开的菊花，有绿的，白的，黄的；宽瓣的，细瓣的，都是名种。”曾几何时，按照曾家的门第习俗，深秋将冷的光景自是主人雅兴大发围炉饮酒的时候。“邀几位知己的戚友，吃着热气腾腾的羊肉火锅，或猜拳，或赋诗，酒酣耳热，顾盼自家。真是无上的气概，无限的享受。”但此时的曾家早已不比以前，如今的深秋已是“处处显得零落衰败的样子”。即使是象征主人闲情雅致的菊花都已“枯黄叶子，花也干的垂了头”。剧作家刻意捕捉到了残败的菊花及凋零的瞬间，并在第三幕中加以突出和渲染，因为“这败了的垂了头的菊花在这衰败的旧家算是应应节令”。屋内原有许多小物件已经收了起来，但唯有菊花任其枯萎，伴着曾家腐败下去。新置的火炉永远无法预热僵死的心灵。曹禺笔下的人物内心世界是冰冷的，而屋内的生存环境更是阴冷无情的。屋外的人们早已穿上了棉绒的寒衣，“到了夜半，就唰唰地刮起了西风，园里半枯的树木飒飒地乱抖”。近黄昏时，曾家古宅的上空早已不见白鸽的身影，却有“成群成阵像一片片墨点子似的乌鸦，在老态龙钟的榆钱树的树巅上来回盘旋，此呼彼和，噪个不休”，应和着屋内子孙们的吵闹声。曹禺在这里不声不响地把白鸽改换成乌鸦，由“白”变“黑”，连仅存的一点点希望都无法立足。漆黑的乌鸦最终还是遮住了天空，慢慢消失在无边的天际中。曹禺善于运用巧笔描绘舞台环境的细节与变化，但在这莫测的变化之中，仍可以探寻出一条不变的常态，即剧作家的审美追求和意蕴灵魂。把握住剧中的“常”与“变”的关系，就可以真正领悟到台词之外的意义。

### 三、感悟式的诗意摹象

诗意是曹禺创作的有意追求，或者说是审美目标。从《雷雨》到《王昭君》都在追求诗与戏剧的融合，追求戏剧的诗的境界。曹禺曾经明确表示过《雷雨》就是一首诗，一首叙事诗。在《北京人》里，曹禺依然在命运和诗意之间穿梭，在生命的探幽与把握之间追寻。《北京人》也是一首诗，是一首关于生命的诗。在这首歌唱生命之歌的戏剧中，诗意不仅仅体现在神秘的主题意蕴和盘根错节的人物关系上，也体现在剧本中剧作家对环境的细腻描摹上。曹禺运用诗化的语言感悟着无法阻挡的变迁，感悟着渐失灵魂的生命拷问。

化抽象为具象的比喻。曹禺善于捕捉瞬间的审美感受并能及时地再现笔端。对具体的舞台环境表现上，曹禺极大地发挥了他极富诗情的才能，把抽象的难以确定的环境氛围用以具体可感的比喻准确而生动地表现出来，这些着笔不多的感悟式的景物摹象进一步增强了《北京人》的诗意特征。曹禺在剧中把语言的表现力发挥到了极致，笼罩曾家的那种看不见而又摸不到的阴冷气氛仅仅在剧作家笔下的几个比喻中便呈现在读者面前。在第一幕里，曾家的小花厅处处显得幽静阴冷，“此时耀目的阳光通过客厅里（即大客厅）一列明亮的窗子，洒满了一地，又反射上去，屋内阴影浮沉，如在水中”。曾家屋内漂浮着驱之不散的阴影，就像在水中，上下游荡，浮沉之感便油然而生，用语精准，感触真切。又如在第三幕屋外的景物描写中，曹禺运用通感手法，打通听觉和视觉的界限，让更适于视觉接受的戏剧观众准确感受到剧作家精心设计的环境氛围。“在苍茫的尘雾里传来城墙上还未归营的号手吹着的号声。这来自遥远，孤独的角声，打在人的心坎上说不出的熨帖而又凄凉，像一个多情的幽灵独自追念着那不可唤回的渺若烟云的向往，又是惋惜，又是哀伤。”曹禺用诗人的语言展现出一个富有诗意的戏剧世界。多情的幽灵是曾家子孙们的希望，无论是愫方还是曾瑞贞，只能是追念着不可唤回的向往，被招魂的号声一次次催促着走出曾家的大门。

变换的色彩描摹。优秀的剧作家不仅可以通过台词让剧中人物鲜活起来，而且还可以在舞台描写中生出光彩来。曹禺戏剧的诗意特征除了运用了多样奇妙的修辞之外，还有一点不容忽视，那就是集中勾画出的绚烂的多彩世界，这一点在《北京人》的环境描写中比较突出。翻开第一幕和第三幕开头的描写段落，首先映入眼帘的是剧作家在详尽地展现舞台布景和设置，而在这些舞台景物中，人部分都是白、绿、黄三种颜色。可以说，白、绿、黄构成了曹禺戏剧《北京人》舞台布景的三原色。但若细心观察，这三种颜色并不是一成不变的。在第一幕中剧作家较多钟情于白和绿两种颜色：自由的白鸽，漂浮的白云，翠绿的纱帘，绿荫的枣树和白杨等等。白和绿是清淡的色调，是洗尽浮华之后而现出的本色。曾家衰弱的家世已无力支撑起昔日的辉煌，“连暗淡失色的梁柱上的金粉以及天花板上脱落的藻饰也在这阳光的返照里熠熠发着光彩”，金黄的装饰已经开始脱落，“屋内的柱梁亦有些褪色，墙壁的砌灰也大半剥蚀”，“而主人也要在四面楚歌的环境中勉强挣扎，抵御的”。看到了白色和绿色，似乎看到了一个绝望的病人面临死亡时的平淡和从容。相比较而言，黄色是激情，是挣扎，而到了第三幕里似乎又多了起来，只不过呈现出的这些黄色已是变暗变淡，是回光返照后的自然枯萎。大街上被西风刮下的黄叶，隔扇上早已泛黄的高丽纸，开败的黄菊，垂下的橙黄色的琴套，还有淡淡渐暗的黄昏。色彩由浅入深，由淡及暗在变化着，色彩的变化同时又呼应着戏剧情节的转变。曹禺看似无意安排与设置，但凭着对色彩色调的感悟和直觉，润物细无声般地把色彩的转变融入戏剧的血液里，悄无声息。

《北京人》的环境描写集中在第一幕和第三幕里，所用的笔墨虽然不多，但却细致而又富有诗意，具有深度探讨和开掘的意义。曹禺打破了只重台词轻视舞台提示的戏剧创作习惯，精心设计舞台环境，营造符合戏剧情节的舞台氛围，不仅为观众理解并走进戏剧提供了契机，而且为整个戏剧艺术的完善和发展提供了有益的参考。

原载《长春工程学院学报》2008 年第 3 期

# 《北京人》两种版本的比较研究

谢国冰

曹禺话剧《北京人》的版本主要有两种：一种是1941年文化生活出版社出版的单行本，可简称“文化版”①；另一种是1951年开明书店出版的《曹禺选集》，可简称“开明版”②。后者是曹禺于1951年对前者作了很大修改以后印行的一个版本。本文拟将两个版本加以对照，试评其得失。

## 一

曹禺对“文化版”的修改主要有三个方面。其一，对袁任敢、曾瑞贞、小柱儿等人物性格的修改。关于袁任敢的有三处。“文化版”第一幕，袁任敢与袁圆、曾霆一起泼水玩。当曾皓为此事罚曾霆跪时，袁任敢讨保说：“那桶水是我递给他泼的”，并对曾霆说：“对不起，下次你来泼我”。“开明版”改为袁家父女一起，上房为曾家佣人张顺修漏，叫曾霆也参加。当曾霆被曾皓罚跪时，袁任敢说：“对不起，都是我们教你做泥水匠闹出来的事”，不过“学学动动手劳动，总是好的”。“文化版”第二幕，袁任敢赞颂远古的“北京人”是人类的祖先与希望，说他们是非常快乐的。“开明版”改为歌颂人类的劳动与劳动的双手以及劳动的人。“文化版”对瑞贞与愫方的出走，写得非常隐晦，只通过袁圆说了两句台词：“瑞贞，我父亲找了你好半天啦，他问你同你的朋友们的行李收拾好了没有”。“开明版”增加了袁任敢与瑞贞的许多台词，举例如下：

袁　(笑着)想清楚了没有？

瑞　想清楚了。

袁　真的下了决心？

瑞　您还不相信我？

袁　(沉着地)路上可能有点麻烦，要经过几道检查，盘问，也可能扣起来。

瑞　(镇定地)也可能进集中营，但是去的人还不是多的很？我们不怕。

袁　对，决心到光明的地方就得不怕火炼。到了那里，你们要学许多许多东西。

瑞　我知道，我们有许多缺点。

① 曹禺：《北京人》，重庆：文化生活出版社1941年版。

② 曹禺：《曹禺选集》上海：开明书店1951年版。

袁　你把这些情形告诉了你的愫姨没有?

瑞　恩,她是有准备的。

袁　好,我已经给你们俩人都接洽好了。

瑞　(兴奋地)袁先生,谢谢,谢谢你!

袁　(笑着,拍拍她的肩)沉住气! 到了天津我再告诉你怎么样联络。[1]

关于曾瑞贞的修改主要有两处。一处是"开明版"增加了上述瑞贞与袁任敢的台词。另一处是"开明版"第三幕第二景,增加了瑞贞与愫方的两句台词:

瑞　(不觉气愤)他剥削你一辈子,你还要看他。

愫　他快死了。

关于小柱儿的修改主要是一处:"文化版"第二幕,在陈奶奶对小柱儿说"人家(指曾霆)比你也就大两岁,念的书比你吃的饭米粒还要多。你呢,一顿就四大碗干饭,肚子里尽装的是——"之后,小柱儿"王顾左右而言它"。[2] "开明版"改为小柱儿接着奶奶的话题回答,并加入了一大段台词:

小　糠饼子,杂合面粥。奶奶,什么时候咱们吃过干饭?

陈　(翻翻眼)你今天没吃啊?

小能天天吃吗?

陈　(望文清一眼,笑着)瞧这孩子的口气。(对小)要吃容易,得念书。

小　(大声)得种地,我爹说的。

陈　你爹下力下了一辈子,还不是两眼漆摸黑,一年吃不上两顿干饭。

小　那我就要造反。

陈　(大吃一惊)造反? 谁告诉你的。

小　(得意地)我爹。[3]

其二,删去绰号为"北京人"的机器工匠这个人物。"文化版"有个"体格头骨有点像顶早的北京人",绰号即为"北京人"的机器工匠,"请来给研究队画的",他在全剧先后三次出场:袁任敢带他到曾家吃饭,他以其超凡的力气,打跑了讨账的一群人;他在曾皓病倒时一个人将曾皓搬上汽车;护送瑞贞、愫方闯出曾家。"开明版"将这一切全删掉了。

其三,删除纸隔扇上屡次映现的"北京人"剪影。袁任敢专注于研究古代的"北京人"头骨,画"北京人"头像,并在其住所纸隔扇上映出那头像的剪影。"文化版"从第一幕曾家请客吃饭起,就开始写到袁任敢画"北京人",第二幕起,"北京人"头像剪影有时映现在纸隔扇上,直至剧终,先后十多次。"开明版"将这些也全删了。

对"文化版"的删改还很多,譬如:舞台提示语就有多处大段被删;袁圆与曾霆的台词有一处连续被删两三千字。但影响到人物性格改变与情节安排调整者,则主要是如上

① 曹禺:《北京人》,《曹禺选集》,上海:开明书店 1951 年版,第 268—269 页。
② 曹禺:《北京人》,重庆:文化生活出版社 1941 年版,第 570 页。
③ 曹禺:《北京人》,《曹禺选集》,上海:开明书店 1951 年版,第 461—462 页。

所述。

## 二

曹禺对《文化版》进行修改以后印行的“开明版”，到底好不好呢，总的看来，不好。因为那些修改至少造成了三种负面作用。

第一种，对“文化版”关于袁任敢、瑞贞、小柱儿等几个人物的描写所作修改，使他们的性格发生了改变。袁任敢由一般正直、乐于助人的学者，成为色彩鲜明的强调劳动、热情歌颂劳动与劳动人民的历史唯物主义者，党在抗日时期的地下工作者。瑞贞由一个不堪旧家庭压抑、有所觉醒、离家出走的小媳妇，成为觉悟很高，决心投身革命，敢打敢拼的女战士。小柱儿由农村懵懂的孩子变成了懂点造反道理的少年，并通过他间接表现出了农村的阶级矛盾与斗争。

袁任敢等人物性格的被改变，导致《北京人》脱离了它赖以产生的特定社会背景与作家当年的主观情思。任何优秀作品，必然是作家在特定年代乃至地区，以他当时的思想认识和艺术感受，对现实进行观察思索和艺术提炼的产儿。《北京人》是曹禺 1940 年在国民党统治区的四川江安创作的。那时，曹禺已是著名的剧作家，但他的《雷雨》被国民党以“有碍风化，有悖时代精神，不合抗战需要”而遭到禁止。《蜕变》的上演经历了许多的曲折，受到了种种刁难，这使他觉得连写抗战戏都会带来厄运。他深感国民党反动统治的黑暗，内心充满着深沉的悲愤。他诅咒中国的封建主义与资本主义，认为它们早晚都是要进棺材的。他感到，“这个人世，需要更新的血液和生命”，他“朦胧地知道革命在什么地方”，但“还根本不懂得革命”。① 当年创作《北京人》时，曹禺的这种主观情思与所处的社会环境(特别是剧本所取的题材)的交融，即前者的具象化、对象化与后者的情感化、主体化，是只能酿造出“文化版”所呈现的艺术形象的。如果硬要改成“开明版”的样子，让袁任敢面对“隔扇上现出他举起的双手的影子”，歌颂劳动与劳动的人；让瑞贞向袁任敢表决心；让小柱儿喊“造反”，等等，剧本的艺术形象就显得矫揉造作。所以，还是“文化版”好。它既写出了当年的社会现实，又如实体现了作家的心灵世界。正是由于这个原因，周恩来在重庆时就对曹禺说过：“我欣赏你的，就是你的剧本合乎你的思想水平”。②

第二种，“文化版”中绰号叫“北京人”的机器工匠，在第一、二、三幕都浓墨重彩地出现，一上场，如舞台提示所描写的，“他整个是力量，野得可怕的力量，充沛丰满的生命和人类日后无穷的希望都似在这个人身内藏蓄着”。此外，“文化版”从第一幕起就写到袁任敢画“北京人”，第二幕，如舞台提示展现的，“在那雪白而宽大的纸幕上由后面蓦地现出一个体巨如山的猿人的黑影，蹲伏在人的眼前，把屋里的人显得渺小而萎缩”。直到剧终，如此显现十多次。作家这样写是含有深意的，前者以夸张的手法，从现实的角度；后者以象征

① 曹禺：《曹禺选集后记》，《论戏剧》，成都：四川文艺出版社 1985 年版，第 429—430 页。

② 周恩来：《对在京的话剧歌剧儿童剧作家的讲话》，《周恩来论文艺》，北京：人民文学出版社 1979 年版，第 112 页。

的手法，从虚拟的角度，共同形成合力，与曾家这个家庭中那些不死不活的人们的苍白、纤弱、消沉、疲惫、懒散与无聊，进行强烈的对照，反衬出曾家这个世家（与这个世家相应的社会）的腐朽、衰败及其必然灭亡。“开明版”将当前“北京人”与远古“北京人”的两条贯穿情节全部删除了，也就将“文化版”的两种反衬都消解了，当然也就削弱了剧作思想的艺术冲击力与感染力。

第三种，“文化版”戏剧艺术形象的各个组成部分是相互协调的，整个艺术形象是有机统一的。到“开明版”，改的改了，删的删了，就不然了。譬如，“文化版”第二幕，有了“北京人”头像的巨大剪影出现，就很自然地引起袁任敢这位人类学者在隔房后面那段关于原始社会、原始人群的长长的渗透着抒情的议论（自有其局限）。原始人群的生活对曾家的懒散、衰败自然是一种对照与反衬，袁任敢的议论又无意中包含着对曾文清、江泰们的针砭，这些都是相互协调的。再如，在“开明版”，新增加的曾瑞贞与袁任敢的那大段台词所表现出的瑞贞的革命气概调子太高，就与在曾家既受婆婆欺压，又遭丈夫冷落的经常抑郁、怨恨的小媳妇的形象不够协调。又如，在“文化版”，临近剧终时，曾思懿因担心瑞贞将家里的东西弄出去，把通往外面的大门上了锁，是力大无比的机器工匠“北京人”帮瑞贞、愫方砸开锁，带她们离开曾家的。到“开明版”，“北京人”这条情节全删除了，改为由袁任敢拿到了钥匙。由袁任敢从曾思懿手里拿到钥匙，实在显得勉强。除了这些改笔产生的不协调以外，还有因删除不彻底，其实是不可能完全彻底而出现的不协调。这诸多的不协调势必有损艺术形象整体的有机统一。

《北京人》被改得伤筋动骨了，引起了戏剧界的不满。曹禺也很快感觉到了这次修改的失败，于是趁人民文学 1954 年出版《曹禺剧本选》的机会，让《北京人》回到了“文化版”的本来面目。

## 三

是什么原因导致曹禺对《北京人》“文化版”作了失败的修改呢？

就主观原因而言，早在 20 世纪三四十年代，曹禺就日益倾向于共产党所领导的人民革命。中华人民共和国成立前后，他接连出席了全国文代会、全国青年代表大会、新政治协商会。在这些会上，他都是重要成员，并被选为常委或某方面工作的负责人。此外，他还随同郭沫若赴欧洲出席了世界和平大会。共和国刚成立，他又被任命为中央戏剧学院副院长。这些激起了曹禺很高的政治热情，他迫切要求自己更好地服务于工农兵文艺方向。他真诚而主动地检讨自己过去的文艺思想与创作，但未免操之过急，“以政治的估量代替了艺术的批评，以简单化了的阶级分析代替了现实主义的要求”，[①]以致基本否定了自己过去创作的深受广大读者与观众欢迎的一些剧作。

就客观原因而言，《北京人》出版以后，特别是 1941、1942 年在重庆一再公演期间，报

① 田本相：《曹禺传》，北京：十月文艺出版社 1988 年版，第 368 页。

刊发表了许多评论，对《北京人》给予了很高的评价，这些都是对的。但也提出了一些意见，而诸多意见之中却不乏左的庸俗社会学的成分，这种偏颇即令在茅盾的《读〈北京人〉》中也在所难免。茅盾对《北京人》的肯定无疑正中肯綮，精辟深刻。他提的三条意见：一，袁家父女相当于当年社会的哪类人？二，曾家以外的世界是一个怎样的世界？三，“北京人”象征什么？① 然而这些却是以社会分析小说家的思维方式来考虑问题，这既是对当年曹禺的苛求，又与他重艺术直觉的构思格格不入。但曹禺 1951 年修改“文化版”时，对这三点是都充分考虑了的。不只茅盾，其他人有些偏颇的意见对曹禺也有影响。当然，这些客观原因都是必须通过曹禺本人才能起作用的。

《北京人》“文化版”的修改与“开明版”的印行以及又回归“文化版”等等，已是半个多世纪以前的事了。今天将这两个版本进行比较研究，对于从中吸取经验教训，应该说还是不无裨益的。

原载《孝感学院学报》2008 年第 4 期

① 茅盾：《读北京人》，《茅盾选集第五卷》，成都：四川文艺出版社 1985 年版，第 308—310 页。

# 《北京人》的男权梦想及其破灭

张耀杰

《北京人》是曹禺继《蜕变》之后写出的又一部由人间地狱"人之道"的此岸世界，朝着天堂净土"天之道"的彼岸世界蜕旧变新、弃旧迎新的传奇戏剧。剧中的曾家是一个穷途末路的男权家庭，在祖孙三代男权人物曾皓、曾文清和曾霆无所作为的情况下，只好靠着曾文清的丑恶太太曾思懿、美好情人愫方的忍辱负重和牺牲奉献来维持局面。在一男二女、一夫二妻的男权格局无法维持的时候，剧作者曹禺借助半人半神的机器工匠"北京人"，把愫方连同新一代的瑞贞拯救出"棺材"般的曾家，并象征性地指示出一条通往以原始"北京人"的自由生活为标本榜样的新生之路，同时宣告了曾家老少三代男权人物连同再一次怀孕的曾思懿注定要被埋葬的灭亡之路。

## 一、《北京人》的戏外故事

曹禺是怀着相当强烈的超凡入圣、修成正果的功利之心来写作《蜕变》的，只是国民党政府并不是他所想象的好人政府，对于他所贡献的"现在军事胜利，经济政治都有办法，都是崭新的青年气象"的歌功颂德，没有给出足够的嘉奖和回报。就这样，一场神话般神圣辉煌的"蜕变"，到头来不过是全盘落空的情绪宣泄。摆在著名剧作家、国立戏剧专科学校专任导师兼教务主任曹禺面前的江安小城，依然是《蜕变》开幕时的那种景象："县城小，住房难觅。在大城市住久了的职员家属乍到内地，生活非常不惯，就跟着医院机关混在一道，同在当地一位大地主的旧宅内居住。县城地处偏僻，死气沉沉，报纸半月才能来一次，好容易盼到了，又多半是令人气短的军事消息……"

在这种情况下，一位悄然而至的可人，为曹禺的戏剧创作注入了新的灵感。在《北京人》中，曹禺借着愫方的舞台提示，为这位可人绘写了一幅传神写意的倩影："见过她的人第一印象便是她的'哀静'。苍白的脸上宛若一片明静的秋水，里面莹然可见清深藻丽的河床。她的心灵是深深埋着丰富的宝藏的。在心地坦白人的眼前，那丰富的宝藏也坦白无余的流露出来，从不加一点修饰。她时常忧郁地望着天，诗画驱不走眼底的沉滞。像整日笼罩在一片迷离的秋雾里，谁也猜不透她心底压抑着多少苦痛的愿望与哀思，她是异常的缄默。……她充分了解这个整日在沉溺中讨生活的中年人。她哀怜他甚于哀怜自己。她温厚而慷慨，时常忘却自己的幸福和健康，抚爱着和她同样不幸的人们。然而她并不懦弱，她的固执在她无尽的耐性中时常倔强地表露出来。……她人瘦小，圆脸，大眼睛，蓦一看，怯怯的十分动人矜情，她已过三十，依然保持昔日闺秀的幽丽，说话声音，温婉动听，但多半在无言的微笑中静聆旁人的话语。”

这位“宛若一片明静的秋水”的可人，就是本名邓绎生的方瑞。她是剧专学生、中共地下党员邓宛生的同胞姐姐和方琯德的姑表姐。关于方瑞与愫方之间的对应关系，曹禺晚年在与田本相的谈话中回忆说：“愫方是《北京人》的主要人物。我是用了全副的力量，也可以说是用我的心灵塑造的。我是根据我死去的爱人方瑞来写愫方的。……方瑞也出身于一个有名望的家庭里，她是安徽著名书法家邓石如先生的重孙女，能写一手好字，能画山水画，这都和她的家教有关。她是很文静的，这点已融入愫方的性格之中。她不像愫方那样的具有一种坚强的耐性，也没有愫方那样痛苦。但方瑞的个性，是我写愫方的依据，我是把对她的感情、思恋都写进了愫方的形象里，我是想着方瑞而写愫方的。……这个戏中的人物，大都在生活中有着原型，或者说影子吧。我说曾皓就有我父亲的影子，也有别的人的。我曾看到一位大学教授，他和一个年轻的姑娘有一些感情上的瓜葛；我看出他是在剥夺别人的感情，这件事曾经使我感触很深。我就是由他的灵魂，引起联想，开掘了曾皓的灵魂，把他内心深处的卑鄙自私挖出来。这个教授并没有多少故事，也没有什么惊险热闹的东西……”①

作为曹禺(本名万家宝)的合法妻子，郑秀回忆说：“邓绎生、邓宛生是姐妹俩，邓宛生懒散极了。她父亲是青岛一个学校的校医，邓绎生跟母亲在江津。方琯德和邓宛生是表兄妹。方的母亲在江安，邓绎生有肺病。那时我家里有许多学生来，邓绎生也来。没有想到她对曹禺表示好感。这个人很安静，很冷，后来她不来了。在我临产时发生这种事情，是很不愉快的。曹禺热起来叫人受不了，冷起来也叫人受不了。我喜欢打麻将应酬事。先是邓绎生替他抄稿子，我和邓绎生闹了一次。有个杨嫂(方琯德家的佣人)，扮演了一个传递信件的角色。有一天，杨嫂来了，向曹禺使眼神，我看见了。杨嫂待了一会儿，曹禺就外出了。我从后边尾随，曹禺没有发现。他到一个茶馆里坐下，便看邓绎生的信，我从后边把信夺了过去。是毛边纸写的，有一边留在曹禺手里，他便吃进肚里去了。我便掌握了他的秘密。我开始没理睬他，谈了一次。他说，我对他不好；还说，堡垒是容易从内部攻破的。我还是把信还给他了。我先离开江安的，曹禺也走了。曹禺走的真正原因，就是因为这一件事，不是复旦大学需要人。……那位邓小姐也追到重庆来了，据说是在南岸同居了。他提出离婚，我不同意。”②

与郑秀的说法相印证，曹禺的老同事和老邻居吴祖光，也以见证人的身份回忆说：“方瑞，这个人是不平凡的。……方瑞没上过大学，像杨振声、赵太侔这些教授，都建议她父亲不要送她上大学，就在家里读书，他们把她培养成为中国最后一名闺秀。……曹禺很喜欢方瑞，一下子就看上了。……那时曹禺和邓绎生(就是方瑞)有书信往来，当然背着郑秀。有一次，曹禺收到邓绎生的信，便一个人躲到茶馆里去看。江安小茶馆不少，当他正坐在椅子上把信掏出来看时，突然，郑秀从背后来抢信，曹禺觉得不妙，便把信吞进口里去了。

① 参见田本相：《曹禺传》，十月文艺出版社1988年版，第274页。

② 参见田本相、刘一军编著：《苦闷的灵魂——曹禺访谈录》，江苏教育出版社2011年，第215页。

其实郑秀早就盯上他了。这件事,轰动了江安。他们为此大吵大闹,确实是闹到很严重的程度。"[①]

关于方瑞,方琯德的说法是:"方瑞是我的表姐,书念得不多,《北京人》反映了她的实际。她被杨某某留住,想走,又没有能力。大家庭养成了她的自我矛盾的心理。后来,我把她弄出来了。"

"杨某某"就是曹禺所说的"和一个年轻的姑娘有一些感情上的瓜葛"的"大学教授"、著名教育家杨振声。"五四运动"前他是比自己的老师、著名教授胡适还要大一岁的北大学生。"五四运动"中他与傅斯年、罗家伦、段锡朋、许德珩、张国焘等人同为学生领袖。

方瑞的父亲邓初(邓仲纯)与陈独秀同为安徽怀宁(安庆)人,他出身于书香世家,曾祖是清代著名书法艺术家邓石如。邓初毕业于日本帝国大学医学专业,在日本留学期间一度与陈独秀、苏曼殊同室而居。1919 年 6 月 11 日晚上,陪同陈独秀到北京前门外新世界游艺场散发《北京市民宣言》传单的安徽老乡,除了北大教授胡适、北大职员高一涵之外,就是时任内务部佥事的邓初。

杨振声于 1930 年出任山东大学第一任校长时,邓仲纯举家来到青岛任校医。比方瑞大二十岁的杨振声出于并不光明磊落的自私心理,建议方瑞的父亲不要把她送出去上学,说是留在家里才好培养成为熟谙国学的大家闺秀。后来两个人之间就发生了一段并不热闹也没有结果的桃色情事……

抗日战争爆发,邓初全家逃难到四川江津,与当地乡绅邓鹤年(蝉秋)、邓燮康叔侄结为同宗,并在邓鹤年叔侄的资助下开办"延年医院"。1938 年 8 月 3 日,陈独秀应邓初邀请从重庆来到江津,却被邓初的妻子"闭门谢客",只好在老友方孝远安排下住进东门城内的"郭家公馆"。1939 年 1 月陈独秀病情加重,邓初夫妇才接纳他和女友潘兰珍住进位于江津城内黄荆街 83 号的"延年医院"后宅。其间因邓初妻子多次恶语相加,陈独秀和潘兰珍不得不在邓鹤年、邓燮康叔侄的帮助下,于 1939 年 7 月迁居江津大西门外三十多里的鹤山坪施家大院。一个月后又应前清进士杨鲁承的媳妇和孙子的邀请,住进较为清静的石墙院杨宅,直到 1942 年 5 月 27 日病逝于此。

1940 年夏天,被中共地下党员方琯德从江津带到江安的方瑞寄住在方琯德家中,与吴祖光同住一个大院,对门就是曹禺的住家。所谓的"第一印象便是她的'哀静'"令曹禺一见钟情,接下来便是两人之间旷日持久的婚外之恋。

远在云南昆明的西南大学担任教授的杨振声,自然不会想到自己与方瑞之间事过境迁的情感故事,却成了曹禺写作《北京人》乃至改编巴金小说《家》的最为直接也最具决定性意义的原型素材。《北京人》的首演导演、既是曹禺的清华校友又是剧专同事的张骏祥回忆说:"江安时,我与阎哲吾搭伙在曹禺家中,由他的保姆烧饭。《蜕变》排出之后,曹禺感到生活太压抑,不愿长住在江安,他感到自己想做什么都做不成。《北京人》中的思懿有

① 参见田本相、刘一军编著:《苦闷的灵魂——曹禺访谈录》,江苏教育出版社 2001 年版,第 207、208 页。

郑秀的影子，曾皓有杨振声的影子。杨振声与方瑞的父亲是好友。曹禺很讨厌这个人。当然，《北京人》不是每件事都有依据。剧中的人物往往是生活中的好几个人合成一个。”

对于曹禺来说，最大的幸福莫过于在可心之人的陪伴下进入神思飞扬的创作佳境。曹禺此前在创作《雷雨》《日出》《原野》时，也曾经享受过这样的意境与情趣，只是那时的可人是郑秀，现在却换上了“不忍互通款曲”却偏要“互通款曲”的方瑞。有方瑞来点燃和激活创作灵感，曹禺几乎调动了显意识和潜意识中的全部积累来投入创作，连剧中的号角声都可以追溯到他童年时代的情绪记忆：“《北京人》中的号声，是我在宣化生活中得来的，那时天天听到号声。每听到这种号声，说是产生一种悲凉感，不是；感伤，不是；是一种孤独感。我童年常有这种孤独感，这种印象太深太深了，就写进愫方的感受之中，写到戏的情境之中。”

## 二、阴盛阳衰的男权王国

偌大一个宗法制、官本位、家天下的古老中国，终归是仰仗着至高无上的“天（老天爷）”的天理、天道、天意、天命，来实施天人合一、政教合一、政法合一的专制独裁的极权社会，相应地，这个国度里的每一个小家庭，也都不失为相对独立的男权王国。在自己的男权王国中当家做主人，几乎是每一个男人天经地义的事情。

然而，物极必反，随着养尊处优的男权主子高度阴柔化、女性化，维护阴盛阳衰的男权家庭反倒成为每一位家庭主妇的天职和使命。《日出》中善良的老妓女花翠喜，甚至通过卖淫来维持一个男权家庭的存在，并因此赢得曹禺“金子似的心”的神圣礼赞。《原野》中的仇虎和花金子拼命追求的，也只是到彼岸性的黄金天堂中建构一个男人当皇帝、女人当军师的神圣王国。《蜕变》中抛家舍业的丁大夫，“蜕变”前像孙悟空大闹天宫一般替天行道、救苦救难，“蜕变”之后马上把自己连同别人纳入以天神般的官大人梁公仰和菩萨般的她自己为中心的独立王国之中，以至于要一营官兵对着她山呼万岁。《北京人》中的曾家，同样是一个以曾文清为现任皇帝、曾皓为太上皇、曾思懿为管家军师、愫方为红粉知己的一男二女、一夫二妻的男权王国。

大幕刚一拉开，曾思懿便在应付债主们的讨债，这些债务包括油漆店为老太爷曾皓的棺材上油漆的钱、裱画铺为曾文清和愫方裱画的钱以及裁缝铺、果子局的钱等诸多款项。在诸项开销中，曾思懿当场认账付款的只有裱画钱。由此可以见出曾文清在她心目中至高无上的男权地位。

到了第二幕，捉奸拿双的曾思懿一下子便撕破了丈夫的男权假面：“不会偷油的耗子，就少在猫面前做馋相。”

尽管曾思懿明白曾文清是一个靠不住的“要吃羊肉又怕膻气”的空壳男人，当着愫方和文清的面，她还是要借着教训儿媳瑞贞的机会吐诉自己不得不屈服于男权家庭及专制社会的生存困境：“知道了，也看见了。（忽然转对瑞）那你为什么不赶紧回来看（读阴平，‘守’的意思）着他。（自以为聪明的告诫）别糊涂，他是你的男人，你的夫，你的一辈子的靠山。”

到了第三幕，在外面经不起风浪的曾文清回到家里，曾思懿一改过去对于愫方的拒绝排斥，自作主张把愫方娶过来给文清做妾，并做出一夫二妻“两头大”的承诺，这里面虽然有“我呢，坐月子的时候也有人伺候”的自私打算，同时也不乏维护男权丈夫的一片苦心：“你呢，有你的愫表妹陪你。”

对于不敢承担一夫二妻的家庭责任的曾文清，曾思懿另有更加明确的揭穿说破：“我这个人顶喜欢痛痛快快的，心里想要什么，嘴里就说什么。我可不爱要吃羊肉又怕膻气的男人。”

一个旧家庭的女人，不仅在丈夫阴柔无用的情况下当仁不让地挑起家庭的重担，还要把自己原本无用的男人贡献出来与另一个女人分享，这种可以与《日出》中卖身养家的花翠喜相提并论的奉献牺牲，不是一般人能够做得到的，称其为“金子似的心”也未尝不可。然而，在陷于婚外之恋的曹禺笔下，曾思懿替丈夫纳妾反而被定性为逼愫方出走的滔天大罪。同样是奉献牺牲，到了下一部剧作《家》中的瑞珏、鸣凤身上，却又被曹禺礼赞为“舍身爱人”。这其中的取舍，根本谈不上可以量化、可供操作的理性标准，有的只是剧作者曹禺“交织着最残酷的爱和最不忍的恨”的“一切都走向极端”的“最‘雷雨’的性格”之中根深蒂固的男权意识。

曹禺的这份极端情绪化的男权意识，还表现在江泰与曾文彩之间阴差阳错的夫妻关系中。无论丈夫多么落魄，曾文彩都保持着对于丈夫的崇拜之心，她甚至于把丈夫的穷困潦倒也归罪于自己：“是我累的他……是我的命不好，才叫他亏了款，丢了事。”

在曾家这个阴盛阳衰的男权王国里，死了老伴的老太爷曾皓不过是一个退了位、让了贤的太上皇。老太太在世时，曾皓与眼前的曾文清一样，是靠着女人支撑局面的。正如并没有真正“死”掉的梅侍萍，在周朴园心中变成一座专门用来压制周蘩漪的贞节牌坊一样，死去的曾老太太在曾皓的心目之中，也变成了一座专门用来诱骗愫方的贞节牌坊：“你姨妈生前顶好了，晚上有点凉，立刻就给我生起炭盆，热好了黄酒，总是老早把我的被先温好——”

与自己的儿子曾文清一样既空虚自私又多情多欲的曾皓，即使在垂老之年，依然做着一夫二妻的男权美梦，死乞白赖地纠缠着年轻一代的愫方充当他的“永远的奴隶”。

同样是夹在两个女人中间，第三代的曾霆表现出比他的祖父和父亲一蟹不如一蟹的末世光景。颇为男相的妻子瑞贞再也不把他当作“一辈子的靠山”，一心要与他离婚。被他一厢情愿单相思的那个简直像个男孩子的小情人袁圆，也压根儿没有把他这个“小耗子”“小可怜”放在心上。

## 三、天涯比邻的谬托知己

“海内存知己，天涯若比邻”，这联出自唐代诗人王勃笔下的经典诗句，既是曹禺题给自己的婚外恋人方瑞的，同时也是题给剧中“不忍互通款曲”却又偏要“互通款曲”的曾文清与愫方的。

就愫方来说，她的性格基调在曹禺此前的《关于“蜕变”二字》中，已经有过明确的交代:“需要‘忍耐’但更需要‘忍心’。”对于愫方“忍”字当头又爱心至上的奉献牺牲,剧作者曹禺给予的是最高规格的神圣礼赞:“愫方这个名字是不足以表现进来这位苍白女子的性格的。……伶仃孤独,多年寄居在亲戚家中的生活养成她一种惊人的耐性,她低着眉头听着许多刺耳的话。只有在偶尔和文清的诗画往还中,她似乎不自知地淡淡泄出一点抑郁的情感。她充分了解这个整日在沉溺中讨生活的中年人。她哀怜他甚于哀怜她自己。她温厚而慷慨,时常忘却自己的幸福和健康,抚爱着和她同样不幸的人们。然而她并不懦弱,她的固执在她的无尽的耐性中时常倔强地表露出来。”

不过,对于愫方这种“忍”字当头、爱心至上的奉献牺牲,最为贴切的界定,还是曹禺在瑞贞的舞台提示中采用的传统观念即妾妇之道:“曾瑞贞只有十八岁,却面容已经看得有些苍老,……她的小丈夫和她谈不上话来。她又不屑于学习那谗媚阿谀的妾妇之道来换取婆婆的欢心。……她和愫姨,是两个时代的妇女。她怀抱着希望,她逐渐看出她的将来不在这狭小的世界里,而愫姨的思想情感却跳不出曾家的围栏。”

“以顺为正者,妾妇之道也”,这是出自《孟子·滕文公下》的经典名句。“妾妇之道”要求于女人的,是恩格斯在《反杜林论》中所说的“缺乏自我规定意志”的“甘受奴役”。也正是在“甘受奴役”的“妾妇之道”的精神围栏和宗教圈套中,愫方才会升华出“活着不是为着自己受苦,留给旁人一点快乐,还有什么更大的道理呢?”之类似是而非的奴隶哲学。

该剧第三幕的剧情发生在一个“深秋的傍晚——离第二幕有一个多月”。这一天是老太爷曾皓的生日,也是他病愈出院的第一天;同时还是隔壁开纱厂的暴发户杜家要来抬走他的命根子棺材的最后期限。由于曾文清的离家出走,愫方当仁不让地替曾文清承担起了男权家庭的十字架,并从中体验到了由名不正言不顺的“妾妇之道”扶正升格为救苦救难的精神牌坊的神圣感觉。不过,这种阿Q式的精神胜利,最终还是要落实到金钱万能的实用价值上。

据江泰介绍,连曾皓出院的医药费,花的都是愫方的私房钱。曾经当面斥骂愫方“就知道想勾引男人,心里顶下作”的曾思懿,也开始重新认识愫方的实用价值,并对曾霆说出了心里话:“妈,妈现在身体也不大好。(找话说)这几天倒是亏了你愫姨照护着,——(立时又改了口气,咳了一声)不过孩子,(脸上又是一阵暗云,狠恶地)你愫姨这个人哪,(摇头)她呀,她才是……”

正是在这种人心所向的利好形势之下,“忍哀耐痛”的愫方一改被动挨打的可怜相,显现出前所未有的神圣感:“天开始暗下来,在肃静的空气中愫方由大客斋门上。她穿着深米色的哔叽夹袍,面庞较一个月前略瘦,因而她的眼睛更显得大而有光彩,我们可以看得出在那里面含着无限镇静,和平与坚定的神色……”

在曾文清没有出走的时候,他与愫方之间做贼心虚的“不忍互通款曲”,不仅造成了比邻天涯的灵魂阻隔,更限制了愫方充分表现其不可替代的神圣价值的可能性。当曾文清离家出走之后,天涯别离的两个意中人,反倒在灵魂上更加贴近了。于是,当戏曲锣鼓经式的秋声秋韵再度响起的时候,愫方便像一个不可救药的鸦片鬼,痴迷陶醉于自己以曾文清为对象、为载体、为寄托的婚外恋情的回味之中:“轻轻叹息了一声,显出一点疲乏的样子。忽然看见桌上那只鸽笼，不觉伸手把它举起，凝望着那里面的白鸽，……那个名叫‘孤独’的鸽子——眼前似乎浮起一层湿润的忧愁，却又爱抚地对那鸽子微微露出一丝凄然的笑容，……”

已经打点行装准备随袁任敢的科学考察队离家出走的瑞贞，来向愫方做最后的告别。她旧话重提：“愫姨，你还劝我忍下去?”愫方却一反常态，颇为开明地表示说：“我知道，人总该有忍不下去的时候。”

然而，当瑞贞反过来劝说愫方时，愫方却另有道理：“我在此地的事还没有了。”所谓的没有“了”，就是她为曾文清乃至于曾皓所恪守的并不人道更不神圣的“妾妇之道”还没有最后了断，或者说是她的“天”还没有塌下来：“(脸上逐渐闪耀着美丽的光彩，苍白的面颊泛起一层红晕。话逐渐由暗涩而畅适，衷心的感动使得她的声音都有些颤抖)……他走了，他的父亲我可以替他伺候，他的孩子，我可以替他照料，他爱的字画我管，他爱的鸽子我喂。连他所不喜欢的人我都觉得该体贴，该喜欢，该爱，为着……”

当瑞贞提醒愫方自己的公爹曾文清只是一个“废人”时，愫方却极力表白，说是“没有人明白过他”；还说他出走的第二天偷偷回来过一次，自己把身边的钱都给了他，作为回报，他向自己做出了保证：“他说他要成为一个人，死也不回来。”

此情此景中，愫方甚至透露出自己对于曾文清的那份超越于男欢女爱之上的神圣之爱：“(泪珠早已落下，却又忍不住笑起来)瑞贞，他还像个孩子，哪像个连儿媳妇都有的人哪!”

为了确认唯有婚外恋的自己才是曾文清的唯一挚爱，愫方接下来竟然运用民间巫术中的谶语预言来玩弄海誓山盟的鬼把戏：只有等到“那一天，天真的能塌，哑巴都急得说了话”，她才会离开曾家。

接下来，愫方更是唱起了爱尽天下人甚至要对一切人救苦救难的神圣高调：“(恳求似的)瑞贞，不要管我吧！我第一次这么高兴哪。(走近瑞放着小箱子的桌旁)瑞贞，这一箱小孩子的衣服你还是带出去。(哀悯地)在外面还是尽量帮助人吧！把好的送给人家，坏的留给自己。什么可怜的人我们都要帮助，我们不是单靠吃米活着的啊！……”

单从充满诗意的神圣情调上看，这大段的抒情堪称是“契诃夫式”的戏剧场面的发扬光大。不过，与愫方相比，《海鸥》中的女主人公宁娜，所觉悟到的是完全不同的人生哲理：“现在，我才知道，我才明白，在我们的事业里头——无论是演戏或者写作——科斯佳，要紧的不是名誉，不是光荣，不是我以前所构想的那一切，而是要知道怎么样忍耐下去。把自己的十字架背负起来，并且要有信心。我有信心，所以，这一切并不能令我伤心，而当我一想到我的天职，我也就不害怕生活了。”

宁娜是被花花公子特利哥林诱奸之后予以抛弃的不幸女性。她生下孩子后抱着孩子离家出走，经历了不少的磨难，换来的是在恩格斯所说的“自我规定的意志”的根本前提下建设自己独立自主的个体人格的人生真谛。相比之下，愫方的“把好的送给人家，坏的留给自己”的大道理，不过是先把压根儿就不能独立自主的自己贡献到别人手里、寄托在别人身上；然后再摆出大包大揽、救苦救难的神圣姿态去包办别人的生活，以此来证明自己的超凡脱俗和不同凡响，直到为自己树立起一座集奴性、母性、神性于一身的贞节牌坊。这其实就是儒教祖师爷孔子所宣扬的“仁者爱人”的真谛所在：在公私不分的互相依赖、互相寄托、互相牵制、互相纠缠、互相捆绑、互相妨害的人际关系中，把大同人类中一切个人独立自主的精神生命抽象架空，以便使所有个人都服务于、服从于“存天理，灭人欲”的君君、臣臣、父父、子子、夫夫、妇妇的神道秩序和极权专制。



不能像宁娜那样“把自己的十字架背负起来”的愫方，替曾文清背负起来的并不是基督徒式的博爱人道的十字架，而是中国传统儒教的“妾妇之道”的空头牌坊。一旦曾文清返回家中，愫方的精神牌坊便彻底丧失了赖以存在的合理性，用曾瑞贞的话来说，就是愫方的“天”塌了。塌了“天”的愫方完全彻底地丧失了自己的正常人性，只好把自己没头没脑地交在精神引路人瑞贞和精神超度者机器工匠“北京人”的手中，任由别人来拯救她、超度她、成全她、解放她。

## 四、天堂净土的精神超度

严格来说，真正意义上的现实主义的戏剧，是近现代西方文明的一种结晶，它所表现的是黑格尔《美学》中所说的“自由的个人的动作的实现”。这种戏剧之所以成其为戏剧的最具根本性的前提，就是黑格尔所说的“至少需要已意识到个人有自由自决的权利去对自己的动作及其后果负责”，[①]也就是恩格斯在《反杜林论》中所说的具备“自我规定的意志”。南开中学时期的曹禺，在《争强·序》中也提供过另一种说法：“全剧的兴趣就系在这一双强悍意志的争执上。”但是，对于迄今为止的中国戏剧来说，黑格尔所说的表现“自由的个人的动作的实现”的现代戏剧，依然是一个过于超前的可望而不可企及的艺术境界。

在曹禺的原创戏剧中，从来没有表现过“全剧的兴趣就系在这一双强悍意志的争执上”的现代戏剧性，而只有与中国传统戏曲一脉相承的“戏不够，神来凑”的高度宗教化的情节剧。和此前的《雷雨》《日出》《原野》《蜕变》一样，《北京人》也是遵循着“人间地狱之黑暗＋强权社会之革命＋男权家庭之反叛＋男女情爱之追求＋舍身爱人之牺牲＋替天行道之罚罪＋天神救星之拯救＋天堂净土之超度”的情节模式，来编排戏剧情节的起承转合和戏剧人物的悲欢离合的。

稍有所不同的是，曹禺在《北京人》中别出心裁地把人间地狱“人之道”加天堂净土“天之道”的民间宗教分成两截：一方面让像周冲、方达生、白傻子一样只唱高调不务实事的袁任敢，给人们指示出一个以“人类的祖先”原始“北京人”为榜样、为标准的彼岸性的天堂净土、精神家园；同时让“交些革命党朋友”的瑞贞充当起精神引路人的角色，向愫方说明“我那女朋友告诉我，有这么一个地方”。另一方面又推出一个具有原始和现代双重意义、双重身份，却又与《雷雨》中的鲁大海、《日出》中劳作歌唱的砸夯工人、《原野》中的白傻子连同《蜕变》中的梁公仰同属于工农阶级的“北京人”，来单独行使“戏不够，神来凑”的神圣职

① 参见[德]黑格尔著，朱光潜译：《美学(第三卷)下册》，北京：商务印书馆，1986年，第297—298页。

能。这位在袁任敢的学术勘察队里专门修理卡车的“顶好的机器工匠”，不仅拥有北京猿人“野得可怕的力量”，同时也扮演着被净化阉割掉本能情欲的大救星角色。随着“北京人”的出场亮相，剧中人物无法解决的所有难题都可以迎刃而解，从而为剧情的充分展开提供了最大限度的自由空间。

第一幕中，伴随着几乎每一个戏剧人物的出场亮相，都有一场委曲尽情的煽情故事，从而较为充分地交代出相关人物之间的情感纠葛和整个曾家的内忧外患。在这一幕的末尾，甲、乙、丙、丁四个债主打上门来的逼债，一下子把曾家的内外交困推演到极限境地。剧作者曹禺之所以如此大胆地设置故事情节的“陡转”，就在于身上“整个是力量，野得可怕的力量”的“伟大的巨灵”可以恰到好处地凑戏救人。危难关头，正是这位不通人性、不讲道理的哑巴“北京人”，凭着一身蛮力神力不由分说地大打出手，替曾家赶跑了四个债主，为后面两幕戏集中笔墨设置抒情场面、展现戏剧冲突开拓了空间、铺平了道路。

第二幕中，曾家几代人在内忧外患中一连串的勾心斗角，直接导致老太爷曾皓的中风倒地。即使是在人命关天的紧要关头，剧作者曹禺依然要把戏写足写透：他先让中风倒地的曾皓向曾文清发出诅咒——“（咬紧了牙）这种儿子怎么不（顿足）死啊！”接着让喝醉酒的江泰跑出来，冲着昏死过去的曾皓淋漓尽致地“洒狗血”：“你欠了我的，你得还！我一直没说过你，你不能再装聋卖傻，我为了你才丢了官，为了你才亏了款。……”“（一面被文彩向自己的卧室拉，一面依然激动地嚷着）你放开我，放开我，我要杀人，我杀了他，再杀我自己呀。”

在曾皓宁死不去医院的危急关头，又是这位既不通人性更不讲道理的机器工匠“北京人”适时出场，像抱老羊一样把曾皓举起来送到车上，从而暂时保全了他的老命，为第三幕中曾皓的做寿、愫方自树牌坊的神圣煽情乃至于最后的出走，提供了广阔的背景，留足了发挥的余地。

到了第三幕中，在“凄凉的号声”中，曾文清“臂里夹着那轴画”回到家中。塌了“天”的愫方终于被推到不得不走的人生关口。即使在这种情境中，曹禺仍然要把戏写足写透：一向容不下愫方的曾思懿主动提出来要替丈夫纳妾。因丧失精神支柱而塌了“天”的愫方，依然忘不掉安顿曾文清颓废的灵魂：“（哀伤地）飞不动，就回来吧！”

对于自己反复吟唱的爱尽一切人的神曲式高调，愫方也有了新的解释：“（缓缓回头，对瑞，哀伤地惋惜）快乐真是不常的呀，连一个快乐的梦都这样短！”正是在愫方满怀深情地向自己经历过的一夫二妻的婚恋旧梦挥手告别的时候，“那小山一般的”机器工匠“北京人”再一次从天而降，并开口说出了“我——们——打——开”“跟——我——来”的天堂福音。中国传统民间神道所惯用的预言谶语——“天会塌下来”和“哑巴会说话”——随着曾文清的落魄归来和“哑巴”般的机器工匠“北京人”的开口说话而全部兑现。愫方最终在对于曾文清、曾皓的无限依恋中，颇为勉强地跟随“北京人”走出了曾家。当仁不让地充当天神救星的机器工匠“北京人”，帮助愫方和瑞贞拧断曾家大门上象征旧家庭“桎梏”的一把大锁，打通了她们走向以天堂净土为神圣归宿的新生之路。

归结了说，《北京人》是曹禺继《雷雨》《日出》《原野》《蜕变》之后，循着“原始的情绪”和

“蛮性的遗留”推演出来的又一部既诗以言志又文以载道、既委曲尽情又神道设教的宗教化的戏剧文本和戏剧化的宗教文本。它以子虚乌有的天堂净土、精神家园的神圣名义，对宗法制男权家庭中一夫二妻的男权梦想进行了挽歌式的虚拟渲染，最终又对这种宗法制男权家庭实施了天诛地灭式的革命性埋葬；同时还借助于虚拟想象中的半人半神的机器工匠“北京人”，对集“妾妇之道”的奴性、母性、神性于一身的愫方，连同不再恪守于“妾妇之道”的瑞贞，网开一面地施以天堂净土式的精神超度和神圣礼赞。

从艺术手法上来说，曹禺借助于半人半神的宗教化人物“北京人”的蛮荒之力，所表现出的对于男权家庭中一夫二妻的“妾妇之道”的挽歌式、神曲式的绘写与礼赞，保证了中国传统戏曲一贯追求的既诗以言志又文以载道、既委曲尽情又神道设教的综合性艺术效果在话剧舞台上的充分实现，从而使《北京人》拥有了一份虽不乏外来影响却又不失其本土风格的既惊心动魄又耐人寻味、既令人销魂又难以磨灭的艺术魅力。

原载《艺术百家》2009 年第 3 期

# “世界上最远的距离”

## ——《北京人》里的爱情与婚姻

马　兵

曹禺先生是善写情感的圣手，不过在对惯性的宏大的文学史观的理解中，他的剧作往往又负载更多的时代使命和历史关怀，剧作里的情感话语也由此得到“升华”的阐释，这样向大处的开掘当然不错，但也多少淹没了剧作家借由情感向人生发问的苦心。他自己说过《原野》是写“人与人极爱和极恨的感情”，其实，这“极爱”和“极恨”的情感在他早期其余的作品里同样存在，尤其是“极爱”：《雷雨》里蘩漪与周萍的残酷之爱、周朴园对于侍萍的追悔之爱、周萍和四凤的错乱之爱、周冲对四凤的光明之爱，《日出》里陈白露对方达生的不忍之爱，《家》里瑞珏对觉新的无私之爱等等。

而在素来被誉为巅峰之作的《北京人》里，曹禺对于“极爱”之百转千回的描绘也达到了一个顶峰。

### “静水流深”与“死水微澜”

《北京人》创作于1940年。就大环境而言，抗战漫长的相持让作家们从“速胜论”的幻梦里沉潜下来，转而沉思民族的出路与未来，致力于探讨民族品德的消失与重造，剧作也用相当的篇幅描画了“今日北京人”的委顿，塑造了被精致的文化传统蛀成空壳的生命，并安排与剧情并不太融洽的“原始北京人”投影在舞台，成为一尊象征民族血性之源头的图腾；从小背景而言，方瑞走进了曹禺的生活，让他既饱尝爱情的滋润，又困厄于婚姻的痛楚，那种得爱与失爱的焦灼、悲欣交集的人生感受在剧中得到了鲜明的呈现。

剧作开篇剧作家特意引用王勃的名句“海内存知己，天涯若比邻”。其用意一则表明自己对方瑞的感念，愫方是作家在构思剧作时最先想到的人物，而且是“想着方瑞而写愫方的”，把他“对她的感情、思恋都写进了愫方的形象里”；①一则也是指向剧中人曾文清和愫方“因为懂得，所以慈悲”式的爱情。惜乎，剧中的一对佳人却眷属难成，他们之间的欲爱不由得让人想起网络上流传的一首诗来，这首托名泰戈尔的诗题为《世界上最远的距离》，其中几句写道：“世界上最远的距离/不是我站在你面前/你不知道我爱你/而是爱到痴迷却不能说我爱你/世界上最远的距离/不是我不能说我爱你/而是想你痛彻心脾却只能深埋心底/世界上最远的距离/不是我不能说我想你/而是彼此相爱却不能够在一

① 田本相：《曹禺传》，北京十月文艺出版社1988年版，第274页。

起……世界上最远的距离/是鱼与飞鸟的距离/一个在天，一个却深潜海底。”

文清和愫方的情感是一对素心人的“极爱”，是一对孤独人的恋慕，就感情的炽热程度而言并不逊于仇虎对金子那般的癫狂甚至狰狞，但是爱情的表现形式却又是极端的隐忍和内在，他们“在相对无言的沉默中互相获得了哀惜和慰藉，却又生怕泄露出一丝消息，不忍互通款曲”。[①] 愫方在曹禺的女性角色谱系里卓尔不群，她不像蘩漪那样视感情为占有，而是把爱情变成了一种德性，把执念化作一种牺牲，把人生对自己的亏欠全换成对自己的爱人的成全：“他走了，他的父亲我可以替他伺候，他的孩子，我可以替他照料，他爱的字画我管，他爱的鸽子我喂。连他所不喜欢的人我都觉得该体贴，该喜欢，该爱……”[②]从某种意义上说，愫方其实也是“今日北京人”中的一员，她的以德报怨，她的无私奉献，无不体现出传统女性的贤淑静雅，但她有一种固执“在她的无尽的耐性中时常倔强地表露出来”，[③]这固执就是对文清“要成一个人”的寄望，她所有的包容、忍耐、信任、鼓励、支持都于焉而生。文清是作家既爱又恨的人物，也是整部剧批判与关怀的焦点。他是“腐烂的北平士大夫文化”的土壤上结出的畸形果，一面是“清俊飘逸的骨相”，“淳厚聪颖”的气质；一面是“沉滞懒散”的行动，任凭时间的蛀虫“啮耗了他的心灵”，堕落成“一个生命的空壳”。他是善良的，但更是懦弱的。他离开家，想努力做一个正常的人，但终究已是“精神上的瘫痪”。[④] 第三幕里，愫方向瑞贞敞开心扉：

曾瑞贞　（逼出一句话来）你真的相信爹就不会回来么？

愫　方　（微笑）天会塌么？

曾瑞贞　你真准备一生不离开曾家的门，这个牢！就为着这么一个梦，一个理想，一个人——

愫　方　（悠悠地）也许有一天我会离开——

曾瑞贞　（迫待）什么时候？

愫　方　（笑着）那一天，天真的能塌，哑巴都急得说了话！[⑤]

然而，紧接着曾文清却在凄凉的号声和昏暗的暮色里，鬼魂一样地踱进屋来，刹那间，愫方的寄望彻底崩溃，她所有的付出受到了无情的嘲弄和残酷的扭曲。他们之间根本的障碍不是阴损刻薄的思懿，也不是昏聩自私的曾皓，而恰恰是文清无可救药的怯懦和沉沦，他们正好比鱼与飞鸟，“一个在天，一个却深潜海底”，注定了生命不可能有交汇的轨迹。文清的自杀既给他卑微的爱情画上苍凉的句点，也终让自己成了那老迈腐朽的士大夫文化的祭品。

愫方的爱是所托非人的荒谬，一朝梦醒，就有勇毅的决断，所以最后她会步瑞贞的后

---

① 曹禺：《北京人》，《曹禺文集》第 2 卷，中国戏剧出版社 1989 年版，第 455 页。

② 曹禺：《北京人》，《曹禺文集》第 2 卷，中国戏剧出版社 1989 年版，第 610 页。

③ 曹禺：《北京人》，《曹禺文集》第 2 卷，中国戏剧出版社 1989 年版，第 475 页。

④ 曹禺：《北京人》，《曹禺文集》第 2 卷，中国戏剧出版社 1989 年版，第 454—455 页。

⑤ 曹禺：《北京人》，《曹禺文集》第 2 卷，中国戏剧出版社 1989 年版，第 614 页。

尘，离开坟茔一般死寂的曾宅。文清的爱是损人伤己的折磨，他的善良其实是种冷酷。在本质上，他和曾皓没什么不同，也希望愫方能在曾家一直隐忍地生活下去，成为他生命中须臾不可离的那个人，虽然后来出走前他也劝愫方可以考虑嫁给袁先生，但一来话非本心，二来也是对愫方更大的伤害，他也许了悟愫方的“固执”，无奈自己的颓然是更大的“固执”。质言之，愫方之心是“静水流深”，而文清则不过“死水微澜”。

由爱情出发，曹禺抵达到一种对人物命运和灵魂给予伦理关怀的深度。20世纪的中国作家大都把伦理善恶的错综复杂纳入新旧二分的价值框架中理解，对伦理的两难不是存而不论便是有意疏忽，于是丰富的道德经验被删繁就简地呈现出来，道德意识成为透明之物。但曹禺从来没把良心出让给历史理性，而是坚持良心的自由，为道德判断的本真性和原初性保留下最珍贵的凭据。此前的《雷雨》最初发表时所带的序幕与尾声其意义不仅在于让全剧的结构趋于完整，更是作家借以表达自己的悲悯和完善周朴园形象的重要组成。周朴园对于罪的承负与感知彰显了作家对于人性复杂的省悟，但是《雷雨》的序幕与尾声在之后的排演中很轻率地被掐掉了，舞台上的周朴园也仅止于一个阴险无情、始乱终弃之徒，这是对剧作极大的误读。同理，《北京人》的伟大在于作家传神地写出了文清、愫方二人之间巨大的情感张力，也没有回避对愫方之爱的虚妄的感伤，对文清献身的那个精致却腐朽的文化传统的眷念。所以在塑造这两个主要人物时，剧作家始终是有种“不忍”的情怀贯注其间的。虽然，日后他一再坚称“《北京人》是部喜剧”[①]，但文清之死和愫方的出走，确如一曲“天鹅之歌”，是对“今日北京人”哀痛而深情的告别。

## 近在咫尺却隔如天涯的孤单

剧中其余的几对人物，文彩和江泰，曾霆和瑞贞、袁圆，他们虽然朝夕相处，但彼此间也仿佛横亘着“世界上最远的距离”——《北京人》所着力勾勒的人生之境乃是一种近在咫尺却如隔天涯的孤单。

瑞贞是全剧中另一个富有光彩的女性人物。就表面上看，她和愫方颇为相似，也是个隐忍沉默的女子，小小的年纪便被强来的婚姻俘入樊笼，偏偏又遇到飞扬跋扈的婆婆和懵懂荏弱的丈夫，只得在“精神的樊笼”里，“勉强做着曾家孙媳妇应守的繁缛的礼节”。但其实，她是一个还未长大的蘖滴，“生存一种好强的心性”，在“极度的压抑中”，始终有“反抗的根苗”[②]藏在心里。剧中有这样一个细节，曾家请袁氏父女参加中秋家宴，袁先生带来他的客人——貌似原始北京人的司机。这个“有如人猿”的客人一登场，“曾家的人——除了瑞贞——都有些惊吓”。瑞贞没有特别反应，一来是因为她在曾家惯有的淡漠，更重要的是，“人猿”客人“整个是力量，野得可怕的力量，充沛丰满的生命和人类日后无穷的希望都似在这个人身内藏蓄着”[③]，而瑞贞的血脉里也同样奔涌着这种不驯顺的野性，“人猿”客人

① 曹禺：《和剧作家们谈读书和写作》，《剧本》，1982年第10期。

② 曹禺：《北京人》，《曹禺文集》第2卷，中国戏剧出版社1989年版，第477页。

③ 曹禺：《北京人》，《曹禺文集》第2卷，中国戏剧出版社1989年版，第520页。

仿佛是她的一个镜像，她没有什么好怕的。她和愫方另一点根本的不同在于，虽然她年纪小，但对曾家老小早已看得通透，在和愫方的对谈中，

她直言公爹文清是个废人，对于丈夫曾霆也不再抱任何希望，所以即便怀着曾家的骨肉，也没有阻挡她离开曾家的决心。

作为小丈夫的曾霆知道他和瑞贞之间有“最远的距离”，因为他们的婚姻根本无所谓爱情，所以也愿意解除婚约。他试图追求袁圆，但不知道他和袁圆同样有“最远的距离”，他们根本就是两类人。曾霆亦步亦趋地跟随父亲的轨迹，在祖父的规训和母亲的淫威下，成了过熟的士大夫文化的又一个殉葬品，只是因为年纪小，少年自在的天性没有完全泯灭，而袁圆的到来又给他“展开了一片新的世界”[①]，让他朦胧中陷入了一次真正的“初恋”。他把袁圆自由无拘的态度理解成对于自己的偏爱，他嫉妒她亲吻小柱儿，可他预料不到在袁圆小小的心中，她将来宁愿嫁给大猩猩一样的北京猿人，也相不中“小耗子”一样的自己。他们是同龄人，却不是一代人。他有追求爱的心气，却没有把爱情进行到底的勇气。所以只不过一个月，他迅速冷却了从袁圆那里获得的热情，重新回到既有的陈旧秩序里，放走瑞贞，无望地困守摇摇欲坠的曾宅。

文彩和江泰是剧中唯一一对彼此尚有爱的夫妻，然而他们同样缺失一对正常的夫妻起码的沟通和理解。文彩承传了曾家人沉滞怯懦的基因，她真心实意爱着江泰，不放过任何机会来衬托丈夫的威仪，甚至完全取消自己存在的意义，“甘心受着她丈夫最近几年的轻蔑和欺凌”[②]。她的可悲同愫方一样，也是所托非人，她比愫方可悲的是她的执迷不悔。江泰同样是个让人既爱又恨的人物，他心地不坏，人也率性，但潦倒时惯于怨天尤人，颓丧后又一味消沉自欺，终于堕落成一个寄生虫，却又要维持自己那点可怜的尊严。他看不起瘦弱委屈的妻子，觉得她不是真正了解自己的人，但又对妻子为他付出的一切感到惭愧。这对有爱的人的婚姻在曾宅倦怠沉闷的空气里慢慢变异，最终让爱成了痛。

也许是曹禺写作此剧时正遭遇严重的婚姻困扰的缘故，他对爱情与婚姻悖谬感受的传达进入到一种本体论的高度。否则很难理解，为何作为理想化身的袁任敢虽有女儿，却偏偏没有妻子，是剧里几乎唯一的不受婚姻负累的人。我们不否认这其中当然有推动情节的因素——曾家众人劝愫方嫁给袁任敢的确是整部戏剧的关键环节之一，但不妨再来细读袁任敢那段关于“原始北京人”的宣言：“……那时候的人要爱就爱，要恨就恨，要哭就哭，要喊就喊，不怕死，也不怕生。他们整年尽着自己的性情，自由地活着，没有礼教来拘束，没有文明来捆绑，没有虚伪，没有欺诈，没有阴险，没有陷害，没有矛盾，也没有苦恼；吃生肉，喝鲜血，太阳晒着，风吹着，雨淋着，没有现在这么多人吃人的文明，而他们是非常快活的！”[③]他的每句话针对的都是曾家繁缛无用的礼教虚文，而婚姻不也正是一种“文明”捆绑的方式吗？即使如百般算计的思懿最终不也是被婚姻算计了吗？她时刻提防愫方对自

① 曹禺：《北京人》，《曹禺文集》第2卷，中国戏剧出版社1989年版，第464页。
② 曹禺：《北京人》，《曹禺文集》第2卷，中国戏剧出版社1989年版，第490页。
③ 曹禺：《北京人》，《曹禺文集》第2卷，中国戏剧出版社1989年版，第535页。

己家庭的侵入，十余年来忍受丈夫的同床异梦，纵使在曾家霸道欺人，高高在上，又有何幸福可言呢？

《北京人》确如钱理群先生所言，是一部“走向契诃夫”[①]的杰作，但除了人们都注意到的对平凡生活的深入开掘和探寻日常生活的诗意之外，更重要的一点在于，曹禺也像契诃夫一样，对全人类的情感困境做出了充满忧患精神又富有哲理内涵的呈现，正如雷蒙·威廉斯论述契诃夫时说，“问题不是怎样戏剧性地解决单一个人的命运，而是如何协调人们对共同命运的不同反应。”[②]剧中那只被文清取名为“孤独”的鸽子，绝非只是对愫方和文清二人情感的隐喻，而是对曾家所有人，对为爱和婚姻所困的所有人孤单处境的象征。从这个意义上说，《北京人》是曹禺式的存在主义，是属于他自己的“围城”之喻。

原载《名作欣赏》2009 年第 11 期

① 钱理群：《大小舞台之间——曹禺戏剧新论》，北京大学出版社 2007 年版，第 157 页。
② ［英］雷蒙·威廉斯：《现代悲剧》，译林出版社 2007 年版，第 140 页。

# 曹禺：在《北京人》和《家》中走向潜沉

廖全京

在作别《黑字二十八》和《蜕变》的轰轰烈烈、急急忙忙之后，曹禺于抗战进入相持阶段的 1940 年深秋，被秀丽的川南小城江安渐渐带进安宁静谧的状态。

这位浪漫的叙事诗人陷入沉思。

这时，他似乎已经感觉到自己写《蜕变》时那与激昂的热忱相伴的乐观实在有些天真。作为一次“向现实的政治要求的突进”，《蜕变》一方面以“经验了痛苦、兴奋和希望之后淤积起来”的“创造梦境似的心情”①，急切而热烈地贴近现实生活；另一方面，“没有把梁专员这一人物把握好”，“它留着‘概念化’的痕迹”②。有鉴于此，他想：“还是要写人。一切戏剧都离不开写人物，而我倾心追求的是把人的灵魂、人的心理、人的内心隐秘、内心世界的细微的感情写出来。”③要写活人，有灵魂的活人，是他一向的追求。这里，有一个先决的条件，那就是这人必须是自己最熟悉、最了解并深入观察和长期思考过的人。《蜕变》不是没有写人，但其中主要的人如梁专员他并不十分熟悉和了解，也未有过深入的观察和思考，因此，这个人物理想的成分超过了现实的成分。要继续把人写好，就得回头写自己最熟悉、了解，长期在脑子里打转、一直在眼前晃动的人。这也许是他写《北京人》最初的动机。

《北京人》和《家》所包含的丰富的审美经验和美学意蕴，已经大大超过了剧本和演出本身。而这两个戏所表现出来的曹禺的气质与艺术个性的细微变化，更给后人留下了宝贵的启示。

观众在《北京人》里所见到的，已经不是《蜕变》更不是《黑字二十八》中的那个喧嚣、躁动的战争背景下的世界。曹禺的心灵又一次沉浸在对中国那种典型的旧式家庭生活的回忆中。一旦进入构思，过去的一切仿佛又回来了：

“《北京人》主要取自我的老同学孙毓棠的外祖父徐家。……毓棠的外祖父也可以说是清朝的遗老，……徐家的少爷、小姐不少，但是，家都破败了……徐家的陈设，仍然是十分讲究的，处处都是古香古色，即使房屋的构造、格局，都能看出昔日的威严，栋梁上也留着过去金碧辉煌的痕迹，……当然也不都是取自徐家，像曾皓，就有我父亲的影子。”

“我曾看到一位教授，他和一个年轻的姑娘有一些感情上的瓜葛；我看出他是剥夺别

---

① 胡风：《〈蜕变〉一解》，《文学创作》1943 年 4 月第一卷第六期。

② 葭水：《〈蜕变〉观后》，《文汇报》1945 年 10 月 5 日。

③ 曹禺与田本相谈话记录。田本相：《曹禺传》，北京十月文艺出版社 1988 年，第 273 页。

人的感情，这件事曾经使我感触很深。……那时，我还碰到一个女孩子，年龄稍大些了，没有出嫁，住在姨夫家里。当然，这个姑娘不像愫方那样，但有些相似吧！就这样把曾皓和愫方连在一起了。”

“徐家的少爷、小姐赌博，抽鸦片烟，……这些少爷就有曾文清的影子……曾文清身上也有我那位大哥的影子。”①

如果把《黑字二十八》和《蜕变》的写作称为贴近，那么，《北京人》和《家》的写作就似乎是一种疏远。这是一个明显的重要转折，可以把他的这种转折理解为对“向现实的政治要求突进”的一种反思和醒悟。或者说，曹禺意识或下意识地从较多的现实政治的考虑返回到了更多的审美意识的考虑。对于审美来说，体验既是原始直觉，更是一种诗化了的感觉，是超越的感性。审美意识要求艺术家绝不能仅仅以经验的、功利的眼光看世界，因为审美意识是不计较利害的。真正的艺术家往往致力于在创作中寻找超验并以此与现实对抗。一旦有所醒悟，曹禺仿佛又听到了潜隐着的生命激情的呼唤，他又开始回到感性个体的本真生存状态，回到神秘的命运感，开始由反观自己的心灵起步的对人的内心世界的细微感情的探寻。这一心灵轨迹，明显地在对前文所引述的现实生活的审美提升中表现出来。

选择中国封建士大夫家庭的日常生活为题材，除了对它十分熟悉并有铭心刻骨的体验之外，还因为这一题材与身处抗战大后方的剧作家曹禺之间保持了一种审美距离。这在曹禺实际上是有意为之。与写作《蜕变》时的切近的明显的功利要求（据说《蜕变》原本是为中央青年剧社劳军而赶写的）相比，写作《北京人》则是完全发自曹禺内心的“把人物的灵魂深挖一下，把人物性格的复杂性挖一下”的强烈的创作欲望。写作中，他极力回避直接切进当下社会现实。对此，他后来说过一段颇耐人寻味的话：

“《北京人》中，瑞贞觉悟了，最后愫方也醒悟了，她们都从‘棺材’里脱逃出去了。我清楚地知道她们逃到什么地方，那就是延安。那时是由袁任敢带她们到天津，正是日本人的统治下，检查很严，但是，我不能把日本侵略军写到剧本里去。我明明知道，但不能写，只要一把日本联上，这部戏就走神了。古老的感觉没有了，味道也没有了，非抽掉不可。现实主义的东西，不能那么现实。”②

这里所说的“神”“味道”，实际上就是审美意识对现实功利的超越，以及这种超越所产生的美感。现实主义的东西之所以不能那么现实，根本的原因就是它会因此而忽略由经验到超验的过程，从而失去对现实的超越所产生的美感。曹禺写作《北京人》时的想法，正是一种自觉而强烈的审美意识的复苏。

经过这种审美超越的过滤、透视、蒸腾、发酵，曹禺把他对时代的整体的把握，尤其是对时代的感觉（这更带有审美主体的个性色彩），传达得出神入化。这不仅体现在对《北京人》《家》的一些主要人物愫方、曾文清、曾皓、觉新、瑞珏、梅芬、鸣凤等的刻画上，更体现在

① 田本相：《曹禺传》，北京十月文艺出版社 1988 年版，第 272—273 页。

② 田本相：《曹禺传》，北京十月文艺出版社 1988 年版，第 277 页。

对这些人物和他们的生活环境的整体性的美学审视与反思上。这时的曹禺，有一种写作《雷雨》《日出》《原野》时的生命感再次回到自己身上的强烈感觉。人的生命，艺术家的生命，包括了他的全部活动和体验，包括了他的有限生命对无限生活的情绪化的审视和反思。

我们又见到了舞台上那对于典型环境的个性化的诗意渲染：北平秋日晴空中白鸽的哨响、胡同里的水车“孜妞妞”的声音、剃头师傅打若“唤头”的声响，城墙上断续送来的归营的号手吹着的号……高府花园里在寂寒中开放的梅花，湖滨传来的杜鹃那轻快响亮的啼叫声，湖上的风雨声和电闪雷鸣，城郊的旧屋窗外飘落着的漫天大雪……

我们又见到了曹禺早期剧作中出现过的颇为浪漫的写意手法：那只不会飞的鸽子，那群待在家里只会啃字画的耗子，那口漆了又漆的棺材，以及那个化为巨大的黑影出现的“北京人”……

人们习惯于用西方文论的概念将上述形象在作品中出现判断为曹禺所受的象征主义、表现主义的影响。这样解释自然没有什么不妥。不过，从中国传统美学观看来，剧中的耗子、棺材、“北京人”，甚至不包括愫方怀中的那只鸽子，都是一种虚化形象，都具有中国传统艺术写意的特征。① 值得注意的是《北京人》中的“北京人”形象的出现与曹禺气质中的浪漫成分的关系。他从小就是耽于遐想的。创作《北京人》时，他刚刚经历抗战初期颠沛流离中的岁月煎熬，刚刚经历了《蜕变》中那朝霞般燃烧的无法控制的激情和理想的躁动。当他沉静下来，美的想象在他的内心自然地升腾起来。艺术家的想象往往是污染天生灵性的现实对心灵的纠缠煎逼的结果。人是需要想象的，赋予美的创造性的人尤其需要想象。作为有限的时间性存在，人渴望超越时间的有限性，想象便随之翩然降生。它的降生给生活带来价值和意义，通过它的中介，过去和未来得以沟通，生命的意义得到表达，生命由此而得到提升。《北京人》中，研究人类学的学者袁任敢所描绘的“北京人”，是一种想象与回忆的对接和交融，它是回忆，也是想象——在想象中回忆，在回忆中想象。“要爱就爱，要恨就恨，要哭就哭，要喊就喊，他们自由地活着。”关键是“没有现在这么多吃人的礼教同文明，他们自由地活着。”“北京人”并不是向后看的而是向前看的。在“北京人”身上，凝聚着生活的价值，生命的意义，凝聚着对未来的向往，对理想的憧憬。《北京人》通过“北京人”将生命予以提升。“北京人”通过回忆与想象的这种不可分割的联系，提醒人们重新回到价值生存的起点。在“北京人”身上，充满了超时间的时间感，实现了充满浪漫色彩的审美意向的投射。《北京人》向观众表明：那位创作《雷雨》的具有浪漫气质的叙事诗人，又回来了。

审美意识对题材的超越，同样表现在对巴金的同名长篇小说《家》的改编中。在从巴金手里接过吴天改编的《家》的本子并将它认真读完后，“觉得它太‘忠实’于原著了”②。这

① 参见焦尚志《论曹禺剧作中虚化形象及其审美价值》一文，载田本相、刘家鸣主编：《中外学者论曹禺》，南开大学出版社 1992 年版。

② 田本相：《曹禺传》，北京十月文艺出版社 1988 年版，第 293 页。

句话，其实已经透出了曹禺改编《家》的动机。这里的太“忠实”，可以读作太“粘滞”。在反复读过巴金的小说《家》然后动手写作之初，曹禺又“发现并不懂得觉慧”[1]。这里的“不懂得”应当读作不熟悉、不了解。把上述两句话联系起来，可以读出这样一层意思：曹禺不愿意像巴金那样将笔触主要伸向相当宽阔的生活的激流，也没有像巴金那样“我最后还要写一个叛徒。一个幼稚然而大胆的叛徒。我要把希望寄托在他底身上，要他给我们带进来一点新鲜空气”[2]。他把目光聚焦在觉新与觉慧等年轻人的婚姻爱情上。这种与原著大体一致又不尽相同而有所侧重的选择，固然直接与剧本不同于小说的限制有关，与要写自己真懂了的人和事有关，但其中更深一层的原因恐怕是出于对切近的现实社会生活保持一种审美距离的考虑。这样，觉慧这个人物变得不那么重要了，瑞珏和觉新成了主角。自然，觉慧所参加的斗争、学潮、兵灾等纷纷退隐到了幕后。在曹禺的理解和感受中，多少年来中国封建礼教对爱情的摧残和对婚姻的扭曲，是生活在旧中国的人们深深的甚至可以说是恒久的伤痛。爱情、婚姻这根琴弦一旦被动情地拨动，便能在全人类的层面上引起共鸣和回响。应当看到，话剧《家》的成功，首先是曹禺的超越浅表经验和政治功利的审美意识的胜利。

回到非功利的超验的审美意识，就意味着回到自身的个体生命感觉。那是一种诗化了的感觉，是与感性个体的本真生存状态紧密联系的本真情感。在《黑字二十八》和《蜕变》中，由于主客体双方的特殊原因造成了这种诗化了的感觉的部分丢失。《北京人》和《家》的写作，使曹禺找回了他写《雷雨》时的那种生命感觉，而且，从气质和艺术个性的角度说，他的这种生命感觉还发生了一些变化。其中最突出的，就是经过当初的“郁热”乃至爆炸，渐渐潜沉下来，变得冲淡而澄明。在这两部戏中，无论人物关系、冲突展开、环境渲染，以至舞台语言、戏剧节奏，无不在看似平缓的推进中隐伏峰峦、暗藏跌宕，让戏剧动作与戏剧冲突在观众的可觉与不可觉之间悄然凝聚爆发力。愫方与曾文清的关系，在某种程度上可以视为《北京人》的戏核。一具活尸般的曾文清有着错综的心理、错综的感情，他对自己的家庭并不满意，他要出走，可是他既无独立生存的本事，更无独立生存的意志。他爱着愫方，可他没有能力更没有胆量带她一起出走。愫方的心理、感情同样错综。她深爱文清，一心希望他好，希望他戒了鸦片烟走出家门闯天下。当文清终于走出去后，她是那么高兴，尽管这高兴夹着心酸。她想，只要文清在外面过得好，她甘愿为他守在这个发霉的家里，替他侍候老人、照料孩子、保管字画、喂鸽子，一辈子也不离开。她对瑞贞这样说：“也许有一天我会离开——那一天，天真的能塌，哑巴都能急得说了话。”可是不久，曾文清这只鸽子又回来了——他只能待在家里，他已经不会飞了。这一段戏，看似波澜不惊，骨子里却像是汪洋大海深处有一股巨大的潮流在涌起：

“[凄凉的号声，似不断地传来。这时大客厅的门缓缓推开，暮色昏暗里显出曾文清。他更苍白瘦弱，穿一件旧的夹袍，臂里夹着那画轴，神色惨沮疲惫，低着头踽踽踱进来。

① 田本相：《曹禺传》，北京十月文艺出版社1988年版，第298页。

② 巴金《关于〈家〉——十版改定本代序》。

［愫方背着他，正高兴地低头取东西。瑞贞面朝着那扇门——

曾瑞贞　（一眼看见，像中了梦魇似的，喊不出声来）呵，这——

愫　方　（压不下的欢喜，两手正举出一个非常美丽的大布娃娃……满脸是笑，期待地望着瑞贞）你看！（突然看见瑞贞的苍白紧张的脸）谁？

曾瑞贞　（呆望）我看，天，天塌了。（突然回身掩住自己的脸）

愫　方　（回头看曾文清，文清正停顿着，仿佛看不大清楚似的向她们这边望）啊！”

这真是莱辛所说的一个富于包孕的片刻！这里有复杂剧烈、突兀的感情变化。然而，剧作家曹禺却不动声色地以对细微得几乎觉察不出来的外在戏剧动作的捕捉和放大，将人物的内心世界揭露无余。这种手法和风格所反映出来的个性特征，“犹之惠风，荏苒在衣”（司空图《诗品》）。春风拂来，襟袖飘荡，轻柔宛转。实际上，这正是曹禺的激情以平静的形式在突显。细细品味《北京人》和《家》，这种冲淡的个性特色，恰似绿如蓝的江南秀水，几乎泛漾在每一幕、每一景中。透过舞台上变化着的戏剧情景，仿佛见到浪漫的叙事诗人从舞台深处低吟着缓步走来，情思悠远、形神萧散、略带感伤。他的眼神里依然流淌出热烈的青春希望。

我们还不能忽略曹禺这一时期个人生活经历尤其是精神生活中所出现的波折对他的气质和个性的影响，虽然这种影响细微得难以察觉。曹禺和郑秀1937年底在长沙青年会举行婚礼。的确，曹禺与郑秀的结合，已经蕴藏着危机。“婚后二年，他渐渐发现自己与郑秀在性格、志趣、生活习惯上矛盾越来越大。他是一个不修边幅的人，艺术、戏剧是他神圣的殿堂。他经常心不在焉，在他想象的艺术世界里遨游……可郑秀特别爱干净，重仪表，有人说她有洁癖，这让他受不了。”同时，两人的志趣也越来越不相投：“小城的生活单调乏味，曹禺又忙于事业，郑秀闲来无事，就同剧校的几位师母打牌消遣。有时还要曹禺陪她一起打……曹禺无奈，陪在郑秀旁……刚看了一会儿，他就从口袋里掏出一本书，自顾自地看了起来。”①夫妻间看似小事情上的矛盾，往往导致感情的裂痕加深。平日不爱说话的曹禺陷入深深的苦闷之中。就在这时，方瑞悄悄地走进了曹禺的生活。在曹禺眼里，方瑞有着别样的纯情，别样的端庄，别样的淡雅，别样的幽丽。而方瑞对曹禺则怀着格外的挚爱和崇敬。两人由此坠入爱河。也就是在两人相爱的这段时间，曹禺写出了《北京人》，改编了《家》。

自打爱意如春天的绿芽爬上枝头的那一刻起，曹禺的内心世界悄然起了变化。应当注意的是，对于曹禺来说，这不是初恋。正经历着婚姻家庭生活难言的痛苦和不幸的曹禺，格外珍惜这一份爱情。恰恰是这一点，使他的情感在热烈中带几分冷静，极度亢奋反而使他变得更加细腻，而痛苦和不幸更使他对美好希望充满渴求。他心头眷恋着方瑞，这方瑞便在他笔下化为愫方和瑞珏。多少年之后，他深情地回忆道：“愫方是《北京人》的主

① 曹树钧、俞健萌：《摄魂——戏剧大师曹禺》，中国青年出版社1990年版，第302—304页。

要人物。我是用了全副的力量，也可以说是用我的心灵塑造成的。我是根据我死去的爱人方瑞来写愫方的。……方瑞的个性，是我写愫方的依据，我是把我对她的感情、思恋都写进了愫方的形象里，我是想着方瑞写愫方的。……没有方瑞，是写不出来愫方的。"①写《家》的时候，他写出一个段落，就把手稿寄给"所爱的朋友"方瑞，由她抄好再寄回来。这是一种独特的含蓄的相互倾诉衷肠、传递温馨的方式。同样，在《家》里的主要人物瑞珏的身上，可以见到方瑞那泛起一脉淡淡的愁怨的和蔼而温厚的面庞。

笼罩着这些人物的环境和氛围，则透出一种不同于《蜕变》的背景的含蓄而隽永的诗意，这诗意中悠悠地回荡着宁静淡雅幽远的气息。《家》的第一幕第二景后半场戏里的暖色调，与戏剧情境中的诗化独白和对白，相互映衬出一种浓郁的诗情画意；而第四幕的最后一段戏里冷色调与戏剧情境中的悲凉沉痛的场面，则相互映衬出一种凄切哀怨的诗情画意。不过，与《蜕变》相似的是，上述场景中始终流贯着曹禺气质与个性中的重要成分：对善良之情的敏感，对人类美好未来的憧憬，这使他对生活一直怀着一颗童心，一颗赤子之心。

《北京人》和《家》共同的美学风格，明显受到契诃夫剧作的影响。但从文化血缘上说，曹禺这两部剧作中显露出来的气质与个性，更接近"发纤秾于简古，寄至味于淡泊"②的华夏古风。归根结底，曹禺是生活在自己的文化和经验深处的。

整个20世纪40年代的中国话剧艺术和话剧人，都经历了从抗战初期的"爆炸"到抗战中后期的"潜沉"的变化过程，曹禺是这种变化的一个杰出代表。与过去一样，曹禺仍然关注着民族的人类的生命之谜，仍然渴望以新生命取代旧生命。《蜕变》无疑是这种关注和渴望的表现，然而却是一种过于急切的表现。认真吸取并反思了《蜕变》的经验教训之后，《北京人》和《家》一方面保持了昔日翻涌在《雷雨》《日出》《原野》中的"郁热"，一方面让这种"郁热"沉静下来，变得素淡深远，渐渐走向恬美澄明。《北京人》和《家》是曹禺的悲悯情怀的继续呈现，是他将自己气质和个性中的一些浮躁的成分荡涤干净之后写出的献给母亲——大地和人类的精神瑰宝。

原载中国戏剧家协会编《曹禺诞辰100周年纪念文集》，中国戏剧出版社2011年11月版

① 田本相：《曹禺传》，北京十月文艺出版社1988年版，第274页。

② 苏轼：《书黄子思诗集后》。

# 《北京人》:曹禺戏剧创作古典转向的考察

王蓓蓓

曹禺是20世纪中国最著名的剧作家,他的《雷雨》堪称20世纪中国戏剧的开端。曹禺的戏剧不仅是戏剧艺术的成功,而且也和中国革命的发展有着很大的关系——后者是20世纪上半期中国文学的共同特性。我们在分析曹禺的剧作时,通常总是强调外国剧作尤其是易卜生问题剧对曹禺戏剧创作的影响,但却很少有人注意到传统文学对曹禺戏剧创作的潜在影响。本文拟以《北京人》为观察点来考察古典文学对曹禺戏剧创作的影响以及这种影响在革命背景下不能被完全贯彻到底的尴尬。

## 一、从古典的温情到现代的革命

《北京人》是曹禺先生在1940年创作的一部重要的戏剧作品。这部剧作的创作和曹禺当年的那段爱情有关,许多曹禺先生当年的友人在谈到《北京人》的创作时都认为“这出戏和方瑞有关”①。正是这段美丽的爱情故事成了《北京人》创作的一个因子。在这出戏的最初阶段,我们看到了陈奶妈的出场并且还带上了小柱儿,这和《红楼梦》中刘姥姥的出场几乎如出一辙,而曾文清和曾思懿、愫方的关系则让我们想起了贾宝玉、王熙凤和林黛玉,特别是愫方的身份交代:

> 她也就有三十岁上下的模样,出生在江南的名门世家,父亲也是个名士。名士风流,身后非常萧条;后来寡母弃世,自己的姨母派人接来,从此就遵守母亲的遗嘱,长住在北平曾家,再也没有回过江南。②

和林黛玉一样的孤苦伶仃,一样的寄人篱下,一样的对表兄的深情爱恋……只要稍微有点古典文学常识的读者在读到这一幕时都会有这样的联想,只不过宝玉的角色和贾琏的身份合成了曾文清,或者说曾思懿扮演了王夫人的角色,但是那股笼罩在曾文清身上深深的没落感还是和《北京人》的整体环境氛围暗相契合。这本来是一个关于风花雪月的故事,至少在开始的时候是这样,至少当这个故事是为了某人而专门写作的时候是这样。方瑄德说:“当初《北京人》前面有个题词:海内存知已,天涯若比邻。我理解,这是指方瑞”。③但是故事的意义很快发生了变化,如果袁圆的出现还只是故事意义发生转变的端倪,那

① 田本相、刘一军:《苦闷的灵魂——曹禺访谈录》,江苏教育出版社2001版,第181页。

② 田本相编:《曹禺文集》,中国戏剧出版社1989年版,第474页。

③ 田本相、刘一军:《苦闷的灵魂——曹禺访谈录》,江苏教育出版社2001版,第203页。

么,第一幕的最后,"北京人"的出现就是作者创作初衷明确无误地发生改变的标志。"北京人"和袁任敢的出现是一个爱情故事的多余因素,如果我们把两者分开来看——实际上这两者完全可以分开,我们就会发现,爱情故事是为了爱情而写作的,而"北京人"是为了革命而写的,作者本人曾说:"诗有'赋、比、兴'。就以《北京人》里的猿人的黑影出现的情节说,这种安排就好比是起了诗中'兴'的作用。有了'北京人'的影子出现,就比较自然地引起袁任敢在隔房后面的那段长话。"①这样看来"北京人"在整个故事里更多扮演的是一个象征的角色,特别是在最后逃出曾家的时候,"北京人"成了可以排除一切困难的英雄人物。

本来一个凄美的爱情故事结果却讲述成了一个充满革命动力的话剧,本来是一出悲剧却被置换为一幕喜剧,本来是向传统古典文学创作思路的回归却仍然不免落入革命写作的窠臼。《北京人》的写作为什么会有这样的故事发生?是谁左右了这个故事的变化?

## 二、《北京人》的创作初衷

以《雷雨》而出名的曹禺,其戏剧创作明显受到了易卜生问题剧的影响,此后的剧作也都属于问题剧的范畴。但是从《原野》开始,曹禺的剧作里开始出现了与现实若隐若现的距离感,而这种在某种程度上可以说是回归戏剧本身——而不是政治的助威者——的举动在《北京人》中有着更为明显的体现。这种创作心态不经意的变化,除了和当时的社会变革有关外,还和作者本人的家世、读书修养有关。

《北京人》创作于 1940 年,但在此前,曹禺的剧作就已经受到了当时社会的激烈争论,特别是这种争论被冠以革命的名义时,单纯的学术争鸣就转成了政治派系的争论。在《北京人》之前,曹禺的《蜕变》在当时社会上所引起的争论对《北京人》的创作也有一些影响。虽然《北京人》也得过奖,但是"那时国民党一阵一阵的。他们听美国人的,美国人也强迫着他们搞点假民主"②。国民党在当时的文化政策上的变化实际上是完全依凭于剧作本身是否有利于国民党的利益而确定的,《蜕变》是一部关于鼓舞抗战的作品,但是出乎曹禺意外的是《蜕变》遭到了国民党当局的百般刁难,先是不安排演员的住宿,接着是戏票都已经卖出了,而国民党图书杂志审查委员会却不允许演出,后经余上沅的奔走调解才得以勉强演出。除了国民党当局刁难外,当时的评论界也对此多有责难,认为"作者没有把握住典型的环境,以至所创作的新人物,也成为不真实的了"。③ 实际上这种批判依然是要求文艺要为革命服务。但是淡化典型环境是曹禺创作的个人特色,这一点是曹禺剧作的一个突出的艺术特征,他在随后创作的《北京人》依然如此,曹禺本人也讲了他与茅盾的不同:"我很佩服茅盾,他写的时代背景很准确,政治是什么情况,经济是什么情况都写上了。……我写《北京人》多少受到了共产党的影响。但是,影响是影响,不等于把这些都写进剧本中

① 田本相:《曹禺传》,北京十月文艺出版社 1988 年版,第 278 页。

② 田本相、刘一军:《苦闷的灵魂——曹禺访谈录》,江苏教育出版社 2001 版,第 241 页。

③ 谷虹:《曹禺的〈蜕变〉》,《现代文艺》1941 年第 3 期。

去。如果写进去，同样也就没味了。”[1]但是不管怎样，《蜕变》的演出还是让曹禺对政治的因素有所顾忌。再者，曹禺本人的浓郁的诗人气质和对当时政治方向把握的不准确，也使他对过于敏感的政治题材有所忌惮。[2] 这也是他在创作《北京人》时最初想把它处理成一个爱情故事的原因之一。

曹禺的家世和少年时的经历也为他日后的创作打下了坚实的基础。曹禺的“祖父一心教育子弟苦读诗书，进入仕途，改换门庭”，到了他父亲，虽然曾经做过官但在政治上却很不得意，他给曹禺的教育是“千万不要做官，万万不可做官。他说他做了一辈子官是做错了”[3]。但是不管怎么说曹家还算是诗书世家，“当时家里藏书很多，什么《红楼梦》《水浒传》《三国演义》等，许多经典书籍都是我（曹禺）小时候躲在藏书楼里看的”[4]。曹禺在这里只列举了《红楼梦》《水浒传》《三国演义》等古典小说书籍，这和我们今天对古典文学的强调有关，实际上曹禺不仅读了这些古典小说著作，也读了大量古代经典书籍，比如《左传》《史记》《春秋》等。正是这些中国古典文学作品的熏陶成就了他在日后创作中的浪漫才情。曹禺说他对中国古代戏曲是到大学后才开始正式接触的，但是他小时爱看文明戏的经历对他的戏剧创作却有很大的影响。“小时候看了不少戏，文明戏看得最多。文明戏，那种连台本戏，有讲清末皇帝的，还有讲如何加官晋爵的喽，讲哀艳的喽。都是根据言情、哀怨小说改编成的剧本。”[5]这些文明戏实际上主要内容讲的还是那些才子佳人的故事，这对曹禺在描写感情尤其是两性感情上有着深刻的影响，在曹禺的戏剧中，对女性内心细腻的刻画达到出神入化的境地，这种对人物情感把握的才华不得不追溯到少年的这段观看文明戏的历史。到了大学后，虽然曹禺自己也认为受易卜生的影响最大，但并没有失去古典诗学对他的继续影响。这要提到他的老师张彭春，在曹禺晚年的回忆里，他说：“我觉得张（彭春）先生是有自己的东西，他并非生搬硬套，他很懂得中国的古典的诗学，很讲究韵味，很讲究味道，很讲究章法、分寸等。”[6]

理解了中国古典文学对曹禺的深刻影响也就不难理解曹禺在《北京人》开始阶段对曾文清和愫方之间那水墨般的诗情画意和轻轻萦绕而又挥之不去淡淡哀愁的深情描写，也就理解了在《北京人》开始写作时曹禺对中国古典诗学的皈依。

如果说这些因素是暗暗地、潜在地影响着作者的创作，那么作者本人的爱情遭遇则是《北京人》创作的直接诱因。曹禺和郑秀的结婚也许是一个美丽的错误，郑秀的持家有道、干净整洁和曹禺的不拘小节、不修边幅，放在一个历史的环境里来说，与其说是两人性格的差异，不如说是两种完全不同的生活观念，这种不同的生活态度最终导致了他们婚姻的解体。1940 年，方瑞出现在了曹禺的世界里。方瑞“出身于一个有名望的家庭里”，1940

---

① 田本相、刘一军：《苦闷的灵魂——曹禺访谈录》，江苏教育出版社 2001 版，第 124 页。
② 田本相：《曹禺传》，北京十月文艺出版社 1988 年版，第 243 页。
③ 田本相、刘一军：《苦闷的灵魂——曹禺访谈录》，江苏教育出版社 2001 版，第 9 页。
④ 田本相、刘一军：《苦闷的灵魂——曹禺访谈录》，江苏教育出版社 2001 版，第 7 页。
⑤ 田本相、刘一军：《苦闷的灵魂——曹禺访谈录》，江苏教育出版社 2001 版，第 10 页。
⑥ 田本相、刘一军：《苦闷的灵魂——曹禺访谈录》，江苏教育出版社 2001 版，第 13 页。

年，她到江安来看望在剧专读书的妹妹，住在表弟方琯德的家里，对门便是曹禺的住家。由于方琯德等学生经常到曹禺家里，方瑞也跟着去，“曹禺很喜欢方瑞，一下子就看上了”①。方瑞的出现直接诱发了《北京人》的创作，曹禺晚年在回忆《北京人》的写作时对此做了详细的叙述：

> 愫方是《北京人》的主要人物，我是用了全副的力量，也可以说是用我的心灵塑造成的。我是根据我死去的爱人方瑞来写愫方的。……方瑞也是出身于有名望的家庭里，她是安徽著名书法家邓石如先生的重孙女，能写一手好字，能画山水画，这都和她的家教有关。她是很文静的，这点已融入愫方的性格之中，她不像愫方那样具有一种坚强的耐性，也没有愫方那么痛苦。但方瑞的个性，是我写愫方的依据，我是把我对她的感情、思恋都写进了愫方的形象里，我是想着方瑞来写愫方的。……没有方瑞我是写不出愫方的。②

从曹禺的自白中，我们可以看到，实际上《北京人》创作的初衷就是为爱情画一幅哀怨的素描。在这番自白中应当注意几个细节：(1)对方瑞出身的强调，是因为方瑞没有上过大学，方家是听从当时像杨振声等一些教授的建议，把她当作“中国的最后一个闺秀”来培养的。③ 这样的出身和曹禺前妻郑秀的家世相比自是寒碜，而曹、郑的婚姻是曹先提出的，这样曹禺在这里强调方瑞的出身就不免有点为他当年的选择进行辩护的潜在心理，而这种强调实质上还体现出了曹禺对方瑞的深情爱恋。因此我们完全可以把《北京人》的创作动机理解为是为爱而画的一幅哀婉的肖像。(2)方瑞能写一手好字、会画山水画的才华以及她的文静都体现在《北京人》中愫方的形象中。而这些书画的道具进入到剧作中便客观上营造了一种浪漫温情的古典氛围，轻轻地缭绕在舞台上。可以说，曹禺在《北京人》中所营造的这种氛围并不是有意的设计，而是对伊人思念自然外化的结果。这种似有若无的情绪在《西厢记》《红楼梦》等古典言情故事的比照下愈发显得温暖而又无奈，在剧作中曹禺借助曾文清的身份将这份情绪准确传神地表达了出来：“早年婚后的生活是寂寞的，麻痹的，偶尔在寂寞的空谷中遇见了一枝幽兰，心里不期然而有憬悟，同声同气的灵魂，常在静默中相通的，他们了解寂寞正如同宿鸟知晓归去。他们在相对无言的沉默中互相获得了哀惜和慰藉，却又生怕泄漏出一丝消息，不忍互通款曲。”④正是在这种幽隐哀怨的叙述环境里，曹禺写了他们临别赠画的情节，这样的情节设计深深地渗透着中国古典文学意境的影响，可以看作是曹禺戏剧创作的一次古典的回归。在后来《北京人》公演后，周恩来总理有一个半是玩笑半认真的评价：“你(指曹禺)还在向往原始共产主义哪，我们现在已经有了延安了。”⑤原始共产主义实际上可以理解为是一种古典情结。但实际上这种古典情

① 田本相、刘一军：《苦闷的灵魂——曹禺访谈录》，江苏教育出版社2001版，第207页。
② 田本相：《曹禺传》，北京十月文艺出版社1988年版，第274页。
③ 田本相：《曹禺传》，北京十月文艺出版社1988年版，第207页。
④ 田本相(编)：《曹禺文集》，中国戏剧出版社1989年版，第455页。
⑤ 田本相、刘一军：《苦闷的灵魂——曹禺访谈录》，江苏教育出版社2001版，第262页。

结在第二幕中就已经被革命的激情所置换。

## 三、革命的意义干扰了古典回归的路径

是曹禺深情的思恋和浪漫的才华共同成就了《北京人》的创作，但是这个浪漫的故事为什么到最后还是被冠以革命的名义？

我们必须理解中国的20世纪40年代——《北京人》创作的时代背景，我们也必须理解中国那个时代的作家，当革命的意义远远重要于其他一切利益的时候，特别是对于那些正身处革命洪流中的观众来说，故事本身的意义可能远不如故事中革命的意义来得重要，因此一部要在革命区公开上演的戏剧，它的革命性决定了整个剧作的写作思路与结构。

曹禺先生自己在谈到这个剧作的性质时说："《北京人》，我认为是出喜剧。我写的时候是很清楚的，写的就是喜剧。有什么可悲的呢？该死的死了，该跑的跑了。"①其实，就现在来讲可能在以后的很长一段时间里，我们对《北京人》是喜剧还是悲剧的争论并不能完全取决于剧作本身，而是基于一种阶级的立场——曹禺的阶级立场来说的。曹禺作为20世纪著名的作家，中共党员，这个身份决定了他在那个时期——1940年——就必须有着明确的革命立场，而在剧作中，曹禺对瑞贞和愫方的奔向并没有做出明确的交代，这就为后来的解释提供了足够大的空间，还是听听曹禺本人的解释吧："《北京人》的背景，我心目中是最清楚的。从棺材里逃出去的两个人，一是瑞贞觉悟了，二是愫方也觉醒了。我清楚地知道她们逃到什么地方，就是延安了。"②曹禺对这个戏的判断是基于革命最终战胜了黑暗的封建社会这个意义来说的，但是与他的最终"为爱情做一个素描"的初衷早已相去甚远了。

从当时关于《北京人》的评论来看，曹禺在剧作中所要表现的革命性并没有得到人们的认可，胡风认为"只是关起门来开演一个悲剧，……至于当时应有的民族斗争和社会斗争的政治浪潮，在这里没有一点影响"③。正如此前所述《北京人》中其实有两个故事，一个是爱情的故事，一个是革命的号角。而这两个故事完全可以分离开来看待，这样我们就看到了作者本人和批评者之间各执一词的根源。按照作者本人的意图，他既想在剧作中表达出他对爱的深深思恋，又想在这个爱情故事里糅进革命的意义，使戏院的观众不至于起哄、嘲笑他没有革命的激情，当然这也和他此前的成就有着很大的关系。但是这种一石二鸟的打算在批评家那里却落了个里外不是。荃麟对曹禺的这种创作心理有一个较为准确的表述："（作者）没有把它的人物放到更大的社会斗争中去发展，因而作者所企图达到的剧本的社会意义，就不能尽量发挥出来。作品人物应该具有的社会典型性格，也不能达到更完善的程度。""这剧本给予我们的印象，多少还只是一个家庭的悲剧，要从这个家庭的

① 田本相、刘一军：《苦闷的灵魂——曹禺访谈录》，江苏教育出版社2001版，第40页。
② 田本相、刘一军：《苦闷的灵魂——曹禺访谈录》，江苏教育出版社2001版，第123页。
③ 胡风：《论曹禺的〈北京人〉》，《青年文艺》1942年第1期。

悲剧去看社会的悲剧命运，却是不够明确和具体。”[①]田本相认为这种批评：“一方面他看到《北京人》‘是一般公式主义的作品所不能望其项背的’，一方面他又用公式来要求《北京人》，这种矛盾的现实是颇令人费解的。正是这种批评的矛盾，深刻地反映着当时理论上的矛盾。”[②]实际上，这种批评本身并不矛盾，批评者肯定的是曹禺创作的艺术特色，而批评的是他的创作对现实革命参与的不够明确和深入。不管曹禺本人如何看待这个剧作，当时的批评大都认为它只是一个家庭的故事，实际上也就等于说是棺材里的爱情故事，也即封建社会里的才子佳人一类的故事。这种批评和曹禺创作《北京人》的企图相去甚远。

曹禺创作《北京人》最初的目的是为了那份美丽的爱情，但是他当时的身份和社会现实迫使他不能完全只写一个爱情故事，当他想把革命的意义加入这个故事时，那他也就破坏了原初的动机，那个本来已经回到古典的故事又生生地回到了现实，但是由于作者本人又眷恋着那份爱情，因此也就导致了他对革命意义关注得不够，所以他的企图并没有达到，与此同时也丧失了他原创的动机，这就是表现在剧本中的矛盾之处。

革命的意义最终战胜了情感的诉求。这既是中国现代戏剧的收获，也是曹禺本人恋情的另一种不幸。从这个个案来看，现代文学的创作对古典文学的借鉴和吸收是相当艰难的，现代戏剧的创作和古典戏曲之间的联系除了受西洋文学的干扰外，本土风云变幻的政治局势也使以言情为特征之一的古典戏曲很难成为现代戏剧创作的借鉴资源。

原载《太原师范学院学报》2012 年第 4 期



① 荃麟：《〈北京人〉与〈布雷乔夫〉》，《青年文艺》1942 年第 2 期。

② 田本相：《曹禺传》，北京十月文艺出版社 1988 年版，第 286 页。

# “鸽子”意象与话剧《北京人》的“契诃夫风格”

朱一田　卓光平

《北京人》是曹禺20世纪40年代所创作的一部话剧，是他在当时话剧艺术探索的新高度，也是曹禺自己最满意的一部作品。评论界普遍认为《北京人》是最具“契诃夫风格”的中国话剧，曹禺自己也承认：“我曾说过，我喜爱契诃夫的戏剧，受过契诃夫的影响。《日出》还不能说有契诃夫的影响，《北京人》是否有点味道呢？”[①]契诃夫话剧中“生活化”的表达和“散文诗”一般的忧郁氛围，都被曹禺欣赏并借鉴到了《北京人》里。其中，“鸽子”意象正是最能显示“契诃夫风格”的部分，并且和契诃夫话剧中的“海鸥”意象有着高度的相似性。所以本文将从《北京人》的意象表达出发，来探讨“鸽子”意象与“海鸥”意象的内在联系，并进而揭示曹禺对“契诃夫风格”的融合与发展。

## 一、“鸽子”与《北京人》的意象表达

“象征”不仅是契诃夫戏剧的重要特征，也是曹禺剧作的特色之一。从创作第一部话剧《雷雨》开始，曹禺便运用各种意象来象征人物性格和营造戏剧氛围。到了《北京人》，曹禺更是主动寻求“契诃夫风格”的内化，从而使得剧作的意象更多，象征含义也更多样，因而《北京人》也就更具有突破舞台表现的人文意义和历史意义。

在《北京人》中，许多意象都有着其独特的象征含义。古老的“北京人”强壮有力、自由勇敢，寄托着曹禺对于人类未来生存状态的期望，正如剧中的袁任敢所说：“这是人类的祖先，这也是人类的希望。”“耗子”意象则是曹禺厌恶情绪在剧本中的延伸。因为曹禺曾在现实生活中被耗子啃食了资料和稿子，还钻到他的棉袍中去，所以《北京人》中“耗子”被指向了江泰、曾霆等一批不肖的子孙，他们从里到外蛀空了曾家。“耗子”不仅可恶，同时也是胆小可怜的。在曾霆和袁圆的一场对话中，袁圆说曾霆就是一只“小耗子”，同时又怅然感慨：“曾霆，你想，那个小耗子再下小耗子，那个小小耗子有多小啊！”曾霆是胆小的，他无力抗争自己的命运，只能跟着行将腐朽的曾家一起灭亡。同时他又是可怜的，他被“大耗子”生下来，又要再去生下“小小耗子”，注定了他悲剧的一生。“棺材”作为幕后道具并没有出现在舞台上，观众只能从角色口中听到这个被曾皓放在心尖上的棺材是怎样的。它

① 曹禺：《曹禺谈北京人》，《曹禺论创作》，上海文艺出版社1986年版，第104页。

漆了好几百道漆，曾家为此欠下了一大笔债，成为压垮曾家的最后一根稻草。它也象征着曾家和封建制度必然迈向的终点——灭亡。

而“鸽子”正是剧中最具“契诃夫风格”的意象。曹禺以鸽子身上忧郁的特质贯穿整部《北京人》，同时象征着曾文清和愫方无结果的爱情和他们的人生轨迹。黑格尔认为：“象征一般是直接呈现于感性观照的一种现成的外在事物……应该分出两个因素：第一是意义，其次是这意义的表现。”①就鸽子而言，它有翅膀，有自由飞翔的能力。但除此之外，还有超越它自身的意义：中国历史上的贵族有着豢养鸽子当宠物的癖好，这一历史原因意味着它同时又是被束缚的。所以在鸽子身上，兼具着两种矛盾的形态——自由和束缚。《北京人》中的“鸽子”意象，正是被分成了这两个部分：一类是自由的“鸽子”，包括飞翔在曾家大院外的鸽子和那只从笼中飞走的鸽子；一类则是被束缚的“鸽子”，即那只被同伴抛弃，取名为“孤独”的鸽子。

鸽哨声作为《北京人》中多次出现的背景音，是曾家人内心希望的外在表现。开幕，曹禺对鸽哨声有这样一段描写：“屋外，主人蓄养的白鸽成群地在云霄里盘旋，时而随着秋风吹下一片泠泠的鸽哨声，异常嘹亮悦耳，这银笛一般的天上音乐使得久羁在暗屋里的病人也不禁抬起头来望望：从后面大花厅一排明净的敞窗望过去，正有三两朵白云悠然浮过蔚蓝的天空。”鸽哨声是“天上音乐”，是住在“暗屋”——曾家大院里的“病人”们心中诗意世界的代表。曹禺用了如“嘹亮悦耳”“银笛一般”“明净”“悠然”“蔚蓝”等形容词，构造了这样一个诗意世界，然而这却是虚幻的。随着剧情的层层深入，曾家人的希望步步破灭。第一幕中频繁出现的鸽哨声，在第二幕中消失不见。到了第三幕，黑暗和绝望全然笼罩住了曾家大院，这时候曹禺用乌鸦声取代了鸽哨声。“近黄昏时，古旧一点的庭院，就有成群成阵像一片片墨点子似的乌鸦，在老态龙钟的榆钱树巅上来回盘旋，此呼彼和，噪个不休。”和第一幕青春洋溢的鸽哨声比起来，第三幕出现的乌鸦声是“古旧”“老态龙钟”和“噪个不休”的。象征自由的“鸽子”消失了，象征死亡的“乌鸦”出现了，这一改变是曹禺从环境方面对曾家灭亡的暗示：“这个戏的第一幕是比较快乐的，鸽子在天上飞时的哨声嘹亮悦耳。假如五六只鸽子一齐飞，那声音好听极了，给我的感觉是充满了青春的欢笑。戏开始的感情和最后的感情对比是很明显的。戏的后一部分，痛苦的事一件一件地到来，在初冬的傍晚，乌鸦呜哇呜哇的叫声，叫着使人难过。”②

如果说飞在天空的“鸽子”是天生的自由，那么在陈奶妈手里飞走的“鸽子”则是抗争过后的出逃。这两只曾经一同待在笼子里的“鸽子”，就是在曾家大院中相互依偎的曾文清和愫方。而其中一只鸽子的逃离是在暗示曾文清和愫方二人终究会分离。一个远走高飞，一个依然留在笼子里。随着情节的发展，曾文清有了出走的机会，而愫方将被永久地

① [德]黑格尔：《美学》第二卷，商务印书馆2009年版，第10页。
② 曹禺：《和剧作家们谈谈读书和写作》，《剧本》1982年第10期。

困在深宅大院中，照顾这个行将就木的大家庭。但这对于愫方而言，是幸福的。她说："苦，苦也许；但是并不孤独的"。她如果不孤独，那么那只在笼子里的鸽子就不会叫作"孤独"。相反，当袁圆问曾文清怎么只剩一只鸽子时，曾文清用哀痛的语气说"那个在半路上飞了"，并且亲自给这只笼子里的鸽子取名叫"孤独"。曹禺从中暗示了愫方不是那只被关在笼子里的"鸽子"，曾文清才是。最后，曾文清自愿返回笼子，观众和愫方才看明白，他是不会飞的"鸽子"。至此愫方对曾文清彻底幻灭，自己毅然决然离开曾家，飞出了笼子。

"鸽子"除了是自由的，更是被束缚的。而这被束缚的"鸽子"，曾经是愫方和曾文清，但随着愫方的出逃，只剩下了"孤独"的曾文清。当曾文清其人还未出现在舞台上时，他便通过画外音"鸽子都飞起来了吗？"树立了忧郁的"鸽子"形象。曾文清的"向往自由而不得"正是"笼中鸽"的心态，这使得他和"鸽子"之间产生了强烈的情感共鸣，让他不自觉地把生活全寄托在"玩鸽子"上。但同时，这种"不得"又是他自己选择的结果，他曾有机会逃出笼子，但最后却只能悄悄回来。困住他的其实不是"笼子"——曾家大院，而是他自己。士大夫文化的长期荼毒，让他彻底成为"失去勇气再学习飞翔"的"鸽子"。他只能通过"玩鸽子""吃鸦片"来追求一种形而上的"自由"。正如江泰所说："他不会种茶，他不会开茶叶公司，不会做出口生意，就会一样，'喝茶'！喝茶喝得再怎么精，怎么好，还不是喝茶，有什么用？请问，有什么用？"所以这只不会飞翔的"鸽子"、无能的"鸽子"，只能通过死亡来追求自由。

纵然愫方逃离了曾家，但她永远失去了和曾文清的爱情。曾文清最后的自戕带给曾家和观众强烈的悲痛。这两只"鸽子"身上承载了太多伤痛，让整部《北京人》在"泠泠的鸽哨声"中发酵着忧郁的抒情氛围。正如一位评论家所说："《北京人》有点'契诃夫味'这是我的看法。这出戏通篇笼罩在诗一样的意境中，剧本第一页对曾家花厅所做的那番描述，就是一幅意境深远的油画。戏未开始，那发自蓝天白云中的泠泠鸽哨声，已把读者带入 30 年代的'北京曾家'。以后的戏更像抒情诗一样，沁人心脾。这气息，我在契诃夫的剧本中是闻到过的。"①

## 二、"鸽子"意象与"海鸥"意象的内在联系

曹禺因袭了契诃夫"散文诗"一般的创作风格，从"生活化"入手，力图构造一台"不像戏"的戏剧。而《北京人》正是曹禺学习"契诃夫风格"的成果。历数契诃夫的戏剧作品，发现其《海鸥》中的"海鸥"意象和"鸽子"意象有着明显的内在联系。

首先，"海鸥"和"鸽子"在形象上具有相似性，两者都是长着翅膀的动物，这意味着它们都具有飞翔的能力。飞翔作为全人类心中的夙愿，代表着一种真正的自由。所以曹禺和契诃夫选择"海鸥"和"鸽子"来寄托自己对美好生活的向往。田本相这样指出《北京人》

① 蔡骧：《〈北京人〉导演杂记》，《人民戏剧》1980 年第 5 期。

的主题："人活着怎样才是有意义的？这种有意义的人生到哪里去寻找？"①而叶普列莫夫则用"对于另一种生活的渴望"来概括《海鸥》的主题。"有意义的生活"和"另一种生活"都是人们心中追寻的伊甸园，而这种美好的基础正是自由、不受束缚、不受压迫。妮娜和愫方就是这种美好性的体现，在她们身上有着飞翔于空中的力量。这从她们相似的人生经历中就能窥探一二：妮娜和愫方一出生便是男权秩序下的柔弱女性，是豢养在男性力量下的金丝雀。妮娜先是被父亲控制，而后又被特里果林玩弄了感情。愫方被姨夫曾皓控制住，爱上的曾文清又是一个无能的废物。但最后，这两只金丝雀却真正掌握了飞翔的本领，逃出了笼子。对妮娜而言，表演就是脱离父亲掌控的工具："我的父亲和他的女人不准我到这儿来。他们说你们全是些行为放荡的人……他们怕我当上演员。可是我自己觉得像只海鸥似的叫这片湖水给吸引着……"正是因为她内心对于自由的向往，让她义无反顾地逃离庄园到莫斯科去。虽然她被特里果林所欺骗，但她并没有成为那只被毁灭的"海鸥"，相反她真正爱上了表演："我是一个真正的演员了，我在演戏的时候，感到一种巨大的快乐，我兴奋，我陶醉，我觉得自己伟大。自从我来到这里以后，在我这些天漫长的散步中，我思想着、思想着，于是感到自己的精神力量一天比一天坚强了……"在表演中她找到了自己的价值，从而完全摆脱了男权的阴影，成为自由的"海鸥"。她向特利波列夫强调："我是一只海鸥……不，我说错了……是一个演员。不，是一只海鸥！"愫方也是如此，当她对曾文清完全失望后，自己张开翅膀，飞离了囚禁她大半辈子的曾家。有一批评论家认为，愫方的出走是不合常理的，认为其"不会顽强地生，并不可能勇敢地死的，现在的出走，形成了一条生硬的尾巴"。② 但其未考虑到愫方身上那股"自由"的精神，而这种精神正是承袭于《海鸥》中的妮娜。在她们爱上男人的时候，有着冲破一切甚至捐献自己生命的勇气。妮娜送给特里果林的纪念章上刻着一句话："一旦你需要我的生命的话，来，就拿去吧！"愫方则对瑞贞说："为着他所不爱的也都还是亲近过他的！"当这些男性权威倒塌时，"自捐精神"转化成了女性觉醒的力量，从而推动她们向外飞翔。

其次，"海鸥"与"鸽子"又是忧郁的代名词。在剧本中，"海鸥"被一个闲着无聊的人毁灭；"鸽子"则被孤单地束缚在笼子里，无法掌控自己的命运。美好的背后，是"海鸥"和"鸽子"强烈的抒情性和悲剧性。正是因为这两个意象的存在，让《海鸥》和《北京人》都笼罩在冷冷的忧郁氛围中。从某种程度上讲，"鸽子"是曹禺对"海鸥"精神上的继承，是两位剧作家在精神深处的共鸣。叶普列莫夫在谈到"海鸥"意象时认为妮娜象征着飞翔的"海鸥"，而特利波列夫则象征着夭折的"海鸥"。在《北京人》中，愫方是飞出笼子的"鸽子"，曾文清则是留在笼子里的"鸽子"。在特利波列夫和曾文清身上，集中体现了"海鸥"和"鸽子"的悲剧性。"所有的男人，空谈着，忧郁着，想挣脱当时黑暗的社会而又缺乏勇气地矛盾着，

① 田本相：《〈北京人〉的艺术风格》，《南开学报》1980 年第 3 期。
② 江布：《读曹禺的〈北京人〉》，《解放日报》1942 年 4 月 27 日。

那样白白把自己的生命在空虚里消耗着，也都是当时真实的活人们。”①特利波列夫正是这样的“多余人”，他有才华但不为人所承认，进而苦闷、百无聊赖，最后毁于爱情。曾文清良好的家庭背景赋予他风雅的士大夫习气，但却没有给他独立生活的能力，只能空度年岁。特利波列夫和曾文清二人最终都走向自杀，这是性格所带来的必然结局。当“海鸥”与“鸽子”无法飞翔的时候，只能成为猎人的猎物或者被困在笼子里郁郁而终。

## 三、《北京人》对“契诃夫风格”的融合与发展

由于对《雷雨》“太像戏”的不满意，曹禺走上了借鉴和融合“契诃夫风格”的话剧创作道路。但这种借鉴和融合不是复制粘贴，而是融合和发展成了“曹禺风格”。曹禺曾强调说：“契诃夫的戏剧，中国是演不出来的，就是演得出，也没有很多人看，学外国人的好的东西，是不知不觉的，是经过消化的。不是照搬模仿，而是融入、结合。在这种融入结合之中，化出中国自己的风格，化出作家自己的风格，总之，是引出新的创造来。”②曹禺已然将“契诃夫风格”进行了融合和发展。

曹禺对于舞台细节的刻画精益求精。在对舞台布置的说明上，他往往洋洋洒洒写好几千字，大到整座曾家的结构，小到对各种物件细致的描写。这种精细正是源于契诃夫的理论：“要使舞台上的一切和生活一样的复杂，而又一样简单。”③而曹禺正是对这个“复杂”和“简单”做了进一步的发展。“海鸥”意象源于契诃夫对俄国乡村庄园的观察，而曹禺从老北京生活出发，定制了一系列具有北京气息的意象，如“鸽子”“乌鸦”“耗子”。这些意象从简单的生活中来，但曹禺赋予了它们复杂的思想内涵。“《北京人》中的北平的秋天景象和生活习俗，我是根据剧情费了些思索的。像白鸽的哨响，还有奶妈送给文清的鸽子，北京胡同里的水车的‘孜扭扭’的声音，剃头师傅打着‘换头’的声响，我有的用来作为渲染刻画典型环境，有的就融入人物的创造。”④通过这一系列本土化的意象塑造，曹禺精准地还原了当时的北京。其次，曹禺虽然对《雷雨》的“过于戏剧化”不满意，但在《北京人》中他并没有完全抛弃其中一些充满矛盾和张力的部分。曾皓昏厥，曾思懿和愫方对送不送医院起争执的那场戏中，矛盾达到了最尖锐的地步，戏剧张力极强。曹禺从莎士比亚和易卜生中学来的紧张激烈仍然得到了保留。相反，契诃夫则更擅长将最激烈的部分隐藏起来，把情节缩减到最简单。在情节和戏剧矛盾的构造上，曹禺比契诃夫更为复杂。契诃夫的“复杂”在于人物心理的暗流涌动，在简单的情节和言语背后有着复杂的人物感情和人物性格。正是因为如此，契诃夫的戏剧往往比较晦涩，对观众提出了较高的审美要求。而在曹禺话剧中这些晦涩被一并抹去，人物心理被袒露在了舞台上。比如观众可以直接从愫方

① [俄]契诃夫：《契诃夫与其〈海鸥〉》，《伊凡诺夫·海鸥》，上海译文出版社2014年版，第190页。
② 曹禺：《曹禺谈北京人》，《曹禺论创作》，上海文艺出版社1986年版，第104页。
③ [俄]契诃夫：《契诃夫论文学》，人民文学出版社1958年版，第420页。
④ 曹禺：《曹禺谈北京人》，《曹禺论创作》，上海文艺出版社1986年版，第101页

口中了解到她强烈的“自捐精神”，以自己的不幸福为幸福。也可以从她还给曾文清钥匙看出她的失望，从而理解她后来的出走。但有人因此评论曹禺：“即使是在《北京人》里，抒情氛围仍然是出于理性思考的人为效果，而不是情感的自然表露。”①事实上，曹禺的这种“理性思考”正是出于对生活的“简化”。当人物被剧作家创造出来的时候，就注定了它要在舞台上生存。曹禺的“简化”也是出于对中国话剧形势的考量，比较于俄国话剧的高度繁荣，中国话剧才刚刚开始。同时，中国历史上“离形而取意，得意而忘形”的戏曲传统影响了观众对于话剧的理解。人物心理的简化更有利于观众对话剧的观看。

曹禺在契诃夫话剧中学到了生活的“复杂”和“简单”，但却又对其进行了全新的分配。这些都是《北京人》对于“契诃夫风格”的融合与发展，而且在学习“契诃夫风格”的过程中，曹禺融合了中国的传统文化以及莎士比亚和易卜生的戏剧理论，并形成了属于自己的“曹禺风格”。

原载《名作欣赏》2017 第 11 期



① 王璞：《契诃夫与中国戏剧的“非戏剧化倾向”》，《外国文学评论》1989 年第 4 期。

# 论《红楼梦》与曹禺《北京人》的艺术创造

曹树钧

2016 年是曹禺逝世 20 周年，他的经典剧作《雷雨》《日出》《原野》《家》以及《北京人》被再次搬上话剧、歌剧、音乐剧舞台，受到国内外观众的热烈欢迎，显示了曹禺剧作永不衰竭的艺术生命力。

2016 年夏，上海戏剧学院排演三幕话剧《北京人》，又一次引起笔者关于《红楼梦》与《北京人》艺术创造的思考。曹禺年轻读书时最受影响的是曹雪芹的小说《红楼梦》，1940 年创作的《北京人》在艺术上也受到《红楼梦》多方面的影响。

## 一、塑造了一批栩栩如生的人物

在《北京人》的创作中，曹禺借鉴了《红楼梦》的现实主义手法，刻画了一批栩栩如生的典型人物。

曹禺出身书香门第，从小生活在一个“红楼”氛围浓烈的家庭之中。小时候，父亲给他请私塾先生，教的是孔孟之道、四书五经，然而他却偷偷看了不少古典小说，包括《红楼梦》。这些书在当时被认为是“闲书”，不登大雅之堂。但曹禺的父亲在日本留过学，并不顽固保守。一天，曹禺一个人躲在书房里偷看《红楼梦》，被父亲看到，父亲不仅不阻止，反而赞叹道：“《红楼》也是一篇好文章”，鼓励他认真读。

1982 年在中国剧协举行的安庆读书会上，晚年曹禺回顾自己的读书和创作经历时，向与会的中青年剧作家畅谈自己五读《红楼梦》的心得：“从红学家来说，《红楼梦》中有许多道理，但我当时是看书中的人物和故事。这本书我读过许多遍，第一次读这本书我先看到的是贾宝玉和林黛玉的爱情故事，他们怎样来往，又怎样分开，怎样生气。刘姥姥进大观园这些描写也很吸引我。林黛玉的葬花词我当时不大懂，可是我父母对它迷得不得了，经常朗读。我第二次读《红楼梦》就注意到王熙凤了。这个人物多么毒辣、阴险、可恨，但又有活泼、可爱、讨人喜欢的一面。她聪明伶俐，把贾母哄得没有她不行。她和贾琏吵架多么厉害、泼辣，她害死尤二姐非常阴狠，这些描写给我留下很深的印象，这个人物帮助我认识封建社会，和我后来写的剧本也有一些关系。我第三次读《红楼梦》时就注意到大观园中的一些丫头了，她们之中最可爱最了不起的是晴雯。我第四次读《红楼梦》，就注意到贾政和贾母，贾政是个伪君子，贾母最让人讨厌。随着我的年龄和知识的增长，我对这两个人物逐渐有了较深的认识。我再一次读《红楼梦》,就注意到袭人和薛宝钗。"[①]最后,曹禺归纳说:"因此从我读书的经验来看,读一本好书,要一遍两遍地反复读,才能吸收成为自己的东西,才能感受到它的艺术魅力和懂得它的艺术生命力在什么地方。《红楼梦》中的人物个性都那么丰富、深刻、复杂,不是一眼就能看透,而我们写的人物常常是一看便知。这部小说真实地反映了生活,揭示了人生的复杂性。正如我们读托尔斯泰的小说《安娜·卡列尼娜》《复活》《战争与和平》一样,这些作品反映人生的丰富和复杂性,也不是读一遍就能领会其中的奥妙。"[②]

从中我们可以领悟到,作为剧作家的曹禺,读《红楼梦》尤其关注曹雪芹刻画人物个性的丰富、深刻、复杂,通过人物形象的刻画,真实地反映了生活,揭示了人生的复杂性。新文学的主将鲁迅之所以高度评价《红楼梦》,一个重要的原因便在于这部小说对于充满矛盾、斗争的社会生活"敢于如实描写,并无讳饰,和以前的小说叙好人完全是好,坏人完全是坏的,大不相同"。[③] 并且明确指出,这一点"在中国底小说中实在是不可多得的"。[④] 因为在我国文学史中,确有一部分作家"对于人生,——至少是对于社会现象,向来就多没有正视的勇气","因为不敢正视人生,只好瞒和骗,由此也生出瞒和骗的文艺"。[⑤]

小说《红楼梦》虽然写的是"家庭琐事,闺阁闲情",却能透过贵族男女爱情悲剧及青年奴婢的凄凉命运,有力地展现"遍被华林"的封建家族危机四伏、渐趋衰落的"悲凉之雾",从而揭示中国封建社会走向崩溃的必然趋势。

由于曹雪芹"敢于如实描写,并无讳饰","其中所叙人物,都是真的人物",因而不仅能真实地反映社会生活的矛盾斗争,按照生活本来面貌提示生活的本质,而且透过人物性格的多样性、复杂性,再现社会生活多姿多彩的状貌。

从 1933 年《雷雨》的创作到 1940 年《北京人》的诞生,曹禺剧作的风格发生了一个明显的变化。

每一部成功的剧作都有各自的独特风格。剧作风格作为一种表现形态,犹如人的风度一样,是剧作整体上所呈现出来的特点,是和题材的客观特征相统一所造成的一种难以说明却不难感觉的独特面貌。具有鲜明的独特风格的作品,能够产生巨大的艺术感染力。它不只给观众留下强烈的印象,而且能使人们从这样的剧作中发现其他任何剧作不能替代的美。

在中国话剧文学发展史上,杰出剧作家的作品有着他们各自不同的风格。田汉的剧作充满了奔放的热情,具有强烈的艺术鼓动力,同时又有情节单纯、形式自由、诗意浓郁、抒情性强的特点;夏衍的剧作朴素细致、平凡而深邃、素淡而隽永;曹禺的剧作则有人物性

---

① 曹禺:《和剧作家们谈读书和写作》,《剧本》1982 年 10 月号。

② 曹禺:《和剧作家们谈读书和写作》,《剧本》1982 年 10 月号。

③ 鲁迅:《中国小说史略》,北京:人民文学出版社 1973 年版,第 306 页。

④ 鲁迅:《中国小说史略》,北京:人民文学出版社 1973 年版,第 306 页。

⑤ 鲁迅:《中国小说史略》,北京:人民文学出版社 1973 年版,第 285 页。

格丰富鲜明、戏剧冲突尖锐复杂、结构严谨、语言高度性格化、浓烈而厚实的特色。然而，曹禺剧作的风格本身也是发展的，不是一成不变的。从《雷雨》《日出》到《北京人》，曹禺剧作的风格就有明显的发展，显现了寓浓于淡的新的特色。

《北京人》创作于1940年，1941年在重庆首演。曹禺撰写此剧十分认真，前后写了十稿。然而，在曹禺的全部剧作中，《北京人》却是上演难度最大的一部。中央广播文工团导演、曹禺的学生蔡骧极爱《北京人》，认为这出戏是曹禺最成熟的作品。1956年夏，他兴致勃勃地向曹禺老师请求排演这出戏，曹禺却劝告他放弃这个打算。他说："《北京人》是出'关门戏'。"[1]也就是一个不易卖座的戏。

《北京人》不同于曹禺早期创作的《雷雨》《日出》，不是那样的剑拔弩张，很少有外在的惊心动魄，而是寓浓于淡，于平淡中展现深度，以更加接近日常生活的自然形态的方式反映生活，更加注重人物内心世界的抒发和开掘，更多追求内在的深度和力度。原先固有的浓烈、厚实的风格并未改变，但以一种新的形式、新的特点出现了。用这种内紧外松的方法，借鉴《红楼梦》"如实描写，并无讳饰"的现实主义创作经验，曹禺同样塑造了一批血肉丰满的艺术典型。剧本刚一问世，茅盾先生就指出："这一群人物，写得非常出色，每个人的思想意识情感，都刻写得非常细腻，非常鲜明。他们是有血有肉的人物，无疑问的，这是作者极大的成功。"[2]

1941年此剧在重庆首演后，被评论界誉为"曹禺先生的杰作"，其中塑造得最为成功的是愫方、文清、思懿、曾皓、江泰五个人物。

愫方是《北京人》中的一个主要人物，也是剧作家一系列女性形象中最成功、优美的典型之一，然而却是一个丰富、复杂的艺术典型。

愫方是封建束缚下成长起来的、中国式的善良妇女的化身。她性格中有受封建思想影响和毒害的一面，更有善良、纯洁、情操高尚、富于自我牺牲精神的一面，并且这两者并非平分秋色，而是以后者为主。随着矛盾的发展，她性格中积极的一面也有明显的发展。她的性格是外柔内刚的，温柔、忍耐、逆来顺受是外柔的一面，坚毅、反抗性是内刚的一面。她敢于不顾封建伦理的束缚，挚爱着文清，最后发现文清不可救药，经过思想斗争、坚决冲出牢笼，充分显示了她性格中坚毅刚强的一面。

愫方了解文清，对文清婚姻上的痛苦十分同情。文清出走，她拼出性命为他看守冰冷的家，表现出惊人的自我牺牲精神。这是因为她对文清有深挚的爱，这种爱甚至以变态的形式表现出来。同时，愫方有积极的人生态度和生活追求。她敢于追求自己的爱情，希望自己能有自由幸福的生活。她因为深爱文清，坚信他说的一句话："他要成为一个人，死也不再回来。"她相信文清能够在外面找到他应该有的生活——一个真正的人的生活，永远挣脱出黑暗的牢笼，这一点正是她日夜向往的。

愫方的善良还表现在她照顾曾皓，关心瑞贞，希望减轻她的痛苦。她还关心其他人，

---

① 蔡骧：《〈北京人〉导演杂记》，《中国戏剧》1980年第5期。

② 茅盾：《读〈北京人〉》，《大公报（香港）》1941年12月6日。

"把好的送给别人，坏的留给自己"是她的人生哲学，也是她做人的道德原则。她的善良、自我牺牲精神体现了千百年来中国妇女的传统美德。

有的评论者认为，愫方最后的出走缺乏生活的依据和思想基础，"形成一条生硬的尾巴"。[①] 事实上，愫方的出走既有客观依据，又有主观依据，还有生活真实的依据。

愫方出走的客观依据有两个：一是思懿对她使出了最后的阴谋：像《红楼梦》中的王熙凤一样，她劝贾琏娶尤二姐为妾，好让她日后百般虐待尤二姐。思懿也假惺惺地将"迫嫁"改为"迎娶"。第三幕，思懿当面告诉愫方，同意文清娶她为妾，让她永远成为思懿的奴隶，被她愚弄。这是一个很大的污辱，以后还不知会有什么更可怕的污辱在等待着她。环境、情势逼迫愫方已经不能再有丝毫的犹豫。瑞贞通过书信、谈话和自己出走的行动深深影响了愫方，启发她：人的忍耐是有限度的，到一定时候便会冲出牢笼。此刻，愫方尚未到忍不下去的时候，因为她还有期望，还希望奇迹能够出现。二是愫方出走的内在原因，在于她对文清的彻底失望。她发现文清偷偷地溜了回来，犹如突然响起的一声炸雷，把她从梦幻中震醒："他已经不会飞了！"文清的复归轰毁了愫方用爱心构筑起来的希望大厦，促使她重新考虑对待现实的态度。这时外因开始通过内因起作用，她毅然挥泪同这个大家庭诀别。

如同曹雪芹创作《红楼梦》扎根于现实生活一样，"大部分为作者自述，实是最为可信的一说"[②]，曹禺在实际构思时，愫方这一形象的塑造也是有生活依据的。愫方并非曹禺杜撰，而是有深切感受、从生活中概括出来的艺术形象。她的主要原型就是当时挚爱着作者的邓绎生（方瑞）。

1982 年在中青年话剧作者读书会上，曹禺公开承认："愫方在剧中是一个重要人物，我是用极大的精力写她的，可以说是根据我的爱人方瑞的个性写的。"[③]

《北京人》的主要情节之一，愫方——文清——思懿的感情纠葛中就有作者自己的"恋爱的记录"，愫方的故事基本上是方瑞故事的艺术概括。据曹禺的挚友、《北京人》首演导演张骏祥说："《北京人》扉页的两句诗：'海内存知己，天涯若比邻'就是献给方瑞的。"[④]表示他对所交的朋友方瑞的深深的情意。在实际生活中，方瑞曾经受过一个老人的纠缠，后来在她的表弟方琯德的帮助下冲出牢笼，走向新的天地。因此，《北京人》中愫方的最后出走，就是从实际生活来看，也是有可信的生活依据的，并非剧作家主观的安排。

## 二、契诃夫味与《红楼梦》式浓郁民族风格的融合

曹禺是一位善于吸收中外文化艺术精华的剧作家，《北京人》中这一点显得尤为突出，达到了炉火纯青的境地。这个戏既有契诃夫味，又有《红楼梦》式鲜明浓郁的民族风格，两

① 江布：《读曹禺的〈北京人〉》，《解放日报》1942 年 4 月 27 日。
② 鲁迅：《中国小说史略》，北京：人民文学出版社 1973 年版，第 306 页。
③ 曹禺：《和剧作家们谈读书和写作》，《剧本》1982 年 10 月号。
④ 曹树钧：《影视剧创作心理学研究》，福州：海峡文艺出版社 1999 年版，第 81 页。

者交融得天衣无缝、浑然一体。

1940年，《北京人》的创作进入了曹禺长期以来向往的理想境界，完全脱尽了佳构剧“张牙舞爪”的痕迹，不过分依赖技巧，也没有“太像戏”的感觉，一切显得自然、逼真、熨帖、和谐。深刻的主题在抒情的诗意场面和情节中自然而然地流露出来。剧本描绘的是一些日常的家庭生活（卖棺材还债、老姑娘出嫁、小夫妻离婚、大儿子吸毒、老头子中风……），然而透过这些日常生活场景的描绘，却反映了社会的动荡和发展趋势。

同时，《北京人》更深地把根扎在中华民族生活的土壤上和民族的优秀文化艺术传统里，人物的思想感情、戏剧冲突的形式都鲜明地打上了民族的烙印，体现了民族传统精神。

许多人发觉《北京人》很容易使人联想起《红楼梦》，它所展现的士大夫家庭生活和贾家的生活有着血肉联系。《红楼梦》展示的是封建社会崩溃的征兆，而《北京人》展示的是整个封建制度走向彻底崩溃的时期。曹禺潜移默化地从《红楼梦》的现实主义描绘中取得借鉴，同时又直接从20世纪20年代中国社会的封建家庭生活中吸取了原料。因此，他写的曾家，既有中国民族特色，同《红楼梦》在艺术上有历史渊源，同时又有自己的时代精神和风格特色。在人物性格的塑造上，《北京人》深深地扎根于民族文艺的土壤，人物性格既是中国现实生活中仿佛见过的，又是曹禺的独特创造。对此，一位评论家在看了演出后说：“也许是曹禺先生笔下留情吧，使观众对于曾皓、曾思懿这两个人物不像看了《闺怨》中的爱德华老人或是《大雷雨》中的提郭意和卡帮诺瓦那么讨厌，那么生恨，甚至还会对曾皓这种没落的人产生可怜之感。这正是抓住了中国民族性之特点的缘故，尽管同是没落的封建时代的产物，中国的这种人型，不像那时英国或俄国的人型，而是遮掩在‘读书知礼’‘书香世家’的外壳下的，所以有些‘文雅’。”①

《北京人》中的人物是地地道道的中国封建士大夫家庭的人物，他们的言谈举止、表达感情的方式方法也完全是中国式的。例如中秋节拜节，文清向曾皓三叩首，以及曾霆、瑞贞向父亲送行：

（于是——瑞贞和曾霆复立起来，执酒壶，到文清面前，斟酒。）

曾思懿：（非常精明练达的样子，教他们说）说爹一路平安。

曾　霆：（呆板地）爹一路平安。

曾思懿：说以后请您老人家常写家信。

曾　霆：（呆板地）以后请您老人家常写信。

曾思懿：（又教他们）儿子、儿媳妇不能常侍候您老人家了。

曾瑞贞：（呆板地）儿子、儿媳妇不能常侍候您老人家了。

曾　霆：（说完了就要回坐）

曾思懿：（连忙）磕头啊，傻孩子！（很得意地望着袁任敢）（曾霆与瑞贞双双跪下三叩首，文清立直。）②

---

① 茜萍：《关于〈北京人〉》，《新华日报》1942年2月6日。

② 曹禺：《曹禺全集》第2卷，石家庄：花山文艺出版社1996年版，第439页。

如此繁文缛节、礼仪治家，完全是《红楼梦》里中国封建式的，与《大雷雨》中奇虹与家人告别迥然不同。在人物描绘方面，《北京人》继承了曹雪芹小说中的白描手法，着力描绘人物内心世界的丰富性、复杂性，即使写自己所厌恶的人物，如写一群废物，曹禺也丝毫不将他们脸谱化，不将他们的思想感情表现得简单化。

剧作家描写曾皓，既写出他是封建家庭的象征、封建统治的代表，自私、腐朽、虚弱、残忍、性变态，同时又写了他的另一面，对儿子的软弱、无能了如指掌，对儿媳的心机一目了然。他治家事必躬亲，也有老年人的孤独感和寂寞感。写思懿这个封建制度的维护者、支持者，曹禺像曹雪芹描绘王熙凤一样，也丝毫没有将她简单化。她尖刻狠毒，表面上又装谦和大方，诡计多端却又口蜜腹剑；她有才干，治家有方，能言会道，颇有管理能力，她精力充沛，爱丈夫、爱儿子，望子成龙，却也有她的苦恼和委屈。总之，是一个活生生的人物。

即使写到次要人物，如另一个寄生虫江泰，作者也写出了人物性格斑驳丰富的方方面面。他无真才实学，但能说会道，夸夸其谈。他留过洋，做过官，见过世面，但潦倒之后成天只会做发财梦，要不就骂听差、骂老婆。然而，这个人也有另一面：他心直口快，有些事他也能一眼看穿，并能仗义执言，有意无意地挖苦、嘲笑刁钻狠毒的大嫂。有时他有同情心，心血来潮时也想振作一下，想改变人们对他瞧不起的状态。然而，他毕竟是有自知之明的，有时能一下子点穿自己这一类人的实质：“我们成天在天上计划，而成天在地下妥协。我们只会叹气，做梦，苦恼，活着只是给有用的人糟蹋粮食，我们是活死人死活人活人死！”①

这个人物之所以写得如此之活，确实是从人物心灵深处迸发出来的。为了创造这个人物，作者可谓是钻进人物的心坎里了。他经常琢磨、体察这个人物的心态。在构思期间，他如痴如醉，成天拿着镜子照自己的鼻子，体会江泰企图从《麻衣神相》中寻觅生财之道的心情。后来在剧本中写江泰读《麻衣神相》对照镜子这一段，江泰竟情不自禁地大声嚷道：“鼻子、鼻子，我在照我的鼻子。”②这一笔看似闲笔，其实惟妙惟肖地写出了江泰的个性，也是这个人物最精彩的场面之一。

在构思这个戏的时候，曹禺深深感到扎根于现实生活基础上的想象的乐趣，“感到剧中人物个性的魅力，使你着迷，使你非按照人物的性格逻辑写下去不可。当人物在你写着写着忽然活起来以后，他们就会按照逻辑活动起来，比你想的复杂得多，有趣得多”。③

这样的人物真正是“活人，有灵魂的活人”。他们让人读起来栩栩如生、跃然纸上，为演员的二度创造提供了广阔的天地，一到台上满台生辉，让观众兴趣盎然。

创造诗意浓郁的戏剧气氛和富有民族特色的典型环境是《北京人》突出的艺术特色，也是作者将契诃夫味与《红楼梦》式浓郁的民族风格融合在一起的又一表现。

契诃夫的剧本是现实主义的，富有诗意和象征性。契诃夫总是善于通过外部环境的

① 曹禺：《曹禺全集》第2卷，石家庄：花山文艺出版社1996年版，第451页。

② 曹禺：《曹禺全集》第2卷，石家庄：花山文艺出版社1996年版，第489页。

③ 曹禺：《和剧作家们谈读书和写作》，《剧本》1982年10月号。

气氛描绘来烘托人物内在的感情，曹禺将契诃夫剧作的这一特点和小说《红楼梦》借景抒情、情景交融的传统艺术手法结合了起来，既可以说它是契诃夫味的，但又是“原汁原味”“中国化”了的，没有一点“洋”味。如曾家小花厅的格局，就把人们带入特定的环境氛围中，为人物性格、剧情发展提供了一个相适应的环境。

在提炼生活的内在诗意和哲理性方面，受契诃夫和《红楼梦》的启迪，《北京人》也有新的创造，这使它的主题有深邃隽永的思想力量，其中既有契诃夫味，又有中国社会特定的时代内容。通常评论界这样概述《北京人》的主题：通过中国封建士大夫家庭在20世纪崩溃过程的描绘，形象揭示了封建阶级的自私、顽固和腐朽，无情地宣判了封建主义必然衰亡的历史命运。

其实，这仅仅是《北京人》的浅层主题。《北京人》不仅仅揭露了一个封建大家庭的崩溃，描述了一代新人瑞贞、愫方走向新生活的历程，同时还透过封建大家庭这个社会现象深入地提出“人活着究竟是为什么？”这样一个带有人生哲理的重大问题，剧本通过许多人的口涉及这个问题，都在探寻人生的真正价值。那么，人活着的真正价值是什么呢？剧中第二幕人类学教授袁任敢有一段著名的台词：

> 你看，这就是当初的北京人。那时候的人，要爱就爱，要恨就恨，要哭就哭，要喊就喊，他们自由地活着。没有礼教来拘束，没有文明来捆绑，没有虚伪，没有欺诈，没有阴险，没有陷害。太阳晒着，风吹着，雨淋着，没有现在这么多吃人的文明，而他们是非常快活的。①

这段话过去往往被人们误解，以为作者在提出恢复原始主义。实际上这是作者托物起兴、借题发挥，希望人间出现“六个没有”，这是全剧的画龙点睛之笔，点出了全剧深层的主题：人类应摆脱自己造成的各种束缚，去追求光明，追求幸福生活。作品唤起了观众如何实现人类自身价值的深沉思考。

## 三、象征手法的成功运用

为了揭示全剧深层的主题，《北京人》受契诃夫和《红楼梦》的影响，大量采用了象征手法。作者努力将深层的内涵用具体可感的形式表达，通过艺术形象本身的力量揭示人生哲理，使剧作的主题更加意味深长。

在自然景物的描写中，每一个道具、每一种音响都是刻画性格、描写气氛、揭示深层主题的艺术手段。

第一幕中秋节。秋天是万物凋敝的季节，象征着零落，行将衰落；第二幕中秋之夜，凄风苦雨，暗示着风雨飘摇，大厦将倾。贯穿全剧的对棺材的描写，尽管它不出场，但却让观众时时感觉得到，因为它已经融入曾皓的性格、生命之中，成为剧情发展不可缺少的组成部分。

---

① 曹禺：《曹禺全集》第2卷，石家庄：花山文艺出版社1996年版，第449页。

曹禺曾特别指出《北京人》一剧音响效果运用的重要性，他说："《北京人》中有个大配角，就是我所说的各种音响。音响帮了这出戏很多忙，创造环境气氛。有的导演不太注意，戏就丢了很多。"①苏州台钟单调迟缓的滴答声，象征着剧中人单调、无聊的生活；城墙边上的号声，让人备感凄凉，象征着凄凉而又甜蜜的人生旅程；贯穿全剧的鸽哨声，充满了青春的欢笑，令人向往，是自由的象征。如此种种描绘，托物起兴，情景交融，将《红楼梦》中贯串全书的中国古典诗词的艺术传统创造性地运用到剧中，使全剧洋溢着浓郁的民族风格，同时又意味深长，让人回味无穷。日后著名电影剧作家李天济负责《北京人》1941 年首演的音响效果。《北京人》的音响效果特别复杂，鸽哨声、台钟声、乌鸦叫声、水车吱扭声、瞎子算命的铜锣声……各种声响犹如一个不出场的角色，起着创造环境气氛、烘托人物心情的重要作用，不可等闲视之。张骏祥对各种声响提出了严格的要求，具体如何完成这些要求，他放手让负责效果的人自己设法解决。比如鸽哨声如何制作？这就是一个大难题。曹禺在《北京人》公演时，专程到重庆抗建堂来观看，除了对导演处理、演员表演十分满意之外，对效果的成功制作和运用也大加赞赏。这次演出的鸽哨声处理得别具一格：上场门鸽哨的临近声，中间来回的盘旋声，下场门鸽子飞远鸽哨的消逝声，都十分逼真。声音嘹亮悦耳，让观众想象到天际有五六只鸽子一起在飞，犹如充满了青春的欢笑。演出结束后，曹禺向张骏祥提出到后台看一看鸽哨声是怎么做出来的。于是张骏祥向曹禺介绍了李天济，这也是李天济第一次见到曹禺。他向曹禺介绍了制作方法，曹禺很赞赏。待曹禺走后，李天济对旁边的人开玩笑地说："这个先生，原来是会写不会做啊！他哪里晓得，他写上那么几句，我做这玩意，要花多少心血唷！"②

原来李天济是江苏镇江人，长期生活在南方，从未听到过鸽哨声。为了完成张先生指定的音响效果制作的任务，他多次到重庆校场口向熟悉北方生活的人打听，才知道鸽哨声原来是哨子缚在鸽子腿上，气流进去之后发出的声音。用什么代用品可以发出类似声音呢？苦思冥想，终于办法来了。他找来了中央剧社里仅有的一台破电风扇，将哨子缚在风扇叶子上，风扇一转，就发出了类似的鸽哨声。这一成功让他喜出望外。如何造成声音的距离感和鸽子在空中盘旋的声音感觉呢？幸好团里的那台风扇虽旧，但却是华生牌的名牌产品，在当时就有风力强弱的调节装置。他就利用风扇的强弱开关进行调节，一调还真有盘旋感。鸽哨声由远及近、由近及远的感觉又如何造成呢？他又想出了一个办法：用一根长电线，演出时，他手捧电扇，在幕后从上场门慢慢走到下场门，这样就很自然地形成远近强弱的声音感觉。为了做好这一鸽哨，他不厌其烦反复试验，终于如愿，所以他大有"文官动动嘴，武官跑断腿"的感慨。

号声是《北京人》中更为重要的音响。第二幕愫方听到城墙边上的号声，有一种凄凉而又甜蜜的复杂心情。这声音同人物心灵展示息息相关。当时没有录音设备，李天济在中国电影制片厂找了一个小号兵，每次演出让他当场吹奏。排练时，觉得号声太响，没有

① 曹禺：《和剧作家们谈读书和写作》，《剧本》1982 年 10 月号。

② 曹树钧：《戏剧鉴赏》，上海：上海科技文献出版社 2015 年版，第 44 页。

距离感，便一层、二层、三层地进行试验，让小号兵站在开幕后上场门不远的地方，为了便于演出时指挥他何时吹，让他站得离开门远一点。就这号声，首演导演张骏祥也排了许多遍。

由于二度创作的严肃认真、一丝不苟，《北京人》的首演轰动了重庆，获得了广泛的好评。

## 结　语

综上所述，我们可以看到，《北京人》的总体构思来自生活的启迪，是从生活中挖掘出来的。同时，在构思过程中，《红楼梦》在此剧的人物塑造、提炼生活内在诗意上产生了多方面的影响，使其通过艺术形象本身的力量揭示人生哲理，主题更加意味深长。

原载《汉语言文学研究》2018 年第 1 期

# 后 记

大学时代，我最热爱的曹禺戏剧是《雷雨》和《原野》，因为它们有着激烈的冲突、浓烈的情绪，炫目而酷烈，是“像戏”的那种。而随着年岁渐增，曾经无感的《北京人》反而变得亲切，越来越体悟出它的“好”来。因此，能参与“曹禺戏剧研究资料长编”团队，并选编丛书之《〈北京人〉研究资料》分卷，在我，便是既幸运又顺理成章的事儿了。

无疑，《北京人》是复杂的。这部诞生于20世纪40年代中国抗战时期的作品，既有时代风云的扰动，也有作者个人生活的印痕；既延续了现代性的反封建主题，对传统的道德与文化又不乏留恋之情，如此种种，交织于家庭、代际、人伦、情感、人性、生命、力量、美等戏剧元素中，煞是斑斓多彩。不同时代的研究者们评论《北京人》时各抒己见，众说纷纭，更强化了《北京人》的丰富性与复杂性。

从1941至2018年间的70余份报刊书籍中，我们挑选了91篇与《北京人》相关的研究文章汇集成卷，力求兼顾资料的广泛性与代表性，在研究史的视野与框架下，呈现《北京人》的经典化过程。从结果看，这个目标基本达成。

时间越久远，资料搜集的难度就越大，其价值也相应显豁。计划中希望尽可能地将中华人民共和国成立前的《北京人》研究资料搜集齐全，但由于某些旧刊杂志（尤其是战时环境中的旧刊杂志）的缺失，或某些刊物上文章字迹的模糊缺漏，终是未能实现“一网打尽”的愿望。思丽的《谈〈北京人〉》(1941)、唯白夏的《谈〈北京人〉中的北京人》(1942)、汇南的《我所见到的〈北京人〉》(1943)、王迁的《漫谈〈北京人〉》(1944)、柳涛的《读〈北京人〉》(1944)，皆是知有其文而未能获取第一手资料者，未能收入本卷，甚是遗憾。

从原始资料的搜集、整理，到入选篇目的择取、校勘、编订，历时近两年，既有爬梳所得的愉悦，也有寻觅无果的焦虑，总之，是一段值得纪念的日子。刘娟、田亚琴、翟玉梅、钟力、宋泽祖等研究生参与了本卷部分工作；本卷编写也得到了刘继林等其他分卷老师的支持与协助，在此一并致谢！

由于编者视野与能力有限，《北京人》研究资料的搜集整理还不够全面、细致、深入，文字的校勘也存在不少粗疏之处，期待各方家、读者的批评与指正。

最后，需要特别说明的是：本书作为湖北大学中国语言文学学科建设的重要成果，其编选和出版得到了湖北大学“中国文化传承与发展”省级优势特色学科群和湖北大学“中国语言文学与哲学文化”省级一流学科建设项目的大力支持，在此一并感谢。

阳 燕

2020年夏，沙湖滨